Anna Paredes
Das Land zwischen den Meeren

Anna Paredes

# Das Land zwischen den Meeren

Roman

blanvalet

Verlagsgruppe Random House FSC® N001967
Das für dieses Buch verwendete FSC®-zertifizierte
Papier *Holmen Book Cream* liefert
Holmen Paper, Hallstavik, Schweden.

2. Auflage
Originalausgabe Mai 2013 bei Blanvalet Verlag,
einem Unternehmen der
Verlagsgruppe Random House GmbH, München
Copyright © by Verlagsgruppe Random House GmbH, München
Dieses Werk wurde vermittelt durch die
Literarische Agentur Thomas Schlück GmbH, 30827 Garbsen.
Umschlagillustration: © bürosüd°, München,
unter Verwendung eines Motivs von
Getty images / Photodisc / MedioImages
Redaktion: Friedel Wahren
LH · Herstellung: sam
Satz: KompetenzCenter, Mönchengladbach
Druck und Bindung: GGP Media GmbH, Pößneck
Printed in Germany
ISBN: 978-3-442-38102-9

www.blanvalet.de

# Inhalt

Prolog
Seite 7

BUCH I
Drang
Seite 11

BUCH II
Hoffnung
Seite 143

BUCH III
Erwartung
Seite 293

BUCH IV
Widerstreit
Seite 397

Personen
Seite 539

# Prolog

Sie setzte sich in ihren Schaukelstuhl auf dem Balkon und gab sich der sanft schwingenden Bewegung hin. Milde Luft umfing sie. Von Osten, von den Bergen her, zogen dunkle Wolken auf, ein fernes Donnern kündigte das nahende Gewitter an.

Neben ihr auf dem Tischchen lagen zwölf Skizzenbücher, alle der Reihe nach nummeriert. Das erste hatte sie begonnen, als sie fünfzehn Jahre alt gewesen war, das letzte war erst zu drei Vierteln voll. Sie nahm die Bücher zur Hand und blätterte durch die Seiten. Tauchte ein in die eigene Vergangenheit, ließ die letzten einundzwanzig Jahre ihres Lebens an sich vorüberziehen. Staunte, schmunzelte und erinnerte sich.

Schwester Hildegardis, die Naturkundelehrerin, wie sie den Schülerinnen eine Kamillenblüte erklärte. Die Eltern bei einem Spaziergang am Flussufer. Beide im Sonntagsstaat, standesgemäß und steif gekleidet. Die Mienen ausdruckslos, ohne Anzeichen dafür, was hinter ihrer Stirn und in ihrem Herzen vor sich ging. Eine Amsel im Garten des elterlichen Hauses, wie sie ihr Junges fütterte. Und dann ein Selbstporträt, ein Mädchen mit scheuen, fragenden Augen.

Drei Bücher später ein weiteres Selbstporträt. Das einer jungen Frau mit unbeschwertem, strahlendem Lächeln, die großen, klaren Augen in eine Zukunft gerichtet, die weit außerhalb jenes Umfeldes lag, das sie bisher mit dem Zeichenstift festgehalten hatte. Und dann ein Szenenwechsel. Ein Schiff mit geblähten Segeln, das weite Meer, ärmlich gekleidete Menschen an Deck, Delfine, Pelikane, Felseninseln. Im nächsten Buch eine Landschaft mit atemberaubenden Ausblicken, mit Vulkanen, in die Tiefe rauschenden Wasserfällen und Hängebrücken. Mit Bäumen, die dicht an dicht weit in den Himmel emporragten, mit Farngewächsen und bizarr geformten Orchideenblüten, mit Affen, Echsen und Schmetterlingen.

Porträts im nächsten Buch. Ein Mann, dessen makelloses Profil an das antiker Statuen erinnerte. Zwei Kinder, ein Junge und ein Mädchen, winzig klein in der Wiege, etwas größer beim Versteckspiel im Park, später auf einem Pony reitend. Mit dem Kreidestift liebevoll und nuanciert festgehalten. Männer und Frauen mit breitkrempigen Strohhüten, die Früchte von mannshohen Sträuchern sammeln und in Körbe füllen, die sie mit einem Tuch um die Hüften gebunden haben. Ein hochherrschaftliches Haus, groß und prächtig wie ein Kirchengebäude. Daneben ein sich schlängelnder Bach mit einer kleinen Holzbrücke, am Ufer Schilfgräser.

Zwischen diesen Buchdeckeln hatte sie ihr Leben festgehalten. Ein Leben, das von Drang, Hoffnung, Erwartung und Widerstreit geprägt war. Das Herz schlug ihr bis zum Hals, als sie das Skizzenbuch Nummer fünf zur Hand nahm. Denn nunmehr wollte sie etwas betrachten, das sie sich über viele Jahre versagt hatte. Weil der Schmerz zu übermächtig gewesen war. Sie wusste genau, an welcher Stelle sie suchen musste, hatte es die ganze Zeit über gewusst und schlug die vorletzte Seite auf. Ihre Hände gerieten ins Zittern. Ein junger Mann schaute sie unverwandt an. Mit einem Lächeln, in dem so etwas wie Spott mitschwang, mit Grübchen neben den Mundwinkeln. Mit einem offenen Blick aus dunklen Augen und zerzaustem, welligem Haar, das bis in den Nacken reichte.

Sie stöhnte leise auf und konnte die Tränen nicht mehr zurückhalten, die auf das Papier fielen. Ein zuckender Blitz fuhr unmittelbar vor dem Balkon nieder, und im selben Augenblick ertönte über ihr der Donner. Heftiger Regen prasselte herab, fiel schnurgerade auf die Erde.

# BUCH I

# Drang

FEBRUAR 1848

*Wir müssen uns unverzüglich treffen! Morgen um halb fünf am Botanischen Garten. Ich habe Dir etwas Wichtiges mitzuteilen. A.*
So stand es in flüchtig hingeworfenen, leicht nach rechts geneigten Buchstaben in dem Briefchen, das ihr der Laufbursche überbracht hatte. Glücklicherweise hatte niemand von den Hausbewohnern etwas von dem unerwarteten Besucher bemerkt. Dorotheas Dienstherrin, Frau Rodenkirchen, hatte sich zu diesem Zeitpunkt bereits im Damenzimmer aufgehalten, wohin sie sich nach dem Mittagessen zu einem Verdauungsschläfchen zurückzuziehen pflegte. Die beiden hoffnungsvollen Sprösslinge der Familie Rodenkirchen, Moritz und Maria, waren wegen eines verloren geglaubten Zinnsoldaten, eines Trommlers in blauer Uniform, in Streit geraten und daher mit sich selbst beschäftigt gewesen.

Der Bote hatte die strikte Anweisung erhalten – erstens, während der Mittagsruhe unter gar keinen Umständen mit dem gusseisernen Türklopfer gegen die Wohnungstür zu hämmern, und zweitens, die Nachricht ausschließlich der Adressatin auszuhändigen, dem Fräulein Dorothea Fassbender. Und so war der Bursche eine Weile unschlüssig draußen vor der Wohnungstür auf und ab gegangen, bis Dorothea ihn zufällig durch den milchigen Glaseinsatz mit ziselierten Blütenranken entdeckt hatte.

Sie hatte dem Boten die Nachricht blitzschnell aus der Hand genommen und in ihrer Rocktasche verschwinden lassen. Solche Vorsicht war durchaus vonnöten, schließlich war Dorothea erst seit einem knappen Dreivierteljahr als Haus- und Zeichenlehrerin im Hause Rodenkirchen in Anstellung, und die wollte sie keinesfalls leichtfertig aufs Spiel setzen. Die Arbeit mit den Kindern mochte an manchen Tagen zwar anstrengend sein, aber sie bereitete ihr dennoch großes Vergnügen. Zum anderen konnte sie mit gutem Grund für mehrere Stunden am Tag ihrem tristen Elternhaus entfliehen und dabei sogar eigenes Geld verdienen. Was allerdings ihre Mutter für Zeitverschwendung hielt. Schließlich stamme Dorothea aus einer angesehenen Arztfamilie und werde ohnehin in absehbarer Zeit heiraten. Sobald ein passender Ehemann gefunden sei.

Jedenfalls hätte ein an Dorothea persönlich adressiertes Schreiben, abgegeben im Haus ihres Dienstherrn, zu einigem Misstrauen, wenn nicht sogar zu Nachforschungen geführt. Denn welchen Grund mochte eine ehrbare junge Frau haben, geheime Nachrichten zu empfangen? Noch dazu von jemandem mit dem mysteriösen Namenskürzel A.

Ein eisiger Wind fuhr ihr ins Gesicht, die zarte Haut ihrer Wangen rötete sich. Dorothea suchte Schutz in einem Hauseingang und behielt dabei das schmiedeeiserne Tor zum Alten Botanischen Garten fest im Blick. Sie knotete das wollene Schultertuch enger und vergrub die Hände in einem Muff aus schwarzem Schaffell. In unförmige dicke Wollmäntel gekleidete Angestellte der umliegenden Notariate und Geschäftshäuser stapften, die Kragen hochgeschlagen, achtlos an ihr vorüber. Dorothea mochte den Winter nicht, sie sehnte sich nach den bevorstehenden Tagen, wenn Sonnenstrahlen die Stadt in mildes Licht tauchen und die Körper und Seelen der Menschen wärmen würden.

Doch besonders sehnte sie sich nach demjenigen, der ihr so eilig und so dringend etwas mitteilen wollte und auf den sie hier wartete. Den Mann, der ihr Herz überraschend und wie im Sturm erobert hatte: Alexander Weinsberg. Dorothea musste an die erste Begegnung vor dem Kolonialwarenladen in der Komödienstraße zurückdenken, als sie an einem kühlen grauen Herbsttag nach der Arbeit für ihre Mutter eingekauft hatte, nachdem die Köchin erkrankt war. Und als sie bei plötzlich einsetzendem Regen fröstelnd vor der Ladentür gestanden und trotz mehrmaliger Versuche ihren Schirm nicht hatte öffnen können.

»Mein Fräulein, darf ich Ihnen behilflich sein?«, hatte er gefragt, mit einem Lächeln, bei dem ihr die Knie weich geworden waren, und mit einer tiefen, rauen Stimme, in der ein Hauch Spott mitschwang. Ihr waren sofort seine warmen braunen Augen und die feinen Grübchen neben den Mundwinkeln aufgefallen. Das wellige dunkelblonde Haar war mindestens eine Handbreit zu lang, um als schicklich zu gelten. Auch der offene Hemdkragen und der ausgeblichene, nachlässig um den Hals geschlungene Schal legten die Vermutung nahe, dass ihr Gegenüber weder einer jener eingebildeten Stutzer war, die den Mädchen auf der Straße nachpfiffen, noch ein penibler Staatsdiener. Eher ein Student oder Lebenskünstler. Ein äußerst gut aussehender obendrein.

Ohne eine Antwort abzuwarten, hatte er ihr den Schirm aus der Hand genommen und offensichtlich mühelos und in Sekundenschnelle geöffnet. Auf sein amüsiertes Augenzwinkern hin hatte Dorothea verlegen nach dem Schirm gegriffen und war mit einem hastig gemurmelten Dank davongeeilt.

»Stets zu Diensten«, konnte sie gerade noch hinter ihrem Rücken vernehmen, bevor sie um die nächste Straßenecke bog.

Schon einen Tag später waren sie sich am gleichen Ort und zur gleichen Zeit ein weiteres Mal begegnet. Nicht zufällig, wie sie einander im Nachhinein gestanden, denn jeder hatte gehofft, den anderen wiederzusehen. Von da an hatten sie sich regelmäßig getroffen. Hatten zu Sankt Martin in einem Café beim Dom gemeinsam einen Weckmann verzehrt und Kakao getrunken. Waren am Nikolaustag am Rheinufer spazieren gegangen und hatten die Eisschollen beobachtet, die gemächlich stromabwärts geglitten waren. Dabei hatten sich ihre Schultern berührt, und Dorothea war überzeugt gewesen, ihr Herzklopfen müsse noch am gegenüberliegenden Flussufer zu hören gewesen sein.

Und nach dem Neujahrsfest war sie Alexander in ein neu eröffnetes Tanzlokal am Heumarkt gefolgt, wo er sie nach einer feurigen Polka das erste Mal auf die Wange geküsst und sie beim Abschied diesen Kuss zitternd erwidert hatte. Dem viele weitere gefolgt waren. Erst sanfte, unschuldige und dann innige, hingebungsvolle Küsse, die in ihr die Hoffnung geweckt hatten, dass Alexander es ernst meine und ihr schon bald einen Antrag machen werde.

Ihr Herz tat vor Freude einen Sprung, als sie den Freund auf sich zueilen sah. Schon von Weitem hatte sie ihn an seiner grauen Filzmütze erkannt, die immer ein wenig schief auf dem zerzausten Haar saß. Die Seiten seines nur halb zugeknöpften schwarzen Wollmantels sprangen bei jedem Schritt auf.

»Mein edles Fräulein, darf ich wagen, Ihnen meinen Arm und Geleit anzutragen?«, fragte er gut gelaunt und überdeutlich, sodass alle Vorbeikommenden es hören konnten.

»Goethes Faust, mein Lieblingstheaterstück«, raunte er ihr schmunzelnd zu.

An seinem Augenzwinkern war zu erkennen, dass er viel lieber ihre Taille umfasst, sie hochgehoben und herzhaft geküsst hätte. Doch sie befanden sich in der Öffentlichkeit, wo es die Regeln des Anstandes und der Schicklichkeit zu wahren galt. So jedenfalls hatte Dorothea es dem Freund eingeschärft, nachdem er sie einmal beim Abschied leichtfertigerweise beinahe umarmt hätte. Ein älterer Mann blieb stehen und betrachtete die formvollendete Begrüßungsszene mit wohlwollendem Nicken. Mit der Linken nahm Alexander die Mütze vom Kopf und hielt sie sich vor die Brust. Dabei konnte er gerade noch verhindern, dass seine abgewetzte braune Ledertasche, die er sich unter den Arm geklemmt hatte, zu Boden fiel.

Mit der Rechten griff er nach Dorotheas Hand, neigte sich mit einer schwungvollen Bewegung vornüber und hauchte einen Luftkuss in gefährlich geringem Abstand auf ihren Handrücken. Er senkte die Stimme. »Du siehst hinreißend aus, meine Liebste. Trägst du heute wieder dieses hellblaue Mieder, das ich beim letzten Mal durch einen offen stehenden Knopf an deiner Bluse schimmern sah? Ich möchte unbedingt herausfinden, was sich unter dem Mieder befindet.« Er grinste frech und weidete sich an ihrer Verlegenheit.

»Alexander! Wie kannst du so etwas sagen? Du solltest dich schämen«, zischelte Dorothea ihm zu und blickte sich verstohlen nach allen Seiten um. Hoffentlich hatte niemand der Passanten diese anzüglichen Worte gehört.

»Schämen? Weil ich die Wahrheit gesprochen habe? Niemals!«

»Hast du mich etwa hierher bestellt, um mir das zu sagen?«

»Um ganz ehrlich zu sein ... nein. Aber nun komm, ich erzähle dir alles im Gewächshaus.«

Dorothea runzelte die Stirn, wie sie es immer tat, wenn ihr etwas missfiel. Sie räusperte sich und sprach nunmehr laut und klar. »Mein Herr, mir ist es ebenfalls eine Freude.« Mit erhobenem Kopf und energischen Schritten eilte sie auf das verschnörkelte Eisentor zu.

Die Gartenanlage im Schatten der Dombaustelle erstreckte sich zwischen Marzellenstraße, Trankgasse, Hexengässchen und Maximinenstraße. Gern erinnerte Dorothea sich an einen Ausflug, den sie und ihre Klassenkameradinnen mit Schwester Hildegardis, die an der Nonnenschule in der Kupfergasse Pflanzenkunde unterrichtete, hierher unternommen hatten.

Alexander, der Dorothea um anderthalb Köpfe überragte, musste sich sogar beeilen, mit ihr Schritt zu halten. Er reichte ihr seinen Arm, den sie jedoch absichtlich und mit vorgestrecktem Kinn übersah.

»Nun sei mir nicht gram, holde Schönheit. Ich habe es doch nicht böse gemeint, ich wollte dir ein Kompliment machen.« In gespielter Verzweiflung legte er sich beim Gehen eine Hand aufs Herz, die andere hob er wie zum Schwur. Dabei rutschte seine Tasche zu Boden, zahlreiche eng beschriebene Papierbögen verteilten sich auf dem Kiesweg.

»Siehst du, die Strafe folgt auf dem Fuß.« Obwohl Dorothea nicht zur Schadenfreude neigte, sah sie doch mit einiger Genugtuung zu, wie der Freund leise fluchend die Blätter einsammelte und in die Tasche packte. Beim Weitergehen tat er auf einmal einen Satz zur Seite und konnte gerade noch verhindern, in einen frischen Hundehaufen zu treten. *Bürger Kölns, schützet diese Anlage und haltet die Wege frei von menschlichem Kehricht und Hundekot*, war auf einer

Warntafel zu lesen, die unmittelbar am Wegrand aufgestellt worden war.

Alexander deutete feixend auf das Schild und tippte sich an die Mütze. »Also gut, meine Liebste, jetzt sind wir quitt. Darf ich dich ins Kurhaus zu einem Glas Mineralwasser einladen? Als Ausdruck meiner tief empfundenen Reue. Außerdem habe ich eine entsetzlich trockene Kehle. Ich muss dringend etwas trinken.«

Dorothea vergaß ihren anfänglichen Unmut und musste plötzlich über Alexanders zerknirschte Miene lachen. »Meine Großmutter hat immer gesagt, es bringe Glück, wenn man in einen Hundehaufen tritt. Du hättest vielleicht doch nicht ausweichen sollen.«

Im Schutz vor dem scharfen Wind schritten sie an einer efeuumrankten, verwitterten Steinmauer einträchtig nebeneinander her. Das Kurhaus, ein hell getünchter Bau mit umlaufenden Säulen, galt neben dem beheizten Gewächshaus als Attraktion des Botanischen Gartens. Vor allem in den Sommermonaten lockte er zahlreiche Ausflügler aus Köln und Umgebung an. Das Kurhaus war auch zur Winterzeit gut besucht. Die meisten Gäste wohnten oder arbeiteten in der Nachbarschaft. Sie kamen vor allem, um mit Mattes zu plaudern. Der Inhaber der Gaststätte wusste über alles und jeden in der Stadt Bescheid und pflegte beste Kontakte sowohl zu den Honoratioren als auch zu manch zwielichtigen, polizeibekannten Gestalten. Was jedoch keine der beiden Parteien störte.

Mattes hieß mit Vornamen eigentlich Alfons Matthias, stammte aus dem Severinsviertel im Süden der Stadt und war ein schwergewichtiger Sechseinhalbfuß-Mann mit einem Gesicht wie eine englische Bulldogge. Er verzog den Mund und zeigte eine breite Zahnlücke, als Alexander und Dorothea zu ihm an den Tresen traten.

»Schau an, der Herr Weinsberg! Lange nicht gesehen. Was macht die Schreibkunst? Wird die Kölnische Zeitung bald einen neuen Chef bekommen?«

Alexander grinste zurück. »Aber Herr Krautmacher, ich habe doch erst vor einem Jahr angefangen. Doch wer weiß, ob ich noch lange über Ratssitzungen, Taubenzüchtervereine und gestohlene Schubkarren schreiben werde.« Bei diesen Worten zwinkerte er Dorothea zu, die abermals die Stirn runzelte.

»Oho, Sie streben also doch nach Höherem ... Wusste ich's doch. Aber bleiben Sie ruhig weiterhin in der Lokalredaktion. Ist 'ne ehrlichere Arbeit, als über Politik zu berichten. Unter den Zeitungsleuten gibt es jede Menge Opportunisten. Drehen sich wie die Fähnchen im Wind und reden denen da oben nach dem Mund. Scheren sich keinen Deut um die Not der kleinen Leute.« Der Wirt griff nach einem karierten Leinentuch und machte sich ans Abtrocknen der Biergläser. Mit jedem Glas redete er sich mehr in Rage. »Sehen Sie sich doch bei uns im Lande um! Seit Jahren Missernten, immer mehr Maschinen in den Fabriken, die den Arbeiter ersetzen, die Reichen zahlen kaum Steuern ... Die Menschen verlieren zuerst ihre Arbeit und dann ihre Hoffnung. Irgendwann platzt denen der Kragen. Sie werden Barrikaden errichten und Häuser anzünden. Und wenn in Deutschland alles den Bach runtergeht, dann kann ich meinen Laden hier dichtmachen.«

»Sie dürfen nicht immer alles gleich so schwarz sehen, Herr Krautmacher. Unruhen hat es bisher nur in Berlin und in Wien gegeben. Also weit weg von Köln. Wie pflegte mein Großvater zu sagen? Die Lage ist hoffnungslos, aber nicht ernst.« Alexander erntete erst einen verdutzten Blick, dann ein dröhnendes Gelächter.

»Ja, ja, ich verstehe. Sie wollen damit sagen, der olle Krautmacher, der soll mal nicht immer so viel von Politik schwadronieren... Also gut, wechseln wir das Thema. Was wünschen die Herrschaften zu trinken?«

»Ein Mineralwasser für die charmante junge Dame an meiner Seite und für mich ein Bier.«

Mattes Krautmacher füllte zwei Gläser und stellte sie schwungvoll auf die Theke. Dann beugte er sich augenzwinkernd vor und legte Alexander vertraulich die Hand auf den Arm. »Da haben Sie sich aber ein lecker Mädchen angelacht«, raunte er. »Auf die müssen Sie gut aufpassen. Bevor ein anderer das zarte Röslein pflückt.«

Dorothea ärgerte sich, dass ihr auf die taktlosen Worte des Wirtes keine passende Antwort einfiel. Sie hasste es, wenn jemand auf ihre Kosten mehrdeutige Anspielungen machte. Mit eisiger Miene nahm sie die beiden Gläser und trug sie an einen Tisch im hinteren Teil des Lokals, wo ein Kohleofen behagliche Wärme verströmte. Sie legte Mantel und Muff ab, behielt jedoch den Hut auf. Alexander nahm neben ihr Platz und erhob das Glas.

»Auf uns.«

Innerlich jubelte Dorothea – ganz gewiss würde sich Alexander ihr erklären wollen. Aber warum nicht hier, warum sollte sie unbedingt noch mit ins Gewächshaus kommen? Nachdem sie einen ersten Schluck zu sich genommen hatten, ließ sie es zu, dass Alexander unter dem Tisch ihre Hand ergriff und sanft drückte. Zuvor hatte sie sich vergewissert, dass niemand von den Gästen diese Vertraulichkeit beobachten konnte. Die ersehnte Berührung verursachte ihr eine Gänsehaut.

Die Haare des Freundes standen wirr in alle Richtungen ab. Wie gern hätte sie ihm mit den Fingern durch die Locken gestrichen, die Wange gegen seinen Kopf gelegt und den Duft seines Rasierwassers gerochen, das an eine Mischung aus Leder, Seife und Thymian erinnerte. Sie hatte ihn seit der letzten Begegnung vor einer Woche vermisst. Schrecklich vermisst.

»Danke, dass du gekommen bist, Dorothea. Welche Ausrede hast du dir denn für heute ausgedacht?« Um Alexanders Augen tanzten Lachfältchen. Dorothea wurde ernst und schmallippig.

»Ausrede... Wenn du wüsstest, wie streng meine Mutter ist. Manchmal denke ich, sie würde mich am liebsten auf Schritt und Tritt beobachten. Sie ist entsetzlich misstrauisch und immer nur um den guten Ruf der Familie besorgt. Als ob ich nicht weiß, was ich tun oder lassen muss. Schließlich bin ich volljährig.« Wie um diesen Satz zu unterstreichen, schlug sie mit der Faust leicht auf die Tischplatte. »Ich habe meiner Mutter sogar wahrheitsgemäß gesagt, wohin ich gehe. Aber ich habe auch erzählt, ich nähme mein Skizzenbuch mit, um zu zeichnen. Das Thema Pflanzen aus aller Welt werde ich nämlich in Kürze mit meinen beiden Schützlingen im Unterricht durchnehmen.«

Alexander nickte anerkennend. »Sehr geschickt, wie du das eingefädelt hast. Übrigens – eine so hübsche und kluge Lehrerin wie dich hätte ich auch gern gehabt.« Seine Hand tastete unter dem Tisch nach ihrem Knie, wanderte den Oberschenkel hinauf. Dorothea hielt für einen Moment den Atem an, als sie seine zärtlichen Fingerkuppen durch den Stoff ihres Kleides spürte. Diese Berührung war eigentlich taktlos, aber zugleich ungefährlich, weil sie im Schutz der Öffentlichkeit stattfand. Sie hätte sie am liebsten noch länger ausgekostet. Doch die Zeit drängte. Sie musste vor Einbruch der Dunkelheit zu Hause sein, wollte sie nicht den Zorn ihrer Mutter heraufbeschwören. Sachte kniff sie Alexander in den Handrücken und setzte eine strenge Miene auf.

»Möchtest du mich noch länger auf die Folter spannen, oder darf ich endlich erfahren, warum ich so dringend herkommen sollte?«

Enttäuscht zog Alexander die Hand zurück. »Wie unromantisch du bist, Liebste. Ich hätte meine kleine Erkundungstour gern noch ausgedehnt… aber du hast recht. Das Gewächshaus schließt in einer halben Stunde.« Er griff nach seiner Tasche, half Dorothea in den Mantel und schob sie sanft vor sich her zum Ausgang.

Mattes Krautmacher verdrehte die Augen und lächelte vieldeutig. »Sie haben es aber eilig, Herr Weinsberg. Ja, ja, so jung müsste man noch mal sein…« Alexander schwenkte lachend seine Mütze. Dorothea dagegen war erleichtert, den Anzüglichkeiten des Wirtes zu entkommen.

Draußen waren nur wenige Passanten unterwegs, die den Botanischen Garten während der Öffnungszeiten häufig als Abkürzung nutzten. Dorothea und Alexander wanderten über breite Kieswege zum Gewächshaus. Der imposante Bau aus Stahlstreben und Glas wurde von einem zweistufigen Pagodendach gekrönt. Er erhob sich oberhalb einer Treppe, die in den höher gelegenen Teil der Anlage führte.

Dorothea deutete ungeduldig auf den gläsernen Palast, in dessen Fassade sich die kahlen, knorrigen Bäume der Umgebung spiegelten. »Jetzt hast du mich aber wirklich lange genug rätseln lassen. Ich platze vor Neugier… Verbirgt sich hier drinnen das Geheimnis, das du so dringend lüften möchtest?«

»Du wirst es sofort erfahren, Liebste.« Alexander öffnete die Tür und ließ Dorothea eintreten. Feuchte Wärme schlug ihnen entgegen. Es roch nach Erde und etwas süßlich Fauligem, das Dorothea nicht zuordnen konnte. Hohe Palmen und bizarr geformte Bäume streckten sich dem gläsernen Dach entgegen, über dem sich ein grauer Kölner Winterhimmel spannte. Weiß und rot blühende Pflanzenranken fielen aus unbestimmter Höhe herab, andere kletterten die Stämme hinauf oder krochen über den Boden.

Fragend blickte Dorothea zu dem Freund hinüber. Stand ganz ruhig da, während ihr Inneres vor Erwartung bebte. Endlich würde er mit der Sprache herausrücken und erklären, was ihm so wichtig war. Seltsamerweise schien Alexander nichts von ihrer Anspannung zu spüren. Oder er wollte es nicht bemerken.

»Da entlang, bitte.«

Nur mit Mühe vermochte Dorothea ihre wachsende Ungeduld zu bezähmen. Sie hörte kaum zu, als Alexander ihr erklärte, in welchen fernen Ländern diese Pflanzen zu Hause waren. Auf engen, geschwungenen Pfaden gingen sie weiter, duckten sich unter tief hängenden Zweigen mit tellergroßen, glänzenden Blättern und gelangten zu einem Wasserfall, neben dem eine Holzbrücke einen schmalen Bach überspannte. Feinste Wassertropfen setzten sich auf ihre Gesichter.

»Und, gefällt es dir?« Doch Alexander wartete Dorotheas Antwort gar nicht ab, sondern fuhr begeistert fort: »Ich jedenfalls finde es wunderschön hier. So habe ich mir immer das Paradies vorgestellt. Alles ist grün und trotzdem ganz unterschiedlich gefärbt. Das schmale gefiederte Blatt dort vorn ist von einem gelblichen Grün, das breite gezackte daneben ist viel dunkler und mit etwas Blau vermischt. Manche wirken bräunlich oder sogar silbern... Nun, schlägt das Herz einer Zeichenlehrerin da nicht höher?«

Er blieb vor einem Baum stehen, dessen Blätter an riesige Staubwedel erinnerten. Grüne, leicht gekrümmte Früchte wuchsen von unten nach oben in dicken Stauden. Offenbar war Alexander der Ansicht, ihr zuerst eine Nachhilfestunde in Pflanzenkunde geben zu müssen, bevor er zu seinem eigentlichen Thema kam. Aber Dorothea ließ sich nicht länger hinhalten. Trotzig zückte sie ihr Skizzenbuch, konzentrierte sich ganz auf ihr Objekt und zeichnete drauflos. Dabei drückte sie den Stift so fest auf das Papier, dass die Spitze abbrach. Verärgert über ihre Ungeschicklichkeit, suchte sie in der Manteltasche nach einem frischen Stift.

»Das ist ein Bananenbaum. Wenn die Früchte gelb geworden sind, kann man sie essen«, erklärte der Freund und kam nun richtig in Schwung. »Bananen wachsen in Mittelamerika, und zwar in Costa Rica, in einem Land, das bisher kaum erforscht wurde. Ein deutscher Wissenschaftler mit Namen Alexander von Humboldt hat vor fast fünfzig Jahren die Nachbarstaaten bereist und seine Erinnerungen aufgeschrieben. Mein Patenonkel hat ihn auf einer seiner Expeditionen begleitet.«

Dorothea hielt inne und ließ den Stift ruhen. Sie erinnerte sich vage daran, von solchen Forschungsreisen schon einmal gelesen zu haben, und hörte plötzlich aufmerksam zu.

»Als ich ein kleiner Junge war, hat mir Onkel Johannes oft von seinen Abenteuern erzählt. Damals habe ich beschlossen, auch einmal auf Reisen zu gehen. In ein fernes, unbekanntes Land.«

Sie nickte, ohne recht zu begreifen. Warum erzählte er ihr das alles? Warum rückte er mit seinem eigentlichen Anliegen nicht heraus und spannte sie unnötig auf die Folter?

»Und jetzt kommt, was ich dir sagen wollte.«

Dorothea wagte nicht zu atmen. Würde er sich endlich erklären? Ihr einen Antrag machen, sie aus dem ungeliebten Elternhaus befreien und in eine goldene Zukunft führen?

Mit lebhaften Gesten sprach Alexander weiter. »Stell dir vor, Liebste, mein Kindheitstraum wird sich erfüllen. Ein berühmter Verleger in Berlin hat mir ein Angebot gemacht. Ich soll in seinem Auftrag nach Costa Rica reisen und das Land erkunden. Und danach ein Buch über meine Erlebnisse schreiben. Ist das nicht großartig?«

Schweigend stand Dorothea da, fühlte sich wie vom Donner gerührt. Eisige Kälte breitete sich in ihrem Innern aus. Dann öffnete sie den Mund, hob zum Sprechen an und verstummte gleich darauf. Sie hüstelte, räusperte sich. »Ja, aber... Mittelamerika, das ist so unendlich weit weg. Und außerdem... wie lange wirst du fort sein?« Ihre Stimme klang brüchig und rau.

»Je nachdem, anderthalb Jahre, vielleicht auch zwei. Auf jeden Fall wird die Arbeit gut bezahlt. Die Reisespesen sind ebenfalls überaus großzügig bemessen. Ich würde mehr als das Doppelte dessen verdienen, was ich bei der Zeitung bekomme. Und am Verkauf des Buches wäre ich auch beteiligt. Solche persönlichen Reiseberichte sind derzeit hoch in Mode. Je exotischer das Ziel, desto größer die Leserschaft. Mit etwas Glück werde ich womöglich sogar berühmt... Aber was ist, Dorothea, warum ziehst du ein solches Gesicht? Freust du dich denn gar nicht?« Alexander legte ihr eine Hand auf die Schulter, mit der anderen hob er ihr Kinn an. Mit ratloser Miene suchte er ihren Blick.

Dorothea gab sich keine Mühe mehr, die Tränen zurückzuhalten. Sie rannen ihr über die Wange, sammelten sich am Kinn. Was war sie doch für ein Kindskopf. Das also war der Grund, warum er sich mit ihr treffen wollte. Um ihr zu sagen, dass sie sich zwei Jahre nicht mehr sehen würden. Eine Zeit, viermal so lang wie die Dauer ihrer Bekanntschaft. Während er ein fernes, unerforschtes Land erkunden würde,

würde sie allein in Köln zurückbleiben und ihr langweiliges tägliches Einerlei leben.

Ein schrecklicher Gedanke durchfuhr sie, und sie fühlte, wie ihr Herzschlag für einen Moment aussetzte. Ganz bestimmt hätte Alexander sie bald vergessen. Warum sollte er noch irgendeinen Gedanken an sie verschwenden? Schließlich war sie nur eine unbedeutende kleine Hauslehrerin. Sicherlich würde er in der Fremde eine andere kennenlernen. Eine feurige, wunderschöne, reiche Frau. Eine indianische Prinzessin vielleicht, sofern es in jenem Land Indianer gab. Und das halbe Jahr, das sie beide miteinander verbracht hatten, ihre Geheimnisse, die sie sich gegenseitig anvertraut hatten, ihr Lachen, ihre Küsse, ihre Zärtlichkeiten – das alles würde nicht mehr zählen. Wäre nur ein Traum gewesen. Eine Selbsttäuschung. Ein Hirngespinst.

Sie zog ein Taschentuch aus dem Ärmel und wischte sich über die Augen. Ein heftiges Schluchzen schüttelte sie, und ihre Schultern bebten. Ihre ganze Traurigkeit und ihren ganzen Schmerz wollte sie laut hinausschreien, doch es kam nur ein Krächzen zustande.

»Aber Dorothea, warum weinst du? Ich glaube, du hast mich nicht richtig verstanden.« Ratlos blickte Alexander auf sie herab und schüttelte den Kopf. Und dann, nach mehreren heftigen Schluchzern, brach es unvermittelt aus Dorothea heraus.

»Also gut, wenn du meinst… Ich verstehe dich also nicht. Dann hast du ja einen Grund mehr, von hier wegzugehen. Ich sehe das Buch schon vor mir: Alexander Weinsberg. Costa Rica – Abenteuer in einem fernen, unbekannten Land. Du wirst reich und berühmt werden, und die Frauen werden dir zu Füßen liegen. Meinen Glückwunsch! Und was aus mir wird – das kann dir gleichgültig sein.«

Sie schlug sich die Hand vor den Mund und hielt erschrocken inne. Was war nur in sie gefahren? Ihr schien, als redete in Wirklichkeit nicht sie, sondern eine völlig andere Person. Doch beim Gedanken an Alexanders Worte flossen ihre Tränen von Neuem. Sie griff sich an den Hals, fürchtete, nicht mehr genügend Luft zu bekommen. Im nächsten Moment drehte sie sich jäh um, rannte über den engen Pfad zum Ausgang. Herabhängende Zweige schlugen ihr ins Gesicht. Immer schneller lief sie, hörte das rhythmische Klacken ihrer Stiefeletten auf den steinernen Platten.

Kurz bevor sie das Ende des Weges erreicht hatte, rutschte sie auf dem feuchten Untergrund aus. Dabei stolperte sie über eine Stufe, die sie zu spät erkannt hatte. Sie fiel zu Boden, konnte sich gerade noch rechtzeitig mit den Händen abstützen und verhindern, dass sie mit dem Kopf aufschlug. Benommen blieb sie liegen und wünschte sich, nicht mehr zu sein.

Wie von ferne vernahm sie Alexanders Stimme. »Dorothea, hörst du mich? Warum antwortest du mir nicht?«

Behutsam richtete er sie auf und legte ihr den Arm um die Schultern, streichelte ihr über die Wange. Sie wandte ihm ihr tränenüberströmtes Gesicht zu, sah ihn wie durch einen Schleier.

»Mein Liebling, was hast du nur? Willst du denn nicht meine Frau werden und mit mir kommen?«

FEBRUAR 1848

»Hier, Fräulein Fassbender, das hab ich für dich gemalt. Kannst du erkennen, was es ist?« Maria, der achtjährige Wirbelwind, lachte laut und zeigte eine breite Zahnlücke. Mit ihren farbverschmierten Händen schob sie ein Stück Papier über den Tisch und blickte Dorothea erwartungsvoll an.

»Das heißt *Sie*, du Dummliesel. Das hab ich für *Sie* gemalt. Ein Mädchen in deinem Alter sollte das doch längst wissen.« Moritz, ein schmächtiger Knabe, stemmte die Hände in die Hüften und machte sich so lang, wie es einem zwölfjährigen Jungen nur möglich war. Dabei zog er die Brauen hoch und setzte eine herablassende Miene auf.

Dorothea wusste sogleich, wem er diese Pose abgeschaut hatte. Seinem Vater nämlich, dem Inhaber der Anwaltskanzlei Rodenkirchen und Rodenkirchen, die er gemeinsam mit seinem jüngeren Bruder in einem eleganten Stadthaus am Alten Markt betrieb. Anton Rodenkirchen, Dorotheas Dienstherr, der Vater von Maria und Moritz, neigte zu einer gewissen Großspurigkeit. Weshalb Dorothea vermutete, er wolle mit dem lauten Gehabe lediglich von seiner geringen Körpergröße ablenken. Denn der überaus eitle Herr Advokat reichte ihr trotz erhöhter Schuhsohlen gerade einmal bis zum Kinn.

Tadelnd blickte Moritz auf seine Schwester hinunter. »Putz

dir endlich die Nase. Das Geschniefe ist ja nicht zum Aushalten. Und etwas deutlicher könntest du auch sprechen.« Er zog ein zerknülltes Leintuch aus dem Wams und hielt es Maria hin. Die schüttelte nur den dunklen Lockenkopf und wischte sich mit dem Ärmel ihres hellblauen Musselinkleides über das Gesicht.

»Bäh, den Lappen nehme ich nicht. Der ist ja dreckig... Nun sag schon, Fräulein Lehrerin, was siehst du auf dem Bild?«

Wegen ihrer zwei fehlenden Vorderzähne sprach Maria seit einigen Tagen in einem drolligen Lispelton, der Dorothea zu einem unwillkürlichen Lächeln veranlasste. Rasch wandte sie sich zur Seite, damit ihre Zöglinge nichts bemerkten. Sie zog ein frisch gebügeltes Taschentuch für die Kleine aus ihrer Rocktasche. Maria schnaubte kräftig hinein und stopfte sich das Tuch nachlässig ins Mieder.

Dorothea drehte das Bild in den Händen und betrachtete das Liniengewirr mit zusammengekniffenen Augen. Sagte sie etwas Falsches, so wäre Maria enttäuscht und würde womöglich die Abendmahlzeit verweigern. Und Moritz könnte sich wieder einmal als der überlegene ältere Bruder bestätigt fühlen. Ohnehin war er der Stolz des Vaters, der viel lieber zwei Jungen gehabt hätte und mit der quirligen Tochter wenig anfangen konnte. Aber Dorothea mochte die fröhliche, unbekümmerte Kleine, die so offensichtlich um Aufmerksamkeit und Lob buhlte.

»Lass einmal sehen, es könnte vielleicht...« Dorothea blinzelte über den Blattrand und achtete genau auf Marias Gesichtsausdruck. »... es könnte ein Engel sein...« Das Mädchen zog einen Flunsch und schniefte, fuhr sich mit dem Ärmel über die Nase. Dorothea dachte angestrengt nach, ob sie in den letzten Unterrichtsstunden ein Thema durchgenommen hatte, das der Kleinen besonders gut gefallen hatte. Ja, natürlich, sie hatte den Kindern von Maria Sibylla Merian erzählt, die vor hundertneunzig Jahren schon als junges Mädchen Seidenraupen gezüchtet hatte.

Maria hatte mit offenem Mund dagesessen und nicht genug von der Entwicklung der Schmetterlinge und vom Leben der Forscherin hören können. Im elterlichen Bibliothekszimmer fand sich sogar eine handsignierte Erstausgabe des dreibändigen Werkes *Der Raupen wunderbare Verwandlung und Blumennahrung*. Die zahlreichen farbenprächtigen Abbildungen hatten es der Kleinen besonders angetan. Dorothea sprach langsam weiter.

»Aber nein, es ist kein Engel, dazu sind die Flügel viel zu zart… Jetzt weiß ich es. Es ist ein Schmetterling, richtig? Und du hast ihn wunderschön gezeichnet.«

Maria verzog den Mund zu einem stolzen Lächeln und klatschte in die Hände. »Siehst du, Moritz? Im Malen bin ich viel besser als du.«

Ihr Bruder warf einen abschätzigen Blick auf das Blatt Papier. »Das ist ein blödes Gekrakel. Einen Schmetterling erkenne ich jedenfalls nicht darin. Den hat unsere Lehrerin auch nur geraten. Außerdem mag sie mich viel lieber als dich. Bitte, Fräulein Fassbender, sagen Sie, dass ich recht habe.«

»Solche Worte will ich nicht hören, das weißt du ganz genau.« Dorotheas Stimme klang scharf. »Ich mag euch beide und bevorzuge niemanden. Wo Lob angebracht ist, muss es auch ausgesprochen werden. Maria hat sich viel Mühe gegeben. Vergiss nicht, Moritz, sie ist vier Jahre jünger als du. Sie bewundert ihren großen Bruder. Du dürftest ihr ruhig öfter ein freundliches Wort sagen.«

Moritz hielt sich die Ohren zu und begann laut zu singen. Plötzlich griff er nach der Dose mit den Malstiften und stieß sie über die Tischkante. Die Stifte landeten auf dem farbenprächtigen orientalischen Teppich. Ein mehr als hundert Jahre altes und seltenes Exemplar aus Täbriz, wie die Hausherrin jedem Besucher unaufgefordert erzählte. Maria schluchzte laut auf und lief zu Dorothea, suchte in deren Rockfalten Schutz.

»Moritz ist so gemein. Immer muss er mich ärgern.«

»Heulsuse, Heulsuse!« Moritz hüpfte auf einem Bein um den Tisch herum und schnitt Grimassen. Gerade als er sich anschickte, auf den Stiften herumzutreten, betrat Frau Rodenkirchen das Zimmer. Ihre für eine Frau ungewöhnlich tiefe Stimme bebte.

»Was ist denn das für ein Lärm?« Agnes Rodenkirchen war mit Fug und Recht eine stattliche Erscheinung zu nennen. Ihren Ehemann überragte sie um Haupteslänge, ihre Leibesfülle wies im Vergleich zu der ihres Angetrauten sicher den doppelten Umfang auf. Sie stammte von einem Adelsgut aus dem Bergischen Land und ließ gern durchblicken, dass sie eigentlich unter ihrem Stand geheiratet hatte. Einzig und allein der Liebe wegen, wie sie mit leisem Seufzen und kokettem Augenaufschlag zu bekunden pflegte.

Aber Dorothea hatte mittlerweile von der Köchin erfahren, dass es bei dieser Ehe weniger um Zuneigung als um eine Vereinbarung unter Geschäftspartnern gegangen war. Anton Rodenkirchen hatte Agnes' Vater in einer heiklen Angelegenheit, in der es um Ländereien und hohe Geldsummen ging, vor Gericht vertreten und einen Urteilsspruch zugunsten des Grafen erwirkt.

Ein halbes Jahr später war Anton Rodenkirchen mit der ältesten Tochter seines Mandanten verheiratet gewesen, wohnte in einem hochherrschaftlichen Haus an einer der ersten Adressen Kölns und ging in den erlauchtesten Kreisen ein und aus. Seine Klientel bestand vornehmlich aus Ratsherren, Ärzten und Geistlichen.

Maria und Moritz schrien nun ständig durcheinander, gingen aufeinander los und zerrten sich gegenseitig an den Haaren.

»Der Moritz ist schuld…«

»Gar nicht wahr, die blöde Ziege lügt…«

»Gemeinheit…«

Dorothea trennte die beiden Streithähne. »Bitte, Kinder, vertragt euch! Frau Rodenkirchen, wenn ich dazu etwas sagen darf…«

»Danke, das ist nicht nötig. Wem gehören die Stifte? Dir, Maria? Dann hebst du sie auch auf. Keine Widerrede! Und du, Moritz, wäschst dir die Hände und ziehst dich um. Du weißt, du darfst deinen Vater heute zu einem Klavierabend bei Baron Mansfeld begleiten. Es heißt, an seiner Frau sei eine Pianistin verloren gegangen. Wie bedauerlich, dass ich euch nicht begleiten kann. Ich fühle mich… unpässlich.«

Unpässlich fühlte Agnes Rodenkirchen sich immer dann, wenn sie Menschen aus dem Weg gehen wollte, die sie nicht leiden konnte. Und Baronin Mansfeld und sie waren Erzfeindinnen, wie die redselige Köchin Dorothea einmal anvertraut hatte. Einen Grund dafür konnte sie allerdings nicht nennen.

Moritz schnitt eine Grimasse und streckte seiner Schwester die Zunge heraus. Dann stolzierte er hoch erhobenen Hauptes in sein Zimmer. Maria presste die Lippen aufeinander und blickte hilfesuchend zu ihrer Lehrerin auf. Als diese bedauernd die Schultern hob und kaum merklich nickte, sammelte die Kleine schließlich die Stifte ein. Dabei fielen einige Tränen auf den Teppich.

Am liebsten hätte Dorothea das Kind in die Arme genommen und getröstet. Doch es stand ihr nicht zu, sich in die Erziehungsprinzipien der Mutter einzumischen. Als Lehrerin war sie lediglich für Deutsch, Rechnen, Malen und Singen zuständig. Außerdem durfte Dorothea es sich mit den Rodenkirchens nicht verderben. Schließlich war sie auf das Wohlwollen ihrer Arbeitgeber angewiesen. Trotzdem ärgerte sie sich über die Hartnäckigkeit, mit der die Familie stets den hochnäsigen Moritz bevorzugte. In einem unbeobachteten Moment, ohne dass die Mutter etwas davon mitbekam, steckte Dorothea der Kleinen eine Pfefferminzpastille zu. Augenblicklich hellte die Miene des Mädchens sich auf.

»Ach, kommen Sie doch für einen Moment in den Salon, Fräulein Fassbender. Sie müssen mir unbedingt erzählen, welche Fortschritte die beiden Kinder in letzter Zeit gemacht haben. Wie lange sind Sie bei uns inzwischen in Stellung? Ein halbes Jahr?«

Agnes Rodenkirchen ging gemessenen Schrittes voraus und prüfte dabei den Sitz ihres untadelig aufgesteckten gelbblonden Haares. Sie wies Dorothea einen jener zierlichen französischen Sessel an, wie sie seit Kurzem in den besseren Kreisen in Mode gekommen waren. Die Dame des Hauses hatte es sich nicht nehmen lassen, persönlich nach Paris zu reisen und die Möbel beim Hoflieferanten des mittlerweile von seinem Volk davongejagten Königs Louis-Philippe in Auftrag zu geben. Auch der marmorne Kamin mit dem darüber hängenden goldgerahmten Spiegel und ein Nussbaumsekretär mit Perlmuttintarsien zeugten von französischer Herkunft.

Denn wer etwas auf sich hielt – und das taten Anton Rodenkirchen und seine Frau Agnes –, der orientierte sich an den Gepflogenheiten des westlichen Nachbarlandes. Insbesondere daran, was am französischen Hof angesagt war, mochte der deutsche Adel auch noch so sehr darum eifern, in Stilfragen den Untertanen ein Vorbild zu sein. Die Gefälligkeit und Leichtigkeit der Franzosen in Bezug auf Möbel, Musik und Mode übertrumpften bei Weitem die deutsche Behäbigkeit. Feindgefühle hin, Feindgefühle her. Und die hegten nach wie vor so manche ältere Bürger, die die unselige Zeit noch in lebhafter Erinnerung hatten, als napoleonische Truppen ins Rheinland einmarschierten und den Besiegten ihre Gesetze aufnötigten. Aber um Politik hatten die Rodenkirchens sich ohnehin nie geschert.

Dorothea setzte sich auf die Sesselkante und überlegte, wie ihre Dienstherrin wohl in einem derart schmalen Sitzmöbel Platz nehmen wollte. Doch Agnes Rodenkirchen wählte das Sofa, in dem sie wie eine schwere Last versank. Ihr resedafarbenes Seidenkleid bildete einen reizvollen Farbkontrast zu dem dunkelblauen Bezugsstoff mit eingewebten Rosenblüten, wie Dorotheas geschultes Auge sogleich feststellte.

»Gnädige Frau, ich stehe seit nunmehr neun Monaten in Ihren Diensten, und ich muss sagen, beide Kinder haben große Fortschritte gemacht. Moritz beherrscht mühelos das große Einmaleins, auch das Lesen ist viel flüssiger geworden. Und Maria ist sehr eifrig und strengt sich bewundernswert an. Ein echter Sonnenschein. Malen und Singen liegen ihr besonders.«

Dorothea lächelte über ihre Zweifel hinweg, dass diese Kinder jemals herausragende schulische Leistungen erbringen würden. Maria war liebenswert und anlehnungsbedürftig, aber ihr fiel es schwer, sich zu konzentrieren. Nur wenn es sich um Tiere handelte, hörte sie aufmerksam zu. Sonst aber ließ sie sich leicht ablenken, wollte lieber herumtollen als still sitzen. Weswegen Dorothea ihren Eltern den Vorschlag machen wollte, den Unterricht bei schönem Wetter im Garten abzuhalten und ihn zwischendrin durch Bewegungsspiele aufzulockern.

Moritz war nicht dumm, aber faul. Er hatte wenig Lust, Diktate zu schreiben oder seine Rechenaufgaben zu machen. Immer wieder musste Dorothea mit Engelszungen auf ihn einreden. Allerdings war sein Selbstbewusstsein nicht zu erschüttern. Während die meisten Jungen in seinem Alter davon träumten, Ritter oder Entdecker zu werden, sah er sich schon als Bürgermeister oder reichen Fabrikbesitzer, umgeben von einer Schar von Dienstboten.

Agnes Rodenkirchen nickte zufrieden und lehnte sich gegen ein Sofakissen, wobei ihr das eng geschnürte Korsett eine nur mäßig komfortable Haltung erlaubte. »Ich habe den Eindruck, die Kinder kommen mit Ihnen sogar besser zurecht als mit den Hauslehrern, die wir vorher hatten. Obwohl ich zunächst meine Zweifel hatte, waren sie doch noch nie von einer Frau unterrichtet worden. Obendrein sind Sie ja noch recht jung und unerfahren, Fräulein Fassbender ...«

Dorothea straffte die Schultern, und Agnes Rodenkirchen schickte ihren Worten rasch ein begütigendes Lächeln hinterher.

»Aber mein Mann hat sich von Ihren hervorragenden Zeugnissen vereinnahmen lassen. Wissen Sie, mein Gatte und ich, wir möchten Moritz und Maria auf keine Schule schicken, in der sie mit Arbeiterkindern oder sonstigem Gesindel die Bank teilen müssen. Wer weiß, auf welch unselige Gedanken sie dann kämen? Und ganz sicher würden sie Flöhe mit nach Hause bringen oder sich die Krätze holen.«

Sie schüttelte sich und rieb sich den Arm, als wäre sie bereits von einem Parasiten gebissen worden. Als sie Dorotheas befremdeten Blick bemerkte, legte sie ihre fleischige, goldberingte Hand auf die Sofalehne zurück und verfiel in einen Plauderton.

»Nun, mit Moritz hat noch nie ein Lehrer Mühe gehabt. Von Ihnen spricht er übrigens in letzter Zeit geradezu schwärmerisch ... Als Mutter bin ich womöglich voreingenommen, aber ich sehe durchaus die überragenden Talente, die der Junge besitzt. In einigen Jahren wird er in die Kanzlei meines Mannes eintreten. Maria ... nun ja, sie ist ein niedliches Dummerchen.« Frau Rodenkirchen machte eine Handbewegung, als wolle sie eine lästige Fliege verscheuchen. »Doch wozu soll ein Mädchen sich allzu sehr mit dem Lernen plagen? Sie wird einmal ihrem Mann den Haushalt führen und die Dienstboten beaufsichtigen. Wie es sich für eine Frau ihres Standes gehört. Ich meine allerdings, Sie als Lehrerin sollten etwas strenger mit ihr sein und nicht jeder Laune nachgeben. Sonst tanzt sie uns womöglich eines Tages auf der Nase herum.«

Die Kleine braucht vor allem Zuwendung und Ermunterung, weil sich alles nur um ihren angeblich so begnadeten älteren Bruder dreht, wollte Dorothea entgegnen, doch sie schluckte die Antwort rasch hinunter. Vermutlich wäre es gar nicht einmal das Schlechteste, wenn die beiden in eine Schule gingen und Klassenkameraden hätten, mit denen sie spielen oder auch streiten könnten, kam ihr plötzlich in den Sinn.

Sie selbst war als Kind jedenfalls froh gewesen, den Vormittag mit Gleichaltrigen verbringen zu dürfen. Zwar gaben die Nonnen sich streng, und das Lernen bei ihnen war kein Honigschlecken. Doch selbst die allseits gefürchteten Klassenarbeiten empfand Dorothea immer noch angenehmer, als daheim die wechselnden Launen ihrer Mutter ertragen zu müssen, der sie nie etwas recht machen konnte.

Dorothea drängte ihre trüben Gedanken beiseite und suchte nach einer klaren und zugleich unverfänglichen Antwort. »Ich unterrichte Maria gern, Frau Rodenkirchen. Ihre Tochter ist ein fröhliches und höfliches Kind. Offensichtlich kommt sie ganz nach ihrer liebenswerten Frau Mutter.«

Geschmeichelt blickte Agnes Rodenkirchen auf und reckte den Hals. »Nicht wahr, das haben Sie sehr richtig beobachtet, Fräulein Fassbender. Maria und ich sind uns vom Wesen her recht ähnlich … Ach ja, noch etwas. In der Woche vor Ostern fahre ich mit den Kindern auf unseren Landsitz nach Wermelskirchen. Meine jüngste Schwester heiratet, und ich will ihr bei den Vorbereitungen für die Feierlichkeiten zur Seite stehen. Wir werden insgesamt vierzehn Tage dort bleiben. Somit können Sie ebenfalls Ferien machen und ausspannen. Selbstverständlich zahlen wir Ihr Gehalt weiter.«

So verlockend diese Vorstellung war, so sehr fürchtete Dorothea, zwei Wochen untätig zu Hause verbringen zu müssen. Doch vielleicht konnte sie nach längerer Zeit wieder einmal ihre Patentante in Deutz besuchen, auch wenn dies den Eltern sicher nicht gefallen würde. Tante Katharina war alleinstehend und würde sich über ein wenig Abwechslung sicher freuen. Mit ihr zusammen würde sie einige unbeschwerte Tage verbringen, ganz ohne die üblichen mütterlichen Reglementierungen.

Agnes Rodenkirchen erhob sich erstaunlich behände und streckte Dorothea die Hand entgegen. »So leben Sie wohl, Fräulein Fassbender. Wenn Sie mich jetzt entschuldigen würden. Ich muss der Köchin Anweisungen für das Abendessen geben.«

»Vielen Dank, gnädige Frau.« Dorothea griff nach ihrem Hut und dem Mantel, die die Zofe auf der Kommode für sie bereitgelegt hatte. Leise zog sie die Wohnungstür hinter sich ins Schloss und sprang die Stufen hinunter. Das Klacken ihrer Absätze hallte durch das weite, mit schneeweißem Marmor verzierte Treppenhaus.

Sie hatten sich in Elises Café am Neumarkt verabredet, ließen sich Rosinenkrapfen schmecken und tranken Melissentee. Mit geheimnisvoller Miene griff Alexander in seine braune Ledertasche, zog ein zusammengefaltetes Blatt Papier heraus und breitete es auf dem Tisch aus. Es war eine knittrige, schon abgegriffene Landkarte. Mit einer Hand deutete er auf den Kupferstich, mit der anderen strich er unter dem Tisch über Dorotheas Knie.

»Hierher werden wir schon bald reisen... Wenn du erlaubst, dass ich den Lehrer spiele... Kolumbus ging im Jahr fünfzehnhundertzwei auf einer Insel vor der Karibikküste vor Anker. Er vermutete dort Goldschätze und nannte das Land Costa Rica, das heißt reiche Küste. Es liegt in der Mitte zwischen Nord- und Südamerika. Im sechzehnten Jahrhundert wurde Costa Rica von den Spaniern erobert. Sie schleppten Krankheiten ein, an denen Zigtausende der indianischen Ureinwohner starben. Die meisten der heutigen Bewohner sind Nachfahren europäischer Einwanderer. Ein wesentlich kleinerer Anteil sind Indios.«

Mit glühenden Wangen sog Dorothea jedes Wort in sich ein. Sie zog die Karte näher zu sich heran und blickte auf den schmalen Streifen Land, versäumte vor lauter Aufregung, Alexander wegen seiner ungehörigen Tuchfühlung zu schelten. Der setzte voller Elan seine Erklärungen fort.

»Dieser Kupferstich ist leider ziemlich ungenau. Die Region ist kartografisch noch längst nicht vollständig erfasst. Costa Rica hat Strände, Berge, Seen, Vulkane – und nur zwei

Jahreszeiten. Eine Regen- und eine Trockenzeit. Selbst im Hochland, wo die großen Kaffeeplantagen liegen, fallen die Temperaturen nie unter zwanzig Grad. Und dies« – er tippte mit dem Zeigefinger auf verschiedene Stellen – »ist alles Urwald. Grüne, feuchtwarme Oasen mit Affen, Schlangen, Gürteltieren, Kolibris, Orchideen, Lianen ... ach, mit so vielen verschiedenen Tieren und Pflanzen, wie wir sie uns überhaupt nicht vorstellen können.«

Dorothea vertiefte sich in die Darstellung, malte sich aus, wie es wäre, wenn sie in einigen Monaten tatsächlich an Alexanders Seite den Urwald durchqueren, einen Berg besteigen oder am Meer entlangspazieren würde. Dieser Gedanke nahm sie so gefangen, dass sie gar nicht wahrnahm, wie seine Hand langsam von ihrem Knie aufwärts wanderte. »Ich kann es kaum erwarten, alles mit eigenen Augen zu sehen ... Oh, ist dir das schon aufgefallen? Dieses Land hat zwei Küsten. Am Atlantischen Ozean im Osten und am Pazifischen Ozean im Westen. Costa Rica – das Land zwischen den Meeren.«

»Das hast du wunderschön gesagt, meine Liebste ... Im Moment würde es mir übrigens sehr gefallen, wenn meine Hand die Region zwischen diesen beiden bezaubernden Schenkeln erkunden könnte.«

Dorothea errötete und unterdrückte einen Aufschrei. Voller Empörung klopfte sie Alexander unter dem Tisch auf die Finger, die ihre Knie sanft und nachdrücklich umkreisten. »Aufhören! Nimm sofort die Hand weg! Wie kannst du so etwas sagen? Noch dazu in aller Öffentlichkeit. Du nimmst mich einfach nicht ernst.«

»Gnädiges Fräulein, Sie verlieren da gerade eine Haarnadel. Wenn ich Ihnen behilflich sein darf«, verkündete er plötzlich laut und übertrieben höflich. Er schob seinen Stuhl zurück und beugte sich vor, nestelte an Dorotheas Ohr und drückte ihr blitzschnell einen Kuss auf den Mund. Dorothea kniff ihn in den Arm. »Schuft«, raunte sie und ärgerte sich, weil es weder empört noch glaubhaft klang. Sondern zärtlich.

Alexander deutete eine Verbeugung an und nahm wieder Platz. Seine Augen blitzten vergnügt, und er verzog die Lippen zu einem spöttischen Lächeln. »Stets der Ihre.«

## MÄRZ 1848

Unschlüssig stand Dorothea vor dem Spiegel und hielt sich probeweise ein dunkelblaues Kleid mit Samtkragen und Perlmuttknöpfen an. Dann griff sie zu einer zartgrünen Kreation, die lediglich mit cremefarbenen Spitzenmanschetten geschmückt war. Jedes der Kleider hatte nach neuester Mode eine enge, betonte Taille sowie einen glockenförmig gebauschten Rock und unterstrich Dorotheas zierliche Figur aufs Vorteilhafteste. Sie trat einige Schritte vor und wieder zurück, konnte sich nicht entscheiden und zog schließlich ein drittes Kleid aus gelbem Taft aus dem Schrank, warf es aber sogleich missmutig aufs Bett.

Insgeheim musste sie sich eingestehen, dass es gar nicht die Garderobe war, die ihr solches Unbehagen bereitete. Vielmehr verspürte sie nicht die geringste Lust, ihre Eltern zu dem heutigen Liederabend zu begleiten. Weitaus lieber hätte sie sich in den bequemen Korbsessel in ihrem Mädchenzimmer gesetzt und ungestört von ihrer Zukunft mit Alexander geträumt. Seit seinem Antrag im Botanischen Garten schwebte sie wie auf Wolken. Sie liebte und wurde geliebt. Zum ersten Mal in ihrem Leben. Ein Gefühl von Wärme durchflutete sie, als sie an den Freund dachte, an seine Grübchen auf den Wangen, die sie so gern küsste, an seine raue Stimme, mit der er so sanft und zärtlich zu ihr sprach.

Ihr Herz klopfte laut, als sie daran dachte, den Geliebten schon bald in ein fremdes Land zu begleiten, über das er ihr mittlerweile weitere spannende Einzelheiten erzählt hatte. Ein Land, in dem sie immer zusammen wären, miteinander lachen und sich jeden Tag aufs Neue ihre Liebe beweisen würden. Sie würden die alte Heimat hinter sich lassen und in der Ferne ihr Glück finden. Alexander hatte vorgeschlagen, sie solle die Illustrationen für sein Buch anfertigen. Er wollte mit seinem Verleger darüber verhandeln. Nie hatte Dorothea sich größer und stolzer gefühlt als in diesem Moment. Und vielleicht würden sie irgendwann eine Familie werden, mit drei oder vier Kindern, nur Jungen, die alle wie Alexander aussähen …

Und doch fühlte sie, dass ein Druck auf ihr lastete. Weil es eine entscheidende Frage gab, für die sie bisher noch keine Antwort gefunden hatte. Und diese Frage lautete: Wann sollte sie ihren Eltern von ihrer Liebe zu Alexander und ihren gemeinsamen Heirats- und Reiseplänen erzählen? Und wie es ihnen erklären? Denn zweifellos würden weder Vater noch Mutter einen Schwiegersohn akzeptieren, der keinen jener angesehenen Berufe ausübte wie etwa Anwalt, Lehrer oder Arzt. Sondern der sein Geld mit der brotlosen Kunst des Schreibens verdiente. Zumindest ihrer Ansicht nach. Hinzu kam, dass Alexander weder aus einem reichen Elternhaus stammte noch die Absicht hatte, ein konventionelles, bürgerliches Leben nach starren, vorgebahnten Regeln zu führen.

Sie musste behutsam vorgehen. Am besten weihte sie die Eltern erst dann ein, wenn Alexander den Buchvertrag unterzeichnet hatte, der ihm und ihr eine Existenz und Zukunft sicherte. Mit diesem Kontrakt hätten sie einen Trumpf in der Hand. Und danach könnten sie das Aufgebot bestellen und sich um die Überfahrt kümmern. Und selbst wenn die Eltern ihr dann immer noch die Zustimmung verweigern würden – Dorothea würde ihren Weg unbeirrt weiter beschreiten.

Angestrengt dachte sie darüber nach, mit welcher Begründung sie ihre Eltern dazu bewegen könnte, allein zum Konzert zu gehen. Ihr Vater hatte drei Wochen zuvor eine Einladung aus der Westentasche gezogen. Während er sich gleich darauf in die Lektüre einer medizinischen Fachzeitschrift vertieft hatte, war die Mutter ehrfurchtsvoll verstummt. Ihr Gesicht bekam einen versonnenen Ausdruck.

»Eine Einladung bei Graf und Gräfin Schenck zu Nideggen. Darauf habe ich lange gewartet. Bei denen verkehren nur Leute von Rang und Namen ... Hör mir gut zu, Dorothea. Wir haben schon häufiger davon gesprochen. Es wird Zeit, dass du deinen eigenen Hausstand gründest. Leider hast du dich ja bisher für keinen der Männer interessiert, die ich als standesgemäße Kandidaten vorgeschlagen habe. An diesem Abend bietet sich dir eine einmalige Gelegenheit.«

»Sehr richtig«, murmelte der Vater aus dem Hintergrund, »deine Mutter hat völlig recht.«

Dorothea wurde blass. Sie lag mit ihren Überlegungen leider richtig. Ihre Liebe zu Alexander musste vorerst ein Geheimnis bleiben.

»Wenn wir beim Adel zu Gast sind, muss ich mir aber unbedingt ein neues Kleid nähen lassen«, wandte sich Sibylla Fassbender an ihren Gatten. »Eins, mit dem ich der Gastgeberin nicht den Rang ablaufe und mich trotzdem vorteilhaft von den übrigen Frauen abhebe.« Sie brauchte nur wenige Sekunden, um eine Lösung für ihr Problem zu finden. »Am elegantesten wäre etwas in malvenfarbenem Ton, mit ein wenig Spitze am Ausschnitt und Stickerei am Rocksaum. So wie ich es letztens in einer französischen Modezeitschrift gesehen habe.«

»Du hast recht, Liebes. Natürlich sollst du an diesem Abend etwas Ungewöhnliches tragen. Und was ist mit Dorothea? Ich vermute, das Ganze wird für mich eine recht kostspielige Angelegenheit.«

Noch bevor Dorothea ihrem Vater antworten konnte, war ihr die Mutter zuvorgekommen.

»Mach dir wegen deiner Tochter keine Gedanken, Hermann. Ihr Schrank ist weiß Gott voll genug. Außerdem ist für ein Mädchen in ihrem Alter die Jugend das schönste Kleid…« Sie ließ den Satz unvollendet im Raum stehen und bekam ganz schmale Lippen.

Dorothea kämpfte gegen die Tränen an. Nicht weil sie sich ebenfalls ein neues Kleid wünschte. Sie besaß in der Tat genug zum Anziehen. Sondern weil die Mutter in diesem verletzenden Tonfall sprach, der ihr jedes Mal wie ein Stich ins Herz fuhr. Niemals verwendete Sibylla Fassbender den Begriff »meine Tochter«. Ihrem Mann gegenüber sprach sie nur von »deiner Tochter«. In Anwesenheit anderer sprach sie stets von »unserer Tochter«.

Oftmals hatte Dorothea darüber nachgedacht, warum die Mutter so deutlich von ihr abrückte. Es gab ein Bild, das im Salon über dem Kamin hing. Es zeigte sie im Alter von fünf Jahren, wie sie mit einer Puppe zwischen den Eltern auf dem Sofa saß. Immer wieder hatte sie das Gemälde betrachtet und sich gefragt, ob es irgendein Geheimnis bergen könne. Aber das Bild zeigte eine ganz gewöhnliche Familie. Die eigenartige Distanz, die sie zu ihrer Mutter spürte und die sie immer wieder hilflos und traurig stimmte, war ihr einfach unerklärlich.

Nun also stand Dorothea vor dem Spiegel und stellte fest, dass sich an dem dunkelblauen Kleid einer der Perlmuttknöpfe gelöst hatte. Um ihn anzunähen, blieb ihr nicht mehr genügend Zeit. Also würde sie das grüne mit den Spitzenmanschetten anziehen. Sie seufzte leise, doch mit einem Mal huschte ein Lächeln über ihr Gesicht. Denn bald, sehr bald sogar würde alles anders werden. Wenn sie erst einmal mit Alexander verheiratet wäre und mit ihm fortgehen würde. Dann würde ihr die Mutter in nichts mehr dreinreden können. In gar nichts.

»Dorothea, bist du immer noch nicht fertig? In zehn Minuten müssen wir los.«

Die schneidende Stimme der Mutter drang durch die geschlossene Zimmertür und riss Dorothea aus ihren Träumereien. In Windeseile zog sie sich um, streifte den Mantel über, setzte den Hut auf und schaffte es sogar, noch vor den Eltern in der Diele zu erscheinen. Sibylla Fassbender hatte sich zu ihrem malvenfarbenen Kleid einen passenden Mantel schneidern lassen und wirkte neben ihrem Mann, der ganz in Schwarz gekleidet war, wie eine sanft leuchtende Sommerblüte. Ein dunkelvioletter Hut mit dazu passend eingefärbten Federn ergänzte das elegante Ensemble. Die Mutter zog die Nase kraus und musterte die Tochter von oben bis unten.

»Hättest du nicht eine lebhaftere Farbe wählen können als ausgerechnet dieses fade Lindgrün? Bei deiner weißen Haut und den hellen Haaren siehst du nur noch blasser aus. Wie willst du damit Eindruck machen? Nun sag du doch auch etwas, Hermann!«

Der Vater nickte geistesabwesend und kehrte noch einmal ins Ankleidezimmer zurück, weil er seinen Zylinder vergessen hatte. Mit zusammengepressten Lippen floh Dorothea in ihren Traum von vorhin, sah sich mit Alexander Hand in

Hand durch einen dichten Wald schlendern. Einen Wald voller hoher, schlanker Bäume, deren grüne, fächerähnliche Blätter sich wie ein schützendes Dach über ihnen ausbreiteten.

Die Mutter hatte darauf bestanden, eine Droschke zu nehmen. Die Strecke zwischen ihrer Wohnung in der Großen Brinkgasse bis zum Haus der Gastgeber in der Apostelnstraße war gering. Sie hätten den Weg mühelos innerhalb weniger Minuten zu Fuß zurücklegen können. Doch welchen Eindruck hätte das gemacht? Als wenn sich die Familie eines Arztes keine Kutschfahrt leisten könnte.

An diesem Abend schien ganz Köln unterwegs zu sein. Mehrmals machte Hermann Fassbender den vorbeifahrenden Kutschern ein Zeichen, sie sollten anhalten, aber in keinem der Ein- und Zweispänner waren noch drei Plätze frei. Und dann plötzlich schien es Dorothea, als wanke der Boden unter ihren Füßen und ihr Herzschlag setze aus. Um die Straßenecke bog ein junger Mann mit grauer Mütze und einer Tasche unter dem Arm. Ein ausgefranster Schal baumelte ihm nachlässig geknotet vor der Brust. Mit festen, federnden Schritten kam er geradewegs auf die Wartenden zu. Alexander! Dorotheas Herz raste, und das anfängliche Glücksgefühl wich jähem Erschrecken. Was ... was hatte er um diese Uhrzeit und ausgerechnet hier zu suchen?

Doch da machte er auch schon vor ihnen Halt, lüftete die Mütze und lächelte ein freundliches, offenes Lächeln. »Guten Abend, Fräulein Fassbender. Sehr erfreut. Das sind vermutlich Ihre werten Eltern. Darf ich mich vorstellen: Weinsberg mein Name.«

Er verbeugte sich zuerst vor der Mutter, dann vor dem Vater, und Dorothea las bereits in deren kühlen Mienen, dass dies ganz und gar nicht die Begegnung würde, die sie sich gewünscht hätte.

»Sie sind so spät noch im Dienst?«, fragte Dorothea, um das demonstrative Schweigen der Eltern zu überspielen. Sie hoffte, dass ihre Stimme nichts von ihrer inneren Anspannung verriet.

»Allerdings. Am Hahnentor ist gegen Mittag ein Juweliergeschäft ausgeplündert worden. Der Besitzer wurde in seinem Bureau geknebelt und gefesselt und konnte sich erst nach Stunden befreien. Ich soll ihn befragen und mir den Überfall schildern lassen.«

»Sie kennen unsere Tochter?« Dorothea hatte durchaus den Ellbogenstoß der Mutter beobachtet, mit dem sie den Vater aufforderte, das Wort an den Fremden zu richten und die eigenartige Situation zu klären.

»Sehr wohl... wenn auch nur flüchtig«, fügte Alexander rasch hinzu, als er Dorotheas flehentlichen Blick bemerkte. »Wir sind uns zufällig begegnet, als ich für einen Zeitungsbericht über den funktionsgerechten Mechanismus von Regenschirmen recherchierte.«

Erleichtert atmete Dorothea auf. Als sie den Schalk in seinen Augen sah, hätte sie ihm gern zu verstehen gegeben, wie sehr sie sich über die unverhoffte Begegnung freute. Doch leider hatte sie sich in ihren Ahnungen nicht getäuscht. Nur zu deutlich spürte sie die Abneigung, die Alexanders Gegenwart bei den Eltern auslöste. Geflissentlich sahen sie an ihm vorbei und suchten angestrengt nach einer Fahrgelegenheit.

»Warten Sie auf eine Droschke? Das dürfte schwierig werden. Außer mir scheint heute Abend niemand in der Stadt zu Fuß unterwegs zu sein. Ach, den Kutscher da drüben kenne ich!« Er steckte zwei Finger in den Mund und stieß einen gellenden Pfiff aus. »Hierher, Gustav! Die Herrschaften wollen sich nur dem besten Pferdelenker der Stadt anvertrauen.«

Der Kutscher wechselte auf die andere Straßenseite und ließ die drei Fassbenders einsteigen.

»Nun, dann wünsche ich noch einen schönen Abend.« Alexander verbeugte sich erneut, klemmte sich die Tasche fest unter den Arm und blickte der Droschke sehnsüchtig hinterher.

»Vielen Dank auch!«, rief Dorothea ihm noch zu, raffte ihren Rock und setzte sich auf die schmale Lederbank. Die Mutter rang nach Luft und funkelte die Tochter erbost an.

»Ein Dankeschön hättest du dir weiß Gott sparen können. Der Kutscher wollte ohnehin auf unsere Seite wechseln. Was erlaubt sich dieser dahergelaufene Schreiberling? Der soll sich erst einmal kämmen und die Schuhe putzen, bevor er mit unsereinem spricht. Wahrscheinlich einer von diesen Politischen, die in ihren Artikeln aufrührerisches Gedankengut verbreiten ... Und mit so jemandem unterhältst du dich auf der Straße? Schäm dich, Dorothea! Hermann, nun sag du doch auch etwas!«

Hermann Fassbender schreckte aus seinen Gedanken auf, nickte und sah Dorothea mit mahnendem Blick an. »Deine Mutter hat vollkommen recht. Solche Aufhetzer gehören in Gewahrsam genommen, damit sie nicht noch mehr Unheil anrichten.«

Er ist der feinsinnigste und klügste Mensch, der mir je begegnet ist, und wir lieben uns!, schrie es in Dorothea. Ihre Eltern hatten ja keine Ahnung. Alexander verrichtete eine gute und ehrliche Arbeit. Und bald würde er etwas Außergewöhnliches schreiben, das spürte sie genau. Zum Glück gab es Menschen, die um seine Qualitäten wussten und die ihn in ein fernes Land schicken wollten, damit er es erforschte und darüber berichtete. Und sie, Dorothea, würde mit ihm gehen – als seine Frau.

Vor der Tür zum Salon hatte sich eine Schlange von Gästen gebildet. Alle warteten darauf, vom Hausherrn und seiner Ehefrau persönlich in Empfang genommen zu werden. Der Geruch von Kölnisch Wasser, das die Damen in reichlichen Mengen aufgetragen hatten, vermischte sich mit dem von Pfeifentabak, der der Kleidung der Herren entströmte. Graf Schenck zu Nideggen, ein weißhaariger schlanker Mann von etwa siebzig Jahren mit einem Zwicker auf der Nase, streckte seinem Gast die Rechte entgegen.

»Herr Doktor Fassbender, schön, dass Sie unserer Einladung gefolgt sind. Man hört ja wahre Wunderdinge über Ihre Heilkünste … Und das ist also die werte Frau Gemahlin.« Graf Schenck zu Nideggen beugte sich höflich zum Handkuss vor, woraufhin Sibylla Fassbender, ganz gegen ihre Gewohnheit, leicht errötete. »Charmant, wirklich sehr charmant«, setzte der Graf hinzu.

Dorothea verspürte eine gewisse Aufregung – nie zuvor hatte sie einer solch hochgestellten Persönlichkeit unmittelbar gegenübergestanden. Mit gewinnendem Lächeln drückte der Graf ihre Hand. »Und das Fräulein Tochter … bezaubernd, ganz bezaubernd.«

Die Gräfin mischte sich mit einem glucksenden Lachen ein. Sie war um einige Jahrzehnte jünger, klein, rundlich und voll ansteckender Fröhlichkeit. »Mein Mann kommt aus dem Schwärmen gar nicht mehr heraus – bei so vielen schönen Damen. Bestimmt wird er heute Nacht von dem aufregenden Abend träumen.«

Dorothea bewunderte die unbekümmerte, heitere Art der Hausherrin, die so gar nichts Gekünsteltes an sich hatte.

»Seien Sie herzlich willkommen, und« – die Gräfin deutete auf einen Diener, der über den Köpfen der Gäste ein Tablett mit vollen Gläsern balancierte – »kosten Sie unbedingt den Champagner und die Canapés.«

Während die Eltern sich zwei Gläser Champagner reichen ließen, griff Dorothea zu einem goldgeränderten Porzellanteller mit einem Scheibchen Brot und einem gerollten Stück Fisch, das mit frischem grünen Dill bestreut war. Sie mochte keine alkoholischen Getränke, hätte obendrein nicht gewusst, wie sie mit der einen Hand das volle Glas halten und gleichzeitig das dargereichte Appetithäppchen hätte essen sollen. Vorsichtig kostete sie die unbekannte Speise, die ganz vorzüglich schmeckte.

Die Gäste drängten sich vor dem Salon, plauderten und scherzten miteinander, grüßten mit einem Kopfnicken in die eine oder andere Richtung. Zwei Ehepaare, offenbar weitläufige Bekannte, hatten ihren Vater in Beschlag genommen, erzählten ungeniert und ausführlich von ihren diversen körperlichen Beschwerden. Bereitwillig ließ Hermann Fassbender sich in ein medizinisches Fachgespräch verwickeln, wurde aber brüsk von seiner Ehefrau unterbrochen. An der Art, wie sie die Mundwinkel verzog, erkannte Dorothea eine starke Gereiztheit. Wobei sie nicht genau wusste, ob die Mutter die Fachsimpelei missbilligte, zu der ihr Mann sich hatte hinreißen lassen, oder ob sie sich daran stieß, nicht im Mittelpunkt der Unterhaltung zu stehen.

»Aber wer wird an einem Abend wie diesem denn von Krankheiten sprechen? Sollten wir nicht lieber noch etwas von dem prickelnden Getränk zu uns nehmen? Da vergisst man doch auf der Stelle alle Wehwehchen.« Sibylla Fassbender wandte sich demonstrativ zur Seite und suchte Augenkontakt zu einem Diener, der ihr sogleich ein frisches Glas brachte.

»Bitte, liebe Gäste, kommen Sie alle mit nach nebenan in den Musiksalon!« Die helle Stimme der Gräfin drang durch den Salon, und die Angesprochenen begaben sich ins Nachbarzimmer. Dort waren brokatbezogene Stühle in engen Reihen rings um einen Konzertflügel aufgestellt. Als alle sich niedergelassen hatten, trat der Graf vor.

»Meine Freunde«, begann er, »wir freuen uns, Sie in unserem Haus willkommen zu heißen. Für den heutigen Abend haben wir eine Überraschung für Sie vorbereitet. Eine liebe Freundin meiner Frau wird Sie mit ihren Sangeskünsten unterhalten. Es handelt sich um eine Künstlerin, die in der ganzen Welt verehrt wird und die eigens für diesen Abend zu uns nach Köln gereist ist. Sie ist in allen großen Opernhäusern Europas zu Hause und feiert dort Triumphe. Des weiteren hat sie vor Kaisern und Königen gesungen und dabei alle mit ihrem Charme bezaubert.«

Neugierde machte sich im Publikum bemerkbar. Die Frauen wedelten mit den Fächern, die Männer reckten die Hälse, um sich nichts von der angekündigten Attraktion entgehen zu lassen.

»Begrüßen Sie mit uns die bewundernswerte und einzigartige – Jenny Lind!«

Bei der Nennung dieses Namens entfuhr den Frauen ein Aufschrei des Entzückens. Einige Männer rückten erregt ihre Zwicker zurecht oder holten die Operngläser hervor. Atemlose Stille herrschte, als eine Seitentür des Salons sich öffnete und eine junge Frau in einem schlichten dunkelroten Seidenkleid hereinkam. Mit ihren leuchtenden Augen und einem feinen Lächeln zog sie sogleich das Publikum in ihren Bann, das stürmisch Beifall klatschte.

Dorothea rutschte auf dem Stuhl hin und her und versuchte, zwischen den Gästen vor ihr hindurch einen Blick auf die berühmte Sängerin zu erhaschen, über deren triumphale Erfolge sie schon oft in der Zeitung gelesen hatte. Von ihren Bewunderern wurde sie die »schwedische Nachtigall« genannt. Kaum jemandem war aufgefallen, dass in der Zwischenzeit auch der Pianist eingetreten war. Ein hagerer kleiner Mann mit schlohweißem Haar, das er im Nacken zu einem dünnen Zopf geflochten hatte.

Jenny Lind wandte sich in nahezu akzentfreiem Deutsch ans Publikum. »Ich freue mich, heute für Sie singen zu dürfen. Als Erstes werden Sie hören die Arie der Alice aus der Oper ›Robert der Teufel‹ von Giacomo Meyerbeer.«

Sie machte dem Pianisten ein Zeichen, und dann sang sie mit solcher Ausdruckskraft und Makellosigkeit, dass die Zuhörer den Atem anhielten. Die glashelle Stimme erfüllte den Raum und drang bis tief in die Herzen der Zuhörer. Niemand im Raum vermochte sich der Faszination dieser Darbietung zu entziehen.

Ein Geräusch, als wenn ein schwerer Körper zu Boden fiele, riss Dorothea aus ihrer Konzentration. Sie blickte hinter sich und entdeckte eine Frau, die reglos am Boden lag. Gerade wollte sie sich erheben, um zu Hilfe zu eilen, als ihr Vater ihr mit einem Zeichen, sitzen zu bleiben, befahl. Aus den Augenwinkeln verfolgte sie, wie er und ein weiterer Mann sich um die Frau kümmerten. Dann winkte der Vater zwei Diener heran. Mit vereinten Kräften wälzten sie die große, schwere Frau auf einen Teppich und zogen sie eilig hinter sich her zur Tür. Die meisten Gäste hatten von dem Vorfall allerdings nichts mitbekommen.

Frenetischer Beifall brandete auf, als die Sängerin geendet hatte. Es folgten weitere Gesangsstücke, Schuberts »Heideröslein« sowie eine Arie der Agathe aus Webers »Freischütz«. Zum Schluss gab sie ein Lied des Komponisten Mendelssohn-Bartholdy zum Besten. Bei der letzten Strophe erbebte Dorothea innerlich. Ihr war, als sage die Sängerin ihr persönlich die Zukunft voraus.

»Dort wollen wir niedersinken / Unter dem Palmenbaum / Und Liebe und Ruhe trinken, / Und träumen seligen Traum.«

Freudig und dankbar nahm Dorothea diese Zeilen als gutes Omen auf, wünschte sich, Alexander wäre in diesem Augenblick bei ihr. Minutenlanger Beifall durchtoste den Salon, Bravorufe hallten der Künstlerin von allen Seiten entgegen. Die Gräfin hob die Hände und bedeutete den Gästen, still zu sein.

»Liebe Freunde, wir durften einen unvergleichlichen Abend erleben. Der noch lange nicht zu Ende ist. Folgen Sie mir bitte in den Salon. Es werden frische Getränke und Gebäck nach Rezepten aus der schwedischen Heimat unseres Gastes gereicht.«

Von allen Seiten waren Äußerungen der Begeisterung zu hören. Alle waren überzeugt, ein Wunder erlebt zu haben. Hermann Fassbender tauchte plötzlich in Begleitung eines mittelgroßen, schlanken, etwa vierzigjährigen Mannes auf. Er hatte kurzes dunkles Haar und trug einen sorgfältig gebürsteten Kinnbart. Die Gräfin näherte sich den beiden Männern mit aufgeregten Schritten.

»Mein lieber Doktor, wie geht es unserer Freundin? Ich habe vorhin gar nicht bemerkt, dass sie ohnmächtig wurde. Wie mir soeben einer unserer Diener mitteilte, hat man sie in die Bibliothek gebracht.«

»Nur eine kleine Unpässlichkeit«, beruhigte Hermann Fassbender die Gräfin. »Die Aufregung war offenbar zu viel für sie. Außerdem hat sie ein schwaches Herz. Doch dank meines schnellen Eingreifens und der tatkräftigen Unterstützung von Herrn Lommertzheim geht es ihr schon viel besser. Sie ist bereits wieder wohlauf.«

Der soeben Erwähnte verzog den Mund zu einem schiefen Lächeln. Er zückte ein Taschentuch und wischte sich über die Stirn. »Als Apotheker hat man natürlich immer ein Mittelchen für den Notfall dabei ...«

Dorothea, die die Unterredung mit halbem Ohr verfolgt hatte, wollte sich unbemerkt in die entgegengesetzte Ecke des Salons begeben, bevor ihr Vater auf den Gedanken kam, sie mit seinem Begleiter bekannt zu machen. Die meisten jüngeren Frauen hätten ihn wohl als gut aussehenden Mann in den besten Jahren bezeichnet. Und die älteren vermutlich als Idealtypus eines Schwiegersohnes. Allerdings wirkte die Haltung des Fremden, die Art, wie er gestikulierte und mit weit gespreizten Fingern seine Brille gerade rückte, nach Dorotheas Gefühl eher unsympathisch. Doch da rief der Vater auch schon hinter ihr her.

»Dorothea, ich möchte dir jemanden vorstellen. Wo ist denn deine Mutter?«

Notgedrungen machte sie kehrt und hoffte, der Unbekannte möge ein glücklicher Ehemann und mehrfacher Vater sein. Sie gab ihrer Mutter ein Zeichen, die gerade auf der Suche nach einem frischen Glas Champagner war.

»Meine Lieben, das ist Herr Lommertzheim, der Apotheker aus der Glockengasse. Wir haben gerade gemeinsam einen Menschen aus dem Zustand der Bewusstlosigkeit ins Leben zurückbefördert. Meine Frau ... meine Tochter.«

Dorothea schüttelte die schwitzige Hand und wischte sie unauffällig hinter dem Rücken am Kleid ab. Der Apotheker ließ seine Blicke zwischen ihr und der Mutter hin- und herwandern, schlug die Hacken zusammen und vollführte eine elegante Verbeugung. »Wirklich erstaunlich, lieber Doktor.

Ich hatte vielmehr vermutet, bei Ihren reizenden Begleiterinnen handele es sich um Schwestern.«

Sibylla Fassbender schlug den Fächer auf und lächelte kokett. »Sie Schmeichler ... Ach, ist das nicht ein wunderbarer Abend? Wie bedauerlich, dass eine Zuhörerin schwächelte und diesem Ohrenschmaus nicht bis zum Ende beiwohnen konnte. Sagen Sie, Herr Lommertzheim, wie hat es eigentlich Ihrer Frau gefallen? Sie ist doch sicher heute Abend mitgekommen.«

»Meine Frau ... äh ... nein ... also, ich bin nicht verheiratet. Ich suche immer noch die Richtige.«

»Ach so, ich verstehe. Bitte verzeihen Sie.«

Dorothea bemerkte ein Glitzern in den Augen der Mutter, das ihr gar nicht gefiel. Diese schenkte ihrem Gegenüber ihr strahlendstes Lächeln.

»Sie sind also Apotheker ... welch aufregender Beruf. Und vor allem krisensicher. Kranke, die Arznei benötigen, gibt es schließlich immer. Unsere Tochter vertreibt sich ihre Zeit als Hauslehrerin bei Notar Rodenkirchen. Natürlich hätte sie das überhaupt nicht nötig, aber Sie wissen ja, wie die jungen Mädchen heutzutage sind. Immerzu wollen sie ihren eigenen Kopf durchsetzen.«

Der Apotheker hob in gespieltem Ernst den Zeigefinger und schüttelte tadelnd den Kopf. Im selben Moment verspürte Dorothea einen heftigen Stoß zwischen den Rippen. Sie brauchte nicht aufzuschauen, um zu wissen, dass ihre Mutter sie auf diese Weise zu besonderer Freundlichkeit ermahnen wollte. Sibylla Fassbender hakte sich bei ihrem Mann unter und zog ihn übereilt mit sich fort. »Ich habe dort hinten unseren ehemaligen Pfarrer gesehen. Wir sollten ihm guten Tag sagen. Wenn Sie uns für einen Augenblick entschuldigen wollen, Herr Apotheker.«

Peter Lommertzheim zog erneut das Taschentuch hervor und tupfte sich die Schweißperlen von der Stirn. »Ja, ja, die jungen Mädchen heutzutage. Aber wenn sie erst einmal unter der Haube sind und die gestrenge Hand eines Ehemannes kennengelernt haben, werden sie sanft wie die Lämmchen.« Dabei lachte er laut auf, als hätte er einen guten Witz gemacht.

Dorothea stand mit eisiger Miene daneben und hoffte, ihr Gegenüber möge irgendwo unter den Gästen eine willigere Gesprächspartnerin entdecken.

»Das Fräulein Dorothea ist also Hauslehrerin und liebt Kinder ... wie reizend.«

»Ich liebe besonders die Malerei. Sie müssen wissen, ich bin nämlich auch Zeichenlehrerin.« Dorothea wunderte sich selbst, woher sie den Mut zu einer solch kecken Antwort genommen hatte. Aber sie wollte dem Apotheker von Anfang an zu verstehen geben, dass sie auf gar keinen Fall die Frau war, die er suchte. Falls er tatsächlich auf Freiersfüßen wandelte.

»Mir geht es ebenso.« Peter Lommertzheim vertiefte sich in den Anblick von Dorotheas Opalbrosche, die sie oberhalb ihres Busens angesteckt hatte. »Vielleicht hätte das Fräulein ja Lust, mich einmal ins Museum zu begleiten. Da können wir ganz in Ruhe miteinander – fachsimpeln.«

Dorothea holte tief Luft, zwang sich zu einer maßvollen Antwort. »Das wäre sicherlich äußerst interessant, mein Herr. Leider lässt mein Beruf solche Vergnügungsausflüge nicht zu. Die Unterrichtsstunden für meine halbwüchsigen Schützlinge wollen sorgfältig vorbereitet sein.«

Zu ihrer Erleichterung ertönte plötzlich die Stimme des Grafen. »Ich bitte die Herren, mir ins Raucherzimmer zu folgen, und die Damen wenden sich an meine liebenswerte Gemahlin.«

Im Fortgehen sah Dorothea gerade noch, wie ihre Mutter ihrem Gatten etwas ins Ohr flüsterte. Die Gräfin schritt voraus ins Damenzimmer, wo Dienstmädchen mit blütenweißen gestärkten Schürzen und Hauben die weiblichen Gäste mit Kaffee, schwedischen Haferkeksen und Sanddornlikör verwöhnten. Dorothea war heilfroh, der angestrengten Unterredung mit dem Apotheker entronnen zu sein.

Ihre Mutter saß umringt von angeregt plaudernden, blass gepuderten, in viel zu enge Mieder gezwängten Ehefrauen honoriger Kölner Bürger, sonnte sich in der Aufmerksamkeit, die man ihr entgegenbrachte, der Ehefrau des angesehensten Arztes der Stadt. Sibylla Fassbender thronte gleichsam auf ihrem Armlehnsessel. Groß, schlank und dunkelhaarig, mit einem ebenmäßigen, dunklen Teint, einer markanten Nase und hohen Wangenknochen. Eine Schönheit zweifellos. Und Dorothea fragte sich nicht zum ersten Mal, warum sie kaum Ähnlichkeit mit ihrer Mutter hatte, sondern eher dem Vater glich.

Nachdem die Droschke die Fassbenders zu Hause abgesetzt hatte und sie wieder unter sich waren, legte die Mutter mit leisem Druck eine Hand auf Dorotheas Arm. »Ich glaube, man darf dir gratulieren. Du hast heute Abend Eindruck hinterlassen.«

Dorothea presste die Lippen aufeinander und suchte den Blick ihres Vaters, der sich aber bereits hinter einem Fachbuch verschanzt hatte. »Dein Vater und ich halten Herrn Lommertzheim für einen gebildeten und wirklich reizenden Mann. Er ist zwar um einiges älter als du, aber seine Erfahrenheit wird sicher zum Vorteil sein. Wir werden ihn demnächst zum Abendessen bei uns einladen.«

## MÄRZ 1848

Dorothea ließ die kunstvoll geschnitzte Eingangstür mit den schweren Messingbeschlägen hinter sich ins Schloss fallen und atmete in tiefen Zügen die Frühlingsluft ein. Nach einem langen Arbeitstag freute sie sich auf die unmittelbar bevorstehende Begegnung. Sie wollte sich mit Alexander im gleichen Café am Dom treffen, in dem sich ein halbes Jahr zuvor ihre Hände zum ersten Mal unter dem Tisch berührt hatten. Anfangs zufällig, später absichtlich. Als er ihr von seiner Arbeit in der Redaktion erzählt hatte und sie ihm gar nicht richtig hatte zuhören können, weil der Blick seiner warmen braunen Augen ein unbekanntes Vibrieren in ihr ausgelöst hatte. Als sie den glühenden Wunsch verspürt hatte, seine widerspenstigen Locken mit ihren Händen zu glätten und ihre Lippen auf die seinen zu pressen.

Der Zeitpunkt hätte nicht günstiger sein können. Ihre Mutter war in ihrer Funktion als Vorsitzende des Wohltätigkeitsverbandes mit einigen Frauen aus der Gemeinde zu einer Wallfahrt nach Kevelaer aufgebrochen. Und der Vater hatte Dorothea am Morgen mitgeteilt, er werde nach der Sprechstunde noch Krankenbesuche machen. Sie solle mit dem Abendessen nicht auf ihn warten. Niemand würde es bemerken, wenn sie später als gewöhnlich nach Hause käme. So musste sie diesmal keine Entschuldigung zur Hand haben oder sich eine Ausrede einfallen lassen. Und jeglichen Gedanken an den taktlosen Apotheker, der demnächst eine Einladung von ihren Eltern erhalten sollte, hatte sie bereits erfolgreich aus dem Gedächtnis verbannt.

Dorothea eilte über die Breite Straße in den Berlich, bog hinter der Burgmauer nach rechts ab und passierte den imposanten, lang gestreckten Bau des Zeughauses. Eine Frau in schmuddeliger Kleidung und mit durchlöcherten Schuhen lehnte an einem Laternenpfahl und streckte ihr zitternd die knochige Rechte entgegen. In ihren müden, ängstlichen Augen, die von dünnen, fettigen Haarsträhnen halb verdeckt wurden, las Dorothea Hunger. Sie griff in ihre Jackentasche und zog eine Münze heraus, reichte sie der Frau, die vor Freude auf die Knie sank.

Es war nicht zu übersehen, dass in der Stadt mehr Bettler anzutreffen waren als noch vor wenigen Monaten. Hohlwangige, kraftlos wirkende Gestalten, an denen die meisten Passanten achtlos vorübergingen. Dorothea fragte sich jedes Mal, durch welche Schicksalsschläge diese Menschen zu solchen Hungerleidern geworden waren. Dabei wurde ihr stets bewusst, wie dankbar sie dem Schicksal sein musste, denn sie litt keine Not und hatte keine Entbehrungen zu beklagen. Deswegen hielt sie immer einige Geldstücke für jene bereit, die aus Verzweiflung ihr Elend öffentlich zur Schau stellten.

Sie beschleunigte die Schritte und gelangte in die Komödienstraße. Ihre Stimmung hellte sich auf, als sie inmitten einer Gruppe junger Männer Alexander entdeckte. Studenten, wie an ihren typischen roten Mützen leicht zu erkennen war. Sie warteten vor dem Café und diskutierten lebhaft. Als hätte Alexander ihre Nähe gespürt, wandte er sich unvermittelt um. Ein glückliches Lächeln trat auf sein Gesicht, bei dem Dorothea ein angenehmes innerliches Kribbeln verspürte. Er begrüßte sie bewusst höflich und förmlich, was sie mit einem dankbaren Kopfnicken quittierte. Seine Blicke aber sprachen eine andere Sprache. In ihnen erkannte Dorothea das Verlangen nach Küssen, Seufzern und innigen Umarmungen – und nach etwas verwirrend Unbekanntem, das sie aber nicht zu deuten vermochte.

Alexander setzte einen unschuldigen Gesichtsausdruck auf und deutete auf ein handgeschriebenes Schild, das an der Tür des Lokals hing. *Wegen eines Trauerfalles bleibt unser Café heute geschlossen.*

Dorothea konnte ihre Enttäuschung kaum verbergen. Seit Tagen hatte sie diesem Treffen in ihrem Lieblingscafé mit den gemütlichen roten Samtsesseln entgegengefiebert, sich auf einen Apfelkuchen und einen heißen, süßen Kakao gefreut. Auf Alexanders Nähe, seine tiefe, raue Stimme, die sie so gern vernahm, weil sie sich unauslöschlich in ihre Seele eingebrannt hatte. Auf seine dunklen Augen, in denen sich sowohl sein Schalk als auch die Liebe zu ihr widerspiegelte, und auf den vertrauten Duft seines Rasierwassers, das sie unter unzähligen anderen sofort herausgefunden hätte. Und natürlich auch aufs Pläneschmieden für die bevorstehende Hochzeit und ihr großes Abenteuer.

Doch im Gegensatz zu ihr schien Alexander in bester Stimmung zu sein, sein Lächeln bekam etwas Spitzbübisches. »Nun mach nicht so ein trauriges Gesicht, Liebste! Während ich hier voll Sehnsucht auf das Erscheinen deiner holden Gestalt gewartet habe, ist ein brillanter Plan in mir gereift. Ich meine, als meine zukünftige Frau hast du das Recht zu erfahren, wo ich in den vergangenen Monaten meine Junggesellenzeit verbracht habe. Wir gehen zu mir nach Hause, und ich koche für dich den besten Tee, den du je getrunken hast.

Ich hoffe, du magst Butterkuchen. Ich habe nämlich gerade eben welchen in der Bäckerei nebenan gekauft. Der Teig ist an der Seite ein wenig verbrannt. Deswegen habe ich zwei Stücke zum Preis von einem bekommen.«

»Aber ... aber das ist doch ganz unmöglich! Ich kann doch nicht einfach mit dir auf dein Zimmer kommen.« Dorothea blickte verängstigt zu dem Freund auf, wagte nicht, sich dieses unziemliche Ansinnen weiter auszumalen. Und trotzdem musste sie sich insgeheim eingestehen, dass sie sich schon oft gefragt hatte, wie er sich wohl in seinem Zuhause eingerichtet hatte. Sie war ganz sicher, es würde ihr gefallen. Weil ihr sein Bewohner gefiel.

Alexander antwortete mit leisem Spott, so als hätte er die moralischen Bedenken gar nicht herausgehört. »Du meinst, weil ich vorher nicht aufgeräumt habe... Nun, ich hoffe, du siehst großzügig über eine gewisse Unordnung hinweg.«

Die Studenten waren mittlerweile murrend weitergegangen, und Alexander reichte Dorothea den Arm. »Darf ich bitten, mein Fräulein? Es geht nur um die Ecke herum, in die Gereonstraße.«

Dorothea blieb unschlüssig stehen. Nur allzu gern wäre sie ihm gefolgt, obwohl sie wusste, sie würde damit gegen jeglichen Anstand verstoßen. Bisher hatten sie sich immer nur in der Öffentlichkeit gesehen. Zum ersten Mal wären sie allein, von niemandem beobachtet und gänzlich ungestört. Sie fühlte ihr Herz rasen, wünschte sich nichts sehnlicher, als seine kräftigen Arme um ihre Taille und seine Bartstoppeln auf ihrer Wange zu spüren. Doch gleichzeitig fürchtete sie sich davor. »Aber... wenn uns jemand von den anderen Mietern im Treppenhaus sieht?«

»Die alte Dame in der ersten Etage ist zu ihrer Tochter nach Bonn gefahren, und der ehemalige Nachtwächter aus dem zweiten Stock ist über einen Bordstein gestürzt und hat sich beide Arme gebrochen. Der Pechvogel liegt im Hospital. Und die Vermieter im Erdgeschoss sind auf einer Geburtstagsfeier. Dorothea, Liebste, gib mir keinen Korb und komm mit! Ich wollte dir schon immer einmal meine kleine Wohnung zeigen. Damit du endlich weißt, wo ich oft bis spät in die Nacht am Schreibtisch sitze und manchmal nicht vernünftig arbeiten kann, weil ich immer nur an dich denken muss. Außerdem...« Seine Stimme bekam einen geheimnisvollen Klang. »Außerdem habe ich noch eine Überraschung für dich.«

Ohne eine Antwort abzuwarten, griff er nach ihrem Arm und hakte sie bei sich unter. Wie im Traum ging Dorothea neben ihm her, unschlüssig, ob sie doch noch davonlaufen sollte. Aber nein, sie wollte endlich sein Zuhause kennenlernen und dabei mehr über ihren zukünftigen Ehemann erfahren. Sie würde die Regeln der Schicklichkeit schon zu wahren wissen.

Vor einem Haus, von dessen Fassade bräunlicher Putz abbröckelte, blieben sie stehen. Vorsichtig und so leise wie möglich schloss Alexander die Haustür auf. Sie traten in einen langen, schmalen Flur, in dem der Geruch von Bohneneintopf und ranzigem Fett hing. Alexander wies auf eine morsche Holztreppe und bedeutete Dorothea mit einer Geste, ihm zu folgen. Auf Zehenspitzen schlichen sie durch den Gang.

»Herr Weinsberg, sind Sie es?«, erklang plötzlich eine zittrige, hohe Stimme. Dorothea presste sich mit dem Rücken gegen die Wand, spürte die rauen, unverputzten Steine unter den Händen, wagte kaum zu atmen. Auf der rechten Seite hatte sich eine Tür geöffnet. Im Rahmen stand eine klein gewachsene, spindeldürre Frau. Das schüttere graue Haar war nur unzureichend von einer altmodischen, schief sitzenden Haube bedeckt.

»Guten Tag, Frau Lyskirchen. Ja, ich bin's. So früh schon wieder zurück? Haben Sie sich auf der Geburtstagsfeier gut unterhalten?« Er wandte sich an Dorothea und nickte ihr beruhigend zu. Sie zitterte am ganzen Körper, starrte verzweifelt zur Haustür und wäre am liebsten davongelaufen. Doch ihre Beine waren wie gelähmt.

»Hören Sie mir bloß auf mit der Feier... Als wir um drei Uhr ankamen, da hatte mein Schwager wohl schon einige Schnäpse zu viel getrunken. Jedenfalls hat er gleich einen Streit mit meinem Mann vom Zaun gebrochen. Erst hat er einen Stuhl aus dem Fenster geworfen, dann herumgepöbelt und uns anschließend vor die Tür gesetzt. Also, der alte Suffkopf wird uns so schnell nicht wiedersehen... Aber sagen Sie, Herr Weinsberg, mir war so, als hätte ich außer Ihnen noch jemanden im Flur gehört.«

Dorothea fürchtete, jeden Moment ohnmächtig niederzusinken. Alexander zwinkerte ihr aufmunternd zu.

»Ihr Gehör ist wie immer hervorragend, Frau Lyskirchen. Darf ich Sie mit meiner Tante bekanntmachen? Sie ist gestern aus Paris gekommen und möchte unbedingt die Mappe mit allen meinen Zeitungsartikeln sehen.« Er winkte Dorothea zu sich heran. Schwerfällig und wie betäubt folgte sie seiner Aufforderung. Welches Spiel trieb Alexander hier mit ihr? Die Hauswirtin streckte den Kopf vor und blinzelte Dorothea aus trüben Augen an.

»Aus Paris... Ja, das sieht man doch gleich. Dieses elegante grüne Kostüm mit der Pelzstola... Aber dass Ihre Tante in hohem Alter noch eine so weite Reise unternimmt...« Sie musterte Dorothea, die ihren dunkelblauen Mantel glatt strich, mit unsicherem Blick. »Wie lange werden Sie denn in

Deutschland bleiben... Ach, sie kann mich ja gar nicht verstehen, sie spricht wahrscheinlich nur Französisch.«

»Das ist nicht das Problem, Frau Lyskirchen. Meine Tante ist schwerhörig.« Alexander beugte sich hinunter und schrie Dorothea ins Ohr. »Wie lange du in Deutschland bleiben willst, möchte meine Hauswirtin wissen.«

Dorothea zuckte zusammen. Erst allmählich begriff sie, warum der Freund so vergnügt wirkte und sich das Lachen kaum verkneifen konnte. Die Vermieterin war nahezu blind und hielt sie tatsächlich für eine ältere Verwandte. Erleichtert holte Dorothea Luft und versuchte eine tiefere Tonlage. »Zwei Wochen oder auch drei.«

»Es wird Ihnen in Köln gefallen, Madame... Da fällt mir ein – können Sie Ihrem hohen Besuch überhaupt etwas anbieten, Herr Weinsberg? Ich koche Ihnen einen Zichorienkaffee. Den können Sie sich nachher abholen.«

»Sehr freundlich, aber ich habe eigens Tee und frischen Butterkuchen gekauft. Ich will meine Lieblingstante einmal so richtig verwöhnen.« Bei diesen Worten legte er Dorothea den Arm um die Taille und beobachtete amüsiert, wie sie ihm einen wütenden Blick zuwarf, aber nicht zu protestieren wagte.

Frau Lyskirchen nickte bekräftigend und trat in ihre Wohnung zurück. »Butterkuchen... so etwas Gutes bekommt Ihre Tante in Frankreich bestimmt nicht. Und wenn Sie noch etwas brauchen, junger Mann, klopfen Sie ruhig.«

Alexander zog Dorothea hinter sich bis zur Treppe, dann wurde er wieder laut. »Wir müssen hinauf bis in den dritten Stock. Schaffst du es, Tantchen? Soll ich dir behilflich sein?«

Sobald sie die knarrende Zimmertür hinter sich geschlossen hatten, konnten beide ihr Lachen nicht mehr zurückhalten. »Ich hatte solche Angst, die Vermieterin würde mich erkennen«, prustete Dorothea los und boxte Alexander spielerisch gegen die Brust. »Du Schuft, du hättest mir aber auch eher sagen können, dass sie fast blind ist.«

»Warum denn? Wenn du dich fürchtest und deine Augen ganz groß und dunkel werden, siehst du besonders hübsch aus«, gestand Alexander und fasste Dorothea blitzschnell um die Hüften, schwenkte sie herum und stellte sie auf einen Schemel. Sie blickten einander tief in die Augen. Ihre Lider flatterten. Alexander legte ihr die Arme um die Schultern und fuhr ihr mit den Lippen über Stirn, Wangen und Kinn, wanderte weiter zur Halsbeuge. Dorothea spürte ein wohliges Gefühl von Wärme und Geborgenheit, das ihr bisher unbekannt gewesen war und das sie erst durch den Freund kennengelernt hatte. Eng schmiegte sie sich an ihn. Sog den Duft seines Rasierwassers in sich ein. Fühlte sein Herz an ihrer Brust schlagen. Kraftvoll und schnell.

»Darauf habe ich schon lange gewartet. Endlich sind wir allein.« Alexander flüsterte heiser und suchte ihren Mund, verharrte dort erst sanft und wurde dann leidenschaftlicher und fordernder. Glut stieg in Dorothea auf und erfasste ihren ganzen Körper. Seine Hände umfassten ihre Schultern, glitten über den Rücken abwärts zu den Hüften, wanderten wieder nach oben und näherten sich mit zärtlichem Druck ganz langsam ihrem Busen. Sie fühlte ihre Knie weich werden und glaubte, in eine unendliche Tiefe zu fallen. Irgendwo regte sich Widerstand in ihr, doch sie war wie betäubt. Auf süße Weise betäubt. In ihren Ohren war ein Rauschen. So hörte sich vermutlich das Meer an.

Mit letzter Kraft hielt sie Alexander auf Abstand und rang nach Luft. »Wie war das denn mit ... mit dem Butterkuchen?«

Alexander hielt inne, seufzte leise und schwer. »Hm, wer spricht von solch profanen Genüssen? Ich habe da gerade etwas viel, viel Besseres entdeckt...« Er knabberte an ihrem Ohrläppchen und umkreiste ihre Ohrmuschel mit der Zunge.

»Aber du hast ihn doch eigens für meinen Besuch bei dir gekauft.« Dorothea fuhr ihm mit den Händen durchs Haar und hauchte ihm einen Kuss auf die Nasenspitze. »Hilfst du mir hinunter?«

Ohne seine Antwort abzuwarten, stützte sie sich auf seinen Arm und stieg vom Schemel. Das Herz schlug ihr bis zum Hals, doch sie zwang sich zu einem ruhigen, harmlosen Tonfall. »Hattest du nicht vorhin etwas von Tee erwähnt? Den wolltest du deiner französischen Tante doch anbieten. Außerdem habe ich mich noch gar nicht bei dir umgesehen.«

Alexander strich sich die Kleidung glatt und machte eine weit ausholende Handbewegung. »Wenn du darauf bestehst... Dies also ist mein Reich. Viel gibt es nicht zu sehen, wie du merken wirst. Aber ich sollte mich endlich um den Ofen kümmern, damit wir es hier gemütlicher haben. Magst du Pfefferminztee?«

»Mein Lieblingstee.« Dorothea war überrascht über den Anblick, der sich ihr bot. Das Zimmer war klein, aber hell und freundlich. Und viel ordentlicher als erwartet. Unter der Schräge am Fenster stand ein schwerer Eichenschreibtisch, auf dem sich Bücher, Mappen und Papiere türmten. Fasziniert spähte sie durch die blitzblank geputzte Scheibe. »Welch herrliche Aussicht! Du kannst von deinem Schreibtisch aus direkt auf den Dom schauen. Er wird bestimmt großartig aussehen, wenn er eines Tages zu Ende gebaut ist.«

Ihr Blick wanderte weiter nach links zu einer Kommode, auf der sich eine Waschschüssel, Seife und ordentlich übereinandergestapelte Handtücher befanden. Darüber ein fast blinder, ovaler Spiegel. Alexander feuerte den Ofen an und setzte einen Kessel mit Wasser auf. An der Wand gegenüber dem Fenster stand in einer Mauernische ein Bett mit einem Überwurf, dessen Muster an einen orientalischen Teppich erinnerte. In einem Schrank mit Glastüren am Fußende des Bettes lagen Kleidung und Wäsche, sorgsam zusammengefaltet.

Obwohl sie nie zuvor hier gewesen war, spürte Dorothea, dass dieser Raum etwas Vertrautes, Behagliches ausstrahlte. Die Holzscheite im Ofen knisterten, wohlige Wärme breitete sich allmählich aus. Sie legte Hut und Mantel ab, wusch sich die Hände in der Waschschüssel und beobachtete Alexander, wie er einen Teil des Schreibtisches frei räumte und eine bestickte kleine Decke auflegte. Einem Wandbord neben dem Ofen entnahm er zwei Tassen und zwei Teller, richtete die Kuchenstücke darauf an und stellte alles auf den Schreibtisch. Dann kam er mit einer silbernen Teekanne, die leicht angelaufen war. Pfefferminzblätter schwammen im heißen Wasser und verströmten ihr mildes Aroma. Er bot Dorothea den einzigen Stuhl im Zimmer an und setzte sich auf den Schemel, rückte ganz nahe an sie heran. Dann nahm er ihre Hand und küsste die Innenfläche, schob den Saum ihres Ärmels hoch und fuhr mit den Lippen über die pulsierende zarte Haut.

Ein Schauer durchrieselte Dorothea. Sie schloss die Augen und riss sie gleich wieder auf, musste unter allen Umständen einen klaren Kopf behalten. »Wollten wir nicht endlich den Kuchen probieren, Liebster?« Mit der freien Hand griff sie nach dem Kuchenstück und hielt es ihm vor den Mund. Alexander biss hinein und nickte zufrieden.

Noch während er kaute, schenkte er den Tee ein, spülte mit kräftigen Schlucken hinterher. »Lecker. Und was ist mit dir, mein Herz? Ich hatte vorhin den Eindruck, als seist du sehr – hungrig.«

»Den teilen wir uns. Ein ganzes Stück ist für mich zu viel.«
Vorsichtig nippte Dorothea an ihrem Tee, wollte Zeit gewinnen, weil sie mit einem Mal eine eigenartige Unruhe verspürte. Was sie da gerade tat, gehörte sich nicht für ein tugendhaftes junges Mädchen. Trotzdem – was konnte schlecht daran sein, wenn sie das Zuhause ihres künftigen Bräutigams kennenlernte und mit ihm zusammen Tee trank? Was hätte man ihr vorhalten sollen? Bisher war nichts geschehen, wofür sie sich hätte schämen müssen. Aber was würde sie sagen, wenn ihr Vater sie nach ihrem Tag fragen würde? Doch nein, der kümmerte sich ausschließlich um seine Arbeit und seine Forschungen. Hatte er sich jemals ernsthaft nach ihrem Befinden erkundigt?

»Worüber denkst du gerade nach, Liebste? Dich bedrückt etwas, ich sehe es dir an der Nasenspitze an.« Alexander umfasste ihr Kinn und küsste sie sanft und zärtlich. »Verrat es mir, und ich denke mir etwas Lustiges aus und bringe dich zum Lachen.«

»Es ist nur ... ich musste an meine Eltern denken ...«

Alexanders eben noch heitere Stimmung schlug um. »Habe ich dir schon erzählt, dass meine Eltern vor zwei Jahren kurz hintereinander gestorben sind? Meine Mutter hatte Schwindsucht, und mein Vater ist ihr wenige Wochen später gefolgt. Die Todesursache war ein gebrochenes Herz, da bin ich mir sicher. Danach hielt ich es zu Hause in Bonn nicht mehr aus und nahm hier in Köln die Stellung bei der Zeitung an. Was sich im Nachhinein als glückliche Fügung erwiesen hat. Denn sonst hätte ich dich nicht kennengelernt.«

Dorothea lächelte, fuhr ihm mit den Fingern durch das Haar und glättete die widerspenstigen Locken. »Hast du dir schon überlegt, wann unsere Hochzeit sein soll, Liebster?«

»Je nachdem, wie schnell mein Vertrag aufgesetzt wird. Vielleicht im Mai? Möchtest du ein großes Fest mit allen Verwandten – oder was hältst du davon, wenn wir uns vom Kapitän trauen lassen? Die Überfahrt ist dann unsere Hochzeitsreise.«

Überrascht sprang Dorothea auf, umarmte ihn und drückte ihm einen Kuss auf die Wange. »O ja, eine Hochzeit auf dem Schiff ... das ist ein großartiger Einfall. Und meinetwegen müssen wir auch keine Rücksicht auf irgendwelche Verwandten nehmen. Es gibt nur eine Cousine meiner Mutter und deren Sohn. Sie leben irgendwo am Bodensee. Allerdings habe ich sie nie kennengelernt. Und wie sieht es bei dir aus?«

»Tja, wie das bei Familienfehden manchmal so ist ... Ich habe einen Onkel und zwei Tanten aus der väterlichen Linie. Die Kontakte sind schon vor Jahren abgebrochen. Leider. Oder auch nicht. Es hat wohl damit zu tun, dass meine Mutter von der Weinsbergschen Verwandtschaft nicht als standesgemäß angesehen wurde ... Sag, mein Liebling, wann wirst du mich offiziell deinen Eltern vorstellen? Neulich Abend auf der Straße haben wir ja nur wenige Worte miteinander gewechselt. Ich fand deine Eltern übrigens sympathisch. Wenn auch etwas wortkarg.«

Ein seltsames Gefühl in der Magengrube brachte Dorothea zum Verstummen. Sie wollte den Freund nicht verletzen, ihm nicht auf den Kopf zusagen, dass ihre Eltern ihn ablehnten, ohne ihn überhaupt zu kennen. Nur weil er bei der Zeitung arbeitete und kein Bankier oder Professor war. Weswegen Dorothea beschlossen hatte, den Eltern erst dann von ihren Zukunftsplänen zu berichten, wenn der Vertrag rechtskräftig unterzeichnet war, der ihr und ihrem künftigen Gatten finanzielle Sicherheit bot.

Sie zögerte, räusperte sich, suchte nach einer unverfänglichen Antwort. »Das ist nicht so einfach, verstehst du? Hab noch ein wenig Geduld, Liebster. Ich muss meine Eltern erst langsam darauf vorbereiten, dass ich demnächst nicht mehr zu Hause wohnen werde.«

»Gut, ich verlasse mich ganz auf dich. Du wirst schon wissen, wann der günstigste Zeitpunkt gekommen ist.«

»Hast du nicht vorhin von einer Überraschung gesprochen? Oder willst du mich wieder bis in alle Ewigkeit warten lassen, so wie neulich im Botanischen Garten?« Mit ihren Fragen versuchte Dorothea den Freund auf ein unverfängliches Thema zurückzulenken.

»Ich mache es gern spannend, mein Liebling. Daran muss sich meine künftige Ehefrau gewöhnen. Doch heute will ich dich nicht länger auf die Folter spannen.« Alexander stand von seinem Schemel auf, hob Dorothea so mühelos hoch, als halte er keinerlei Gewicht in den Armen, und setzte sie sanft auf der Bettkante ab.

»Nein, Alexander, das ist unmöglich! Ich kann doch nicht einfach so bei dir ... und dann noch auf dem Bett ...« Er ließ sich neben ihr nieder und erstickte jeden weiteren Protest mit seinen Küssen. Seine Lippen glitten zärtlich über Haar und Nacken, während seine Hände die Knöpfe an ihrem Kleid öffneten, sich einen Weg unter dem seidigen Mieder bahnten und auf nackte, glühende Haut trafen. Dorothea stöhnte leise auf, wollte ihn abwehren und zog ihn ganz nahe zu sich heran, küsste seine warme Schläfe und spürte, wie unter ihren bebenden Lippen sein Aderschlag schneller wurde.

Auf ein dumpfes Klopfen hin schreckten beide auf. Blitzartig verschwand Dorothea unter der Bettdecke, machte sich so klein und flach wie möglich. Alexander stand auf, richtete seine Kleidung und das zerzauste Haar und öffnete die Tür.

»Ach, Herr Lyskirchen. Sie sind es... Ich habe Besuch. Meine Tante aus Paris ist gekommen.«

»Das hat mir meine Frau vorhin schon erzählt«, polterte der Vermieter mit einer Stimme, der anzumerken war, dass er Tabak und Alkohol nicht abgeneigt war. »Wo ich Sie gerade zu Hause antreffe, Herr Weinsberg... ich wollte fragen, ob Sie mir wohl einem Brief an die Finanzverwaltung schreiben können. Diese Aasgeier wollen nämlich Geld von mir. Von wegen dieser Erbschaft von meinem verstorbenen Großonkel aus Düsseldorf. Der mit dem Holzbein. Sie erinnern sich? Schön, und da dachte ich mir, weil Sie doch so gut fabulieren können...«

»Wenn es Zeit hat bis morgen, weil...« Beherzt trat Alexander dem Hauswirt entgegen und versperrte ihm die Sicht in den Raum. Er legte einen Finger auf die Lippen und fuhr im Flüsterton fort. »Meine Tante ist verwitwet, sie hat keine Kinder, aber Geld wie Heu. Ich war gerade dabei, ihr klarzumachen, dass ich dringend ihren... Rat brauche. Wenn Sie verstehen...« Dabei rieb er augenzwinkernd Daumen und Zeigefinger aneinander.

»Na, und ob!« Der Vermieter lachte dröhnend und klopfte Alexander kräftig auf die Schulter. »Dann kümmern Sie sich rasch wieder um die Frau Tante. Und seien Sie besonders nett zu ihr.«

Alexander drehte den Zimmerschlüssel herum und nahm wieder auf der Bettkante Platz. Vorsichtig hob er die Decke an. »Die Luft ist rein. Du kannst wieder herauskommen, Liebste.«

Mit hochroten Wangen wühlte Dorothea sich aus den Laken hervor. Ihre Haarnadeln hatten sich gelöst, einer ihrer Zöpfe wippte über der Stirn. »Einen weiteren Schrecken verkrafte ich heute nicht. Ich glaube, ich sollte besser gehen.«

»Nein, warte, nicht bevor ich dir meine Überraschung gezeigt habe.«

Alexander griff in seine Hosentasche, zog ganz langsam seine Hand wieder hervor und streckte ihr die geschlossene Faust entgegen. »So, und jetzt rate, was ich hier versteckt halte...«

Neugierig schlug Dorothea die Bettdecke zurück, richtete sich auf und bog Alexanders Finger mit sanftem Druck auseinander. Sie jauchzte vor Freude auf, hielt sich dann aber erschrocken die Hand vor den Mund. Sie suchte nach Worten. »Aber das ist ja ... wunderschön ...« Zitternd griff sie nach einer goldenen Kette mit einem herzförmigen Anhänger, den rot funkelnde Granatsteinchen zierten.

»Das ist mein Verlobungsgeschenk an die Frau, die ich liebe, mit der ich eine Familie gründen und bis an mein Lebensende zusammen sein will«, flüsterte Alexander an ihrem Ohr und legte ihr mit zitternder Hand die Kette um den Hals. Von irgendwoher erklang die Stimme der Mutter, die die Tochter davor warnte, jemals Schimpf und Schande über die Familie zu bringen. Dorothea hörte auch die mahnenden Worte der Nonnen, die die Schülerinnen vor dem Verlust der Tugend warnten, solange sie noch unverheiratet waren, vor der Strafe Gottes und den ewigen Qualen der Hölle.

Die Stimmen wurden leiser, bis sie schließlich ganz verhallten. Nichts konnte an ihren Empfindungen falsch sein. Alles fühlte sich gut und richtig an. Dorothea schlang die Arme um Alexanders Hals, zog ihn zu sich heran und antwortete mit einem innigen Kuss. Spürte, wie sich ihre anfängliche Überraschung in unergründliche Sehnsucht wandelte. Aus der nie gekanntes Verlangen erwuchs. Sie fühlte sich begehrt und beschützt zugleich.

Bebend pressten die Liebenden die Körper aneinander.

Wie von selbst arbeiteten sich ihre Hände durch Lagen aus Wolle, Leinen und Seidenstoff, öffneten Knöpfe und Haken, lösten Bänder. Dorotheas Atem raste, als Alexanders Finger begierig über ihre weiche Haut strichen, verharrten, kreisten und schließlich an Stellen gelangten, bei deren bloßer Berührung sie nach Atem rang. Dann gab es nur noch sie beide auf der Welt. Niemanden sonst.

## APRIL 1848

Die Sonne des späten Nachmittags tauchte die hell getünchten Hausfassaden der Kölner Altstadt in ein sanftes Licht. Mit eiligen Schritten entfernte Dorothea sich vom Haus ihrer Herrschaften, knotete ihr Schultertuch fester und spürte das Papier, das unter dem Mieder knisterte. Es war ein Brief von Alexander aus Berlin, den sie vor der Arbeit am Postschalter abgeholt hatte. Er hatte ihr versprochen, jeden Tag zu schreiben, und sie kannte jede Zeile auswendig.

*Meine geliebte Dorothea, wie sehr ich Dich vermisse! Berlin ist eine große und prunkvolle Stadt. Trotzdem gibt es auf den Straßen mehr Armut und Bettler als in Köln. Die Verhandlungen wegen des Buches gehen zügig voran. Ich habe Herrn Fischer, dem Verleger, mein Konzept über die Anordnung der einzelnen Kapitel vorgetragen und ihm auch erklärt, dass meiner Ansicht nach Zeichnungen von Pflanzen, Tieren, Eingeborenen und Landschaften die Kauflust der Leser zusätzlich steigern würden. Von diesem Vorschlag war er höchst angetan. Stell Dir nur vor: Während ich demnächst meine Reiseeindrücke notiere, fertigst Du Skizzen an. Das Buch wird unser gemeinsames Werk. In vier bis fünf Tagen soll der Vertrag zur Unterzeichnung vorliegen. Dann werde ich mich um unsere Schiffspassagen kümmern und vielleicht schon im nächsten Monat mit meiner Braut nach Westen davonsegeln! Ich kann es kaum erwarten, wieder bei Dir zu sein, und küsse Dich auf den Mund, den Hals und auf eine Stelle, die Dich immer zum Erbeben bringt, wenn ich sie mit den Lippen berühre. In Liebe, Dein Alexander.*

Sie seufzte leise, und das Herz klopfte ihr vor brennender Sehnsucht nach dem Geliebten. Ein versonnenes Lächeln lag auf ihrem Gesicht, als sie sich das Wiedersehen in spätestens einer Woche vorstellte. Auf einmal verspürte sie wieder diesen seltsamen Schwindel, der sie wenige Tage zuvor zum ersten Mal überkommen hatte. Sie lehnte sich an eine Hauswand, atmete tief ein und aus. Zudem spannte ihre Brust, und sie hatte am Morgen das Korsett mit den starren, einengenden Fischbeinstäben nur locker geschnürt. Glücklicherweise war sie so schlank, dass diese Unziemlichkeit nicht aufgefallen war.

Bestimmt liegt es am Wetter, beruhigte sie sich. Nach dem langen und kalten Winter waren die Temperaturen innerhalb weniger Tage um mehrere Grade gestiegen. In den Gärten und Parks sprossen die Krokusse aus der Erde hervor. Die Lindenbäume, die die Straßen säumten, zeigten erste zarte Knospen. Viele Menschen fühlten sich gerade in dieser Jahreszeit lustlos und erschöpft, klagten über Kopfschmerzen und Schlaflosigkeit.

Dorothea ging weiter, ließ die Gertrudenstraße hinter sich und bog nach rechts in den Neumarkt ein. Schon von Weitem erkannte sie den kleeblattförmigen Chor des imposanten Kirchenbaus, der von zwei schlanken, hoch aufragenden Türmen flankiert wurde. Dahinter erhob sich der massige quadratische Glockenturm. Sankt Aposteln war eine der zwölf romanischen Kirchen, die das Stadtbild seit Jahrhunderten prägten und im Sommer viele Fremde anzogen, insbesondere Niederländer und Engländer.

Mit weiten Schritten umrundete Dorothea die Kirche und näherte sich einem schmalen ockerfarbenen Haus mit Spitzgiebel. Sie griff nach dem eisernen Türklopfer in Form eines Fisches. Kurz darauf hörte sie schlurfende Schritte im Innern des Hauses. Mit mürrischer Miene öffnete die alte Haushälterin und rückte ihre Haube zurecht. Als sie Dorothea erkannte, wurde ihr Gesichtsausdruck freundlicher.

»Ach, Sie sind es, Fräulein Fassbender! Kommen Sie herein. Der Herr Pfarrer ist in seinem Arbeitszimmer. Gehen Sie ruhig nach oben, Sie kennen ja den Weg.«

Pfarrer Konrad Lamprecht saß an seinem Schreibtisch, auf dem sich eine unüberschaubare Flut an ledergebundenen Folianten, Bibeln verschiedenster Ausstattung und handgeschriebenen Papieren stapelte. In einem gläsernen Vitrinenschrank neben der Tür standen dicht an dicht Madonnen- und Heiligenfiguren, einige goldene Monstranzen und ziselierte Weinkelche. Ein bereits verblasster Teppich bedeckte nahezu den ganzen Fußboden, ließ nur an den Rändern einen Streifen abgetretenes Parkett frei. Das Zimmer erinnerte Dorothea eher an eine Rumpelkammer als an die Studierstube eines belesenen Mannes.

Seit mittlerweile dreißig Jahren sorgte sich der Geistliche um das Seelenheil seiner Pfarrkinder. Von seinen Predigten sprach man in ganz Köln und Umgebung. An manchen Sonntagen kamen sogar Gläubige aus anderen Gemeinden zu ihm in die Heilige Messe, um seinen kraftvollen Worten zu lauschen. Was ihm diejenigen Mitbrüder verübelten, die dann vor halb leeren Kirchenbänken predigen mussten.

Konrad Lamprecht tauchte eine Schreibfeder ins Tintenfass, setzte schwungvoll seine Unterschrift unter einen Brief und schwenkte das Papier zwischen zwei Fingern vorsichtig in der Luft. Dabei musterte er Dorothea über seinen Zwicker hinweg aus hellen, freundlichen Augen. »Ich habe schon mit deinem Besuch gerechnet, meine Tochter. Heute Morgen traf eine frische Lieferung ein. Schau einmal nach, ob etwas für dich dabei ist.«

Er deutete mit der Feder auf eine dunkle Eichenkommode, vor der eine offene Holzkiste stand. Dorothea beugte sich hinunter und zog einzelne Bücher daraus hervor. Französische Gedichte, eine Sammlung rheinischer Sagen, prachtvoll eingebundene alte Bibeln, eine mehrbändige Reihe mit Ansichten griechischer und römischer Tempel und dann ... Ihr Herz schlug höher, als sie einen braunen Lederband mit goldenen Buchstaben in Händen hielt. *Ansichten der Cordilleren und Monumente americanischer Völker* aus dem Jahr 1810. Es war eine Schrift des großen Forschers, den Alexanders Patenonkel auf einer seiner Reisen begleitet hatte.

Sie schlug die Seiten auf, war bald in die Darstellungen von wilden Gebirgslandschaften, rauchenden Vulkanen und Trachten vertieft. Irgendwann hörte sie die Stimme des Pfarrers und schreckte auf. »Bitte entschuldigen Sie, ich war so gefesselt ...«

»Das habe ich schon bemerkt, meine Tochter. Ich freue mich, dass du eine so eifrige Leserin bist. Nimm das Buch ruhig mit nach Hause und bring es mir zurück, wenn du es studiert hast. Ich trage mich übrigens mit dem Gedanken, hier im Pfarrhaus eine kleine Bibliothek einzurichten. Alle Gemeindemitglieder sollen gegen eine geringe Gebühr Bücher ausleihen können. Jeder Mensch hat ein Recht auf anspruchsvolle Lektüre. Aber nicht jeder besitzt das Geld, sich die neuesten Werke zu kaufen. Natürlich sollen nur künstlerisch wertvolle oder christliche Titel vertreten sein.

Und von den Einnahmen können wir den Blumenschmuck bei Festtagsgottesdiensten bezahlen. Oder einen neuen Opferstock. Den haben wir nämlich dringend nötig.«

»Dann bin ich gern das erste Mitglied und zahle Ihnen ab sofort eine Leihgebühr.« Dorothea beschloss, das Buch zuunterst in die Wäschetruhe zu legen, wo ihre Mutter es nicht finden konnte. Andernfalls würde sie zweifellos unliebsame Fragen stellen. Und die wollte Dorothea zum jetzigen Zeitpunkt nicht beantworten. Noch nicht.

»Du willst also mehr über das Leben in fremden Ländern erfahren?«

»Ja, Herr Pfarrer, denn ... Köln kommt mir manchmal schrecklich eng vor. Dabei ist die Welt doch riesig groß, und es gibt so vieles zu entdecken. Menschen, Seen, Berge, Tiere, Pflanzen ... Bisher kenne ich nur unsere Innenstadt und das Rheinufer. Ach ja, und die Arminiusstraße in Deutz. Dort wohnt meine Patentante. Aber auf anderen Kontinenten gibt es Länder, in denen herrscht ein viel milderes Klima als bei uns. Ich mag die Kälte im Winter nicht, auch nicht den Schnee.«

Pfarrer Lamprecht griff in seine Soutane und zog eine Pfeife hervor. Er stopfte Tabak hinein und zündete sie an. Mit zufriedenem Lächeln sog er an dem Mundstück und atmete mit gespitztem Mund aus, sah dem Qualmwölkchen hinterher, das kreiselnd in die Luft aufstieg.

»Offensichtlich steckt in dir eine gewisse Abenteuerlust. Wie bei meinem Bruder. Vor zehn Jahren ist er nach Mittelamerika gegangen, nach Guatemala. Heute lebt er als Pfarrer in Costa Rica, in einer Gemeinde nahe der Hauptstadt San José. Dieses Fleckchen Erde muss wunderschön sein. Mein Bruder ist überzeugt, dort habe sich der Garten Eden befunden.«

Dorothea konnte das Zittern ihrer Hände kaum verbergen.

Pfarrer Lamprecht sprach von dem Land, in dem ihre Zukunft lag. Ihre und Alexanders gemeinsame Zukunft. Für einen Moment überlegte sie, ob sie dem Geistlichen von ihren Absichten erzählen sollte. Doch dann erschien es ihr ratsamer, nichts Genaues zu verraten. Lieber wollte sie ihre Wissbegierde so darstellen, als sei alles nur ein Traum, eine schwärmerische Neigung. Zu groß war die Angst, etwas Unvorhergesehenes könne sich ereignen und alle Pläne zunichte machen.

»Gern würde ich einmal nach Costa Rica reisen und dieses Paradies kennenlernen«, entgegnete sie und fühlte eine plötzliche Übelkeit in sich aufsteigen.

»Die meisten, die es in die Ferne zieht, wandern nach Nordamerika aus. Die Armut greift um sich in Deutschland, immer mehr Menschen kämpfen ums nackte Überleben. Nach Costa Rica wollen die wenigsten, aber Deutsche sind dort höchst willkommen. Weil sie zuverlässig und pünktlich sind. Im Hochland, wo mein Bruder lebt, werden sogar Lehrer für deutsche Siedlerkinder gesucht, wie ich aus seinen Briefen erfuhr. Aber eine junge Frau wie du will sicher nicht allein in die weite Welt hinausziehen. Dazu gehört ein passender Ehemann, habe ich recht?« Durch eine spiralförmige Rauchschwade betrachtete sie der Pfarrer mit neugierigem Lächeln.

Dorothea zog ein Taschentuch aus dem Ärmel und tupfte sich über die Stirn, auf der sich winzige Schweißperlen gebildet hatten. Sie wollte sich nicht länger zurückhalten, wollte dem Pfarrer anvertrauen, was dieser sicherlich wie ein Beichtgeheimnis für sich behalten würde. »Einen ... einen Mann habe ich schon gefunden«, stammelte sie. »Allerdings wissen meine Eltern noch nichts von ihm, weil ... Sie würden dieser Heirat niemals zustimmen.«

Pfarrer Lamprecht nickte bedächtig. »Ich erlebe oft, dass Eltern sich in die Liebesangelegenheiten ihrer Kinder einmischen. Nicht immer zu allseitigem Nutzen. Folge deinem Herzen, meine Tochter. Gott wird dir schon den rechten Weg weisen.«

Dorothea griff nach einem dünnen Heft, das auf dem Schreibtisch des Pfarrers lag, und fächelte sich Luft zu. »Es ist so warm hier im Zimmer. Vielleicht ist es auch der Tabakgeruch ...«

»Aber natürlich, wie nachlässig von mir!« Pfarrer Lamprecht stand rasch auf und öffnete einen Fensterflügel. Dorothea wankte zum Fenster und hielt sich mit beiden Händen an der Laibung fest. In ihrem Magen krampfte sich etwas zusammen, das langsam bis zum Hals hochstieg. Sie würgte und schluckte, und um sich von ihrem eigenen Befinden abzulenken, starrte sie auf die noch kahle Baumkrone einer Linde, in der ein Amselpaar ein Nest vom Vorjahr in Augenschein nahm.

Plötzlich wurde ihr Blick so klar, als läge alles ausgebreitet vor ihrem inneren Auge. Sie sah sich und Alexander auf dem Bett in seiner Dachstube. Ihre glühenden Leiber aneinandergepresst, schwitzend und keuchend. Weder Zeit noch Raum gab es, nur sie beide und ihr Verlangen. Es musste Anfang März gewesen sein, als Dorothea ihm zum ersten Mal in seine winzige Wohnung gefolgt war. An diesem Nachmittag hatte er ihr die Kette mit dem Herzanhänger angelegt. Als Verlobungsgeschenk. Seither trug sie das Schmuckstück unter dem Mieder, unmittelbar auf der Haut, wo sie so gern seine zärtlichen Lippen spürte.

Mehr als sechs Wochen waren seit dieser heimlichen leidenschaftlichen Begegnung vergangen ... und mehr als acht Wochen seit ihrer letzten Monatsblutung. Sie hatte es nur noch nicht bemerkt – bis zu diesem Augenblick. Doch nun überkam sie eine Vermutung für ihr seltsames Befinden. Ja, es konnte womöglich nur diese eine Erklärung geben. Sie war – guter Hoffnung! Und diese Erkenntnis, noch vor der Ehe ein Kind empfangen zu haben, kam ihr ausgerechnet in Gegenwart eines Pfarrers, dessen Pflicht es war, strenge moralische Grundsätze zu predigen …

Ihre Gedanken überschlugen sich. Ein Gefühl von Erschrecken, Dankbarkeit und Freude breitete sich in ihrem Herzen aus. Alexander wäre glücklich, dessen war sie sich ganz sicher. Er hatte bereits von einer eigenen Familie gesprochen. Doch eigentlich hatte sie erst nach der Heirat an Nachwuchs denken wollen. Glücklicherweise würde sie bis zur Hochzeit ihren Zustand verbergen können. Und es gab noch vieles zu regeln bis dahin … Dorothea hegte bereits zärtliche Gefühle für das unbekannte Wesen unter ihrem Herzen, war es doch ein Kind der Liebe. Zu dritt würden sie das ferne Land mit seinen weiten Stränden, hohen Vulkanen, immergrünen Wäldern und den seltsamsten Tieren und Pflanzen erkunden. Und Gott würde seine Hand schützend über die kleine Familie halten und sie auf allen Wegen begleiten.

»Meine Tochter, geht es dir wieder besser?« Die Stimme des Pfarrers klang besorgt.

»Danke, ja, Herr Pfarrer, es ist alles in Ordnung. Die frische Luft hat mir gutgetan. Aber nun muss ich nach Hause. Mutter wird ärgerlich, wenn ich zu spät zum Abendessen komme.«

Sie verabschiedete sich und stieg die steile Treppe hinunter. Nichts war mehr so wie vor wenigen Minuten, bevor sie an diese Pforte geklopft hatte. Es drängte sie zu sehen, ob auch die Welt draußen sich verändert hatte. Ja, die Luft war viel klarer, milder und lichter. Dorothea lächelte den Menschen zu, die ihr entgegenkamen. Sie schwebte die Apostelnstraße entlang und bog an der ersten Straßenmündung nach links in die Große Brinkgasse ein.

Doch als sie vor dem hellgelb verputzten Haus stand, das ihr Elternhaus war und in dem sie von klein auf gelebt hatte, wurde ihr kalt. Sie mochte nicht hineingehen, sprach sich selbst Mut zu. Sie wusste, ihre Eltern würden zunächst entsetzt sein, danach wütend und schließlich versuchen, ihr die Heirat mit Alexander und auch die Reise zu verbieten. Aber sie konnten sie nicht umstimmen. Um keinen Preis der Welt!

Noch brauchte sie den Eltern nichts von ihrem Zustand zu erzählen. Zumal es sich vorläufig nur um einen Verdacht handelte. Zunächst wollte sie sich bei einer Hebamme letzte Gewissheit verschaffen und danach Alexander einen Brief schreiben. Über alles, was in den nächsten Tagen und Wochen geschehen würde, wollte sie sich an diesem herrlichen Nachmittag nicht den Kopf zerbrechen.

## APRIL 1848

Mit energischem Griff zupfte Sibylla Fassbender eine Falte der schweren cremefarbenen Damasttischdecke zurecht. Dann zog sie eins der silbernen Besteckmesser langsam zu sich heran, bis der Griff exakt mit der Tischkante abschloss. Prüfend kniff sie die Augen zusammen und blinzelte mehrmals. Eins der kunstvoll geschliffen Weingläser hatte ihr Misstrauen erregt. Sie hielt den Kelch gegen das Licht, warf Greta, dem neuen Dienstmädchen, einen vorwurfsvollen Blick zu, woraufhin dieses eilig nach einem Küchentuch griff und das Glas so lange polierte, bis es makellos und zur Zufriedenheit der Dienstherrin glänzte.

»Sie müssen noch viel lernen, Greta. Ihrer Vorgängerin wären solche Fehler nicht unterlaufen... Was stehen Sie noch herum? Wollen Sie hier Wurzeln schlagen? Los, gehen Sie endlich und helfen Sie der Köchin!«

Die erwähnte Vorgängerin hatte nach fünfundzwanzig Jahren zuverlässiger und treuer Dienste im Hause Fassbender aus Altersgründen aufgehört, um im Haus ihrer Schwester im Bergischen Land den wohlverdienten Ruhestand zu genießen. Greta war etwa fünfzig Jahre alt, eine unscheinbar und reizlos wirkende Frau. Aber gerade das hatte Sibylla Fassbender für sie eingenommen, weitaus mehr als ihre Referenzen. Dienstmädchen durften grundsätzlich nicht jünger und hübscher sein als die Hausherrin oder deren Töchter. Eine Ansicht, die sie mit vielen Freundinnen teilte. Folglich warf der Hausherr den Bediensteten auch keine begehrlichen Blicke hinterher, und sie wurden nur in Ausnahmefällen weggeheiratet. Denn wo fand man heutzutage noch zuverlässiges Personal?

Greta knickste und verschwand wortlos in der Küche. Sibylla Fassbender trat einige Schritte vom Tisch zurück und blickte zufrieden auf die gedeckte Tafel, die weder zu überladen noch zu schlicht wirkte. Mit dezentem Blumenschmuck in ihrer Lieblingsfarbe Gelb. In Auftrag gegeben beim besten Blumenhändler der Stadt. Sie hatte es sich nicht nehmen lassen, das Porzellan aufzudecken, das sie von ihrer Großtante geerbt hatte. Ein Meißener Service von 1775 mit blauer Bemalung aus Blüten, Früchten und Zwiebeln. Das Silberbesteck trug die Initialen ihrer Jugend, als sie mit Nachnamen noch Grieshaber geheißen und mit ihrer Familie in einem winzigen Dorf am Bodensee gelebt hatte.

Vater und Großvater waren Gastwirte gewesen. Alle Freundinnen und Verwandten hatten ihr eine Zukunft als Wirtsfrau, Bäcker- oder Metzgersgattin vorausgesagt. Während sie insgeheim davon geträumt hatte, in einem großen Haus mitten in der Stadt zu leben – mit einem Garten und mit Dienstboten. Statt Holztische zu schrubben, Dielen zu kehren und sich der aufdringlichen Hände angetrunkener Gäste zu erwehren. In diesem engen kleinen Dorf, wo sie immer auf dieselben Menschen traf und wo sich außer dem Wetter nie etwas änderte.

Und dann war eines Tages ein Fremder in den Gasthof zur Post gekommen, ein junger Arzt aus Köln. Er hatte einen schwer erkrankten Studienfreund besucht und wollte im Anschluss daran einige Tage Erholung in gesunder Luft genießen. Bereits am ersten Abend hatten sie lange, tiefe Blicke ausgetauscht. Als sie ihm einen Zwiebelrostbraten mit Spätzle serviert und dabei vor Aufregung sein volles Weinglas umgestoßen hatte. Er hatte lachend seine Hose trocken gewischt und ihr zugeflüstert, noch nie habe er ein schöneres Mädchen gesehen. Bei der Abreise hatte er ihr einen Antrag gemacht. Sibylla seufzte, ihre Augen schimmerten feucht, als sie an damals dachte …

»Gnädige Frau, die Köchin lässt fragen, ob die Suppe vor oder nach dem Salat serviert werden soll.« Greta stand im Türrahmen und knetete verlegen ein Küchentuch zwischen den Händen.

»Ja, ist das denn zu fassen? Immer erst die kalte Vorspeise vor der Suppe! Danach das Hauptgericht und zum Schluss das Dessert. Das sollten Sie eigentlich wissen. Schließlich sind Sie angeblich doch schon seit Jahrzehnten in Stellung.«

Das Dienstmädchen schlurfte in die Küche, und Sibylla Fassbender bereute fast, nicht doch die junge Französin eingestellt zu haben, die einen wesentlich kompetenteren Eindruck gemacht hatte als Greta. Ihr Blick glitt hinüber zur Standuhr. Schon halb sechs. Dorothea würde doch nicht ausgerechnet an diesem wichtigen Tag zu spät nach Hause kommen?

Sibylla verlor sich wieder in der Vergangenheit. Schon als kleines Mädchen hatte sie von einem Prinzen mit Geld, Ansehen und vornehmen Manieren geträumt. Von einem Mann, der sie in die große Stadt entführen und ihr ein sorgenfreies Leben bieten würde. Den sie aber niemals in ihrem Heimatdorf gefunden hätte. Weswegen sie den Antrag des jungen Arztes angenommen hatte und ihm nach Köln gefolgt war.

»Wer zu hoch hinauswill, stößt gewöhnlich oben an!«,

hatten die Dörfler ihr bei der Abreise hämisch nachgerufen und sie laut ausgepfiffen.

Sie lachte kurz auf und verzog schmerzlich den Mund, als sie daran dachte, wie verliebt sie beide am Anfang ihrer Ehe gewesen waren. Ihr Mann hatte sie begehrt. Sie selbst hatte sich ebenfalls begehrenswert gefühlt und ungeniert die zahlreichen Stunden leidenschaftlicher Zweisamkeit ausgekostet. Jeden Wunsch hatte er ihr von den Lippen abgelesen. Hermann war ehrgeizig und tüchtig, und er verdiente gut. Sehr gut sogar. Er verstand es, mit Patienten umzugehen. Ihre Beschwerden ernst zu nehmen und ihr Vertrauen zu gewinnen. Das ließen sie sich einiges kosten. Bald reichte sein Ruf über Köln hinaus. Immer mehr Hilfesuchende kamen von weit her, um sich von ihm behandeln zu lassen. Männer mit Knochenentzündungen, Kinder mit eitrigen Geschwüren, Frauen mit Narben, die immer wieder aufplatzten. Die Wundheilung wurde zu seinem Spezialgebiet, er korrespondierte mit Kollegen in ganz Deutschland und der Schweiz.

Doch mit den Jahren, ohne dass Sibylla einen Grund dafür hätte nennen können, verflüchtigte sich die Verliebtheit, verwandelte sich in Trägheit, Gleichgültigkeit, Langeweile. Aber sie stellte sich nie die Frage, ob es ein Fehler gewesen war, von zu Hause wegzugehen. Sie lebte im Wohlstand, wurde von den Leuten mit »Frau Doktor« angeredet und hatte Neider. Hätte sie mehr vom Leben erhoffen können? Erhoffen dürfen? Doch, es gab da etwas, einen sehnlichen Wunsch ... Sie presste die Fingerspitzen gegen die Schläfen, rieb die zarte Haut über dem Knochen in kleinen Kreisen und verbot sich jeden weiteren melancholischen Gedanken. Sie wollte eine gut aufgelegte, charmante Gastgeberin sein. Denn es ging um nichts weniger als um Dorotheas Zukunft.

»Soll ich zuerst den roten oder den weißen Wein servieren?« Bei der Frage des Dienstmädchens warf Sibylla einen fassungslosen Blick zur Decke hinauf.

»Ich muss mich doch sehr wundern, wer Ihnen die hervorragenden Zeugnisse ausgestellt hat, Greta. Man könnte annehmen, es handle sich um Fälschungen und Sie seien eine Hochstaplerin. Weißwein wird zur Vorspeise serviert und Rotwein zum Hauptgang mit dunklem Fleisch. Und wenn Sie mir noch ein einziges Mal mit einer solch impertinenten Frage kommen, ist der nächste Erste für Sie der letzte.«

Sibylla wandte Greta den Rücken zu und beobachtete im Spiegel, wie das Dienstmädchen mit eingezogenen Schultern in die Küche trottete. Energisch zupfte sie an ihrer doppelreihigen Perlenkette, überprüfte den Sitz ihres makellos aufgesteckten dunkelbraunen Haars, in dem trotz ihrer fünfzig Jahre noch kein einziger Silberfaden zu entdecken war. Hoffentlich stellte das Dienstmädchen sich wenigstens beim Servieren geschickt an! Was sollte der Gast von den Fassbenders denken, wenn derartig unfähiges Personal bei Tisch bediente?

Unruhe befiel Sibylla, als der Zeiger der antiken Standuhr sich der Sechs näherte. Wo blieb ihr Mann? Hermann wollte doch nur schnell bei einem Patienten in der Nachbarschaft einen Verband wechseln. Er hätte längst zurück sein müssen. Und was war mit Dorothea?

Sibylla kam ein Verdacht. Womöglich wollte die Tochter sie mit ihrem Zuspätkommen absichtlich brüskieren. Dieses Mädchen war schon immer schwierig und eigensinnig gewesen. Nahm keinen wohlmeinenden Rat an, schloss sich stundenlang im Zimmer ein und ließ sich auch die völlig unangemessene Anstellung als Hauslehrerin nicht ausreden. Von ihrem Gatten erfuhr Sibylla leider keinerlei Unterstützung. Er war der Meinung, der Tochter könne es nicht schaden, wenn sie ein Lehrerinnenseminar besuche. Schließlich lerne sie in ihrem Beruf, Verantwortung für andere zu übernehmen. Und das sei allemal besser, als untätig zu Hause herumzusitzen, argumentierte er.

Als ob die Tochter eines Arztes arbeiten und wie niederes Dienstpersonal Geld verdienen musste... Besonders peinlich aber waren die teils bohrenden, teils süffisanten Fragen von Bekannten und Freunden, denen Sibylla Fassbender ausgesetzt war. Wie sollte sie etwas erklären, das sie selbst nicht verstand? Dass die Tochter lieber fremde Kinder unterrichtete, statt die Aussteuerwäsche mit ihrem Monogramm zu besticken und nach einem geeigneten Ehemann Ausschau zu halten?

Jawohl, Sibylla nickte ihrem Spiegelbild bekräftigend zu, nach zweiundzwanzig Jahren aufopferungsvoller Erziehung hatte sie weiß Gott ihre Pflicht erfüllt. Von nun an wollte sie wieder mehr Zeit für sich haben, Wohltätigkeitsbasare für die Kirchengemeinde veranstalten, für das Waisenhaus sammeln – und zu Hause ihre Stellung mit niemandem mehr teilen müssen. Dorothea sollte das Elternhaus möglichst bald verlassen und ihren eigenen Hausstand gründen. Bevor sie eine alte Jungfer wurde und ihr womöglich nur noch das Kloster blieb. Das hatte sie auch ihrem Mann zu verstehen gegeben...

Als sie das Geräusch der zuschlagenden Wohnungstür vernahm, horchte Sibylla erleichtert auf. Doch sofort verfinsterte sich ihre Miene. »Schön, dass du dich endlich blicken lässt, mein Fräulein. Kannst du mir sagen, wie du in Straßenkleidung und mit zerzaustem Haar einen Gast empfangen willst?«

Dorothea stand mit geröteten Wangen vor ihr, wirkte ungewöhnlich heiter und unbeschwert, was Sibyllas Stimmung noch weiter verschlechterte.

»Entschuldige, Mutter, aber Maria hatte einige Fragen zu einer Hausaufgabe, deswegen musste ich länger bei Rodenkirchens bleiben. Wer kommt denn zu Besuch?«

»Ja, ist das denn die Möglichkeit? Wenn ich dich daran erinnern darf – Apotheker Lommertzheim ist heute zum Essen eingeladen. Deinetwegen! Sag mir nicht, du hättest es vergessen. Ich habe dich heute morgen ausdrücklich gebeten, pünktlich zu Hause zu sein, damit du genügend Zeit hast, dich umzuziehen und zurechtzumachen. Vater ist auch noch nicht zurück. Herrje, ich muss unseren hohen Gast doch nicht etwa allein begrüßen ... Nun beeil dich, Dorothea! Wo ist eigentlich das Dienstmädchen geblieben? Greta, wo stecken Sie denn ...?«

Dorothea schloss die Zimmertür hinter sich und sank aufs Bett. Ihr war tatsächlich vollkommen entfallen, dass an diesem Tag das Abendessen mit dem Apotheker stattfinden sollte. Aber womöglich hatte sie sich diesen Termin gar nicht merken wollen. Weil sie an weitaus Wichtigeres denken musste. An ihre Zukunft beispielsweise.

Dass sie Maria noch Fragen zu den Hausaufgaben hatte beantworten sollen, war nur ein vorgeschobener Grund gewesen. Sie war nämlich sofort nach der Arbeit zu einer Hebamme am Heumarkt geeilt, um sich über ihren Zustand Gewissheit zu verschaffen. Mit Bedacht hatte sie ein entfernteres Stadtviertel gewählt, weil niemand sie dort kannte. Aber dann hatte sie fast eine Stunde vergeblich gewartet, weil die Hebamme zu einer Geburt gerufen worden war. So war sie unverrichteter Dinge wieder gegangen.

Wäre Alexander doch endlich aus Berlin zurückgekehrt ... Dann hätte sie nicht länger Versteck spielen müssen und hätte den Eltern ihre wahren Pläne offenbaren können. Und sie hätte auch nicht einen ganzen Abend mit einem fast doppelt so alten, langweiligen Apotheker verbringen und sich in gepflegter Konversation beweisen müssen.

»Vater ist gekommen. Beeil dich, Dorothea!«, drang die gereizte Stimme der Mutter zu ihr herüber.

Lustlos durchsuchte Dorothea ihren Schrank, entschied sich schließlich für ein Kleid aus weinrotem Taft mit bauschigen Ärmeln und einem Volant über dem Rocksaum. Es war vielleicht ein wenig zu elegant für ein Abendessen in privatem Kreis, aber zumindest würde die Mutter ihr nicht den Vorwurf machen, es sei zu farblos für ihre helle Haut. Dann löste sie ihr Haar, bürstete es mit kräftigen Strichen aus und flocht zwei Zöpfe, die sie schneckenförmig über den Ohren aufsteckte. Sie lächelte ihrem Spiegelbild zu, sinnierte, ob sie Alexander in diesem Kleid gefiele, und sehnte sich nach sanften, zärtlichen Händen, die zuerst über den glatten Stoff streichen und dann langsam die Knöpfe am Ausschnitt öffnen würden, während ihr Herz wild und laut pochte ...

»Dorothea, es hat geläutet. Wie lange sollen wir noch auf dich warten?«

Jetzt war es der Vater, der zur Eile drängte. Sie warf ihrem Spiegelbild eine Kusshand zu und betrat die Diele, wo ihre Mutter mit hochroten Wangen ein Blumenbukett aus den Händen ihres Gastes entgegennahm.

»Aber das wäre doch nicht nötig gewesen, Herr Lommertzheim ... Welch wunderschöne Blüten! Woher wussten Sie, dass Violett meine Lieblingsfarbe ist?«, fragte sie gurrend und warf ihrer Tochter einen mahnenden Blick zu, den kleinen Schwindel durch keine unbedachte Äußerung auffliegen zu lassen.

Der Apotheker war wiederum elegant und modisch gekleidet, trug einen eng geschnittenen dunkelgrauen Anzug und dazu eine gelb bestickte Weste. Er näherte sich Dorothea mit forschen Schritten und ergriff die Hand, die sie ihm entgegenstreckte. Dabei senkte er den Kopf und blickte sie über den Rand seiner Brille hinweg durchdringend an.

»Das Fräulein Dorothea sieht heute ganz bezaubernd aus. Obwohl ... hätte ich einen Schönheitspreis zu vergeben und müsste mich zwischen ihr und der reizenden Frau Mama entscheiden ... ich wüsste nicht, wem ich den Vorzug geben sollte.«

Dorothea schüttelte die feuchtwarme Hand und wischte sich unauffällig den Schweiß in den Rockfalten ihres Kleides ab.

»Und das habe ich für Sie mitgebracht. Eine Rose. Sogar ganz ohne Dornen.« Dabei lachte er dröhnend.

Dorothea nahm einen Stiel mit einer schlaff herabhängenden rosafarbenen Blüte entgegen. Sie setzte ein strahlendes Lächeln auf und heuchelte Überraschung. »Vielen Dank. Wie aufmerksam. Sie haben übrigens auch meine Lieblingsfarbe erraten.« Über die Schulter des Gastes hinweg konnte sie beobachten, wie ihre Mutter erleichtert nickte.

Peter Lommertzheim wandte sich dem Hausherrn zu, schlug die Hacken zusammen und verneigte sich leicht. »Angesichts so viel zauberhafter Weiblichkeit im Haus, lieber Doktor, sind Sie wahrlich zu beneiden.«

Hermann Fassbender nickte flüchtig und ging ins Speisezimmer voraus. »Wir haben für Sie den Stuhl am Kopfende der Tafel reserviert. Von dort haben Sie den besten Ausblick auf den Wintergarten.«

Nachdem alle Platz genommen hatten, trug Greta den Salat auf. Der angespannten Haltung ihrer Mutter konnte Dorothea entnehmen, dass sie einen Fauxpas erwartete, doch das neue Dienstmädchen erledigte die Arbeit geräuschlos und fehlerfrei. Hermann Fassbender schenkte einen würzig frischen Rheinwein ein und prostete seiner Frau und dem Gast zu, während Dorothea mit Wasser vorliebnahm.

»Auf Ihr Wohl. Sie waren also in Italien, lieber Lommertzheim? Sind Sie den Spuren unseres verehrten Geheimrates von Goethe gefolgt, oder wollten Sie die römische Antike aus eigener Anschauung kennenlernen?«

Der Apotheker balancierte mehrere Salatblätter gleichzeitig auf der Gabel und schob sie in den Mund.

»Nun, ich war dort – zur Kur. Sie wissen ja, als Mann muss man ab einem gewissen Alter besonders auf die Gesundheit achtgeben. Ich habe Thermalbäder genommen und mir jeden zweiten Tag eine Packung mit Heilerde verabreichen lassen. Und ich sage Ihnen, mein Rücken fühlt sich seither an, als sei er keinen Tag älter als zwanzig.« Er nahm einen kräftigen Schluck von dem Wein, kaute andächtig darauf herum und schluckte ihn dann gurgelnd hinunter. »Köstlich, dieser Wein. Ein Bopparder Hamm Rivaner, vermute ich. Ja, ja, die Italiener mögen zwar den Rebenanbau seit Urzeiten betreiben, aber trotzdem ziehe ich unsere deutschen Weine vor.«

Dorothea stocherte in ihrem Salat herum. Sie verspürte nur wenig Appetit, zwang sich jedoch, die Hälfte des Tellers leer zu essen, um unliebsamen Fragen der Mutter zu entgehen. Diese kam ihr heute betont redselig und aufgekratzt vor. Sie umschmeichelte den Apotheker mit Komplimenten und Aufmerksamkeit, als wolle sie sich selbst ins beste Licht rücken.

»Mein lieber Herr Lommertzheim, für den nächsten Gang habe ich eine Kastaniensuppe gewählt. Nach einem Rezept meiner verstorbenen Schwiegermutter. Ich hoffe, die Köchin hat sich genau an die Zutatenliste gehalten. Beim letzten Mal war das Gericht leider versalzen.«

»Na, na, in wen die Köchin da wohl verliebt war?«, scherzte der Apotheker und zwinkerte Dorothea über den Brillenrand hinweg zu, bevor er die Suppe kostete. »Hm, ganz vorzüglich. Wissen Sie, als Junggeselle ist man derartige Culinaria überhaupt nicht gewöhnt. Außerdem schmeckt es in Gesellschaft doch am besten. So aber sitze ich Abend für Abend allein zu Hause und esse meist nur ein Stück Käse oder einen Kanten Brot. Aber am Sonntag geht es ins Wirtshaus. Ich bestelle immer rheinischen Sauerbraten. Da kann man nicht viel falsch machen. Es sei denn, der Gaul war zu alt.«

Dorothea dachte daran, dass sie und Alexander künftig ganz andersartige Speisen kennenlernen würden, Köstlichkeiten mit süßen Früchten und unbekannten Gewürzen. Sie wollte für ihn alle seine Lieblingsgerichte kochen. »Verzeihung, was meinten Sie gerade?«, fragte sie schuldbewusst und schalt sich, nicht aufmerksamer zugehört zu haben.

»Ich wollte wissen, ob das Fräulein Dorothea ebenfalls die deftige rheinische Küche mag.« Mit gespreizten Fingern rückte der Apotheker die Brille gerade und nickte erfreut, als Hermann Fassbender das Weinglas ein weiteres Mal füllte.

Dorothea ärgerte sich über die Angewohnheit des Gastes, sie nie direkt anzusprechen, sondern von ihr in der dritten Person zu sprechen. Sie ahmte seine Ausdrucksweise und seinen näselnden Tonfall nach. »Offen gestanden, das Fräulein Dorothea bevorzugt eine Küche, die weder den Magen schwer noch die Hüften breit macht. Das Fräulein mag keinen Sauerbraten und isst grundsätzlich kein Pferdefleisch. Nicht jedes Tier, das Gott geschaffen hat, gehört notwendigerweise in den Kochtopf.«

Blitzschnell zog Dorothea die Beine zur Seite und entging so der mütterlichen Stiefelspitze unter dem Tisch. Dem vorwurfsvollen Blick des Vaters begegnete sie mit einem breiten Lächeln. Nein, sie wollte nicht höflich sein, wollte nicht gefallen. Jedenfalls nicht diesem Mann vis-à-vis, der bei jedem Bissen schmatzte und sich nach jedem Gang die Stirn abtupfen musste. Doch Peter Lommertzheim schien die Ironie in ihren Worten nicht bemerkt zu haben.

»Reizend ... Ach ja, die heutige Jugend. So frisch und voller Idealismus. Als ich im Alter von Fräulein Dorothea war ...«

Das Erscheinen des Dienstmädchens unterbrach seine Ausführungen. Greta sammelte Suppentassen und Löffel ein und trug die Terrinen mit dem Hauptgericht auf.

»Auf meinen besonderen Wunsch hin gibt es heute schwäbischen Zwiebelrostbraten und Spätzle. Und als Nachspeise Ofenschlupfer. Beides eine Reminiszenz an die Heimat meiner Gemahlin. Sie stammt vom Bodensee«, erklärte Hermann Fassbender, griff nach der Hand seiner Ehefrau und drückte sie liebevoll an die Brust. Befremdet beobachtete Dorothea diese Szene demonstrativen Einvernehmens. Zärtlichkeiten zwischen den Eltern hatte sie bisher niemals gesehen. Offenbar sollte dem Apotheker das Bild einer harmonischen Familie vermittelt werden, in die einzuheiraten ein Glücksfall sei.

Als aber das Dienstmädchen trotz der vorherigen eindringlichen Unterweisung Weißwein anstelle von Rotwein zum Hauptgericht servieren wollte, war es mit der zur Schau gestellten Einmütigkeit vorbei.

»Ich muss mich doch sehr wundern, meine Liebe. Wie konntest du nur eine solch unqualifizierte Kraft einstellen?«, empörte sich Hermann Fassbender mit vorwurfsvollem Unterton. Was seine Frau zu vehementer Rechtfertigung nötigte.

»Du hast leicht reden, du kümmerst dich nur um deine Patienten. Wenn du wüsstest, wie schwierig es ist, zuverlässiges

Hauspersonal zu bekommen ... Habe ich nicht recht, Herr Lommertzheim?«

Der Apotheker ließ die Gabel mit dem Rostbraten sinken, blickte unsicher zwischen den Eheleuten hin und her und murmelte dann zwischen zwei Bissen: »Nun ja, ich meine ... Sie haben natürlich vollkommen recht, gnädige Frau ... und Sie auch, lieber Herr Doktor. Zweifellos.«

Den Nachtisch verspeiste Peter Lommertzheim mit ebenso großem Appetit wie die Gerichte zuvor. Sibylla Fassbender griff zu der silbernen Glocke auf dem Tisch und rief nach Greta. »Den Kaffee wünschen wir im Wintergarten einzunehmen. Bitte decken Sie dort auf.«

Nachdem das Dienstmädchen Kaffee, Likör und Rosinenkrapfen aufgetragen hatte, nahmen alle ihre Plätze ein.

»Nun erführe ich aber gern von dem Fräulein Dorothea etwas über seine Zukunftspläne«, erklärte der Apotheker und stopfte sich einen ganzen Krapfen in den Mund. »Fremde Kinder zu unterrichten kann kein Lebensziel sein. Das Fräulein denkt doch sicherlich an Heirat und eigene Kinder.«

Dorothea musste plötzlich an den Botanischen Garten denken, in dem Alexander ihr einen Antrag gemacht hatte, an seine starken Arme, in denen sie sich beschützt und geborgen fühlte, an die Momente, in denen er sie zum Lachen gebracht hatte. Und dann beschloss sie, das Geschehen, das sich hier vor ihren Augen abspielte, als heiteres Theaterstück anzusehen, in dem ein betulicher älterer Mann einem jungen Mädchen den Hof macht und die Eltern des Mädchens sich um einen guten Eindruck bemühen. Während weder Gast noch Eltern ahnen, dass die Umworbene längst einen Bräutigam gefunden hat.

Sie tastete unauffällig nach dem Herzmedaillon unter ihrem Kleid und erhob sich. Mit einem Mal fühlte sie sich zum Scherzen aufgelegt. »Das Fräulein Dorothea würde Ihnen gern etwas auf dem Klavier vorspielen, Herr Lommertzheim. Lieben Sie Bach? Oder Mozart? Nein, warten Sie. Ich weiß, welcher Komponist Ihnen mit Sicherheit gefällt – Chopin. Sie hören eine Mazurka in G-Dur.«

Dorothea setzte sich ans Klavier und suchte die Noten heraus. Sie zwinkerte dem Apotheker kokett zu, stellte sich vor, Alexander sei bei ihr, für den allein sie spiele. Wie von selbst flogen ihre Finger über die Tasten, entlockten dem Instrument Töne voller Zartheit und Ausdruckskraft. Aus den Augenwinkeln beobachtete sie, wie Peter Lommertzheim einen Krapfen nach dem anderen vertilgte und sich dazu jeweils ein Glas Schlehenlikör genehmigte. Zwischendrin starrte er sie mit offenem Mund an und lauschte andächtig. Die Eltern zumindest schienen erleichtert über das unerwartete Wohlverhalten ihrer Tochter und nickten sich einige Male aufmunternd zu.

Bei der Verabschiedung dankte der Apotheker seinen Gastgebern überschwänglich für die Einladung und den »unvergesslichen Abend«. Dorotheas Hand hielt er fest, als wolle er sie nie mehr loslassen. Die Lider hinter den Brillengläsern zuckten.

»Ich gebe zu, ich habe Chopin bisher für einen exaltierten, zweitklassigen Komponisten gehalten. Doch das Fräulein Dorothea hat mit seinem Spiel meine Seele erwärmt. Und ich weiß auch, dass wir beide uns in Zukunft häufiger begegnen werden.«

## APRIL 1848

In der Nacht träumte Dorothea. Von Alexander, der auf einem steigenden weißen Pferd saß und heldenhaft versuchte, nicht hinunterzustürzen. Dabei fielen aus den Satteltaschen Stapel von Manuskriptseiten, die der Wind in die Luft hob und davonzutragen drohte. Verzweifelt wollte Dorothea die Blätter erhaschen und in Sicherheit bringen, während der Apotheker auf einer Bank am Wegesrand saß und sich dümmlich grinsend den Mund mit süßen Krapfen vollstopfte.

Obwohl sie tief geschlafen hatte, fühlte sich Dorothea beim Aufwachen müde und erschöpft. Als läge eine bleierne Decke auf ihrem Körper. Sie richtete sich auf und schob sich ein Kissen in den Rücken, verspürte ungewohnte Übelkeit und Schwindel. Die Konturen des Zimmers verschwammen vor ihren Augen, als hätte sich ein zarter Schleier darübergelegt. Vermutlich hatte sie am Abend zuvor etwas gegessen, das ihr nicht bekommen war, versuchte sie sich zu beruhigen. Dabei hatte sie von allem nur ganz wenig gekostet...

Mit größter Anstrengung gelang es ihr, sich anzuziehen. Das Korsett schnürte sie nur locker, befürchtete sie doch, sonst nicht genügend Luft zu bekommen. Mit Schrecken dachte sie daran, dass sie den ganzen Tag über mit ihren

Schützlingen auf den Beinen wäre. Sie hatte Maria und Moritz nämlich versprochen, am letzten Tag vor den geplanten Ferien den Botanischen Garten zu besuchen. Wie sie die Kinder kannte, würden diese jeden kleinsten Winkel erkunden wollen. Doch bestimmt tat ihr Bewegung in frischer Luft ebenfalls gut. Sie würde auf dem Nachhauseweg im Kräuterhaus am Neumarkt Lavendelsäckchen kaufen und diese unter dem Kopfkissen und in ihrem Kleiderschrank auslegen. Dann würde sie demnächst schon beim Aufwachen frischen Duft und gute Laune verspüren.

Wie jeden Alltagsmorgen hatte der Vater sich schon frühzeitig in seine Praxis im Erdgeschoss zurückgezogen, während die Mutter in ihrem dunkelblauen seidenen Morgenmantel am Tisch saß, um mit der Tochter das Frühstück einzunehmen. Eigentlich hätte Dorothea lieber für sich allein, und ohne sich unterhalten zu müssen, eine Scheibe Brot mit Honig gegessen und einen Kakao getrunken. Aber die Mutter bestand darauf, die Morgenmahlzeit grundsätzlich mit der Tochter gemeinsam einzunehmen und sich davon zu überzeugen, dass diese auch genug aß.

Sibylla Fassbender bestrich die eines Hälfte ihres Mandelhörnchens mit Butter, die andere mit Marmelade. Dann griff sie nach einer silbernen Kanne und füllte ihre Tasse auf. Für sie musste der Tag mit Kaffee beginnen, der so stark aufgebrüht war, dass ihr Mann ihn nur mit heißem Wasser verdünnt trinken konnte. Der intensiv duftende Kaffee bescherte Dorothea erneute Übelkeit. Sie steckte die Nase tiefer in die Kakaotasse, hoffte, sich durch den milden, süßlichen Geruch von ihrem Missempfinden ablenken zu können.

Sibylla biss in ihr Butterhörnchen und trank in langsamen, tiefen Schlucken. Dann vertiefte sie sich in die Lektüre der Tageszeitung, die das Dienstmädchen allmorgendlich bei einem Jungen auf der Straße kaufte und in gebügeltem Zustand auf dem Frühstückstisch deponierte.

»Immer diese Klagen über zu geringe Ernten und steigende Lebensmittelpreise … Ich mag davon nichts mehr lesen … Keiner will den Gürtel enger schnallen. Dabei kann sich doch jeder selbst anbauen, was er braucht. So wie ich die Kräuter im Wintergarten«, befand Sibylla und blickte Dorothea über den Rand der Zeitung hinweg an. »Übrigens, dein Vater und ich sind mit dem Verlauf des gestrigen Abends sehr zufrieden. Wenngleich ich meine, du hättest unserem Gast gegenüber etwas zugewandter sein dürfen. Du hast ihm gefallen, das war nicht zu übersehen.«

Ungerührt von den Worten der Mutter biss Dorothea in ihr Brot, fühlte den Honig am Gaumen kleben und würgte. Hastig trank sie einige Schlucke Kakao, fürchtete, ihr Magen könne sich umstülpen.

»Selbstverständlich habe ich zuvor Erkundigungen über unseren Gast eingezogen. Herr Lommertzheim stammt aus einer vermögenden Familie und genießt als Apotheker einen untadeligen Ruf. Somit ist er ein idealer Heiratskandidat für ein junges Mädchen. Alt genug, um das Leben zu kennen und sich keinen Illusionen hinzugeben, und noch jung genug für eine eigene Familie. Obendrein sieht er gut aus, da musst du mir doch recht geben. Was ist denn, Dorothea? Was hast du nur?«

Von plötzlichem Brechreiz befallen, sprang Dorothea auf und rannte in ihr Zimmer. Sie beugte sich über die Waschschüssel, würgte mehrere Male und übergab sich in einem kräftigen Schwall. Danach fühlte sie sich etwas besser. Im Spiegel erblickte sie ihr bleiches Gesicht und erschrak. Mit einem Handtuch wischte sie sich den Mund ab und kniff sich in die Wangen, um zumindest eine leichte Röte hervorzuzaubern. Danach kehrte sie ins Speisezimmer zurück. Die Mutter stand aufgeregt in der Tür und setzte sich erst wieder, nachdem auch Dorothea ihren Platz eingenommen hatte.

»Was ist los mit dir? Du gefällst mir heute überhaupt nicht. Du wirst doch nicht etwa krank werden.«

Dorothea wischte sich den kalten Schweiß von der Stirn und schüttelte entschieden den Kopf. »Aber nein, mir geht es gut. Ich habe wohl gestern Abend etwas gegessen, das mir nicht bekommen ist.«

Sibylla Fassbender hob die Brauen und schüttelte den Kopf. »Aber wir haben doch alle dasselbe gegessen, und deinem Vater und mir geht es ausgezeichnet. Ich hoffe übrigens, Herrn Lommertzheim auch. Nun iss noch eine Scheibe Brot, Dorothea, du bist ohnehin viel zu dünn.«

Als sie fühlte, dass ein Schweißausbruch nahte, stand Dorothea rasch vom Tisch auf. »Schon kurz vor neun. Ich muss mich fertig machen.« Kaum hatte sie die Esszimmertür hinter sich geschlossen, musste sie sich ein zweites Mal übergeben. Sie reinigte sich Gesicht und Hände, warf den Mantel über und hastete aus der Wohnung.

»Ihr seht ja aus, als hättet ihr den ganzen Botanischen Garten umgegraben!«

Agnes Rodenkirchen stand in der Diele und nahm ihre Sprösslinge in Empfang. Diese zogen zuerst die Schuhe, dann die lehmverschmierten Mäntel aus und ließen sie auf die hellen Marmorfliesen fallen. Das Dienstmädchen eilte herbei und trug die verschmutzte Kleidung in die Waschküche.

»Bin müde, hab Durst«, maulte Maria und kletterte auf einen mit dunkelblauem Samt bezogenen Sessel, rollte sich dort wie ein Igel zusammen.

»Ich hab Hunger«, klagte Moritz und richtete sich breitbeinig und mit verschränkten Armen vor der Mutter auf. »Die Köchin soll mir was zu essen machen.«

»Zuerst verabschiedet ihr euch von eurer Lehrerin und wünscht ihr frohe Feiertage.«

Mürrisch kletterte die Kleine vom Sessel und reichte Dorothea die Hand. »Frohe Ostern. Aber Hausaufgaben will ich nicht machen.«

Dorothea lachte und strich dem Kind über das feine, lockige Haar. »Das brauchst du auch nicht, meine Liebe. Ihr habt Ferien und sollt euch vom Lernen erholen. Und wenn wir uns in zwei Wochen wiedersehen, dann erzählt ihr mir alles, was ihr erlebt habt.«

Agnes Rodenkirchen erhob die Stimme. »Ihr zieht eure Hausschuhe an, wascht euch die Hände, und dann darf sich jeder bei der Köchin ein Stück Apfelkuchen und einen Becher Kakao holen. Und bis zum Abendessen will ich keine Streitereien mehr hören, habt ihr mich verstanden?«

»Ich krieg aber das größere Stück Kuchen!«

Blitzschnell zog Moritz seine Schwester an den Zöpfen und flitzte in die Küche. Maria jaulte auf und trampelte heulend hinterher.

»Du bist gemein. Immer bist du gemein zu mir.«

Agnes Rodenkirchen hob die Schultern. »Ach ja, so sind Kinder eben. Was sich liebt, das neckt sich ... Sie sehen heute ziemlich blass aus, Fräulein Fassbender. War der Ausflug etwa zu anstrengend für Sie?«

»Aber nein. Die beiden waren die reinsten Engel. Ich muss mir gestern Abend wohl den Magen verdorben haben.« Dorothea wollte sich keinesfalls nachsagen lassen, sie könne sich ihren Schützlingen gegenüber nicht durchsetzen.

»Das freut mich zu hören. Das mit den Kindern, meine

ich.« Agnes Rodenkirchen lächelte zufrieden und strich sich über den blassblauen Seidenrock. Dann reichte sie Dorothea die Rechte, an deren Mittelfinger ein dicker Saphirring funkelte. Ein Geschenk des Hausherrn zum vierzigsten Geburtstag seiner Gattin, wie Dorothea von der Köchin erfahren hatte. »Gute Besserung, Fräulein Fassbender, und genießen Sie die freien Tage.«

Der Beamte am Postschalter schüttelte bedauernd den Kopf, als Dorothea nach einem Brief fragte, und erklärte, dass sich an manchen Tagen aufgrund unvorhersehbarer Ereignisse die Zustellung verzögere. Was jedoch kein Grund zur Beunruhigung sei.

Trübsinnig machte sich Dorothea auf den Weg zum Rheinufer. Das fragliche Haus lag in einer engen Seitenstraße mit Hausfassaden, die kaum breiter waren als ein Betttuch. Sie durchschritt einen Hinterhof, in dem eine Horde schmächtiger Jungen laut grölend gegen ein kohlkopfgroßes Lederknäuel trat. Ein kleines Mädchen in schmutziger, zerschlissener Kleidung stand abseits auf einer Holzbank und verfolgte das Spiel, während es gedankenverloren in der Nase bohrte. Aus einem der offen stehenden Fenster drang der penetrante Geruch von Zwiebeln und verbranntem Speck.

Den Weg ins Souterrain kannte Dorothea bereits vom Vortag, vorbei an alten Holzfässern, Stühlen und aufeinandergestapelten Kisten. *Apollonia Westermann, Hebamme* stand in ungelenker Schrift auf einem Schild an der Tür. Dorothea zögerte. Sie wusste nicht, was sie erwartete. Konnte nicht einmal sagen, welche Mitteilung sie erhoffte. Auf der einen Seite wünschte sie, sich getäuscht zu haben und nicht schwanger zu sein. Das würde die monatelange Überfahrt und die erste Zeit in dem unbekannten Land erleichtern. Auf der anderen Seite wünschte sie sich, neues Leben in sich zu tragen. Alexanders Leben, vereinigt mit dem ihren als sichtbares Zeichen ihrer gegenseitigen Liebe.

Schließlich gab sie sich einen Ruck und klopfte an die Tür. Es dauerte eine Weile, bis von drinnen Schritte zu hören waren. Eine große hagere Frau mittleren Alters öffnete. Sie trug eine graue Schürze über dem Kleid und eine schon aus der Mode gekommene Rüschenhaube. Mit den hervorquellenden Augen und den zusammengekniffenen schmalen Lippen erinnerte ihr Gesicht an den Kopf einer Schildkröte.

»Sie wollen zu mir, Frolleinchen?« Doch dies klang weniger wie eine Frage, sondern wie eine Feststellung.

Dorothea nickte. »Wenn Sie Frau Westermann sind.«

»Höchstpersönlich. Sehen Sie sich aber nicht um. Ich war den ganzen Tag unterwegs und bin noch nicht zum Aufräumen gekommen.«

In dem winzigen Zimmer herrschte ein heilloses Durcheinander. Auf dem Tisch stand eine offene Flasche Wein, daneben ein Teller mit einem angebissenen Stück Käse und einer Scheibe Brot. Wäschestücke waren auf den fleckigen Holzdielen verteilt, Schuhe, alte Zeitungen, ein Paar Strümpfe und ein verbeulter Nachttopf. Eine rot-weiß gestromte Katze lag zusammengerollt auf einem verblichenen Sessel, blinzelte nur kurz und döste dann weiter. Im Zimmer roch es feucht und muffig, an einigen Stellen löste sich die ockerfarbene Tapete. Durch ein schmales Fenster fiel spärliches Tageslicht herein.

»Mit Ihrer Figur sehen Sie nicht danach aus, als täten Sie kurz vor der Niederkunft stehen. Sie wollen vermutlich wissen, ob Sie schwanger sind.«

Dorothea nickte wortlos, sie fühlte sich unbehaglich in

dem dunklen, modrigen Zimmer. Mit einem Mal war sie sich unsicher und überlegte, ob sie nicht unter irgendeinem Vorwand wieder gehen sollte.

»Sie können sich da hinten frei machen.« Die Hebamme deutete auf einen Paravent, hinter den Dorothea sich zögernd zurückzog. Sie legte Mantel und Hut ab, wagte nicht zu fragen, ob sie noch mehr ausziehen sollte.

»Und jetzt hierher aufs Kanapee, wenn ich bitten darf. Beeilen Sie sich, ich kann jeden Moment zu einer Steißlage gerufen werden.« Unsicher trat Dorothea hinter dem Paravent hervor und legte sich auf ein braunes Sofa.

»Nun mal nicht so schüchtern, Frolleinchen! Wir sind schließlich unter uns Pastorentöchtern. Also, wann war die letzte Monatsblutung?« Sie zog Dorothea das Kleid bis über die Taille hoch und schob die Hand unter das Mieder.

Als sie spürte, wie kalte Finger ihren Unterleib abtasteten, hielt Dorothea den Atem an. »Ende Februar.«

»Aha. Und wie geht es Ihnen so?«

»Seit einigen Tagen ist mir morgens immer übel. Heute musste ich mich sogar übergeben. Manchmal bin ich auch müde, und mir wird schwindelig…« Dorothea war erleichtert, als die Hebamme ihre kalten Hände zurückzog.

»So, so, und jetzt kommen Sie also zu mir, um Ihren Fehltritt ungeschehen zu machen.« Die Hebamme blickte streng auf Dorothea herab, schien sie mit ihren stechenden Augen durchbohren zu wollen.

»Wie meinen Sie das?«

»Ach Gott, das Unschuldslämmchen versteht nicht…« Die Hebamme verzog den Mund zu einem spöttischen Lächeln. »Aber an die unbefleckte Empfängnis durch den Heiligen Geist glauben Sie wohl nicht mehr, oder?«

Erst jetzt begriff Dorothea – und errötete. Doch dann

wurde sie plötzlich wütend. Wie konnte die Hebamme nur so reden? Endlich hatte sie einen Menschen gefunden, der sie so annahm, wie sie war: Alexander. Was also sollte sie sich vorzuwerfen haben? Dass sie sich einem Mann hingegeben hatte, den sie in Kürze heiraten wollte, den sie von ganzem Herzen liebte und von dem sie geliebt wurde? Was auch immer diese Tugendwächterin ihr vorhalten mochte, sie war sich keiner Verfehlung bewusst.

Energisch richtete sie sich auf und strich das Kleid glatt. In ihrer Antwort lag Trotz. »Ich bin verheiratet. Mein Mann und ich haben uns seit Beginn unserer Ehe ein Kind gewünscht.«

Die Hebamme sammelte einige Wäschestücke ein und stopfte sie in eine schief zusammengenagelte Holztruhe. »Nun, dann kann ich Sie und Ihren Gemahl beglückwünschen. Sie sind guter Hoffnung.«

Den Gedanken, Alexander auf der Stelle einen Brief zu schreiben, hatte Dorothea wieder verworfen. Nein, sie wollte dem Geliebten die freudige Nachricht persönlich mitteilen. Nach seiner Rückkehr. In seinem gemütlichen Studierstübchen unter dem Dach, in dem sie sich mittlerweile wie zu Hause fühlte. Sie würde das dunkelblaue Kleid mit der Taftschleife anziehen, das er an ihr so liebte. Und dann würde sie ihn ganz unschuldig bitten, nach dem Herzmedaillon zu suchen …

Ganz in ihre Gedanken an das bevorstehende Wiedersehen versunken, betrat Dorothea die elterliche Wohnung.

»Bist du es, Dorothea?«

Sibylla Fassbender trat aus ihrem Ankleidezimmer in den Flur und verschränkte vorwurfsvoll die Arme vor der Brust. »Pünktlichkeit ist für dich offenbar zu einem Fremdwort geworden. Du hast dich schon wieder verspätet. Soll das zur Gewohnheit werden?« Sie klappte den Deckel ihrer bernsteinverzierten Uhr auf, die sie an einer langen Goldkette um den Hals trug, und betrachtete kopfschüttelnd und mit zusammengekniffenen Augen das Ziffernblatt. Dann wechselte sie in einen Tonfall, der keine Widerrede duldete. »In spätestens fünf Minuten sitzt du am Tisch. Greta hat schon aufgedeckt. Ich habe nicht vor, deinetwegen meine Suppe kalt werden zu lassen.«

Dorothea eilte in ihr Zimmer, wusch sich die Hände und zog das kirschrote Samtkleid mit den aufgestickten Blüten und der Posamentenborte an, das sie selten und nur ungern trug. Ihre Mutter hatte das Kleid in einem Modejournal entdeckt und sich sofort dafür begeistert. Gleich am nächsten Tag hatte sie es bei der Schneiderin in Auftrag gegeben, damit die Tochter etwas zum Anziehen hatte, worin sie manierlich aussah und einen untadeligen Eindruck machte. Dorothea beschlich das Gefühl, sie tue gut daran, jegliche Missstimmung zu vermeiden und die Mutter sanft zu stimmen. Weil sie einen lauernden Ausdruck in ihren Augen bemerkt hatte, den sie nicht zu deuten vermochte.

»Kommt Vater heute später?« Dorothea wies auf den leeren Stuhl und auf das dritte, noch unbenutzte Gedeck.

»Dein Vater wurde zu einer Patientin gerufen. Er meinte, wir sollen mit dem Essen nicht auf ihn warten.«

Dorothea füllte sich eine halbe Tasse Hühnerbrühe auf, hoffte, der Geruch möge ihr keine neuerliche Übelkeit verursachen. Die Mutter beobachtete aus den Augenwinkeln, wie die Tochter, statt zu essen, lediglich in der Suppe rührte. Sibylla legte den Löffel so heftig zur Seite, dass er gegen den Tellerrand klirrte.

»Dorothea, in letzter Zeit stocherst du nur noch im Essen

herum. Ein junges und gesundes Mädchen wie du müsste eigentlich einen gesegneten Appetit haben.«

Demonstrativ leerte Dorothea ihre Suppentasse. »Es ist alles in Ordnung. Ich fühle mich gut«, versuchte sie, die Mutter zu beruhigen. »Heute Mittag habe ich bei Rodenkirchens sogar eine zweite Portion Rotkraut gegessen.«

Bei dieser Antwort verzog sich Sibyllas Mund zu einem schmalen Strich. »Aha, dann scheint es dir bei anderen Leuten offensichtlich besser zu schmecken als bei uns zu Hause.«

»Das stimmt nicht, Mutter. Manchmal habe ich eben großen Hunger, und ein anderes Mal fühle ich mich schon nach wenigen Bissen gesättigt.«

Sibylla Fassbender ließ sich nicht so leicht überzeugen. »Das erklärt aber nicht, warum du auf einmal bleich wie der Kalk an der Wand bist und dich übergeben musst. Möglicherweise leidest du an einer seltenen Krankheit. Die hoffentlich nicht ansteckend ist ... Ich werde mit Vater reden. Er soll dich umgehend untersuchen.«

»Aber nein, Mutter, mir fehlt nichts. Ich bin gesund. Kerngesund.« Dorothea versuchte, so entschlossen und überzeugend wie möglich zu sprechen.

»Du kannst mir nichts vormachen, Dorothea. Schließlich kenne ich dich lange genug. Ich glaube vielmehr, du verschweigst mir etwas.«

Dorothea schoss das Blut in den Kopf, sie spürte ihren Herzschlag bis in die pochenden Schläfen. Im ersten Moment dachte sie daran, sich eine Notlüge einfallen zu lassen. Gleichzeitig widerstrebte ihr eine Entgegnung, die nicht der Wahrheit entsprach. Auch wenn sie sich damit vor weiteren unliebsamen Diskussionen schützen würde.

Aber warum eigentlich sollte sie eine Tatsache verleugnen,

die sie mit Freude und Stolz erfüllte? Dass sie nämlich guter Hoffnung war. Jeden Tag musste Alexander aus Berlin zurückkehren, und dann würden die Eltern ohnehin von den Hochzeitsplänen erfahren. Sie holte tief Luft. Beinahe trotzig schleuderte sie ihrer Mutter die Antwort entgegen. »Ich erwarte ein Kind.«

Sibylla Fassbender griff sich röchelnd an den Hals. Jegliche Farbe wich ihr aus dem Gesicht. Sie schien unfähig, sich zu rühren. Als sie irgendwann aus ihrer Starre erwachte, streckte sie zitternd eine Hand vor und tastete blind nach dem Weinglas. Das Glas fiel um, und die Flüssigkeit breitete sich auf der Tischdecke aus. Entgeistert starrte Sibylla auf den feuchten roten Fleck. »Nein. Das ist ganz und gar unmöglich... Du kannst doch nicht... kannst nicht...«

Ganz ruhig faltete Dorothea die Serviette zusammen, wunderte sich über sich selbst, weil es ihr plötzlich nicht schwerfiel, die Wahrheit unumwunden auszusprechen. »Ich war vorhin bei einer Hebamme. Sie hat es bestätigt.« Ein Gefühl von Mitleid regte sich in Dorothea, als sie sah, wie ihre Mutter völlig versteinert dasaß. Sie hätte sie gern getröstet – wenn sie einander vertrauter gewesen wären. Und dann fiel ihr der verhärmte Zug auf, der sich im Gesicht ihrer Mutter widerspiegelte, die feinen Falten um die fest aufeinandergepressten Lippen. So sah keine glückliche Frau aus. Aber vielleicht hatte ihre Mutter dieses Gefühl auch nie kennengelernt. Dorothea konnte sich jedenfalls nicht daran erinnern, sie jemals unbeschwert oder gar ausgelassen erlebt zu haben.

Unvermittelt erhob sich Sibylla. Zornig brach es aus ihr hervor. »Ich hatte gleich ein ungutes Gefühl... Von Anfang an war ich dagegen, dass du die unerzogenen Rotznasen dieses Gernegroß von Notar unterrichtest. Aber du musstest unbedingt deinen Kopf durchsetzen, wusstest ja besser, was für dich richtig ist. Und nun hat dieser Lüstling sich über dich hergemacht und dir ein Kind angehängt...«

»Aber Mutter, was denkst du nur? Notar Rodenkirchen ist der liebenswürdigste und ehrenwerteste Dienstherr, den ich mir vorstellen kann. Er liebt seine Frau und würde sie niemals betrügen.«

Sibylla schlug die Hände vors Gesicht. Schwer ließ sie sich auf den Stuhl zurücksinken, mit tränenfeuchten Augen blickte sie zur Decke auf. Allmählich hellte sich ihre Miene auf. »Nein, warte... jetzt verstehe ich. Es hat alles seine Richtigkeit. Muss ja irgendwie seine Richtigkeit haben... Ihr habt uns gestern nur auf die Folter spannen wollen. Du und der Herr Apotheker. Habt getan, als würdet ihr euch erst zum zweiten Mal begegnen.« Ihre Stimme wurde lebhaft. Mit aller Macht schien sie sich in etwas hineindenken zu wollen, das ihr bis dahin undenkbar vorgekommen war. »Dabei habt ihr euch längst heimlich getroffen und euch dabei ineinander verliebt. Warum bin ich nicht schon eher darauf gekommen? Und inzwischen erwarten wir ein Enkelkind... Nun ja, eigentlich ist es ungebührlich, wenn Brautleute schon vor der Eheschließung... also, wenn sie miteinander... so vertraulich umgehen. Aber in diesem besonderen Fall ist es natürlich etwas anderes...«

Dorothea fühlte, wie tiefe innere Ruhe sie erfasste. Ganz gleich, wie die Mutter die Wahrheit aufnähme, Alexander war an ihrer Seite, und er würde sie durch alle Widrigkeiten des Lebens lenken.

»Nein, Mutter, du verstehst nicht. Herr Lommertzheim hat nichts damit zu tun.«

Alle Erklärungen, die Sibylla Fassbender sich soeben mühsam zurechtgelegt hatte, wurden durch diese Antwort zunichte gemacht. Stockend suchte sie nach Worten. »Ja, aber wer dann? Du ... du willst doch nicht etwa behaupten, du weißt überhaupt nicht, von wem du schwanger bist!«

»Ich erwarte ein Kind von dem Mann, den ich liebe. Und der mich gleichfalls liebt.«

Auf Sibyllas Wangen bildeten sich rötliche Flecken. Ihre Stimme wurde laut und schneidend, jedes ihrer Worte saß wie ein Messerstich. »Wer ist es?«

»Erinnerst du dich an den Abend, als wir zu dem Gesangsvortrag bei Graf und Gräfin Schenck zu Nideggen eingeladen waren? Wir warteten auf eine Droschke. Und dann sprach uns ein junger Mann auf der Straße an. Er ...«

»Doch nicht etwa ... etwa dieser ungekämmte Schreiberling mit dem schmuddeligen Mantel und dem zerfransten Schal? Wie ein Vagabund ist er dahergekommen. An den hast du deine Tugend verschleudert? Nein, sag um Himmels willen, dass das nicht wahr ist!«

Dorothea nickte wortlos. Sibylla Fassbender fasste sich an die Brust und röchelte.

»Ein Hungerleider, einer, der niemals eine Familie ernähren kann ... Und von solch einem dahergelaufenen Kerl lässt du dir den Kopf verdrehen? Du bringst Schimpf und Schande über unsere Familie. Niemand wird noch etwas mit uns zu tun haben wollen. Die Leute werden mit dem Finger auf uns zeigen und auf die andere Straßenseite wechseln, wenn sie uns in der Stadt begegnen. Vater wird seine Patienten verlieren. Wir werden am Hungertuch nagen.«

Mit einem feinen Lächeln lehnte Dorothea sich auf ihrem Stuhl zurück. Sie fühlte sich unverwundbar und stark. »Wir werden heiraten. So schnell wie möglich. Alexander hat einen großen Auftrag bekommen. Er wird Geld verdienen, viel Geld, und er wird berühmt werden ...« Etwas in dem Blick der Mutter hielt Dorothea davon ab, in diesem Augenblick auch noch von den Reiseplänen zu erzählen.

»Niemals hätte ich gedacht, dass du uns so etwas antust. Nach allem, was ich für dich geopfert habe ...« Sibylla Fassbender zuckte mit den Lidern und schluckte schwer. »Vater hatte eine anstrengende Woche. Wir dürfen ihm noch nichts sagen. Erst muss ich mir überlegen, wie ich es ihm beibringe. Geh auf dein Zimmer, Dorothea, geh! Ich will dich heute nicht mehr sehen. Wir reden morgen weiter.«

## APRIL 1848

»Ihre Frau Mutter lässt Ihnen ausrichten, dass sie einen dringenden Termin bei der Schneiderin hat. Soll ich Ihnen ein Spiegelei mit Speck zum Frühstück machen, Fräulein Dorothea? Sie sind viel zu mager. Ihre Taille ist so schmal, da hat ein Mann ja gar nichts zum Anfassen.«

Greta griff nach der Porzellankanne, die auf einem Stövchen leise vor sich hin dampfte, und schenkte sich ein. »Ich habe den Kakao heute mit einem Schuss Sahne und besonders viel Zucker zubereitet. So schmeckt er doch am besten.«

»Vielen Dank, Greta. Aber nach Spiegelei ist mir nicht zumute. Da ist mir ein Marmeladenbrot lieber.«

»Sie sind immer so freundlich zu mir, Fräulein Dorothea.« Das Dienstmädchen versteckte verlegen die Hände unter der Schürze und verschwand. Dorothea sah ihr hinterher, überlegte, ob Greta wohl gern bei Herrschaften arbeitete, bei denen die Dame des Hauses kaum freundliche Worte fand und der Hausherr sich aus allem heraushielt, was seine Gattin anordnete. Sie nahm sich eine Scheibe Weizenbrot und verstrich einen winzigen Löffel Quittenmus darauf. Sorgfältig zerteilte sie das Brot mit dem Messer in kleine Happen, war froh, diesmal beim Essen keine Übelkeit zu verspüren. Sie schnupperte an der Kakaotasse, verzog das Gesicht und horchte zur Tür. Als sie sich überzeugt hatte, dass in der Diele keine Schritte zu vernehmen waren, stand sie auf, eilte in den Wintergarten und goss den Inhalt der Tasse in einen Blumenkübel.

Dann lehnte sie sich bequem auf ihrem Polsterstuhl zurück und kostete es aus, morgens einmal ungestört den eigenen Gedanken nachhängen zu können. Sie hatte es sofort geahnt – der Termin bei der Schneiderin war nur ein vorgeschobener Grund. Wahrscheinlich wollte die Mutter ihr nach dem gestrigen Geständnis aus dem Weg gehen und erst einmal Zeit gewinnen. Ob sie den Vater schon eingeweiht hatte, dass die Tochter demnächst heiraten werde und guter Hoffnung war?

Dorothea schlug die Zeitung auf und blätterte durch die Seiten. Der umfangreichste Bericht galt den Arbeiten am Dom. Der Leiter der Dombauhütte meldete sich ausführlich zu Wort und verkündete, das Gotteshaus werde zweifellos bis zum Ende des Jahrhunderts vollendet sein und als Meisterwerk sakraler Architektur die Stadt Köln in aller Welt berühmt machen. Dorothea verspeiste die restlichen Stückchen Quittenbrot und kam zu den Nachrichten aus den übrigen Landesteilen. Wieder einmal war von einer nahenden Revolution die Rede, die schon bald ganz Deutschland erfassen werde. Von Menschen, die auf die Straße gingen und gegen ungerechte Steuergesetze rebellierten und eine spürbare Entlastung der schwer gebeutelten Arbeiter und Bauern forderten.

In einem weiteren Artikel wurde das Schicksal eines Viehzüchters aus Boppard geschildert, der nach drei Jahren Missernte sein Vieh nicht mehr füttern konnte und notschlachten musste. Die Familie mit fünf Kindern hatte ihren Hof verloren und mit ihm ihre Existenzgrundlage. Als ihnen das Armenhaus drohte, lieh der Bauer sich bei einem Vetter Geld und stellte für seine Familie einen Ausreiseantrag nach Amerika. Lieber wollte er in der Fremde ganz von vorn anfangen und dort sein Glück versuchen, als in Deutschland zu verhungern.

*Blutiger Mittwoch in Berlin. Tote und Verletzte bei einer Straßenschlacht*, lautete eine Überschrift, die Dorothea ein Stirnrunzeln entlockte. Sie blätterte schnell die Seite um und wandte sich den Anzeigen über die neueste Hutmode und französische Seifenwaren zu. Aber dann spürte sie, wie Unruhe sie erfasste und ihr Herz schneller schlug. Schließlich blätterte sie zurück, und es schien ihr, als zwinge eine unsichtbare Macht sie zum Weiterlesen.

*Die Ausschreitungen revolutionärer Gesinnungsgenossen haben einen neuen Höhepunkt erreicht. Gegen Mittag zog eine Horde von Arbeitern am Rathaus vorbei und verteilte Flugblätter, auf denen sie die Gleichheit aller Bürger forderten sowie das Recht auf Bildung und Redefreiheit.*

Sie erinnerte sich, wie Alexander mit dem Wirt aus dem Lokal im Botanischen Garten über dieses Thema diskutiert hatte. Ein beklemmendes Gefühl beschlich sie, am liebsten hätte sie die Zeitung beiseitegelegt. Stattdessen starrte sie auf die Zeilen, las Buchstaben für Buchstaben und verstand doch kein Wort. Lautlos formten ihre Lippen die Sätze, und das Blut schoss ihr in den Kopf.

*Als die Polizei die Demonstrierenden auseinandertreiben wollte, kam es zu einem Handgemenge, das in einer Schießerei endete. Acht Personen wurden verletzt, drei getötet. Unter den beklagenswerten Opfern soll auch ein junger auswärtiger Zeitungsredakteur gewesen sein.*

Immer wieder las Dorothea den Artikel, wollte nicht glauben, was dort schwarz auf weiß stand. Die Buchstaben verschwammen ihr vor den Augen, die sich mit Tränen füllten. Seit zwei Tagen hatte sie keinen Brief mehr von ihrem Liebsten erhalten ... Angst erfasste sie. Dann aber zwang sie sich zur Ruhe. Bestimmt machte sie sich unnötige Gedanken. Schließlich arbeiteten viele Redakteure aus den verschiedensten Städten in Berlin. Und außerdem gab es bei der Postzustellung des Öfteren Verspätungen. Ganz sicher war Alexander bereits auf dem Rückweg nach Köln, im Gepäck den Vertrag sowie eine großzügige Anzahlung.

Sehr bald schon würde er sie in die Arme schließen, ihr gestehen, wie sehr er sie vermisst hatte, und mit sanften, zärtlichen Fingern unter ihrem Kleid nach dem Granatmedaillon suchen, und sie würden innige Stunden voller Glück erleben. Dann endlich würden sie ihre Habseligkeiten packen, nach Hamburg fahren und von dort aufs weite Meer hinaussegeln. Der Kapitän würde sie an Bord trauen, sie würden am anderen Ende der Welt als Eheleute an Land gehen, und ihr gemeinsames Leben würde beginnen ...

Mit entschlossenem Griff faltete sie die Zeitung zusammen und ging auf ihr Zimmer, versuchte sich mit dem Aufräumen ihres Kleiderschrankes abzulenken. Doch das Gelesene ging ihr nicht mehr aus dem Sinn. Schließlich hielt sie es nicht länger aus. Sie brauchte Gewissheit.

Rasch zog sie Mantel und Hut an, lief in die Diele und rief nach Greta. »Bitte richten Sie meiner Mutter aus, dass ich eine frühere Schulfreundin besuche und nicht vor dem Abendessen zurück sein werde.«

»Was führt Sie zu mir, mein Fräulein?« Der Chefredakteur der Kölnischen Zeitung faltete die Hände über dem massigen Leib und blinzelte Dorothea über den Rand seiner goldgeränderten Brille hinweg an. »Möchten Sie eine Annonce aufgeben, einen Raub oder Überfall melden oder sich über einen Artikel beschweren?«

Bleich saß Dorothea auf dem unbequemen hölzernen Besucherstuhl in der obersten Etage des Verlagshauses und hoffte inständig, ihre Ängste würden sich im nächsten Augenblick in Luft auflösen. Aufgeregt nestelte sie an den Fransen ihres Schultertuchs. »Nein, nein … es ist nur … dieser Bericht heute … über den Aufstand in Berlin. Es hieß, unter den Toten soll ein … ein Redakteur sein, und da wollte ich fragen, ob Sie möglicherweise wissen … ob Sie mir sagen können …«

Die eben noch heitere Miene des Chefredakteurs wurde ernst. »Deswegen sind Sie also gekommen … Ja, es ist furchtbar und für uns alle unfassbar …«

Etwas schnürte Dorothea die Luft ab. Ein stummer Schrei entrang sich ihrer Kehle. Nein, sie wollte nicht hören, was sie bereits ahnte.

»Wir haben mittlerweile die traurige Gewissheit. Einer der Toten ist Herr Weinsberg, ein Mitarbeiter unserer Lokalredaktion. Ein überaus fähiger junger Mann. Vor ihm lag eine große Zukunft. Sind Sie eine Angehörige?«

Dorothea nickte und rannte tränenblind aus dem Raum. Sie wankte hinaus auf die Straße, wo die Menschen, jeder mit sich selbst beschäftigt, achtlos an ihr vorbeieilten und wo das Leben so war wie immer. Obwohl für sie nichts mehr so war wie zuvor. Denn der Geliebte würde nicht mehr zurückkommen. Ohne ihn als Ehemann an ihrer Seite wäre sie ohne Schutz und ohne Zukunft. Ein Nichts. Ihr Kind würde heranwachsen und seinen Vater niemals kennenlernen.

Wie betäubt und ziellos irrte Dorothea durch die Stadt. Irgendwann stand sie vor dem Tanzcafé am Heumarkt, wo Alexander ihr das erste Mal einen Kuss gegeben hatte, dann plötzlich vor dem Tor des Botanischen Gartens und blickte hinüber zur Kuppel des Gewächshauses. Sie hörte seine zärtlich geflüsterten Worte dicht an ihrem Ohr. *Willst du denn nicht meine Frau werden und mit mir kommen?* Die geliebte Stimme kam wie aus weiter Ferne und klang unwirklich.

Es drängte sie, zu dem verwitterten braunen Haus mit der heimeligen Dachkammer zu laufen, wo sie einander umarmt, sich ewige Liebe geschworen hatten und Mann und Frau geworden waren. Dort hatte Dorothea die glücklichsten Stunden ihres Lebens verbracht. Sie hätte so gern noch einmal hinaufgeschaut zu dem kleinen Fenster mit den grünen Schlagläden, hinter dem Alexanders Schreibtisch stand, an dem er stundenlang gearbeitet und dabei oftmals an sie gedacht hatte. Doch ein übermächtiger Schmerz hielt sie davon ab, den Fuß in jene Straße zu setzen, und stak wie ein langes, spitzes Messer mitten in ihrem Herzen.

Dorothea sah sich selbst dabei zu, wie sie kraftlos durch den mächtigen Chor der Kirche Sankt Aposteln zum Seitenschiff stolperte, bis sie vor dem Marienaltar stand. Mit zitternder Hand entzündete sie eine Kerze, kniete nieder und versank leise schluchzend im Gebet.

Irgendwann hörte sie Gemurmel hinter sich. Das Gotteshaus füllte sich mit Gläubigen, die auf den Kirchenbänken Platz nahmen und die Abendandacht zelebrieren wollten. Dorothea erhob sich mit steifen Gliedern und trat durch das Portal ins Freie, während die Kirchenglocken die siebte Abendstunde verkündeten.

Hermann Fassbender schob die elegante Lackholzkiste bis an die Schreibtischkante und klappte den Deckel auf, der mit einer verschnörkelten Aufschrift in silberfarbenen Buchstaben versehen war. »Bitte, Paul, bedien dich!«

Paul Lindlar machte eine abwehrende Handbewegung

und hob entschuldigend die Schultern. »Ich würde schon gern, aber mein Arzt hat mir das Rauchen verboten.«

»Dann verordne ich dir in meiner Eigenschaft als Freund und ärztlicher Ratgeber stattdessen ein Gläschen in Ehren.« Hermann Fassbender trat an einen intarsienverzierten Sekretär und holte eine Karaffe mit Cognac sowie zwei Gläser heraus. Augenzwinkernd schenkte er die honigfarbene Flüssigkeit ein. »Sehr zum Wohl, mein Lieber! Meine Frau verträgt keinen Qualm. Er schlägt ihr auf die Bronchien. Aber hier, in meiner Praxis, lasse ich mir zum Feierabend gelegentlich ein Zigärrchen schmecken.«

Er schnitt ein Loch in das Mundstück und zündete die Zigarre an, nahm einige tiefe Züge und blies den Rauch in kunstvollen Kringeln in die Luft. »Schade, dass du nicht zum Abendessen bleiben kannst, Paul. Es gäbe so viel zu erzählen. Wann haben wir uns das letzte Mal gesehen?«

»Warte … das war bei unserem ersten Klassentreffen. Also vor mehr als zwanzig Jahren. Du warst bereits ein aufstrebender junger Arzt, und ich hatte gerade das Bestattungsgeschäft meines Onkels in Düsseldorf übernommen, erinnerst du dich? Deine Gattin habe ich damals leider nicht kennengelernt. Wenn ich mich recht entsinne, war sie guter Hoffnung und zu ihren Verwandten gereist. Irgendwo nach Süddeutschland.«

Hermann Fassbender sog hastig an der Zigarre und nickte. Sein Blick glitt hinüber zu den beiden emaillierten Medaillons auf seinem Schreibtisch, die Sibylla und Dorothea zeigten. Zwei auf ihre Art schöne, sehr gegensätzliche Frauen, um die ihn die meisten Männer beneideten. Mit ihnen zusammen gab er das Bild eines liebevollen Ehemannes ab, eines fürsorglichen Vaters und ehrbaren Bürgers. Diesen Eindruck zu bestärken war ihm wichtiger denn je. Wichtig für seine Pläne und für seine Zukunft …

»Übrigens – sehr gediegen, deine Klausurstube, mein lieber Hermann. Orientalische Teppiche, englisches Mobiliar, die Wände voller Gemälde. Wüsste ich nicht, dass du ein praktizierender Medicus bist, hielte ich dich für einen Antiquar. Auf jeden Fall bist du ein leidenschaftlicher Büchersammler.« Paul Lindlar deutete auf einen Nussbaumschrank, der hinter dem Rücken des Freundes nahezu die gesamte Wandbreite einnahm und bis fast zur Decke reichte. Hinter den gläsernen Türen türmten sich unzählige Medizinbücher mit Heilungsmethoden von der Antike bis zur Gegenwart, oder sie standen in dichten Reihen neben- und hintereinander. Der Beleg für den Wissensdurst eines Besessenen.

»Im Lauf meines Berufslebens habe ich mich auf die Wundheilung spezialisiert. Ich sammle alles, was mit diesem Thema zu tun hat. Sobald ich irgendwo den Nachdruck einer griechischen Lehrfibel oder die Erinnerungen eines englischen Militärchirurgen gefunden habe, kann ich einfach nicht Nein sagen«, bekannte Hermann Fassbender mit entschuldigendem Lächeln. Aus der Schreibtischschublade suchte er einen zierlichen Schlüssel und öffnete eine der gläsernen Schranktüren. Ehrfürchtig entnahm er ein Buch mit verblichenem gräulichem Ledereinband und legte es behutsam auf den Schreibtisch. Mit fast zärtlicher Handbewegung schlug er eine Seite auf. »Weißt du, was das ist?«

Paul Lindlar beugte sich vor und klemmte sich ein Monokel vor das rechte Auge. »Ein ziemlich altes Buch, würde ich sagen ...«

Hermann Fassbender lächelte versonnen, sein Zeigefinger strich liebkosend über die Seite. »Mein kostbarstes Werk. *Die große Wundartzney* von Paracelsus. Der erste Band der Originalausgabe aus dem Jahr 1536. Die anderen neun

Bände besitze ich ebenfalls«, fügte er mit einigem Stolz hinzu.

Der Freund stieß einen leisen Pfiff aus und nickte respektvoll. »Darf man wissen, wie viel du dafür gezahlt hast?«

»Es wird wohl der Jahresverdienst eines Pfarrers gewesen sein – für jeden einzelnen Band.« Er sagte dies leichthin. Bücher waren seine Leidenschaft, und dieser frönte er hemmungslos und ohne den Anflug schlechten Gewissens. Denn seine Ehefrau brauchte nicht das Geringste zu entbehren, und das Geld für die Aussteuer der Tochter war schon seit Jahren gewinnbringend bei einer Bank angelegt.

Ja, er verdiente eine Menge Geld. Aber es hatte ihn auch viel Energie und Disziplin gekostet, sich den Ruf eines Spezialisten zu erarbeiten. Er wusste bestens Bescheid über die neuesten Forschungen zum Thema Wundheilung, stand in brieflichem Kontakt mit Ärzten der Charité in Berlin, des Allgemeinen Krankenhauses Wien sowie dem ehemaligen Leibarzt Friedrichs I. von Württemberg. Hermann Fassbender war gefragt, bekannt und erfolgreich. Wenn er schon in seinem privaten Leben glücklos war, dann hatte er doch zumindest seine Arbeit, die ihn erfüllte. Ein schmerzliches Lächeln breitete sich auf seinen Zügen aus.

Paul Lindlar lockerte seinen Binder, schlug die Beine übereinander und lehnte sich bequem im Sessel zurück. »Warum bist du eigentlich nicht an die Universität gegangen, Hermann? Da könntest du in Ruhe deine Forschungen betreiben.«

»Ich würde dort versauern und versteinern. In einem Elfenbeinturm sitzen und gelehrte Bücher schreiben, die nur einige wenige Fachleute lesen ... Nein, mein Lieber, das wäre nichts für mich. Ich brauche den unmittelbaren Kontakt zu meinen Patienten. Muss ihnen ins Gesicht sehen, ihnen eigenhändig Verbände um die Wunden legen, neue Salben und Tinkturen erproben, die jeweiligen Heilungsverläufe von Anfang bis Ende beobachten, um die unterschiedliche Wirkungsweise von Medikamenten zu erkennen. Nur so kann ich noch ein wenig besser werden.«

Der Enthusiasmus und die Begeisterung waren Hermann Fassbender deutlich anzuhören. Der Beruf war sein Lebenselixier. Die Dankesbekundungen seiner Patienten, jede erfolgreiche Behandlung waren Balsam für seine Seele. Doch das wussten weder Sibylla noch Dorothea. Und sie durften auch nie erfahren, dass seine Arbeitswut eine Flucht vor Gattin, Tochter und der eigenen Verantwortung war. Denn er konnte die fortwährenden Spannungen zwischen den beiden kaum ertragen. Wollte weder Partei ergreifen noch Schlichter sein. Nur seine Ruhe haben und sich ganz auf das Wichtige konzentrieren.

Seit der Geburt der Tochter war aus einer ehemals harmonischen Ehe eine Zweckgemeinschaft geworden. Ganz offensichtlich war das der Preis, den er, Hermann Fassbender, zu zahlen hatte. Weil jeder im Leben für irgendetwas zahlen musste … Doch hätte er anderseits ein erfülltes Privatleben geführt, dann hätte er die Medizin auch nicht als Rückzugsgebiet für sich beanspruchen müssen und wäre in seinem Beruf wohl nie so erfolgreich geworden.

Der Freund rollte die aromatische Flüssigkeit eine Weile im Mund hin und her, bevor er sie hinunterschluckte. »Hm, dieser Cognac schmeckt ganz vorzüglich, mein Freund. Ich weiß nicht, ob ich mir mit meinem Einkommen als Bestatter ein solch edles Tröpfchen leisten könnte.« Mit ironischem Unterton sprach er weiter. »Du solltest weniger danach streben, Menschen zu heilen, mein Lieber, sondern auch an *unseren* Berufsstand denken.«

Hermann Fassbender lachte leise auf. Die Liste derer, die sich von ihm heilen lassen wollten, war lang, und er konnte mittlerweile bestimmen, wer zuerst an die Reihe kam. Das waren die Reichen, die Geistlichen und die Adligen, diejenigen, die sich seinen Rat etwas kosten ließen. Doch Geld allein verschaffte ihm längst keine Befriedigung mehr. Ihm ging es um Höheres.

Er nahm einen Schluck aus dem Glas, zog an der Zigarre, und dann sprach er nach einigem Zögern aus, was er noch niemandem anvertraut hatte. Was er aber endlich einem Menschen mitteilen musste, weil es ihn zu zerreißen drohte. »Wenn du es für dich behältst, Paul, dann verrate ich dir ein Geheimnis. Man hat Großes mit mir vor. Ich soll den Orden Pour le Mérite für besondere Verdienste auf dem Gebiet der Medizin erhalten. In zwei Monaten wird ein Ausschuss darüber entscheiden. Die Verleihung wird König Friedrich Wilhelm der Vierte persönlich vornehmen.«

Die Hand, die die Zigarre hielt, zitterte vor Aufregung. Er stellte sich vor, wie es wäre, endlich am Ziel seiner Träume zu sein. Wenn er für alle öffentlich sichtbar den Lohn einfahren würde für seine Verdienste. Denn er würde diesen Titel auf seinem Praxisschild, seinen Briefbogen und Visitenkarten führen. Vielleicht würde er über der Ehrung auch vergessen, worunter er von klein auf gelitten hatte und was er gern verschwieg, wenn die Frage nach seiner Herkunft gestellt wurde. Weil nämlich seine Mutter eine Weißwäscherin und er ohne Vater bei den Großeltern aufgewachsen war. Und dass er sich sein Studium nur mit großem Fleiß und in unzähligen Nachtschichten als Lagerarbeiter verdient hatte. Die Stimme des Freundes riss ihn aus seinen Grübeleien.

»Von mir erfährt niemand etwas, Hermann, versprochen. Aber sollten wir nicht darauf noch einen trinken?«

»Ein großartiger Vorschlag.« Hermann Fassbender schenkte nach und erhob das Glas. »Auf uns, Paul. Auf unsere Freundschaft und darauf, was uns die Zukunft bringt.«

Dorothea zog ihre Stiefeletten vor der Haustür aus und schlich auf Zehenspitzen durch die Diele. Es war mittlerweile halb neun, das Abendessen längst beendet. Sie hatte seit dem Frühstück nichts mehr gegessen, doch sie verspürte weder Hunger noch Durst. Sie wollte nur noch in ihr Zimmer, sich unter der Bettdecke verkriechen und darauf warten, dass sie entweder irgendwann aus einem bösen Traum erwachte – oder der Himmel über ihr einstürzte.

Da sah sie durch den Türspalt am Boden Licht im Bibliothekszimmer brennen. Das Herz schlug ihr bis zum Hals, als sie lautlos daran vorbeizuhuschen versuchte. Plötzlich öffnete sich die Tür. Der Vater stand vor ihr, und obwohl er nur einen halben Kopf größer war als sie selbst, wirkte er riesig und bedrohlich. Es schien, als wolle er jeden Augenblick wie ein Löwe losbrüllen, und es kostete ihn spürbar Mühe, die Stimme zu dämpfen.

»Was denkst du dir dabei, so spät nach Hause zu kommen? Deine Mutter und ich waren in größter Sorge, wir wollten schon die Polizei benachrichtigen.«

Dorothea stockte, stotterte und wusste nicht, was sie antworten sollte. »Ich ... ich war ... in der Stadt unterwegs ... und da habe ich wohl die Zeit aus dem Auge verloren.«

»Eine dümmere Ausrede fällt dir wohl nicht ein, wie? Als gäbe es keine Kirchtürme mit Uhren, an denen die Zeit abzulesen ist. Ich habe etwas mit dir zu besprechen.«

Dorothea zuckte zusammen. So aufbrausend hatte sie ihren Vater noch nie reden hören. Er, der doch meist gleichmütig wirkte und jeglichem Disput aus dem Weg ging. Sie legte Hut und Mantel ab und betrat mit klopfendem Herzen das Bibliothekszimmer. Beklommen versank sie in dem weich gepolsterten Ohrensessel.

»Trifft die Ungeheuerlichkeit zu, die mir deine Mutter soeben erzählt hat?«, fragte der Vater, während sich eine tiefe Zornesfalte in seine Stirn eingrub.

Widerstand regte sich in Dorothea. Plötzlich war sie ganz sicher, dass Alexander gelitten hätte, sie so schwach und mutlos zu erleben. Sie streckte den Rücken durch und sah ihren Vater unverwandt an. »Ja, es stimmt. Ich erwarte ein Kind.«

Der Vater verzog den Mund, als quäle ihn ein unerwarteter Schmerz. »Ich kann und will es nicht glauben. Bisher nahm ich an, du seist eine anständige Tochter, eine Tochter, auf die ein Vater stolz sein könne. Weißt du eigentlich, was du uns angetan hast? Wir sind gesellschaftlich ruiniert. Kein Patient fasst Vertrauen zu einem Arzt, dessen Tochter sich mit einem Halunken eingelassen hat. Ich werde meine Praxis und mein Einkommen verlieren. Die Lebensgrundlage für uns alle.« Er lachte höhnisch auf und sprach in sarkastischem Ton weiter. »Offenbar ist es dir gleichgültig, welche Konsequenzen dein Fehltritt für deinen Vater hat. Aber hättest du nicht wenigstens auf deine Mutter Rücksicht nehmen können? Nach allem, was sie für dich getan hat...«

Dorothea wollte heftig widersprechen, empfand sie doch tiefe Dankbarkeit, in einem großen und schönen Haus aufgewachsen zu sein und keine Not kennengelernt zu haben. Dennoch war Alexander kein Halunke, und sie wusste sehr wohl, was Anstand und Ehre bedeuteten. Aber auch, wie es sich anfühlte, Liebe und Vertrauen zu erfahren. Gefühle, die sie vor allem von Seiten ihrer Mutter nie gespürt hatte und die sie auch ihren Eltern gegenüber nicht empfinden konnte. Doch ihre Kehle war wie zugeschnürt.

»Bilde dir nicht ein, ein solcher Windhund käme mir jemals ins Haus. Ein Schreiberling ... warum nicht gleich ein Strauchdieb oder Tagelöhner? Ich verbiete dir jeden weiteren Kontakt mit diesem Schürzenjäger. Du wirst ihn nie wiedersehen! Habe ich mich klar ausgedrückt?«

Und dann klaffte sie wieder auf, diese riesige Wunde in ihrem Herzen, und sie beschloss, ihrem Vater nicht zu erzählen, dass sie das Kind eines Verstorbenen unter dem Herzen trug. Denn er würde nichts verstehen, gar nichts. Ihre Lage war ohnehin hoffnungslos. Sie hielt sich die Hände vor die Augen und weinte. Die Tränen rannen ihr zwischen den Fingern hindurch, sie schluckte und schluchzte und konnte nicht aufhören zu weinen.

»Geh auf dein Zimmer, Dorothea, ich habe noch zu arbeiten. Und das eine sage ich dir: Ich lasse mir von niemandem meine Karriere zerstören. Und ganz bestimmt nicht von meiner eigenen Tochter.«

april 1848

Zitternd und frierend kauerte Dorothea wie ein Igel zusammengerollt unter der Bettdecke. Sie fühlte sich so zerschlagen, als hätte sie die ganze Nacht kein Auge zugetan. Ihre Gedanken drehten sich im Kreis und kehrten immer wieder zu den gleichen Fragen zurück. Wie sollte es mit ihr und ihrem Kind weitergehen? Wo sollten sie leben, wovon sich ernähren?

Wem hätte sie sich denn anvertrauen sollen? Wen hätte sie um Rat fragen können? Ihre beste Freundin aus Schultagen hatte zu Jahresbeginn geheiratet und war nach München gezogen. Zudem wäre ein Brief vom Rheinland nach Süddeutschland mehrere Tage lang unterwegs gewesen. Außerdem mochte Dorothea die Freundin nicht zusätzlich belasten, nachdem diese ihr vor Kurzem mitgeteilt hatte, ihr Mann leide an einem rätselhaften Ausschlag am ganzen Körper, und sie sei in großer Sorge. Bei einer anderen Freundin war unerwartet die erst zehnjährige Schwester gestorben, und Dorothea wollte sie in ihrer Trauer ebenfalls nicht ansprechen.

Ginge sie zu Pfarrer Lamprecht, stünde sie als Sünderin da und müsste etwas beichten, das weder für ihr Herz noch für ihren Verstand ein Vergehen gegen Gott war. Weil sie sich einem Mann hingegeben hatte, mit dem sie zwar heimlich verlobt, aber nicht verheiratet war. Der Pfarrer würde ihr zwanzig Vaterunser oder dreißig Ave Maria als Buße auferlegen, doch das würde sie nicht aus ihrer Zwangslage befreien.

Dann gab es noch ihre Patentante in Deutz, eine Cousine zweiten Grades ihres Vaters. Allerdings stand sie in keinem freundschaftlichen Verhältnis zu Hermann und Sibylla Fassbender. Zumindest seit etwa vier Jahren nicht mehr. Es musste etwas vorgefallen sein, wovon Dorothea nichts wusste. Die Eltern hatten seinerzeit jeglichen Kontakt abgebrochen und auch ihrer Tochter den weiteren Umgang mit »dieser liederlichen Person« verboten. Dorothea und sie hatten sich dennoch regelmäßig Briefe geschrieben. Über eben jene Freundin, die nunmehr nach München gezogen war. Die Patentante hätte bestimmt ein offenes Ohr für ihre Nöte und würde gemeinsam mit ihr nach einem Ausweg suchen, davon war Dorothea überzeugt.

Gerade als sie sich aufgesetzt hatte und in ihre samtenen Hausschuhe schlüpfen wollte, pochte es an der Zimmertür. Noch bevor sie etwas sagen konnte, trat ihre Mutter ins Zimmer und sank schwer atmend in den Korbsessel am Fußende des Bettes. Sie war bereits fertig angekleidet und frisiert und verströmte den Duft eines Maiglöckchenparfums. Unter den Augen gewahrte Dorothea dunkle Ringe, die sie nur selten an ihrer Mutter wahrgenommen hatte und die verrieten, dass auch Sibylla Fassbender eine schlechte Nacht verbracht hatte.

Das Gesicht der Mutter rührte sie. Ihre aufblitzende Verletztheit. Zu ihr hatte sie immer aufgeschaut, ihr hatte sie gefallen wollen. Wie gern hätte sie einmal ein Lob aus ihrem Mund gehört. Doch wie eine unüberwindbare Wand stand etwas zwischen ihnen, das jede Nähe verhinderte.

Sibylla räusperte sich. »Ich habe lange über deine und unsere Lage nachgedacht, Dorothea. Womöglich ist nicht alles so ausweglos, wie es zunächst den Anschein hatte. Natürlich musst du diesen ... diesen Journalisten vergessen. So jemand entspricht ganz und gar nicht deinem Stand. Wahrscheinlich hat er dir vorsätzlich mit schönen Reden den Kopf verdreht. Versucht, sich in unsere Familie einzuschleichen, weil du bekanntlich eine gute Partie bist ...«

Dorothea wollte aus dem Bett springen und ihrer Mutter untersagen, auch nur ein einziges schlechtes Wort über den Mann zu verlieren, den sie nach wie vor liebte. Doch in ihrer Verzweiflung blieb sie stumm.

»Es gibt nämlich gute Nachrichten. Herr Lommertzheim hat gestern Morgen, nachdem du aus dem Haus gegangen warst, eine Nachricht überbringen lassen. Er ginge gern mit dir ins Wallrafianum. Und da du ohnehin arbeitsfrei hast, habe ich sogleich den heutigen Vormittag vereinbart.«

Stumpf starrte Dorothea vor sich hin und schwieg. Wollte sich zu diesem unsäglichen Vorschlag nicht äußern.

»Beeil dich! Zieh dein schönstes Kleid an und leg etwas Wangenrot auf, damit du frischer aussiehst. Und vor allem: Sei nett zu dem Apotheker, sei fröhlich und charmant. Sei ... nun ja, wie soll ich sagen ... auch ein bisschen kokett. Männer mögen so etwas. Umgarn ihn, verdreh ihm den Kopf. Er soll das Gefühl bekommen, dass du für ihn die Frau seines Lebens bist.«

Dorothea schickte ein stummes Gebet zur Gottesmutter, sie möge vor diesem Treffen bewahrt bleiben. Sibylla rang nach Luft, ihre Stimme überschlug sich schier vor Aufregung. »Ihr müsst so schnell wie möglich heiraten. Er wird annehmen, das Kind sei von ihm. Und dann ... oh, ich weiß es genau, dann wirst du ganz im Familienleben aufgehen.«

Um Punkt elf Uhr läutete es an der Tür. Sibylla Fassbender ließ es sich nicht nehmen, den Besucher persönlich zu begrüßen. Sie setzte ihr gewinnendstes Lächeln auf, als der Apotheker seinen Zylinder zog und sich zum Handkuss vor ihr verneigte. Ihre Tonlage geriet höher als gewöhnlich. »Welch zauberhafter Einfall, unsere Tochter in einen Kunsttempel zu entführen, Herr Lommertzheim! Dorothea liebt nämlich Bilder und ist schon ganz aufgeregt.«

Sie kniff Dorothea unauffällig in den Arm und zwinkerte ihr aufmunternd zu. Paul Lommertzheim spitzte die Lippen. »Nun, dann wollen wir gleich los, bevor die Anspannung unerträglich wird. Spätestens um halb drei wird Ihre Tochter zum Tee wieder zu Hause sein.« Er sah Sibylla tief in die Augen. »Sie sehen heute übrigens wunderschön aus, gnädige Frau. Offenbar haben Sie die ewige Jugend für sich gepachtet.«

Sibylla Fassbender errötete leicht und senkte verlegen die Lider. »Aber nicht doch, Herr Lommertzheim! Ein unverdientes Geschenk des Schicksals. Welche Rolle spielt denn schon der äußere Schein? Im Leben einer Frau zählen doch nur die Gesundheit und das Wohl der Familie.«

Peter Lommertzheim gab einem Kutscher ein Zeichen und stieg mit Dorothea in den Einspänner. Als Ziel nannte er den Kölnischen Hof. Sie saßen sich so dicht gegenüber, dass ihre Knie sich fast berührten. Dorothea hatte den Kopf gesenkt und betrachtete ihre Hände, die sie im Schoß zusammengefaltet hielt. Sie wusste nicht, was sie sich von dieser Exkursion erhoffen sollte. Alles Denken fiel ihr schwer, sie fühlte sich wie betäubt.

Als der Kutscher vor dem imposanten zweigeschossigen Gebäude in der Trankgasse angehalten hatte, öffnete der

Apotheker die Wagentür und wollte Dorothea beim Aussteigen helfen. Sie schüttelte jedoch den Kopf und übersah den angebotenen Arm. Peter Lommertzheim warf dem Kutscher auf seinem Bock eine Münze zu und schritt durch das mächtige Eichenportal voraus, das an beiden Seiten von Säulen gerahmt wurde.

Im Innern schlug ihnen der muffige Geruch von Staub und Schimmel entgegen. Lommertzheim zog seine Visitenkarte und hielt sie dem Pförtner entgegen, der eilfertig aus seiner Empfangsloge herauskam.

»Richten Sie dem Herrn Direktor meinen Gruß aus. Sagen Sie ihm, dass ich nächste Woche am Treffen der Freunde und Mäzene des Hauses leider nicht teilnehmen kann. Ich bin von Berufs wegen verhindert.«

Er reichte dem Pförtner Hut und Gehstock und schritt in den ersten der vier Ausstellungssäle voraus, der dem Mittelalter gewidmet war. An den Wänden hingen dicht an dicht Gemälde, einige sogar bis zur Decke hinauf. Angesichts der Farbenpracht, der vollendeten Ausführung und der kostbaren Goldrahmen schlug Dorotheas Herz höher. In diesem Augenblick vergaß sie sogar ihren Kummer und fragte sich, warum sie nicht öfter diese herrliche Sammlung aufsuchte, deren Betrachtung Balsam für Auge und Herz bedeutete.

Lommertzheim strich sich über den Bart und musterte Dorothea prüfend von der Seite. »Weiß das Fräulein Dorothea eigentlich, an welch bedeutender historischer Stätte wir uns hier befinden?«

Dorothea gab sich keinerlei Mühe, die Ironie in ihrer Antwort zu unterdrücken. Allzu sehr ärgerte sie sich über die schulmeisterliche Art, in der ihr Begleiter mit ihr sprach, als wäre sie ein kleines Kind. »Das Fräulein ist dem Herrn Apotheker gern behilflich, seine Kenntnisse der Kölner Stadtgeschichte zu erweitern. Der Kölnische Hof wurde bereits im Jahr vierzehnhundertneunundvierzig urkundlich erwähnt und diente über Jahrhunderte als Quartier der Erzbischöfe. Sogar der päpstliche Nuntius hatte hier sein Domizil. Die Kunstsammlung, die wir in diesen Räumen bewundern dürfen, hat übrigens der Onkel meiner früheren Deutschlehrerin gestiftet.«

»Sehr löblich, das Fräulein Dorothea hat im Unterricht aufgepasst… Meine Vorliebe gilt eigentlich nur Bildern mit Szenen aus dem Alten und Neuen Testament oder aus dem Leben der Heiligen. Bilder, die Erhabenheit ausstrahlen. Die Abteilung mit den Konterfeis eitler, reicher Bürger oder Landschaften mit wilden Schluchten und Seen können wir uns sparen.«

Dorothea fühlte, wie sich alles in ihr sträubte. »Mein Lieblingsbild ist ein Gemälde von Albrecht Dürer, das mit dem Trommler und dem Pfeifer. Wegen der wunderbaren Wiedergabe der Gesichtszüge. Und wegen der Landschaft mit den blauen Bergen in der Ferne, die beinahe mit der Himmelszone verschmelzen.«

Leicht verwirrt starrte Lommertzheim auf Dorothea herab und schien nicht recht zu wissen, was er von ihrer Bemerkung halten sollte. Doch dann fasste er sich und fand ein maliziöses Lächeln. »Ach ja, junge Mädchen sind oft so romantisch und vorschnell in ihrem Urteil. Aber das muss man ihnen nachsehen. Mit den Jahren lernen sie, die Dinge nüchtern und mit den Augen ihres Ehemannes zu sehen.«

Dorothea beobachtete, wie eine Lehrerin mit einer Schar etwa zwölfjähriger Schülerinnen durch den Ausstellungssaal ging. Den Mienen der Mädchen war anzusehen, dass sie keinesfalls auf die Worte der Erzieherin achteten, sondern mit geröteten Wangen und glänzenden Augen zu einem Bild hinüberblinzelten, das den heiligen Sebastian darstellte. Einen jungen Mann mit langem schwarzem Lockenhaar, dessen wohlgeformter Körper lediglich von einem Lendentuch bedeckt war.

Lommertzheim stolzierte weiter und blieb bewundernd vor einem kleinformatigen Gemälde stehen. Mit lebhaften Gesten unterstrich er seine Erläuterungen. »Bei diesem Bild hat der unbekannte Meister edle Gestalten zur Darstellung eines erlauchten Themas geschaffen. Der Engel erscheint der heiligen Ursula. Das Mobiliar zeigt flandrischen Einfluss. Die gefalteten Hände und der demutsvolle Blick unterstreichen die Keuschheit und Reinheit der Heiligen ...«

Wortlos lauschte Dorothea den Ausführungen des Apothekers und wollte sich lieber nicht ausmalen, wie es wäre, mit einem Mann zusammen zu sein, der ganz offensichtlich Sätze aus dem Sammlungskatalog auswendig gelernt hatte, um sich als Kunstkenner aufzuspielen und sie, die junge Zeichenlehrerin, zu beeindrucken.

Lommertzheim war bereits zum Ende des Saales weitergeeilt, wo ein weiteres Gemälde seine Aufmerksamkeit erregt hatte. Dorothea folgte ihm. In der Heiligen, die den ehrfürchtigen Zuschauern ein Tuch mit dem Antlitz des dornengekrönten Gottessohnes entgegenhielt, erkannte sie das Bildnis der heiligen Veronika.

»Sehe ich in der Wangenpartie und dem Lächeln der Heiligen nicht eine gewisse Ähnlichkeit mit dem Fräulein Dorothea?« Mit einer Hand hob Lommertzheim ihr Kinn an und drehte ihren Kopf zu sich herüber. Unwillkürlich trat Dorothea einen Schritt zurück. Ihr missfiel die plumpe Berührung ebenso wie die Art und Weise, wie der Apotheker sie einem Gegenstand gleich begutachtete. Auf ihrer Stirn bildeten sich tiefe Falten.

»In ähnlicher Manier hätte der Maler wohl auch Judith und Holofernes dargestellt – nachdem sie ihm den Kopf abgeschlagen hat.« Mit Genugtuung beobachtete Dorothea, wie die Mundwinkel des Apothekers zuckten und er schwer schluckte. »Übrigens auch eines dieser erhabenen Themen aus der Bibel«, fügte sie mit harmlosem Augenaufschlag hinzu.

Jetzt war es der Apotheker, der für einen Moment in Stillschweigen versank. Aber gleich darauf fing er sich und plauderte unverdrossen weiter. »Reizend, diese Unbefangenheit der Jugend. Nimmt alles nicht so ernst und ist immer zu einem kleinen Scherz bereit.« Er breitete die Arme aus und drehte sich suchend im Kreis herum. »Ich wollte dem Fräulein Dorothea doch noch ein ganz bestimmtes Bild zeigen und seine Meinung darüber erfahren ... Wo ist es denn nur?« Er schritt hinüber in den zweiten Ausstellungssaal und entdeckte das Gesuchte an der Stirnseite.

Lommertzheim faltete die Hände und seufzte leise. »Dieses Bild ist durchdrungen von tiefer Frömmigkeit. Die Anbetung der Könige. Diese erlesene Farbenpracht in einem Gemälde, das fast fünfhundert Jahre alt ist, kostbare Gewänder, Brokat, Samt, Seide und Pelz. Hier ist der Atem Gottes zu spüren. Und ganz im Zentrum die Gottesmutter in einem blauen Gewand. Übrigens dasselbe Blau, das auch das Fräulein neben mir trägt.«

Dorothea ging über die Anspielung hinweg und hoffte nur, der Rundgang möge recht bald enden.

»Und wie zärtlich sie das Kind auf ihrem Schoß hält. Jesus Christus, unser aller Erlöser. Genauso demütig und hingebungsvoll stelle ich mir meine Begleiterin als Mutter vor. Hat das Fräulein schon einmal daran gedacht, diese höchste, eigentliche Bestimmung einer Frau zu finden? Zusammen mit einem Mann, der ... der gut situiert ist, mitten im Leben steht und auch sonst ...« Er blickte an sich hinunter und strich sich über den maßgeschneiderten grauen Tuchmantel. »... der auch sonst eine recht passable Figur abgibt.« Dabei starrte er Dorothea eindringlich über den Rand seiner Brille hinweg an und trat so dicht an sie heran, dass sie seinen Atem auf der Wange spürte.

Sie wich zur Seite aus, um keins der Gemälde hinter sich zu berühren. Wenn ihre Mutter diesen Mann nicht als künftigen Schwiegersohn auserkoren hätte, hätte Dorothea in Lommertzheim lediglich einen uninteressanten älteren Mann gesehen, der sich ungemein wichtig nahm. Einen Mann, der sich in Gegenwart ihrer Eltern zuvorkommend gab und der Mutter mit Komplimenten über ihr Aussehen schmeichelte. Der aber ihr, der wesentlich jüngeren Frau, gegenüber nur wenig Einfühlungsvermögen zeigte und sie mit nahezu jedem Satz wissen ließ, dass er sie für dumm und unbedarft hielt. Einen Mann also, auf dessen Gesellschaft sie gut und gern verzichten konnte.

Plötzlich empfand sie wieder Mutlosigkeit, wusste sie doch nicht, wie ihr Leben weitergehen sollte, wenn sie nicht die Ehefrau dieses eifrigen Marienverehrers würde. Doch die Ratschläge der Mutter, liebenswürdig und ein wenig kokett zu sein, konnte und wollte Dorothea nicht erfüllen. Und so fiel ihre Antwort alles andere als charmant aus. »Das Fräulein Dorothea sähe sich viel eher in der Rolle einer Malerin. Und in diesem Fall hätte es sich an die Worte der Bibel gehalten und die heilige Familie in einem armseligen Stall mit Ochs und Esel dargestellt und nicht in einem prunkvollen Palast, dessen Inneres vor Reichtum und Überfluss nur so strotzt.«

Der Apotheker brach in Gelächter aus. »Malerin ... welch tolldreiste Gedanken dem jugendlichen weiblichen Geist doch manchmal entspringen! Aber solche Kindereien wollen wir nun ganz schnell wieder vergessen.«

Unvermittelt ließ Dorothea Peter Lommertzheim stehen und wandte sich zum Treppenhaus um. »Der Herr Apotheker findet mich im oberen Stockwerk bei dem Dürerbild. Ich muss unbedingt nachprüfen, welcher der beiden Männer im Profil dargestellt ist. Der Trommler oder der Pfeifer.«

»Wie ich es versprochen habe, gnädige Frau. Sie erhalten Ihre Tochter pünktlich zurück.«

Sibylla Fassbender stand in der Diele und zupfte aufgeregt an ihrer Perlenkette. »Möchten Sie nicht zum Tee bleiben, Herr Lommertzheim? Mein Mann hat gerade seinen letzten Patienten für heute nach Hause geschickt. Es wäre uns eine große Freude.«

»Sehr gern. Dann können wir noch einmal den Höhepunkten unserer kleinen Exkursion nachgehen, nicht wahr, Fräulein Dorothea?« Peter Lommertzheim strich sich über den Bart und lächelte siegesgewiss.

Dorothea hatte das dringende Bedürfnis, allein zu sein, und bemühte sich um eine diplomatisch formulierte Absage. »Ich bedanke mich für den lehrreichen Ausflug, Herr Lommertzheim. Allerdings zöge ich mich gern zurück, um meine Eindrücke schriftlich niederzulegen und sie später zum Unterrichtsstoff für meine Schützlinge auszuarbeiten.«

»Wie bedauerlich, nicht einer dieser Schützlinge zu sein!« Peter Lommertzheim ergriff Dorotheas Hand und drückte sie kräftig. »Auch ich habe heute einiges gelernt.«

Sibylla Fassbender hatte Mühe, ihre Neugierde zu verbergen. Sie schien sogar erleichtert, die Teerunde ohne die Tochter beginnen zu können. »Wenn Sie mir in den Wintergarten folgen wollen, mein lieber Herr Lommertzheim.«

Dorothea schloss die Zimmertür hinter sich und war froh, die unangenehme Prozedur überstanden zu haben. Immerhin glaubte sie, dem Apotheker klargemacht zu haben, dass sie keinesfalls die passende Frau für ihn war. Er würde also mit ihren Eltern eine kurze, unverbindliche Konversation betreiben, sich höflich verabschieden und wieder seinen Geschäften zuwenden. Aber – was sollte aus ihr werden?

Rodenkirchens würden zweifellos die Kündigung aussprechen, sobald sie von ihrer Schwangerschaft erführen. Ihre Eltern würden sie nur so lange im Haus behalten, wie ihr Zustand zu verbergen war. Ob sie sich in ein Kloster zurückziehen sollte, weit weg von Köln? Doch würde man eine unverheiratete Schwangere dort überhaupt aufnehmen? Und was wäre nach der Geburt des Kindes? Wie und wo würde es aufwachsen? Heftige Übelkeit stieg in ihr auf. Sie griff nach der Waschschüssel und übergab sich, hoffte nur, dieses Missempfinden ginge möglichst schnell vorüber. Kraftlos sank sie vor ihrem Bett auf die Knie und betete zur Gottesmutter Maria. Flehte sie um Beistand an. Bat um Errettung aus ihrer ausweglosen Situation, auf welche Weise auch immer. Dann legte sie sich aufs Bett, strich sich vorsichtig über den Leib und versuchte sich vorzustellen, wie in ihr, noch winzig klein, neues Leben wuchs.

Ein Pochen an der Tür, begleitet von Gretas Stimme, riss sie aus ihren Gedanken. »Fräulein Dorothea, Sie möchten zu Ihren Eltern in den Wintergarten kommen.«

Das Herz klopfte ihr bis zum Hals, als sie ihren Eltern gegenübersaß. Beide waren von einer Einmütigkeit und heiteren Gelassenheit, wie Dorothea sie nie an ihnen erlebt hatte.

»Setz dich, Dorothea! Wir müssen etwas mit dir besprechen.« Sibylla Fassbender rutschte bis zur Vorderkante des

Sofas, und plötzlich sprudelte es aus ihr hervor. »Heute ist für uns alle ein Glückstag. Herr Lommertzheim hat um deine Hand angehalten.« Sie zog ein besticktes Taschentuch aus dem Ärmel ihres roten Taftkleides und tupfte sich Freudentränen aus den Augenwinkeln.

Nachdem sie ihren ersten Schrecken überwunden hatte, saß Dorothea ganz besonnen und aufrecht da. Ein unerklärliches Gefühl von Ruhe und Sicherheit durchflutete sie. »Ich werde diesen Mann nicht heiraten.«

»Du wirst *was*? Ich habe mich wohl verhört.« Hermann Fassbender war aus seinem Sessel aufgesprungen und legte eine Hand hinter das Ohr.

»Doch, du hast richtig verstanden, Vater. Ich werde den Apotheker Peter Lommertzheim nicht ehelichen.«

»Aber warum denn nicht? Er ist doch ein wohlsituierter und sympathischer Mann.« Sibylla blickte fragend erst zu Dorothea, dann zu ihrem Mann auf und schüttelte fassungslos den Kopf.

»Wir passen nicht zusammen. Außerdem liebe ich ihn nicht.«

Ihr Vater machte eine abwertende Handbewegung. »Liebe … was hat denn das mit Ehe zu tun? Außerdem kannst du dir ein so großes Gefühl in deinem prekären Zustand überhaupt nicht erlauben.«

Auf einmal fühlte Dorothea sich mutiger, freier und wagte einen Vorstoß. »Dabei nahm ich immer an, gegenseitige Liebe und Achtung seien die Grundlagen einer glücklichen Ehe. So wie Eltern es ihren Kindern vorleben. Soll ich etwa nicht eurem leuchtenden Beispiel folgen?« Dorothea war es tatsächlich gelungen, Aufrichtigkeit in ihre Worte zu legen, an die sie selbst nicht glaubte. Denn das Zusammenleben ihrer Eltern hatte sie stets als kühl, aber nie als harmonisch empfunden.

Sibylla Fassbender wurde bleich. Ihre Unterlippe zitterte. Hermann Fassbender stand der Mund offen. Er wollte etwas sagen, doch stattdessen richtete er den Blick angestrengt auf die Pendeluhr an der gegenüberliegenden Wand. Nur langsam fand er seine Fassung wieder.

»Nun gut ... wir können dich nicht zwingen, diesen Ehrenmann zu heiraten. Aber dann muss dieses Kind der Schande so schnell wie möglich weg. Bevor jemand Verdacht schöpft. Ich suche eine Adresse heraus, irgendwo in einer Stadt, wo dich niemand kennt. Alles wird ganz diskret ablaufen, und es wird nicht der geringste Schatten auf die Ehre unserer Familie fallen.«

Nunmehr war es Dorothea, die in den Sessel zurücksank. Die Wunde in ihrem Innern riss wieder auf und schmerzte unerträglich. Wie konnte ihr Vater, ein Arzt, der einen Eid geschworen hatte, Leben zu erhalten ... wie konnte ausgerechnet er einen derart verwerflichen Vorschlag machen? In ihren Ohren erhob sich ein Rauschen, durch das sie fern und fremd die eigene Stimme vernahm. »Nein! Ich werde dieses Kind behalten.«

Der Vater schlug mit solcher Heftigkeit auf das Beistelltischchen, dass eine Blumenvase herunterfiel und zerbarst. »Ich lasse mir von einem Flittchen, das sich dem erstbesten Kerl an den Hals wirft, meine Existenz nicht vernichten. Du hast die Wahl, Dorothea. Entweder du heiratest den Apotheker und gibst diesen Bastard als euer gemeinsames Kind aus, oder du lässt es entfernen. Andernfalls bist du nicht mehr unsere Tochter. Dann kannst du gehen, wohin du willst, und brauchst nie mehr zurückzukommen. Ich hoffe, ich habe mich klar genug ausgedrückt!« Wutschnaubend rannte Hermann Fassbender aus dem Zimmer und warf die Tür hinter sich ins Schloss.

Eine eiserne Faust umklammerte Dorotheas Herz. Die Worte des Vaters drangen wie Messerstiche auf sie ein. Schweißperlen bildeten sich auf ihrer Stirn, sie zitterte am ganzen Körper. »Hast du jemals daran gedacht, dein ungeborenes Kind umzubringen?«, rief sie ihrer Mutter tränenblind und voller Verzweiflung zu.

Sibylla zuckte zusammen, als wäre sie von einem Insekt gestochen worden. Mühsam suchte sie nach Worten. »Du musst Vater verstehen ... Es geht um seinen Ruf. Um alles, was er sich über Jahre aufgebaut hat. Heirate diesen Mann, Dorothea! Ihr werdet weitere Kinder bekommen. Und vielleicht stellt sich später noch so etwas wie ... wie Liebe ein.«

Beim Läuten der Türklingel hielt Sibylla erschrocken inne. »Oh, das habe ich ganz vergessen! Die Schriftführerin unseres Wohltätigkeitsvereins holt mich zur Jahresversammlung ab.« Sie zückte ihr Taschentuch, tupfte sich hektisch über Wangen und Augen. »Niemand darf mir etwas anmerken ... Wo ist mein Hut? Ich muss mich beeilen.«

Sie war bereits in der Tür, als sie sich noch einmal umwandte. »Überleg dir gut, was du tust, Dorothea. Und ob du dein Elternhaus aufs Spiel setzen willst.«

Mit jeder Faser ihres Körpers verspürte Dorothea tiefste Verzweiflung. Dann wieder fühlte sie sich wie betäubt. Als hätte ihr jemand jegliches Empfinden geraubt. Ein unwirklicher Zustand, in dem sie sich befand. Als wäre sie gar nicht in ihrem Körper, sondern würde sich von außen betrachten. Nie hätte Dorothea es für möglich gehalten, dass ihre Eltern zu einer derartigen Härte fähig wären. Der eigenen Tochter gegenüber. Die sie geboren und großgezogen hatten. Und die sie nunmehr vor die Wahl stellten, ihr Leben an der Seite eines ungeliebten Mannes zu verbringen oder den Tod ihres ungeborenen Kindes verantworten zu müssen. Was ihrem eigenen Tod gleichgekommen wäre. Tag und Nacht kreisten ihre Gedanken um dieselben Fragen, auf die sie keine Antwort fand. Apathisch lag sie auf dem Bett, vermied es, den Eltern zu begegnen, und stand nur zum Essen und Trinken auf, wenn sie wusste, dass keiner der beiden zu Hause war.

Am dritten Tag schien eine kräftige Mittagssonne in ihr Zimmer, tauchte die Umgebung in ein warmes gelbes Licht. Und plötzlich sah Dorothea ihre Lage so klar wie nie zuvor. Sie hatte eine Zukunft, weil unter ihrem Herzen ein Teil ihrer und Alexanders Seele zu einem neuen Lebewesen heranwuchs. Sie wusste, was sie zu tun hatte. Denn sofern sie ihre Seele nicht preisgeben und sich selbst aufgeben wollte, blieb ihr kein anderer Weg als dieser.

Sie zog den braunledernen Koffer unter dem Bett hervor, den sie schon als junges Mädchen mitgenommen hatte, wenn sie während der Schulferien für einige Tage ihre Patentante besucht hatte. Dann suchte sie die zwei schlichtesten Kleider, Weißwäsche und Leinentücher, Nachthemden, zwei Schultertücher, Geburtsurkunde und Ausweispapiere zusammen. Jeder ihrer Handgriffe war sicher und konzentriert. Sie schloss den Sekretär auf, nahm ihre Skizzenbücher und eine Schatulle mit Kreidestiften heraus, außerdem einen dunkelblauen Samtbeutel mit dem Geld, das sie in der Zeit als Hauslehrerin angespart hatte.

Schließlich zog sie den Mantel an und knotete die Bänder ihres Hutes fest unter dem Kinn zusammen. Ein letztes Mal ließ sie die Blicke durch das Zimmer schweifen, prägte sich alle Einzelheiten deutlich ein, wollte sie für immer ins Gedächtnis einbrennen. Mit den Fingerkuppen strich sie über die Bettdecke, die kleine Kommode neben dem Fenster, die Lehne ihres Korbstuhles, in dem sie so manche Stunde lesend verbracht hatte. Grübelnd, gedankenversunken und oftmals traurig. Wirklich unbeschwert und frei hatte sie sich nur in Alexanders Gegenwart gefühlt. Für die Dauer von kaum mehr als sechs Monaten. Eine kostbare, viel zu kurze Zeit ihres Lebens.

Alexander wäre sicher stolz auf seinen Sohn oder seine Tochter gewesen... Tapfer unterdrückte sie das aufkommende Schluchzen, denn sie wollte sich nicht bemitleiden. Was auch immer geschah, sie würde nicht untergehen, sondern kämpfen. Das war sie dem Geliebten schuldig. Ihrem Kind. Sich selbst!

Lautlos drückte sie die Klinke hinunter und schloss die Tür hinter sich. Als sie das Treppenhaus erreicht hatte, rannte sie los. Dabei hielt sie sich am Geländer fest, um die Stufen nicht zu verfehlen. Sie eilte an der dunklen Eichentür vorbei, hinter der sich die Praxis des Vaters befand, wo er sich um seine Studien kümmerte, die ihm wichtiger waren als alles andere auf der Welt. Draußen vor dem Haus wandte sie sich nach rechts, ging den Neumarkt in Richtung Rheinufer entlang. Und ahnte, dass in diesem Augenblick etwas endete, das sie nie wieder zurückholen konnte.

## BUCH II

# Hoffnung

## APRIL 1848

»Na, Frolleinchen, wo soll's denn hingehen?« Der Brückenwart, ein untersetzter Rothaariger mit Stoppelbart und einer kräftigen Alkoholfahne, schob seine Kappe in den Nacken und musterte Dorothea schräg von der Seite.

»Nach Deutz.«

»Was Sie nicht sagen. Ich meine, wohin wollen Sie, wenn Sie drüben sind? Wir könnten nachher noch ein Weinchen zusammen trinken. In einer Stunde habe ich Feierabend.«

Dorothea schwieg eisern, hoffte, der vorlaute, dickliche Mann werde sich endlich auf seine Pflicht besinnen.

»Nun lass das Fräulein doch passieren! Merkst du nicht, dass die nichts von dir wissen will?«, rief ein alter Fischer mit wettergegerbtem Gesicht, der mit seinem Boot an einem Poller neben der Brücke festgemacht hatte. Einige Möwen flogen heran, ließen sich auf dem Bootssteg nieder und hofften auf leichte Beute.

Der Brückenwart zog ein beleidigtes Gesicht und musterte Dorotheas Koffer. »Ich meine es ja nur gut. Wenn eine junge Dame allein auf Reisen geht, braucht sie doch einen Beschützer.«

Es fiel Dorothea schwer, höflich zu bleiben. »Würden Sie mich jetzt bitte passieren lassen?«, presste sie mühsam zwischen den Zähnen hervor.

Betont langsam zog der Rothaarige die Schranke hoch und streckte die Hand vor, um das Wegegeld entgegenzunehmen. »Eingebildete Frauensperson«, zischte er, als Dorothea die Brücke betrat. Diese verband die beiden Ufer des Rheins miteinander und ruhte auf vierzig Nachen. Mehrere Male am Tag wurde der herausklappbare mittlere Teil von kräftigen Ruderern zur Seite bewegt, damit Schiffe stromauf- und stromabwärts hindurchfahren konnten.

Im Weitergehen spürte Dorothea, wie die Planken unter ihr schwankten, und war froh, als sie am Deutzer Ufer wieder festen Boden unter den Füßen hatte. Sie wandte sich um und blickte zum jenseitigen Ufer hinüber, wo die Häuser vom Holzmarkt und vom Alten Markt zu sehen waren und wo sich zur Rechten die Silhouette des Domes mit dem hoch aufragenden Baukran in den Himmel erhob. Obwohl nur die Breite des Flusses zwischen den beiden Städten lag, schien Dorothea doch in der Fremde angekommen zu sein.

Als sie ein schmerzhaftes Ziehen im Unterleib verspürte, hielt sie inne. Sie setzte den Koffer ab, der ihr mit einem Mal so schwer vorkam, als wäre er mit Steinen gefüllt. Nachdem sie eine Weile verschnauft hatte, hob sie den Koffer vorsichtig an, setzte langsam einen Fuß vor den anderen. Der Schmerz blieb unverändert stark. Nach nur wenigen Schritten musste sie erneut eine Pause einlegen, wechselte anschließend den Koffer in die andere Hand. Ein leichter Schwindel befiel sie. Was war nur mit ihr? Sie wurde doch nicht etwa krank?

Das durfte nicht sein, nicht jetzt, da sie stark sein musste. Der Weg erschien ihr endlos lang, bis sie schließlich das efeuumrankte alte Haus erreichte, dessen Giebel ein Eckturm überragte. Da erst fiel ihr ein, dass sie gar nicht wusste, ob die Patentante überhaupt zu Hause war. Die Umrisse der benachbarten Häuser verschwammen in diffusem Licht. Es dämmerte.

Katharina Lützeler nähte mit festen Stichen einen Hornknopf an die Herrenjacke und schnitt den Faden ab. Sie war gerade noch rechtzeitig fertig geworden, bevor das Tageslicht zu schwach wurde. Am nächsten Morgen würde sie die Kleidungsstücke, die sie innerhalb der letzten Tage ausgebessert hatte, zu den Besitzern zurückbringen. Kunden, die entweder keine Zeit zum Nähen hatten wie die vielbeschäftigte Bäckersfrau mit den sechs Kindern oder die zu ungeschickt waren wie die evangelische Pfarrersfrau, die sich den Ärmel ihres seidenen Sonntagskleides eingerissen hatte. Auch Männer waren dabei, denen es an einer Frau oder Haushaltshilfe mangelte wie der ehemalige Musiklehrer, dem sie ein neues Futter in seine Weste genäht hatte, weil er sich einen teuren Ersatz nicht leisten konnte.

Katharina war froh über jeden Auftrag und störte sich nicht an den von spitzen Nadeln zerstochenen Fingerkuppen. Daran hatte sie sich mittlerweile gewöhnt. Sie brauchte das Geld zum Überleben. Als ihr Mann vor zwölf Jahren gestorben war, hatte er nicht nur die Einkünfte aus seiner Tischlerei, sondern auch die kleine Erbschaft ihrer Tante versoffen. Damals war sie einundvierzig und musste sich von einem Tag auf den anderen auf eigene Füße stellen. Seither nähte sie für andere und zehrte von der Erinnerung an bessere Tage, die sie und ihr Erwin durchaus erlebt hatten. Dabei konnte sie von Glück sagen, dass sie ihre alte Wohnung bisher nicht hatte aufgeben müssen. Die Vermieter scherten sich nicht viel um Geld, wollten lediglich anständige Leute im Haus haben. Allerdings hatte Katharina nach und nach ihre besseren

Möbel und die meisten Porzellanstücke verkaufen müssen. Doch ihr genügte das Wenige, das ihr geblieben war.

Sie legte die Brille ab, rieb sich die müden Augen und zündete eine Petroleumleuchte auf dem Küchentisch an. Dann machte sie sich am Herd zu schaffen und wärmte die Kartoffelsuppe vom Mittag auf. Als es an der Haustür klopfte, hielt sie inne. Seltsam, sie erwartete gar keinen Besuch. Und auch der Mieter über ihr, ein schwerhöriger pensionierter Pianist, hatte noch nie einen Gast in seiner Wohnung empfangen, weil er sich mit dem Verlust seines Gehörs von den Menschen zurückgezogen hatte. Vorsichtig entriegelte sie die Tür und spähte durch den Spalt. Sie musste einige Male blinzeln, bevor sie erkannte, wer da draußen vor ihr stand.

»Dorothea, welche Überraschung! Aber warum hast du nicht geschrieben, dass du zu Ostern kommst? Ich hätte Fisch und Gemüse zum Essen gekauft, vielleicht auch etwas Käse … Ach was, jetzt bist du da. Lass dich erst einmal umarmen!«

Dorothea stellte den Koffer ab und fiel der Patentante um den Hals, fühlte sich sicher an ihrem breiten, weichen Busen. »Ich bin so froh, bei dir zu sein«, murmelte sie. »So froh.«

»Aber Kind, du zitterst ja. Komm schnell herein! Ich wollte gerade die Suppe für das Abendessen aufsetzen. Sie reicht allemal für zwei. Du magst doch Kartoffelsuppe, oder?«

Dorothea folgte der Patentante in die Küche, in der auch ein altes Sofa und eine Kommode aus dem früheren Wohnzimmer standen. Was den Vorteil hatte, dass Katharina nur noch einen einzigen Raum heizen musste.

»Lass dich anschauen, mein Kind. Groß bist du geworden, ja. Aber blass siehst du aus. Und du bist mager. Viel zu mager. Ich werde dir deine Lieblingsgerichte von früher kochen. Damit du wieder etwas Fleisch auf die Rippen bekommst.«

Katharina machte sich abermals am Herd zu schaffen und beobachtete aus den Augenwinkeln, wie Dorothea Hut und Mantel ablegte und sich kraftlos Gesicht und Hände in der Waschschüssel auf der Kommode wusch. Knapp achtzehn Jahre alt war die Patentochter gewesen, als sie das letzte Mal bei ihr gewesen war. Danach hatten sie sich nur noch Briefe geschrieben, in denen Dorothea berichtete, die Eltern hätten ihr weitere Besuche untersagt, ohne allerdings einen Grund für ihr Verbot zu nennen.

Doch in die Wiedersehensfreude mischte sich Besorgnis. Dorothea wirkte seltsam geistesabwesend. Irgendetwas musste vorgefallen sein, etwas von einiger Tragweite, das hatte sie sofort gespürt. Aber sie wollte Dorothea nicht mit Fragen bedrängen, sondern ihr Zeit lassen, sich wieder zu fassen. Katharina stellte die Teller mit der dampfenden Suppe auf den Tisch, legte zwei Blechlöffel dazu und sprach ein kurzes, tonloses Gebet.

Schweigend aß sie und sah voller Freude, dass die Patentochter die Suppe mit offensichtlichem Appetit verspeiste. Als sie die Teller geleert hatten, wagte Katharina vorsichtig eine Frage, die ihr auf der Seele lag. »Sag mir, wissen deine Eltern, dass du hier bist?«

Und dann brach es aus Dorothea heraus. Sie redete sich alles von der Seele, was sich in ihr angesammelt und was sie bis zu diesem Augenblick zurückgedrängt hatte. Erzählte von den Geschehnissen der letzten Monate, von Alexander, ihrer gegenseitigen Liebe, ihren Heirats- und Reiseplänen, von dem Kind, das sie erwartete, und Alexanders sinnlosem Tod, von der unbeugsamen Haltung der Eltern, die ihr keine andere Wahl ließen, als ihr Zuhause zu verlassen. Mehrmals musste sie sich unterbrechen und die Tränen trocknen. Sie schluckte schwer. »Wenn ich nur wüsste, wovon ich leben soll und wie ich mein Kind großziehen kann.«

Mit unbewegter Miene saß Katharina auf ihrem Stuhl und hörte zu, während ihr Inneres nicht weniger aufgewühlt war als das der Patentochter. Am liebsten hätte sie mitgeweint, nein, viel lieber noch mit der Faust auf den Tisch geschlagen und Hermann und Sibylla Fassbender der Heuchelei und der Unbarmherzigkeit gegen ihre Tochter angeklagt. Doch sie durfte sich nichts anmerken lassen, wollte Dorothea keinesfalls verunsichern. Denn sie hatte den Eltern hoch und heilig versprochen, ihr Leben lang zu schweigen. Damals, als Hermann, ihr Cousin zweiten Grades, ihr die Patenschaft angetragen hatte. Weil alles in der Familie bleiben und Dorothea nie die Wahrheit erfahren sollte. Die schmerzliche Wahrheit.

Bitterkeit stieg in ihr auf, Trauer und Wut. Doch nun musste sie die Gedanken an die Vergangenheit verscheuchen. Sie rückte mit dem Stuhl neben Dorothea und nahm die Patentochter in die Arme. »Mein armes Kind, was hast du durchgemacht! Es war richtig, dass du gekommen bist.« Sie streichelte Dorothea über das Haar. »Schon zehn Uhr … Lass uns schlafen gehen. Morgen reden wir weiter. Wir werden eine Lösung finden, für dich und dein Kind. Das verspreche ich dir.«

Sie richtete Dorothea auf dem Sofa ein Nachtlager mit frischen Laken und zwei wollenen Decken. Aufgewühlt zog sie sich nach nebenan in ihre kalte Schlafkammer zurück, wo sie erst nach langem Wachsein in einen bleiernen Schlaf fiel.

Sie wand sich durch ein Dickicht aus bizarr geformten Bäumen, Sträuchern und Schlingpflanzen. Der Saum des langen weißen Nachthemdes umspielte ihre Knöchel, sie spürte weiches Moos unter den bloßen Füßen. Dann erreichte sie eine Lichtung, die von sich wiegenden Blumen gesäumt war. Beim Näherkommen beobachtete sie, dass die Blumen wuchsen, bis sie mannshoch waren. Der Reihe nach öffneten sich die Knospen, entfalteten sich zu schmetterlingsähnlichen roten Blüten. Sie starrte zu ihnen hinauf, und plötzlich wurden die Blütenköpfe zu Frauengesichtern, die zu weinen begannen. Tränen tropften auf sie herab, fielen auf das weiße Gewand, das sich mit roten Flecken färbte.

Ein ziehender Schmerz durchfuhr ihren Leib. Sie wollte sich umwenden und davonlaufen, doch die Beine versagten ihr den Dienst. Immer mehr Tränen fielen auf das weiße Gewand. *Haltet ein!*, wollte sie den Blumen zurufen, doch sie brachte keine Silbe heraus.

Eine kühle Hand legte sich auf ihre schweißnasse Stirn. »Dorothea, was ist mir dir? Hast du nach mir gerufen?«

Wie aus der Ferne vernahm sie die Stimme der Patentante. »Ich ... ich habe schlecht geträumt. Wo bin ich?« Sie richtete sich auf, und dann kehrte die Erinnerung zurück.

»Ich glaube, du hast Fieber, Dorothea. Hier, trink einen Schluck!«

Sie nahm den Becher mit kühlem Bier, den Katharina ihr hinhielt, und trank ihn in einem Zug leer. »Diese Leibschmerzen ... Gestern auf dem Weg hierher fingen sie schon an.«

»Vermutlich hast du in letzter Zeit zu wenig gegessen. Oder etwas Falsches. Ich bereite dir einen Bettwärmer.«

Katharina setzte den Wasserkessel auf, füllte das tellergroße Kupfergefäß und wickelte es in ein frisches Küchentuch. »Hier, mein Kind, leg dir die Pfanne auf den Leib. Und versuch wieder zu schlafen.«

Dorothea fühlte, wie sich die Wärme in ihrem Körper ausbreitete. Sie brauchte keine Angst zu haben. Sie war in Deutz bei ihrer Patentante. Und hier war sie in Sicherheit.

Das Aufstehen am nächsten Morgen kostete Dorothea große Mühe. Gleich nach dem Frühstück legte sie sich wieder nieder, schwebte zwischen Wachen und Dämmern. Was, wenn ihre Schwäche mit dem Kind zu tun hatte? Auf das sie doch gut achtgeben musste. Angst überkam sie, sie presste die Hände auf den Leib, beschützend und beschwörend. Sie betete zur Gottesmutter und schlief erschöpft wieder ein. Wachte irgendwann auf, weil sie etwas Feuchtes, Klebriges zwischen den Beinen spürte. Voll böser Vorahnung schlug sie die Bettdecke zurück und hob das Nachthemd an. Sie entdeckte einen handtellergroßen roten Fleck auf dem Laken. Und dann erkannte sie, dass es Blut war. Ihr eigenes Blut.

Sie ließ sich auf das Kissen zurückfallen, ihr Leib bäumte sich auf. Ein dumpfer, qualvoller Schrei entfuhr ihrer trockenen Kehle. »Nein!« Ein bleierner Ring legte sich um ihren Körper, zog sich Zoll um Zoll enger zusammen. Sie wälzte sich auf die Seite und zog die Beine an, klemmte die Hände zwischen die Schenkel. In ihrem Innern krampfte sich schmerzhaft etwas zusammen, mehrmals kurz hintereinander. Dann spürte sie den Schwall, der aus ihr herausschoss. Sie wollte nichts mehr hören, nichts mehr fühlen, nicht mehr sein. Ihr wundes Herz verweigerte sich einer Einsicht, zu der ihr Verstand bereits gekommen war. Ihr werdendes Kind war das Band zu Alexander gewesen, und nun war dieses gerissen. In diesem Augenblick schien der geliebte Mann ein zweites Mal gestorben zu sein.

Eine Hand berührte sie sacht an der Schulter. »Dorothea, hörst du mich?«

Sie wandte Katharina ihr schweißnasses, tränenüberströmtes Gesicht zu, rang nach Atem, schluckte schwer und schluchzte.

»Somit ist nun alles vorbei ... Mein armes Kind, was musst du nicht alles durchmachen. Ach, wenn ich dir nur helfen könnte!« Katharina setzte sich zu ihr aufs Sofa, nahm sie in die Arme, drückte sie an ihren großen weichen Busen und wiegte sie wie ein Kind. Und dann weinten sie gemeinsam Tränen der Trauer und der verlorenen Hoffnung.

Später, nachdem ihre Augen getrocknet waren, stand Dorothea hinter dem grün bespannten Paravent, ließ das Nachthemd zu Boden gleiten und füllte Wasser aus einem Krug in eine Emailleschüssel. Mit der einen Hand stützte sie sich ab, mit der anderen nahm sie einen Lappen und fuhr sich über das glühende Gesicht und den Oberkörper. Wusch sich das Blut von den Innenseiten ihrer Schenkel. Sah schaudernd, wie das Wasser in der Schüssel rot wurde. Dreimal füllte sie frisches Wasser nach, dann trocknete sie sich ab, zog Unterwäsche und Mieder an und faltete ein Leintuch zu einer Rolle. Dieses knotete sie an Bändern fest, die sie sich eigenhändig an den Bund ihrer Beinkleider genäht hatte, um das Blut aufzufangen, das sie seit ihrem dreizehnten Lebensjahr alle vier Wochen verlor. Mit diesem von ihr selbst ersonnenen Behelf ließen sich die Unannehmlichkeiten der Monatsblutung ein wenig leichter ertragen. Katharina stützte sie und führte sie vorsichtig zum Sofa, das sie in der Zwischenzeit mit frischen Laken bezogen hatte. Sie hüllte die Patentochter in eine Decke, streichelte ihr Haar und summte ein Schlaflied. Genau wie früher, als Dorothea ein kleines Mädchen gewesen war.

Sie wusste nicht, wie lange sie geschlafen hatte. Sonnenstrahlen fielen durch das Fenster, vor dem die Patentante saß und nähte.

»Welchen Tag haben wir, Tante Katharina?«

»Ostersonntag. Und draußen ist herrliches Wetter. Wie fühlst du dich heute?«

Plötzlich war Dorothea hellwach. Zu ihrer Überraschung fühlte sie keinerlei Mattheit mehr, nur noch den Drang nach Bewegung. »Es geht mir besser. Ich glaube, ich möchte einen Spaziergang machen.«

»Geh nur, mein Kind, die frische Luft wird dir guttun. Leider kann ich nicht mit dir kommen. Ich habe einer Kundin versprochen, ihren Mantel bis übermorgen enger genäht zu haben. Wenn du zurückkommst, backe ich uns Pfannkuchen. Essen und Trinken hält Leib und Seele zusammen, hat schon meine Großmutter gesagt.«

Dorothea trat auf die Straße, wo ihr ein milder Frühlingswind entgegenwehte. Über der Stadt spannte sich ein strahlend blauer Himmel. Sie schlenderte zum Rheinufer hinunter, sah die Deutzer Bürger, die auf der ulmengesäumten Promenade ihren Osterspaziergang unternahmen. Familien mit Kindern, die ihre bunten Holzreifen aus dem Winterschlaf geholt hatten und diese über die geglätteten Pflastersteine rollen ließen. Junge Mädchen mit blütengeschmückten Strohhüten, die untergehakt daherflanierten und taten, als würden sie die Blicke und Pfiffe der Burschen und Studenten nicht bemerken. Zwei etwa zehnjährige Knaben hielten sich hinter einem dicken Baumstamm versteckt und erschreckten ahnungslose Spaziergänger mit lauten Buhrufen.

Dorothea bewegte sich inmitten dieser Menschen und

fühlte sich doch fremd. Eine Treppe unterhalb der Ufermauer führte zu einem Bootssteg. Sie stieg hinab und blickte auf das sanft gekräuselte Wasser. Reglos verharrte sie dort und ließ ihren Gedanken freien Lauf. Fühlte sich so frei wie die Möwen, die über dem Fluss ihre Runden zogen. Was hielt sie noch auf dieser Welt? Wer würde sie vermissen, wenn sie sich den friedlich dahinplätschernden Fluten hingäbe?

Mit einem Mal erschien ihr das blaugrüne Wasser sanft, gütig und verlockend. Etwas drängte sie, den Fuß auf diese glitzernde Oberfläche zu setzen und darüber hinwegzuschweben. Wie auf einem Tanzboden, während Alexander ihr den Arm um die Taille legte, sie herumwirbelte und ihre Füße den Boden kaum berührten. Ja, sie wollte tanzen, endlos lange tanzen, sich im Takt der Musik wiegen, sich drehen und alles vergessen. Melodien drangen aus der Ferne an ihr Ohr, voller Zauber und Geheimnis. Eine leise Berührung an ihrer Schulter. Nur ein kleiner Schritt und dann...

»Meine Puppe! Ich habe meine Puppe verloren! An dieser Stelle ist sie hinuntergefallen. Ich habe es genau gesehen.«

Dorothea blickte auf und entdeckte ein verweintes Mädchengesicht über sich. Das Kind deutete mit dem Finger auf sie und schluchzte. »Ohne meine Puppe kann ich nicht einschlafen. Anna, wo bist du? Anna!«

»Du musst nicht weinen. Deiner Anna ist nichts geschehen.« Dorothea hob ein schmutziges, zerfetztes Stoffknäuel vom Boden auf und stieg die Stufen zur Promenade hinauf. Das Mädchen ergriff die Puppe und rannte wortlos davon.

Dorothea blieb noch eine Weile auf einer Bank an der Promenade sitzen und ließ die Blicke über das jenseitige Rheinufer schweifen, sah die Türme der alten Kölner Kirchen, die die Häuser der Altstadt überragten, und den noch unvollendeten Dom, über dem sich in leuchtenden Farben ein Regenbogen spannte. Und sie dankte dem Herrn, der ihr gerade noch rechtzeitig das Mädchen mit der Puppe und dieses farbenfrohe Zeichen am Himmel geschickt hatte. Als Mahnung, dass nicht sie darüber zu entscheiden hatte, wann ihr Leben zu Ende gehen sollte, weil alles in Gottes Hand und Macht lag. Und mit einem Mal sah sie alles ganz klar und wusste, welchen Weg sie gehen musste.

APRIL 1848

»Und du willst die lange Reise wirklich ganz allein wagen? Was wird, wenn du dort angekommen bist? Wovon willst du leben?« Katharina Lützeler zerteilte den Pfannkuchen mit einer Gabel und goss einen kräftigen Schuss Zuckerrübensirup darüber. Sie nahm einen Bissen und warf der Patentochter einen zweifelnden Blick zu.

Dorothea nickte nachdrücklich und entschlossen. »Ja, ich werde nach Costa Rica reisen, so wie ich es zusammen mit Alexander geplant hatte. Ein unbekanntes Land kennenlernen, in dem nur Sommer und nie kalter Winter herrscht. Pfarrer Lamprecht hat mir erzählt, dort würden Lehrer für deutsche Aussiedlerkinder gesucht. Ich bin zwar kein Mann, aber bestimmt stellt man auch eine Lehrerin ein. Vielleicht kehre ich in ein, zwei Jahren nach Deutschland zurück. Wenn ich genügend Abstand gewonnen habe. Mein inneres Gleichgewicht wiedergefunden habe. Aber vielleicht bleibe ich auch für immer dort.«

»Das ist ganz schön mutig für eine junge Frau.«

»Aber nein, Tante Katharina, mit Mut hat das nichts zu tun. Doch hier würde mich alles an die Zeit mit Alexander erinnern. Und ich wäre kreuzunglücklich. Köln ist nicht mehr meine Heimat. Nachdem Vater und Mutter mir keine andere Wahl gelassen haben. Sie sollen auch nicht erfahren, dass ich mein Kind verloren habe. Das würde nichts ändern. Außer dir weiß niemand, wohin ich reise. Auch meine Schulfreundinnen von früher nicht. In letzter Zeit haben wir ohnehin seltener Briefe ausgetauscht oder uns gesehen, weil jede ihren eigenen Pflichten nachgeht. Ich kann nur weiterleben, wenn ich einen Schlussstrich unter die Vergangenheit ziehe.«

Katharinas Unterlippe zitterte, ihre Stimme wurde leise und brüchig. »Vielleicht hätte ich auch weggehen sollen, damals. Aber anders als du fühlte ich mich in meiner Heimatstadt verwurzelt.«

Dorothea merkte auf, denn die Patentante wirkte plötzlich bedrückt. »Möchtest du davon erzählen, Tante Katharina?«

»Ach, das ist eine lange Geschichte … Erwin starb vor zwölf Jahren. Du erinnerst dich sicher noch an ihn. Er hatte mir mit seiner Schreinerei eine Menge Schulden hinterlassen, und es war nicht einfach für mich, meinen Unterhalt alleine zu bestreiten. Eines Tages lernte ich einen Mann kennen – und verliebte mich in ihn. Endlich hatte ich wieder eine Schulter zum Anlehnen, einen Menschen, mit dem ich lachen, weinen und reden konnte. Und dann erzählte er mir, dass er verheiratet war. Seine Frau war nach dem Tod ihres einzigen Kindes wahnsinnig geworden und lebte seither in einer Irrenanstalt.«

»Ich erinnere mich da an etwas …« Mit gerunzelter Stirn dachte Dorothea nach. »Ja, es gab einmal eine heftige Auseinandersetzung zwischen meinen Eltern. Dein Name fiel – und auch der eines Mannes.«

Katharina schluckte mehrmals und verzog spöttisch die Mundwinkel. »Deine Eltern haben zufällig von dieser unglücklichen Liebe erfahren. Zuerst haben sie mich als Ehebrecherin beschimpft – und dann fallen gelassen.«

»Also, dann war das der Grund, warum ich dich nicht mehr besuchen durfte und wir uns nur noch schreiben konnten. Ach, Tante, hätte ich nur eher davon gewusst! Ich hätte dich deswegen niemals verachtet.«

»Deine Eltern haben sehr strenge Moralvorstellungen.« Katharina lachte bitter auf und stieß die Gabel in ein Pfannkuchenstück.

»Und wie ist die Geschichte ausgegangen?«

»Er wollte seine kranke Frau nicht im Stich lassen. Und ich hätte es auch nie von ihm verlangt. Eines Tages ist er gegangen, und ich habe nie wieder von ihm gehört.«

»Das tut mir sehr leid.« Dorothea biss sich auf die Lippen, empfand ein schlechtes Gewissen, weil sie die Patentante mit ihrer Frage traurig gemacht hatte. Und mit einem Mal konnte sie einen Gedanken in Worte fassen, der sie schon lange beschäftigte, auf den sie aber keine Antwort wusste. »Weißt du, dass ich immer das Gefühl hatte, meine Eltern würden mir etwas verschweigen?«

Katharina griff hastig und mit unsicheren Fingern nach dem Bierhumpen und hätte ihn beinahe umgeworfen. Dann platzte es aus ihr heraus. »Manche Menschen verwenden in ihrem Leben eben viel Kraft darauf, eine Lebenslüge aufrechtzuerhalten.« Sofort schlug sie sich die Hand vor den Mund. »Was rede ich da für Unsinn? Das darfst du nicht ernst nehmen, das habe ich nur so dahingesagt.«

»Wie meinst du das, Tante Katharina? Und vor allem, wen meinst du damit?«

Doch Katharina machte nur eine fahrige Handbewegung und vertiefte sich in ihren Humpen. Dorothea runzelte abermals die Stirn. Sie war überzeugt – die Patentante wusste mehr, als sie in diesem Augenblick preisgeben wollte. »Was wohl deine Dienstherren sagen? Eine so tüchtige Hauslehrerin wie dich werden sie bestimmt nur ungern verlieren, habe ich recht?«

Bei Katharinas überraschender Frage zuckte Dorothea zusammen, und die Röte stieg ihr in die Wangen. Daran hatte sie überhaupt nicht mehr gedacht. Die Rodenkirchens wussten ja gar nichts von ihren Plänen! Doch wie sollte sie ihnen den plötzlichen Aufbruch erklären? Was würde das Ehepaar von ihr denken, und vor allem, was würden die Kinder sagen? Sie hatte der Familie viel zu verdanken, konnte sich nicht einfach ohne Abschied auf und davon machen. In einer Woche würden sie aus den Ferien zurückkehren … Dorothea beschloss, ihnen zu schreiben. Nicht heute, nicht morgen, aber sobald sie in Hamburg angekommen wäre.

Dorothea klappte den Kofferdeckel zu und umarmte die Patentante, hielt sich an ihr fest und drückte ihr einen Kuss auf beide Wangen. »Danke, liebste Tante, danke für alles.«

»Ach, Kind, wie gern hätte ich mehr für dich getan. Was wirst du eigentlich unternehmen, wenn das Geld nicht reicht? Eine Unterkunft in Hamburg bis zur Abfahrt des Schiffes, die Überfahrt, dann die Kosten für die Verpflegung an Bord … da kommt eine Menge zusammen.«

»Dann suche ich mir eben in Hamburg eine Stelle als Hauslehrerin und fahre einige Monate später. Aber ich muss meine alte Umgebung hinter mir lassen, sonst würde ich ersticken.«

Katharina holte eine Porzellandose aus dem oberen Regal der Anrichte und leerte die Dose. In ihrer Hand klimperten Münzen. »Es ist zwar nicht viel, aber ich bestehe darauf, dass du das Geld annimmst. Und du musst mir versprechen, regelmäßig zu schreiben. Damit ich weiß, dass es dir gut geht.«

»Nein, das kann ich nicht annehmen...« Beschämt starrte Dorothea auf die Silbermünzen.

»Keine Widerrede. Und jetzt lass uns gehen. Bevor mich der Abschiedsschmerz überkommt und ich doch noch in Tränen ausbreche.«

Trotz der frühen Morgenstunde herrschte auf dem Bahnhofsvorplatz ein geschäftiges Hin und Her. Ein- und Zweispänner hielten an, luden Männer und Frauen mit Gepäck aus und nahmen andere auf. Zeitungsjungen riefen die neuesten Schlagzeilen aus und verkauften ihre Blätter an vorbeihastende Reisende. An einer Bude wurden Lebkuchen und frische Backwaren verkauft. Ein verführerischer Duft zog über den ganzen Platz. Zwei kleine Mädchen zerrten ihre Mutter zu dem Stand und quengelten so lange, bis jede von ihnen ein Zuckerhörnchen erhielt. Doch dann bekamen die beiden sich in die Haare, ein Hörnchen fiel zu Boden, und das Geschrei erhob sich von Neuem. Im Nu waren Tauben zur Stelle und machten sich gegenseitig das Gebäck streitig. Die Mutter schimpfte mit den Kindern, kaufte schließlich ein neues Hörnchen und zog die Töchter mit lauten Ermahnungen hinter sich her zum Droschkenstand.

Am Fahrkartenschalter herrschte dichtes Gedränge. Doch der Beamte ließ sich nicht aus der Fassung bringen. Jeder Gast wurde mit größter Ruhe bedient.

»Nach Hamburg wollen Sie, Frolleinchen? Ja, das wollen viele. Aber das ist nicht möglich. Der Zug endet nämlich in Harburg. Da müssen Sie erst in ein Boot umsteigen und über die Elbe segeln.« Der Schalterbeamte musterte Dorothea über den Rand seines Zwickers hinweg. »Und in welcher Klasse möchte das Frolleinchen denn reisen?«

Dorothea wählte die vierte und preiswerteste Klasse.

Schließlich musste sie jeden Pfennig für die monatelange Seefahrt und andere unvorhergesehene Ausgaben zusammenhalten.

Auf dem Bahnsteig hatten sich zahlreiche Reisende eingefunden. Manche von ihnen mit eleganten Lederkoffern, andere mit Holzkisten, Kiepen und Säcken. Ein Liebespaar hatte sich hinter einen Pfeiler zurückgezogen und nahm innig umschlungen und mit verstohlenen Küssen Abschied. Dorothea sah schnell weg, wollte keine traurigen Erinnerungen in sich wecken. Die Menge trat zurück, als die Lokomotive mit vier Waggons unter lautem Pfeifen und in einer riesigen Dampfwolke auf dem Gleis einfuhr. Schaffner in blauen Uniformen öffneten die Türen, und die Menschen stürmten die Abteile.

»Du musst nach hinten in die vierte Klasse. Beeil dich, Dorothea, sonst bekommst du keinen Sitzplatz mehr.«

Die beiden Frauen hasteten bis zum Ende des Zuges, umarmten einander ein letztes Mal und lächelten tapfer. Beim Einsteigen vernahm Dorothea noch ein mahnendes »Pass gut auf dich auf, mein Kind!« hinter ihrem Rücken, dann schlossen sich die Türen. Ein Schaffner setzte die Trillerpfeife an den Mund und gab dem Lokomotivführer ein Handzeichen. Pfeifend, zischend und qualmend setzte der Zug sich in Bewegung. Die Zurückgebliebenen auf dem Bahnsteig winkten mit Taschentüchern, Männer schwenkten ihre Hüte. Hier und da flossen Tränen. Der Zug legte sich in eine Kurve, und Dorothea sah, wie die Patentante immer kleiner wurde und schließlich als winziger Punkt in der Ferne verschwand.

Sie hatte Katharina gegenüber nicht zugeben wollen, wie schwer ihr der Abschied in Wahrheit fiel und dass sie Angst hatte. Angst, weil sie sich nicht auf Alexanders starken Arm stützen konnte. Auch Angst vor der langen Reise, auf der Gefahren wie Stürme, Krankheiten und Piraterie drohten, vor den fremden Menschen, denen sie begegnen würde, vor Einsamkeit und Armut. Davor, in der Fremde womöglich nicht zu bestehen. Mit weichen Knien ließ Dorothea sich auf der harten, unbequemen Holzbank nieder.

Noch konnte sie zurück. An der nächsten Station aussteigen und wieder nach Deutz fahren. Auch an der übernächsten oder der darauffolgenden. Doch eine solche Schwäche gestand sie sich nicht zu. Sie wollte die Herausforderung annehmen, wollte sich selbst beweisen, dass sie auch allein stark war und auf eigenen Füßen stehen konnte. Aber war sie denn wirklich allein? Gott stand ihr bei und hielt seine Hand schützend über sie.

Als ersten Umsteigebahnhof erreichte der Zug Düsseldorf. Der Bahnsteig wirkte wie frisch gescheuert, die Menschen trugen samt- und pelzbesetzte Kleidung. Frauen stolzierten mit Gold- und Perlenschmuck behängt einher. Die breiten Krempen ihrer Schutenhüte glichen übergroßen Scheuklappen, die die Sicht zur Seite hin unmöglich machten. Die Männer trugen kurze, wohlfrisierte Bärte und schwangen silberbeschlagene Spazierstöcke. Sogar die Kinder gefielen sich in einer Vornehmheit, die sie ganz offensichtlich den Erwachsenen abgeschaut hatten.

Nach einer halben Stunde Wartezeit ging es weiter durch Waldlandschaften, vorbei an satten grünen Wiesen und Feldern, auf denen Bauern ihre Arbeit unterbrachen und dem qualmenden schwarzen Ungetüm zuwinkten. Sie machten halt in Städten, die Dorothea bisher nur aus dem Schulbuch kannte. Duisburg, Gelsenkirchen, Dortmund, Hamm... In Bielefeld mussten Reisende Richtung Norden ein weiteres Mal umsteigen. Diesmal ergatterte Dorothea einen Platz neben der unverglasten Fensteröffnung, wo sie den Fahrtwind auf ihrem Gesicht spürte.

Müde ließ sie den Kopf gegen die harte Rückenlehne sinken. Angesichts der vorübereilenden, stetig wechselnden Landschaften schwindelte ihr. Mehr als die Hälfte der Strecke war überstanden, und sie wäre noch viele weitere Stunden unterwegs. Der Magen knurrte ihr, und sie verspürte Hunger. Was sie mit Dankbarkeit erfüllte, denn das konnte nur bedeuten, dass zumindest ihr Körper sich binnen weniger Tage von der Fehlgeburt erholt hatte. Wie allerdings ihr Herz und ihre Seele diesen schrecklichen Verlust verwinden sollten, darum musste sie sich zu einem späteren Zeitpunkt kümmern.

Der kleine Weidenkorb fiel ihr ein, in den ihr die Patentante Proviant eingepackt hatte. Sie nahm einige Schlucke Apfelmost und biss herzhaft in ein Käsebrot. Der Geschmack erinnerte sie an Katharina, an die Güte und Zuversicht, die sie ausstrahlte, an die einfache, aber doch heimelige Wohnung. Ob sie wohl gerade wieder am Fenster saß, einen Kragen annähte oder einen Saum ausbesserte und sich dabei die Fingerkuppen wund stieß?

Minden, Wunstorf, Hannover ... Jeden einzelnen Knochen spürte Dorothea, doch zumindest hatte sie sich an das gleichförmige Rattern der Räder gewöhnt, auch an das Holpern und Schlingern und an das bedrohlich klingende Knarren, wenn der Wagen sich in den Kurven zur Seite neigte.

Der Zug hielt an, die Türen wurden geöffnet. »Lehrte Bahnhof. Reisende Richtung Harburg bitte aussteigen«, ertönte die markige Stimme eines Schaffners, der draußen mit wichtigtuerischer Miene von Waggon zu Waggon schritt. Dorothea nahm Koffer und Proviantkorb und wäre beinahe über einen Hühnerkäfig gestolpert, den eine alte Frau in den schmalen Durchgang geschoben hatte. Aufgeregt schlugen die braun gefiederten Vögel mit den Flügeln und gackerten laut. Die alte Frau keifte unverständliche Worte und schwang drohend die Faust.

Dorothea stieg eilends aus und lief umher, um ihre verspannten Glieder zu lockern. Auf der anderen Seite des Bahnsteiges waren einige Männer in rußgeschwärzter Kleidung damit beschäftigt, Kohlesäcke in den Führerstand der Lokomotive zu wuchten.

»Reisende nach Harburg über Celle und Lüneburg bitte einsteigen!«, ertönte eine Stimme. Dorothea fand sich kurze Zeit später zwischen zwei Frauen wieder, von denen die eine unentwegt Äpfel in sich hineinstopfte und die andere ein Wollknäuel hervorholte und an einer grauen Männersocke strickte.

Endlich hatte der Zug sein Ziel erreicht. »Harburg, Endstation. Alle aussteigen bitte!«, erscholl es vom Bahnsteig. Dorothea folgte einer Gruppe von Reisenden zum nahe gelegenen Schiffsanleger. Verwitterte Kähne lagen hier neben frisch gestrichenen Booten. Einige Kräne ragten in den frühabendlichen Himmel. Es roch nach fauligem Abwasser und Fisch. Die Elbe war an dieser Stelle nicht einmal halb so breit wie der Rhein bei Köln. Möwen umschwirrten einen Fischkutter, der in einen Seitenkanal einbog. Vom Anleger aus transportierten kleinere Segelschiffe Menschen, Tiere und Güter über den Fluss. Der Kapitän des Einmasters *Seute Deern* stand auf dem Achterdeck und stopfte sich seelenruhig seine Pfeife.

»Was stehen Sie da so herum? Wir wollen übersetzen!«, rief ein Mann dem Kapitän ungehalten zu. Doch dieser zündete erst einmal die Pfeife an, nahm einen tiefen Zug und blies feine Rauchschwaden in die Luft.

»Tscha, das täte ich auch gern.« Der Kapitän deutete auf zwei Matrosen, die ein Segel auf dem Vorschiff ausgebreitet hatten. »Aber das Großsegel ist gerissen. Auf einer Länge von drei Ellen. Das muss erst repariert werden. Und nach uns läuft kein Schiff mehr aus.«

»Was soll das heißen?«, fragte ungeduldig eine rundliche blasse Frau, die einen rothaarigen kleinen Jungen an der Hand hielt, der vor sich hin grinste und fortwährend an den Fingernägeln kaute.

»Was das heißt, gute Frau? Für heute habe ich Feierabend.«

»Aber wie sollen wir dann nach Hamburg kommen?« Die Frau zog dem Jungen den Finger aus dem Mund und starrte den Kapitän feindselig an.

»Morgen um acht legen wir bei auflaufendem Wasser ab.«

Dorothea erschrak. Wo sollte sie die Nacht verbringen? Ein Zimmer in einer Pension würde zusätzliches Geld verschlingen. Geld, das sie doch so dringend für die Überfahrt brauchte. Ein junger Mann mit einem Geigenkasten unter dem Arm machte seinem Ärger Luft.

»Was ist mit uns? Sollen wir die Nacht vielleicht unter freiem Himmel verbringen?«

Der Kapitän hob ungerührt die Schultern. »Alle Passagiere können im Bahnhof übernachten. In den Wartesälen ist es warm und trocken. Es sei denn, jemand möchte sein Geld lieber in einem Gasthof in der Stadt lassen.«

Die Reisenden zeterten: »Eine Zumutung ist das!«, »Da können wir ja von Glück sagen, dass kein Winter herrscht und Eisschollen auf der Elbe herumschwimmen. Dann könnten wir hier wahrscheinlich tagelang versauern.«

Unter Protest- und Unmutsrufen machte die Gruppe kehrt und stapfte zum Bahnhof zurück. Nach kurzer Diskussion überließen die Männer den Frauen und Kindern den

Wartesaal der ersten und zweiten Klasse, während sie selbst sich in den der dritten und vierten Klasse zurückzogen.

Der Wartesaal für die Frauen erinnerte an ein riesiges Wohnzimmer und wirkte weitaus gemütlicher, als die meisten erwartet hatten, mit getäfelten Wänden, mannshohen Kübelpflanzen und Zeichnungen unterschiedlichster Lokomotiven. Dorothea sank in einen weichen, grün bezogenen Sessel und fasste neuen Mut. Hier konnte sie sogar recht bequem und ohne zusätzliche Kosten die Nacht verbringen. Auch die übrigen Frauen beruhigten sich allmählich und fühlten sich in der behaglichen Umgebung mit ihrem Schicksal versöhnt.

»Ich hab solchen Hunger!«, krähte ein etwa vierjähriger Junge, rieb sich den Magen und machte Kulleraugen. Die Frauen lachten, und jede holte ihren Proviant hervor. Man tauschte Brot gegen Äpfel, Kuchen gegen Most, aß, trank und scherzte in gelöster Stimmung. Der Weg in die Zukunft begann trotz des unfreiwilligen Aufenthaltes doch ganz verheißungsvoll, stellte Dorothea fest und wertete dies als günstiges Zeichen. Sie rutschte tiefer in den Sessel, wickelte sich in ihre Schultertücher und schlief seelenruhig ein.

APRIL 1848

Die Fahrt über die Elbe dauerte länger, als Dorothea erwartet hatte. Das Schiff segelte zunächst in nördlicher Richtung durch einen Kanal, dessen Ufer einzelne Bauerngehöfte und halb verfallene Mühlen säumten.

»Da drüben liegt Hamburg. Ich sehe schon den Kirchturm der Katharinenkirche!«, rief aufgeregt ein kleines Mädchen und schickte sich an, die steile Treppe zum Achterdeck hinaufzuklettern, wurde aber von einem Matrosen daran gehindert und zu seiner Mutter zurückgebracht. Dorothea reckte den Hals und erkannte am Horizont die Silhouette der großen Stadt.

Als das Schiff am Kai angelegt hatte und Dorothea ihren Fuß auf den mit Möwenkot beschmutzten Steg setzte, befiel sie eine eigenartige Unruhe. Die ersten Schritte in Richtung Freiheit waren zwar getan, aber sie war noch längst nicht am Ziel. Sie sehnte den Tag der endgültigen Abreise aus Hamburg herbei, hoffte inständig, dass nichts mehr dazwischenkam und den Aufbruch in ihr neues Leben verzögerte. Der Hafen war ein unüberschaubares Gewirr aus Masten und Takelage. Unzählige Schiffe aller Größen und Arten waren hier unterwegs oder lagen vor Anker. Segler mit bis zu vier Masten, Schaluppen, Kutter, Klipper, Lastkähne, Schuten. Moderne Dampfschiffe, wie sie auf Flüssen eingesetzt wurden, bliesen aus ihren Schornsteinen schwarzen Rauch in den Himmel. Laut tutend bahnten sie sich ihren Weg zum Schiffsanleger, wo schon Schauerleute darauf warteten, Kohle zur Feuerung der Kessel aufzuladen.

»Was sind das dort drüben für Schiffe?«, fragte Dorothea einen älteren Matrosen, der hinter ihr von Bord der *Seute Deern* ging. Sie deutete auf zwei Großsegler, deren hohe Masten die der anderen Schiffe weit überragten.

»Der Viermaster mit dem grünen Rumpf ist ein Passagierschiff mit Auswanderern. Er läuft heute Abend nach New Orleans aus. Und der Dreimaster dahinter, wo die Matrosen gerade die Vorsegel einholen, der segelt in zwei oder drei Tagen nach Australien. Die *Abendstern* ist eigentlich ein Frachtsegler, aber solche Schiffe nehmen neuerdings auch Auswanderer mit an Bord. Es werden ja immer mehr Menschen, die Deutschland verlassen wollen. Ist eigentlich kein Wunder. Wo doch in unserem einstmals stolzen Vaterland nicht mehr jeder durch seiner Hände Arbeit satt wird ...«

Dorothea zögerte, war sich unsicher, ob sie dem Matrosen noch weitere Fragen stellen konnte. Schließlich musste sie als allein reisende junge Frau fremden Männern gegenüber auf der Hut sein und durfte nicht allzu viel von sich preisgeben. Aber der Seemann wirkte solide und ehrlich, und so wagte sie einen weiteren Vorstoß. »Können Sie mir sagen, wo man Bordkarten kaufen kann?«

Der Matrose hob überrascht die Augenbrauen, dann grinste er. »Also daher weht der Wind ... Sie sind wohl Ihren Eltern davongelaufen und wollen mit Ihrem Liebsten durchbrennen. Irgendwohin, wo man Sie beide nicht findet, habe ich recht?«

Dorothea setzte eine eisige Miene auf und versuchte, sich ihren Schmerz nicht anmerken zu lassen. Nein, sie wollte nicht an Alexander erinnert werden und auch nicht daran denken, dass sie sich ohne seinen Beistand behaupten musste. Doch der Seemann schien nichts von ihrem Stimmungswechsel bemerkt zu haben und plauderte in nachsichtigem Ton weiter.

»Ja, ja, so verliebt müsste man noch mal sein ... Sehen Sie das rote Backsteingebäude hinter dem Ponton? Das ist das Hafenamt, und daneben in dem grauen Holzschuppen befindet sich das Überseebureau, zuständig für Auswanderungs- und Reiseangelegenheiten.« Der Matrose tippte sich mit dem Zeigefinger an die Mütze und stakte breitbeinig davon.

Mehr als eine Stunde musste Dorothea zusammen mit anderen Reisewilligen Schlange stehen, bis sie als Letzte an die Reihe kam. Der Schalterbeamte rückte seinen Kneifer gerade.

»So jung, und da wollen Sie schon so weit weg? Also, das nächste Schiff nach Costa Rica legt ab ... Moment, ich schaue in meiner Liste nach ... in voraussichtlich zehn bis zwölf Tagen. Es ist allerdings ein kleinerer Stückgutfrachter, der höchstens zwanzig Passagiere aufnehmen kann. Aber manche finden es sogar angenehmer, nicht mit einer ganzen Meute verlauster Auswanderer zusammengepfercht zu sein. Und wer von Ihrer Familie ist noch mit von der Partie?«

»Niemand, ich reise allein.«

Der Beamte begutachtete Dorothea von oben bis unten. »Dann wollen Sie also Verwandte besuchen. In diesem Fall benötige ich die Geburtsurkunde, außerdem eine Einwilligungserklärung Ihrer Eltern, dass die Tochter ohne Geleitschutz reisen darf und folglich der Obhut des Kapitäns unterstellt ist. Außerdem Name und Adresse derjenigen erwachsenen Person, die Sie bei der Ankunft in Empfang nehmen wird.«

Verunsichert nestelte Dorothea an ihrem Schultertuch. »Aber wozu das alles? Ich bin volljährig.«

Der Beamte pfiff leise durch die Zähne. »Ist das die Möglichkeit? Mehr als siebzehn Jahre hätte ich Ihnen nicht gegeben.«

Mit einem flüchtigen Gruß betrat ein Mann das Bureau, nahm auf einer Holzbank Platz und zündete sich eine Zigarre an. Dann lehnte er sich zurück und schlug die Beine übereinander, musterte Dorothea nur flüchtig und ohne erkennbare Neugier. Bestimmt ein vornehmer Kaufmann, mutmaßte sie. Jedenfalls schloss sie aufgrund der tadellos sitzenden Kleidung und des Siegelringes an der linken Hand auf einen gewissen Wohlstand. Mit seinen grauen Haaren und den tiefen Furchen im Gesicht erinnerte er sie an Pfarrer Lamprecht, den Geistlichen ihrer Kölner Kirchengemeinde. Der Mann strahlte etwas Väterliches, Zupackendes aus.

»Auf jeden Fall brauchen wir eine Bescheinigung vom Bezirksamt Ihres letzten Wohnsitzes, dass Sie ohne Vorstrafen sind und auch kein Verfahren gegen Sie anhängig ist.«

»Das ... das wusste ich nicht. Ich habe zuletzt in Köln gewohnt ...«

»Dann müssen wir eine Beglaubigung aus Köln anfordern. Mit etwas Glück ist sie binnen einer Woche hier.«

Mit einem Mal merkte Dorothea, wie müde und erschöpft sie war und wie schwer ihr das Denken fiel. Am liebsten hätte sie sich irgendwo in einem Bett verkrochen – so lange, bis sich alles von selbst geregelt hätte und das Schiff in See stechen würde. Aber da gab es noch etwas zu klären. »Und – wie viel kostet so eine Passage?«

»Das hängt davon ab, Fräulein. Bei einem Frachtsegler gibt es wegen der wenigen Kojen nicht die üblichen Klassen wie auf den großen Passagierschiffen.«

»Ich nehme die preiswerteste Koje.«

»Wollen wir doch mal sehen.« Der Beamte schlug ein

gräuliches Heft auf und suchte mit einem Lineal die Zeilen ab. »Ach, hier steht es ja. Eine Passage für Reisende mit zeitlich beschränktem Aufenthalt von bis zu achtzehn Monaten… im Zwischendeck… von Hamburg, Deutschland, nach Puntarenas, Costa Rica… siebzig Taler. Zuzüglich ein Taler Bearbeitungsgebühr für die eilige Ausstellung einer Unbescholtenheitserklärung. Tja, und vermutlich wollen Sie auch etwas essen und trinken. Sie sind schließlich vier bis fünf Monate unterwegs.« Der Beamte nahm seinen Kneifer ab und spitzte seine Bleistifte, ohne sich allerdings von seinen ausschweifenden Erklärungen abhalten zu lassen. »Die Reederei Paulsen stellt großzügigerweise Matratzen, Decken, Wasch- und Essgeschirr sowie Proviant zur Verfügung. Schließlich haben diese Leute Erfahrung und wissen am besten, welche Lebensmittel sich über den langen Zeitraum halten und wie viel ein einzelner Reisender benötigt. Kommen also zehn Taler Zehrgeld hinzu.«

Dorothea fiel ein Stein vom Herzen. Mit dem Geld der Tante besaß sie insgesamt einhundertzwanzig Taler. Zwar musste sie bis zum Tag ihrer Abreise ein Zimmer in der Stadt mieten, doch dann bliebe ihr immer noch eine kleine Summe für den Start in Costa Rica.

»Dann werden wir also gemeinsam auf große Fahrt gehen, mein Fräulein. Darf ich mich vorstellen? Jensen, Erik Jensen. Ich bin Kaufmann, habe einen Gemischtwarenladen in Costa Rica, genauer gesagt, in der Hauptstadt San José.«

Dorothea wandte sich um, ergriff die dargebotene Rechte des Fremden und blickte in stechend blaue Augen unter buschigen Brauen. »Angenehm. Ich heiße Dorothea Fassbender«, antwortete sie und fühlte sich mit einem Mal unbehaglich, da der Mann sie prüfend von Kopf bis Fuß musterte.

Der Beamte hatte es plötzlich eilig. »Hören Sie, Fräulein, in fünf Minuten mache ich Fofftein. Dann beginnt meine Frühstückspause, und ich schließe das Bureau. Sollten Sie tatsächlich eine Passage buchen wollen, dann füllen Sie rasch dieses Formular aus. Ich übertrage nachher die Angaben zu Ihrer Person für die Anforderung der Unbescholtenheitserklärung. Bis spätestens zwei Tage vor der Abreise müssen Sie die Bordkarte abgeholt und alles bezahlt haben. Andernfalls geht sie an einen anderen Reisenden.«

Beschwingt trat Dorothea ins Freie hinaus. Der Tag hatte erfolgreich begonnen. In weniger als zwei Wochen würde sie ihr altes Leben endgültig hinter sich lassen. Alles lief nach Plan, es hätte nicht besser kommen können. Jetzt musste sie nur noch bis zur Abfahrt eine preisgünstige Bleibe finden. Die Pfiffe und anzüglichen Gesten der Schauerleute, Plankenmänner und Matrosen trieben Dorothea eilends aus dem Hafen. Die milden Temperaturen und der strahlend blaue Himmel über der Stadt reizten zum Bummeln.

Sie bemerkte einen unbekannten, modrig fauligen Geruch, der aus den Kanälen zwischen den Häuserreihen aufstieg. Diese Fleete dienten als Wasserstraßen, auf denen Waren in Lastkähnen zwischen dem Hafen und der Stadt hin und her transportiert wurden. Und eindeutig dienten sie auch als Kloaken. Hinter den offen stehenden Holztoren der schlichten roten Backsteinhäuser verrichteten Tau- und Segelmacher, Zimmerleute und Schreiner ihre Arbeit. Es wurde geklopft, gehämmert und gesägt. Von irgendwoher hörte Dorothea das Geräusch einer schallenden Ohrfeige, dann lautes Wehgeschrei. Vermutlich eine Auseinandersetzung zwischen Meister und Gesellen.

Dorothea gelangte in die Deichstraße, eine schmale, gewundene Gasse mit Giebelhäusern, von denen einige sogar aus dem 17. Jahrhundert stammten, wie vergoldete Jahreszahlen über dem Türsturz verkündeten. Unmittelbar daneben erhoben sich neue Gebäude und solche, die noch unfertig waren. Überall waren Handwerker zugange, die ihre Kellen schwangen und Stein auf Stein setzten, andere maßen Fenster aus oder errichteten einen Dachstuhl. Eine Inschrift erinnerte an den verheerenden Brand vom sechsten Mai 1842, als an genau dieser Stelle ein Feuer ausgebrochen war und erst am Gänsemarkt hatte eingedämmt werden können, nachdem der Senat eine Feuerschneise mitten durch die Bebauung hatte sprengen lassen. Zweiundsiebzig Straßen, mehr als hundert Speicher und öffentliche Bauwerke sowie über tausend Wohnhäuser hatte das Feuer seinerzeit vernichtet.

Dorotheas Blick fiel auf ein altes Haus mit bröckeligem gräulichem Putz. Pension Wilhelmina war auf einem Türschild zu lesen. Im Fenster hing ein handgeschriebenes Schild: *Logis nur für Frauen und Fräuleins. Sauber und preiswert.* Die Haustür stand offen. Dorothea spähte hinein und entdeckte eine hagere kleine Frau, die mit dem Aufziehen einer Standuhr beschäftigt war. »Guten Morgen, die Dame. Darf ich eintreten?«

Die Frau mochte etwa siebzig Jahre alt sein. Unter dem Rocksaum ihres schwarzen Kleides waren zwei ausgetretene, mit buntem Garn geflickte Pantoffeln zu erkennen. Haube und Haar waren von ein und demselben Weiß. Sie wandte sich um und schlurfte auf Dorothea zu.

»Moin, moin. Immer rein in die gute Stube, mien Deern. Aber eine Dame bin ich nicht, ich bin Wilhelmina Hansen, die Wirtsfrau. Du suchst also ein Zimmer. Wie lange willst du denn in unserer schönen Hansestadt bleiben?«

Dorothea wunderte sich über die vertrauliche Anrede der

Wirtin, doch die Frau erschien ihr gleich beim ersten Wort vertrauenerweckend. »Ich heiße Dorothea Fassbender. Tja, ich weiß noch nicht genau ... ungefähr zwölf Tage.«

Wilhelmina Hansen lächelte breit. »Sehr gut, ich freu mich, wenn mal jemand länger bleibt. Dann hat man mehr Zeit zum Schnacken. Du erinnerst mich an meine Nichte, die hat einen Laden für Haushaltswaren ganz in der Nähe vom Jungfernstieg. Allerfeinste Adresse. Wie? Ach so, eine Übernachtung kostet neun Silbergroschen, Verpflegung inbegriffen. Und wenn du Wäsche hast, mach ich die auch. Aber dafür musst du das Zimmer selber reinmachen. Ich hab in letzter Zeit mal bannig Ärger mit den Hüften, komm nicht mehr so gut die Stiege rauf.«

»Einverstanden.« Dorothea konnte ihr Glück kaum fassen. Welch wunderbarer Tag! Sie war in Hamburg, hatte innerhalb weniger Stunden eine Schiffspassage reserviert und obendrein eine erschwingliche Bleibe bei einer liebenswerten Wirtin gefunden. Ihrer Zukunft stand demnach nichts mehr im Weg. Doch nun wollte sie endlich den schweren Koffer abstellen, die müde gelaufenen Füße hochlegen und ausruhen. Und danach der Patentante einen Brief schreiben, in dem sie von ihren aufregenden Erlebnissen berichtete.

Die Tage in der Pension waren überaus kurzweilig. Die Mahlzeiten nahm Dorothea in der Küche gemeinsam mit der Wirtin ein, die sich als muntere Gesprächspartnerin erwies. Von sich selbst erzählte Dorothea nicht viel, nur dass ihr in Deutschland das Klima zu kalt sei und sie sich in Costa Rica eine Stelle als Lehrerin oder Hauslehrerin suchen wolle. Die Alte zuckte nur mit den Mundwinkeln und stellte keine weiteren Fragen.

Vormittags streifte Dorothea durch die Stadt, staunte über

die breiten Straßen, die Boulevards und imposanten Kontorhäuser. Sogar einen Pferdeomnibus gab es, der bis zu zwanzig Personen befördern konnte. Vor den Geschäften, deren Auslagen mit eleganter Mode, englischen Tees sowie erlesenem Schmuck lockten, hielten die auf Hochglanz polierten Kutschen feiner Herrschaften. Die Bürger dieser Stadt schritten stolz einher, schienen weniger in Eile zu sein, als Dorothea es von den Kölnern gewohnt war. Händler aus aller Herren Länder waren hier in Hamburg anzutreffen, ein vielstimmiges Sprachengewirr erfüllte die Luft.

Sie gelangte zur Alster, die von vornehmen, weiß getünchten Patrizierhäusern gesäumt war. Fütterte am Ufer die Schwäne, denen eilig herbeifliegende Enten die Brotstückchen streitig machen wollten. Zwischendurch setzte sie sich auf eine Bank in der Sonne und zeichnete die blassen, schmächtigen Dienstmädchen, die die Einkäufe für ihre Herrschaften in Henkelkörben nach Hause trugen.

In heiteren Momenten träumte Dorothea von einem Leben in paradiesischer Landschaft, von einer sicheren Anstellung und von Schülern, die mit offenen Augen und Ohren ihrem Unterricht folgten, von Menschen, die ihr für diese Arbeit Anerkennung zollten. In trüben Augenblicken war sie verzagt, vergoss heimliche Tränen um den toten Geliebten und das verlorene Kind, fühlte sich mutlos und verzagt und befürchtete, in der Fremde kläglich zu scheitern und ein Dasein in Einsamkeit und Armut fristen zu müssen. Wenn sie in die Pension Wilhelmina zurückkam, half sie der Wirtin beim Fensterputzen, besserte ihr einen Rock aus oder skizzierte sie lesend am Fenster. Die alte Frau suchte einen vergoldeten Rahmen für die Zeichnung heraus und räumte dem Bild einen Ehrenplatz über dem Kamin ein.

Am Sonntag, nachdem sie den Gottesdienst in der Katharinenkirche besucht hatte, nahm Dorothea endlich in Angriff, was ihr schon lange auf der Seele lag: Sie schrieb einen Brief an ihre früheren Dienstherren.

*Sehr geehrter Herr Rodenkirchen, sehr geehrte Frau Rodenkirchen. Unvorhergesehene Umstände zwingen mich, auf eine lange Reise zu gehen. Leider konnte ich Ihnen und den Kindern nicht Lebewohl sagen. Ich danke Ihnen für das Vertrauen, das Sie mir entgegengebracht haben, und hoffe, dass Sie mich in guter Erinnerung behalten werden. Mit vorzüglicher Hochachtung, Ihre Dorothea Fassbender.*

Als die neue Woche begann, machte Dorothea sich beschwingt auf den Weg zum Hafen. Zuvor hatte sie das Geld für die Schiffspassage in einen Samtbeutel gesteckt und tief in ihrer Rocktasche verstaut. An den Laderampen standen Pferdefuhrwerke für den weiteren Warentransport auf dem Landweg bereit. Talleute standen auf der Kaimauer, prüften mit strengen Blicken, ob die Waren unbeschädigt waren, und listeten in ihren Büchern die Frachtmengen auf, die beladen oder entladen wurden. Dorothea hatte schon fast die breite rote Ziegelsteinfassade des Hafenamtes passiert, als unerwartet ein etwa vierzehnjähriger Junge mit zwei Eimern voll Wasser aus einer engen Gasse zwischen einer Schiffszimmerei und dem Überseebureau auftauchte. Er lief Dorothea so eilig entgegen, dass sie nicht mehr ausweichen konnte. Wasser schwappte auf ihre Stiefeletten, sie spürte einen Schlag gegen das Schienbein, und dann lag sie am Boden.

»Entschuldigung, mein Fräulein, wie ungeschickt von mir! Haben Sie sich wehgetan?«

Dorothea sah eine mittelgroße, schmale Gestalt mit einer Kappe, die tief in die Stirn gezogen war und das Gesicht fast vollständig verdeckte. Und mit einem Mal war da noch ein anderer Junge. Gemeinsam halfen sie Dorothea auf die Füße. »Schönen Tag noch!«, riefen sie ihr zu und waren plötzlich wie vom Erdboden verschluckt. Nur die umgekippten Wassereimer lagen noch da.

Während Dorothea sich den Staub aus den Kleidern klopfte, begann ihr Herz plötzlich heftig zu pochen. Von bangen Ahnungen befallen, hielt sie mitten in der Bewegung inne. Sie fühlte Schweißperlen auf der Stirn, war wie gelähmt und vermochte die Hand nicht zu der Rocktasche zu führen, wo sie den Geldbeutel aufbewahrte. Als ihre Finger aus der Starre erwachten und über den glatten Kleiderstoff wanderten, wurde ihre schlimmste Befürchtung Gewissheit. Aber ... wie war das möglich? Das konnte und durfte nicht wahr sein! Sie hörte sich laut aufschreien. Der Beutel steckte nicht mehr in der Tasche. Die Jungen hatten ihn gestohlen.

Wut überkam sie, die Luft vor ihren Augen flimmerte, ihre Beine zitterten. Die Hände suchten Halt an der roten Backsteinfassade. In diesem Augenblick öffnete sich die Tür, und der Kaufmann Erik Jensen, den sie am Tag ihrer Ankunft zufällig kennengelernt hatte, trat ihr entgegen.

»Mein Fräulein, was ist geschehen? Fühlen Sie sich nicht wohl?«

Dorothea blickte hilflos umher, hoffte inständig, es handele sich um eine Verwechslung oder um einen Spuk, der wieder verschwände. Ihr gelang nur ein heiseres Krächzen. »Zwei Jungen ... sie haben mir mein Geld gestohlen.« Eine stützende Hand schob sich unter ihren Ellbogen.

»Sie zittern ja. Kommen Sie, setzen Sie sich hier vorn auf die Bank! Welche Unverfrorenheit! Können Sie beschreiben, wie die beiden aussahen?«

»Wie ...? Nein, es ging alles so schnell. Ich bin hingefallen. Die Jungen haben mir aufgeholfen. Dann waren sie auch schon weg. Als hätten sie sich in Luft aufgelöst.« Dorothea konnte sich nicht länger beherrschen. Tränen flossen in Strömen über ihr Gesicht, ihr ganzer Körper bebte. Sie schluckte und schluchzte, fühlte Wut und Verzweiflung. Denn nicht nur das Geld hatten die gemeinen Diebe ihr weggenommen, nein, sie hatten ihr die ganze Zukunft gestohlen!

Erik Jensen setzte sich zu ihr auf die Bank und reichte ihr ein Taschentuch. Dorothea schnäuzte sich, wusste nicht mehr, was sie denken oder fühlen sollte.

»Die Bengel sind vermutlich längst über alle Berge. Sie können natürlich zur Polizei gehen und Anzeige erstatten. Aber ohne Personenbeschreibung wird man Ihnen nicht weiterhelfen können.«

Obwohl die Sonne vom Himmel schien, fröstelte Dorothea. Die Wut, die sie eben noch den beiden Taschendieben gegenüber empfunden hatte, richtete sich nun gegen sie selbst. Es war doch ihre eigene Schuld! Warum war sie nicht vorsichtiger gewesen und hatte den Beutel unter der Kleidung versteckt? Dafür gab es nur eine Erklärung. Weil sie dumm, leichtgläubig und ganz und gar nicht in der Lage war, die lange und möglicherweise gefährliche Reise allein zu bestehen.

»Sie wollen also nach Costa Rica?«, hörte sie den Kaufmann fragen und war mit einem Mal dankbar, dass jemand Anteilnahme und Mitgefühl zeigte. Sie nickte.

»Und dort wartet offenbar jemand auf Sie. Ein zukünftiger Ehemann vielleicht?«

Dorothea schüttelte den Kopf, und ein neuerlicher Tränenstrom floss ihr über die Wangen.

»Und … was sagt Ihre Familie zu den Reiseplänen?«

»Ich habe keine Familie«, stieß Dorothea hervor und

musste sich eingestehen, dass diese Antwort in gewisser Weise der Wahrheit entsprach.

»Ja, aber warum wollen Sie dann ausgerechnet in die Tropen reisen, so weit weg von Deutschland?«

Sie tupfte sich mit dem Taschentuch über das Gesicht, straffte die Schultern und suchte nach einer plausiblen und zugleich unverfänglichen Antwort. »Ich vertrage das hiesige Klima nicht. Es hat mich krank gemacht. Außerdem werden in Costa Rica Lehrer für deutsche Aussiedler gesucht. Ich werde mir dort eine Stelle suchen. Oder als Hauslehrerin arbeiten.«

Erik Jensen rückte ein wenig näher an Dorothea heran und betrachtete sie aufmerksam von der Seite. »Ganz schön mutig für eine junge Frau! Haben Sie schon einmal in diesem Beruf gearbeitet?«

»Ich habe fast ein Jahr lang die beiden Kinder eines Notars unterrichtet«, erklärte Dorothea mit fester Stimme und gewissem Stolz. Ganz kurz nur fragte sie sich, wie wohl das Ehepaar Rodenkirchen, Moritz und Maria ihre Mitteilung aufgenommen haben mochten, dass sie nicht mehr käme. Schnell schob sie die Erinnerung beiseite, denn sie wollte sich in diesem Augenblick nicht zusätzlich mit schweren Gedanken belasten.

»Und jetzt, da man Ihnen das Geld gestohlen hat, können Sie die Passage nicht bezahlen. Vermute ich richtig?«

Dorothea biss die Zähne aufeinander und starrte vor sich hin. Sie mochte nicht zugeben, dass der Kaufmann recht hatte. Doch für Erik Jensen war ihr Schweigen Antwort genug.

»Es stimmt also...« Der Kaufmann legte eine Pause ein, schlug die Beine übereinander und zupfte an seinem grauseidenen Binder. Er räusperte sich, wählte seine Worte sorgfältig. »Ihr Missgeschick tut mir außerordentlich leid. Doch ich könnte Ihnen ein Angebot machen. Eine Vereinbarung unter Landsleuten sozusagen.«

Dorothea nickte und schüttelte gleich darauf den Kopf. »Ich verstehe nicht ...«

»Nun, ich suche schon längere Zeit nach einer ... wie soll ich sagen ... vertrauenswürdigen Person, die mir in meinem Laden zur Hand geht. Mich auch vertritt, wenn ich geschäftlich unterwegs bin. Und das ist häufig der Fall. Von den Ticos, den Einheimischen, kann ich niemanden einstellen. Die sind alle unzuverlässig, würden nur in die eigene Tasche wirtschaften. Mein Vorschlag lautet: Ich strecke Ihnen das Geld für die Überfahrt vor, und Sie arbeiten dafür in meinem Laden, sagen wir ... für ein dreiviertel Jahr. Danach sind wir quitt, und Sie können gehen, wohin Sie wollen.«

»Ja, aber ... ich weiß nicht ... ich brauche doch auch ein Zimmer ... irgendeine Unterkunft, wo ich wohnen kann.«

»Machen Sie sich keine Sorgen. In meinem Haus ist Platz genug.« Jensen entging nicht, wie Dorothea ihn entgeistert anstarrte, und sprach rasch weiter. »Ansonsten ... bei mir gegenüber lebt eine honorige Dame. Sie ist Argentinierin und unverheiratet. Dort könnten Sie Unterkunft und Verpflegung finden. Das bedeutet allerdings zusätzliche Kosten. In diesem Fall müssten Sie für ein volles Jahr bei mir arbeiten.«

Dorothea schwirrte der Kopf. Das war alles zu viel für sie. Erst der Überfall, dann die unerwartete Offerte des Kaufmanns ... »Vielen Dank für Ihr Angebot, Herr Jensen. Aber ... ich muss erst darüber schlafen.«

»Überlegen Sie nicht zu lange, Fräulein Fassbender. In vier Tagen lichtet unser Schiff den Anker. Ach ja, ich logiere im Hotel Kaiserhof an der Binnenalster. Falls Sie sich doch eher entscheiden sollten ...«

Wilhelmina nahm einen kräftigen Schluck Bier aus ihrem Humpen und wischte sich mit dem Handrücken über den Mund. »Nun, was soll ich dazu sagen, mien Deern? Wie ich gehört habe, ist Erik Jensen vor etwa fünf Jahren nach Mittelamerika ausgewandert. Ihm war Hamburg zu eng geworden, und ihn lockte wohl auch das Abenteuer. Er hat keine Familie, soweit ich weiß. Als Kaufmann hatte er in der Stadt einen untadeligen Ruf. Ich glaube, er hat sich sogar einmal um den Posten eines Senators beworben. Ich an deiner Stelle täte auf das Angebot eingehen.«

»Aber ich kann doch nicht von einem wildfremden Menschen Geld annehmen.«

»Tust du ja auch nicht. Jensen gibt dir nur einen Vorschuss auf deine künftige Arbeit in seinem Geschäft. Daran ist nichts Unredliches.«

Dorothea nahm einen winzigen Bissen von dem Käsebrot, doch ihr Magen rebellierte gegen jede Nahrung. Sie straffte die Schultern und schlug mit der Faust auf den Tisch. »Nein, ich lasse mich von niemandem aushalten. Ich suche mir in Hamburg eine Stelle als Hauslehrerin und fahre erst im Herbst nach Costa Rica. Wenn's sein muss, auch noch später.«

Die Wirtsfrau nahm einen weiteren Schluck, spülte ihn durch die Zähne und lächelte milde. »Das schlag dir mal nur aus dem Kopf, mien Deern. Erstens bist du Rheinländerin und Katholikin. Hast also in den Augen der Protestanten hier im Norden die falsche Religion. Und zweitens bist du zu jung und zu hübsch. Keine Reeders-, Pastoren- oder Arztfrau ließe dich in ihr Haus. Sie hätte viel zu viel Angst, ihr Mann könnte dir nachsteigen. Ich kenne die Hamburgerinnen – wenn's um ihre Ehe geht, verstehen die keinen Spaß.«

Warum nur musste das Leben so schwierig, so ausweglos

sein?, fragte Dorothea sich. Am liebsten hätte sie sich in ihrem Bett verkrochen. Sie wollte nichts mehr sehen, nichts mehr hören, nicht mehr sprechen. Aber – hätte Alexander es gutgeheißen, dass sie vor sich selbst davonlief?

»Wenn du möglichst schnell zu Geld kommen willst«, hörte sie die Wirtin sagen, »dann gibt es nur zwei Möglichkeiten. Du darfst nicht erschrecken, aber man muss das mal ganz nüchtern sehen. Entweder du heiratest einen reichen Hamburger Pfeffersack. Oder du musst runter zum Hafen gehen – und auf spendable Matrosen warten. Du bist eine plietsche Deern, in diesem Beruf hättest du vermutlich beste Aussichten.«

Dorothea stutzte – und erbleichte, als sie begriff. Sie biss in ihr Käsebrot und vertilgte es in Windeseile bis auf den letzten Krümel.

In der Nacht schlief sie schlecht, hätte am liebsten die Patentante an ihrer Seite gehabt und sie um Rat gefragt. Während des Frühstücks ließ sie sich von Wilhelmina überreden, beim Überseebureau nachzufragen, wie viele Plätze auf dem Schiff noch frei waren. Möglicherweise würde diese Auskunft ihr die Entscheidung leichter machen.

Sie nahm auf der Holzbank Platz und beobachtete aus der Entfernung ein Ehepaar mittleren Alters, das am Schalter heftig miteinander stritt.

»Ich schlafe auf keinen Fall unten neben dem Laderaum, wo sich Ratten und anderes Ungeziefer tummeln«, erklärte die dürre große Frau, die ihren Mann um mehr als einen Kopf überragte. Hektische rote Flecken überzogen ihr hageres Gesicht. »Wenn du mich in das Zwischendeck stecken willst, bleibe ich hier. Dann kannst du allein fahren und zusehen, wer für dich kocht und putzt und die Bücher führt. Und ich kehre zu meiner Mutter nach Hannover zurück.«

»Nun gut«, seufzte der dickliche kleine Mann mit sauertöpfischer Miene und zog einen Geldbeutel aus dem Mantel. »Dann nehmen wir in Gottes Namen eine Kabine auf dem Oberdeck.«

»Da haben die Herrschaften aber Glück gehabt«, erklärte der Beamte und füllte langsam und umständlich ein Formular aus. »Das Schiff ist nämlich so gut wie ausgebucht. Inzwischen gibt es nur noch einen einzigen Platz. Der ist heute Morgen frei geworden, weil ein Fräulein, das eine Passage reserviert hatte, ihre Bordkarte nicht abgeholt hat. Übermorgen werden die Anker gelichtet.«

So leise und unauffällig wie möglich erhob Dorothea sich und verließ eilig das Bureau. Wie versteinert blieb sie vor der Tür stehen, während ihr ein eiskalter Schauer den Rücken hinunterlief. Was, wenn in den nächsten Stunden ein anderer die Passage buchen würde und dieser Platz für sie verloren wäre? Was sollte dann aus ihr werden? Wilhelminas Worte fielen ihr ein, und sie spürte Übelkeit in sich aufsteigen, musste plötzlich würgen. Sollte sie etwa zum Hafen gehen und … zur Dirne werden? Wie konnte es überhaupt Frauen geben, die zu so etwas fähig waren? Ihren Körper zu verkaufen, sich Wildfremden hinzugeben … Aber worüber dachte sie da überhaupt nach?

Wie schnell hatte sich ihr Leben verändert, innerhalb weniger Wochen! Und jetzt war sie, die behütete Tochter aus gutem Hause, mit einem Mal ganz weit unten angekommen. Dorothea knotete ihr Schultertuch enger und lief los. Ohne nachzudenken, lenkte sie ihre Schritte in die Katharinenkirche. Dort betete sie zur Gottesmutter, sie möge ihr ein Zeichen geben, damit sie die richtige Entscheidung traf.

Der Portier vom Hotel Kaiserhof schüttelte bedauernd den Kopf. »Tut mir leid, junges Fräulein, Herr Jensen hat am frühen Nachmittag das Hotel verlassen und nicht erwähnt, wann er zurückkommt. Soll ich ihm etwas ausrichten? Sie können ihm auch eine Nachricht hinterlassen. Ich lege sie dann in sein Fach.«

»Nein, nein, vielen Dank ...«, stammelte Dorothea und hastete durch das Foyer ins Freie. Also würde sie den Kaufmann an diesem Tag nicht mehr sprechen können. Und womöglich war der letzte freie Platz auf dem Schiff auch schon vergeben. War die Auskunft des Portiers das erbetene Zeichen des Himmels? Sollte sie alle Hoffnung begraben, jemals in Costa Rica anzukommen? Oder sollte diese neuerliche Hürde sie nur anstacheln, nun erst recht nicht aufzugeben?

Während sie ihren Gedanken nachhing und ihre Schritte zum Hafen lenkte, sah sie ein höchst ungleiches Paar aus einem der schäbigen Häuser in der Görttwiete kommen, deren Fensterläden auch am Tag geschlossen waren. Der Mann in eleganter und gepflegter Kleidung, einen Zylinder auf dem grauen Haarschopf. An seinem Arm trippelte eine rundliche kleine Frau in einem dunkelgrünen Kleid, dessen tiefer Ausschnitt Dorothea keineswegs für einen Stadtbummel am helllichten Tag geeignet schien.

Zu ihrem Entsetzen erkannte sie erst jetzt, dass es Erik Jensen mit einer Unbekannten war. Doch es war zu spät, die Straßenseite zu wechseln oder umzukehren, denn der Kaufmann hatte Dorothea bereits bemerkt.

»Fräulein Fassbender, welch ein Zufall, uns hier und heute zu treffen!«

Dorothea errötete unter dem herablassenden Blick der Frau, die ihre rosige kleine Hand besitzergreifend auf den Arm ihres Begleiters legte. »Guten Tag, Herr Jensen. Ich ...

ich war vorhin im Hotel Kaiserhof. Aber ich habe Sie nicht angetroffen.« Dorothea stammelte und hatte Mühe, ihr Unbehagen zu verbergen. Diese Frau musste eine jener Personen sein, die ihren Körper verkauften, wurde ihr unvermittelt klar. Und ausgerechnet in einer solch prekären Situation lief sie dem Kaufmann über den Weg.

Doch Jensen gab sich völlig ungezwungen und schien sich nicht im Geringsten zu genieren. »Sie wollten mich sprechen? Dann sollte ich mich wohl geschmeichelt fühlen.«

»Aber Katerchen, du hast mir doch versprochen, mich zum Essen auszuführen!« Die Frau machte einen Schmollmund und zupfte Jensen am Ärmel.

Der Kaufmann tätschelte ihr die Hand. »Später. Nicht so ungeduldig, Mausi ... Nun, Fräulein Fassbender, was wollten Sie mir mitteilen? Etwas Wichtiges?«

Dorothea verspürte den dringenden Wunsch, möglichst weit wegzulaufen. Konnte sie jemandem vertrauen, der sich nach außen als seriöser Geschäftsmann gab, aber mit einer ... einer Liebesdienerin durch die Stadt flanierte? Sie kannte ihn doch gar nicht. Vielleicht war er ein Unhold, ein Betrüger oder Blender. Und einem solchen Menschen wollte sie sich auf Gedeih und Verderb ausliefern? Sie bekämpfte das Zittern ihrer Unterlippe und heftete den Blick auf die Rose, die Jensen im Knopfloch seines Gehrockes trug. »Ich habe es mir überlegt, Herr Jensen. Ich nehme Ihr Angebot an. Allerdings ... auf dem Schiff ist nur noch ein einziger Platz frei.«

»Komm, Katerchen, lass uns endlich in das Restaurant gehen, von dem du mir erzählt hast! Das mit den goldenen Spiegeln und den orientalischen Teppichen.« Die Frau warf Jensen ein schmeichlerisches Lächeln zu. Im nächsten Moment verzog sie ihre grell geschminkten Lippen zu zwei schmalen Strichen und starrte Dorothea feindselig an.

Erik Jensen lächelte, wobei Dorothea nicht hätte sagen können, ob es verhalten oder siegesgewiss war. Irgendetwas gefiel ihr nicht an diesem Lächeln.

»Sehr vernünftig, Fräulein Fassbender. Ihre Entscheidung, meine ich. Dummerweise bin ich gerade in einer dringenden Angelegenheit ... geschäftlich verhindert. Ich kann mich erst gegen Nachmittag um Ihre Belange kümmern. Und morgen bin ich bei alten Freunden in Altona eingeladen ... Tja, kommen Sie am besten übermorgen früh zum Hafen, dann werden Sie erfahren, ob die Passage noch zu buchen war.«

## MAI 1848

»Viel Glück, mien Deern!«, hatte die Wirtin gewünscht und Dorothea dabei kräftig und herzlich die Hand gedrückt. »Und vergiss die alte Wilhelmina aus der Hamburger Deichstraße nicht, wenn du am anderen Ende der Welt angekommen bist. Und jetzt geh mal schnell, sonst werde ich noch bannig traurig. Ich hasse Abschiede.«

Wie selbstverständlich war die Wirtin davon ausgegangen, Dorothea habe den letzten noch freien Platz auf dem Schiff bekommen und werde an diesem nieselgrauen Maimorgen in See stechen. Aber was, wenn Jensen keine Passage mehr hatte kaufen können, weil ihm in letzter Minute jemand zuvorgekommen war? Was sollte dann aus ihr werden? Mit einem entschiedenen Kopfschütteln streifte Dorothea die Zweifel von sich ab und machte sich mit festen Schritten zum Hafen auf. Das rhythmische Klacken ihrer Absätze auf dem feuchtgrauen Kopfsteinpflaster drang ihr ans Ohr wie eine Melodie, die sie vorantrieb.

Ein großer Dreimaster lag mitten im Fluss vor Anker. *Kaiser Ferdinand* stand in goldenen Buchstaben am Bug. Matrosen in weiten blauen Hosen und blauen Kitteln waren damit beschäftigt, Leinen und Segel aufzuklaren. Ruderboote pendelten zwischen dem Steg an Land und dem Segler hin und her, brachten Fracht sowie den Proviant für Mannschaft und Passagiere an Bord. Männer mit zotteligen Bärten und breiten Schultern legten sich mit aller Kraft in die Riemen, Kommandos und Zoten flogen zwischen dem großen Segler und den Booten hin und her, hallten über das sacht plätschernde Wasser. Möwen umkreisten das Schiff, hielten Ausschau nach Beute oder ließen sich nebeneinander auf den Pontons nieder.

Eine Gruppe Reisender stand nachdenklich und still am Anlegesteg. Daneben türmten sich Koffer, Kisten, Kiepen und Stoffbündel. Das mussten die Passagiere sein, die mit der *Kaiser Ferdinand* nach Costa Rica aufbrechen wollten. Dorothea erkannte das Ehepaar aus dem Überseebureau, das eine Kabine auf dem Oberdeck gebucht hatte. Außerdem warteten dort drei weitere Familien mit insgesamt neun Kindern im Alter von etwa vier bis vierzehn Jahren. Ihre ärmliche Kleidung war vielfach geflickt, aber sauber. Die Kinder trugen viel zu große Mäntel und Schuhe, sie wirkten übernächtigt und verängstigt. Eine der Frauen saß auf einem Koffer und hatte die beiden jüngsten Kinder auf den Schoß genommen.

Dorothea näherte sich der Gruppe und spähte dabei ungeduldig in alle Richtungen, konnte den Kaufmann aber nirgends entdecken. Ein nagelneuer rotbrauner Lederkoffer mit silbernen Beschlägen, fast so hoch wie sie selbst, stach ihr in die Augen. Sie konnte ihn keinem der Wartenden zuordnen – dieser Koffer war zweifellos das Reiseutensil eines Wohlhabenden. Eines Mannes wie Jensen.

Und dann sah sie ihn, wie er über eine der Brücken zum Baumwall herunterkam. In einem eleganten grauen Mantel mit Zylinder, ganz wie ein ehrenwerter Bürger, der wusste, was er seinem Stand schuldig war. Als er Dorothea erblickt hatte, winkte er ihr von Weitem zu. In der Hand hielt er einen Briefumschlag. Dorotheas Herz tat einen Sprung. Er hatte also doch noch eine Passage buchen können! In ihrer Aufregung wäre sie dem Kaufmann am liebsten entgegengelaufen und hätte ihm die Bordkarte aus der Hand gerissen. Doch welchen Eindruck hätte das gemacht? Noch dazu vor den vielen fremden Leuten. Sie zwang sich, ruhig abzuwarten, bis Jensen vor ihr stand. Er zog den Hut, verbeugte sich knapp und reichte ihr den Umschlag.

»Mein Fräulein, es ist alles für Sie geregelt. Einfach war es allerdings nicht. Da war nämlich noch ein Priester, der zu einer Missionsstation an der Grenze zu Nicaragua reisen wollte. Er hatte diese letzte Karte bereits reserviert. Nun, ich musste meine ganze Überzeugungskraft einsetzen, wie Sie sich sicher vorstellen können. Jetzt wird der fromme Mann noch eine Zeit lang zu Hause beten müssen, bis er die heidnischen Seelen der costaricanischen Indios retten kann.«

Nachdem die Schauerleute die Ladung im Innern des Schiffes gegen mögliches Verrutschen fest vertäut hatten und von Bord gegangen waren, wurden die Passagiere und ihr Gepäck zur *Kaiser Ferdinand* gerudert. Ganz zuletzt ging der Lotse an Bord, der den Kurs des Seglers im engen Fahrwasser der Elbe zu bestimmen hatte. Ein Quietschen und Rasseln verriet, dass der Anker gelichtet wurde. Plötzlich waren auf der Landseite aufgeregte Rufe zu hören. Die Reisenden eilten an die Steuerbordreling und beobachteten gebannt die Szene am Ufer. Eine junge Frau im schwarzen Reisekostüm, mit einem Hut, dessen leuchtendes Rot wie ein Signal auf ihrem Kopf wirkte, näherte sich mit hastigen Schritten. Hinter ihr ein Bursche, der eine Karre mit Gepäckstücken vor sich herschob.

»Halt, nicht ablegen! Da kommt noch jemand!«, brüllte er den Matrosen zu, die gerade die Leinen klarmachen wollten.

Drei Männer lieferten sich ein Wettrudern, um zuerst am Steg zu sein. Jeder wollte die junge Frau in seinem Boot aufnehmen und zum Schiff hinüberbringen. Auf der *Kaiser Ferdinand* nahmen sämtliche Seeleute Aufstellung. Alle machten lange Hälse und stießen sich zur Seite, um die beste Sicht auf das Geschehen unten an der Bordwand zu haben. Dutzende schrundiger Männerhände mit Teer unter den Fingernägeln streckten sich der jungen Frau entgegen, die behände die eilends hinabgelassene Strickleiter hochkletterte, und halfen ihr an Bord. Andere nahmen die Gepäckstücke entgegen und stellten sie mittschiffs ab. Drei große und zwei kleine Koffer sowie fünf Hutschachteln.

Mit strahlendem Lächeln dankte die Frau ihren Helfern und ging dann schnurstracks auf den Kapitän zu, einen Hünen mit wettergegerbter Haut und nachlässig gestutztem braunem Bart, in dem sich erste Silberfäden zeigten. Er hatte ihr Eintreffen aus einiger Entfernung und mit gefurchter Stirn beobachtet. Die Pfeife in seinem linken Mundwinkel zitterte. Sie streckte ihm die Rechte entgegen.

»Grüß Gott, Herr Kapitän. Ich bin Elisabeth von Wilbrandt. Stellen Sie sich vor, ausgerechnet heute hat ein Fuhrwerk vor meinem Hotel seine gesamte Holzladung verloren. Die Ladeklappe war hinuntergefallen. Zwei Männer mussten mit anpacken, um die Straße wieder frei zu räumen. Danke vielmals, dass Sie mit dem Ablegen gewartet haben!«

Das eben noch missmutige Gesicht des Kapitäns glättete sich. Er nahm die Pfeife aus dem Mund. Seine knarrende Stimme klang nahezu sanftmütig. »Aber das ist doch selbstverständlich, gnädiges Fräulein. Willkommen an Bord! Ich hoffe, Sie finden alles zu Ihrer Zufriedenheit vor. Ich stehe Ihnen immer zu Diensten.«

Doch offenbar verunsicherte ihn der Anblick dieser jungen, so unbekümmert auftretenden Frau doch ein wenig. Er zog ein Taschentuch aus der Hosentasche und tupfte sich über die Stirn. Dann gab er das Kommando zum Ablegen. Keiner der Passagiere schien schon das Bedürfnis zu verspüren, seine Koje oder Kabine zu suchen. Sie blieben an Deck und verfolgten das Ablegemanöver. Als herrsche ein unausgesprochenes Einverständnis, in diesen bewegenden Minuten zusammenzubleiben. Niemand war gekommen, um den Reisenden vom Land aus noch einmal zuzuwinken. Alle hatten bereits Tage zuvor von ihrer Heimat Abschied genommen, Freunden und Verwandten Lebewohl gesagt.

Ruderboote manövrierten die *Kaiser Ferdinand* aus dem engen Hafenbecken. Die Matrosen kletterten in die Rahen und entrollten die Stagsegel. Aus ihren rauen Kehlen erklang ein schwungvolles Lied, ihre Hände führten im Takt der Melodie die Arbeit aus, die sie schon unzählige Male verrichtet hatten.

»Auf, Matrosen, die Anker gelichtet / Segel gespannt, den Kompass gerichtet! / Liebchen, ade! Scheiden tut weh / Morgen geht's in die wogende See.«

Einige der Reisenden trockneten sich verstohlene Tränen oder starrten dumpf auf die Stadt, die ihnen wie das Tor zu einem neuen, unbekannten Leben vorkam.

In einer leichten Brise glitt der Segler die Elbe stromabwärts dahin. Aber Dorothea wollte nicht auf die Silhouette von Hamburg zurückblicken, die achtern kleiner und kleiner wurde, wollte nur noch nach vorn schauen. Sie zitterte vor Aufregung und angespannter Erwartung, sog die feuchtkalte Luft durch die Nase ein und atmete tief in den Brustkorb. Spürte den auffrischenden Wind durch die Kleidung hindurch bis auf die Haut. Die Vorsegel blähten sich, und das Schiff nahm Fahrt auf.

»Sind wir bald da, Mama?« Ein etwa vier Jahre altes Mädchen mit Sommersprossen im ganzen Gesicht zerrte ungeduldig am Ärmel der Mutter. Einige Erwachsene sahen schmunzelnd zu dem Kind hinüber, andere waren in den Anblick der langsam vorüberziehenden Gehöfte inmitten von Wiesen und Feldern am Ufer vertieft, blieben stumm und machten ernste Gesichter.

Der Obersteuermann rief die Reisenden, die die teureren Kabinen mit Bullaugen gebucht hatten, zu sich und führte sie aufs Vordeck, wo auch die Mannschaftsquartiere lagen. Es waren drei Personen. Erik Jensen sowie das Ehepaar, das Dorothea beim Kauf seiner Bordkarten beobachtet hatte.

»Alle Passagiere vom Zwischendeck her zu mir!«, rief der Bootsmann, ein schlaksiger langer Kerl mit Hakennase und einem fehlenden Eckzahn. Sofort kam Bewegung in die Menschenansammlung. Alle eilten zu der engen Luke auf dem Achterdeck, drängten sich über steile Niedergänge hinunter in den Bauch des Schiffes. Zwischen dem Oberdeck und den Frachträumen hatte die Reederei ein behelfsmäßiges Quartier mit Schlafkojen eingerichtet. Eine Kammer war für Frauen, die andere für Männer vorgesehen. Auf der Rückfahrt von Mittelamerika nach Europa würde die Einrichtung ohne großen Aufwand wieder entfernt und der Raum für Fracht genutzt werden. Unterhalb des Zwischendecks befanden sich die Laderäume, vollgepackt mit Möbeln, Porzellan, Lampen und Stoffballen, außerdem mit Büchern, Küchenutensilien und Weinflaschen. Waren, die in Costa Rica an zahlungskräftige Kunden verkauft werden sollten.

Der Weg führte an mehreren Verschlägen vorbei durch einen dunklen Gang, der so niedrig war, dass einige der Reisenden den Kopf einziehen mussten. Zwei Talglichter an den Wänden spendeten ein schwaches Licht. Plötzlich redeten alle durcheinander. »Wann gibt es die erste Mahlzeit?«, »Wo bekommen wir frisches Wasser?«, »Wann erreichen wir das offene Meer?«

»Eins nach dem anderen. Jetzt werden erst einmal die Kojen verteilt. Frauen, Mädchen und Kinder unter fünf Jahren nach rechts treten. Männer und Knaben über fünf Jahren nach links«, ertönte das Kommando des Bootsmannes.

»Ich will aber bei Vater bleiben«, maulte ein kleiner Junge, ganz unzweifelhaft ein Bruder des ungeduldigen Sommersprossenmädchens, und sah sich sehnsüchtig um. Die Mutter strich ihm beruhigend über den Kopf. »Es ist doch nur nachts, Richard. Dafür darfst du den ganzen Tag über mit ihm zusammen sein.«

Der Bootsmann nahm eine Liste zur Hand und rief die Namen der Reisenden auf. »Zuerst die Frauen. Also, Else Reimann und ihr Sohn Richard, vier Jahre, haben die Koje unten links. Darüber schläft Frau Helene Kampmann. Anna Meier und ihre Tochter Klara, sieben Jahre, bekommen die Koje unten rechts. Die darüber teilen sich Lotte Kampmann, zwölf Jahre, und Roswitha Reimann, vier Jahre. Und die beiden Kojen in der Mitte sind für die allein reisenden Fräuleins, Elisabeth von Wilbrandt und Dorothea Fassbender, reserviert.«

Zögernd wagten sich die beiden jüngsten Kinder in die Kajüte und blickten sich ängstlich nach allen Seiten um. Erst nachdem die Mutter sie ermuntert hatte, kletterten Richard und Roswitha in ihre Kojen. Dann entbrannte ein Streit, weil Richard viel lieber den Platz unter der Decke gehabt hätte.

»Wie sollen wir's in diesem stinkenden Loch über so viele Wochen bloß aushalten?«, seufzte Else Reimann, eine zierliche blonde Frau mit einer feinen Narbe auf der Stirn, die

Mutter der beiden Streithähne. Dabei sprach sie bewusst leise, damit die Zwillinge ihre sorgenvollen Worte nicht hörten.

Dorothea betrat als Letzte die Kajüte. In der engen Schlafkammer war die Luft noch stickiger als draußen auf dem Gang, es roch nach Schweiß, Urin und verdorbenen Lebensmitteln. In dem trüben Licht erkannte sie in einer Nische drei hölzerne Bettgestelle mit jeweils zwei Etagen. An der Wand gegenüber befanden sich Kleiderhaken und unter der Decke aufgehängt eine Hängematte. Während die Frauen sich miteinander bekannt machten, begutachteten auch die anderen Mädchen ihre Schlafstätten.

»Ich kann da oben nicht schlafen, da gibt es keine Matratzen, nur Strohsäcke. Und ich will mein Bett auch nicht mit einem Kleinkind teilen. Außerdem stinkt es hier wie die Pest. Ich will wieder nach Koblenz zu meinen Freundinnen«, beklagte sich Lotte, ein blasses Mädchen, das mit seinen etwa zwölf Jahren bereits die Figur einer erwachsenen Frau hatte, mit festem Busen und ausladenden Hüften.

»Bin kein Kleinkind«, maulte Roswitha und zog sich die Decke über den Kopf.

Lotte kletterte die Sprossenleiter hinab. Unten angekommen, streckte sie ihrer Cousine Klara, die zusammengekauert auf ihrer Koje hockte und an den Fingernägeln kaute, die Zunge heraus.

»Blöde Ziege.« Die wesentlich jüngere und kleinere Klara kroch zum Fußende und biss Lotte in die Hand, mit der sie den Bettpfosten umklammert hielt.

»Mama, Klara ist wieder so gemein zu mir! Dabei habe ich gar nichts getan«, jaulte Lotte und suchte Schutz hinter dem Rücken der Mutter. »Ich will nicht mitkommen, ich will wieder nach Hause zu den Großeltern.«

»Kinder, vertragt euch!«, erfolgte zweistimmig die Mahnung der Mütter.

»Ich habe unsere Koffer gefunden. Sie sind da hinten in einem Verschlag. Und den Klabautermann habe ich auch gesehen!«, rief ein etwa zehnjähriger Junge mit dunklem Haarschopf durch die offen stehende Tür. Als hätten sie nur auf dieses Stichwort gewartet, rannten alle Kinder gleichzeitig aus der Tür der Kajüte.

Dorothea stand vor den beiden verbliebenen Kojen und überlegte, ob sie die obere oder die untere nehmen sollte.

»Wenn's recht ist, Fräulein Fassbender, dann möchte ich gern oben schlafen. Ich komme aus den Bergen und mag die Höhenluft.« Elisabeth von Wilbrandt setzte ihre rote Strohschute ab und warf sie fröhlich und zielgenau auf die Schlafstatt.

Dorothea musste unwillkürlich lachen. »Ja, sehr gern. Sie haben mir soeben eine schwierige Entscheidung abgenommen.« Sie ging in die Hocke und begutachtete das schmale, harte Bett, auf dem zwei graue Wolldecken und ein kleines flaches Kissen lagen. Hier würde sie also für die nächsten vier oder fünf Monate die Nächte verbringen. Eingekeilt zwischen den Nachbarkojen seitlich und mit nur wenigen Handbreit Abstand zu den Kojen über ihr. Doch sie wollte sich nicht die Stimmung verderben lassen. Irgendwann ginge auch diese Seereise zu Ende, und danach könnte sie wieder in einem behaglichen breiten Bett schlafen. Ganz für sich allein.

Auf ein Poltern vor der Tür hin hoben die fünf Frauen die Köpfe. Die Kinder waren zurückgekommen und zerrten wahllos Gepäckstücke in die Schlafkammer. Die vierjährige Roswitha hielt eine Hutschachtel in den viel zu kurzen Armen und stolperte über einen am Boden liegenden Koffer.

Der Deckel der Schachtel fiel herunter, ein roter Strohhut mit schwarzer Reiherfeder rutschte heraus und landete unterhalb der Hängematte. Dicke Staubflocken wirbelten hoch, Roswitha heulte laut und flüchtete in die Arme ihrer Mutter. Die Frauen ermahnten die Kinder und halfen ihnen, die kleineren Koffer unter den Kojen zu verstauen. Die großen Kisten und Koffer mussten wieder in den Laderaum zurück, wo sie bei Seegang sicher in einer Stellage standen und nicht verrutschen konnten.

Nachdem alle ihre Kojen eingerichtet hatten, inspizierten die Frauen die Kombüse nebst Vorratskammer. Damit sie einen Überblick erhielten, welche und wie viele Lebensmittel die Reederei für die Passagiere eingelagert hatte. Danach drängte es Dorothea ins Freie. Sie fragte Elisabeth von Wilbrandt, ob sie Lust habe, sie zu begleiten. Doch die junge Mitreisende, die eine für Dorotheas Ohren ungewohnte Art hatte, die Silben zu betonen, wollte zuerst die Erlebnisse vom Abreisetag in ihrem Tagebuch festhalten. Sie versprach aber, später nachzukommen. Dorothea freute sich, eine gleichaltrige Mitreisende gefunden zu haben. Außerdem hätten sie noch viel Zeit für Gespräche und gemeinsame Spaziergänge an Deck. Mehrere Monate lang, in denen sie zwölftausend Seemeilen zurücklegen würden.

Mittlerweile war der Lotse von Bord gegangen, und der Kapitän hatte die Alleinherrschaft über sein Schiff zurückerhalten. Zwei etwa fünfzehnjährige Schiffsjungen kamen aus dem Niedergang, der zu den Mannschaftskajüten führte. Als sie Dorothea sahen, nahmen sie Haltung an und legten die Finger verlegen an die Ränder ihrer Mützen.

Mit leichtem Kopfnicken grüßte Dorothea zurück, lehnte sich gegen die Reling und gab sich ganz dem sanften Schaukeln des Schiffes hin, das gemächlich elbabwärts glitt. Die *Kaiser Ferdinand* würde erst in einigen Stunden das offene Meer erreichen. Dorothea schmeckte Salz auf den Lippen. Endlich konnte sie die Vergangenheit abstreifen wie eine Schlange die zu eng gewordene Haut. Sie war gespannt, was darunter hervorkäme. Vielleicht konnte sie eines Tages auch wieder lachen. Und lieben. Irgendwann.

Eine Windbö kam auf, fuhr ihr unter das Kleid und schob den Hut in den Nacken. Sie knotete die Bänder ihrer Schute unter dem Kinn enger zusammen und bemerkte, wie eine Männerhand sich neben ihr auf die Reling legte. Eine altersfleckige, aber sehr gepflegte Hand mit dicken Adern auf dem Handrücken und einem Siegelring am kleinen Finger. Es war Erik Jensen, der sie von der Seite her ansprach. »Wie ist es denn da unten mit den fremden Weibern und deren ungezogener Brut? Ziemlich laut und stickig, nicht wahr?« Seine buschigen Augenbrauen waren spöttisch hochgezogen. In seinem Blick lag etwas Überhebliches, das Dorothea zum Widerspruch reizte.

»Angenehm. Danke der Nachfrage. Die Frauen sind reizend und die Kinder wohlerzogen. Ich kann mich über die Unterbringung nicht beklagen.«

Jensen rümpfte die Nase und hob die Schultern. »Dann war mein erster Eindruck von unserer Reisegesellschaft wohl ein falscher. Sollten Sie dennoch das Bedürfnis nach etwas mehr Komfort haben... ich könnte Ihnen ein Angebot machen.«

Dorothea unterbrach ihn mit einer raschen Handbewegung, suchte nach einer ausweichenden Antwort. Was immer er ihr vorschlagen wollte, sie hatten eine Vereinbarung getroffen, und an die wollte sie sich strikt halten. Ein Jahr ihrer Arbeitskraft für eine Passage im Zwischendeck zuzüglich

Kost und Logis in San José. Jeder zusätzliche Luxus bedeutete weitere Schulden, und sie wollte keinen einzigen Tag länger als unbedingt nötig in den Diensten dieses Kaufmannes stehen. »Ich danke Ihnen für Ihr Angebot, Herr Jensen. Sollte mir irgendwann danach zumute sein, komme ich darauf zurück.«

Hatte sie da ein Zucken seiner Lider bemerkt? Seine manchmal so stechenden Augen blickten sie ausdruckslos an. Doch dann verbeugte er sich höflich und zog sich in seine Kabine zurück.

Dorothea fühlte sich unbehaglich. Sie hatte sich einem Fremden ausgeliefert, der in einem Moment den Gentleman gab, im nächsten den Zyniker und dann wieder als Lebemann mit einer Frau von zweifelhafter Reputation in aller Öffentlichkeit durch die Stadt stolzierte. Aber nun gab es kein Zurück mehr, sie hatte sich entschieden, und sie würde die Überfahrt durchstehen. Irgendwann wäre auch das Jahr bei Jensen vorüber.

Sie blieb noch eine Weile an der Backbordreling stehen und spähte zum westlichen Elbufer hinüber. Ein Dreimaster segelte in entgegengesetzter Fahrtrichtung dicht an der *Kaiser Ferdinand* vorbei. Die Matrosen an der Reling winkten ihr zu, einige steckten die Finger in den Mund und pfiffen. Sie sollte besser wieder unter Deck gehen, ermahnte sie sich. Damit sie nicht sehen musste, wie das andere Schiff mit Kurs auf Hamburg hinter der nächsten Flussbiegung verschwand. Womöglich hätte dieser Anblick sie doch noch wehmütig gestimmt. Dorothea fröstelte, ihr Magen knurrte.

Die Mahlzeiten nahmen die Zwischendeckpassagiere gemeinsam ein. Die Kombüse war nur mit dem Allernötigsten ausgestattet: einem kleinen Holzofen, einem Spülbecken sowie einem Geschirrschrank. Die Passagiere saßen auf Bänken an einem rechteckigen Tisch, dessen Kante mit einer knapp handbreiten Holzleiste versehen war. So würden bei Seegang weder Gläser noch Geschirr herunterfallen. Tisch und Bänke konnten nicht beiseitegeschoben werden, sie waren am Boden festgeschraubt. Dies diente ebenfalls der Sicherheit der Reisenden bei unruhiger See.

Die Frauen hatten einen Küchenplan für die nächsten zwei Wochen erstellt. Jeder musste mit anpacken. Sie und die Mädchen waren für die Zubereitung der Speisen und das Auftischen zuständig, die Männer und Jungen für das Abräumen und Spülen. Es gab Kartoffelsuppe mit Gemüse und Speck, dazu in Scheiben geschnittenes dunkles Brot. Dorothea aß mit großem Appetit und dachte mit Schrecken daran, dass die frischen Zutaten nur für den Beginn der Reise bestimmt sein konnten. In den Wochen und Monaten danach, wenn das Schiff auf hoher See war und keinen Hafen anlief, würde der Speiseplan wesentlich eintöniger ausfallen.

Als alle satt waren, unterbreitete ein etwa vierzigjähriger Mann mit Pranken, die vermutlich kräftig zupacken konnten, lauthals einen Vorschlag, den die Erwachsenen mit Kopfnicken oder leisem Murmeln begrüßten. Jeder sollte seinen Namen nennen und kurz erzählen, woher er kam und warum er diese Reise angetreten hatte.

Er selbst stellte sich als Karl Reimann vor. Seine Frau Else und er stammten aus Boppard, zusammen mit den halbwüchsigen Söhnen Rufus und Robert sowie den vierjährigen Zwillingen Richard und Roswitha. Sie waren Bauern. Aufgrund mehrerer Missernten in den vergangenen Jahren hatten sie Schulden gemacht. Schließlich sahen sie keine andere Möglichkeit mehr, als ihre Land- und Viehwirtschaft zu verkaufen. Der Erlös reichte gerade für die Überfahrt. Nun wollten sie im Hochland von Costa Rica, im Valle Central, Land pachten und als Kleinbauern, als Campesinos, noch einmal ganz von vorn anfangen.

Hans und Anna Meier hatten in Koblenz gewohnt. Nachdem in den Jahren zuvor größere Aufträge für ihre Schreinerei, die sich seit hundertfünfzig Jahren in Familienbesitz befand, ausgeblieben waren, hatten sie schweren Herzens Haus und Werkstatt verkauft. Weit unter Preis, wie Anna Meier beklagte. Doch wenn Menschen nicht einmal genug Geld zum Essen hatten, wer dachte da noch an einen neuen Schrank oder einen Tisch mit Stühlen? Ihre beiden Kinder, die siebenjährige Klara und der doppelt so alte Max waren ihrem Vater wie aus dem Gesicht geschnitten. Beide hatten seine hohe Stirn und die schmale, spitze Nase.

Aus Koblenz kamen auch Erwin und Helene Kampmann, die jüngere Schwester von Anna Meier. Zu ihnen gehörten die zwölfjährige Lotte sowie die ungefähr zwei Jahre älteren Söhne Peter und Paul. Das Familienoberhaupt war ein schmächtiges Männchen, dem die viel zu weite Kleidung um den knochigen Leib hing. Er war hohlwangig und bleich und stieß bei jedem Atemzug ein rasselndes Geräusch aus. Man hätte ihn eher für sechzig als für Anfang vierzig gehalten. Die beiden Söhne überragten den Vater um mehr als einen Kopf. Erwin Kampmann berichtete keuchend von seiner Sattlerei, die er hatte aufgeben müssen. Auch bei ihm waren zuletzt die Kunden ausgeblieben, ähnlich wie bei seinem Schwager Hans Meier. Das Geld für die Überfahrt hatten sie sich teilweise von Freunden leihen müssen und wollten es so schnell wie möglich zurückzahlen, wenn sie in der neuen Heimat erst einmal Fuß gefasst hätten.

Dorothea hörte nachdenklich zu. Es berührte sie, dass wirtschaftliche Not die Familien auf dieses Schiff getrieben hatte. Doch ihnen blieb wenigstens die Hoffnung auf eine bessere Zukunft für sich und für ihre Kinder. Als Erwin Kampmann geendet hatte, war die Reihe an ihr. Mit knappen Worten erklärte sie, sie vertrage das kühle Klima in den heimischen Breitengraden nicht und wolle sich eine Stelle als Hauslehrerin in der Hauptstadt von Costa Rica suchen. Von ihrem Abkommen mit Jensen mochte sie vorläufig nichts erzählen. Aus Scham, weil man sie bestohlen hatte, und auch wegen des peinlichen Umstandes, dass sie sich von einem Fremden das Geld für die Überfahrt hatte borgen müssen.

»Aber wird Ihre Familie Sie denn nicht vermissen?«

Ganz ruhig antwortete Dorothea auf die Frage von Anna Meier und hatte dabei das Gefühl, dass jedes ihrer Worte der Wahrheit entsprach. Einer traurigen Wahrheit. »Ich habe keine Familie.«

Dorothea erntete mitfühlende Blicke. Dann richteten sich alle Augen auf Elisabeth von Wilbrandt, die sich ein letztes Stückchen Brot in den Mund schob und mit einem kräftigen Schluck Bier nachspülte.

»Ich finde, wir sind eine muntere Gesellschaft und werden bestimmt viel Spaß miteinander haben. Über mich gibt es Folgendes zu sagen: Ich komme aus Österreich, aus der Steiermark, drei Tagesritte von Graz entfernt. Reich sind wir von Wilbrandts nicht, aber meine verstorbene Patentante hat mir eine kleine Erbschaft hinterlassen. Zu Hause habe ich mich immer gelangweilt. Jetzt will ich endlich einmal ein richtiges Abenteuer erleben. Indianer, wilde Tiere, rauchende Vulkane, reißende Flüsse … Wenn es mir in Costa Rica nicht gefällt, dann gehe ich in ein Kloster. Oder werde Schauspielerin am Burgtheater in Wien.«

Dorothea hörte mit einer Mischung aus Staunen und Bewunderung zu. Woher nur nahm diese junge Frau so viel

Wagemut und Selbstsicherheit? Sie beschloss, es herauszufinden.

In den ersten Wochen blieb die See ruhig, ein maßvoller Wind trieb die *Kaiser Ferdinand* in westlicher Richtung durch den Ärmelkanal, in Sichtweite der weißen Felsen von Dover. Die Passagiere schimpften über die kümmerliche Verpflegung, die ewig gleichen Mahlzeiten aus Dörrfleisch, Bohnen-, Linsensuppe oder Pökelhering. Doch wo hätten sie sich beschweren sollen? Die Reederei Paulsen war weit weg, und der Kapitän kümmerte sich nicht um das leibliche Wohl der Reisenden im Zwischendeck. Er war für das Führen des Schiffes zuständig.

Wenn keines der Kinder zuhörte, erzählte Helene Kampmann den anderen Frauen, dass sie Nacht für Nacht träumte, mitten auf dem Meer werde Sturm aufkommen. Das Schiff werde untergehen und Mannschaft und Passagiere in die Tiefe reißen. Sie war fest davon überzeugt, niemals ans Ziel zu gelangen. Ohnehin wäre sie am liebsten in Deutschland geblieben. Doch irgendwann hatte sie dem Drängen ihres Mannes nachgegeben, und nun verfluchte sie den Tag, an dem sie den Fuß auf die *Kaiser Ferdinand* gesetzt hatte. Die anderen Frauen versuchten, sie zu beruhigen, aber auch bei Anna Meier und Else Reimann war mit jedem Schlingern des Schiffes wachsende Furcht zu spüren.

Dorothea wollte sich von dieser Angst nicht anstecken lassen und suchte Ablenkung. Dabei erwies Elisabeth von Wilbrandt sich als amüsante und kurzweilige Gesprächspartnerin. Schon beim Aufwachen freute Dorothea sich auf die gemeinsamen Spaziergänge nach den Mahlzeiten, die mittlerweile zu einem festen Ritual geworden waren. Die fast gleichaltrige Österreicherin war von ansteckender Fröhlichkeit und Unbekümmertheit. Sie erzählte von ihrer Kindheit in einem Dorf in den Bergen, von ihrer Cousine, die in Wien Hofdame im Dienst der Erzherzogin Sophie Friederike war. Elisabeth ließ sich von den Matrosen den Hof machen, und Dorothea bewunderte und beneidete sie im Stillen um ihren unerschütterlichen Optimismus und die Art, wie sie das Leben leichtnahm.

Die Kinder auf dem Schiff wurden nicht mehr so häufig von Heimweh geplagt wie noch zu Beginn der Reise. Meist spielten sie Fangen oder Verstecken, waren in einem Moment die besten Freunde, im nächsten erbitterte Feinde. Dann versuchte Dorothea, zu schlichten, sie durch Rätsel und Kniffelfragen abzulenken. Die Kinder hingen an ihren Lippen, ließen sich durch ihre Erzählungen in Märchen- und Zauberwelten entführen. Auch wenn sie demnächst für ein ganzes Jahr als Verkäuferin würde arbeiten müssen, war sie doch noch mit Leib und Seele Lehrerin, stellte sie mit Genugtuung fest.

Tagsüber vertrieben die Männer sich die Zeit mit Kartenspiel oder der Beobachtung des Meeres. Sie fachsimpelten mit den Seeleuten über Windstärken und Knoten, die Funktionsweise von Sextanten und Handlog oder lauschten Geschichten über Seeungeheuer, Stürme und Piratenüberfälle. Die drei Mütter nahmen ihr Strickzeug zur Hand oder besserten Kleidung aus, suchten die Haare ihrer Kinder nach Läusen ab und erzählten sich von dem Leben, das sie hinter sich gelassen hatten.

Die Reisenden der ersten Klasse, Erik Jensen und das Ehepaar Piet und Elfriede Behrens aus Lüneburg, blieben auf dem Vordeck unter sich und hielten sich von den übrigen Reisenden fern. Ganz so, als seien diese nicht der geeignete Umgang. Das Essen nahmen sie zusammen mit dem Kapitän und den oberen Mannschaftsgraden ein. Frau Behrens schien tiefen Abscheu den Kindern gegenüber zu hegen, die sich manchmal im Niedergang versteckten und sie mit Gejohle und Grimassen erschreckten oder hinter ihrem Rücken ihre Trippelschritte nachäfften.

Der Wind stand gut, das Schiff machte Fahrt. Längst schon hatten sie die Nordsee verlassen und den offenen Atlantik erreicht. Und dann verdunkelte sich eines Nachmittags innerhalb weniger Minuten der Himmel, und Sturm brauste auf. Windböen zerrten an den Segeln, riesige Wellen türmten sich vor dem Bug auf und brandeten über das Schiff hinweg. Die Matrosen kletterten in die Rahen und refften die Segel, brüllten sich die Kommandos zu. Verzweifelt klammerten die Passagiere sich an die Reling, um nicht über Bord gespült zu werden, während ihnen die Gischt ins Gesicht peitschte und ihre Kleidung durchnässte. Schritt für Schritt hangelten sie sich über die glitschigen Planken zum Niedergang am Achterdeck, wo sie in das dunkle, hin und her schwankende Innere hinabstolperten. Unter einer neuerlichen Riesenwelle schoss der Bug empor, um dann jäh wieder abzufallen. Einige der Reisenden, die sich im Kojengang befanden, wurden gegen die Decke gedrückt. Kinder schrien auf, jeder versuchte, seine Koje zu erreichen und sich in Sicherheit zu bringen.

Dorothea merkte, dass sich ihr Magen schmerzhaft zusammenkrampfte. Ein plötzlicher Würgereiz stieg in ihr auf. Sie hielt sich die Hand vor den Mund, wurde durch einen Schlag zu Boden geworfen und konnte gerade noch rechtzeitig nach einem Nachttopf unter den Kojen greifen, bevor sich ihr Mageninhalt entleerte. Schweiß trat ihr auf die Stirn, ihr wurde schwindelig. Aus den Augenwinkeln bemerkte sie, dass sich auch Lotte und Anna Meier übergeben hatten. Geradewegs auf die Bodenbretter. Irgendjemand suchte nach einem

Eimer und Lappen zum Aufwischen. Helene Kampmann klammerte sich kreidebleich mit der einen Hand an die Sprossenleiter, in der anderen hielt sie den Rosenkranz. Irgendwann lag Dorothea in ihrer Koje. Ringsum schwankte und drehte sich alles, Kleidungsstücke und Kopfkissen flogen umher, und sie hätte nicht sagen können, wo oben und wo unten war.

In gekrümmter Haltung kauerte sie sich unter die Wolldecken, zitterte und fror. Dabei wagte sie kaum einzuatmen, denn die ganze Kajüte stank nach Erbrochenem. Die Stimmen ihrer Mitbewohnerinnen drangen wie von fern an ihr Ohr. Sie beteten. Dorothea fiel in einen Dämmerzustand, wusste nicht, ob sie wachte oder schlief, dachte an die tosende See und den weiten Weg, den sie noch vor sich hatte, und glaubte nicht mehr daran, diese Zeit heil zu überstehen. Sie stellte sich vor, wie das Schiff womöglich untergehen würde, verschlungen von haushohen Wellen. Und dass ihr neues Leben bereits zu Ende wäre, bevor es überhaupt begonnen hatte. Der Gedanke erschreckte sie keineswegs, er erschien ihr sogar verlockend. Wo war nur ihre Kraft geblieben, mit der sie bisher gekämpft und sich allen Schwierigkeiten widersetzt hatte?

Schemenhaft nahm sie ein Gesicht über sich wahr. Dunkles Haar, das zu einem Kranz um den Kopf geflochten war. Sie fühlte eine kühle Hand auf der Stirn. Jemand flößte ihr Brühe ein. War es Tag oder Nacht? Zeit und Raum lösten sich auf, sie war nur noch ein willenloser Körper, der in alle Himmelsrichtungen gezerrt wurde. Besorgte Mienen zeigten sich am Fußende ihrer Koje. Auf der Zunge schmeckte sie eine bittere Flüssigkeit, dann muffigen Zwieback. Unendlich schwach fühlte sie sich, obwohl sie nur dalag und schlief, lag und schlief. Zum Teil in der Hängematte, wo zwar das

Hin- und Herschwanken schwächer war, nicht aber die Übelkeit, die ihr ganzes Innere erfasst hatte.

Hatte der Sturm aufgehört, oder trieb er das Schiff weiter auf dem aufgewühlten Meer? Vielleicht träumte sie nur und lag bereits auf dem Meeresgrund. Ihre Kehle war wie zugeschnürt und behinderte das Atmen. Also lebte sie noch. Oder vegetierte dahin. In einem kalten, dunklen, stinkenden Loch, aus dem es bestimmt kein Entkommen gab. Und dann auf einmal erkannte sie, dass sie einen großen Fehler begangen hatte. Den Fehler, in der Fremde ihr Glück suchen zu wollen. Das war egoistisch und selbstgerecht. Niemals hätte sie Deutschland verlassen und die Planken dieses Schiffes betreten dürfen. Sie bat Gott um Vergebung und bereute tief, was sie getan hatte.

## JUNI BIS AUGUST 1848

Eines Morgens erwachte Dorothea in ihrer Koje. Ihr Kopf war klar, das Schiff glitt ruhig und gleichmäßig dahin, und zu ihrer Überraschung verspürte sie Hunger. Großen Hunger sogar. Sie kroch ans Fußende und kletterte aus dem schmalen Bett. Da erst wurde ihr ihre Kraftlosigkeit bewusst. Sie streckte die Beine durch und strich sich die Kleidung glatt, in der sie schon seit dem ersten Tag an Bord geschlafen hatte. So wie auch die übrigen Reisenden Tag und Nacht dasselbe trugen. Ihre Stiefeletten fand sie unter der Koje von Frau Meier, unmittelbar neben einem Nachttopf voll stinkender Exkremente. Sie schlüpfte in die Schuhe und schnürte sie fest zu, hatte das Gefühl, als seien sie ihr zu weit geworden.

»Das Fräulein Lehrerin ist von ganz allein aufgestanden!« Lottes durchdringende Stimme riss alle aus dem Schlaf. In den Kojen entstand Bewegung, und plötzlich richteten sich acht Augenpaare auf Dorothea.

»Jesusmariaundjosef, geht's Ihnen wieder besser?« Elisabeth von Wilbrandt schaute erleichtert von oben auf Dorothea herab, ihr schwarzes Haar war zu zwei dicken Zöpfen geflochten, die über die Kante ihrer Koje hingen.

Dorothea nickte und räusperte sich. »Welchen Tag haben wir heute?«

»Den zwanzigsten Juni«, antwortete Klara Meier aus der Nachbarkoje, ging in die Hocke und knabberte an den Fingernägeln.

»Stimmt ja gar nicht, heute ist der einundzwanzigste«, verkündete über ihr Lotte mit triumphierendem Unterton. »Meine Eltern haben nämlich heute vor sechzehn Jahren geheiratet. Stimmt's, Mutter?«

Helene Kampmann wimmerte vor sich hin. »Ach, was ist nur aus uns geworden? Ich mache mir solche Sorgen um Erwin. Er ist krank und hustet sich die Seele aus dem Leib. Jeden Tag wird er weniger. Wären wir doch nur in Koblenz geblieben!«

Während die anderen Helene Kampmann zu trösten versuchten, rechnete Dorothea erschrocken nach. Sie hatte also mehr als zwei Wochen dämmernd in ihrer Koje verbracht. Wer hatte ihr den Zwieback zu essen gegeben? Wer die bitteren Tropfen eingeflößt?

Elisabeth von Wilbrandt stand vor ihr und steckte sich die Zöpfe zu einem Kranz um den Kopf. »Ich freue mich, Sie wieder in aufrechter Haltung zu sehen. Kommen Sie, Fräulein Fassbender, jetzt wollen wir erst einmal frühstücken.«

Helene Kampmann hatte recht. Ihr Mann war nur noch ein Schatten, eine schmächtige, zerbrechlich wirkende Gestalt. Dorothea erinnerte sich an die Bettler mit den hohlwangigen Gesichtern, die ihr in den Straßen von Köln begegnet waren und für die sie immer eine Münze in ihrer Tasche bereitgehalten hatte. Ganz blass und teilnahmslos saß Erwin Kampmann am Tisch in der Kombüse, tunkte hin und wieder einen Zwieback in seinen Kräutertee. Jede Kaubewegung bedeutete erkennbar eine Anstrengung für ihn. Er hustete, und in dieses Geräusch mischte sich ein hohes, unregelmäßiges Pfeifen.

Die drei Kinder schienen nichts von den Sorgen der Mutter zu bemerken. Sie löffelten lustlos ihre Hafergrütze, mäkelten über den zu dünnen Tee, der überdies nach Salzwasser schmeckte, und konnten es nicht erwarten, endlich vom Tisch aufzustehen und an Deck zu laufen, um sich die Zeit mit dem Ausprobieren von Seemannsknoten wie Platting, Kreuzkatning oder Affenfaust zu vertreiben.

Inzwischen hatte Dorothea erfahren, wer sich in den vergangenen Tagen so rührend um sie gekümmert hatte. Es war Elisabeth von Wilbrandt gewesen. Die bitteren Tropfen hatte die junge Adlige von zu Hause mitgebracht. Sie beruhten auf dem Geheimrezept einer alten Waldfrau, die die steiermärkischen Dörfler mit ihren Kräuteraufgüssen und Tinkturen zu heilen pflegte. Dorothea streute sich einige Rosinen in die Hafergrütze, aß trockenen, muffig schmeckenden Zwieback und freute sich darauf, endlich wieder an Deck zu stehen, das Tageslicht zu genießen und frische Meeresluft zu atmen.

Elisabeth legte Dorothea, die auf einer Backskiste am Besanmast saß, eine Hand auf die Schulter und lächelte ihr aufmunternd zu. Sie hatte sich Sorgen um die junge Mitreisende aus Köln gemacht, die vor sich hingefiebert und offenbar keinerlei Kraft mehr besessen hatte. Den anderen Frauen war es nur recht gewesen, dass sie sich um die Kranke gekümmert hatte. Schließlich hatte jede von ihnen genug Sorgen mit sich und ihren Familien.

»Jetzt gefallen Sie mir schon viel besser, Fräulein Fassbender. Sie haben auch wieder Farbe im Gesicht. Dabei lagen Sie wirklich schwer auf der Nase. Während des großen Sturmes vor der portugiesischen Küste wurden Sie seekrank, und dann kam noch ein böses Fieber hinzu. Ach, wie schön, dass wir wieder miteinander plaudern können! Es war grässlich langweilig ohne Sie.«

Sie knotete die Bänder ihres Hutes fest unter dem Kinn zusammen und lächelte einem Seemann zu, der soeben auf seinem Posten abgelöst worden war und sich in die Freiwache begeben wollte. Der rothaarige Kerl mit dem struppigen Bart war kein Mann, dem sie üblicherweise größere Beachtung geschenkt hätte. Eigentlich wirkte er recht grobschlächtig mit seiner tiefen Narbe auf der rechten Wange, seinem massigen Körper und dem schwerfälligen Gang. Doch er war ein Mann, und sie hatte Lust auf ein harmloses Wortgeplänkel.

Der Seemann näherte sich den beiden jungen Frauen und tippte sich an die Mütze. »Guten Morgen, die Damen. Welch ein Glanz auf unserem Schiff. Gestatten, Edgar Petersen, Obersteuermann. Wie kann ich Ihnen zu Diensten sein?«

Elisabeth stellte sich und ihre Begleiterin vor und schenkte Petersen ein Lächeln, dessen verführerische Wirkung sie schon oft erprobt hatte. Sie wollte wissen, wie weit dieser Offizier sich herausfordern ließ. »Sehr liebenswürdig, Ihr Angebot, Herr Offizier. Sie könnten doch einen Tanzabend an Bord organisieren. Oder uns mit Seemannsgeschichten unterhalten.«

»Bedaure, die Damen, das wird nicht möglich sein. Wir sind ein Frachtsegler. Meine Kameraden sind raue Kerle, die kennen sich nicht aus mit dem Umgang von Passagieren. Außerdem kann keiner von denen das Tanzbein schwingen, geschweige denn mit Musik aufwarten. Tja, und was so richtige, echte Seemannsgeschichten betrifft... nee, nee, das ist nichts für die Ohren von jungen Frauenspersonen.«

»Sie geben uns also einen Korb. Wie schade.« Elisabeth zog einen Schmollmund. »Aber vielleicht sind Sie einfach nur kein guter Geschichtenerzähler. Sollen wir es einmal bei einem Ihrer Kameraden versuchen? Bei dem gut aussehenden Segelmacher mit den veilchenblauen Augen womöglich?« Sie ließ ihr Schultertuch einige Handbreit tiefer rutschen und bedachte den Offizier mit einem unschuldsvollen Augenaufschlag. Dieser richtete sich kerzengerade auf und schob trotzig das Kinn vor.

»Ich wollte ja nur verhindern, dass sich die Fräuleins nachts gruseln und nicht schlafen können. Und ich kann gut erzählen, das dürfen Sie mir glauben, verdammt gut sogar … Aber unser Kapitän sieht's nicht gern, wenn einer von der Besatzung herumsteht und schwadroniert. Auf einem großen Schiff werden immer alle Hände gebraucht.«

Dieser Seemann schien überaus pflichtbewusst zu sein. Ein äußerst hartnäckiger Fall. Doch gerade das reizte Elisabeth, und sie gab sich nicht so leicht geschlagen. »Wir könnten doch an einem Abend, wenn Sie Dienst haben und der Kapitän in seiner Kajüte schläft, zu Ihnen auf die Kommandobrücke kommen. Dann werden wir sehen, ob es Ihnen gelingt, uns Angst einzujagen.«

Erst blinzelte der Seemann begriffsstutzig auf Elisabeth hinab, dann grinste er breit. »Aye, aye, Madam.« Er tippte sich abermals an die Mütze und verschwand durch den Niedergang.

»Der gute Mann wird sich mächtig anstrengen, um uns mit Schauergeschichten vom Klabautermann oder von untoten Piraten zu beeindrucken. Wollen wir wetten?« Elisabeth lachte leise in sich hinein. Ihr war nicht entgangen, dass Dorothea die Unterredung fast teilnahmslos verfolgt und gedankenverloren zum Horizont geblickt hatte. Überhaupt schien ihr die nur wenig jüngere Kölnerin ziemlich ernst und in sich gekehrt zu sein. Womöglich hütete Dorothea ein Geheimnis und hielt ihre wahren Gefühle wohlweislich zurück. Elisabeth war überzeugt, dass sich hinter der freundlichen und zurückhaltenden Art irgendetwas verbarg. Eine Leidenschaft, vielleicht auch eine große Traurigkeit, die sie in Schach hielt. Manchmal sprühten Funken aus Dorotheas wunderschönen blaugrauen Augen, dann wieder trübten sie sich in Sekundenschnelle.

Schon bei ihrer ersten Begegnung hatte Elisabeth die Mitreisende sympathisch gefunden. Sie mochte die feine, leise Art, wie die junge Frau redete und sich bewegte. Und auch ihre Schlagfertigkeit, wenn sich Widerspruch in ihr regte. Allerdings hatte Elisabeth die Begründung, warum Dorothea ausgerechnet nach Costa Rica auswanderte, nicht zu überzeugen vermocht. So als habe die junge Lehrerin ihre Erklärung auswendig gelernt. Gab es da irgendeine Vorgeschichte? Elisabeth nahm sich vor, die Wahrheit herauszufinden. Sie berührte Dorothea mit der Fingerspitze an der Schulter. »Verraten Sie mir, woran Sie in diesem Augenblick denken?«

Dorothea zuckte zusammen, als wäre sie bei einem verbotenen Tun ertappt worden. Sie schüttelte den Kopf und antwortete leichthin: »An nichts Besonderes ... Aber was ich Sie schon immer fragen wollte, Fräulein von Wilbrandt: Wo kann man eigentlich rote Schuten kaufen? Ich habe Strohhüte in dieser Farbe noch nie gesehen.«

Die Vermutung bestätigte sich also – Dorothea wich aus, wollte ihre Gefühle nicht offenbaren. Brauchte vielleicht noch etwas Zeit. Elisabeth schmunzelte. »Ich bis vor Kurzem auch nicht. Aber ich habe durch meine Cousine in Wien eine Modistin kennengelernt, eine wahre Künstlerin, die ganz außergewöhnliche Hüte entwirft. Die Damen von Adel geben sich bei ihr die Türklinke in die Hand. Sie färbt Strohborten in den abenteuerlichsten Farben ein und verziert damit Hutkrempen. Und so hatte ich den Einfall, eine Schute ganz in Rot bei ihr zu bestellen. Sie können sich kaum vorstellen, wie sich die Leute bei uns im Örtchen die Hälse verrenkten, als ich zum ersten Mal mit diesem Hut aufkreuzte.«

»Wieso? Er steht Ihnen gut. Und passt wunderbar zu Ihrem dunklen Haar.«

»Danke für das Kompliment. Das hätten Sie mir in Gegenwart unseres Pfarrers machen sollen. Auf der Kanzel hat er gewettert, solch ein Hut sei ein Zeichen des Bösen und werde nachgerade den Teufel anlocken … Jetzt will ich aber rasch mein Tagebuch holen und unsere Begegnung mit dem Obersteuermann niederschreiben.«

Je weiter das Schiff sich von der nordafrikanischen Küste entfernte und den Atlantik in südwestlicher Richtung durchkreuzte, desto wärmer wurde es. Viele Passagiere stöhnten unter der Hitze und waren dankbar für jede kühlende Brise. Dorothea genoss die warme Luft, spähte hinaus auf den weiten Ozean, an den sie sich mittlerweile gewöhnt hatte und zu dem sie sich immer stärker hingezogen fühlte. Sie liebte den ungehinderten Blick bis zum Horizont und verspürte dabei eine ungewohnte Ruhe, eine wachsende Zuversicht.

Wenn irgend möglich, verbrachte sie ihre Zeit im Freien, um der Enge und den üblen Gerüchen der Kajüte zu entkommen. Floh nur vor den heftigen Regenschauern unter Deck, die manchmal einige Stunden lang währten, manchmal mitten in der Nacht einsetzten und hin und wieder auch zwei oder drei Tage lang ununterbrochen anhielten. Dann wurden alle Luken geschlossen, und die Passagiere mussten im stickigen Schiffsrumpf ausharren. Wenn Dorothea sich dann wieder nach draußen wagte, hatte der Regen kaum Abkühlung gebracht. Die Sonne stand hoch am Himmel und brannte mit nie gekannter Kraft auf sie herab. Elisabeth hatte ihr einen ihrer Sonnenschirme geliehen, doch lieber stellte sie sich in den Schatten, den die großen weißen Segel spendeten.

Dann wechselten sich wieder Böen, Regen und Sonnenschein ab. Die Reisenden erfuhren erst am Morgen danach, dass sie während der Nacht den Äquator passiert hatten. Und zwar auf der Atlantikseite, in Richtung Süden, auf der Höhe von Brasilien. Später würden sie ihn ein zweites Mal passieren, auf dem Pazifik und in umgekehrter Himmelsrichtung, nachdem sie Kap Horn umrundet hätten, die Südspitze Südamerikas. Aber das würde noch mehrere Wochen dauern.

»Warum segeln wir eigentlich nicht weiter westwärts und legen an der Atlantikküste von Costa Rica an? Dann wären wir schon fast am Ziel. Der Weg um Kap Horn herum ist doch viel, viel weiter.« Rufus Reimann, ein zierlicher elfjähriger Blondschopf mit dem fröhlichen Sommersprossengesicht aller Reimann-Kinder, stemmte die Hände in die Hüften und musterte den Bootsmann zweifelnd von unten herauf.

»Weil es auf der Atlantikseite keinen Hafen gibt, in dem wir anlegen könnten, Herr Naseweis. Und selbst wenn es einen Hafen gäbe, kämen wir trotzdem nicht weit. Gleich hinter der Küste bis tief ins Landesinnere breitet sich dichter Urwald aus. Undurchdringlicher Dschungel, durch den kein einziger Pfad führt. Mit Jaguaren, Schlangen, giftigen Fröschen und so langen Krokodilen.« Der Matrose legte ein Tau auf den Planken aus, das beinahe über die halbe Achterdecklänge reichte. »Nur einige wenige Indios trauen sich in dieses Dickicht und jagen Affen und Papageien. Aber auch von denen ist schon manch einer mit Sumpffieber zurückgekehrt.

Und kurz darauf gestorben. Deswegen müssen wir am Pazifik anlegen. In die Hochebene von San José gelangt man nur von Westen aus.«

Dorothea lauschte dem Gespräch voller Aufmerksamkeit. Sie mochte den wissbegierigen Jungen, der sie schon manches Mal mit seinen Fragen in die Enge getrieben hatte. Aber solche Schüler waren ihr die liebsten. Auch diesmal mochte Rufus sich mit der Antwort des Bootsmannes nicht zufriedengeben.

»Gibt es denn nirgendwo einen Fluss, der von einem Ozean zum anderen fließt und auf dem unser Schiff entlangsegeln kann?«

Langsam ließ der Seemann das Tau durch die Hände gleiten, prüfte kritisch mit Augen und Fingerkuppen, ob er irgendwo eine schadhafte Stelle fand. »Also, die Flüsse in Costa Rica entspringen in den Bergen, und sie fließen entweder Richtung Osten, zum Atlantik, oder Richtung Westen, zum Pazifik. Es gibt keinen Weg, der vom Atlantik zum Pazifik führt, weder zu Land noch zu Wasser.«

Dorothea beobachtete amüsiert, wie der elfjährige Junge die Stirn in Falten legte. Für einen Moment schloss er die Augen und kratzte sich hinter dem Ohr, wie immer, wenn er angestrengt nachdachte.

»Wäre es denn nicht möglich, einen Durchgang zu schaffen und die beiden Ozeane miteinander zu verbinden?« Er zog eine zusammengefaltete Karte von Nord- und Südamerika aus der Jacke und klappte sie auf. Mit einem Finger wies er auf eine Stelle genau in der Mitte. »Nämlich hier, wo das Land ganz schmal ist. Also irgendwo zwischen Panama und Honduras. Eine Schiffspassage würde sich um Wochen und Monate verkürzen.«

Ein Bild drängte sich in Dorotheas Erinnerungen. Alexander hatte ihr in einem Café einmal eine solche Landkarte gezeigt. Als sie miteinander gelacht hatten, glücklich gewesen waren und ihre gemeinsame Zukunft geplant hatten. Mit Macht verdrängte sie das Gefühl von Wehmut, das sie jäh überfiel. Der Bootsmann schob die Zungenspitze durch die Zahnlücke und schüttelte mitleidig den Kopf.

»Du bist nicht nur ein Naseweis, sondern auch ein Fantast. Wie soll man denn auf einer Länge, die der Entfernung von mehr als fünfzig Seemeilen entspricht, das Land durchtrennen, hä? Durch Dschungel, Sümpfe und Seen? Willst du eine Schaufel nehmen und irgendwo mit dem Graben anfangen? Nein, nein, eher geht ein Kamel durch ein Nadelöhr, als dass ein Schiff auf direktem Weg vom Atlantik zum Pazifik segelt und umgekehrt... He, was ist denn das da drüben für ein Lärm?«

»Haltet den Dieb! Man hat mich bestohlen! Meine Kette!« Die sich überschlagende Stimme von Elfriede Behrens schrillte über das Deck. Mit hochrotem Kopf fuchtelte sie mit den Armen in der Luft herum. Ganz außer Atem eilte ihr Ehemann herbei und redete beschwichtigend auf die Gattin ein.

»Nein, Piet, ich will mich nicht beruhigen! Diese Kette hat mir meine Großmutter vererbt. Und jetzt ist sie verschwunden. Eine goldene Kette mit einem Saphiranhänger.«

»Wann haben Sie die Kette denn zuletzt gesehen?«, fragte Dorothea und vergewisserte sich mit raschem Griff an den Hals, dass sich ihre Medaillonkette noch an Ort und Stelle befand. Erleichtert atmete sie auf.

»Gestern beim Abendessen.«

»Aber gestern hast du doch die Brosche getragen, die ich dir zum Hochzeitstag geschenkt habe. Das weiß ich genau, weil du mich beim Umkleiden gefragt hast: ›Soll ich lieber die Perlenkette oder die Brosche anlegen?‹ Und da habe ich gesagt: ›Zu dem blauen Kleid passt die Brosche besser.‹«

»Jetzt fällst du mir auch noch in den Rücken! Als würde es eine Rolle spielen, ob es gestern oder vorgestern war«, fuhr Elfriede Behrens ihren Gatten unwirsch an. Mittlerweile hatten sich alle Passagiere aus der zweiten Klasse an Deck eingefunden, um die Ursache des Lärms zu erfahren.

»Das war mit Sicherheit einer von diesen Rotzlöffeln. Ihr glaubt wohl, ich merke nicht, wie ihr euch hinter meinem Rücken über mich lustig macht«, wütete Elfriede Behrens und deutete auf die Kinder und Jugendlichen, die die Schultern einzogen und zu ihren Eltern flüchteten.

»Aber man kann doch nicht einfach die Kinder verdächtigen, ohne einen Beweis zu haben«, wandte Dorothea ein. Nun erregten sich auch die anderen Erwachsenen, bis schließlich alle durcheinanderredeten.

»Unerhört! Vermutlich hat die feine Dame die Kette irgendwo in ihrer hochherrschaftlichen Kajüte verloren. Und anstatt sich zu bücken und unter der Koje nachzusehen, verdächtigt sie lieber andere.«, »Die ist doch nur neidisch, weil sie selbst keine Kinder hat.«

Frau Behrens ging unvermutet auf Rufus Reimann zu und stieß ihm mit dem Finger gegen die Brust. »Den da habe ich neulich erwischt, wie er in der ersten Klasse herumgeschlichen ist. Obwohl den Passagieren vom Zwischendeck der Zutritt strikt verboten ist. Ich erkenne ihn an seinen Haaren wieder.«

»Aber ich war nie auf dem Vordeck, ganz bestimmt nicht«, verteidigte sich der Junge.

»Was fällt Ihnen ein, meinen Sohn zu verdächtigen? Dann ist Ihnen wohl entgangen, dass es noch andere Knaben an

Bord gibt, die die gleichen blonden Haare haben wie mein Rufus«, ereiferte sich Else Reimann.

»Damit meinen Sie wohl unseren Max, wie? Das ist doch wohl die Höhe!« Anna Meier, eine kugelförmige kleine Frau mit strähnigem Grauhaar und teigigem Gesicht, richtete sich drohend vor Else Reimann auf.

»Eigentlich müssten das unsere Männer untereinander ausmachen. Aber mit Ihnen werde ich auch allein fertig …«

Anna Meier riss den Arm hoch, um ihrer Kontrahentin die Schute vom Kopf zu reißen. Elisabeth von Wilbrandt konnte sie mit einem beherzten Sprung dazwischen im letzten Moment zurückhalten.

»Ruhe an Bord!«, war plötzlich die donnernde Stimme des Kapitäns zu hören. »Was ist hier eigentlich los?«

Piet Behrens erklärte dem Kapitän die Situation, unterbrochen vom wütenden Gekeife der beiden Streithennen.

»Ruhe an Bord!«, brüllte der Kapitän ein weiteres Mal, und dann war es mäuschenstill. »Also, wer auch immer die Kette gestohlen hat, kann sie mir persönlich aushändigen. Ich werde schweigen, und wir lassen die Sache auf sich beruhen. Sollte der Schmuck allerdings nicht spätestens zwei Tage vor Ankunft wieder aufgetaucht sein, dann gibt es eine Kojen- und Gepäckkontrolle. Und Gnade demjenigen, bei dem die Kette dann gefunden wird.«

Die Stimmung unter den Reisenden im Zwischendeck blieb gereizt. Die Familien begegneten einander mit Misstrauen, hervorgerufen durch die Anschuldigung von Frau Behrens. Dorothea fühlte sich unwohl in dieser spannungsvollen Atmosphäre und floh so oft wie möglich mit Elisabeth an die frische Luft.

Die Route führte die *Kaiser Ferdinand* entlang der brasilianischen Küste Richtung Kap Horn. Delfine in unterschiedlichen Größen und Farben tauchten auf und wurden zu Wegbegleitern. Schwarze Tiere mit weißem Bauch, ganz weiße und weiße mit schwarzen Flecken auf den Rücken. Die beiden jungen Frauen sahen ihnen stundenlang zu, wie sie neben dem Schiff herschwammen, sich mit den kräftigen Schwanzflossen abstießen und in die Luft sprangen wie übermütige Kinder, um mit geschmeidigen Bewegungen wieder unter der Wasseroberfläche zu verschwinden. Wenn Dorothea nicht gerade spanische Vokabeln lernte, nahm sie ihr Skizzenbuch zur Hand und zeichnete Delfine. Manchmal auch die Passagiere, wenn diese sich unbeobachtet wähnten. Elisabeth saß am liebsten auf einer Backskiste am Besanmast und schrieb in ihrem Tagebuch.

Es folgten Tage, an denen sich kein Lüftchen regte. Das Schiff dümpelte vor sich hin. Die Mannschaft wartete vergeblich auf einen kräftigen Wind, der die schlaff herabhängenden Segel blähte und den Dreimaster vorantrieb. Die Seeleute warfen ihre Netze aus oder machten die Angeln bereit. Für die Besatzung und die Passagiere der ersten Klasse erweiterte sich der Speiseplan um Tintenfische und Haie. Dorothea wandte sich ab und wollte nicht Zeugin werden, wie die Tiere vergeblich um ihr Leben kämpften und dabei das Meer aufwühlten. Wollte nicht zusehen, wie Beile und Messer, geführt von kräftigen Männerhänden, in das Fleisch hieben und die Planken sich rot färbten vom Blut der Tiere. Die Kinder beobachteten die Matrosen dabei, wie sie die Beute zerlegten. Ängstlich die vierjährigen Zwillinge, mannhaft und großspurig die beiden fünfzehn- und vierzehnjährigen Jungen Peter und Max, die Ältesten in der Runde.

Dann kam unversehens innerhalb von nur wenigen Minuten Wind auf und nahm an Stärke zu. Unter vollen Segeln glitt die *Kaiser Ferdinand* dahin. Manchmal war in einiger Entfernung ein anderes Schiff zu sehen, das in entgegengesetzter Fahrtrichtung unterwegs war, beladen mit Fracht für Europa. Dorothea überlegte dann, ob wohl Menschen an Bord waren, die in ihre alte Heimat zurückkehrten. Wegen schwerer Krankheiten, weil sie an den fremden Lebensumständen gescheitert waren oder aus Heimweh.

Doch je weiter sie sich von Deutschland entfernte, desto gelöster fühlte sich Dorothea. Besonders in Gegenwart von Elisabeth, die keine Gelegenheit ausließ, mit den Matrosen zu plänkeln, und sie mit ihrem Charme um den Finger wickelte. Die niemals schlecht gelaunt und immer zuversichtlich war. Weswegen Dorothea sie erneut um ihre Leichtigkeit beneidete.

Seit ihrer kurzen Unterredung am ersten Tag der Reise hatte Erik Jensen keinen Kontakt mehr zu Dorothea gesucht. Manchmal allerdings glaubte sie sich heimlich beobachtet, wenn er bei Sonnenuntergang auf dem Vordeck stand, eine Zigarre rauchte oder mit dem Kapitän und den Offizieren fachsimpelte. Aber sie war sich nicht sicher, ob sie sich das nur einbildete. Manchmal wiederum glaubte sie, Blicke in ihrem Rücken zu spüren. Wenn sie sich dann, um sich selbst zu beruhigen, unauffällig umwandte, sah sie Jensen, wie er an der Reling lehnte, in der Hand ein Fernrohr, das genau auf sie gerichtet war. Mit der anderen winkte er ihr zu wie ein Herrscher, der huldvoll seine Untertanin grüßt. Dorothea ärgerte sich über sich selbst, weil sie ihrer Unsicherheit und Neugierde gefolgt war und sich umgewandt hatte, und nahm sich vor, demnächst mehr Gelassenheit an den Tag zu legen.

Der Obersteuermann machte schließlich sein Versprechen wahr und unterhielt die beiden jungen Frauen mit Seemannsgarn. »Eines Abends, wir hatten gerade die brasilianische Felseninsel Fernando de Noronha kurz unterhalb des Äquators passiert, sah ich einen alten Matrosen mit finsterer Miene auf der Schanzenverkleidung sitzen und sich eine Pfeife anzünden. Er gehörte nicht zu unserer Besatzung, weiß der Teufel, woher er gekommen ist. Sofern er nicht der Leibhaftige selbst war. Der Untersteuermann, der mit mir zum Dienst eingeteilt war, ging auf den Mann zu und wollte ihn zur Rede stellen. Im selben Moment sprang der Alte auf, und wir sahen, dass er gar keine Haut hatte, sondern nur aus Knochen bestand. Er sprang zum Bugspriet und war im nächsten Augenblick über Bord gegangen. Ich kann Ihnen sagen – noch nie habe ich so viel Angst ausgestanden.«

Dorothea zwinkerte Elisabeth zu. »Wunderbar erzählt, Herr Obersteuermann, aber glauben Sie nicht, Sie hätten uns das Fürchten gelehrt. Ich vermute vielmehr, dass es sich um eine Sinnestäuschung handelte. Hervorgerufen durch das Mondlicht und einige Gläschen Rum zu viel.«

Wie zwei übermütige Schulmädchen stachelten sie den Seemann zu immer gruseligeren Erzählungen an, zeigten sich furchtlos und freuten sich über den kurzweiligen Abend.

Wieder einmal schlug das Wetter innerhalb weniger Stunden um. Die Temperaturen sanken, Regen und Nebel bestimmten die Passage, je näher sie zur Südspitze Amerikas gelangten. Die meisten Passagiere blieben unter Deck, da es ihnen oben zu kalt und zu ungemütlich war und um zu verhindern, dass ihre Kleidung fortwährend durchnässt wurde. Ohnehin rochen alle Stoffe muffig und fühlten sich klamm an, weil sich auf dem Schiff nichts vollständig trocknen ließ. Die abgestandene Luft im Zwischendeck, wo es weder Fenster noch frische Luft gab, vermischte sich mit den Körperausdünstungen der Menschen.

Als sie Kap Horn umrundeten, die legendäre, gefahrenreiche Landspitze auf der chilenischen Felseninsel Isla Homos, dem südlichsten Punkt des amerikanischen Kontinents, herrschte dichter Nebel. Dorothea stand in ihren Mantel und dicke Schultertücher gehüllt an der Reling. Sie hatte gehofft, die schwarzen Kegelberge skizzieren zu können, doch deren Umrisse waren nur zu erahnen. Ein Poltern und ein gellender Aufschrei rissen sie aus ihren Betrachtungen.

»Schnell! Zu Hilfe! Mein Vater ... es geht ihm schlecht!«

Dorothea wandte sich um und sah Peter, den ältesten der Kampmann-Söhne, kreidebleich zur Kommandobrücke stürzen. Der Schiffszimmermann, der offenbar medizinische Kenntnisse besaß und den Dorothea öfter bei der Versorgung kleinerer Wunden der Matrosen beobachtet hatte, folgte dem Jungen ins Zwischendeck hinab.

Dorothea war unschlüssig, ob sie ebenfalls hinuntersteigen sollte. Doch was hätte sie ausrichten können? So blieb sie oben und betete, Gott möge den drei Kindern nicht den Vater und der Frau nicht den Mann nehmen. Nach einiger Zeit sah sie Elisabeth aus dem Niedergang heraufkommen. Und erkannte an deren Gesichtsausdruck, dass ihr Gebet nicht erhört worden war.

Scharfer Wind blies von Süden, trieb den Dreimaster vor sich her. Einer der Schiffsjungen läutete die Schiffsglocke, ein anderer hisste eine schwarze Flagge. Die Trauerfeier konnte beginnen.

»Nunmehr hat Erwin Kampmann seine irdische Heimat verlassen und ist heimgekehrt in die Ewigkeit. Gott, wir bitten dich, nimm dich der Seele des Verstorbenen an und lass ihn einkehren in die Seligkeit des ewigen Lichtes. Wir übergeben seinen Körper dem Meer, aus dem einst alles Leben entstand.«

Bei den Worten des Kapitäns hatten die Seeleute ihre Mützen abgenommen und schauten stumm und mit unbewegter Miene in die Ferne. Die Männer unter den Passagieren hielten ihre Hüte in den Händen und starrten zu Boden. Die Frauen und Kinder hatten Tränen in den Augen. Helene Kampmann wurde links und rechts von ihren Söhnen Peter und Paul gestützt. Lotte stand fast teilnahmslos neben ihnen. Sie schien den Tod des Vaters überhaupt noch nicht begriffen zu haben.

Helene Kampmann schluchzte auf, wollte etwas sagen, doch sie brachte nur ein Krächzen hervor. Der Leichnam ihres Mannes war in ein weißes Tuch gehüllt worden. Als drei Matrosen ihn auf die Schultern hoben, riss sie sich von ihren Kindern los und rannte quer über das Deck. »Erwin, ich komme mit dir!« Sie schickte sich an, über die Reling zu klettern, und wurde von zwei Schiffsjungen zurückgehalten. Nachdem sie sich eine Weile vergeblich gewehrt hatte, sank sie schluchzend auf die Knie und streckte die Hände zum Himmel. »Warum hat er nicht auf mich gehört? Ich habe nicht weggewollt, ich nicht! Jetzt steh ich da, allein mit drei Kindern.« Ein neuerlicher Weinkrampf schüttelte ihren Körper.

Inzwischen hatten die drei Matrosen den Leichnam über die Reling gehievt. Die Wellen peitschten heftig gegen die Bordwand, sodass der Aufprall des Körpers auf dem Wasser nicht zu hören war. Nur mit Mühe und sanftem Zureden gelang es Dorothea und Elisabeth, der Trauernden auf die Beine zu helfen. »Kommen Sie, Frau Kampmann. Sie brauchen Ruhe und etwas Heißes zu trinken.«

In der Kombüse sank Helene Kampmann kraftlos auf einen Stuhl und ließ sich fast willenlos Tee mit einem Schuss Rum einflößen. Die anderen Reisenden, auch die Männer, gesellten sich zu ihnen und schauten betreten zu ihr herüber. Ihre Schwester Anna Meier saß neben ihr und legte ihr tröstend einen Arm um die Schultern.

»Wir müssen zusammenhalten, Helene« erklärte mit fester Stimme Hans Meier, ein kahlköpfiger Riese mit kindlichen Gesichtszügen. »Du bist meine Schwiegerschwester, wir sind eine Familie. Gemeinsam werden wir es schaffen.«

»Ich hätte ihn davon abhalten sollen, auf dieses verdammte Schiff zu gehen, so krank wie er war«, jammerte die Witwe und fuhr sich mit einem Taschentuch über die geröteten, verquollenen Augen. »Wären wir doch nur zu Hause geblieben!«

»Aber Vater hat es doch so gewollt.« Peter Kampmann schluckte die Tränen hinunter, wischte sich mit dem Ärmel über die Augen und schniefte. »Ab sofort nehme ich seine Stelle ein. Und ich werde dafür sorgen, dass sich sein Wunsch nach einem besseren Leben für uns alle erfüllt. Ich kann Vaters Arbeit verrichten. Ich bin stark, ich werde pflügen, jäten und Holz hacken.« Dabei reckte er die dünnen Arme. »Sieh nur, meine Muskeln!«

»Und ich auch«, meldete sich sein ein Jahr jüngerer Bruder Paul zu Wort und wies stolz auf seine schmächtigen Oberarme.

»Das Schicksal hat uns auf diesem Schiff zusammengeführt. Wir lassen Sie nicht im Stich. Sie können sich auf uns verlassen.« Else Reimann, die den Angriff von Helene Kampmann längst vergessen hatte, streckte die Hand vor und legte sie sacht auf den Arm der Witwe. Bis tief in die Nacht wurde im Zwischendeck diskutiert, getrauert und getröstet.

Am Abend, als Dorothea in ihrer Koje lag, weinte sie lautlose Tränen. Die Trauerfeier hatte Erinnerungen in ihr geweckt. Sie dachte an Alexander und an das Kind, das sie verloren hatte, und verspürte eine große Einsamkeit, die ihr das Herz schwer machte. Sie wusste nicht, was in dem fremden Land auf sie zukommen würde, und vor allem wusste sie nicht, was sie von Erik Jensen noch zu erwarten hatte. Und das machte ihr Angst.

## SEPTEMBER 1848

Nach der Umrundung von Kap Horn segelte die *Kaiser Ferdinand* in Sichtweite der chilenischen Küste Richtung Norden, dem Äquator entgegen. Mehr als hundert Tage war sie mittlerweile unterwegs, nahezu achttausend Seemeilen von Hamburg entfernt. Und noch mehr als viertausend Meilen lagen vor ihr. Während dieser drei Monate waren sechs Rahsegel und drei Stagsegel gerissen, der Klüverbaum war gesplittert, und zwei Festmacherleinen waren über Bord gegangen. Ein Matrose war, vermutlich in betrunkenem Zustand, beim nächtlichen Kontrollgang über einen Eimer gestolpert, hatte sich den Fußknöchel gebrochen und eine Platzwunde an der Stirn zugezogen. Ein weiterer hatte unter einer eitrigen Beule am Knie zu leiden gehabt. Vom Seemännischen her gab es selbst bei heftigstem Seegang keine ernsten Schwierigkeiten, der betagte Frachtsegler hatte bereits Hunderttausende von Seemeilen auf den Weltmeeren hinter sich. Und der Kapitän war bekannt als ein Routinier, der nicht viele Worte machte und das Schiff und seine Mannschaft fest im Griff hatte.

Für die Passagiere war es, mit Ausnahme des Kaufmanns Erik Jensen, die erste Seereise. Während dieser Monate hatten sie Windstille und Sturm, Gewitter und Regenschauer, gleißende Sonne und unbehagliche Kälte erlebt. Die meisten waren von Übelkeit, Angstzuständen und Schlaflosigkeit geplagt gewesen. Alle hatten über das fade, eintönige Essen geklagt und nur dann Abwechslung im Speiseplan erlebt, wenn die Seeleute mehr Fische gefangen hatten, als sie und die Passagiere der ersten Klasse verspeisen konnten, oder wenn sie einen Albatros erlegt hatten, der ihnen zu zäh war. Als schlimmster Schicksalsschlag aber galt der Tod eines der Mitreisenden.

Waren vor dem schrecklichen Ereignis manche Zwistigkeiten unter den Kindern und Erwachsenen zu beobachten gewesen, so erwies man von diesem Tag an der Witwe und den Kindern des verstorbenen Erwin Kampmann nichts als Anteilnahme und Hilfsbereitschaft. Die verloren gegangene Kette von Frau Behrens hatte anfangs noch für hitzige Debatten und heimliche Verdächtigungen gesorgt, doch mittlerweile kümmerte es niemanden mehr, wo das Schmuckstück abgeblieben sein mochte. Bis zur Ankunft im Zielhafen Puntarenas würde noch mehr als ein Monat vergehen. Und bis dahin hatte jeder genug mit sich und seinen Gedanken um die ungewisse Zukunft zu tun. Das monatelange Eingepferchtsein auf engstem Raum hatte die Sinne der Passagiere anfangs gereizt, mit der Zeit jedoch abgestumpft.

Dorothea sehnte das Ende der Reise herbei. Wenn sie endlich wieder für sich allein in einem Raum schlafen, sich regelmäßig waschen und umkleiden konnte. Doch immer dann, wenn Selbstmitleid aufkommen wollte, malte sie sich ihr Leben aus, hätte sie die Reise nicht angetreten. Wenn sie womöglich als Ehefrau des selbstgefälligen Apothekers Lommertzheim hinter der eleganten Fassade eines Patrizierhauses in der Kölner Innenstadt gefangen gewesen wäre. Dienstboten beaufsichtigen, Kaffeekränzchen abhalten, eine Reihe von Kindern gebären und den Anweisungen ihres Mannes hätte Folge leisten müssen. Ein belangloses, vorhersehbares Leben geführt hätte. Bei solchen Gedanken fühlte sie sich bestärkt, das Wagnis eingegangen zu sein. Sie würde in Costa Rica ihren Weg und ihren Platz finden. Dessen war sie sich sicher.

Mit steigenden Temperaturen hatte Dorothea immer öfter das Bedürfnis, sich so häufig wie möglich an Deck aufzuhalten, ihr Spanischwörterbuch zur Hand zu nehmen oder aufs Meer zu schauen. Stand sie an Steuerbord, sah sie an manchen Tagen in der Ferne das chilenische Festland vorüberziehen. Die Backbordseite bot ihr einen freien und grenzenlosen Blick auf den Pazifischen Ozean. Einmal entdeckte sie in nicht allzu großer Entfernung einen Schwarm Sturmvögel, die sich auf einen großen Gegenstand stürzten, der im Wasser schwamm. Sie nahm das Fernrohr, das der Obersteuermann ihr und Elisabeth für die Zeit an Bord zur Verfügung gestellt hatte, und entdeckte einen toten Wal, der die Vögel angelockt hatte.

Der Geruch eines beißend scharfen Rasierwassers riss sie aus ihren Beobachtungen. Sie ließ das Fernrohr sinken. Dicht neben ihr stand Erik Jensen. Die Sonne hatte sein Gesicht gebräunt. Offenbar führte er genügend Kleidung im Gepäck mit sich, um immer wieder mit sauber geplätteten Hemden und diversen Anzügen in unterschiedlichen Blau- und Grautönen zu erscheinen. Dorothea trat einen Schritt zur Seite. Ihr künftiger Dienstherr sollte keinesfalls riechen, dass ihr Kleid keineswegs frisch gewaschen war. Was sie unten im Zwischendeck inzwischen nicht mehr störte, weil dort jeder denselben muffigen Geruch verströmte.

Zwar hatte Elisabeth ihr anfangs mit Waschsoda ausgeholfen, weil das Salzwasser die Wirkung von Seife herabsetzte. Doch die damit behandelten Kleidungsstücke wurden steif und klebrig und fühlten sich auf der Haut höchst unangenehm an. Weswegen Dorothea das Waschen wieder aufgegeben hatte.

Jensen neigte sich vertraulich vor. Es schien, als wolle er eine harmlose Plauderei beginnen, doch plötzlich flackerte es gefährlich in seinen Augen. »Wie geht es Ihnen dort unten, Fräulein Fassbender? Nach all den Monaten. Ich stelle es mir reichlich anstrengend vor, immer mit fremden Menschen auf engstem Raum leben zu müssen.«

»Keineswegs, Herr Jensen. Meine Mitreisenden sind allesamt reizende Menschen. Ich empfinde ihre Gesellschaft als überaus kurzweilig. Es wird viel gelacht bei uns.« Während sie mit eindringlicher Stimme sprach, rückte Dorothea unauffällig immer weiter von ihrem künftigen Dienstherrn ab. In ihre Nase drang ein Geruch, der sich mit dem des Rasierwassers mischte. Der Geruch von Alkohol.

»Aber mein Fräulein, das soll ich Ihnen glauben? Nein, diese primitiven Menschen sind kein Umgang für Sie. Ich mache Ihnen ein Angebot. Sollten Sie irgendwann das Bedürfnis haben, einmal allein zu sein, sich für einige Stunden zurückziehen zu wollen…« Jensen verzog den Mund und entblößte eine Reihe von Zähnen, die für einen Mann seines Alters überraschend vollzählig waren. Er trat einen Schritt auf Dorothea zu, dann einen weiteren. »Also, ich würde Ihnen gern meine Kabine zur Verfügung stellen. Damit Sie sich erholen können. Tagsüber, und wenn Sie wollen, auch nachts.«

Immer näher rückte Jensen. Sein eben noch mildes, väterliches Lächeln war verschwunden, und stattdessen zeigte seine Miene nackte Gier. Dorotheas Herz klopfte. Wie sollte sie der verfänglichen Situation entkommen, ohne einen eingeschüchterten Eindruck zu erwecken? Ihre rechte Schulter berührte bereits die Wand zum Niedergang, links neben ihr ruhte Jensens Arm auf der Reling. Sie spürte seinen Atem auf der Wange. Ihr blieb keine Zeit zum Überlegen. Blitzschnell duckte sie sich, um unter Jensens Arm hinwegzutauchen, stieß jedoch mit der hohen Krempe ihrer Schute gegen seinen Ärmel. Der Hut rutschte ihr in den Nacken, die Bänder schnürten ihr den Hals zu. Sie strauchelte und landete unsanft auf den Schiffsplanken. Auf dem Hinterteil.

»Ach, hier sind Sie, Fräulein Fassbender! Ich habe Sie schon gesucht ... Oh Verzeihung, störe ich?« Mit leiser Verwunderung blickte Elisabeth von Wilbrandt zwischen Dorothea und Jensen hin und her.

»Keineswegs, gnädiges Fräulein.« Während Jensen die eine Hand Dorothea entgegenstreckte, lüftete er mit der anderen den Hut und verbeugte sich in Elisabeths Richtung. War von einer Sekunde zur anderen wieder der honorige hanseatische Kaufmann mit den gepflegten Umgangsformen. »Unsere Freundin ist ausgeglitten. Ich konnte gewissermaßen noch in letzter Sekunde ein Unheil verhindern. Sonst wäre sie unter der Reling hindurchgerutscht und ins Wasser gestürzt.«

Dorothea übersah die dargebotene Hand, rappelte sich aus eigener Kraft auf und richtete ihre Schute. War wütend, wie Jensen die Tatsachen verdrehte und sich als Retter aufspielte. Mit halb geschlossenen Augen blinzelte sie zu ihm hinüber. Sein Gesichtsausdruck wirkte entspannt. Mit freundlicher, beinahe gelangweilter Miene blickte er Dorothea an. Hatte sie die Situation vorhin falsch eingeschätzt? Sie war sich ganz sicher, Jensen hatte sich ihr nähern, sie an seine Brust ziehen und sogar küssen wollen. Deswegen war sie so sehr in Panik geraten, dass sie davonlaufen wollte und gestürzt war. Oder war alles nur Einbildung und Hysterie? Plötzlich wurde sie unsicher, wollte sich die widerstreitenden Gefühle nicht anmerken lassen. Musste Haltung bewahren. Schließlich würde sie ein ganzes Jahr lang in den Diensten des Kaufmanns stehen und mit ihm auskommen müssen. Sie rang sich ein Lächeln ab.

»Ich danke meinem Retter und wünsche ihm noch einen angenehmen Tag.«

»Meine Empfehlung, die Damen.« Bei diesen Worten legte Jensen einen Zeigefinger an die Hutkrempe und entschwand in Richtung Vordeck. Dorothea kam es so vor, als verzerre ein verächtlicher Zug seinen Mund.

»Habe ich da vielleicht etwas missverstanden, Fräulein Fassbender? Ich meine ... ich wollte in kein Gespräch hineinplatzen, das ... das mich nichts angeht. Der Herr Jensen ist ein redlicher Kaufmann, ein erfahrener, älterer Mann, sicherlich in gewisser Weise anziehend für manche junge Frau ... Bitte verzeihen Sie.« Zum ersten Mal erlebte Dorothea die Österreicherin ratlos und verlegen.

»Aber nein, es ist völlig anders, als Sie denken. Ich bin Ihnen sogar dankbar, dass Sie im richtigen Augenblick aufgetaucht sind, denn ... Ach, ich weiß gar nicht, was mit mir ist.« Dorothea humpelte zu einer Backskiste. Ihr linker Knöchel tat weh, vermutlich hatte sie ihn sich beim Sturz verrenkt. Vorsichtig ließ sie sich auf dem hölzernen Deckel nieder und rieb sich die schmerzende Stelle. Elisabeth setzte sich zu ihr. Eine Weile verharrten die beiden schweigend nebeneinander, während ein pfeifender Wind kräftig in die Segel über ihren Köpfen drückte und das Schiff zügig durch die Wellen trieb. Sie waren die einzigen Passagiere an Deck. Der Kapitän stand hinter dem Steuerrad und schmauchte eine Pfeife, zwei Schiffsjungen hatten am Bugspriet ihre Beobachterposten bezogen.

Elisabeth räusperte sich. »Wenn ich etwas sagen darf ... Ich habe mir von Anfang an gedacht, dass es zwischen Ihnen und dem Hamburger Kaufmann eine gewisse Beziehung gibt. Er tut so vornehm und distanziert, dabei hat er Sie ständig im Blick. Und merkt gar nicht, dass ich ihn dabei beobachte.«

»Dann stimmt es also doch. Ich dachte schon, ich hätte mir das nur eingebildet.« Dorothea seufzte leise und hob die Schultern. »Was halten Sie von ihm? Glauben Sie, man kann ihm vertrauen?«

Nachdenklich lehnte Elisabeth sich zurück, schlug die Beine übereinander und wippte mit der Fußspitze. »Ich bin mir nicht sicher. Obwohl ... wahrscheinlich ist er, auch wenn er bereits in die Jahre gekommen ist, einfach nur ein reiselustiger Mann. Jemand, den es langweilt, zu Hause hinter dem Ofen zu hocken und sich von seiner Frau herumkommandieren zu lassen.«

»Er ist nicht verheiratet«, entgegnete Dorothea.

»Da schau her!« Elisabeth zog erstaunt die Brauen hoch. »Solche persönlichen Einzelheiten kennen Sie ... Dann gibt es also doch eine geheime Verbindung zwischen Ihnen beiden.«

Dorothea presste die Lippen aufeinander, wollte zurückhalten, was ihr auf der Seele lastete, doch dann brach es unvermittelt aus ihr heraus. Weil sie Elisabeth seit nunmehr vier Monaten kannte und sicher war, ihr vertrauen zu können. Und so erzählte sie von ihrem Zuhause in Köln, von ihren Eltern, vom Tod des Verlobten, dem Kind, das sie verloren hatte, von dem zerplatzten Zukunftstraum und warum sie in Jensens Schuld stand. »Aber das wollte ich nicht vor aller Ohren zugeben. Deswegen habe ich behauptet, ich vertrüge das Klima in Deutschland nicht«, gab Dorothea unumwunden zu.

Elisabeth hatte aufmerksam zugehört, ungläubig geschaut oder missbilligend den Kopf geschüttelt, dann verständnisvoll genickt. »Ja, irgend so etwas habe ich mir schon gedacht. Dass Sie etwas sehr Trauriges durchgemacht haben und ein geschniegelter alter Fatzke wie der Kaufmann gar nicht Ihr Spezi sein kann. Danke, dass Sie mir alles erzählt haben. Jetzt verstehe ich vieles besser. Es tut mir leid, dass Sie so sehr gelitten haben. Mir wird nur wieder klar, wie gut das Schicksal es mit mir gemeint hat. Dass ich bisher nur die sonnigen Seiten des Lebens kennenlernen durfte.«

Dorothea fühlte sich erleichtert. Weil sie ihr Herz ausgeschüttet und das Gefühl hatte, sie würde Elisabeth schon seit ewigen Zeiten kennen. In diesem Moment mochte sie lieber nicht an das Ende dieser Reise denken, wenn ihre Wege sich trennen würden. Elisabeth ergriff Dorotheas Hand und drückte sie fest. »Wir Österreicher achten zwar sehr auf Etikette, aber eigentlich mag ich es gar nicht so förmlich. Wie wäre es, wenn wir uns duzen würden?«

Dorothea lachte leise auf und erwiderte den Händedruck. »Das war Gedankenlesen. Genau das wollte ich gerade auch vorschlagen.«

SEPTEMBER BIS OKTOBER 1848

Nach einhundertfünfundfünfzig Tagen auf dem Meer erreichte die *Kaiser Ferdinand* den Golf von Nicoya, der die im Westen gelegene Landzunge von Guanacaste vom Festland Costa Ricas trennte. Nur noch wenige Seemeilen, und sie würden in den Hafen von Puntarenas einlaufen. Schroffe Felsen ragten aus dem Meer auf. Kleine und größere, mit Bäumen und Strauchwerk bewachsene Inseln lockten braun gefiederte Pelikane an, die sich in den Baumkronen niederließen und sich dort mit ihren wuchtigen langen Schnäbeln das Gefieder putzten.

Doch dann schlief der Wind ein. Alle Versuche der Seeleute, mit verschiedensten Segelstellungen vom Fleck zu kommen, waren vergeblich. Der Frachtsegler dümpelte vor sich hin, Schildkröten tauchten unter dem Schiff her, sehr zur Begeisterung der Kinder, die solche Tiere bisher nur vom Hörensagen kannten. Silbrig glänzende Fischschwärme zogen dicht unter der Wasseroberfläche vorüber. In Sichtweite lagen zwei weitere Segler, deren Buge in entgegengesetzte Richtungen gen Süden zeigten. Auch sie schaukelten träge auf dem Wasser. Die Stimmung unter den Reisenden wurde zunehmend gereizt. Das Ziel bereits vor Augen, sahen sie sich dazu verdammt, weitere unnütze Stunden an Bord zu verbringen.

Nachdem sich in der Zwischenzeit niemand gemeldet hatte, um die verlorene Kette von Frau Behrens zurückzugeben, machte der Kapitän seine Drohung wahr und ließ Kajüten und Gepäckstücke untersuchen. Die Proteste von Herrn Reimann und Herrn Meier verhallten ungehört. Die Frauen vom Zwischendeck hatten ihre Zweifel, ob die Kette überhaupt wieder auftauchen würde. Vermutlich hatte der Dieb sie längst über Bord geworfen, um nicht überführt zu werden.

Die Passagiere wollten sich gerade zum Abendessen zusammensetzen, als Lotte Kampmann in die Kombüse stürzte und mit hochroten Wangen die Neuigkeit verkündete: »Stellt euch vor, die Kette ist wieder da. Der Untersteuermann hat sie gefunden. Und ratet mal, wo?«

»Bei uns Frauen und bei den Männern nebenan wohl kaum«, stellte Anna Meier mit zufriedener Miene fest und schenkte den Kindern Kräutertee ein.

»Nun sag schon!«, verlangte Lottes Bruder Peter. »Mach es nicht so spannend!«

Lotte griff nach ihrem Becher und trank ihn in einem Zug leer. Sie wischte sich mit dem Ärmel über den Mund und lächelte vielsagend. »Die Kette lag unter der Koje von Frau Behrens. Sie hatte sich an einem Holzsplitter vom Bettpfosten verhakt. Deswegen ist sie auch bei Seegang nicht hervorgerutscht.«

»Diese unfreundliche, überhebliche Weibsperson!«, ließ Else Reimann verlauten, die sonst nur wohlgesittete Worte von sich gab. Sie nahm einen Zwieback, klopfte ihn aus, um zu prüfen, ob sich dort im Lauf der Reise Maden eingenistet hatten, und tunkte ihn in den Tee. »Bevor diese Frau selbst unter ihrem Bett nachschaut, verdächtigt sie lieber unsere Kinder. Aber die Blamage gönne ich ihr. Die wird hoffentlich in Zukunft vorsichtiger sein mit irgendwelchen Anschuldigungen.«

Nach zwei endlos erscheinenden Tagen kam die ersehnte Brise doch noch auf. Die *Kaiser Ferdinand* setzte die Segel und steuerte den Hafen von Puntarenas an. Unter Deck regte sich Betriebsamkeit. Alle waren damit beschäftigt, ihre Taschen zu packen. Die Koffer und größeren Gepäckstücke sollten erst dann von den Matrosen aus den Holzverschlägen geholt werden, wenn das Schiff im Hafen festgemacht hatte.

Elisabeth von Wilbrandt war die Einzige, die an der Pazifikküste bleiben wollte. Alle anderen Passagiere aus dem Zwischendeck hatten eine weitere Reise vor sich – ins Landesinnere, ins Valle Central. Dort würden ihre Wege sich trennen. Die drei Familien wollten in der Nähe von Alajuela Land pachten und bewirtschaften. Und Dorotheas Ziel war die Hauptstadt San José.

Sämtliche Passagiere befanden sich an Deck, als der Segler im Hafenbecken vor Anker ging. Frachtschiffe, die Güter wie Lederwaren, Wein und Kaffee entlang der nord- und südamerikanischen Westküste transportierten, legten hier eine Zwischenstation ein und verhalfen den Bewohnern der kleinen Stadt zu einigem Wohlstand. Boote kehrten vom Meer zurück und legten an Holzstegen an, die längs ins Wasser ragten. Die Fischer wurden bereits von Hausfrauen erwartet, die aus dem Fang Zutaten für die Mittagsmahlzeit ihrer Familien auswählten.

Die Mannschaft hatte sich vollständig an Deck versammelt, als der Kapitän seine Passagiere verabschiedete. Erik Jensen sogar mit Handschlag. Die anderen Männer murmelten Worte des Dankes für die erfolgreiche Überfahrt. Alle drängten sich, die Boote zu besteigen, die sie zum Steg beförderten.

Danach wurde das Gepäck ausgeladen. Elisabeth von Wilbrandt hatte sich bereits mit einem jungen Mann in weiter schwarzer Hose und einem weißen Leinenhemd durch Zeichensprache und einige Brocken Spanisch verständigt, dass sie eine Droschke benötige und Richtung Süden weiterreisen wolle. Er solle ihre Koffer schon einmal aufladen. Dann verschwand sie eilig in der Capitana, im Hafenamt, und kam bereits nach kurzer Zeit wieder heraus.

Obwohl sie endlich festen Boden unter den Füßen hatte, spürte Dorothea noch immer ein Schwanken und Rollen in sich, das sie in den letzten fünf Monaten begleitet hatte. Sie ließ ihren Koffer stehen und ging zu Elisabeth hinüber. Es waren die ersten Schritte auf dem Boden des Landes, von dem sie so lange geträumt hatte. Eigentlich hätte sie überglücklich sein müssen. Doch sie hatte keinen Blick für die Palmen, die sich zwischen den niedrigen, in kräftigen Farben gestrichenen Holzhäusern in die Höhe reckten, nicht für den Himmel, der sich klar und strahlend blau über ihr wölbte, nicht für die Menschen, die mit ihrer dunklen Haut, den tiefschwarzen Haaren und den kohlschwarzen Augen viel hübscher und freundlicher aussahen, als sie es sich ausgemalt hatte. Sie lauschte nicht dem melodischen Klang der fremden Worte, die zwischen den Fischern und den Frauen hin und her flogen. Denn ihr war das Herz schwer. Weil sie von einer Frau Abschied nehmen musste, die ihr lieb und wert geworden war, mit der sie viele Stunden gemeinsam verbracht hatte. Stunden, in denen sie miteinander geredet, geträumt und gelacht hatten.

Elisabeth breitete die Arme aus und drückte Dorothea fest an sich. »Du wirst mir fehlen, meine Liebe.«

»Du mir auch, Elisabeth. Was hast du als Nächstes vor?«

»Ach, ich werde so lange die Küste hinunterfahren, bis ich

ein Fleckchen finde, das mir gefällt. Irgendwo an einer Straße, die ins Landesinnere führt, und wo auch Händler und Reisende vorbeikommen. Und dann schaue ich mal, ob es mir gelingt, eine Pension oder ein Hotel zu eröffnen.« Elisabeths muntere Stimme wurde ernst. Sie zwinkerte eine Träne weg. »Und du? Wirst du es schaffen als Verkäuferin in einem Gemischtwarenladen? Oder muss ich mir Sorgen um dich machen?«

»Aber nein. Ich werde die Zeit schon durchstehen. Außerdem können wir uns schreiben. Und uns vielleicht irgendwann auch besuchen.« Dorothea nickte, wie um ihre Worte zu bekräftigen, und konnte doch ein leises Schluchzen nicht unterdrücken.

Ein letztes Mal umarmten sich die Freundinnen, dann bestieg Elisabeth das bereitstehende Fuhrwerk und ließ den Kutscher antraben. Sie wandte sich noch einmal um und winkte fröhlich, warf Dorothea eine Kusshand zu. Erst als der leuchtend rote Hut nicht mehr zu sehen war, kehrte Dorothea traurig zu den anderen zurück.

Inzwischen hatte das Ehepaar Behrens wort- und grußlos ein kleineres Segelschiff bestiegen. Sie waren auf dem Weg nach Guanacaste, wo sie einen Weinhandel eröffnen wollten. Der kleine Rufus Reimann hatte dies aus einem heimlich belauschten Gespräch zwischen Herrn Behrens und dem Obersteuermann in Erfahrung gebracht.

Dorothea, die nicht als Einwanderin, sondern als Reisende ins Land gekommen war, bekam als Erste ihre Papiere mit der Aufenthaltsgenehmigung ausgehändigt. Sie wollte gerade die Dokumente an sich nehmen, als Erik Jensen wie selbstverständlich seine Hand danach ausstreckte und sie in seiner Rocktasche verschwinden ließ. »Bei einem Mann sind solche Papiere sicherer aufgehoben«, sagte er mit unbewegter Miene. Dorothea war erst sprachlos und öffnete schließlich den

Mund, um zu protestieren. Doch dann schwieg sie, um die Mitreisenden nicht auf das merkwürdige Verhalten des Kaufmanns aufmerksam zu machen und Erklärungen abgeben zu müssen.

Die Formalitäten für die Einwanderer zogen sich über mehr als zwei Stunden hin, weil die Pachtverträge für die drei Familien noch vom Spanischen ins Deutsche übersetzt werden mussten. Hierbei erwies sich Jensen als hilfreicher Dolmetscher, und Dorothea fragte sich, ob sie ihn womöglich doch falsch eingeschätzt und zu schlecht über ihn geurteilt hatte.

Die costaricanischen Beamten prüften umständlich jede Urkunde, füllten seitenlange Formulare in dreifacher Ausfertigung aus, die sie dann abstempelten. Ein Exemplar überließen sie jeweils den Neubürgern. Mittlerweile waren die Kinder müde und hungrig geworden. Allen machten die Hitze und die hohe Luftfeuchtigkeit zu schaffen. Anders als auf dem Schiff sorgte hier kein noch so kleiner Windhauch für Abkühlung. Die Reisenden kehrten in einem Gasthaus ein, wo sie zum ersten Mal ein Gericht vorgesetzt bekamen, das die Einheimischen als ihr Nationalgericht bezeichneten und zu allen Tageszeiten aßen: Gallo Pinto, gebratenen Reis mit Zwiebeln und schwarzen Bohnen. Gewürzt wurde die Speise mit klein gehacktem, frischem Koriander.

Da an diesem Nachmittag nicht genügend Maultiere für Menschen und Gepäck zur Verfügung standen und die Familien nur gemeinsam weiterreisen wollten, wurde eine Übernachtung in Puntarenas unumgänglich. Erik Jensen reservierte für sich ein Hotelzimmer und für die übrigen Reisenden eine Schlafstätte in einem Pferdestall. Am nächsten Morgen wollte man schon in aller Frühe aufbrechen.

Erschöpft ließ Dorothea sich am Abend ins Stroh fallen,

wusste nicht, was sie denken, fühlen und hoffen sollte. Noch immer meinte sie, das Schlingern des Schiffes zu spüren und das Salz auf den Lippen zu schmecken. Links neben sich hörte sie das leise Schnarchen von Helene Kampmann, rechts die wispernden Stimmen von Lotte und Klara. Dieser Tag hätte der erste Tag in ihrem neuen Leben an Alexanders Seite sein können. Das Schicksal hatte es anders gewollt, und sie musste es annehmen, wenn sie nicht verzweifeln wollte. Ganz gleich, was ihr widerfahren würde, sie wollte dieses Land lieben und sich darin behaupten, weil Alexander es so gewünscht hätte. Und vielleicht würde sie irgendwann nach Deutschland zurückkehren, wenn die Wunde in ihrem Innern verheilt war. Über diesem schmerzlichen und zugleich tröstenden Gedanken schlief sie ein.

Das Tageslicht kam so unvermittelt und rasch, wie es fast auf die Minute genau zwölf Stunden zuvor geschwunden war. Kurz vor sechs Uhr erwachte die Natur, und mit ihr regten sich die Menschen. Ungewohnte Laute drangen an Dorotheas Ohr, die sie nicht alle einordnen konnte. Auf dem Schiff hatte sie fast fünf Monate lang nur die Geräusche flatternder Segel im Wind und das Klatschen der Wellen gehört. Hier rissen sie vielstimmige Vogelrufe aus dem Schlaf. Ein anderer, seltsamer Laut mischte sich in dieses Konzert, ein Schreien oder Brüllen im rhythmischen Abstand von mehreren Sekunden, das keiner menschlichen Stimme ähnelte.

Zum Frühstück gab es das Gleiche wie am Abend zuvor: Gallo Pinto. Die beiden Jüngsten, die Zwillinge Roswitha und Richard Reimann, zogen einen Flunsch und rührten keinen Bissen an. Bevor ihre Mutter sie ermahnen konnte, waren draußen vor dem Gasthaus Pferdegetrappel und Stimmen zu hören. Die Mulis mit ihren Führern standen bereit.

Der Wirt kassierte das Geld für die Übernachtungen und den Ritt in das Hochland. Dabei bewies der Kaufmann erneut seine Hilfsbereitschaft. Die Reisenden gaben ihm ihre aus Deutschland mitgebrachten Silbertaler, und er beglich für sie die Rechnung in der Landeswährung: in Reales und Piaster. Dorothea war froh, noch einigeMünzen übrig zu haben, sodass Jensen diese zusätzlichen Kosten nicht auf ihr Arbeitskonto anrechnen konnte. Die Kinder teilten sich zu zweit ein Muli. Nur Max Meier, der größte und kräftigste der Jugendlichen, bekam ein eigenes Reittier.

»Warum können wir denn nicht mit der Droschke reisen, so wie das Fräulein aus Österreich?«, maulte Lotte Kampmann und rückte unwillig auf dem Mulirücken ein Stückchen zurück, damit die kleine Roswitha vor ihr aufsitzen konnte.

»Weil wir in die Berge müssen und dort die Wege für Kutschen nicht geeignet sind«, erklärte Jensen und gab das Zeichen zum Aufbruch.

Gemächlich setzte die Karawane sich in Bewegung, ließ die Küste hinter sich und schlängelte sich in Richtung Osten, in die Berge hinauf. Die Luft war heiß und feucht. Den Reisenden trat der Schweiß auf die Stirn, obwohl sie sich kaum bewegten. Dorothea klammerte sich an den Sattel ihres Mulis, fürchtete anfangs, bei jedem Schritt hinunterzufallen. Erst allmählich fasste sie Vertrauen zu dem Tier, das mit schlafwandlerischer Sicherheit die Hufe voreinander setzte und sie über steinige, enge Pfade trug. Obwohl ihr der Rücken und der Nacken steif wurden und sie den harten, unbequemen Sattel verfluchte, war sie dankbar, in dem unwegsamen Gelände nicht zu Fuß gehen zu müssen.

Sie konzentrierte sich auf die Landschaft mit den sanft ansteigenden Hügeln und auf die sattgrüne Vegetation mit den unterschiedlichsten Farbschattierungen. Immer dichter standen die Bäume beieinander, bis sie schließlich in den Dschungel gelangten. Schier endlos hohe Baumkronen ließen nur wenig Licht durch. Die Stämme waren mit Moos und Flechten bewachsen, in den Astgabeln saßen kohlkopfgroße Pflanzen mit leuchtend roten und gelben Blüten. Luftwurzeln näherten sich aus großer Höhe dem Erdboden, der von Farnen und anderen bizarr geformten, unbekannten Gewächsen fast vollständig zugedeckt wurde. Ohne die einheimischen Führer hätte Dorothea nicht gewusst, wo überhaupt ein Weg durch das Dickicht führte.

Plötzlich begann es zu regnen, heftig und unerbittlich. Selbst das dichte Blattwerk über ihnen vermochte keinen Schutz mehr zu bieten. Die Führer ließen anhalten und schlugen in Windeseile zwei Zelte auf. Dicht aneinandergedrängt hockten die Reisenden da, während der Regen laut auf die Planen herabprasselte. Helene Kampmann war seit dem Tod ihres Mannes schweigsam geworden. Dorothea war sich nicht sicher, ob sie ihr Schicksal angenommen hatte oder alles noch nicht recht begriff. Lotte, Peter und Paul hatten sich rascher mit der Situation abgefunden. Sie sprachen nur noch selten von ihrem Vater. Viel mehr beschäftigte sie die Frage, ob wohl jedes Kind demnächst eine Hängematte bekäme wie die Matrosen an Bord.

So unvermittelt, wie der Regen eingesetzt hatte, hörte er wieder auf. Die Führer packten die Zelte zusammen, und sie ritten weiter. Bergan durch den dichten, feuchtwarmen Urwald über weiche, schlammige Pfade, die das Weiterkommen erschwerten. Die Kinder schrien vor Freude auf, als sich eine Affenherde hoch oben in den Bäumen eine Verfolgungsjagd lieferte oder ein Papageienschwarm aufflog. Schwarze Vögel mit riesigen, farbenprächtigen Schnäbeln schossen zielsicher zwischen dem Geäst hindurch. Manchmal raschelte es im

Dickicht, obwohl kein Tier zu sehen war. Dorothea hatte von giftigen Schlangen und Fröschen gelesen, hoffte nur, diese Bewohner des Urwaldes hätten mehr Angst vor den Menschen als die Menschen vor ihnen.

Am dritten Tag weckte ein gellender Schrei die Gruppe. Klara Meier rannte kreischend aus dem Zelt, lief in wilder Panik davon. Dabei verfing sich ihr Fuß in einer Schlingpflanze, und sie fiel der Länge nach hin. Ihr sirenenartiges Geheul übertönte sogar die Geräusche des Urwaldes. Ihr großer Bruder Max schaute mutig nach, was seine Schwester so sehr erschreckt hatte. Dann trampelte er auf etwas Dunklem herum und hieb einige Male mit der Ferse nach. Triumphierend trat er vor das Zelt. »Pah, bloß eine Spinne! Aber sie war so groß.« Dabei spreizte er die Finger und ahmte einen Gegenstand von der Größe eines Kinderkopfes nach. Nachdem Klara sich beruhigt hatte, bestand sie darauf, mit ihrem Bruder zusammen auf einem Muli zu reiten.

In den darauffolgenden Tagen blieb es trocken. Dorotheas Kleid, das von Schmutz und Salzwasser schon ganz steif geworden war, klebte ihr am Körper, unter den Achseln zeichneten sich dunkle Schweißflecken ab. Wäre nur dieses unbequeme, einengende Korsett nicht gewesen! Sie sehnte sich nach einer Waschschüssel und frischer, sauberer Kleidung. Die feuchtwarme Luft machte sie träge und unaufmerksam, sie vertraute nunmehr ganz ihrem Reittier.

Einmal überquerte die Karawane eine hölzerne Hängebrücke, die so sehr schwankte, dass alle absteigen mussten und die Führer die Mulis am Zügel hinüberführten. Mitten auf der schwingenden Brücke spähte Dorothea vorsichtig nach unten und entdeckte einen Wasserfall, der über einen Felsen hinweg in eine endlose Tiefe stürzte. Es war ein grandieses Naturschauspiel, das sie am liebsten gezeichnet hätte, doch dafür war keine Zeit.

Gerade wollte sie am Ende der Brücke wieder aufsitzen, da nahm sie neben sich aus den Augenwinkeln eine hastige Bewegung wahr. Einer der Führer hatte einen Stock wie einen Speer in den Boden gerammt. An dem spitzen Ende wand sich eine etwa vierzig Zoll lange grüne Schlange mit einer zackenförmigen schwarzen Zeichnung auf der Oberseite. Die Kinder schrien entsetzt auf.

»Da haben Sie aber Glück gehabt, Fräulein Fassbender«, hörte sie hinter sich die Stimme von Erik Jensen. »Das war eine Lanzenotter. Ihr Biss ist tödlich.«

Dorothea schickte ein Gebet zum Himmel, Gott möge auch auf dem letzten Stück der Reise seine Hand schützend über sie halten. Von nun an prüfte sie den vor ihr liegenden Pfad mit höchster Aufmerksamkeit, ob sich noch einmal eine Schlange zeigte.

Am Morgen des zwölften Tages lichtete sich der Urwald. Sie erreichten ein Plateau, von dem aus der Blick über grün bewachsene Hügel schweifte. An dieser Stelle teilte sich der Weg. In nördlicher Richtung führte er nach Alajuela, nach Osten hin in die Hauptstadt San José. Nun hieß es, ein weiteres Mal Abschied zu nehmen. Diesmal waren viele Hände zu schütteln. Einerseits war Dorothea froh, fast schon am Ziel zu sein, andererseits würde sie die Kinder und die Unterrichtsstunden auf dem Schiff vermissen. »Ich wünsche euch allen Glück und Gottes Segen.«

»Du musst uns aber unbedingt besuchen, Fräulein Fassbender«, bettelte die kleine Roswitha und hielt Dorothea am Rock fest. »Und dann erzählst du uns wieder spannende Geschichten, versprochen?«

Erik Jensen mahnte zum Weiterreiten, denn er wollte noch

vor Einbruch der Dunkelheit ankommen. Dorothea war die Eile nur recht, hätte sie doch ungern nur mit dem Kaufmann und dem Muliführer eine weitere Nacht im Freien verbracht.

Schließlich erreichten sie das Hochland. In dessen Mittelpunkt, im Boca-del-Monte-Tal, lag die Hauptstadt San José. An den Rändern der Hochebene ragten hohe Berge mit abgeflachten Kuppen auf. Vulkane, von deren zerstörerischer Kraft Dorothea bereits gelesen hatte. Hier, auf über dreieinhalbtausend Fuß Höhe, war es längst nicht so heiß wie an der Küste, die Luft nicht so feucht wie im Urwald. Dorothea schloss für einen Moment die Augen und wähnte sich an einem malerischen Sommertag mitten in Köln.

Je näher sie der Stadt San José kamen, desto breiter wurde der Weg. Er führte vorbei an Plantagen, auf denen orangefarbene, kirschähnliche Früchte an sattgrünen, mannshohen Bäumen wuchsen. Dorothea erinnerte sich an eine Darstellung in einem Botanikbuch – es mussten Kaffeepflanzen sein. Händler mit Leiterwagen kamen ihnen entgegen und grüßten freundlich. Junge Frauen mit Henkelkörben über dem Arm eilten an ihnen vorbei und warfen Erik Jensen scherzend einige Worte zu. Sie hatten samtartige dunkle Haut und tiefschwarze Haare, trugen knöchellange bunte Röcke und weiße Blusen. Bildschöne Frauen mit anmutigen Bewegungen und tänzerischem Gang. Dorothea wunderte sich, dass sie auf dem steinigen Untergrund barfuß liefen.

Schließlich gelangten sie in die Stadt mit ihren unbefestigten, staubigen Straßen. In alle Himmelsrichtungen waren Droschken unterwegs und beförderten Fahrgäste, die sich in ihrem Aussehen kaum von besser gestellten Bürgern in Köln oder Hamburg unterschieden. Männer mit Zylindern, Gehröcken und eng geschnittenen Hosen, Frauen mit Schuten aus fein geflochtenem Stroh oder glänzender Seide, eng geschnürten Taillen und Krinolinen, die den Röcken die nötige bauschige Weite verliehen.

Einheimische schlenderten umher oder blieben für ein Schwätzchen mit Bekannten stehen. Hunde schnüffelten im Müll und suchten nach Essensresten. Kinder banden einer Katze ein Glöckchen an den Schwanz oder schreckten einen dösenden alten Mann in seinem Schaukelstuhl auf der Veranda auf. Ein süßlicher, fauliger Duft lag wie eine Glocke über der Stadt. Anders als die gewundenen Sträßchen und Gassen Kölns waren die Straßen in San José wie ein Schachbrettmuster angelegt. Von Ost nach West verliefen die Avenidas und von Nord nach Süd die Callas.

Die meist eingeschossigen Wohnhäuser waren aus Holz errichtet und hatten zur Straßenseite hin eine Veranda. Einige besaßen nicht einmal Fenster, während die Dächer meist mit Palmwedeln statt mit Schindeln gedeckt waren. Die Ankömmlinge passierten den Parque Central, einen rechteckig angelegten Park mit Palmen, Guanacastebäumen, Sträuchern und Blumen in allen erdenklichen Farben. Wie fast überall im Land, so hatte Dorothea gelesen, bildete der Park das Herz der Stadt. In der Avenida Simón Bolívar hieß Jensen den Führer mit den Mulis vor einem grau verwitterten Haus mit nahezu blinden, winzig kleinen Fenstern anhalten, die kaum größer waren als ein Küchentuch.

»Die Reise ist zu Ende. Wir sind da. Hier werden Sie wohnen, bei Mercedes Castro Ibarra. Und dort drüben...« Er deutete mit der Hand auf die gegenüberliegende Straßenseite. »Dort steht mein Haus.«

Dorothea erblickte ein zweistöckiges weißes Gebäude inmitten niedriger Häuser. Es war zwar ebenfalls aus Holz errichtet, erinnerte aber in seinem prunkvollen Baustil an die

Patrizierhäuser, die sie in Hamburg an der Alster gesehen hatte. Im Untergeschoss waren die grün lackierten Schlagläden vor einem großen Fenster zugeklappt. Darüber prangte ein Emailleschild. *Colmado Alemán. Deutscher Gemischtwarenhandel Jensen.*

Ohne anzuklopfen, betrat Jensen das graue Holzhaus. Dorothea hörte, wie er im Innern einige Worte auf Spanisch rief. Eine Frauenstimme antwortete. Nach kurzem Wortwechsel forderte der Kaufmann Dorothea mit einer Geste zum Eintreten auf. Sie nickte dem Muliführer einen Dank zu, nahm ihren Koffer und stand einen Moment lang unschlüssig auf der Türschwelle. Jensen hatte es mit einem Mal eilig.

»Mercedes zeigt Ihnen Ihr Zimmer. Kommen Sie morgen früh um halb sieben in mein Geschäft. Es gibt viel zu tun.«

Eine etwa fünfzig Jahre alte schlanke Frau mit hagerem Gesicht und einer Nase, die an einen Adlerschnabel erinnerte, trat auf Dorothea zu und zupfte sie am Ärmel. Dann zog sie sie in den hinteren Teil des düsteren kleinen Raumes und öffnete eine quietschende Tür. Dorothea blickte in einen Bretterverschlag mit einer Pritsche, auf der eine schmuddelige Decke lag. Als weiteres Mobiliar befand sich nur noch ein Holzstuhl in der düsteren Höhle, in die durch ein Fensterchen ein schmaler Streifen Tageslicht hereinfiel. Dorothea erschrak. In diesem staubigen Loch sollte sie das ganze nächste Jahr leben? Ohne Schrank, Kommode, Tisch, Waschschüssel und Spiegel? Aber womöglich lebten die meisten Costaricaner in ähnlichen Verhältnissen, und sie war durch den Luxus ihres Elternhauses allzu sehr verwöhnt.

Nein, sie wollte sich vom ersten Eindruck nicht abschrecken lassen. Außerdem verging ein Jahr bekanntlich schnell, und dann wäre sie frei. Frei, sich eine andere Stellung zu suchen und sich dort niederzulassen, wo es ihr gefiel. Bis dahin hätte sie den Schmerz über den Verlust ihres Verlobten überwunden und neue Kraft geschöpft. Und dann begänne ihre eigentliche, ihre richtige Zukunft. Sie wandte sich zu Mercedes Castro Ibarra um, die sie mit seltsam leerem Blick ansah. Dorothea fragte sich, ob sie in dieser Frau eine Verbündete fände oder sich eher auf Konflikte einstellen sollte.

NOVEMBER BIS DEZEMBER 1848

»Haben Sie endlich die neue Lieferung Eau de Cologne bekommen, Señorita Fassbender? Sie wissen doch, ohne diesen Duft verlasse ich nur ungern das Haus. Mir kommt es dann so vor, als sei ich nicht angemessen bekleidet.«

Dorothea schmunzelte. Schon in Deutschland hatte sie diesen Geruch nicht gemocht, weil er sie eher an Seife erinnerte, wie die Dienstmädchen sie zum Scheuern von Küchenfliesen verwendeten, als an ein Duftwasser. Doch das brauchte die nette Kundin nicht zu erfahren.

Ihre Mutter und deren Freundinnen hatten Eau de Cologne literweise verbraucht, und hier, am anderen Ende der Welt, hatten die Frauen nichts anderes zu tun, als ausgerechnet dieses Parfum aus Köln zu verlangen. Es war sogar das beliebteste Produkt in Erik Jensens Gemischtwarenladen, der gar nicht so schnell neue Ware aus Deutschland nachordern konnte, wie die Kundinnen das Wasser verbrauchten. Dorothea klappte die Trittleiter auf, stieg die Stufen hinauf und holte zwei Flakons aus dem Regal.

»Möchten Sie eine kleine oder eine große Flasche nehmen, Señora Miller?«

Johanna Miller, Witwe eines englischen Kapitäns, war etwa siebzig Jahre alt, stammte aus der Schweiz und lebte schon seit über zwanzig Jahren in Costa Rica. Ihr Hutmachergeschäft in der Nähe des Parque Central hatte sie wenige Monate zuvor an ihre langjährige Mitarbeiterin verkauft. Dorothea sprach häufiger mit Kunden Deutsch, denn am westlichen Stadtrand von San José, Richtung Santa Ana, lebten mehrere Schweizer Familien. Nichtsdestoweniger machten Dorotheas Spanischkenntnisse Fortschritte. Auf dem Schiff hatte sie regelmäßig ihr Wörterbuch zur Hand genommen und Vokabeln gelernt, doch damals wusste sie noch nicht, wie die Worte ausgesprochen wurden. Sie liebte das Melodische des Spanischen, wollte so schnell wie möglich alles verstehen. Die einheimischen Kunden freuten sich, wenn Dorothea nach Begriffen fragte, lobten, wie leicht sie sich Redewendungen merken konnte.

Die rundliche kleine Schweizerin mit den lustigen bernsteinfarbenen Augen und den grauen Haarflechten über den Ohren griff nach den durchsichtigen Glasflakons und strich andächtig mit den Fingerspitzen über das pergamentfarbene Etikett mit den schnörkeligen Buchstaben. »Zeigen Sie mal her ... Ach, am besten nehme ich zwei große Flaschen. Man gönnt sich ja sonst nichts. Mein Edward, Gott hab ihn selig, erzählte mir, sogar der französische Kaiser Napoleon habe dieses Parfum benutzt, ebenso der große deutsche Dichter Johann Wolfgang von Goethe. Sagen Sie, ist Ihr Chef wohl wieder geschäftlich unterwegs?«

Dorothea nickte. Jensen war für einige Tage nach Puntarenas gefahren, um deutsche Waren zu bestellen und eine Schiffslieferung entgegenzunehmen. Das war ihr nur recht, denn sie arbeitete gerne allein im Laden. Sie hatte sich schnell zurechtgefunden zwischen all den unterschiedlichen Artikeln: Stoffballen, Tischdecken, Holzstühlen, Bürsten, Seifen, Duftwässern, Obstschnäpsen, Kerzenleuchtern, Porzellan, Küchengeschirr, Trinkgläsern, Blumenvasen und vielen weiteren nützlichen und dekorativen Waren.

Sogar einige Ladenhüter hatte Dorothea an die Kunden gebracht, wie etwa einen Satz olivfarbener Römergläser mit kunstvoll geschliffenem Fuß. Zuerst hatte sie ein Beistelltischchen aus dem Lager geholt und mitten im Verkaufsraum aufgestellt. Dann hatte sie ein cremefarbenes Damasttuch darübergelegt und die Gläser darauf platziert, zusammen mit einer Flasche Riesling von der Mosel und einem versilberten Korkenzieher. Auch eine mit Girlanden bemalte Blumenvase hatte umgehend eine Käuferin gefunden, nachdem Dorothea sie auf ein kunstvoll drapiertes dunkelblaues Samttuch gestellt und einen Palmenwedel hineingesteckt hatte.

Erik Jensen ließ sie gewähren. Er schien sogar insgeheim von den Fähigkeiten seiner Verkäuferin überrascht zu sein, konnte allerdings nicht davon ablassen, sie immer wieder nach Einzelheiten zu ihrem Elternhaus, ihrem Lehrerinnenseminar und ihrem früheren Dienstherrn zu befragen. Doch sie blieb verschwiegen, hatte nur ein freundliches Lächeln und ausweichende Antworten für ihn übrig. Jensen war ihr Vorgesetzter und nicht ihr Beichtvater, und ihre Vergangenheit ging nur sie selbst etwas an.

Sein Verhalten war nie vorhersehbar, es wechselte von Tag zu Tag, mitunter sogar von einer Minute auf die nächste. Manchmal stand Jensen unvermittelt hinter ihr, wenn sie die Regale im Verkaufsraum auffüllte, oder belauschte sie vom Lager aus, wenn sie Kunden bediente. Dann wieder beachtete er sie überhaupt nicht, behandelte sie wie Luft. Auch nach achtwöchiger Arbeit bei ihm wusste sie noch immer nicht, was für ein Mensch der Kaufmann war.

»Jetzt werden Sie wie ein Frühlingsblumenstrauß duften, Señora Miller.« Dorothea wickelte die beiden Flaschen Eau de Cologne in altes Zeitungspapier ein und reichte sie über die Ladentheke.

Die Schweizerin lächelte dankbar und verstaute die Flaschen umständlich in ihrer viel zu großen Ledertasche. Als sie bezahlt hatte, musterte sie Dorothea mit kritischem Blick. »Sind Sie sicher, meine Liebe, dass das hier die richtige Arbeit für Sie ist? Ich meine ... Sie sehen aus wie eine Frau, die mehr kann als nur Regale wischen und einräumen und Parfum verkaufen. Was haben Sie denn vorher gemacht?«

»Ich war Hauslehrerin. Aber die Arbeit ist schon in Ordnung für mich. So lerne ich auch einmal diese Seite des Lebens kennen. Und im nächsten Jahr werde ich mich nach einer anderen Aufgabe umschauen.«

»Das täte ich an Ihrer Stelle auch. Ach, ich möchte Sie gern einmal zu mir einladen, damit wir etwas länger plaudern können. Zurzeit habe ich die Handwerker im Haus, die Fenster müssen ausgebessert werden. Aber danach müssen Sie mich unbedingt besuchen.«

Dorothea blickte Señora Miller hinterher, wie sie mit zufriedenem Lächeln das Geschäft verließ und draußen in eine Droschke stieg. Von nun an würde es nur noch zehn Monate dauern, bis sie ihre Schulden abbezahlt hätte. Danach wäre sie frei und die Zeit in Jensens Gemischtwarenladen nur noch eine unbedeutende Episode in ihrem Leben.

Ihr Arbeitstag begann um halb sieben Uhr morgens, etwa eine halbe Stunde nach Sonnenaufgang, und endete um halb sechs Uhr gegen Abend, eine halbe Stunde vor Sonnenuntergang. In der Mittagspause aß sie bei ihrer Wirtin, die nur wenige Gerichte zubereiten konnte. Morgens gab es Huevos Fritos, Spiegeleier, mittags Albóndigas, Fleischklöße mit Tomaten und Zwiebeln, oder Gallo Pinto, den Lieblingseintopf der Costaricaner, den die Wirtin abwechselnd mit weißen, roten oder schwarzen Bohnen zubereitete. Am Abend tischte sie Tortillas auf. Mercedes Castro Ibarra, die immer dasselbe dunkelgraue Kleid mit den abgestoßenen Ärmeln trug, saß meist gelangweilt und stumm bei Tisch. Dann wieder stand sie unvermittelt während des Essens auf und putzte die Fenster oder fegte den Gehsteig vor dem Haus.

Alle Versuche Dorotheas, sie in ein Gespräch zu verwickeln, endeten damit, dass die Wirtin sich abwandte und selbstvergessen einige seltsame Tanzbewegungen machte, während sie vor sich hin summte und mit imaginären Kastagnetten klapperte. »Die ist nicht ganz richtig im Kopf«, behaupteten manche Kunden im Laden. »Vor der muss man sich in Acht nehmen. Sie ist eine Hexe«, raunten andere.

In der Stadt und den umliegenden Dörfern hatte sich rasch herumgesprochen, dass in Jensens Laden eine hübsche junge Deutsche arbeitete. Die Frauen kamen, weil sie von Dorothea freundlich und kompetent beraten wurden. Aber es kamen auch immer mehr Männer, die die Einkäufe sonst lieber ihren Ehefrauen überließen. Weil sie ohnehin geschäftlich in der Stadt zu tun hatten oder weil sie zufällig vorbeikamen, wie sie gern vorgaben. Dann verwickelten sie Dorothea in langwierige Gespräche und verlangten nach Waren, die im Geschäft gar nicht vorrätig waren, nur um wenige Tage später erneut danach zu fragen.

Sonntags blieb der Laden geschlossen. Dann ging Dorothea in die Kirche, die nur wenige Fußminuten entfernt lag, und besuchte die Heilige Messe. Die Iglesia Santa Maria war Ersatzkirche für die nur einen Häuserblock entfernt liegende Kathedrale, die 1821 bei einem Erdbeben zerstört worden war und von deren einstiger Pracht nur noch eine traurige Ruine zeugte. Mercedes Castro Ibarra hatte Dorothea beim ersten Mal hastig ein schwarzes Tuch über den Kopf geworfen, bevor diese das Haus verließ. Und dann sah Dorothea, dass alle Kirchgängerinnen ihr Gesicht fast vollständig verhüllt hatten.

Gern hätte sie nach der Heiligen Messe einmal die nähere Umgebung erkundet oder wenigstens die nächstgelegenen Stadtteile, doch man hatte sie gewarnt, allein und ohne männliche Begleitung außerhalb des Stadtkerns unterwegs zu sein. So etwas schicke sich nicht für eine Frau, außer sie war ein Dienstmädchen und zum Einkaufen unterwegs oder auf einem Botengang.

Und so übersah sie die Blicke und Pfiffe der jungen Männer, die ihr begegneten und sie gelegentlich bis vor die Haustür verfolgten. Die der Ticos, die selten einem Abenteuer abgeneigt waren, erst recht dann nicht, wenn es sich um eine hübsche Ausländerin handelte. Und die der Zugewanderten, die ihre Heimat verlassen hatten und nunmehr auf der Suche nach einer Frau waren, die das Leben in dem neuen Land mit ihnen teilte.

Die Landeshauptstadt bot kaum Gelegenheit zur Zerstreuung. Es gab keine Kaffeehäuser und nur einige wenige Gasthäuser, die meist von Engländern oder Franzosen geführt wurden. Der einzige gesellschaftliche Höhepunkt fand am Samstag statt, dem Markttag. Händler aus den umliegenden Dörfern boten hier ihre Erzeugnisse an. Früchte, Gemüse, Hühner, Eier, Butter, Reis, Kakao und Käse. Des Weiteren wurden feilgeboten: Hängematten, Kinderspielzeug, Küchengeräte, Kleiderstoffe, Hüte und Pferdegeschirr. An einem solchen Markttag drängten sich zahlreiche Käufer und Verkäufer im Zentrum von San José.

Davon wusste Dorothea allerdings nur vom Hörensagen. Auch wenn es nur wenige Schritte gewesen wären, blieb ihr keine Gelegenheit, sich das Treiben einmal persönlich anzuschauen, weil sie von früh bis spät im Laden stehen musste.

Gerade am Samstag kamen die meisten Kunden. Viele Marktbesucher nutzten die Zeit in der Stadt für weitere Einkäufe.

»Wohin des Weges, schöne Señorita?«, hörte Dorothea eines Sonntags nach dem Besuch der Heiligen Messe eine männliche Stimme hinter ihr herrufen. Und dann schnitt ihr auch schon ein Reiter den Weg ab und ließ sein Pferd unmittelbar vor ihren Füßen zum Stehen kommen. Elegant schwang er sich aus dem Sattel, lüftete den Hut und lächelte breit. Er war jung, hatte ein hübsches, sommersprossiges Gesicht und sprach mit englischem Akzent. »So wie Sie aussehen, stammen Sie sicherlich aus der Schweiz. Dann können Sie mir vermutlich sagen ...«

»Ich bin Deutsche«, entgegnete Dorothea knapp und schickte sich zum Weitergehen an.

Der junge Mann vertiefte sein Lächeln. »Ist das die Möglichkeit? Wie meine Großmutter ... Ich selbst stamme aus Birmingham. Sagen Sie, Señorita, darf ich Sie auf einen Tee in das kleine englische Lokal am Markt einladen? Ich meine, in der Fremde müssen wir Europäer doch zusammenhalten.«

Dorothea suchte blitzschnell nach einer Ausrede. Um überzeugend zu wirken, legte sie einen Ton des Bedauerns in ihre Stimme. »Leider kann ich Ihre großzügige Einladung nicht annehmen, Señor. Ich muss das Mittagessen für meine drei kleinen Kinder vorbereiten.« Vor Erstaunen riss der Reiter den Mund auf, hob die Schultern und zog sein Pferd weiter, damit Dorothea ungehindert passieren konnte.

Damit niemand sie aufzuhalten wagte, bewegte sie sich fortan immer im Eilschritt und ausschließlich in dem Dreieck zwischen der Kirche, dem Ladengeschäft und ihrer Unterkunft. Auf keinen Fall wollte sie jedoch in Selbstmitleid verfallen und ihr selbst gewähltes Schicksal beklagen. Irgendwann wäre diese Zeit vorüber, und dann würde sie sich ein anderes Zuhause suchen, reisen, Land und Leute kennenlernen. Wenn auch ohne den Mann, den sie immer noch liebte und nach dem sie sich in manch schlafloser Nacht verzehrte.

In Deutschland war vermutlich bereits der erste Schnee gefallen, bald würden Eisschollen auf dem Rhein treiben. Doch im Hochland Costa Ricas hatte der Sommer begonnen. Zwar blieben die Temperaturen im Valle Central das ganze Jahr über konstant, etwa bei zweiundzwanzig Grad. Aber im Gegensatz zur Winterzeit, die von Mai bis November dauerte, regnete es zwischen Dezember und April nur selten. Dorothea hatte seit ihrer Ankunft das Gefühl, einen immerwährenden Frühling zu erleben.

Am ersten Weihnachtstag blieb Jensens Geschäft geschlossen. Da dieser auf einen Montag fiel, hatte Dorothea zwei Tage hintereinander frei. Zwar hatte sie mehrere Einladungen von eingewanderten Kundinnen erhalten, sie und ihre Familien während der Feiertage zu besuchen. Doch sie hatte höflich abgelehnt und behauptet, eine Erkältung auskurieren zu müssen. In Wirklichkeit wollte sie an diesem ersten Weihnachtsfest in der Fremde für sich allein sein und niemandem zur Last fallen.

Und so nutzte sie die Zeit, ihrer Patentante einen ausführlichen Bericht über die ersten Wochen in Costa Rica zu schreiben, einen abgerissenen Knopf anzunähen und einen löchrig gewordenen Rock so geschickt mit einem Flicken zu besetzen, dass er nicht auffiel. Neue Kleidung konnte sie sich nicht leisten. Den Rest vom Geld ihrer Patentante wollte sie als eiserne Reserve für Notfälle unangetastet lassen.

In den Tagen zwischen Weihnachten und Neujahr herrschte Hochbetrieb im Laden. Viele der wohlhabenden Kunden planten am Silvesterabend einen Empfang und wollten ihre Gäste mit einem besonderen Wein oder deutschem Gänseschmalz auf einem neuen Essgeschirr überraschen. Täglich musste Dorothea die leer gewordenen Regale im Verkaufsraum mit Waren aus dem Lager auffüllen. Dann saß sie allein am Abendtisch, weil Mercedes Castro Ibarra sich pünktlich um neun Uhr zur Ruhe begab.

Am letzten Tag des Jahres lag Dorothea schlaflos in ihrem Bett. Schemenhaft nahm sie das kleine Fenster wahr, hinter dem die Sterne als winzige Leuchtpunkte zu erkennen waren. Als sie ein Kratzen an der Zimmertür hörte, setzte sie sich erschrocken auf. Da öffnete sich quietschend die Tür. In einem bodenlangen weißen Nachthemd und mit offenem, hüftlangem Haar trat Mercedes Castro Ibarra ins Zimmer. In der Hand hielt sie einen Kerzenleuchter. Sie spähte unter Dorotheas Bett, unter den Stuhl am Fenster und hinter den Reisekoffer hinter der Tür. Dorothea zog sich das Bettlaken bis über die Nase hoch. »Was ist, Mercedes? Suchen Sie etwas?«

Die Wirtin murmelte Worte, die sich anhörten wie: »Mein Kind, wo ist mein Kind?« Dann verschwand sie wieder.

Ganz ruhig, es ist alles in Ordnung, sie ist nur eine verwirrte, ganz harmlose Frau, versuchte Dorothea sich selbst zu beruhigen. Sie musste plötzlich an den letzten Silvesterabend denken, den sie mit ihren Eltern im Haus eines reichen Schirmfabrikanten am Alten Markt verbracht hatte, eines Schulfreundes des Vaters. Alle Gäste waren elegant gekleidet gewesen, man hatte Belanglosigkeiten ausgetauscht. Die Frauen hatten über die neueste französische Mode gesprochen, die Männer politische Prognosen gewagt. Es hatte Unmengen an Wein und Champagner, Fischterrinen, Suppen, Salaten und anderen erlesenen Speisen gegeben, die zwei eigens eingestellte Köche für dieses Fest zubereitet hatten. Damals hatte sie Alexander seit drei Monaten gekannt und erinnerte sich genau, wie verliebt sie gewesen war, an das Kribbeln im Bauch und an das Glühen der Wangen, wenn sie nur an ihn gedacht hatte. Ihre Zuneigung war erwidert worden, und sie hatte nichts sehnlicher erhofft, als dass Alexander ihr im neuen Jahr einen Antrag machen würde.

An diesem Tag, genau zwölf Monate später, war sie eine andere, sie lebte in einem anderen Land, und sie wollte nicht mehr an die Vergangenheit denken, weil die Erinnerung sie wehmütig und traurig stimmte. Sie wollte das kommende Jahr frohen Herzens begrüßen und dankbar annehmen, was es ihr bringen würde.

JANUAR BIS MÄRZ 1849

Die Kundschaft, die in Jensens Laden einkaufte, bestand zum größten Teil aus eingewanderten Schweizern und Engländern, aber auch aus Ticos und Ticas, wie die Costaricaner sich selbst nannten, Einheimische mit europäischen Vorfahren. Einwohner indianischer Abstammung, die nur einen kleinen Teil der Bevölkerung ausmachten, kauften im Gemischtwarenladen nicht ein, weil hier nur teure importierte Waren zu haben waren.

Erik Jensen hatte rasch erkannt, dass er durch Dorothea neue Kunden gewonnen hatte und sein Umsatz stieg. »Fräulein Fassbender«, sagte er eines Morgens zu ihr, als sie im Lager nach Honigkerzen suchte, »Sie geben sich redliche Mühe und haben in kurzer Zeit viel gelernt. Ich möchte mich erkenntlich zeigen und Ihnen ein Angebot machen. Das Zimmer bei der Argentinierin ist viel zu schäbig. Sie könnten oben bei mir einziehen. Die Wohnung ist groß genug.« Breitbeinig stand er mitten im Türrahmen, die Arme vor der Brust verschränkt, und versperrte ihr den Weg, taxierte sie vom Scheitel bis zur Sohle mit seinen stechend blauen Augen.

Liebend gern hätte Dorothea eine komfortablere Unterkunft bewohnt. Möglichst eine ohne Kakerlaken, die morgens in den Schuhen steckten, und auch ohne diese fingerlangen, fleischfarbenen Geckos, die nachts die Wände hochkrochen und Insekten vertilgten, wobei sie leise schmatzende Geräusche von sich gaben. Doch mit einem so unberechenbaren, undurchsichtigen Menschen wie Jensen wollte sie niemals unter einem Dach wohnen. Schließlich bezahlte sie für Kost und Unterbringung mit drei Monaten ihrer Arbeitszeit. Und nun musste sie auf die neuerlichen plumpen Avancen ihres Arbeitgebers auch noch mit diplomatischem Geschick antworten.

»Sehr freundlich von Ihnen, Herr Jensen, aber Señora Castro Ibarra und ich kommen gut miteinander aus. Es gefällt mir bei ihr. Sie hätten keine bessere Unterkunft für mich aussuchen können.«

Jensens Mund wurde schmal. Eine Ader auf der Stirn schwoll an. »Sie sollten sich gut überlegen, ob Sie das Angebot eines hanseatischen Kaufmanns ausschlagen. Haben Sie etwa vergessen, was ich für Sie getan habe? Streng genommen könnte ich mich durch Ihre Antwort beleidigt fühlen.«

Dabei trat Jensen einen Schritt auf Dorothea zu, die tapfer stehen blieb und nicht einmal um Haaresbreite zur Seite wich. Das Herz klopfte ihr bis zum Hals. Was sollte sie tun, wenn der Kaufmann noch näher käme? Der missglückte Fluchtversuch auf dem Schiff fiel ihr wieder ein, wo sie mit ihrer Schute unter seinem Arm hängen geblieben und gestürzt war. Aber sie wollte sich nicht noch einmal einschüchtern lassen, zwang sich, ihn unverwandt ruhig und freundlich anzusehen. Jensen streckte eine Hand vor, seine Augen flackerten. Dorothea hielt den Atem an und überlegte, ob wohl jemand sie hören würde, wenn sie um Hilfe schrie. Seine Fingerspitzen berührten schon fast ihre Schulter, als die Türglocke des Ladens schrillte.

Dorothea verzog keine Miene, wollte sich ihre Erleichterung nicht anmerken lassen. Jensen trat zur Seite und machte sich, als wäre nichts vorgefallen, an einem der Weinregale zu schaffen. Zwei junge Schweizer Uhrmacher, beide um die dreißig Jahre alt, waren in das Geschäft gekommen und fragten nach Büttenbriefpapier mit passenden Umschlägen.

»Es tut mir leid, aber das haben wir nicht vorrätig. Soll ich eine Notiz machen, damit Herr Jensen es mit der nächsten Lieferung in Deutschland bestellt? Es wird allerdings einige Monate dauern.«

Der größere der beiden, ein schlanker rothaariger Mann mit Backenbart und sommersprossigem Gesicht, verbeugte sich leicht. »Das wäre sehr freundlich, mein Fräulein. Wir haben es nicht eilig. Wir sind Schweizer.« Er stutzte, musste dann aber über seine eigenen Worte lachen, und Dorothea stimmte mit ein. »Übrigens, mein Name ist Keller, Urs Keller. Am nächsten Wochenende begehen wir den zweiten Jahrestag unserer Ankunft in Costa Rica. Mein Freund und ich wollten Sie fragen, ob Sie mit uns feiern wollen. Es wird lustig zugehen.«

Die Männer wirkten durchaus sympathisch und höflich. Jede andere junge Frau hätte sich von einer solchen Einladung geschmeichelt gefühlt, Dorothea aber schüttelte den Kopf. Nein, ihr war nicht nach Gesellschaft zumute. Eher danach, sich in die Stille und Einsamkeit ihrer Kammer zurückzuziehen und ihren Gedanken nachzuhängen. Pläne für die Zukunft zu schmieden.

»Vielen Dank. Aber ich habe bereits eine andere Verabredung.«

Die Enttäuschung stand den beiden jungen Männern ins Gesicht geschrieben. »Dann müssen Sie aber unbedingt einmal zum Tanzabend kommen. Jeden ersten Samstag im Monat wird bei uns in der Gemeinde musiziert. Es wird Ihnen bestimmt gefallen.«

Dorothea lächelte, auch wenn sie sich mit einem Mal verloren und traurig fühlte. »Ja, vielleicht. Kann ich sonst noch etwas für die Herren tun?«

»Ich brauche Stoff für eine Weste«, erklärte der junge Uhrmacher. »Robust soll er sein, aber gleichzeitig geschmeidig. Etwas für jeden Tag und elegant genug für besondere Anlässe. Er soll nicht blass machen, aber auch nicht aufdringlich wirken.«

Dorothea hatte gar nicht bemerkt, dass Jensen ihr vom Lager in den Verkaufsraum gefolgt war. Er wirkte ungeduldig und gereizt. »Ich bediene den Herrn weiter. Sie haben heute einen freien Nachmittag, Fräulein Fassbender. Bis morgen also. Adiós.«

Dorothea starrte ihren Dienstherrn ungläubig an. Doch dann holte sie rasch ihren Hut und verließ das Geschäft, bevor seine Laune wieder umschlug und er es sich anders überlegte.

In der zweiten Januarwoche fand im Laden Inventur statt. Dorothea trug sämtliche vorhandenen Waren ins Jahresbuch 1849 ein. Wenn sie tagsüber viele Kunden zu bedienen hatte und die Listen nicht vervollständigen konnte, musste sie abends länger bleiben. Das jedenfalls verlangte Jensen von ihr und zog sich derweil in seine Wohnung im oberen Stockwerk zurück. Nach einem solchen Arbeitstag fiel sie todmüde ins Bett, zählte die Wochen, in denen sie noch ihre Schulden abarbeiten musste, und schwor sich, durchzuhalten und keinerlei Schwäche zu zeigen.

Eines Morgens kam ein Brief an, adressiert an *Fräulein Dorothea Fassbender, Gemischtwarenladen Jensen, San José*. Elisabeth hatte ihr geschrieben. Dorothea konnte die Mittagspause kaum erwarten. Endlich würde sie erfahren, wie es der

Freundin in der Zwischenzeit ergangen war und wo sie sich aufhielt. Mit fahrigen Händen öffnete sie den Umschlag. Ihre Blicke hasteten über die Zeilen, die in schwungvoller Handschrift und mit dunkelroter Tinte verfasst waren.

*Meine allerliebste Dorothea! Ich bin so gespannt, was Dir seit unserem Abschied widerfahren ist. Hast Du es gut getroffen in San José? Ich warte sehnsüchtig auf Post von Dir. Meine Adresse lautet: Pension Santa Elena in Jaco.*
*Costa Rica ist ein großartiges Land mit unglaublich liebenswerten Menschen. Welch ein Glück, dass es uns ausgerechnet hierher verschlagen hat! Aber jetzt muss ich Dir unbedingt von Diego berichten. Ich habe ihn vor zwei Monaten kennengelernt. Er stammt aus Chile und lebt schon seit dreiundzwanzig Jahren hier. Diego ist mittelgroß und schlank, hat schwarzgraue Haare und kann auf verführerischste Art lächeln. Er ist Arzt, hat aber vor einem Jahr seine Praxis in San José aufgegeben, weil er mehr Zeit fürs Reisen haben möchte. Wenn ich in seinem Haus auf der Veranda sitze, blicke ich unmittelbar aufs Meer. Du kannst Dir nicht vorstellen, welch atemberaubende Sonnenuntergänge wir schon zusammen beobachtet haben. In der vergangenen Woche gab es hier an der Küste ein schweres Erdbeben, bei dem glücklicherweise niemand zu Schaden kam.*
*Kürzlich hatte Diego in Guaitil auf Guanacaste zu tun, und ich habe ihn begleitet. Ich habe dort Indianerinnen getroffen, die nach alten Vorbildern wunderschöne Töpferwaren herstellen. Diego hat mir einige Vasen und Schalen geschenkt, weil sie mir so gut gefielen. Er ist der großzügigste Mensch, den Du Dir vorstellen kannst, außerdem kultiviert und gebildet. Gestern hat er mir einen Heiratsantrag gemacht. Ich bin aus allen Wolken gefallen. Schließlich ist Diego fast dreißig Jahre*

*älter als ich. Ich mag ihn, er schenkt mir Geborgenheit, aber eigentlich fühle ich mich für die Ehe noch zu jung. Ich habe ihn gebeten, mir etwas Zeit zu lassen, um darüber nachzudenken. Ach, wenn Du doch bei mir wärst! Dann könnten wir über alles reden.*
*Ich muss Schluss machen. Diego will mit mir einen Ausritt zu den roten Aras unternehmen. Ich umarme Dich vielmals. Servus und Busserl. Deine Elisabeth.*

Dorothea sah die Freundin im Geist vor sich. Ihr spitzbübisches Lächeln, die dunklen Augen und Haare, die immer schwarz gekleidete schmale Gestalt mit dem kessen, leuchtend roten Hut. Zumindest kannte Dorothea jetzt Elisabeths Adresse, und sie beschloss, ihr noch am gleichen Abend zu antworten. Von nun an war sie nicht mehr ganz so allein. Sie würden sich regelmäßig Briefe schreiben, und das wäre dann fast so, als sähen sie einander.

Kurz vor Ostern ging Jensen wieder auf Reisen. Er nannte weder das Ziel noch die Dauer seines Fernbleibens. Dorothea fühlte sich beschwingt und genoss die Zeit, in der sie allein im Laden schalten und walten konnte. Manchmal stellte sie sich vor, aus freien Stücken als Verkäuferin zu arbeiten und nicht, um Schulden zu tilgen. Die Tätigkeit hätte ihr sogar gefallen, aber dann gab es Momente, da sie die Schüler vermisste, ihre leuchtenden Augen, wenn sie ihnen vorlas oder wenn sie etwas Kompliziertes verstanden hatten, ihre neugierigen Fragen, ja, selbst ihre schlechte Laune oder Streitereien.

Dorothea hatte bereits die Ladentür abgeschlossen und war dabei, das Geld in der Kasse nachzuzählen, als sie von draußen ein polterndes Geräusch hörte. Durch den Glaseinsatz in der Tür erkannte sie, dass es Jensen war. Sie öffnete, und der Kaufmann stolperte herein. Sein sonst so akkurates Äußeres wirkte derangiert. Er hielt einen zerdrückten Zylinder in der Hand, das Haar hing ihm wirr ins Gesicht, die Weste unter seinem Rock war schief geknöpft. Dorothea roch Alkohol.

Lallend torkelte Jensen zur Kasse, zerrte die Kassette mit dem Geld heraus und kippte den Inhalt auf dem Ladentisch aus. Mit glasigen Augen stierte er Dorothea an, murmelte unverständliche Laute und wischte mit dem Ärmel alles Geld von der Theke. Bei dem Versuch, gegen ein Tischbein zu treten, geriet er aus dem Gleichgewicht. Er setzte sich rücklings auf eine geschnitzte Truhe und kippte hintenüber. Dabei ging eine Bodenvase zu Bruch. Jensen rappelte sich auf, griff nach einem Bugholzstuhl und zertrümmerte ihn auf den Fliesen.

Wortlos und wie erstarrt beobachtete Dorothea das gespenstische Szenario. Dann rannte sie voller Angst zur Tür hinaus. Jensen war nicht verletzt, das jedenfalls hatte sie gesehen. Also war es nicht nötig, Hilfe zu holen und auf die Lage des Betrunkenen aufmerksam zu machen. Das wäre ihm im nüchternen Zustand sicherlich peinlich gewesen und hätte abermals seinen Zorn erregt. Noch beim Abendessen zitterte Dorothea am ganzen Leib. In der Nacht konnte sie schlecht schlafen, denn sie fürchtete sich vor dem Wiedersehen mit ihrem Dienstherrn. Sollte sie einfach davonlaufen? Doch bevor sie sich diesen verlockenden Gedanken weiter ausmalen konnte, fiel ihr ein, dass sie noch für mehrere Monate eine Schuld abzutragen hatte. Sie war Jensen gegenüber in der Pflicht.

Mit klopfendem Herzen betrat sie am nächsten Morgen den Laden. Zu ihrer Überraschung war das Geschäft blitzblank sauber und aufgeräumt. Nichts erinnerte an das vorabendliche Chaos. Jensen begrüßte sie zuvorkommend und war den ganzen Tag über die Höflichkeit in Person.

»Was haben Sie über die Ostertage vor, Señorita Fassbender? Hätten Sie Lust, mich auf eine Tasse Tee zu besuchen? Ich würde mich freuen, wieder einmal jemanden zum Plaudern zu haben. Es ist recht einsam geworden, seitdem mein Mann gestorben ist. Ach ja... mein Eau de Cologne ist bald zu Ende. Ich brauche wieder zwei Flaschen.«

Überrascht blickte Dorothea über den Ladentisch zu Johanna Miller hinüber. »Sehr gern. Aber wie komme ich denn zu Ihnen?«

Die Schweizerin zog ihre Geldbörse aus der Tasche und zählte die Münzen ab. »Ich wohne am Stadtrand Richtung Santa Ana, unmittelbar neben der Hacienda Bella Vista, einer Zuckerrohrplantage. Und ich schicke Ihnen einen Kutscher.«

Dorotheas Herz tat vor Freude einen Sprung. Endlich einmal ihrer Umgebung entfliehen! Obendrein war Johanna Miller eine besonders sympathische Kundin. Allerdings kostete eine solche Fahrt Geld. Und zu Fuß wäre der Weg entschieden zu weit.

»Schade, das ist leider doch nicht möglich. Weil...«

Johanna Miller hatte offenbar Dorotheas Gedanken erraten, denn sie sprach rasch weiter. »Die Fahrt geht selbstverständlich zu meinen Lasten. Alfonso, mein Nachbar, wird Sie kutschieren. Er ist mir ohnehin noch einen Gefallen schuldig. Was halten Sie von Ostersonntag? Alfonso würde Sie um halb zwei abholen.«

Dorotheas leuchtende Augen waren eine wortlose, aber desto klarere Antwort.

Weil sie nicht mit leeren Händen kommen, die eiserne Reserve der Patentante jedoch keinesfalls angreifen wollte, nahm Dorothea ihren Skizzenblock und zeichnete einen Flakon Eau de Cologne. Das sollte ein kleines Dankeschön für die Einladung sein.

Die Tage bis Ostersonntag konnten gar nicht schnell genug vergehen. Pünktlich auf die Minute fuhr die Kutsche vor. Alfonso war ein drahtiger kleiner Mann um die Mitte sechzig mit dem dunklen Teint und den schwarzen Augen der Ureinwohner. Und wie sie alle besaß er eine ungezwungene, von Herzen kommende Freundlichkeit. Er half Dorothea beim Einsteigen in den Einspänner und lenkte sein Pferd, eine gutmütige dunkelbraune Stute, stadtauswärts nach Westen. Sofort begann er eine muntere Plauderei, erzählte, er sei Witwer, wohne seit zehn Jahren neben Johanna Miller im Haus seiner ältesten Tochter, die einen spanischstämmigen Mann geheiratet hatte, und habe drei Enkelsöhne. Seine ausschweifenden Erzählungen wurden fortwährend unterbrochen, weil er nach allen Seiten hin Freunde und Bekannte grüßen musste, die zu Pferd oder in der Droschke in der Stadt unterwegs waren.

»Doña Johanna hat mir erzählt, dass Sie aus Deutschland stammen und erst seit einem halben Jahr hier in Costa Rica leben. Aber Sie sprechen sehr gut Spanisch. Man hört kaum einen Akzent.«

Dorothea nahm dieses Kompliment mit einem stillen Lächeln an. Nach einer Dreiviertelstunde ließ Alfonso die Stute vor einem eleganten hellgrünen Holzhaus anhalten, dessen Eingangstür von lachsfarbenen Kletterrosen eingerahmt wurde. Johanna Miller stand bereits erwartungsvoll in der Tür.

»Bienvenida, herzlich willkommen, Señorita Fassbender!

Ich habe mich schon die ganze Woche auf Ihren Besuch gefreut. Kommen Sie, wir setzen uns in den Garten. Mein Hausmädchen hat schon den Tee bereitgestellt. Oh, Sie haben mir etwas mitgebracht! Welche Überraschung! D und F… haben Sie den Parfumflakon etwa selbst gezeichnet?«

Dorothea nickte, und Johanna Miller schritt ihr voraus durch ein Zimmer, das ganz im englischen Stil eingerichtet war – mit einem hohen Mahagonibücherschrank, dicken Teppichen und einer schweren dunkelbraunen Ledergarnitur. Sie legte die Zeichnung auf einem Tischchen ab. »Mein Mann, Gott hab ihn selig, war Engländer. Ich habe im Haus alles so gelassen wie zu seinen Lebzeiten. Früher ist er als Kapitän auf einem Frachtsegler gefahren. Er wollte seinen Lebensabend in einem Land verbringen, in dem ein milderes Klima herrscht als in seiner Heimat.«

Die beiden Damen setzten sich auf die Terrasse, die ringsum mit Rosen verschiedenster Farben bepflanzt war. Ihr süßlich betörender Duft stieg Dorothea in die Nase.

»Mein Edward liebte Rosen. Er hat sie alle selbst gepflanzt. Die hier vorn mit den gefüllten roten Blüten war seine Lieblingsrose, eine Princess of Wales. Aber was rede ich da die ganze Zeit… Wir wollten doch Tee trinken.« Die Schweizerin schenkte ein. »Ich hoffe, Sie mögen Earl Grey. Das ist schwarzer Tee, aromatisiert mit Bergamottöl. Und Sie müssen unbedingt das Früchtebrot probieren, das Current Bread. Nach einem Rezept meiner Londoner Schwägerin.«

Dorothea aß mit Appetit, schmeckte dem duftig bitteren Aroma des Tees auf der Zunge nach, lehnte sich in dem Korbsessel mit der hohen Rückenlehne bequem zurück und ließ die Gastgeberin erzählen. Von ihrem zwanzig Jahre älteren Mann, mit dem sie leider keine Kinder bekommen hatte, ihrem Hutsalon, den sie am liebsten weitergeführt hätte, wenn nur ihre Sehkraft nicht so rasch abgenommen hätte. Augenzwinkernd gab sie zu, dass sie sich immer noch nicht an das landesweit so beliebte Gallo Pinto gewöhnt hatte, weil sie keinen Koriander mochte, und dass sie Costa Rica besonders zur Regenzeit liebte, weil dann das Land ganz unvergleichlich nach frischer Erde und Blüten duftete. »Aber jetzt müssen Sie unbedingt von sich erzählen, Señorita Fassbender. Von Deutschland, was Sie hierher verschlagen hat und warum Sie ausgerechnet im Laden bei Jensen arbeiten.«

Dorothea berichtete in knappen Worten von ihrer Zeit als Hauslehrerin und dass sie die Winter in Deutschland nicht vertragen hatte. Dass ihr Jensen in Hamburg begegnet sei und er ihr eine Stelle angeboten habe. Von den wahren Hintergründen dieses Arbeitsverhältnisses mochte sie nichts erwähnen. Sie schämte sich. Davon wusste nur Elisabeth. Die Gastgeberin war einfühlsam genug, keine weiteren Fragen zu stellen.

Viel zu schnell vergingen die Stunden, und als Dorothea wieder in die Kutsche stieg, hatte sie das Gefühl, einen unbeschwerten und heiteren Nachmittag bei einer Freundin verbracht zu haben. Beim Abschied hatte sie Johanna versprechen müssen, sie bald wieder zu besuchen.

Nachdem Alfonso sie vor dem Haus von Mercedes Castro Ibarra abgesetzt hatte und sie gerade die Tür hinter sich schließen wollte, bemerkte sie am Fenster der Wohnung über dem Laden eine Gestalt. Während sie bewusst umständlich den Hut absetzte, blinzelte sie unter der Krempe zur anderen Straßenseite hinüber. Dort stand Erik Jensen und hielt ein Fernrohr auf sie gerichtet.

APRIL BIS DEZEMBER 1849

»Guten Morgen, Fräulein Fassbender. Hatten Sie einen angenehmen Sonntag?« Jensen war bereits im Lager und öffnete eine Kiste mit frisch angelieferten leinenen Küchentüchern und Schürzen.

Dorothea stutzte. Jensen hatte sich bisher noch nie nach ihrem Privatleben erkundigt. Sollte er etwa Erkundigungen eingezogen haben, wie und wo sie den gestrigen Tag verbracht hatte? Oder dachte sie wieder zu schlecht über ihren Dienstherrn, und verbargen sich aufrichtige Anteilnahme und Fürsorglichkeit hinter seiner Frage?

»Ja, das hatte ich, danke der Nachfrage.«

Jensen packte die neuen Waren in die Regale. »Ich schätze Ihre Arbeit durchaus. Sie haben ein Gespür für Dekoration, wissen, was Kunden wünschen ... Aber ich möchte Ihnen gern anspruchsvollere Aufgaben übertragen. Sie dürfen das durchaus als persönlichen Vertrauensbeweis werten. Ab sofort werden Sie die Buchhaltung übernehmen. Alte Rechnungseingänge prüfen und die Formulare abheften, Mahnungen und Rechnungen schreiben ... Ich plane, neue Bezugsquellen aufzutun und meine Stammkunden intensiver zu betreuen.«

Sei vorsichtig!, ermahnte Dorothea sich selbst. So viel Lob und Entgegenkommen war sie von Jensens Seite nicht gewohnt. Sie musste auf der Hut sein. »Ich freue mich über neue Aufgaben.«

»Wie schön, dass ich mich in Ihnen nicht getäuscht habe.« Jensen war mit dem Umräumen fertig und strich sich die Kleidung glatt. In seinen Augen zeigte sich ein Glitzern, das Dorothea ganz und gar nicht gefiel.

»Unter der Woche können Sie sich natürlich nicht um solche geschäftlichen Angelegenheiten kümmern. Da will die Kundschaft bedient werden. Sie werden diese Tätigkeit am Sonntag erledigen.«

Das war es also! Wütend rang Dorothea nach Luft. Sie sollte ihren einzigen freien Tag opfern und sich wie eine Leibeigene behandeln lassen! Feindselig starrte sie ihren Dienstherrn an. »Wenn ich darauf hinweisen darf, Herr Jensen, arbeite ich sechs Tage in der Woche, von Montag bis Samstag, von halb sieben morgens bis halb sechs abends, abzüglich einer halben Stunde Mittagspause. Es war nie abgemacht, dass ich auch sonntags anwesend sein soll.«

Jensen ließ sich ungerührt auf einem Stuhl nieder, schlug die Beine übereinander und wippte mit der Fußspitze. »Nun, die Umstände ändern sich gelegentlich. Das Geschäft floriert, und das bedeutet mehr Schreibarbeit... Tja, bedauerlicherweise haben Sie sich mir gegenüber wenig zugänglich gezeigt, als ich Ihnen eine Bleibe in meinem Haus angeboten habe. Wenn unser Verhältnis... persönlicher wäre, hätte ich mir überlegt, einen Buchhalter einzustellen. Trotzdem will ich mich großzügig erweisen. Ich erlaube Ihnen, mit der Arbeit erst nach der Heiligen Messe zu beginnen. Dann sind Sie spätestens um vier Uhr nachmittags fertig und haben noch den ganzen Sonntag vor sich.«

Den ganzen Sonntag... Das ist doch der reinste Hohn!, wollte Dorothea ihm entgegenrufen. Die Umsätze sind um mehr als die Hälfte gestiegen, und das liegt ja wohl auch an mir, und zum Dank dafür soll ich noch mehr arbeiten? Sie presste die Lippen aufeinander, um ihren Zorn zu dämpfen. Wenn sie erst gegen vier Uhr fertig wäre, blieben ihr kaum mehr als zwei Stunden Freizeit bis zum Einbruch der Dunkelheit. Dann könnte sie auch die Schweizerin nicht mehr besuchen, denn für die Kutschfahrt musste sie anderthalb Stunden hin und zurück rechnen. Womöglich hatte Jensen bereits herausgefunden, wo sie am Vortag gewesen war, und versuchte auf diese Weise, ihre Bekanntschaft zu unterbinden.

»Es gibt Gesetze, die die Arbeitszeiten regeln, auch in Costa Rica.« Sie wusste nicht, ob das tatsächlich stimmte, aber um Jensen die Stirn zu bieten, musste sie bluffen.

Der Kaufmann hob überrascht die Brauen, und sein Mund verzog sich zu einem überheblichen Grinsen. »Ach, tatsächlich? Ja, dann gehen Sie doch zur Polizei und beschweren sich. Von mir aus auch zum Justizministerium. Oder warum nicht gleich zu unserem Präsidenten José Maria Castro Madriz? Und wissen Sie, was dann passieren wird, Fräulein Fassbender? Man wird Ihnen nicht zuhören. Niemand wird Ihnen zuhören. Was glauben Sie eigentlich, wer Sie sind, hä? Sie haben keine Papiere, keine Aufenthaltsgenehmigung. Sie sind ein Nichts.«

Dorothea biss sich auf die Lippen. Daran hatte sie überhaupt nicht mehr gedacht. Jensen war noch im Besitz ihrer sämtlichen Papiere, die er nach der Ankunft in der Capitana so überraschend an sich genommen und dabei Fürsorglichkeit vorgetäuscht hatte. Vermutlich schon damals in der Absicht, sie gegebenenfalls als Druckmittel zu verwenden.

Als am Nachmittag der freundliche Schweizer Uhrmacher Seife und Rasierschaum einkaufte, schöpfte sie kurz Hoffnung. In beiläufigem Ton fragte sie, ob er wisse, was Angestellte ohne Papiere gegen ihren Dienstherrn unternehmen könnten. »Es geht um eine weitläufige Bekannte«, setzte sie rasch hinzu, als sie den erstaunten Gesichtsausdruck des Kunden bemerkte.

»Also, wir hatten erst kürzlich einen solchen Fall in unserer Gemeinde. Die costaricanischen Richter urteilen sehr streng. Wer sich in diesem Land nicht ausweisen kann, hat auch keine Rechte. Ich fürchte, für die Dame sieht es schlecht aus.«

Trotz dieser entmutigenden Auskunft wollte Dorothea sich noch nicht geschlagen geben. Als Jensen das nächste Mal wieder auf Reisen ging, fasste sie einen Entschluss. Sie musste die Papiere finden. Dann jedenfalls wäre sie nicht mehr erpressbar. Wenn gerade keine Kundschaft im Laden war, schlüpfte sie ins Bureau und durchsuchte die Schreibtischschubladen, nahm sämtliche Rechnungsbücher und Bestellordner zur Hand und blätterte sie Seite für Seite durch, immer darauf bedacht, keinerlei Spuren zu hinterlassen. Suchte in Schachteln und Kästen und sogar hoch oben auf den Regalen. Nichts. Also mussten die Dokumente in Jensens Wohnung aufbewahrt sein.

Als am Abend der letzte Kunde gegangen war und sie die Ladentür abgeschlossen hatte, stieg sie auf Zehenspitzen die Treppe zum oberen Stockwerk hinauf. Das persönliche Reich ihres Dienstherrn hatte sie noch nie betreten. Mit klopfendem Herzen stand sie vor der hellgelb lackierten Wohnungstür, auf der in deutscher Sprache *Tritt ein, bring Glück herein!* zu lesen war. Sie streckte die Hand aus, hielt in letzter Sekunde inne. Dann zog sie ein Taschentuch aus der Rocktasche, wickelte es sich um die Hand und drückte langsam und mit angehaltenem Atem die Klinke herunter. Nichts. Die Tür war verschlossen.

Sie biss sich auf die Lippen, wollte laut aufschluchzen. Bitter enttäuscht zerknüllte sie das Taschentuch und stopfte es wütend in die Rocktasche. Nein, sie hatte nicht die geringste Aussicht, Jensen Paroli zu bieten. Musste sich notgedrungen seinen Anordnungen fügen. Nur noch sechs Monate lang. Bis zum dreizehnten Oktober, ihrem letzten Arbeitstag. Sie würde eisern durchhalten. Jetzt erst recht! Weil sie danach endgültig frei wäre und ein neues Leben beginnen könnte. Jensen hatte ihr zwar die Dokumente genommen, nicht aber ihre Hoffnung. Gleich nach dem Abendessen begann sie mit ihrem Antwortbrief an Elisabeth und schrieb sich allen Kummer von der Seele. Danach fühlte sie sich besser.

»Wie, Sie haben keinen einzigen freien Tag mehr in der Woche?« Johanna Miller stemmte die Hände in die Hüften und schüttelte entschieden den Kopf. »Aber das darf doch nicht sein! In Costa Rica ist die Sklaverei Gott sei Dank schon seit achtzehnhundertvierundzwanzig abgeschafft. Das dürfen Sie sich nicht gefallen lassen! Soll ich mit Herrn Jensen sprechen?«

Dorothea erschrak. Obwohl sie sich Hilfe ersehnte, wusste sie doch, dass ein solches Gespräch nur weitere Spannungen zwischen ihr und dem Kaufmann nach sich zöge. Doch wie sollte sie der liebenswerten Schweizerin erklären, dass ihr keine andere Wahl blieb, als auf Jensens Forderungen einzugehen? »Bitte nicht, Señora Miller. Weil … ich muss noch bis zum dreizehnten Oktober ausharren.«

Johanna Miller kniff die Augen zusammen und musterte Dorothea prüfend. »Ist wirklich alles in Ordnung, Señorita Fassbender? Ich meine, Sie werden doch nicht mit einem …

nun … mit einem so alten Mann angebändelt haben und sich ihm gegenüber aus Mitleid verpflichtet fühlen.«

Dorothea verneinte vehement. Etwas Ähnliches hatte auch schon Elisabeth vermutet, als sie noch Passagiere auf der *Kaiser Ferdinand* gewesen waren. »Auf keinen Fall! Ganz bestimmt nicht. Es ist völlig anders, als Sie denken …« Erst zögerte sie, den wahren Grund zu nennen, aber dann gab sie sich einen Ruck. »So lange dauert es, bis ich meine Schulden bei Jensen abgearbeitet habe. Er hat mir das Geld für die Überfahrt geliehen, nachdem man mir in Hamburg fast mein ganzes Geld gestohlen hatte. Es tut mir aufrichtig leid, aber ich kann Sie nicht mehr besuchen. Wie oft habe ich an den harmonischen Nachmittag bei Ihnen gedacht.«

»Nun, dann will ich auch nicht weiter in Sie dringen. Aber sollten Sie irgendwann genug haben von diesem Ausbeuter, dann können Sie jederzeit zu mir kommen und bei mir wohnen. Sie wissen, ich habe Platz genug.«

Im Mai begann die Regenzeit. Oft war gegen ein Uhr mittags nur von fern ein Grollen zu hören, dann zogen Wolken auf, die die Gipfel der drei großen Vulkane rings um San José verhüllten. Die Wolken wurden dichter und dunkler und zogen weiter in Richtung Pazifik. Etwa eine Stunde später fiel schnurgerader Regen in solcher Dichte, wie Dorothea es zuvor nur an Gewittertagen in Köln erlebt hatte. Dabei kühlte die Luft erstaunlicherweise kaum ab. Die Temperatur blieb nahezu konstant. Manchmal hielt der Regen nur kurz, manchmal bis zu sechs Stunden lang an. Manchmal begann er um zwei Uhr nachmittags, dann wieder erst nach Einbruch der Dunkelheit. Gelegentlich wurden die Wolkenbrüche von grellen Blitzen und gewaltigem Donner begleitet. Und immer verwandelte der Regen die Straßen in matschige

Pfade. Wenn Dorothea dann vom Laden nach Hause lief, raffte sie den Rock, damit sich der Saum nicht mit Schlamm vollsog. Ihr einziges Paar Lederstiefeletten stopfte sie danach mit altem Zeitungspapier aus, damit es am nächsten Morgen wieder trocken war.

Fast jeden Nachmittag kam der junge Schweizer Uhrmacher in den Laden. Dorothea freute sich schon auf die ungezwungene Unterhaltung mit dem netten und zurückhaltenden Urs Keller, neckte ihn, wenn er vergessen hatte, was er kaufen wollte, lachte, wenn er wortreich und voller Selbstironie von seinen ersten Reitversuchen erzählte, bei denen er mehrere Male vom Pferd gefallen war.

»Bitte, Señorita Fassbender, wollen Sie am nächsten Samstag nicht zum Tanzabend in unserer Siedlung kommen? Wir freuen uns immer über Gäste, zumal wenn Sie so charmant und hübsch sind wie Sie.«

Auch diesmal lehnte Dorothea die Einladung mit einer Ausrede und einem Lächeln ab. Weil sie nur die Kleidung besaß, die sie jeden Tag im Laden trug, und weil sie Angst hatte, von Fremden über ihr Leben ausgefragt zu werden.

Sie zählte die Tage, die sie noch bei Jensen arbeiten musste, und jeden Abend, wenn sie sich schlafen legte, empfand sie stillen Stolz, einen weiteren Tag geschafft zu haben. Mit Johanna Miller hatte sie besprochen, sich eine Stelle als Hauslehrerin zu suchen. Die Schweizerin kannte viele Ticos und Ticas aus der Zeit, als sie noch ihr Geschäft besaß und die Damen der Gesellschaft sich Hüte hatten anfertigen lassen. Dorothea träumte von einer sauberen Kammer mit einem behaglichen Bett, mit Schrank und Spiegel. Wenn sie erst einmal Geld verdiente, könnte sie sich Zeichenmaterial, neue Schuhe und auch ein Kleid kaufen. Oder besser zwei, damit sie etwas zum Wechseln hatte. Und sie würde Elisabeth am

Pazifik besuchen und mit ihr bis in die Nacht hinein erzählen, wie sie es an milden Abenden auf dem Schiff so oft getan hatten. Rosige Zeiten lagen vor ihr, und beim Abendgebet dankte sie der Gottesmutter, dass ihr die Kraft zum Ausharren geschenkt wurde.

Am Morgen des dreizehnten Oktober erwachte Dorothea frohen Herzens in ihrem harten, schmalen Bett. Sie richtete sich auf und blickte sich um, lächelte milde über die Kakerlaken, die in der breiten Ritze zwischen Boden und Wand entlangliefen und in einem Loch unterhalb des Fensters verschwanden. Diese kahlen, abweisenden vier Wände wären bald nur noch eine blasse Erinnerung. Manchmal hatte sie sich gefragt, warum Mercedes so rasch auf Jensens Forderung eingegangen war, seine Angestellte für ein Jahr zu beherbergen. War die Argentinierin ihm einen Gefallen schuldig? Oder hatte das Geld sie bewogen, so ohne Weiteres zuzustimmen? Was auch immer der Grund gewesen sein mochte, er war für Dorothea nicht mehr wichtig. Denn vierundzwanzig Stunden später würde sie bei Johanna Miller das Gästezimmer beziehen und sich unverzüglich um eine Anstellung kümmern.

»Sagen Sie das noch einmal!«
»Heute ist mein letzter Arbeitstag. Das Jahr ist vorüber.« Ruhig und gelassen stand Dorothea vor Erik Jensen, verspürte weder Herzklopfen noch ein ungutes Gefühl, nur Erleichterung und Vorfreude auf den Beginn eines neuen Lebens.
»Das muss ein Missverständnis sein.«
»Keineswegs. Ein Jahr Arbeit in Ihrem Laden für die Passage auf der *Kaiser Ferdinand* sowie Kost und Logis bei Mercedes Castro Ibarra. Jetzt sind wir quitt.«

»Aber mein liebes Fräulein Fassbender ...« Der Kaufmann zog jede Silbe in die Länge, sein Tonfall wurde mitleidig, und nun verspürte Dorothea doch ein leises Unwohlsein. Jensens nachsichtiges Lächeln verwirrte sie – es verhieß bestimmt nichts Gutes.

»Erinnern Sie sich nicht mehr, dass ich Ihnen von den Schwierigkeiten erzählte, die letzte freie Koje auf dem Schiff zu bekommen? Ein Priester, der zu einer Missionsstation an der Grenze zu Nicaragua reisen wollte, hatte bereits die letzte Bordkarte reserviert. Wie konnte ich ihn Ihrer Meinung nach wohl überzeugen, zu einem späteren Zeitpunkt zu reisen? Etwa dadurch, dass ich zehnmal das Vaterunser sprach?«

Dorothea spürte, wie der Boden unter ihren Füßen schwankte. Nein, es durfte nichts mehr dazwischenkommen! Sie war doch am Ziel! Endlich, nach einem Jahr harter Arbeit und ständigen Verzichtes. Die Kehle wurde ihr eng. »Ich verstehe nicht ...«

»Wirklich nicht?« Erik Jensen verdrehte die Augen und wirkte geradezu belustigt. »Dann sage ich es klipp und klar. Ich musste den frommen Mann bestechen. Fünfzehn Taler habe ich ihm gegeben. Und glauben Sie mir, er hatte zunächst weitaus mehr verlangt. Folglich schulden Sie mir noch zwei weitere Monate Arbeit.«

In diesem Moment hätte Dorothea am liebsten laut aufgeschrien. Sich auf Jensen gestürzt und ihm die Augen ausgekratzt. Er hatte sie schamlos hintergangen. Ihre Hoffnung, ihre Zukunft zerstört. So durfte er nicht mit ihr umgehen! So nicht! Tränen der Wut, Enttäuschung und Verzweiflung stiegen in ihr auf. Ohne Antwort ließ sie Jensen stehen und rannte aus dem Laden, hastete durch die Straßen. Ihre Geduld war am Ende. Sie wollte sich nicht länger hinhalten lassen, sondern endlich das tun, was sie schon viel früher hätte tun sollen. Davonlaufen nämlich.

»Na, meine Süße, wollen wir beide einen Guaro trinken?« Jemand zerrte Dorothea am Arm. Der Mann trug Matrosenkleidung und versuchte, sie in den Eingang einer Bodega zu drängen. Als sie seine Alkoholfahne roch, wurde ihr übel. Angewidert schüttelte sie den Betrunkenen ab und dachte weiterhin fieberhaft nach. Es musste doch eine Möglichkeit geben, gegen Jensens Hinterlist anzugehen... Ob Johanna Miller ihr helfen konnte?

Doch nein, wie zahlreich die Verbindungen der Schweizerin auch sein mochten, sie nutzten Dorothea wenig. Kein Dienstherr stellte eine Hauslehrerin ohne Papiere ein. Damit machte er sich nur selbst strafbar. Und so blieb Dorothea nichts als die bittere Erkenntnis, dass sie Jensens Sklavin war, seiner Willkür auf Gedeih und Verderb ausgeliefert. Mit hängendem Kopf schlich sie zurück in die Avenida Simón Bolívar, ballte die Hand zur Faust und vergrub sie in ihrer Rocktasche.

»Herr Jensen, ich verlange eine schriftliche Bestätigung, dass ich am dreizehnten Dezember dieses Jahres meine Schulden getilgt habe, meine persönlichen Dokumente zurückerhalte und ohne weitere Verpflichtungen meinerseits aus dem Arbeitsverhältnis entlassen bin.«

»Ich bin ein Hamburger Kaufmann. Mein Wort sollte Ihnen wohl genügen.«

Den ganzen Tag über war Dorothea im Laden nicht bei der Sache. Sie fragte sich, wie sie auf diesen Kerl mit der Fassade eines Ehrenmannes und dem Herzen eines Betrügers hatte hereinfallen können. Ihr Wunsch, Deutschland so schnell wie möglich zu verlassen, hatte sie wohl blind gemacht.

Am Nachmittag kam Urs Keller, der junge Schweizer Uhrmacher, in den Laden, um Dachshaarpinsel und Rasierseife zu kaufen. Da er in der Nähe der Hacienda Bella Vista wohnte, gab Dorothea ihm eine kurze Nachricht für Johanna Miller mit. Sie könne am Tag darauf nicht bei ihr einziehen, schrieb sie, sondern müsse weitere zwei Monate bei Jensen arbeiten.

Er wartete darauf, dass der Zuckerrohrschnaps seine besänftigende Wirkung tat. Früher hatte er immer nur zwei oder drei Gläschen am Abend getrunken, mit dem Wirt über Politik oder die viel zu hohen Steuerabgaben diskutiert und sich dann eine Droschke bestellt, hatte sich zu Hause friedlich ins Bett gelegt und war eingeschlafen. Aber inzwischen verlangten Geist und Körper bereits am helllichten Tag nach mehr. Komm, schenk mir noch einen Guaro ein, Raoul! Es war bereits sein sechster, aber daran war schließlich sie schuld. Sie ganz allein. Weil sie ihn immerzu herausforderte. Mit ihrer sanften, freundlichen Stimme, der eleganten, beinahe schwebenden Art, die Füße voreinanderzusetzen, mit ihrer schmalen Taille, der hellen Porzellanhaut, die so wunderbar mit dem blonden Haar harmonierte, das, je nach Beleuchtung, mal golden, mal rötlich schimmerte. Sie wirkte so zart und so stark, so hilflos und selbstsicher, so verlockend und kühl, und das machte ihn rasend. Was war das Geheimnis, das sie wie eine Aura umgab? Bisher war es ihm nicht gelungen, es ihr zu entlocken.

Manchmal beobachtete er sie durch die Regale hindurch, wie sie mit den Kunden sprach. Lächelnd, zugewandt, aufmerksam. Und ihm entgingen keineswegs die angespannten Kiefermuskeln und das Verlangen in den Augen der Männer. Die alle dasselbe wollten. Dasselbe wie er. Ihren Panzer knacken und sie Schicht für Schicht häuten. Ihren Stolz brechen. Sie besitzen! Noch einen Guaro, Raoul, einen doppelten! Was war nur mit seinem Kopf? Hinter seiner Stirn hämmerte es.

Als er sie zum ersten Mal im Hamburger Überseebureau gesehen hatte, hatte er es gleich gespürt. Sie war anders. Anders als die Frauen, die er bisher kennengelernt hatte. Und die er nach Stunden oder Tagen gemeinsamen Vergnügens immer anständig bezahlt und wieder fortgeschickt hatte. Doch offenbar war sie sich ihrer Wirkung gar nicht bewusst. Etwas Hilfloses, Unschuldiges ging von ihr aus, und er wollte sie beschützen. Nicht wie ein Vater, nein, wie ein Mann, der einen Schatz entdeckt hat und ihn ganz für sich allein bewahren will. Warum nur war sie so unzugänglich, so widerborstig, ließ sich nicht hinter die Stirn schauen? Er hätte ihr seinen ganzen Besitz zu Füßen gelegt, sogar seine Freiheit, wenn sie ihn nur beachtet hätte. Als Mann wahrgenommen hätte.

Trotz seines grauen Haars wirkte er attraktiv und männlich. Das bestätigte ihm sein Spiegelbild jeden Morgen. Außerdem besaß er gewandte Umgangsformen und hatte als weit gereister Kaufmann eine untadelige Reputation. Gut, er war älter als sie. Viel älter sogar. Aber träumten junge Frauen nicht genau davon? Weil sie sich insgeheim nach einem Mann sehnten, der Erfahrung und Weitblick besaß und an dessen Schulter sie sich anlehnen konnten. Der in der Lage war, ihnen eine sorgenfreie Zukunft zu bieten. In seinem Kopf drehte sich ein Karussell, das immerfort in Bewegung war. Raoul, wie lange soll ich denn noch warten? Einen Guaro, hab ich gesagt, aber ein bisschen plötzlich! Und dann bestell mir eine Droschke! Ich will nach Hause.

Er wankte durch den Garten und beobachtete sie durch das kleine Fenster zum Lager. Dort lehnte sie am Schreibpult und schlug eine Seite im Rechnungsbuch um, trat an das Regal, in dem die Kiste mit den Schuhbürsten stand, zählte nach, nickte, blätterte weiter durch das Buch. Er sah ihr mädchenhaftes Profil, die aufgesteckten Zöpfe, den schlanken Hals, die Brüste, die sich unter dem Kleiderstoff vorwölbten. Mit den Händen wollte er sie umfassen, sie kneten und ihre Wärme spüren. Weiß und nackt und fest.

Eine züngelnde Flamme stieg in ihm auf, und er presste die Hände gegen den bebenden Unterleib. Nur noch sechs Wochen... Nein! Sie durfte nicht gehen! Durfte ihn nicht verlassen. Konnte ihn nicht verlassen. Er hielt ja ihre Papiere unter Verschluss. Seinen letzten Trumpf. Sie würde winseln und flehen und um Gnade bitten. Aber er würde sie zappeln lassen. Und nun, da ihm der Guaro in der Kehle brannte und er sich stark fühlte, würde er tun, was er schon lange hatte tun wollen. Endlich.

Nun würde er sich nicht mehr an der Nase herumführen lassen, sondern sich nehmen, was ihm zustand. Schließlich hatte er sie gerettet. Als sie so dringend aus Deutschland fortwollte. Vor anderthalb Jahren. Doch warum nur? Warum hatte sie damals fliehen wollen? Weil sie etwas zu verbergen hatte? Aber natürlich... warum war ihm der Gedanke nicht schon früher gekommen? Womöglich war sie gar nicht so tugendhaft, wie sie immer tat. Sondern schämte sich ihrer lasterhaften Vergangenheit, die sie hinter sich lassen wollte.

Er stellte sich vor, wie ihre Schenkel unter dem Druck seiner Hände nachgaben, und stöhnte auf. Verflixt, wo war denn nur sein Schlüssel? Sie schloss immer die Tür ab, wenn sie sonntags allein war... Er stolperte durch den Verkaufsraum, vorbei an der Ladentheke und geradewegs ins Lager. Sie stand da und blickte ihn unverwandt an. So viel Schönheit und Anmut... Jetzt nur nicht sentimental werden, der Unschuldsengel war nur gespielt. In Wirklichkeit war sie ein hochnäsiges, durchtriebenes Straßenmädchen. Sollte sie ihm doch zeigen, was sie außer dem Addieren von Zahlenkolonnen sonst noch beherrschte! Ob sie ihn auch auf andere Weise zufriedenstellen konnte... Warum sah er sie plötzlich so verschwommen? Auch der Lagerraum wirkte, als seien die Nebel von den Berghöhen der Kordilleren in seinen Laden herabgestiegen. Die züngelnde Flamme in seinem Innern brannte nun lichterloh, wurde heiß und heißer. Mit bebenden Fingern knöpfte er die Hose auf und blickte an sich hinunter. Überrascht. Dankbar.

»Nicht wahr, da staunst du, das hättest du nicht erwartet, wie? Hier, sieh dir alles in Ruhe an. Wirst du wohl... Du brauchst gar nicht so sittsam zu tun. Du weißt längst Bescheid... Und außerdem willst du es doch auch. Du wolltest es von Anfang an, hab ich recht? Wie, du wehrst dich? Dann wart ab, wer von uns beiden stärker ist. Ja... Widerstand ist zwecklos, merkst du das endlich? Auf die Knie mit dir! Auf die Knie, sag ich! Nun, warum nicht gleich so? Fass ihn an! Du sollst ihn anfassen! Und jetzt dreh den Kopf herum, oder soll ich nachhelfen? Ach, so eine bist du! Magst es auf die harte Tour... Kannst du haben. Hier, ein Besenstiel! Gibt hässliche Striemen auf der Haut, aber die sieht man nicht unter der Kleidung... Und, war das gut? Soll ich noch einmal zuschlagen? Du bringst mich ganz schön in Fahrt... Also gut, wehr dich, zier dich, winde dich... Ich lasse nicht locker. Wie viele dieser dämlichen Unterröcke trägst du denn noch übereinander? Du sollst die Beine breit machen, sonst brech ich dir das Genick! Ah! Verdammt... du dreckige Hure!«

Dorothea hastete durch die Stadt, ohne nach links oder rechts zu blicken. Einige Passanten blieben stehen und sahen ihr kopfschüttelnd nach, wie sie mit gerafftem Rock über die Pfützen sprang und den Löchern auf der Straße auswich. Ihre Zöpfe hatten sich gelöst und schwangen im Nacken hin und her. Ihre Wangen glühten, das Herz schlug ihr bis zum Hals. In welche Richtung sollte sie laufen? Sie kannte sich in der Stadt doch gar nicht aus. Rechter Hand in der Ferne ragte der Vulkan Irazu auf, also musste sie sich nach links halten, wo sich die Vulkane Poás und Barva erhoben. Beinahe hätte sie zwei Kinder umgerannt, die vor dem Haus mit einem Kreisel spielten. Eine Katze flüchtete in einen Hauseingang, als Dorothea mit wehendem Rock um eine Straßenecke bog.

Plötzlich vernahm sie hinter sich das Geräusch einer herannahenden Kutsche. Er verfolgte sie also und würde sie im nächsten Moment in den Wagen zerren ... In wilder Panik rannte sie weiter. Ihre Fußsohlen brannten. Da hörte sie eine bekannte Stimme. »Wohin so eilig, Fräulein Fassbender? Ich kann Sie doch mitnehmen.«

Es war der junge Schweizer Urs Keller, der mit seinem Einspänner neben ihr herfuhr. Ihre Schritte wurden langsamer, stolpernd blieb sie stehen, ergriff dankbar die Rechte, die sich ihr entgegenstreckte, und ließ sich auf den Kutschbock helfen. »Schnell weiter!«, presste sie hervor und wagte sich nicht umzudrehen.

Der Schweizer ließ sein Pferd antraben, und Dorothea presste die Fäuste in die schmerzenden Seiten. Sie bekam kaum noch Luft, zwang sich, gleichmäßig zu atmen, fühlte das Holpern der Räder unter der engen Holzbank. Mit geschlossenen Augen dankte sie dem Himmel, der ihr den jungen Uhrmacher als Retter geschickt hatte.

»Wo soll ich Sie denn absetzen, Fräulein Fassbender? Übrigens ... Sie können ruhig Urs zu mir sagen.«

Zu ihrer Erleichterung stellte Dorothea fest, dass sie die Stadt bereits hinter sich gelassen hatten und auf einem der Wege zu den Zuckerrohrplantagen waren. Niemand war ihnen gefolgt. »Ich möchte zur Hacienda Bella Vista. Genauer gesagt, zu Señora Johanna Miller.«

»Das trifft sich gut – ich fahre unmittelbar an ihrem Haus vorbei. Und wenn Sie demnächst wieder in die Stadt wollen, sagen Sie mir vorher Bescheid. Ich nehme Sie jederzeit gern mit. Schließlich hat man nicht alle Tage eine so reizende Begleitung. Darf ich fragen, wie Sie mit Vornamen heißen?«

»Dieses verkommene Subjekt! Das hätte ich nicht von ihm gedacht ... Ich hoffe, er spürt Ihren Fußtritt noch recht lange.« Johanna Miller rührte in der Teetasse, und ihre Bernsteinaugen sprühten Funken. Vor Empörung vergaß sie sogar das Trinken, während sie weitere heftige Verwünschungen ausstieß. Als sie ihre Schimpftirade beendet hatte, wurde sie ruhiger, lächelte Dorothea beruhigend zu. »Alfonso wird morgen den Koffer bei Ihrer Wirtin abholen. Danach sehen wir weiter. Aber jetzt ruhen Sie sich erst einmal aus.«

Dorotheas Arm zitterte, als sie die Tasse zum Mund führte. Sie versuchte zu verdrängen, was hätte geschehen können, wenn sie nicht rechtzeitig aus Jensens Umklammerung hätte fliehen können. Schauer liefen ihr über den Rücken, sie fröstelte. »Was glauben Sie, Señora Miller – wird er nach mir suchen?«

»Ich weiß nicht, was ihm noch alles zuzutrauen ist. Gerade deswegen ist es wichtig, dass Sie zur Polizei gehen und ihn anzeigen. Wegen Körperverletzung und versuchter Vergewaltigung.«

Dorothea fuhr sich mit der Hand über die schmerzende Stelle am Schulterblatt, wo Jensen sie mit dem Besenstiel geschlagen hatte. Tränen traten ihr in die Augen. Dann lachte sie bitter auf. »Das brauche ich erst gar nicht zu versuchen. Sie kennen ihn nicht, Señora Miller. Er würde alles bestreiten, und niemand würde mir glauben. Zeugen gibt es nicht, und meine wunde Schulter möchte ich den Polizisten nicht präsentieren. Außerdem... Jensen hat noch meine Papiere. Ich kann mich nicht ausweisen.«

»Dieses verkommene Subjekt!«, wiederholte Johanna Miller und schob sich ein Stück Current Bread in den Mund, kaute gedankenverloren.

»Meine Aufenthaltsgenehmigung läuft in fünf Monaten ab. Wie soll ich ohne meine Papiere überhaupt eine Verlängerung bekommen?« Bei dem Gedanken, man könne sie ausweisen und nach Deutschland zurückschicken, schluchzte Dorothea laut auf. Dann wäre alles, was sie auf sich genommen hatte, umsonst gewesen. Sie hätte umsonst bei Jensen ausgeharrt und sich mehr als ein Jahr lang ausnutzen lassen. Stark und tapfer hatte sie sein wollen, für Alexander und auch für das Kind, das sie verloren hatte. Und um vor sich selbst geradestehen zu können. Doch nun war sie kläglich gescheitert. An der Willkür eines eitlen, triebhaften Kaufmanns. Eine Illegale in einem Land, in dem es keine Zukunft mehr gab. Sie hielt sich die Hände vor die Augen und konnte den Tränenfluss nicht länger zurückhalten.

»Aber Kindchen, so beruhigen Sie sich doch! Morgen sieht die Welt schon wieder anders aus. Ich lasse mir wegen der Papiere etwas einfallen. Wir werden eine Lösung finden, ganz bestimmt.« Tröstend legte Johanna Miller eine Hand auf Dorotheas Arm. Dann klingelte sie nach dem Dienstmädchen. Eine hübsche Zwanzigjährige mit hüftlangen Zöpfen, deren dunkle Haut und hohe Wangenknochen die indianischen Vorfahren verrieten, brachte frischen Tee.

»Juana, richte bitte das Gästezimmer für Señorita Fassbender her und sorg dafür, dass sie ein Bad nehmen kann. Sie wohnt ab sofort bei uns.«

Johanna Miller legte die Zeitung beiseite, als Dorothea am Frühstückstisch Platz nahm, und nickte beifällig. »So gefallen Sie mir schon viel besser. Keine Sorgenfalten mehr auf der Stirn. Ihr Gesicht hat wieder Farbe bekommen. Ich hoffe, trotz der Nachbarn, die bis tief in die Nacht gesungen und getanzt haben, konnten Sie gut schlafen. Aber so sind die Ticos nun einmal. Gleichgültig, ob Taufe, Verlobung, Hochzeit oder Beerdigung, sie finden immer einen Grund zum Feiern.«

Dorothea nahm eine Scheibe weißes Brot und strich Butter und Orangenmarmelade darauf. »Ich habe zwar lange geschlafen, aber ich fühle mich trotzdem wie zerschlagen, Señora Miller.«

Johanna Miller wandte sich ihrer Portion Rührei mit Speck zu und zögerte kurz. »Ich habe leider eine unerfreuliche Nachricht für Sie. Gestern bat ich meinen Neffen, der hier in der Nachbarschaft wohnt, zu Jensen zu fahren, sich als Ihr Cousin auszugeben und Ihre Papiere einzufordern. Und wissen Sie, was dieser Lügenbold behauptete? Sie hätten ohne Angabe von Gründen das Arbeitsverhältnis vorzeitig aufgelöst, und er wisse nicht, wo Sie sich aufhalten. Im Übrigen seien Sie selbstverständlich im Besitz aller persönlichen Dokumente.«

Dorothea blieb das Brot im Hals stecken. Sie würgte, schluckte und verspürte unbändige Wut. »Das habe ich befürchtet. Aber so ist er, der edle Hamburger Kaufmann Erik

Jensen. Wenigstens kennt er meinen derzeitigen Aufenthaltsort nicht. Aber ich danke Ihnen für alles, was Sie bisher für mich getan haben. Ich weiß gar nicht, wie ich das wieder gutmachen soll.«

»Was reden Sie da, Kindchen? Es macht mir Freude, Sie als Gast in meinem Haus zu haben. Und außerdem – wir Frauen müssen doch zusammenhalten.«

Nach dem Frühstück zog sich Dorothea in ihr Zimmer zurück. Sie setzte sich an den Schreibtisch und blickte aus dem Fenster in Señora Millers Garten, dessen üppige Blütenpracht aus Bougainvillea, Rosen und Hibiskussträuchern die Hand eines geschickten Gärtners verriet. So müde und mutlos hatte sie sich schon lange nicht mehr gefühlt. Ohne Papiere konnte sie sich nirgends als Hauslehrerin bewerben, und sie würde auch keine Aufenthaltsverlängerung bekommen. Außerdem war zu befürchten, dass Jensen sie fände, wenn sie eine neue Arbeit annähme. Schließlich kannte hier jeder jeden. Sie musste San José schnellstens verlassen. Aber wohin? Nur ein Wunder konnte sie noch retten.

Ihre Finger tasteten nach dem Granatmedaillon, und das Herz wurde ihr schwer. Sie dachte an Alexander, an den Tag, als er ihr das Schmuckstück geschenkt hatte, und an den Moment, als sie gemerkt hatte, dass sie vermutlich schwanger geworden war. Diese Erkenntnis war ihr im Arbeitszimmer von Pfarrer Lamprecht gekommen. Und der Pfarrer hatte damals etwas Bedeutsames erwähnt. Mit einem Mal hatte Dorothea die Szene wieder deutlich vor Augen, fühlte ihr Herz schneller schlagen. Denn der Geistliche hatte von seinem Bruder erzählt, der in Costa Rica lebte. Plötzlich verspürte Dorothea neuen Lebensmut.

Viel zu lange hatte sie sich selbst bemitleidet, sich als Opfer von Jensens Launen gesehen. Nun war es an der Zeit, das Schicksal wieder in die eigenen Hände zu nehmen. Es musste sich doch herausfinden lassen, in welcher Gegend ein deutscher Pfarrer namens Lamprecht tätig war. Und dann wollte sie dem Geistlichen schreiben, dass sie aus Köln stamme, wo sein Bruder sie getauft hatte, und dringend seinen Rat brauche.

Einige Tage später stand Dorothea vor einem schmalen hellblauen Holzhaus. Es stand in einem Örtchen, etwa eine Stunde von ihrem neuen Zuhause entfernt, an der Straße zwischen San José und Alajuela. Ein geschmiedetes Kreuz prangte auf dem Dachfirst. Alfonso, der sie zu ihrem Ziel gefahren hatte, machte ihr ein Zeichen, er werde in der Kutsche auf sie warten. Als die Haustür von innen geöffnet wurde, glaubte sie, ihrem früheren Kölner Pfarrer gegenüberzustehen. Nur um einige Jahre verjüngt. Die Ähnlichkeit zwischen den beiden Brüdern war verblüffend.

»Sie müssen Fräulein Fassbender sein. Bienvenida. Bitte, treten Sie ein!«

Pfarrer Jakob Lamprecht schüttelte Dorothea die Hand und führte sie in einen weiß gekalkten Raum, in dem lediglich ein Schreibtisch mit einem Kruzifix und zwei Stühle standen. »Mein Meditationsraum«, erklärte er schmunzelnd, denn Dorotheas aufmerksamer Blick war ihm nicht entgangen. »Hier werden die Gedanken durch keinerlei Äußerlichkeiten abgelenkt.«

Dorothea setzte sich ganz nach vorn auf die Stuhlkante und hatte Herzklopfen, obwohl sie seit Tagen immer wieder im Geist durchgegangen war, mit welchen Worten sie dem Pfarrer ihr Anliegen erklären wollte.

»Ihr Brief hat mich neugierig gemacht«, begann Jakob

Lamprecht das Gespräch, und Dorothea stellte fest, dass er sogar denselben singenden rheinischen Tonfall hatte wie sein älterer Bruder. »Ich freue mich, endlich einmal jemanden aus meiner Heimatstadt zu treffen. Demnach kennen Sie meinen Bruder und seine Gemeinde Sankt Aposteln von klein auf.«

»Ja, Herr Pfarrer. Ihr Bruder hat mich getauft, gefirmt, und er war auch mein Beichtvater.«

»Die Wege des Herrn sind unergründlich. Aber was hat eine junge Frau wie Sie ausgerechnet nach Costa Rica verschlagen? Noch dazu ganz allein?«

Dorothea erzählte ihm in knappen Worten ihre Geschichte. Auch wenn sie ihre Schwangerschaft und den Streit mit den Eltern ausließ, so hoffte sie doch auf das Verständnis des Kirchenmannes.

»Scheint mir kein Christenmensch zu sein, dieser Kaufmann. Wie könnte man ihm wohl beikommen? Nun, das können wir hier und jetzt nicht klären. Jedenfalls kommen Sie wie gerufen. In einer unserer Nachbargemeinden soll so bald wie möglich für die Kinder der deutschen Aussiedler, die dort Land gepachtet haben, eine Schule eröffnet werden. Leider hat sich bisher niemand für die Stelle gemeldet. Hm, Sie sind allerdings noch recht jung... Trauen Sie sich zu, Lesen, Schreiben, Rechnen und Naturkunde auch vor einer ganzen Klasse zu unterrichten? Selbstverständlich würde man Ihnen eine – wenn auch bescheidene – Unterkunft zur Verfügung stellen.«

Dorothea glaubte ihren Ohren nicht zu trauen. Sollte die Lösung ihrer Schwierigkeiten tatsächlich greifbar nahe sein? Womit hatte sie so viel Glück verdient? Doch dann trübte sich ihre Stimmung. »Ja, ich würde liebend gern dort arbeiten. Aber wie sollte das möglich sein? Ohne Empfehlung und ohne Papiere?«

Pfarrer Jakob Lamprecht betrachtete sinnend das Kruzifix auf seinem Schreibtisch, dann richtete er den Blick zur Decke, als suche er dort oben Beistand. »Geben Sie mir einige Tage Zeit, Fräulein Fassbender. Ich kenne mehrere Herren in der Ortsverwaltung, weiß, wie man mit ihnen reden muss. Wie man sie bei der Ehre packt. Was zählen Urkunden, Dokumente, Referenzen? Sie können gefälscht sein, gestohlen werden oder auch verbrennen. Es kommt auf die inneren Werte eines Menschen an. Sie hören schon bald von mir.«

Eine Woche vor Heiligabend kam Johanna Miller aufgeregt mit einem Brief in Dorotheas Zimmer. Er stammte von Pfarrer Jakob Lamprecht und enthielt die Nachricht, Dorothea könne mit Beginn des neuen Jahres an der deutschen Aussiedlerschule im Süden von Alajuela eine Stelle als Lehrerin antreten. Leider könne man vorläufig nur ein Notquartier anbieten. Aber sobald der Bau der Siedlung weiter fortgeschritten sei, werde ihr im neuen Schulgebäude eine Dachwohnung zur Verfügung stehen.

**BUCH III**

# Erwartung

JANUAR BIS MÄRZ 1850

*Meine liebste Elisabeth! Waren das aufregende Wochen! Ach, wie freue ich mich darauf, Dich wieder in die Arme schließen und endlos lange mit Dir reden zu können. So wie auf der Kaiser Ferdinand. Von der hilfsbereiten Johanna Miller hatte ich Dir bereits geschrieben. Ich glaube, sie hätte mich am liebsten noch länger in ihrem hübschen englischen Haus behalten. Aber ich wollte ihre Gastfreundschaft nicht unnötig lange ausnutzen. Und stell Dir vor – ich habe eine eigene Wohnung! In San Martino, so heißt die neue deutsche Siedlung südlich von Alajuela. Eigentlich ist es nur ein Bretterverschlag mit einem Bett, einer Herdstelle, einem Schrank und einem Schreibtisch mit Stuhl. Diese windschiefen, kahlen Holzwände, in denen ich tun und lassen kann, was ich will, bedeuten mir unendlich viel. Bei uns in der Hochebene ist es das ganze Jahr über wie im Frühling. Wenn ich vor die Tür trete, bin ich umgeben von Mangobäumen, wilden Kaffeebäumen und Bananenstauden. In der Ferne sehe ich den Vulkan Arenal. Die Bäume wachsen bis zum Gipfel hinauf. Fast jeden Tag steigt weißer Rauch aus dem Gipfel auf. Aber die Einheimischen sagen, es bestehe keine Gefahr für die Menschen und ihre Häuser. Der Vulkan schlafe schon seit Jahrhunderten. In der vergangenen Woche gab es bei uns in der Hochebene ein Erdbeben. Es ereignete sich in der Nacht, und ich wurde wach, als mein Bett wankte. Glücklicher-*

*weise war das Beben nur schwach und richtete keine großen Schäden an. Nach wenigen Sekunden war alles vorbei.*
*Des Morgens werde ich von rot-blauen Papageien geweckt. Hier gibt es auch jede Menge Leguane. Meist liegen sie faul in der Sonne und laufen schnell davon, sobald man sich ihnen nähert. Gestern schaute bei mir ein Kapuzineräffchen zum Fenster herein, als ich gerade am Schreibtisch saß. Was mag sich das Kerlchen wohl gedacht haben, als es mich sah? Leider habe ich erst wenig von diesem Land gesehen. Ich hoffe, das ändert sich bald. Aber wie nur? Ich bin eine Illegale, die unter dem Schutz der Kirche deutsche Schüler unterrichten darf. Eine Frau, die nicht auffallen, sich nichts zuschulden kommen lassen darf, damit sie nicht ausgewiesen wird. Eigentlich möchte ich aber gar nicht mehr zurück nach Deutschland. Eine innere Stimme sagt mir, dass meine Zukunft hier liegt. Wenn ich doch nur meine Dokumente zurückhätte ...*
*Dort, wo zurzeit noch behelfsmäßige Hütten stehen und wo demnächst die neue Siedlung entstehen soll, wucherte vor einem Jahr noch Urwald. Der Unterricht findet in einer Scheune statt, in der einmal Getreide lagern wird. Dort gibt es auch einen Andachtsraum. So müssen die Siedler nicht jeden Sonntag den langen Weg zur Kirche in die Stadt auf sich nehmen. Als ich zum ersten Mal zum Unterricht kam, traf ich einige der Kinder wieder, die mit uns auf der* Kaiser Ferdinand *waren. Die Überraschung war groß. Die Zwillinge Richard und Roswitha sind eigentlich noch zu jung für die Schule, aber zu Hause könnte sich keiner um sie kümmern, weil alle von morgens bis abends auf den Feldern und in den Hütten schaffen müssen. Erinnerst Du Dich noch an Peter und Paul Kampmann? Die Jungen sind groß geworden, haben kräftige Schultern und Arme bekommen. Aber auch ernstere Gesichter. Vermutlich leiden sie noch immer unter dem Tod des Vaters.*

*Du musst mir unbedingt mehr über den Arzt aus Chile schreiben. Wirst Du seinen Antrag annehmen? Ich weiß noch, wie ich auf Wolken schwebte, als Alexander mich fragte, ob ich seine Frau werden will. Es heißt ja, die Zeit heilt alle Wunden. Doch es schmerzt immer noch, wenn ich an ihn denke.*
*Nun muss ich mich aber beeilen. Ich will Pfarrer Lamprecht eine Liste mit Schulbüchern aufschreiben, die aus Deutschland geliefert werden sollen. Das wird Monate dauern. Johanna Miller hat uns einen Stapel leerer Hefte geschenkt. So können die Kinder wenigstens rechnen, schreiben und zeichnen. Ich drücke Dich fest an mein Herz, liebste Elisabeth, und wünsche Dir für das neue Jahr Gesundheit, Glück und Erfolg. Sei herzlich gegrüßt von Deiner Dorothea, die Dich oftmals vermisst.*

»Nein, ich will kein Spanisch lernen, Fräulein Fassbender. Bei uns zu Hause sprechen alle Deutsch. Im Nachbarort leben Schweizer, die sprechen auch so ähnlich wie Deutsch. Und wenn ich meinen Großeltern nach Koblenz schreibe, verstehen die Spanisch doch gar nicht.« Klara Meier zog eine Schnute, vertiefte sich betont eifrig in ihr Schulheft und kritzelte darin herum. Rasch war Dorothea bei ihr und deutete mahnend mit dem Finger auf das Heft.

»Klara, du weißt, Papier ist teuer. Und derzeit können wir uns keine neuen Hefte leisten. Deswegen haben wir vereinbart, dass jeder Schüler gut auf sein Heft achtgibt und nur seine Hausaufgaben hineinschreibt.«

Mürrisch legte Klara den Stift zur Seite. »Wenn's denn unbedingt sein muss... Aber Spanisch lerne ich trotzdem nicht«, beharrte sie trotzig.

»Ihr habt gehört, was Klara gesagt hat. Was meint ihr anderen dazu?«

Rufus Reimann hob den Finger, und Dorothea nickte ihm

zu. »Also, ich finde es wichtig, dass wir auch Spanisch lernen. Weil wir uns doch mit den Leuten in diesem Land verständigen müssen. Wenn man nach dem Weg fragen muss oder wenn man einen Ochsen für den Pflug braucht. Dann will man doch kein Schaf verkauft bekommen. Oder wenn jemand ein zusätzliches Stück Ackerland pachtet. Man muss genau wissen, was im Vertrag steht, sonst ist man ganz unverhofft Besitzer einer kahlen Felseninsel im Golf von Santa Elena.«

Unwillkürlich musste Dorothea lachen. Rufus war ein aufgeweckter Junge, der blitzschnell kombinieren konnte und oft die drolligsten Erklärungen anbrachte. »Eure Hausaufgabe für morgen lautet: Jeder zählt nach, wie viele Worte er auf Spanisch sprechen kann. Und jetzt dürft ihr nach Hause gehen.«

Wie auf ein Kommando standen die Kinder von ihren Sitzen auf. Hastig packten sie ihre Schulsachen zusammen und gingen der Reihe nach und gemäßigten Schrittes an Dorothea vorbei zur Tür hinaus. Rufus kam noch einmal zurück und scharrte verlegen mit den Füßen.

»Ich ... ähm ... mir fällt gerade etwas ein. Meine Mutter hat mir ein Briefchen an Sie mitgegeben, aber das muss ich wohl verloren haben, als ich die Hühner gefüttert habe. Jedenfalls laden meine Eltern Sie ein, uns am nächsten Sonntag nach der Andacht zu besuchen.«

Dorothea war freudig überrascht. »Ja, ich komme sehr gern.«

»Und ... Sie werden nichts verraten? Ich meine, weil ich doch letzten Donnerstag meine Hausaufgaben vergessen habe.«

Dorothea zwinkerte ihm zu und legte den Finger an die Lippen. »Kein Sterbenswörtchen.«

»Willkommen in unserer bescheidenen Hütte, Fräulein Fassbender!«

Karl Reimann trat auf Dorothea zu und schüttelte ihr kräftig die Hand. Seine Handinnenflächen waren rau und schwielig. Doch er wirkte weitaus gesünder und zufriedener als noch vor einem guten Jahr während der Überfahrt. Seine Gesichtsfarbe zeigte dieselbe zarte Bräune, die Dorothea schon an seinen Söhnen aufgefallen war und die vom Aufenthalt im Freien unter tropischer Sonne herrührte. Seine Frau trocknete sich eilig die Hände an der Schürze ab und begrüßte Dorothea nicht minder herzlich.

»Bienvenida, wie man hierzulande sagt. Kommen Sie, setzen Sie sich! Ich habe einen Marmorkuchen gebacken, ganz frisch. Ist das nicht wunderbar? In Costa Rica gibt es alle Zutaten für unseren Lieblingskuchen aus Deutschland.«

Die Familie mit den vier Kindern setzte sich an den Tisch. Alles war viel zu klein und zu eng in der Hütte, in der die schmalen Betten ähnlich doppelstöckig aufgestellt waren wie seinerzeit auf dem Schiff. Eine Truhe aus Weidengeflecht diente zur Aufbewahrung der Kleidung, auf einem Holzregal standen Töpfe und Geschirr. Erinnerungen an die fünfmonatige Überfahrt wurden ausgetauscht. Dann berichtete Karl Reimann vom mühsamen Neuanfang und wie die riesigen Dschungelbäume in monatelanger Arbeit mit Beilen und Sägen gefällt worden waren und dass das Holz später für den Bau von Wohnhäusern, einer Schule und einer Kirche verwendet werden sollte. Die dicken Baumwurzeln mussten mühsam und mit viel Muskelkraft ausgegraben, der Urwaldboden gepflügt und für die Aussaat vorbereitet werden. Erst im kommenden Jahr würde man hoffentlich die erste Ernte einfahren, zwei Jahre nach Ankunft in der neuen Heimat.

Else Reimann berichtete von der Hilfsbereitschaft und

vom Zusammenhalt der Siedler, deren Zahl mittlerweile auf fünfundvierzig angewachsen war. Demnächst wollte sich die Familie eine Kuh anschaffen. Dafür mussten sie zwar zusätzlich Geld aufnehmen, aber dann hätten die Kinder jeden Tag frische Milch und könnten gesund heranwachsen. Das Leben als Bauern in Costa Rica sei noch härter als in Deutschland. Aber sie alle verspürten bei dem immerwährenden Frühling neue Kraft. »Dieses Land ist so fruchtbar. Wir haben genau die richtige Menge an Sonne und Regen. Wer hier fleißig ist, der wird es auch schaffen. Bisher haben wir es nicht bereut, dass wir aus Deutschland fortgezogen sind. Außerdem« – mit verträumtem Lächeln deutete sie auf ihren Bauch, der sich mächtig unter der Schürze wölbte – »sind wir bald zu siebt. Das sichere Vorzeichen für eine glückliche Zukunft.«

Dorothea spürte die Zuversicht und Heiterkeit hinter diesen Worten, fühlte sich wohl im Kreis der Familie und in dieser Hütte, die trotz der kargen Ausstattung Behaglichkeit ausstrahlte. Als die Zwillinge Richard und Roswitha ihr zum Abschied eine bunte Feder und eine getrocknete Orchideenblüte schenkten, umarmte sie die beiden herzlich. Sie kehrte zurück in ihren Verschlag, den sie liebte, weil er ihr Zuhause und ihre Zufluchtsstätte war. In ihren Ohren klangen die Stimmen und das Lachen der Kinder nach. Und plötzlich kam sie sich einsam vor.

Karl Reimann hatte ihr angeboten, sie in die Stadt mitzunehmen. Die Siedlergemeinschaft hatte ihm den Auftrag erteilt, eine neue Axt und zwei Spaten zu besorgen, und Dorothea wollte Nähgarn und einen Spitzenkragen kaufen. Damit konnte sie das Aussehen ihres Kleides verändern, ohne sich gleich ein neues zulegen zu müssen. Das Pferd, das den Karren über den staubigen, holprigen Weg inmitten von Zuckerrohrfeldern zog, war ein gutmütiges altes Tier. Immer wieder versuchte Herr Reimann, es zum Trab zu bewegen. Doch die Stute blieb bei ihrer eigenen Geschwindigkeit und ließ sich weder durch Schnalzen noch durch die verschiedensten Zurufe aus der Ruhe bringen. Karl Reimann lachte und hielt die Zügel locker in der Hand.

»Zum Kutscher bin ich offenbar nicht geboren. Aber Sie werden's noch erleben – auf dem Nachhauseweg, wenn's in den Stall zurück geht, kennt Amanda kein Halten mehr.«

Alajuela lag an den unteren Berghängen des Vulkans Poás und war die verkleinerte Ausgabe von San José, mit denselben niedrigen, farbig gestrichenen Holzhäusern sowie schlecht ausgebauten Straßen. Auch hier gab es einen Parque Central, in dem an langen Stielen rotgrüne Mangos von hohen Bäumen herabhingen. Die Einheimischen nannten Alajuela Ciudad de los Mangos, die Stadt der Mangos. Dorothea hatte deren aromatisches, saftiges Fleisch inzwischen schätzen gelernt. Es war höchst einfach, sich die ovalen Früchte zu beschaffen, noch dazu umsonst. Sie brauchte nur vor die Haustür zu treten und sie zu pflücken.

Karl Reimann setzte Dorothea vor dem Kurzwarenladen gegenüber der Kathedrale ab. »In einer halben Stunde bin ich zurück. Haben Sie noch weitere Besorgungen vor?«

»Nein, aber lassen Sie sich ruhig Zeit. Ich warte hier auf Sie.«


»Bienvenida, Señorita. Womit kann ich Ihnen dienen?« Die Geschäftsinhaberin war eine mittelgroße, temperamentvolle Frau unbestimmten Alters mit großen Ohrringen und unzähligen goldenen Armreifen. Um die Schultern trug sie ein schwarzes Spitzentuch, dessen lange Fransen bei jeder Bewegung mitschwangen. Zwei Frauen saßen auf zierlichen Schilfrohrstühlen an einem Tischchen nahe dem Fenster und musterten Dorothea mit freundlicher Neugierde.

»Ich suche weißes Nähgarn und einen Kragen ... Aber ich bin noch gar nicht an der Reihe.«

»Ach, wir wollen gar nichts kaufen, wir sind nur hergekommen, um ein Schwätzchen zu halten. Woher kommen Sie eigentlich? Eine Costaricanerin sind Sie jedenfalls nicht, das sieht man an Ihrer hellen Haut und am Haar. Aber sprechen tun Sie wie eine Einheimische«, lobte die ältere der beiden Kundinnen, eine füllige Frau, deren Haare und Schultern von einer schwarzen Mantilla verdeckt wurden, wie es der spanischen Mode entsprach.

»Ich stamme aus Deutschland und unterrichte die Siedlerkinder in San Martino.«

»Oh, dann sind Sie die neue Lehrerin ...« Die Inhaberin stieß einen leisen Pfiff aus. »Das hätte ich mir fast denken können. Ich habe schon viel von Ihnen gehört. Es macht schnell die Runde, wenn eine junge und hübsche Person in diese Gegend zieht. Nun, da bin ich aber gespannt, wie lange Sie hier noch als Lehrerin arbeiten.«

Dorothea erschrak. Hatte sich etwa herumgesprochen, dass sie ohne Papiere war und überdies ihre Aufenthaltsgenehmigung bald ablaufen würde? Die beiden anderen Kundinnen kicherten. Aber vielleicht hatte die Bemerkung der Geschäftsfrau auch einen anderen, völlig harmlosen Hintergrund, versuchte Dorothea sich zu beruhigen. Bald waren die vier Frauen in ein angeregtes Gespräch vertieft. Gemeinsam durchsuchten sie den Karton mit den Spitzenkragen, favorisierten erst ein Modell mit Stickerei und abgerundeten Ecken, dann eins mit aufgenähten Perlen und Goldfäden. Zwischendrin wurde viel gelacht, und Dorothea musste die verschiedenen Ausführungen vor einem großen ovalen Ankleidespiegel anlegen, was zu weiteren heiteren Diskussionen führte. Schließlich entschied sie sich für einen einfachen elfenbeinfarbenen Kragen mit Hohlsaumkanten und einem kugelrunden Perlmuttknopf zum Schließen.

»Es war nett, Sie kennengelernt zu haben, Señorita. Schauen Sie bald wieder mal herein«, hörte Dorothea noch, bevor sich die Ladentür hinter ihr schloss.

Karl Reimann war noch nirgends mit seinem Einspänner zu sehen. Und so beschloss Dorothea, sich ein wenig in der Stadt umzuschauen. Sie schlenderte durch den Parque Central und entdeckte in einem der Mangobäume ein Wesen, das ihre Aufmerksamkeit fesselte. Ein Faultier kletterte mit unendlich langsamen Bewegungen kopfüber an einem Ast herunter. Zwischendurch kam es Dorothea so vor, als sei das Tier mit dem braunen Zottelfell wieder eingeschlafen. Die Menschen, die vorbeiflanierten, hatten den leichtfüßigen Gang der Ticos, den offenen Blick und die unbeschwerte Heiterkeit. Eigenschaften, um die Dorothea die Einheimischen beneidete und die sie in Deutschland kaum je hatte beobachten können.

Sie überquerte die Avenida Central. Dort warb eine Apotheke mit einer neuartigen Creme, die umgehend gegen müde Füße und schwere Beine helfen sollte. In einer Schreinerei wurden Möbel individuell nach englischem oder französischem Vorbild angefertigt. Die Tür zur Werkstatt stand offen, zwei Männer sangen ein altes Volkslied. Ihre Stimmen waren bis auf die Straße heraus zu hören. Dann blieb Dorothea vor der Auslage eines Schusters stehen, dessen Ladenschild wie ein überdimensionaler Stiefel gestaltet war. Alajuela gefiel ihr, und sie würde sicher bald wieder herkommen. Sobald sie etwas Geld gespart hatte und sich neue

Schuhe leisten konnte. Bei den alten wies die Sohle bereits erste Löcher auf.

Der Geruch nach Tabak und Sandelholz stieg ihr in die Nase. Angenehm würzig und dennoch nicht zu schwer. Sie blinzelte zur Seite und bemerkte neben sich einen dunkelhaarigen schlanken Mann mit einem schmalen Oberlippenbart. Sein ebenmäßiges Profil erinnerte sie an die Statuen griechischer Dichter und Herrscher, wie sie sie aus den Folianten im elterlichen Bibliothekszimmer kannte. Die Kleidung war der neuesten französischen Mode entsprechend schmal und auf Taille gearbeitet, eine gelungene Kombination aus feinstem Tuch und höchster Schneiderkunst. Der Mann war einen Kopf größer als sie, mochte etwa Mitte dreißig sein. Er hatte Dorothea gar nicht wahrgenommen, sondern richtete seine ganze Aufmerksamkeit auf einen Kunden, einen jungen Mann, der mit gelangweilter Miene im Laden cognacfarbene Reitstiefel anprobierte.

Dorothea befiel eine unerklärliche Unruhe. Um sich abzulenken, heftete sie den Blick auf ein Paar dunkelbrauner Schnürstiefeletten mit zierlichem, nach unten hin breiter werdendem Absatz. Schuhe, die zwar hübsch anzusehen, aber leider nicht für die unbefestigten Wege in der Siedlung San Martino geeignet waren, die je nach Wetterlage entweder staubig oder schlammig waren. In der blank geputzten Fensterscheibe gewahrte sie das Spiegelbild zweier Personen. Ihres und das des fremden Mannes.

Dieser wandte sich wortlos um, schlenderte auf die Straße zu und schaute gedankenverloren in die Ferne, in Richtung des hoch aufragenden Vulkans, dessen oberes Drittel von dicken weißen Wolken verhüllt war. Offenbar bemerkte er das Fuhrwerk nicht, das ohne Kutscher und viel zu schnell um eine Straßenecke raste. Das Pferd galoppierte die abschüssige Straße hinunter, während der Karren hinter ihm gefährlich nach links und rechts schwankte. Einige Passanten schrien auf und brachten sich in Hauseingängen in Sicherheit. Ein halbwüchsiger Junge fand gerade noch rechtzeitig hinter dem Stamm einer Palme Deckung. Noch immer stand der Mann wie angewurzelt da, schien nichts zu hören und erkannte ganz offensichtlich die drohende Gefahr nicht.

Das Gefährt kam näher und näher, das Getrappel der Hufe klang wie ein Trommelwirbel. Dorothea sah die wehende Mähne des Pferdes, die hervorquellenden, rot unterlaufenen Augen, die weiten Nüstern und wie das Tier sich gegen den Widerstand des Geschirrs aufbäumte. Ein lautes Knacken ertönte, als ob Holz zerbärste, dann stürmte das Pferd mit triumphierendem Wiehern allein weiter, während der Karren sich schräg zur Seite neigte und ungebremst weiterrollte, ein Rad auf dem Boden, das andere in der Luft.

Dorothea erkannte, dass es zu spät war, den Mann zu warnen. Ohne nachzudenken, warf sie sich nach vorn, fasste mit beiden Händen nach den Rockschößen des Fremden und riss ihn mit einem Ruck zurück. Dabei stolperte sie und fiel zu Boden. Der Mann verlor ebenfalls das Gleichgewicht und stürzte halb über sie. Nur wenige Fingerbreit von seiner Stiefelspitze entfernt landete das schwere Gefährt mit ohrenbetäubendem Krachen auf dem Boden.

Der Mann blieb eine Weile reglos und mit verdrehtem Oberkörper liegen, und Dorothea wusste nicht, ob er sich verletzt hatte. Vorsichtig zog sie die Beine unter seinen Knien hervor, wollte sich aufrichten. Da spürte sie unter den Ellbogen kräftige Arme, die ihr aufhalfen.

»Señorita, Señor, ist Ihnen etwas passiert?« Es war die erschrockene Stimme des Schusters, der vom Lärm vor seinem Laden aufgeschreckt worden war und herausgelaufen kam.

Weiter unten, am Ende der Straße, war das ängstliche Wiehern des Pferdes zu hören, das mutige Burschen endlich aufgehalten hatten.

Eine ältere Indianerin in einem farbenprächtig gewebten Gewand, die die Szene aus einiger Entfernung beobachtet hatte, humpelte mit ihrem Gehstock herbei und bekreuzigte sich. »Heilige Mutter Gottes! Mir ist fast das Herz stehen geblieben. Wäre die Señorita nicht gewesen, dann hätte es einen Toten gegeben.«

Der Mann stand auf, klopfte sich den Staub aus der Kleidung und griff nach seinem Zylinder, der ihm beim Sturz vom Kopf geflogen war. In seinen Augen sah Dorothea noch den Schrecken über das soeben Erlebte. Aber dann entdeckte sie so etwas wie Staunen, als er ihr unverwandt in die Augen blickte und sie zum ersten Mal bewusst wahrzunehmen schien.

Mittlerweile waren einige kräftige Männer herbeigeeilt, die die schwere Karre aufrichteten. Danach kommentierten sie gestenreich die gerade noch abgewendete Gefahr und bedachten die Retterin mit achtungsvollen Blicken. Der Unbekannte ergriff Dorotheas Hände und drückte sie sanft und nachdrücklich.

»Ich weiß gar nicht, wo ich mit meinen Gedanken war, Señorita ... Ohne Sie läge ich jetzt unter diesem Karren. Sie haben mir das Leben gerettet.«

Seine Stimme war warm und klar, und wenn er lächelte, zeigten sich Fältchen in seinen Augenwinkeln. Sie hätte es gern gezeichnet, dieses ebenmäßige Gesicht mit dem dichten schwarzen Haar, das bis knapp zu den Ohrläppchen reichte, die dunkelblauen Augen und die kräftigen, lang gezogenen Brauen. Und sie mochte auch sein Lächeln, bei dem ein Schneidezahn sichtbar wurde, der eine Winzigkeit kürzer war als die ansonsten gleichförmige Zahnreihe. Eine kaum erkennbare Unregelmäßigkeit, die aber dem vollkommenen Aussehen etwas Lebendiges, Liebenswertes verlieh. Dorothea zitterte immer noch, obwohl die unmittelbare Gefahr vorüber war.

»Ich stand nur zufällig an der richtigen Stelle, Señor...« Und dann bemerkte sie, dass nicht nur ihr ganzer Körper, sondern auch ihre Stimme zitterte.

»Mein Name ist Antonio Ramirez Duarte. Darf ich erfahren, wie mein Schutzengel heißt?«

»Dorothea Fassbender.«

»Dann stammen Ihre Vorfahren vermutlich aus der Schweiz, Señorita.«

»Nein, ich komme aus Deutschland. Ich lebe seit einem Jahr in Costa Rica.«

»Aber Ihr Spanisch ist nahezu akzentfrei. Wer hat Ihnen das beigebracht? Ah, Ihr Ehemann ist wohl ein Einheimischer. Aber dann müssten Sie eigentlich einen anderen Namen tragen...«

»Ich bin nicht verheiratet.« Dorothea hielt dem Blick des Unbekannten stand und fragte sich, was in sie gefahren war, mit ihm über derart persönliche Belange zu sprechen, noch dazu mitten auf der Straße.

Als sie sich gerade eine Plaudertasche schelten wollte, kam Karl Reimann vorgefahren und ließ Amanda am Straßenrand anhalten. Antonio Ramirez Duarte half ihr in den Einspänner.

»Verraten Sie mir noch, wo Sie wohnen?«

»In der Siedlung San Martino. Leben Sie wohl, Señor.«

»Auf Wiedersehen, Señorita Fassbender.«

Das Grüppchen, das vor dem Schuhladen stehen geblieben war, zerstreute sich langsam. Als ihr Kutscher die Stute antraben ließ, hörte Dorothea, wie einige Männer hinter ihr herriefen. »Bravo, Señorita!«

»Was ist denn passiert?«, wollte Karl Reimann erstaunt wissen.

»Das erzähle ich Ihnen am besten während der Fahrt.«

Drei Tage später brachte ein Laufbursche Dorothea einen Brief, der einen schwachen Duft verströmte – den von Tabak und Sandelholz. Sie öffnete das Siegel und las mit klopfendem Herzen die Zeilen, die ihr das Blut in die Wangen trieben.

*Sehr geehrte Señorita Fassbender. Ich kann Ihren Mut gar nicht genug bewundern, mit dem Sie mich vor dem sicheren Tod bewahrt haben. Ich würde mich gern erkenntlich zeigen und lade Sie am kommenden Sonntag zum Essen bei mir zu Hause ein. Meine Familie brennt darauf, Sie kennenzulernen. Ich werde Sie um halb zwölf in der Siedlung San Martino abholen. Bitte geben Sie dem Burschen Ihre Antwort mit, die hoffentlich Ja lauten wird.*
*In der Hoffnung auf ein baldiges Wiedersehen verbleibe ich mit vorzüglicher Hochachtung.*
*Antonio Ramirez Duarte*

Der junge Indio wartete geduldig lächelnd. Dorothea wusste nicht, wie lange sie stumm und mit hochrotem Kopf dagesessen hatte. Sie schwankte zwischen Freude und Zweifel. War es angebracht, die Einladung anzunehmen? Oder war es schicklicher, sie abzulehnen? Señor Ramirez Duarte schrieb von seiner Familie. Also war er vermutlich verheiratet, und sie würde Frau und Kinder kennenlernen. Doch würde sie mit einer Zusage auch nicht ihren Ruf aufs Spiel setzen?

Mehr als ein Jahr lang hatte sie fast wie in einem Vakuum gelebt. Zwischen Verkaufsraum, Lager und ihrer schäbigen Unterkunft. Ohne engere Kontakte zur Bevölkerung knüpfen zu können – mit Ausnahme von Johanna Miller. Was wusste sie eigentlich von den Sitten und Gebräuchen des Landes? Sie hatte von morgens bis abends bei Jensen gearbeitet. Andererseits schien Antonio Ramirez Duarte gebildet zu sein. Ein solcher Mann schlug ganz sicher nichts vor, was gegen die guten Sitten verstieß.

»Der Señor hat gesagt, ich darf nicht ohne eine Antwort zurückkommen«, erklärte der Bursche und blickte Dorothea fragend an.

»Dann sag ihm, ich nehme die Einladung gern an.«

Mehr als eine Stunde hatte Dorothea ihr Kleid gebürstet, bis nicht das kleinste Staubkorn mehr darin zu finden war. Sie legte den neuen Kragen an und betrachtete sich im Spiegel. Eine schlanke junge Frau mit blassem Teint und rötlich schimmerndem Blondhaar. Nein, eine Schönheit war sie nicht, obwohl sie von vielen Seiten immer wieder hörte, wie hübsch sie sei. Aber hübsch ist etwas anderes als schön, dachte sie und schalt sich gleichzeitig, weil sie derart unangebrachte Gedanken hegte. Jemand wollte sich ihr gegenüber erkenntlich zeigen, fühlte eine Bringschuld. Welche Rolle spielte dabei ihr Äußeres? Für einen einzigen Menschen hatte sie jemals schön und begehrenswert sein wollen... Aber das lag schon lange zurück, hatte sich in einem anderen Leben zugetragen.

»Sie sehen zauberhaft aus, Señorita Fassbender. Es ist mir eine Freude, Sie persönlich abzuholen.«

Antonio Ramirez Duarte stand unvermutet in der offenen Tür. Dorothea erschrak. Er war eine Viertelstunde zu früh gekommen, sie war noch nicht ganz fertig und schämte sich ein wenig, weil er ihre bescheidene Bleibe sah. Doch er wirkte so ungezwungen und überaus höflich, dass Dorothea beschloss, ihre Skrupel zu vergessen und sich auf unbekanntes Terrain zu begeben.

Mit der einen Hand raffte Dorothea ihren Rock, mit der anderen stützte sie sich auf den ihr dargebotenen Arm und stieg aus dem Einspänner, den Antonio Ramirez mit geschickter Hand zu seinem Zuhause gelenkt hatte. Etwas so Großartiges hatte sie überhaupt nicht erwartet. Sie standen vor einem zweigeschossigen Herrenhaus, das in seinen Ausmaßen fast schon an eine Kathedrale erinnerte. Die weiße Holzfassade wurde von Fenstern mit grünen Schlagläden unterbrochen.

Es war derselbe Farbton, den auch die sattgrünen Kaffeebäume auf den Feldern trugen, die die Hacienda umgaben und die bis zu den weiten Hügeln zu sehen waren. Sie waren am nördlichen Stadtrand von San José angekommen, dort, wo der fruchtbare Vulkanboden und das gleichmäßig milde Klima, das weder Frost noch Hitze kannte, dem Kaffeeanbau seit einigen Jahren zu besonderer Blüte verholfen hatten. Und den Plantagenbesitzern zu Reichtum und Macht, wie Dorothea aus den Gesprächen mit Johanna Miller erfahren hatte.

»Ich möchte Sie zuerst meinen Eltern vorstellen. Und wenn Sie wollen, zeige ich Ihnen nach dem Essen die Hacienda.«

Antonio Ramirez geleitete Dorothea ins Haus, wo sie in der Vorhalle ein höchst ungleiches Paar erwartete. Der Mann war groß und von kräftiger Statur. Er mochte etwa Mitte sechzig sein, hatte volles weißes Haar und trug einen kräftigen Backenbart. Sein Gesichtsausdruck war ernst und lauernd, sein Händedruck so fest, als wolle er seinem Gegenüber alle Fingerknöchel brechen. Er wirkte wie ein Mensch, der es gewohnt war, Befehle zu erteilen.

Die Frau an seiner Seite war sicher zehn Jahre jünger als er. Sie hatte die Figur und Größe eines halbwüchsigen Mädchens. Ihre ganz in Weiß gehaltene Kleidung verstärkte den Eindruck des Kindlichen. Alles an ihr wirkte zerbrechlich. Trotz der faltigen, müden Gesichtszüge war ihre einstige Schönheit noch immer zu erahnen. In ihren wässrig blauen, rot geränderten Augen entdeckte Dorothea eine Mischung aus Traurigkeit und Resignation.

Der Hausherr deutete eine Verbeugung an und wies auf eine offen stehende Zimmertür. »Willkommen auf unserer Hacienda, Señorita. Es ist bereits angerichtet. Ich pflege jeden Tag um Punkt zwölf Uhr zu speisen. Nicht früher und nicht später.«

Das Speisezimmer war elegant und prunkvoll eingerichtet. Gemälde und Gobelins an den Wänden, Orientteppiche und intarsienverzierte Kommoden, funkelnde Lüster, Vitrinen mit Silbergeschirr und hauchdünnem japanischem Porzellan. Dorothea fühlte sich an ihr Zuhause in Köln erinnert. Vor nicht allzu langer Zeit hatte sie ebenfalls von so feinem Porzellan gegessen.

Sie ließ sich die Köstlichkeiten schmecken, die von einem Dienstmädchen aufgetischt wurden. Hühnerbouillon, mit Honig glasierte Kochbananen, gedünsteter Fisch mit Reis und grünen Bohnen und zum Nachtisch frische Melonen und Papayas mit Kokosnusskuchen. Dazu gab es starken Kaffee, den Dorothea nur anstandshalber trank. An den kräftigen, bitteren Geschmack hatte sie sich bisher noch nicht gewöhnen können. Aber sie hatte keine Mühe, in diesem vertrauten

Ambiente Konversation zu machen. Darin war sie aus Zeiten geübt, als sie in ihrem Kölner Elternhaus mit den unterschiedlichsten Gästen bei Tisch gesessen hatte. Es gelang ihr sogar, den zunächst reservierten Herrn des Hauses zum Lachen zu bringen.

»Warum sind Sie eigentlich von zu Hause weggegangen? Und dann auch noch so weit?«, mischte Isabel Duarte y Alvardo sich mit leiser Stimme in die Unterhaltung ein. Bisher hatte sie kein einziges Wort gesagt, nur aufmerksam zugehört.

»Ich habe die kalten Winter in Deutschland nicht vertragen. Sie haben mich krank gemacht.«

»Warum kam Ihre Familie denn nicht mit Ihnen?«

»Diese Frage wollte eigentlich ich der Señorita stellen«, entgegnete der Hausherr, worauf seine Frau die Fingerspitzen auf die Lippen legte und gleichsam um Verzeihung bittend zu ihrem Mann aufschaute.

Dorothea gab eine Antwort, die zwar nicht völlig der Wahrheit, aber doch gänzlich ihren Empfindungen entsprach. »Ich habe keine Eltern mehr. Und ich hatte nie Geschwister.«

Die Gastgeber schwiegen für einen Moment, ihre Mienen zeigten Betroffenheit. Der Hausherr räusperte sich. »Wenn ich fragen darf, welchen Beruf übte Ihr Herr Vater aus?«

»Er war Arzt. Ein Spezialist auf dem Gebiet der Wundheilung.«

Der Hausherr nickte beifällig. »Ich kenne einige hervorragende deutsche Ärzte. Auch was das Ingenieurswesen angeht, wie beispielsweise den Bau von Brücken, Handelsschiffen oder Kaffeeröstmaschinen, haben die Deutschen einen guten Ruf. Wir Costaricaner schätzen sie wegen ihrer Zuverlässigkeit und Pünktlichkeit.«

Das Dienstmädchen brachte frischen Kaffee, füllte mit graziösen Bewegungen die Tassen. Der Hausherr lehnte sich auf seinem Stuhl zurück und legte die mächtige Hand mit dem Siegelring auf das Tischtuch.

»Sie haben unserem Sohn das Leben gerettet, Señorita. Dafür möchten wir uns gern erkenntlich zeigen. Gibt es irgendeinen Wunsch, den wir Ihnen erfüllen können?«

Dorothea blickte erst Antonio Ramirez, dann seinen Vater fragend an. »Wie soll ich das verstehen, Señor?«

»Vielleicht hegen Sie schon lange einen Wunsch, der jedoch ... mein Sohn erzählte mir, dass Sie an einer Siedlerschule unterrichten ... nun, der bei dem Einkommen einer Lehrerin ... schwierig zu erfüllen ist. Ein Möbelstück, ein Teeservice, ein silbernes Besteck ...«

Ich nehme keine Almosen von Fremden! Ich habe alles, was ich brauche, und wenn ich etwas haben will, dann verdiene ich es mir selbst, wollte Dorothea trotzig erwidern. Einzig Antonio Ramirez Duarte schien ihren inneren Aufruhr zu bemerken. Er lächelte ein warmes, herzliches Lächeln, das Dorotheas Herz für den Bruchteil einer Sekunde höher schlagen ließ.

»Bitte, Señorita, bereiten Sie uns die Freude! Sie dürfen nicht ablehnen.«

Dorothea dachte kurz nach und stellte fest, dass sie sich angesichts des Reichtums, der hier allenthalben sichtbar wurde, keine Zurückhaltung auferlegen musste. Ein Strahlen huschte über ihr Gesicht. »Wenn das so ist, dann wünsche ich mir zwanzig Schulhefte und ein Dutzend Schreibfedern.«

Antonio Ramirez lenkte den Einspänner über die schmalen Pfade, die mitten durch die Plantage führten, zeigte Dorothea bis zum Horizont reichende Felder mit Kaffeebäumen, auf denen in regelmäßigen Abständen hohe Korallenbäume wuchsen. Diese schützten die Bäume vor allzu großer Sonneneinstrahlung und sorgten überdies für die notwendige Luftzirkulation zwischen Baumkrone und Strauch, wie er ihr wortreich erklärte.

»Kaffee stammt ursprünglich aus Äthiopien, er kam siebzehnhundertfünfzig nach Costa Rica. Die ersten Plantagen wurden in der Umgebung der früheren Hauptstadt Cartago errichtet. Für den Export nach Südamerika und Europa wird nur erstklassige Qualität verschifft. Aber der beste Kaffee gedeiht hier, in den höheren Lagen an den Rändern des Valle Central. Die Pflanzen wachsen auf fruchtbarer vulkanischer Erde, und nur in dieser Gegend erhalten sie das ideale Maß an Sonne, Wind und Regen.«

Er zeigte ihr die Hütten am Rand der Hacienda, in denen die Pflückerinnen und Pflücker während der zwei- bis dreimonatigen Erntezeit wohnten. Eine sogenannte Aufbereitungsanlage befand sich an einem Wasserlauf, der sich durch die Hacienda schlängelte. In diesem Gebäude wurden die Kerne aus dem Fruchtfleisch der Kaffeekirsche zuerst entfernt, anschließend in großen Bottichen fermentiert und danach für mehrere Tage auf Feldern in der Sonne getrocknet. Anschließend wurden sie in Säcken auf Ochsenkarren in das etwa zwölf Tagesreisen entfernte Puntarenas transportiert und von dort in die Welt verschifft.

Ihr Begleiter sprach schnell und mit glänzenden Augen. Dorothea ließ sich von seiner Begeisterung anstecken. Und sie fragte sich, ob sie nicht doch nur träumte, dass ein höflicher, blendend aussehender Mann, der weder Ehefrau noch Kinder hatte, ihr eine unvorstellbar große Kaffeeplantage zeigte, die er einmal erben würde.

Als Antonio Ramirez Duarte sie vor ihrem Zuhause abgesetzt hatte, verbeugte er sich und hauchte ihr einen Luftkuss über die Hand. »Ich danke Ihnen, dass Sie uns mit Ihrer Anwesenheit beehrt haben, Señorita Fassbender. Wir haben uns hoffentlich nicht das letzte Mal gesehen.«

»Auch ich habe zu danken. Auf bald«, hörte Dorothea sich sagen und gestand sich zu ihrer eigenen Überraschung ein, dass diese Worte ehrlich gemeint waren.

Am übernächsten Tag überbrachte ihr ein Bote ein Paket, das ungefähr hundert Schulhefte sowie mehrere Schachteln mit Schreibfedern enthielt. Von da an bekam Dorothea jeden Tag Post. Antonio schrieb, wie glücklich er sich schätze, ihre Bekanntschaft gemacht zu haben. Er sei ihr auf ewig dankbar und werde immer in ihrer Schuld stehen. Und jedem Brief lag eine kleine Überraschung bei, liebevoll in Seidenpapier gehüllt. Einmal war es ein besticktes Taschentuch mit ihren Initialen, dann ein Paar weißer Spitzenhandschuhe oder eine seidene Ansteckblume.

»Wer war denn dieser unverschämt gut aussehende Mann, der Sie neulich mit seinem Einspänner abgeholt hat?«, fragte Else Reimann augenzwinkernd, als sie nach der Sonntagsandacht nebeneinander zu ihren Hütten zurückkehrten. »Wird sich da wohl etwas anspinnen?«

Das hatte Dorothea sich mittlerweile auch schon gefragt. Einerseits fühlte sie sich geschmeichelt, anderseits rätselte sie, was hinter diesen Aufmerksamkeiten steckte. Etwa ernste Absichten? Was sie sich allerdings nicht recht vorstellen konnte, denn schließlich war Antonio Ramirez Duarte mit seinem blendenden Aussehen, seinem Charme und noch dazu als künftiger Kaffeebaron sicher einer der begehrtesten Junggesellen des Landes. Zweifellos gefiel ihr seine höfliche Zurückhaltung, die fehlende Aufdringlichkeit, die sie an den anderen Männern so verabscheute. Aber es gab doch sicher unzählige Mädchen und Frauen, die von nichts anderem träumten, als ihr Leben an seiner Seite zu verbringen.

Welchen Grund also sollte solch ein Mann haben, einer deutschen Zugereisten, einer unbedeutenden kleinen Lehrerin, den Hof zu machen? Dorothea versuchte, sich Antonios Gesicht mit den tiefblauen Augen unter markanten schwarzen Brauen vorzustellen, die Art, den Kopf zu neigen, wenn er mit ihr sprach. Doch es gelang ihr nicht, denn ein anderes Gesicht schob sich aus der Erinnerung dazwischen. Ein Gesicht mit langen, weichen Locken, die immer ein wenig zerzaust wirkten, und Grübchen, die sich beim Lachen neben den Mundwinkeln bildeten.

Dorothea lächelte Frau Reimann unbestimmt zu. Und dann fragte sie sich bangen Herzens, was geschehen würde, wenn in wenigen Wochen ihre Aufenthaltsgenehmigung ablief. Ihre Zukunft in diesem Land war ungewisser denn je. Mit zitternden Fingern tastete sie nach dem Medaillon am Hals, das die Wärme ihres Körpers gespeichert hatte. Welchen Weg sollte sie künftig beschreiten? Und wo war die Hand, die sie dorthin führte und ihr Halt bot?

## APRIL BIS MAI 1850

»Welch herrliche Aussicht! Es verschlägt mir schier den Atem.« Sonnenstrahlen wärmten ihren Körper und drangen tief in ihr Inneres ein. Dorothea stand mit ausgebreiteten Armen da, staunte und konnte sich nicht sattsehen. Ihre Blicke glitten über Täler und unendliche Schluchten, in denen schmale Wasserläufe weiß und schäumend zwischen grauen Felsspalten in scheinbar endlose Tiefen stürzten. Wanderten weiter zu fernen, hohen Berggipfeln. Über dem grünen Land spannte sich ein wolkenlos klarer Himmel. Kriechende Gewächse mit dicht gefüllten roten Blüten säumten den Rand des steinernen Plateaus unter ihren Füßen. Von diesem erhöhten Standpunkt aus erkannte sie, was sie bisher nur geahnt hatte. Dieses Land war noch schöner, noch wilder, noch gewaltiger, als sie es bisher kennengelernt hatte. So musste das Paradies ausgesehen haben.

Durchdringende Vogelschreie rissen sie aus ihrer Betrachtung. Schwarze Tukane mit kräftigen regenbogenfarbigen Schnäbeln schwebten in fast greifbarer Nähe über die Baumwipfel unter ihr hinweg. In einiger Entfernung hatte ein Adler seine Schwingen ausgebreitet und glitt majestätisch über den Urwald hinweg. Eine grün schillernde Echse schlängelte sich an ihrer Fußspitze vorbei und verschwand unter einer Baumwurzel. In einem gelb blühenden Strauch suchte ein Schmetterling nach Nektar. Zusammengefaltet erinnerten seine Flügel an verwelkte Blätter. Doch beim Fliegen offenbarte sich eine Farbenpracht, die an irisierendes Email erinnerte. Der Schmetterling schwirrte auf Dorothea zu und ließ sich auf ihrer Schulter nieder. Breitete die Flügel aus und erinnerte an eine kostbare, edelsteinverzierte Brosche.

»Als Kind habe ich mir oft gewünscht, ein Vogel zu sein und über den Regenwald und die Berge fliegen zu können. Mir die Welt von oben anzuschauen«, murmelte Antonio Ramirez und erschien Dorothea in diesem Augenblick weich und verletzlich. Ein überaus empfindsamer Mensch, dachte sie bei sich. Ob er wohl eine glückliche Kindheit hatte? Sie zog ihr Skizzenbuch aus der Tasche und begann zu zeichnen. Dabei wendete sie den Kopf so zur Seite, dass der Rand ihrer Schute einen Schatten auf das Papier warf. Schon bald war sie völlig in den Anblick der Natur versunken, in der weder Straßen noch Siedlungen von der Existenz des Menschen zeugten.

»Wir sind hier nicht weit entfernt von der Wasserscheide«, fuhr ihr Begleiter fort, als Dorothea für einen Moment den Kreidestift absetzte. »Links von uns fließen die Flüsse ins Karibische Meer, rechts zum Pazifischen Ozean.«

Dorothea nickte, wollte sich in diesem Augenblick nicht von der aufkommenden Erinnerung an ein Kölner Café betrüben lassen, in dem Alexander ihr zum ersten Mal eine Karte dieses Landes gezeigt hatte. »Costa Rica – das Land zwischen den Meeren … Danke, dass Sie mich hierhergeführt haben, Señor Ramirez Duarte.«

»Sagen Sie, Señorita, stimmt es wirklich, was Sie neulich beim Mittagessen meinen Eltern erzählt haben? Sind Sie tatsächlich nach Costa Rica gekommen, weil es Ihnen in Deutschland zu kalt war?«

»Ja … dies war zumindest ein Grund. Der andere … jeder Mensch muss seinem Stern folgen …« Antonio Ramirez beobachtete Dorothea, wie sie den Zeichenstift über das Papier führte, zwischendrin immer wieder aufsah und ihr Motiv fixierte. Sein Pferd wieherte leise, harrte aber geduldig im Schatten eines Johannisbrotbaumes aus. Ab und zu schlug es mit dem Schweif, um lästige Fliegen an den Flanken zu verscheuchen.

Dorothea presste die Lippen aufeinander, mochte keine weiteren Erklärungen abgeben. Auch wenn ihre Antwort denkbar knapp ausgefallen war, so traf sie doch zu. Lieber richtete sie ihre Aufmerksamkeit auf einen mehr als handtellergroßen Käfer mit gelblich schillerndem Panzer und Auswüchsen an Kopf und Brust, die an Zangen erinnerten. Fasziniert beobachtete sie, wie das Tier an einer Baumrinde entlangkroch und mit den Fühlern den morschen Untergrund abtastete. Hier oben auf der Anhöhe, in der strahlenden Mittagssonne, fühlte Dorothea sich eigenartig frei und eins mit der Natur.

»Wissen Sie eigentlich, dass Sie die Zungenspitze vorstrecken, wenn Sie sich besonders konzentrieren?«

Dorothea ließ die Zunge blitzschnell im Mund verschwinden und senkte verlegen den Kopf. »Nein, das habe ich noch nie bemerkt. Bitte entschuldigen Sie.«

»Ungern. Denn dieser Anblick hat etwas überaus Liebenswertes. Darf ich Sie etwas fragen, Señorita Fassbender, etwas Persönliches?«

»Ja, aber haben Sie das denn nicht schon getan?«

»Können Sie sich vorstellen, meine Frau zu werden?«

Pedro Ramirez Garrido nahm einen tiefen Zug aus seiner handgerollten kubanischen Zigarre. Anzeichen von Überraschung, aber auch Genugtuung zeigten sich auf seinem Gesicht. »Endlich bist du zur Vernunft gekommen, mein Sohn. Es wurde aber auch Zeit.« Zufrieden blähte er die Wangen und blies Rauchkringel in die Luft, sah ihnen hinterher, wie sie zur Decke emporstiegen, dabei zuerst größer und breiter wurden und sich dann verflüchtigten.

So war also sein Besitz gerettet. Seine Kaffeeplantage, die größte im Land, für die er seit Jahrzehnten hart gearbeitet hatte und deren reiche Erträge immer wieder Neider auf den Plan riefen. Man durfte nicht zimperlich sein in diesem Beruf, musste der Konkurrenz immer um eine Nase voraus sein. Schneller und wendiger sein als die anderen. Und wenn nötig auch die Maßnahmen kennen, mit denen man seine Gegner in die Knie zwang. Während diese überhaupt nicht bemerkten, was hinter ihrem Rücken gespielt wurde.

Was Pedro allerdings Sorgen bereitete, war die Einsicht, dass Antonio nicht wendig und gerissen genug war, sich nicht auf Ränkespiele verstand. Es war ihm bisher nicht einmal gelungen, ein einziges der jungen Mädchen aus einflussreichen Nachbarfamilien zu erobern, die bei ihnen oft genug ein- und ausgegangen waren. Dieser Junge war ein Träumer und mit seinen fünfunddreißig Jahren noch längst nicht reif, die Plantage eigenständig zu leiten. Dazu war weiterhin eine starke, führende Hand vonnöten. Die Pedro dem Sohn nicht verwehren würde. Ja, es warteten noch viele wichtige Aufgaben auf ihn, den großen Kaffeebaron, bis Antonio einmal der Herr auf der Hacienda Margarita wäre. Irgendwann, wenn er selbst nicht mehr lebte.

Und für diesen Zeitpunkt wollte er Antonio ein wohlbestelltes Haus hinterlassen. Deswegen musste Pedro noch zu Lebzeiten seine Machtposition weiter ausbauen. In den zurückliegenden sechs Monaten hatte er zwei kleinere Plantagen dazugekauft. Die Eigentümer hatten sich eingebildet, ihn beim Kartenspiel schlagen zu können. Diese Einfaltspinsel! Nun waren sie Pächter ihres ehemaligen Besitzes und hatten für lange Zeit ihre Schulden bei ihm abzutragen. Und zwar zu seinen Konditionen.

Pedro fühlte sich immer noch stark wie ein Bär, obwohl er bereits Mitte sechzig war. Anfangs hatte er es nicht wahrhaben wollen, an eine Sinnestäuschung geglaubt und die Beschwerden rasch verdrängt. Dennoch musste er sich in stillen Momenten eingestehen, dass seit der letzten Ernte sein Herz manchmal für einige Schläge aussetzte. Das Treppensteigen fiel ihm schwer, und in den unpassendsten Situationen stellte sich manchmal dieser eigenartige Schwindel ein. Doch davon brauchte niemand etwas zu wissen. Durfte niemand etwas erfahren. Nicht einmal sein Arzt. Der hätte ihm höchstens Alkohol und Tabak verboten, und diese Vergnügungen wollte er sich keinesfalls nehmen lassen. Hastig und gierig zog er an der Zigarre und musste husten. Spülte das Kratzen mit einigen Schlucken besten französischen Cognacs weg.

»Die Überraschung ist dir wirklich gelungen, mein Sohn. Deine Mutter und ich hatten schon befürchtet, wir müssten eines Tages von dieser Welt gehen, ohne Enkel zu hinterlassen. Allerdings haben wir beide gar nicht bemerkt, dass du dich so intensiv um die Damenwelt gekümmert hast. Und nun spann deinen Vater nicht länger auf die Folter und sag, wer die Auserwählte ist.«

Antonio setzte zu einer Antwort an, doch Pedro gebot ihm mit einer flüchtigen Handbewegung zu schweigen.

»Nein, warte. Lass mich zuerst raten. Ich finde es auch allein heraus ... Es ist Francesca Picado Dobles. Du weißt, sie wäre uns als Schwiegertochter äußerst willkommen. Ihr Vater ist im Finanzministerium tätig. Eine solche Verbindung kann von unschätzbarem Wert sein.«

Antonio schnippte sich ein unsichtbares Staubkorn vom Ärmel, richtete den Blick fest auf den Vater. »Diese geistlose und eitle Person habe ich noch nie gemocht. Außerdem läuft gegen ihren Vater ein Korruptionsverfahren. Er steht im Verdacht, Bestechungsgelder zu kassieren, die ein Vielfaches seines Einkommens betragen.«

»Du musst noch viel lernen, Antonio. Zum Beispiel, dass man mit Ehrlichkeit allein im Leben nicht immer weiterkommt. Also, wer ist die Frau?« Ungeduldig trommelte Pedro mit den Fingerspitzen auf die Lehne seines Sessels. Er verspürte leisen Ärger, weil sein Sohn es so spannend machte. Schließlich wollte er früh zu Bett gehen und am nächsten Morgen bei Sonnenaufgang mit einigen alten Freunden zur Jagd aufbrechen. Er hatte schon lange keinen Affen und kein Gürteltier mehr erlegt. Und ihm war danach, wieder einmal eine Flinte in der Hand zu halten. Sich als ganzer Mann zu fühlen. Zumindest bei der Jagd …

»Señorita Dorothea Fassbender.«

Um ein Haar wäre Pedro Ramirez Garrido die Zigarre aus dem Mund gefallen. Ungläubig starrte er seinen Sohn an, schüttelte heftig den Kopf. »Ich habe mich wohl verhört. Sag, dass das nicht wahr ist.«

»Sie ist die wunderbarste Frau, der ich jemals begegnet bin. Sie hat meine Seele berührt.«

»Ach was! Alles nur sentimentaler Unsinn.« Ärgerlich schwenkte Pedro eine Hand durch die Luft. Dabei fiel ein Klümpchen Asche auf den Teppich, der schon bei seinem Großvater im Arbeitszimmer gelegen hatte.

Antonios Ton wurde schärfer.

»Sie ist die wunderbarste Frau – nach meiner Mutter.«

Pedro öffnete den Mund und schloss ihn wieder. Offenbar hatte er sich doch getäuscht. Sein Sohn war sehr wohl gerissen. Wenn auch nicht in geschäftlichen Belangen. Denn immer dann, wenn er unbedingt etwas durchsetzen wollte, brachte er seine Mutter ins Spiel. Und der Vater fiel stets darauf herein. Zwischen Mutter und Sohn bestand eine herzliche und enge Bindung. Dummerweise hatte sich Pedro innerlich nicht rechtzeitig auf diesen Schachzug vorbereitet. Isabel, seine Frau, dieses zarte, ewig kränkelnde Feenwesen, das er einmal leidenschaftlich geliebt hatte … Er dreißig und sie nicht einmal zwanzig. Mit seiner Bemerkung hatte Antonio den Finger in die Wunde gelegt. Den Vater an seiner verletzlichsten Stelle getroffen. Doch Pedro wollte seinem Sohn gegenüber noch nicht klein beigeben, fühlte sich in die Offensive gedrängt. Er lockerte den Hemdkragen, der ihm plötzlich die Luft zum Atmen abschnürte.

»Seit Jahren schon drängen deine Mutter und ich dich zur Heirat. Unter allen vorstellbaren Kandidatinnen in diesem Land war manche gute Partie. Reiche Mädchen, adlige junge Damen, solche, deren Väter Einfluss in Wirtschaft und Politik haben. Warum also willst du ausgerechnet eine Frau nehmen, die nicht von hier stammt? Eine, die aus dem Nichts gekommen ist, die nichts hat und nichts ist?«

»Sie besitzt Bildung, gesunden Menschenverstand und Mut. Im Gegensatz zu den jungen Frauen, die ich bisher kennengelernt habe. Denn die haben nur ihr Aussehen, teure Kleider und den nächsten Ball im Kopf. Und vergiss nicht – Señorita Fassbender hat mir das Leben gerettet.« Antonio schlug die Beine übereinander, legte die gespreizten Finger aneinander. Sein Blick war auf provozierende Weise sanft und sicher.

Mit leicht zitternden Händen füllte Pedro erneut sein

Cognacglas bis zum Rand, trank es in einem Zug bis zur Hälfte aus. Er musste dringend hinunterspülen, was ihm auf der Zunge lag, aber nicht über seine Lippen kommen durfte. Herrgott, dieser Junge konnte so stur und so logisch sein! Von wem hatte er das bloß? Es gab etwas in Antonios Leben, das er als Vater nicht zu knacken vermochte. Weil sein Sohn ihm stets wie eine Schlange entglitt. Jetzt galt es, geschickt zu argumentieren. Pedro entspannte seine Miene, verlieh seiner Stimme einen sanften und nachsichtigen Klang. »Was vermutlich nicht mehr als purer Zufall war. Man sollte diese Tat nicht überschätzen. Außerdem, mein Junge, überleg doch nur. Welche Mitgift brächte Señorita Fassbender mit in die Ehe?«

»Ihren Anstand und ihre Herzenswärme.«

Pedro schäumte vor Wut. Diese Antwort war eine Frechheit! Doch er durfte sich nicht geschlagen geben. Sein Lebenswerk stand auf dem Spiel. Er musste an den Stolz des Sohnes als Nachfahr spanischer Eroberer und an seinen Stolz als Costaricaner appellieren. »Antonio, unsere Familie lässt sich bis ins Jahr fünfzehnhundertsechs zurückverfolgen, bis zum Beginn der Kolonisation. Unsere Vorväter kamen aus Katalonien und waren allesamt Kaufleute und Bankiers. Mit deinem Aussehen, deinem künftigen Erbe könntest du jede Frau für dich gewinnen. Jede! Was würden unsere Freunde und Geschäftspartner deiner Meinung nach sagen, wenn eine Fremde zukünftig Herrin auf der Hacienda Margarita werden sollte?«

Doch statt in sich zusammenzusinken und ihn, den Vater, auf Knien um Vergebung für derartig irregeleitete Gedanken zu bitten, wie Pedro gehofft hatte, hob Antonio lediglich die Schultern.

»Dann sagst du eben, es handle sich um eine Liebesheirat.

Wie bei dir und Mutter. Einer mittellosen Waisen, die nach dem Tod der Eltern bei ihren Großeltern aufwuchs. Woher stammt eigentlich meine englische Urgroßmutter? War es Wales oder Cornwall?«

Pedros Hand, die das Glas hielt, geriet ins Zittern. Seine Augen traten hervor, der Adamsapfel schwoll an. Nein, er ließ sich von seinem eigenen Sohn nicht provozieren. Brachte dieser Bengel doch seine englischen Vorfahren ins Spiel. Als wäre das nicht etwas völlig anderes gewesen! Zu einer ganz anderen Zeit und unter ganz anderen Umständen.

»Ich werde diese Heirat zu verhindern wissen«, presste Pedro zwischen den Lippen hervor.

Mit gleichgültiger Miene stand Antonio auf und schickte sich an, zur Tür zu gehen. »Gut, Vater, wie du meinst. Wenn ich diese Frau nicht haben kann, dann heirate ich eben überhaupt nicht und bleibe für den Rest meines Lebens ledig. Somit wird eines Tages die gesetzliche Erbfolge eintreten und mein Vetter Gerardo auf der Hacienda einziehen und in diesem Zimmer an deinem Schreibtisch sitzen. Wenn dir das lieber ist…«

Schwer atmend starrte Pedro auf die Tür, die Antonio hinter sich geschlossen hatte, und knirschte mit den Zähnen. Nein, niemals würde der windige Sohn seines windigen Bruders einen Fuß über diese Schwelle setzen. Er hatte schon vor Jahren den Kontakt zu beiden abgebrochen, nachdem der Bruder nach dem Tod seiner Frau vom Hühnerzüchter zuerst zum Tagelöhner und dann zum Säufer geworden war. Und sein arbeitsscheuer Neffe Gerado wegen diverser Schlägereien und Einbrüche im Gefängnis gesessen hatte. Diese Subjekte brauchten ihm nie wieder unter die Augen zu treten. Sie waren eine Schande für die gesamte Familie.

Für einen Moment schöpfte Pedro Hoffnung, als er daran

dachte, Dorothea Fassbender ein ... Angebot zu machen. Ein Häuschen an der Küste, Kleider, Schmuck, eine lebenslängliche Apanage, sofern sie auf Antonio verzichtete. Jede Frau war eitel und bestechlich. Das hatte ihn das Leben gelehrt. Trotzdem schien diese Señorita irgendwie anders zu sein. Hätte sie sich sonst etwas so Geringfügiges wie Schulhefte und Schreibfedern als Dankeschön für die Rettung seines Sohnes gewünscht? Überdies wäre Antonio starrsinnig genug, tatsächlich keine andere zu heiraten. Was sollte er nur tun? Hatte er überhaupt eine Wahl?

Pedro leerte sein Glas, kämpfte einen inneren Kampf. Nähme er also diese blasse, mittellose junge Deutsche in die Familie auf, dann könnte er zumindest auf Enkel hoffen, die eines Tages fortsetzen würden, was er selbst mit Mühe aufgebaut hatte. Immerhin hatte Dorothea Fassbender eine ansehnliche Figur, ein hübsches Gesicht und entstammte einem guten Elternhaus. Sie war sprachgewandt und hätte keine Mühe, sich in der costaricanischen Gesellschaft zu bewegen.

Er drückte die Zigarre aus und zog seinen Stock unter dem Sessel hervor. Seit drei Jahren brauchte er diese Krücke, seit einem Sturz vom Pferd. Er richtete sich auf, und dabei fiel sein Blick auf das Gemälde neben der Tür, das ihn im Alter von fünfunddreißig Jahren zeigte. Gut aussehend, kraftstrotzend, selbstbewusst. Als er den Grund und Boden erworben hatte, auf dem er nun schon seit Langem lebte. Ohne einen einzigen Piaster dafür gezahlt zu haben. Denn der damalige Bürgermeister von San José und spätere Präsident des Landes, Juan Mora Fernandéz, hatte denjenigen kostenfrei Land zur Verfügung gestellt, die sich bereit erklärten, darauf Kaffee anzubauen. Pedro hatte sofort gespürt, dass darin die Zukunft des Landes lag. Und seine persönliche Chance für künftigen Reichtum und Ruhm. Niemals in den vergangenen drei Jahrzehnten hatte er klein beigeben müssen. Doch nun hielt er zum ersten Mal keinen Trumpf mehr in der Hand. Er musste sich dem eigenen Sohn gegenüber geschlagen geben. Und das gefiel ihm ganz und gar nicht.

Nach Unterrichtsschluss konnte Dorothea nicht schnell genug nach Hause kommen. Jeden Tag rechnete sie mit einer Antwort von Elisabeth. Sie hatte der Freundin geschrieben, dass Antonio ihr nach nur vierwöchiger Bekanntschaft einen Heiratsantrag gemacht habe. Dass er gut aussehend und obendrein reich sei, sympathisch und kultiviert, dass sie aber trotzdem nicht sicher sei, ob sie ihr Herz jemals einem anderen Mann als dem verstorbenen Verlobten schenken könne. Andererseits empfand sie gerade Antonios Zurückhaltung als angenehm, denn er stellte keine bohrenden Fragen nach ihrer Vergangenheit. Er schien sie so zu lieben, wie sie war. Und nie hatte er versucht, ihr zu nahe zu kommen, sondern immer respektvolle Distanz gewahrt. Mit anderen Worten, er war ein Mann, wie ihn sich die meisten Frauen erträumten.

Trotzdem benötigte Dorothea dringend den Rat der Freundin. Sie hatte Antonio die Frage, ob sie seine Frau werden wolle, noch nicht beantwortet. Ihn um Bedenkzeit gebeten, da dieser Antrag doch viel zu schnell, zu überraschend für sie gekommen sei. Antonio hatte sie flehentlich aus seinen tiefblauen Augen angesehen, als hinge sein Leben von ihrer Antwort ab. »Ich verstehe«, hatte er schließlich leise und mit gesenktem Kopf gesagt und dabei rührend hilflos und verloren gewirkt. Dorothea war versucht gewesen, ihn tröstend in die Arme zu nehmen.

»Ich bitte Sie, Señorita Dorothea, entscheiden Sie sich

rasch! Ich musste lange auf die richtige Frau warten. An dem Tag, als Sie mich vor dem umfallenden Karren retteten, wusste ich, dass Sie diejenige sind. Und deshalb lege ich Ihnen mein Herz zu Füßen.« Daraufhin hatte er sie nach Hause in ihre Siedlung gebracht und sich mit formvollendeter Verbeugung und Handkuss von ihr verabschiedet. Wie jedes Mal.

»Fräulein Fassbender, so warten Sie doch! Sie haben in der Schule etwas vergessen.«

Plötzlich hörte Dorothea die Stimme von Klara Meier hinter sich. »Hier, Ihr Schultertuch! Ich dachte, Sie vermissen es bestimmt. Ach, was für ein schöner Stoff! Ganz leicht und weich. Sicher war es sehr teuer.«

»Danke, dass du es mir gebracht hast.« Dorothea nahm das Tuch entgegen und legte es sich um die Schultern. Antonio hatte wieder einmal Geschmack bewiesen. Als sie sich ihrem Zuhause näherte, sah sie schon von Weitem den Burschen, der in der Siedlung die Post verteilte, vor ihrer Hütte hocken. Der etwa fünfzehnjährige Junge hatte den bronzenen Teint und das tiefschwarze Haar der Indios. Darum beneidete Dorothea die Nachfahren der Ureinwohner. Mit ihrer hellen Haut und dem blonden Haar kam sie sich den Indigenas gegenüber farblos vor. Sie beschleunigte ihre Schritte. Endlich war eine Antwort der Freundin gekommen.

»Es tut mir leid, Señorita, aber heute habe ich leider keine Post für Sie.«

Mit Mühe verbarg sie ihre Enttäuschung vor dem Jungen. »Hast du eigens auf mich gewartet, um mir das mitzuteilen, Manuel?«

Der Junge sprang auf und grinste breit. »Habe ich, Señorita Fassbender. Aber nur, damit ich nicht wieder so schnell zu Hause bin. Da muss ich mich nämlich um meine drei kleineren Geschwister kümmern, und ich sag Ihnen, bei solchen Schreihälsen ist das überhaupt kein Spaß.«

Trotz ihrer Enttäuschung konnte Dorothea sich das Lachen nicht verkneifen. »Ich weiß. Schüler zu unterrichten ist manchmal auch kein Spaß. Doch meistens bereitet es mir großes Vergnügen Jetzt solltest du aber nach Hause gehen. Bevor deine Eltern dich suchen.«

Der junge Indio trollte sich. Dorothea holte ein Messer aus ihrer Hütte und pflückte eine Mango. Sie setzte sich auf ein Brett, das sie auf zwei dicke Steine gelegt hatte und das ihr als Bank diente, löste das Fruchtfleisch vom Stein und schnitt die Mango in Spalten. Spürte die erfrischende Süße auf der Zunge. Dachte nach. Grübelte. Zweifelte. Wie sollte ihr weiteres Leben aussehen? Wollte sie auf ewig in der Siedlerschule unterrichten, immer in der Angst, durch eine Unachtsamkeit aufzufallen und mit den Behörden in Konflikt zu geraten? Konnte Pfarrer Lamprecht sie weiterhin schützen, oder musste sie als Illegale irgendwann Costa Rica doch noch verlassen? Dieses warme, wunderschöne, fruchtbare Land, das sie jeden Tag aufs Neue zum Staunen brachte. Sie kämpfte gegen die Unruhe in ihrem Innern, zwang sich, nüchtern und sachlich die verschiedenen Möglichkeiten zu durchdenken. Mit der Hand strich sie sich über das Haar. Ihre Fingerspitzen berührten den Schildpattkamm, den Antonio ihr beim letzten Treffen mitgebracht hatte. Sie möge ihm die Freude bereiten, so hatte er gebeten, ihr eine Winzigkeit schenken zu dürfen.

Und mit einem Mal ließ sie es zu, einen Gedanken zu Ende zu führen, der sie wiederholt gestreift, den sie aber immer entschieden zurückgedrängt hatte. Denn sie hatte sehr wohl die Möglichkeit, einer rosigen Zukunft in diesem Land entgegenzusehen ... Nämlich an der Seite des Mannes, der um ihre Hand angehalten hatte. Sie brauchte nur Antonios Antrag anzunehmen.

Allerdings … durfte sie einen Mann heiraten, der ihr zwar ein angenehmer Gesellschafter war, den sie aber nicht aus tiefstem Herzen liebte? Vielleicht würde sich die Liebe später noch einstellen. Nach der Hochzeit, wenn erst einmal Kinder da waren. Denn was wusste sie schon vom Leben? Sie hatte ja erst einmal geliebt. Aber … konnte ein Mensch auch ein zweites Mal lieben oder sogar noch häufiger?

Sie würde in den obersten gesellschaftlichen Kreisen verkehren, ein Leben ohne Geldsorgen führen. Dorothea wagte sich kaum auszumalen, wie viele Frauen sie um solche Privilegien beneiden würden. Auf der Stelle mit ihr würden tauschen wollen. Und dennoch zögerte sie, Ja zu sagen.

Ein Eichhörnchen hüpfte an der offen stehenden Tür vorbei. Die costaricanischen Exemplare waren größer als jene, die sie aus Köln kannte, mit grauweißem Rücken und rostbraunem Bauch. Dorothea nahm ein Stückchen Mango und legte es auf einen dicken Stein neben dem Eingang. Das Tier wartete, bis sie die Hütte betreten hatte, griff blitzschnell nach der Frucht und sprang in einen Bananenbaum.

Wäre doch nur endlich eine Antwort von Elisabeth gekommen! Die Freundin war selbstbewusst und klug. Auf ihre Meinung konnte Dorothea sich verlassen. Sie presste die Hände gegen die pochenden Schläfen, fühlte sich plötzlich ohnmächtig und matt. Möglicherweise war auch alles zu viel gewesen, was sie in den zurückliegenden zwei Jahren hatte erdulden müssen. Ihre verlorene Liebe, die Fehlgeburt, ihr überstürzter Aufbruch von zu Hause, die Überfahrt, die Zeit bei Jensen und die Flucht vor ihm, der Neuanfang in der Siedlerschule …

Sie wollte schlafen, träumen und vergessen. Ihre Lippen

formten ein lautloses Gebet. »Heilige Maria, Mutter Gottes, ich bitte dich um ein Zeichen, das mir den rechten Weg weist.«

Dorotheas Herz klopfte vor Aufregung, als sie endlich den Brief in Händen hielt, der nach Bergamotte roch, Elisabeths Lieblingsduft. Dorothea wollte, was auch immer in zierlichen, dekorativen Buchstaben auf dem fliederfarbenen Papier geschrieben stand, als das erflehte Zeichen des Himmels annehmen. Sie schloss die Augen, atmete tief ein und aus, bevor sie mit fahrigen Händen das Siegel aufbrach. Nur drei kurze Zeilen standen auf dem Papier.
*Was zögerst Du, Aschenbrödel? Heirate diesen Prinzen! Busserl, Elisabeth.*

»Ich danke dir, Dorothea. Du siehst in mir den glücklichsten Mann Costa Ricas.« Antonio ergriff ihre Hand und drückte sie fest an die Brust. Er erhob sich von dem wackeligen Holzstuhl in Dorotheas Hütte und kniete vor ihr nieder.
»Bitte, schließ für einen Moment die Augen!«
Überrascht folgte Dorothea seinem Wunsch. Als sie die Augen wieder öffnete, entdeckte sie in Antonios Hand eine kleine Schatulle, in der ein Ring mit einem ovalen Saphir funkelte, ringsum eingefasst von Brillanten. Sie hielt den Atem an, glaubte zu träumen. »Der ist ja ... wunderschön! Und der große Stein hat genau die Farbe des Schmetterlings, den wir neulich oben auf dem Berg gesehen haben.«
»Dann habe ich offensichtlich die richtige Wahl getroffen«, stellte Antonio zufrieden fest. »Ich hatte deinen Blick bemerkt und mich deswegen für diese Farbe entschieden.«
»Aber du wusstest doch gar nicht, wie ich antworten würde.«

»Nun, ich hatte es gehofft.«

Dorothea streckte die Hand nach dem Ring aus. Räusperte sich, suchte stockend nach den passenden Worten. Denn was sie Antonio zu erzählen hatte, lastete schwer auf ihrer Seele. Sie zog die Hand zurück. »Ich bin mir nicht sicher, ob ich dieses Geschenk annehmen darf. Du musst etwas wissen, Antonio... weil es unter Umständen eine Hochzeit... schwierig machen würde. Wenn nicht gar unmöglich.«

Antonio erhob sich und ließ sich stirnrunzelnd auf dem Stuhl nieder, trank einige Schlucke von dem Hibiskusblütentee, den Dorothea aufgebrüht hatte. »Ich könnte mir nichts dergleichen vorstellen.«

»Es ist nämlich so...« Dorothea faltete die zittrigen Hände im Schoß und heftete den Blick auf die Zeichnung einer gelben Orchideenblüte an der Holzwand, die Klara Meier für sie angefertigt hatte. Dann gab sie sich einen Ruck und schüttete Antonio ihr Herz aus. Erzählte von der gestohlenen Geldbörse, dass Jensen ihr die Überfahrt bezahlt hatte und sie dafür ein Jahr lang in seinem Laden hatte schuften müssen. Dass er nunmehr ihre Papiere nicht herausgeben und sie nötigen wollte, auch weiterhin für ihn zu arbeiten. Die Tatsache, dass Jensen versucht hatte, sie zu vergewaltigen, und sie ihm in letzter Minute entkommen war, verschwieg sie lieber. Immer leiser und zögernder sprach sie, während sie beobachtete, wie Antonios Gesicht plötzlich ganz ernst wurde. Schon befürchtete sie, er werde aufstehen und davonlaufen. Und sie nie, nie wieder sehen wollen.

Doch Antonio saß ganz gelöst mit übereinandergeschlagenen Beinen auf dem Stuhl, schüttelte nur halb verwundert, halb verärgert den Kopf und drückte sacht Dorotheas Arm. »Mach dir deswegen keine Gedanken, meine Liebe. Ich regle das. Und glaub mir, binnen kürzester Zeit wirst du deine Papiere haben. Mir tut es nur leid, dass du wegen dieses Kaufmanns so viel Ärger hattest. Aber was ist denn, Dorothea, sehe ich da etwa eine Träne?«

Dorothea zwinkerte heftig und suchte vergeblich nach einem Taschentuch in der Rocktasche. »Ich bin so erleichtert, weil ich dachte ... ich dachte nämlich ...«

Antonio reichte ihr sein Taschentuch. »Nie wieder will ich eine Träne in diesem hübschen Gesicht sehen, hörst du? Und jetzt wollen wir von etwas anderem sprechen.«

Als Antonio eine Stunde später aufbrach, weil er vor Einbruch der Dunkelheit zu Hause sein musste, klopfte ihr Herz wild und laut. Ganz sicher würde Antonio sie zum Abschied küssen wollen. Zärtlich, innig und verheißungsvoll, wie Verlobte einander küssen. Er verbeugte sich formvollendet, seine Lippen näherten sich bis auf einen Fingerbreit ihrer Hand, die vor Aufregung zitterte. Ein tiefer Blick, dann umarmte er sie flüchtig, wobei ihre Schultern sich leicht berührten, und stieg in seinen Einspänner. Er wandte sich noch einmal um und winkte. Dorothea sah ihm nach, bis die Kutsche hinter einer Weggabelung den Blicken entschwand. Fühlte sich angesichts seiner Zurückhaltung einerseits verwirrt, andererseits aber auch gerührt. Oder hatte Antonio in Wirklichkeit ein feuriges Temperament und besaß nur ein großes Maß an Selbstbeherrschung?

Sie spürte Tropfen auf dem Gesicht und betrat ihre Hütte. Binnen weniger Sekunden ging ein heftiger Regenguss nieder, tropfte wie ein Vorhang aus Perlenschnüren vom Dach, das mit Palmwedeln gedeckt war. Sie stellte sich in den Türrahmen und lauschte mit geschlossenen Augen dem steten Prasseln. Und beschloss, Antonio eine gute Ehefrau zu sein, aber auch eine echte Costaricanerin zu werden.

MAI BIS JULI 1850

Sie hatte es sich an ihrem wackeligen Tischchen mit einer Tasse Kakao gemütlich gemacht, um Diktate zu korrigieren. Da hörte sie draußen vor der Hütte das Getrappel von Pferdehufen. Das konnte nur Antonio sein. Allerdings waren sie für diesen Tag gar nicht verabredet. Dorothea sprang auf und ordnete ihr Haar vor dem kleinen ovalen Spiegel neben der Tür. Wenn sie schon ihren Verlobten in einer so bescheidenen Behausung empfangen musste, dann wollte sie für ihn umso strahlender erscheinen. Antonio trat ein und begrüßte sie mit dem üblichen Handkuss, den er stets mit Eleganz und Nonchalance ausführte. Umständlich und betont langsam zog er einen Briefumschlag aus der Jacke und hielt ihn ihr mit einem Augenzwinkern entgegen.

Dorothea schlug das Herz bis zum Hals. Was mochte der Umschlag enthalten? Etwa wirklich das ersehnte Ende ihrer Abhängigkeit von Jensen, das Ende von Albträumen und Illegalität? Ihre Finger zitterten, als sie den Umschlag öffnete. Sie schickte ein Stoßgebet zum Himmel. Und dann hielt sie ihre Papiere, die Bordkarte und die Aufenthaltsgenehmigung in Händen.

Ein Stein fiel ihr vom Herzen. Endlich konnte sie das leidige Kapitel Erik Jensen abschließen. Sie war frei, endgültig frei, und der Kaufmann konnte sie nie wieder belangen.

»Danke, Antonio. Wie auch immer du das geschafft hast... Ach, ich will es lieber gar nicht erfahren!« Voller Freude reckte sie sich und schlang ihm die Arme um den Hals, fühlte seine warme, glatt rasierte Haut an ihrer Wange, die Haare über dem Ohr, die an der Nase kitzelten, roch den Duft des würzigen Rasierwassers, spürte seinen Atem im Nacken. Es tat gut, einen Menschen zu umarmen. Ihren zukünftigen Mann zu umarmen, der bisher immer so zurückhaltend gewesen war. Ein wenig zu zurückhaltend für ihren Geschmack. Ihre Wangen glühten, ihr Herz schlug schneller, als Antonio die Berührung erwiderte, ihr die Hände um die Taille legte und sie sacht an sich zog. Dorothea unterdrückte ein Seufzen, gab sich ganz der Umarmung hin, die ewig hätte dauern können.

Als sie sich wieder von Antonio löste, blickte sie verlegen zu Boden. Womöglich war sie doch zu forsch gewesen und hatte den Verlobten brüskiert, vielleicht waren die Costaricaner dezenter, verhaltener und zurückgenommener als die Deutschen, wenn es um das Miteinander künftiger Ehepartner ging. Sie lebte in einer anderen Kultur, die ihr noch fremd war. Und sie wollte nicht gegen die Landessitten verstoßen.

Doch Antonio lächelte, während sich feine Fältchen um seine Augen bildeten. Offenbar hatte sie ihn ermutigt, denn er nahm ihre Hände in die seinen, beugte sich vor und küsste sie auf beide Wangen, auf die Stirn, dann wieder auf die Wangen. Wohlige Schauer liefen ihr über den Rücken. Mit geschlossenen Lidern wanderte ihr Mund über Antonios Gesicht, bis sie seine Lippen fand, die zuerst aufeinander gepresst blieben, sich langsam öffneten und den Kuss erwiderten. Dem weitere folgten. Erst vorsichtig. Dann mutiger. Und schließlich entschlossen.

Die folgenden Wochen vergingen für Dorothea viel zu schnell. Das Aufgebot wurde bestellt, und mit dem Tag der Eheschließung würde sie die costaricanischen Bürgerrechte erhalten. Auf der Hacienda mussten die Zimmer im Westflügel des Wohnhauses renoviert werden, die sie und Antonio künftig bewohnen sollten. Sie überließ es ihm, die Möbel auszuwählen, während sie die Vorhangstoffe aussuchte. Zartgelb mit Rosenranken, die duftig und leicht fielen und einen reizvollen Kontrast zu den dunklen Mahagonimöbeln bildeten. Isabel, die zukünftige Schwiegermutter, ließ es sich nicht nehmen, sich um die Gästeliste und das Hochzeitsmenü zu kümmern. Dorothea hatte in einem Brief bei Elisabeth nachgefragt, ob sie ihre Trauzeugin sein wolle, und die Freundin hatte mit Freuden zugesagt.

Weil Pedro Ramirez Garrido kein Kirchgänger war und selbst bei der Hochzeit seines Sohnes keine Ausnahme machen wollte, schlug seine Frau vor, einen Priester zur Hacienda Margarita kommen zu lassen, der die Trauung vornehmen sollte. Dorothea war mit allen Vorschlägen einverstanden. Sie wollte sich ganz und gar nach den Wünschen ihrer zukünftigen Familie richten. Zumal sie spürte, dass die Schwiegereltern die Wahl ihres Sohnes nicht guthießen. Sie begegneten Dorothea zwar nicht unhöflich, aber doch mit spürbarer Zurückhaltung und Skepsis.

Dennoch war sie froh, dass sie nicht nachfragten, ob Familienmitglieder von Seiten der Braut eingeladen werden sollten. Denn Dorothea hatte bei ihrem ersten Besuch auf der Hacienda nur die halbe Wahrheit erzählt, als sie behauptete, sie sei ohne Geschwister aufgewachsen und habe keine Eltern mehr. Folglich gingen Pedro und Isabel davon aus, ihre Eltern seien verstorben. Welch ein Jammer, dachte Dorothea voller Wehmut, dass sie kein herzliches Verhältnis zu ihren Eltern hatte. Wie sehr hätte sie sich dann gefreut, sie auf ihrer Hochzeit in die Arme schließen zu können. Doch als sie zwei Jahre zuvor Hals über Kopf aus Köln geflohen war, hatte sie in ihrer Verzweiflung keinen anderen Ausweg gesehen als diesen.

Sowohl Pedro als auch Isabel hielten den Hochzeitstermin im Juni, mitten in der Regenzeit, für wenig passend. Das Hochzeitsbankett, das im Garten stattfinden sollte, könnte beeinträchtigt werden, so argumentieren sie, und die Gäste bekämen womöglich nasse Füße. Doch Antonio wehrte sich gegen jede Verzögerung, und nach heftigen Diskussionen gaben die Eltern schließlich nach.

Die Siedler waren überrascht, aber auch traurig, als Dorothea ihnen von der bevorstehenden Hochzeit berichtete und mitteilte, dass sie San Martino bald verlassen werde. »Unsere Kinder haben sich gerade an Sie gewöhnt und werden Sie schrecklich vermissen«, erklärten die Eltern. Dorothea wurde es schwerer ums Herz, als sie zunächst angenommen hatte. Auch ihr würde der Weggang nicht leichtfallen. Sie liebte ihren Beruf und hatte die Schüler alle ins Herz geschlossen. Weil noch kein Nachfolger gefunden war und sie die Kinder nicht im Stich lassen wollte, bat sie Antonio, bis zur Hochzeit in der Siedlung wohnen bleiben zu dürfen.

Ein weiteres wichtiges Thema, das es zu klären galt, war das Brautkleid. Eine Schneiderin wurde zu Dorothea geschickt, um Maß zu nehmen sowie Stoff und Schnitt abzustimmen. Isabel wollte ihrer zukünftigen Schwiegertochter bei der Auswahl freie Hand lassen, hatte sich allerdings ausbedungen, über alle Schritte in Kenntnis gesetzt zu werden, um gegebenenfalls einschreiten zu können. Dorothea entschied sich für ein Kleid aus weißer Atlasseide mit zarter Stickerei an der linken Schulter. Die elegante Wirkung sollte allein durch das Material und den schlichten Schnitt – mit langen Ärmeln, Taillenschärpe und weitem Rock – erzielt werden. Sie bat die Schneiderin, eine kleine Rocktasche einzunähen. Darin wollte sie vorsorglich ein Taschentuch verstauen, falls Tränen der Rührung sie überkommen sollten. Isabel hatte keinerlei Einwände, bestand aber darauf, Dorothea müsse das Perlenkollier anlegen, das sie selbst von ihrer Mutter geerbt hatte, sowie den Spitzenschleier, den ihre englische Großmutter bei ihrer Hochzeit im Jahr 1759 getragen hatte.

Isabel Duarte y Alvarado saß im Schaukelstuhl auf der Veranda und ging zum wiederholten Mal an diesem Tag die Liste der Hochzeitsgäste durch. Es waren einhundertfünfundvierzig Personen. Das größte Kopfzerbrechen bereitete ihr die Sitzordnung. Und sie wusste bereits: Gleichgültig, wie sie entschied, einige würden sich düpiert fühlen, weil sie nicht nahe genug beim Brautpaar saßen. Und sicherlich würden viele auch ihre Tischnachbarn ablehnen, sei es, dass sie ihnen zu alt, zu jung, zu hoch oder zu niedrig gestellt, zu geschwätzig oder zu schweigsam vorkamen. Leider konnte sie darauf keine Rücksicht nehmen. Doch sie würde streng darauf achten, verfeindete Parteien weit genug voneinander entfernt zu platzieren.

Zwölf Tische wollte sie im Garten unter einem riesigen Zeltdach aufstellen lassen. Es sollte die Hochzeitsfeier des Jahres werden, die größte, die in San José jemals stattgefunden hatte. Das war sie ihrem Mann schuldig, seiner Position und auch sich selbst. Jeder sollte sich noch Jahre später an dieses Fest erinnern. Alles sollte erlesen und kostbar wirken. Das Geschirr, die Gläser, das Besteck und die Tischdekoration. Schließlich bekam sie keine zweite Gelegenheit, alles aufzubieten, was gut und teuer war. Nie wieder könnte sie eine solche Feier im eigenen Haus ausrichten, denn Antonio war ihr einziges Kind. Mit Erleichterung hatte sie seinen Entschluss zur Kenntnis genommen, sich endlich vermählen zu wollen. Wenngleich sie nicht verstand, warum es ausgerechnet diese blasse, magere Deutsche sein musste. Ein Mädchen ohne Familie und ohne Geld. Was mochte sie nur haben, das den anderen hübschen, reichen Mädchen fehlte, die sie ihrem Sohn seit Jahren als künftige Gattinnen vorgeschlagen hatte?

Im Freundes- und Bekanntenkreis hatte Antonios Wahl ebenfalls Befremden ausgelöst. Doch Isabel ließ sich ihre eigene Verunsicherung nicht anmerken, lobte vielmehr wortreich Dorotheas Bildung und ihre gewandten Umgangsformen, betonte allerorts, dass die junge Frau aus einem guten Elternhaus stamme und sie und ihr Mann hocherfreut seien, eine solche Schwiegertochter zu bekommen. Denn nichts war wichtiger, als das Gesicht zu wahren. Niemand sollte auf den Gedanken kommen, die Familie des reichsten und mächtigsten Kaffeebarons sei nicht auch die glücklichste im Land.

Wenn es nur am zweiundzwanzigsten Juni den ganzen Tag über trocken bliebe! Sie erinnerte sich an ihre eigene Hochzeit, die nunmehr sechsunddreißig Jahre zurücklag. Natürlich hatte es damals seit dem Mittag geregnet. Dann war auch noch die Plane an der Stelle, wo das Brautpaar saß, undicht gewesen, und ein Schwall Regenwasser hatte sich auf die Hochzeitstorte ergossen. Diese Jahreszeit eignete sich einfach nicht zum Heiraten.

Obwohl... Pedro und sie hatten nur vier Wochen früher geheiratet, Ende Mai. Weil sie nicht länger hatten warten können. Isabel war guter Hoffnung gewesen, und die Zeitspanne hatte gerade noch gereicht, Antonio glaubhaft als Frühgeburt auszugeben. Ob etwa... ob Dorothea auch schwanger war? Und ihr Sohn es deswegen so eilig hatte? Auf diesen Gedanken war sie bisher noch gar nicht gekommen. Aber nein, das konnte sie sich eigentlich nicht vorstellen. Antonio tat so etwas nicht. Nicht vor der Ehe. Dazu war er viel zu zurückhaltend. Und seine Zukünftige wirkte keineswegs, als wisse sie um gewisse Dinge zwischen Mann und Frau Bescheid. Und falls doch... nun, dann würde auf der Hacienda schon bald Leben einkehren. Man würde Kinderlachen hören, und Pedro würde hoffentlich häuslicher werden. Nicht mehr so oft unterwegs sein, irgendwo, wo sie aus seinem Leben und seinen Gefühlen ausgeschlossen war... schon seit schieren Ewigkeiten.

Mit zitternden Händen nahm sie eine Tasse frisch aufgebrühten Tee und gab einige Tropfen von dem Seelentrost hinein, den ihr alter Arzt ihr vor vielen Jahren verschrieben hatte und der sie sanftmütig und milde stimmte. Der Vergessen schenkte und ihr in der Nacht einen tiefen Schlaf bescherte, wenn wieder einmal der bohrende Schmerz ihr Inneres peinigte. Weswegen ihr neuer Hausarzt diese Rezeptur erst nach anfänglichem Widerstreben übernommen hatte. Ja, das tat gut. Noch ein Schluck... und ein weiterer... Isabel überkam eine angenehme Müdigkeit. Sie musste sich ausruhen. Für heute hatte sie genug geplant. Jetzt war es Aufgabe der anderen, ihre Anweisungen umzusetzen. Noch sechs Wochen, dann wäre das Fest überstanden.

Dorothea beobachtete, wie das Brautpaar niederkniete und den Segen des Priesters empfing. Es war ein berührender Anblick. Würdevoll und wunderschön. Die erhobenen Hände des Geistlichen schwebten wie ein Sinnbild des Heiligen Geistes über den Köpfen des Paares. Die Braut hatte das Haar zu kunstvollen Zöpfen aufgesteckt und trug einen mit

Blüten und Ranken bestickten Schleier, der ihr wie ein Wasserfall über den Rücken fiel und bis zu den Knöcheln reichte. Er bildete einen Kontrast zu dem schlichten Kleid und formte beides zu einem harmonischen Ganzen. Wangen und Lippen der jungen Frau schimmerten rosig, ihr Gesicht leuchtete. Es lag etwas Ungläubiges in ihren Augen und etwas Entschlossenes in ihrem Lächeln. Ihre schlanke Gestalt wirkte ätherisch, schien geradewegs dem Gemälde eines vergangenen Jahrhunderts entstiegen zu sein.

Der Bräutigam vermochte während der Zeremonie den Blick kaum von seiner zukünftigen Frau zu wenden. Er wirkte leicht erschöpft, aber auch siegesgewiss, als sei er nach vielen Mühen endlich ans Ziel gelangt. Der maßgeschneiderte Seidenanzug betonte seine Figur aufs Vorteilhafteste. Es war ein schönes Paar, das Dorothea vor sich sah. Als die beiden die Ringe tauschten, zitterten ihre Hände. Dabei hatte die Braut Mühe, den Ring über den Finger ihres Ehemannes zu streifen. Der Ring schien zu eng, blieb zwischen dem ersten und zweiten Fingergelenk stecken. Schließlich kam der Bräutigam seiner Braut zu Hilfe. Er ruckte mehrere Male an dem Ring, dann saß er an der richtigen Stelle.

»Und so erkläre ich euch zu Mann und Frau«, sprach der Geistliche mit getragener Stimme.

Das Paar tauschte einen flüchtigen, keuschen Kuss, und in diesem Moment, als Dorothea Antonios Lippen auf ihrem Mund spürte, wurde ihr bewusst, dass sie die ganze Zeit sich selbst beobachtet hatte. Sie legte eine Hand auf Antonios Arm, und gemeinsam schritten sie durch den Salon, vorbei an den Gästen, die, je nach Gemütslage, applaudierten, sich die Augen wischten oder dem Paar stirnrunzelnd hinterherblickten.

Draußen im Garten erwartete eine Gruppe indianischer Musikanten die Hochzeitsgesellschaft. Sie trugen Kostüme in den Landesfarben Blau, Weiß und Rot und dazu breitkrempige flache Strohhüte. Mit lauten Jubelrufen ließen sie die Brautleute hochleben. Dann defilierten die Gäste der Reihe nach an dem Paar vorbei, um zu gratulieren und einige persönliche Worte vornehmlich an den Ehemann zu richten, den die meisten seit vielen Jahren kannten. Die Hochzeitsgäste hatten zu dieser Feier ihre Festgarderobe angelegt. Die Männer im Frack, die Frauen im festlichen Kleid. Für Letztere ein willkommener Anlass, sich etwas Neues nähen zu lassen. Sehr zur Freude der ortsansässigen Schneiderinnen, die Seide, Taft und Brokat nach Schnittmustern aus französischen Modeheften verarbeiteten und ohne Scham die höchsten Preise verlangen konnten. Weil die Damen an nichts sparen wollten. Auch wenn Spanisch die Landessprache war und das Temperament der Ticos dem der Spanier glich, die einst Costa Rica erobert hatten, so orientierte man sich in gehobenen Kreisen in Modefragen an Frankreich, ähnlich wie auch die übrigen Europäerinnen.

Antonio stellte seiner frisch angetrauten Frau jeden einzelnen Gast vor. Geschäftspartner, Bekannte und Freunde seines Vaters, ehemalige Lehrer, Ärzte, Schulfreunde mit den jeweiligen Ehefrauen. Dorothea schüttelte unzählige Hände, konnte sich die vielen Namen und Gesichter gar nicht merken. Aber sie lächelte, erklärte, wie sehr sie sich freue, jeden von ihnen kennenzulernen. Wechselte hier einige Worte mit einem Bankier, scherzte dort mit der Ehefrau eines Apothekers und schmunzelte über den Witz eines ehemaligen Kapitäns, der zu den langjährigen Freunden der Familie zählte.

Sie befand sich in einem eigenartigen Schwebezustand.

Ihr altes Leben schied gerade endgültig von ihr, um dem neuen zu weichen. Den aufmunternden Blicken Antonios zufolge machte sie ihre Sache gut. Insbesondere die männlichen Gäste schienen von der Braut und ihrer unaufdringlichen, herzlichen Art höchst angetan zu sein. Ein Wermutstropfen war allerdings der Umstand, dass Elisabeth nicht hatte kommen können. Die Freundin lag mit Fieber danieder und war untröstlich, bei diesem wichtigen Ereignis nicht anwesend sein zu können. Der Brief hatte Dorothea erst einen Tag vor der Hochzeit erreicht. An Elisabeths Stelle als Trauzeugin war Johanna Miller getreten, die mit dem Trauzeugen des Bräutigams, einem Schulfreund Antonios, der nahezu sechseinhalb Fuß lang und dünn wie ein Palmenstamm war, ein höchst ungleiches, aber durchaus sympathisches Paar abgab.

Auf ein Zeichen Pedros hin nahmen die Gäste an den festlich gedeckten Tischen ihre Plätze ein. Auch hier waren Tischtücher, Geschirr und der Blumenschmuck in den Landesfarben gehalten. Gestärkte weiße Damastdecken mit blau gerändertem Porzellan, dazu verschiedenste Arten von rot blühenden Orchideen, zu kunstvollen Gestecken arrangiert. Pedro sprach einen Toast auf das Brautpaar aus und hieß Dorothea als neues Familienmitglied willkommen. Dann dankte er seiner Ehefrau, die ihm seit sechsunddreißig Jahren treu und ergeben zur Seite stand. Isabel blickte schwärmerisch zu ihrem Gatten auf, und wären da nicht die Spuren des Alters in ihrem Gesicht zu lesen gewesen, man hätte sie für eine frisch verliebte Braut halten können. Pedro erinnerte in launigen Worten an seine eigene Hochzeit, die einige der älteren Gäste miterlebt hatten.

»Wisst ihr noch, wie ein Gewitter hereinbrach und die Zeltplane riss, als wir gerade die Hochzeitstorte anschneiden wollten? Für den heutigen Tag indes habe ich ein Abkommen mit Petrus getroffen. Es wird kein einziger Tropfen vom Himmel fallen.«

Dorothea merkte, wie ihre anfängliche Anspannung ganz allmählich nachließ. Und auch Antonio wirkte heiter, nahezu ausgelassen. Es hatte nicht erst der neidvollen Blicke der Frauen fast sämtlicher Altersklassen bedurft, um ihr klarzumachen, dass neben ihr der wohl bestaussehende Mann weit und breit saß. Von seinem zu erwartenden Erbe ganz abgesehen. Sie hatte sich dazu entschlossen, das Unfassbare als Realität anzunehmen und sich dieser Gunst des Schicksals als würdig und dankbar zu erweisen. Doch zunächst einmal wollte sie das Fest genießen.

Eine Vielzahl von Dienstmädchen tischte das Hochzeitsmahl auf. Zur Feier des Tages trugen sie statt einer weißen Haube eine Kopfbedeckung in den Landesfarben. Isabel hatte mehrere Köche einbestellt, die ihr ganzes Können zeigten. Es gab Gemüse- und Linsensuppe, gebackenes Huhn mit Tomaten- und Zwiebelgemüse, in Bananenblättern gedünsteten Wolfsbarsch, Reis mit Meeresfrüchten, Rindfleischtopf in Kokosmilch, sautierte Palmenherzen, knusprig gebackene Kochbananen, süße und herzhafte Tortillas, mit Hackfleisch gefüllte Teigtaschen, Kokos- und Ananaskuchen sowie frische Früchte. Dazu tranken die Frauen Wasser, mit ein wenig Weißwein vermischt, während die Männer argentinischen Rotwein oder schottischen Whisky bevorzugten, letzteren mit mehr oder weniger Wasser verdünnt.

Zwischen den einzelnen Gängen unterhielten die Musikanten die Gäste mit rhythmischen Klängen auf der Marimba, einem Instrument ähnlich einem Xylophon. Zeitweilig spielten drei Musiker an einem Instrument, dann wieder ein einziger, der mit jeweils zwei Schlegeln in jeder Hand virtuos die Holzstäbe schlug. Entgegen Isabels Befürchtungen fiel kein einziger Tropfen Regen. Nachdem der Nachtisch verzehrt war, zerstreuten sich die Gäste im Garten, der nach dem Vorbild eines englischen Parks angelegt war. Mit weiten Rasenflächen, gewundenen Wegen, einem antiken Tempel und einem Teich.

Die Kinder waren sichtlich erleichtert, als das offizielle Programm beendet war und sie unter den kritischen Blicken der Erwachsenen nicht länger still sitzen mussten. Wortführer waren die drei Söhne von Isabels Nichte Rosa, die alle das rundliche Gesicht und die durchdringende Stimme ihrer Mutter geerbt hatten. Lautstark tobten die Kinder durch den Park, liefen um die Wette, balgten sich im Gras oder spielten Blindekuh. Einige Jungen falteten aus den Tischkarten kleine Boote und ließen sie den Bach hinunterschwimmen, nicht ohne dabei zu versuchen, sich gegenseitig ins Wasser zu schubsen.

Die Erwachsenen teilten sich rasch in zwei Gruppen. Die Herren standen beieinander, in der einen Hand das Glas, in der anderen die Zigarre. Die Damen bildeten ihren eigenen Zirkel, machten sich gegenseitig Komplimente für ihre Kleider, lobten die zu Herzen gehende Trauungszeremonie und das elegante Brautpaar, die exquisite Tischdekoration und die Mutter des Bräutigams für die hervorragende Zusammenstellung des Hochzeitsmenüs. So schmal und zerbrechlich sie in ihrem lindgrünen Seidenkleid mit spitzenbesetztem Rock wirkte, so sehr schien Isabel das Lob zu stärken.

Nach anfänglichem Zögern wagten die Frauen, das Wort an Dorothea zu richten. Sie fragten nach ihrer Zeit in Deutschland, warum sie nach Costa Rica gekommen war und ob es nicht schrecklich sei, ungezogenen Kindern Unterricht zu erteilen. Dorothea antwortete in knappen und verbindlichen Worten, wobei sie ihre Zeit bei Jensen unterschlug und mit lebhaften Worten von den lernwilligen und aufmerksamen Schülern in der Siedlerschule schwärmte. Dabei überraschte sie die Frauen mit ihrer nahezu akzentfreien Aussprache. Vor allem aber wollten die Damen erfahren, wie und wo sie Antonio kennengelernt hatte. Isabel ergriff das Wort und erzählte mit lebhafter Gestik die Geschichte der Rettungsaktion vor dem Schusterladen in Alajuela und konnte die Entschlossenheit und den Mut ihrer Schwiegertochter gar nicht genug rühmen.

»Aber wie haben ausgerechnet Sie als Zugereiste es geschafft, sich den begehrtesten Junggesellen des Landes zu angeln?«, fragte eine füllige schwarzhaarige Frau in einem roten Taftkleid mit streng nach hinten gekämmtem Haar und einem kräftigen Oberlippenbart. In ihrem Ton lag ein deutlich vernehmbarer Vorwurf. Ihre weitaus hübschere, etwa fünfundzwanzigjährige Tochter stand schweigend und schmallippig neben der Mutter und vermied jeden Blickkontakt mit Dorothea. Diese schluckte verlegen und suchte nach einer Antwort.

»Verzeihung, Señora Torres Picado«, erklang da unvermutet Antonios Stimme. »Dorothea hat keineswegs mich geangelt, wie Sie es nennen, sondern ich sie. Und ich darf Ihnen verraten, es war kein einfaches Unterfangen. Im Übrigen hat sie mich nicht als Fremde, sondern als Frau fasziniert.« Er zog Dorotheas Hand an die Lippen und zwinkerte ihr verschwörerisch zu. Sie schenkte ihm ein dankbares Lächeln. Wie glücklich konnte sie sich schätzen, einen Ehemann bekommen zu haben, der seine Frau so schlagfertig gegen die offensichtlichen Vorurteile dieser ältlichen Señora verteidigte.

Als Antonio sich zum Gehen wandte, beobachtete sie, wie einige Frauen ihm verstohlen mit verzückten Blicken hinterherschauten. Die Tochter von Señora Torres Picado, die dasselbe Kleid wie ihre Mutter trug, nur in einem helleren Farbton, starrte Dorothea feindselig an und verschwand wortlos in Richtung des Rosenpavillons, wo ein Koch frische Pfannkuchen zubereitete.

Bis in den Abend hinein wurde gegessen, getrunken und gefeiert. Beim Tanz, den das Brautpaar eröffnete, spürte Dorothea Antonios Atem auf ihrer Wange, fühlte den leisen Druck seiner Hände. In diesem Moment schwanden endgültig alle Unsicherheiten und Zweifel der vergangenen Monate. Ihr Herz pochte vor Aufregung, Stolz und Glück. Sie blickte in Antonios sanft schimmernde Augen, in denen etwas Scheues lag, und schwor sich, diesen wunderbaren Mann glücklich zu machen. Sehnte sich danach, ihm ganz nahe zu sein, ihn zu streicheln, zu küssen, von ihm berührt zu werden. Als der Tanz zu Ende war, drängten sich die Herren, der Reihe nach mit der strahlenden Braut zu tanzen. Und die Damen bekamen einen verträumten Gesichtsausdruck, als sie sich von Antonio im Rhythmus wiegen und drehen ließen.

Pedro erwies sich als ein weitaus ungeschickterer Tänzer als sein Sohn. Er humpelte von einem Bein aufs andere, trat Dorothea auf den Rocksaum und wäre beinahe gestolpert. »Ach was, das Tanzen sollte ich besser den jungen Hüpfern überlassen. Übrigens, du hast deine Sache bisher recht gut gemacht, Dorothea. Wo bleibt denn der Champagner? Wir wollen miteinander anstoßen.«

Als die Gäste gegangen waren und die Dunkelheit hereinbrach, zog sich Isabel, die bleich und erschöpft wirkte, in ihr Reich zurück, das im oberen Stockwerk des Ostflügels lag. Ihr Mann bot ihr seinen Arm und führte sie vorsichtig die Stufen hinauf. Auf dem Treppenabsatz legte er eine kurze

Verschnaufpause für Isabel ein. Dabei warf er von oben einen Blick auf seinen Sohn und runzelte leicht die Stirn. Antonio nahm Dorotheas Hand und zog sie rasch in das Bibliothekszimmer, wo die Dienerschaft die Geschenke der Gäste ausgebreitet hatten. Geschirr, Gläser, Besteck, Bettwäsche mit eingesticktem Monogramm, mehrere indianische Masken, ein Gemälde mit der Darstellung des Vulkans Arenal, eine silberne Teekanne samt Zucker- und Milchschälchen und sogar eine Kuckucksuhr mit reichen Pflanzen- und Tierschnitzereien.

Dorothea griff nach dem Kärtchen, das an der Uhr befestigt war, und musste plötzlich lachen. »Die gute Johanna Miller hat wohl Sorge, ich könne Deutschland ganz vergessen.« Sie lehnte den Kopf an Antonios Schulter und stellte fest, wie müde er aussah. Sanft berührte sie mit der Fingerspitze die Lachfältchen an seinen Augen.

»Geh schon einmal hinauf, Dorothea. Es war ein aufregender Tag. Ich würde ihn gerne bei einer Zigarre in Ruhe ausklingen lassen. In spätestens einer Viertelstunde bin ich bei dir.«

Sie nickte, obwohl sie insgeheim gehofft hatte, Antonio werde sie über die Schwelle zum Schlafzimmer tragen. Zu ihrer Überraschung wartete dort ein Dienstmädchen.

»Darf ich Ihnen beim Auskleiden behilflich sein, Señora Ramirez?«

Einem ersten Impuls folgend, wollte sie das Mädchen fortschicken. Sie hatte sich bereits ausgemalt, wie es wäre, wenn Antonio ihr das Hochzeitskleid aufschnürte und auszog. Doch dann ließ sie sich von der jungen Frau die Knöpfe und Haken im Rücken lösen.

»Vielen Dank. Den Rest schaffe ich allein. Wie heißt du?«

»Mariana, Señora Ramirez. Gute Nacht. Schlafen Sie

gut.« Das Mädchen knickste und verschwand lautlos. Dorothea streifte sich das bauschige Kleid über den Kopf und legte es über einen Stuhl. Strich über den seidigen Stoff und fand es sehr schade, dieses herrliche Gewand nie wieder tragen zu können. Da entdeckte sie plötzlich ein Stück zusammengefaltetes Papier auf dem Fußboden. Sie war sich sicher, dass es zuvor nicht dort gelegen hatte. Es musste wohl aus der Tasche ihres Kleides gefallen sein. Sie bückte sich danach, strich es glatt und trat zu dem Kerzenleuchter, der auf der Kommode stand, um besser lesen zu können.

*Machen Sie sich keine falschen Hoffnungen. Sie werden mit Antonio niemals glücklich sein.*

Dorothea erstarrte. Was hatte das zu bedeuten? Und wer hatte ihr diese Zeilen unbemerkt zugesteckt? Für wenige Stunden war sie grenzenlos glücklich gewesen, und nun sollte ihre Ehe mit einem anonymen Brief beginnen? Doch außer Johanna Miller war sie keinem der Gäste jemals zuvor begegnet. Sie würde Antonio fragen. Bestimmt konnte er das Rätsel lösen. Außerdem wollte sie an ihrem Hochzeitsabend keinen einzigen trüben Gedanken zulassen.

Sie schnürte das Mieder auf, zog Schuhe, Strümpfe und Hemd aus und sah sich im Spiegel, wie sie nackt neben der Waschschüssel stand und sich mit einem Schwamm über die glühende Haut fuhr. Vielleicht lag es an der Beleuchtung, vielleicht auch am Champagner, aber sie fand sich schön und begehrenswert. Das Dienstmädchen hatte ein hauchzartes Nachthemd auf ihrer Betthälfte ausgebreitet. Dorothea schlüpfte hinein und löschte die Kerzen bis auf eine, stieg ins Bett und wartete, lauschte, ob Schritte vor der Tür zu vernehmen waren.

Alles blieb still, und Dorothea wurde allmählich unruhig. Antonio wollte doch nur noch eine Zigarre rauchen … Was war mit ihm? War Pedro doch noch zurückgekommen, um ein vertrauliches Vieraugengespräch zwischen Vater und Sohn zu führen? Dorothea schwankte zwischen Hoffnung und Enttäuschung. Sollte sie hinuntergehen und nachsehen, wo ihr frisch angetrauter Ehemann blieb? Was, wenn sie jemandem vom Personal auf dem Flur begegnete? Sie würde sich lächerlich machen. Dann endlich öffnete sich die Tür, und Antonio schlich auf Zehenspitzen ins Zimmer. Erwartungsvoll richtete sie sich auf, streckte ihm eine Hand entgegen.

»Du bist noch wach, Liebes? Bist du denn nicht müde? Ich bin vorhin in der Bibliothek schon eingeschlafen.«

Antonio löschte die Kerze und zog sich im Dunkeln aus. Sie spürte, wie ein Körper kraftlos neben ihr ins Bett sank, hielt den Atem an, wartete, atmete vorsichtig weiter, wartete wieder. Hörte neben ihrem Ohr ein leises, gleichmäßiges Schnarchen. Sie starrte in die Dunkelheit und vergoss lautlose, heiße Tränen.

Als Dorothea am nächsten Morgen erwachte, war das Bett neben ihr leer. Sie zog sich hastig an und fand Antonio in der Bibliothek, wo er gerade die Kuckucksuhr von Johanna Miller aufzog. Er verstellte den Zeiger, die Klappe über dem Ziffernblatt flog auf, und es ertönte ein dreifacher Ruf.

»Hast du gut geschlafen, meine Liebe?«, fragte er fürsorglich und hauchte Dorothea einen Kuss auf die Wange. »Du siehst wunderbar aus in diesem blauen Kleid«, raunte er ihr ins Ohr.

Dorotheas Enttäuschung verflog. Zwar hatte ihr Ehemann sie in der Hochzeitsnacht nicht beachtet. Aber nur, weil ihn der Tag ermüdet hatte. Dennoch liebte er sie, das zeigten seine Worte ganz deutlich. Sie war viel zu ungeduldig, wusste das Wesen der costaricanischen Männer noch nicht richtig einzuschätzen, schalt sie sich. Und offenbar war nicht jeder Mann zum leidenschaftlichen Liebhaber geboren, musste erst in seine Aufgabe als Gatte hineinwachsen. Sie fühlte sich schuldbewusst und erwiderte Antonios Wangenkuss, suchte seine Lippen.

»Guten Morgen! Nehmen die beiden Turteltauben wohl mit mir zusammen endlich das Frühstück ein?«, war hinter ihnen Pedros ungehaltene Stimme zu hören.

Sie aßen zu dritt, denn Isabel ließ sich entschuldigen. Der gestrige Tag hatte sie allzu sehr angestrengt. Antonio und sein Vater sprachen über den geplanten Kauf eines neuen Wassermühlrades, das die Rührbottiche in Bewegung halten sollte, in denen das Fruchtfleisch der Kaffeekirschen von den kostbaren Bohnen im Innern getrennt wurde. Nach dem Frühstück zog sich Pedro in sein Kontor im Verwaltungsgebäude zurück. Dies war ein eingeschossiger Bau, etwa ein Drittel so groß wie das Herrenhaus, und lag nur wenige Minuten Fußweg davon entfernt.

Antonio stellte Dorothea das Dienstpersonal vor, vom Küchengehilfen über den Gärtner bis zum Kutscher, dessen Dienste Dorothea ab sofort beanspruchen durfte. Danach unternahm er einen Ausritt und war erst zum Nachmittagstee wieder zurück, den er mit Dorothea auf der Veranda einnahm. Sie blickte gedankenverloren in die Tiefe des Parks, wo erst wenige Stunden zuvor ihre Hochzeitsfeier stattgefunden hatte. Die Dienerschaft hatte alle Spuren des Festes beseitigt, und sie ertappte sich bei der Frage, ob die Hochzeit tatsächlich stattgefunden hatte oder ob sie alles nur geträumt hatte.

»Was ist mit dir, meine Liebe? Du siehst so nachdenklich aus.« Antonio nahm ihre Hand in die seine, die sich warm und sanft anfühlte. Sie wusste nicht, ob sie ihm den wahren

Grund nennen und die vergangene Nacht ansprechen sollte. Aber dann zog sie nur ein Stück zusammengefaltetes Papier aus ihrer Rocktasche und reichte es Antonio, der die Zeilen erst erstaunt, dann mit spöttischem Lächeln überflog.

»Nun, da hat sich jemand einen seltsamen Scherz erlaubt.«

Dorothea konnte nicht die geringste Verunsicherung in seiner Miene erkennen.

»Woher hast du diesen Brief?«

»Er muss aus der Tasche meines Brautkleides gefallen sein. Ich fand ihn gestern auf dem Fußboden in unserem Schlafzimmer. Und nun bin ich ... beunruhigt.«

Antonio lachte leise, streichelte zärtlich über Dorotheas Wange. »Ich gebe zu, es gibt wohl Frauen, die sich insgeheim Hoffnungen gemacht haben, mit mir vor den Traualtar zu treten. Nun, da ich mich für dich entschieden habe, machen sie ihrer Enttäuschung Luft. Du darfst das nicht so ernst nehmen.«

»Meinst du wirklich?«, fragte sie und wünschte sich, Antonio möge nie aufhören, ihre Wange zu streicheln.

»Ganz sicher. Wir Costaricaner neigen manchmal zur Heißblütigkeit – das gilt für Männer wie für Frauen.« Antonio nahm das Papier, riss es in winzig kleine Stücke und warf diese in die Luft. »Und jetzt wünsche ich mir, dass meine hübsche junge Frau lächelt. Ich mag sie nicht mit traurigem Gesicht sehen.«

An diesem Abend wiederholte sich die Zeremonie der Hochzeitsnacht, und an den folgenden Abenden war es nicht anders. Antonio kam erst nach seiner Frau ins Schlafzimmer, zog im Dunkeln sein Nachthemd an und schlief binnen Sekunden tief und fest. Und am Morgen, wenn Dorothea wach wurde, war er schon aufgestanden. Was mache ich nur falsch?, fragte sie sich verzweifelt. Warum ist Antonio tagsüber der liebenswürdige und aufmerksame Ehemann und nachts ein Felsbrocken? Sie wusste keine Antwort. Erinnerungen an leidenschaftliche Umarmungen und Stunden vollkommenen Glücks, die sie in einer Kölner Dachkammer erlebt hatte, loderten in ihr auf. Vor langer Zeit, in einem anderen Leben. Gleichzeitig schämte sie sich, weil sie immer noch an Alexander dachte, während sie inzwischen doch glücklich verheiratet war.

Viele Stunden verbrachte sie allein und grübelnd, während Antonio Ausritte unternahm oder sich um die Geschäfte kümmerte. Dorothea verspürte kaum noch Appetit, fühlte sich ohnmächtig und klein. Eines Nachmittags bat sie Antonio, mit ihr durch die Plantage zu einer Bank zu gehen, die ihr schon beim ersten Besuch auf der Hacienda Margarita aufgefallen war. Sie lag ein wenig erhöht unter einem mächtigen Kalebassenbaum. Von dort hatte man einen herrlichen Weitblick auf die grün bewachsenen Felder.

»Sag ganz ehrlich, Antonio, gefalle ich dir?«, fragte sie unvermittelt, und es klang herausfordernder, als sie gewollt hatte.

Antonio konnte sein Erstaunen nicht verbergen. »Aber natürlich, sonst hätte ich dich doch nicht geheiratet. Wie kannst du so etwas fragen?«

»Ich bin mir nicht ganz sicher«, antwortete sie vorsichtig. »Doch ich habe das Gefühl, etwas steht zwischen uns. Etwas, das nicht zwischen zwei Menschen stehen dürfte, die sich lieben, begehren und eines Tages ... Kinder haben wollen.«

Antonio blickte verlegen zur Seite. »Ach, das ist es also. Weißt du ...« Er stockte, suchte nach Worten. »Die meisten halten mich für einen Frauenhelden. Aber ich bin nicht so.

Ich bin kein Draufgänger. Bitte, Dorothea, lass mir noch etwas Zeit, damit ich mich an die neue Situation gewöhnen kann.«

Dorothea schluckte, war anfangs verwirrt, dann gerührt. Also war ihr Mann lediglich schüchtern, und es war ihre Aufgabe, ihn aus der Reserve zu locken. Doch bevor sie damit anfing, musste sie etwas loswerden, das sie Antonio bisher verschwiegen hatte, weil sie ihn nicht mit ihrem Kummer belasten wollte. Nachdem er sich ihr gegenüber gerade völlig offen gezeigt hatte, musste sie folglich ebenso aufrichtig sein. Sie gab sich einen Ruck.

»Etwas habe ich dir bisher noch nicht erzählt, Antonio. Weil es mich noch immer schmerzt, darüber zu sprechen... Ich war einmal verlobt. Früher, als ich noch in Köln lebte.«

»Und was ist aus deinem Verlobten geworden?«

Dorothea musste heftig schlucken und konnte die Tränen nicht mehr zurückhalten. »Er ist tot.«

»Bitte verzeih, Liebes, wenn ich das geahnt hätte... ich hätte nicht danach gefragt.« Antonio legte ihr einen Arm um die Schultern, zog sie fest an sich und strich ihr tröstend über das Haar.

»Ich muss dir noch etwas sagen...« Dorothea schluchzte auf. »Wir wollten heiraten und gemeinsam nach Costa Rica reisen, alles war schon geplant. Ich wurde schwanger, und dann habe ich... ich habe das Kind verloren.«

Antonio nahm ihren Kopf in beide Hände und verschloss ihr den Mund mit einem innigen, langen Kuss. »Du Ärmste... Was musst du durchgemacht haben.« Er küsste sie immer und immer wieder. Trocknete mit den Lippen ihre Tränen und streichelte ihre Wangen, ihr Haar, flüsterte zärtlich und beschwörend: »Das ist Vergangenheit, hörst du? Du hast jetzt mich. Ich bin froh, dass du es mir gesagt hast.

Und ich bin sogar erleichtert, weil du dich auskennst… Ich verspreche dir, meine Liebe, alles, alles wird gut.«

Am Abend lag Dorothea wieder allein im Bett und horchte. Würde sich heute, nach ihrem offenen Gespräch, etwas ändern? Oder würde die Situation für sie noch unerträglicher werden? Die Tür öffnete sich, und Antonio kam ins Zimmer, zog sich im Dunkeln aus und legte sich ins Bett. Diesmal aber tastete er nach ihrer Schulter. Selig hielt Dorothea die Hand fest, führte sie langsam hinunter zu ihrer Brust, spürte durch den dünnen Nachthemdstoff hindurch Antonios Wärme und bebte innerlich. Sie raffte das Nachthemd bis zum Bauch hoch, zog den Körper ihres Ehemannes zu sich herüber, küsste sein Haar, seinen Nacken, seine Augenlider.

Es war ein seltsamer Moment ehelicher Zweisamkeit, der folgte. Flüchtig und nüchtern. Kaum mehr als eine keusche Umarmung. Und dann rückte Antonio auch schon von ihr ab, rollte sich auf die Seite und schlief sogleich ein. Dorothea war ganz sicher, dass sie sich nicht getäuscht hatte. Denn obwohl Antonio üblicherweise nur maßvoll trank, hatte sie Alkohol gerochen.

## JULI 1850 BIS JUNI 1851

»Oh, welch schöne Überraschung!« Dorothea zog zwei Theaterkarten unter ihrer Teetasse hervor. »*Giselle*. Gastspiel des Nationalballetts Buenos Aires.«

Sie blickte zu Antonio hinüber, der neben ihr am Frühstückstisch saß und mit selbstgefälliger Miene sein Brot mit Zitronengelee bestrich. »Ich hoffe, du magst Ballett, meine Liebe.«

»Aber ja. Wann findet die Aufführung denn statt?«

»Heute Nachmittag. Unser erster öffentlicher Auftritt seit der Hochzeit. Ich brenne darauf, die neidvollen Blicke der Männer zu sehen. Weil sie selbst gern eine so hübsche Frau hätten.« Er zog Dorotheas Hand zu sich herüber und drückte sie an die Lippen. Dabei schaute er ihr tief und unverwandt in die Augen, und sie las Aufrichtigkeit und Zuneigung in seinem Blick.

Sie durfte nicht ungeduldig und ungerecht sein, ermahnte sie sich. Ein gütiges Schicksal hatte ihr einen wunderbaren Ehemann an die Seite gestellt. Sie musste sich mehr Mühe mit ihm geben, dann würde aus Liebe auch Leidenschaft erwachsen.

»Was ist mit euch, möchtet ihr mit uns kommen?«, fragte Antonio seine Eltern. Doch Isabel hob nur matt die Hand und ließ sie wieder sinken. »Ich hatte schon vorhin beim

Aufstehen entsetzliche Kopfschmerzen. Es ist besser, wenn ich heute früh zu Bett gehe.«

Pedro wischte sich mit der Serviette den Mund ab und faltete sie zusammen. »Geht ihr beiden nur allein. Mir liegt nichts an sinnlosem Herumgehüpfe. Und der Anblick von Männern in eng anliegenden Beinlingen ist mir geradezu unerträglich. Außerdem will ich die Rechnungsbücher prüfen. Unser neuer Buchhalter soll von vornherein wissen, dass er streng kontrolliert wird. Bevor ihm einfallen sollte, auf eigene Rechnung Geschäfte zu machen.«

Dorothea hatte für den festlichen Abend ein hellblaues Musselinkleid mit einem schmalen Volant am Rocksaum und einer cremefarbenen Spitze um den Halsausschnitt gewählt. Die Schneiderin, die das Brautkleid genäht hatte, hatte gleichzeitig mehrere Tageskleider und Abendroben angefertigt, damit Dorothea zu jedem Anlass standesgemäß angezogen war. Fast tat es ihr leid, sich von den zwei Kleidern trennen zu müssen, die sie in den beiden zurückliegenden Jahren im Wechsel getragen hatte. Aber sie gehörten zu ihrer Vergangenheit, und die hatte sie mit der Hochzeit endgültig hinter sich gelassen. Ebenso wie das Herzmedaillon, das seither ganz zuunterst in ihrer Kleidertruhe ruhte.

Im Theaterfoyer, das mit seinen Marmorsäulen und prachtvollen Lüstern auch in Deutschland oder Frankreich Eindruck gemacht hätte, begegneten Antonio und Dorothea etliche Besucher, die auch Hochzeitsgäste gewesen waren. An manche Gesichter erinnerte sich Dorothea, wenngleich sie sich nicht alle Namen hatte merken können. Man plauderte über das unvergessliche Fest auf der Hacienda Margarita, die Affäre eines hohen Finanzbeamten mit einer chilenischen Tänzerin und den ganz und gar utopisch anmutenden Plan einer Gruppe offenbar größenwahnsinniger Ingenieure, eines Tages eine Bahnlinie von der Hauptstadt quer durch den Dschungel bis zur Karibikküste zu bauen. Was den Warenexport nach Europa um theoretisch zwei bis drei Monate verkürzen würde, jedoch undurchführbar schien.

»Sind die beiden nicht ein schönes Paar?«, hörte Dorothea eine männliche Stimme hinter ihrem Rücken raunen.

»Als Kaffeefarmer hätte er aber keine Zugereiste nehmen dürfen«, antwortete eine weibliche Flüsterstimme. Dorothea wandte sich vorsichtig um und überlegte, ob diese Frau wohl die anonyme Briefschreiberin gewesen sein könnte. Aber dann war sie sich sicher, jenes teigige Gesicht mit dem Feuermal auf der linken Wange nicht bei ihrer Hochzeit gesehen zu haben. Denn daran hätte sie sich auf jeden Fall erinnert. Also beschloss sie, solches Gerede nicht allzu ernst zu nehmen.

Außerdem wäre auch in Deutschland die Reaktion eine ähnliche gewesen, hätte sie dort einen ausländischen Mann geheiratet. Erst recht in Köln, wo jemand, der nur aus einem anderen Stadtteil stammte, schon misstrauisch als Fremder beäugt wurde. So beschloss sie, sich ganz auf die Geschichte des Winzermädchens Giselle zu konzentrieren, und genoss die Aufführung in vollen Zügen.

Antonio hatte die ganze Mittelloge nur für sie beide reserviert. Sie bewunderte den graziösen Spitzentanz der Ballerinen, die kraftvollen, hohen Sprünge der Tänzer, litt mit Giselle, die um ihre Liebe kämpfte und schließlich an gebrochenem Herzen starb. Als sie einmal zur Seite blickte, bemerkte sie Tränen in Antonios Augen, die er sich schnell und verstohlen wegwischte. Dorothea drückte seine Hand, war freudig überrascht, einen Ehemann zu haben, der so gefühlvoll sein konnte.

Als nach dem letzten Akt das Licht wieder anging und das Publikum den Tänzern applaudierte, fiel Dorothea auf, dass mehrere Operngläser nicht nur auf die Bühne, sondern auch auf ihre Loge gerichtet waren. Es war ihr nicht sonderlich behaglich, so ungeniert beobachtet zu werden. Doch mit Antonio an der Seite stand sie jede unangenehme Situation durch. Außerdem ließe die Neugierde der Leute sicherlich nach, wenn sie sich erst einmal an sie gewöhnt hatten.

Tagsüber, wenn Antonio in seinem Dienstzimmer im Verwaltungsgebäude saß oder einen Ausritt unternahm, erkundete Dorothea die Plantage zu Fuß. Auf den Feldern waren zahlreiche Männer mit der Aufzucht von Sprösslingen, dem Umpflanzen von Jungpflanzen oder dem Beschneiden der Kaffeesträucher beschäftigt. Diese wurden etwa mannshoch beschnitten, damit die Pflücker die Kirschen ohne Leiter ernten konnten. In einem der Lagerhäuser waren Arbeiter mit dem Ausbessern der schweren Holzräder für die Ochsenkarren beschäftigt, mit denen die geernteten Kaffeebohnen aus dem Hochland zur Pazifikküste transportiert wurden. Für die Hacienda Margarita war ein Dutzend Ochsengespanne im Einsatz. Mehr als für jede andere Kaffeeplantage im Valle Central.

Die Wasserbecken, in denen die Kaffeekirschen nach dem Pflücken von Ästen, Blättern und Steinchen befreit wurden, mussten gereinigt und für die kommende Saison vorbereitet werden. Aus der Mühle war das rhythmische Geräusch von Hammerschlägen zu hören. Vermutlich wurde gerade das neue Mühlrad installiert, von dem Pedro und Antonio vor Kurzem gesprochen hatten. Neben den Schlafhäusern für die Bediensteten lagen einfache Hütten mit Dächern aus Palmstroh, die zu dieser Jahreszeit leer standen, in denen aber von

Anfang Dezember bis Mitte Februar auf engstem Raum viele Pflücker und Pflückerinnen leben würden, die nur für die Ernte eingestellt wurden. In den Anfangsjahren des Kaffeeanbaus hatten Sklaven diese Arbeit ausgeführt, die aus Afrika herangeschafft worden waren. Zahlreiche von ihnen landeten später auf den Baumwoll- und Zuckerrohrplantagen der amerikanischen Südstaaten. Denn nachdem im Jahr achtzehnhundertvierundzwanzig in Costa Rica die Sklaverei abgeschafft worden war, wurden zumeist indianische Ureinwohner oder nicaraguanische Wanderarbeiter für diese anstrengende und schweißtreibende Tätigkeit angeworben. Dorothea beobachtete, wie die Kaffeekirschen, die anfangs klein und grün waren, von Woche zu Woche praller und dicker wurden. Bald schon würden sie die Farbe wechseln und zuerst orange, dann leuchtend rot werden.

Jeden Tag gab es Neues entdecken. Eine gelb blühende Schlingpflanze an einer der Holzbrücken über dem Bach, der quer durch das gesamte Areal der Hacienda verlief. Grüne Papageien in Amselgröße, die zwischen den Schattenbäumen auf den Feldern hin und her flogen und Pfeifrufe ausstießen. Fingerlange braune Echsen, die sich auf Baumstümpfen sonnten und im Gestrüpp verschwanden, sobald sich Dorothea näherte. Häufig beobachtete sie die zutraulichen Agutis, kaninchengroße Nagetiere mit braun glänzendem Fell, deren Laute an Hundegebell erinnerten und die im Sitzen Blätter und Wurzeln verzehrten. Manchmal auch einen Kolibri mit schillerndem Gefieder, der mit seinem langen dünnen Schnabel in einer Blüte nach Nektar oder kleinen Insekten suchte. Wobei diese Vögel Blüten in kräftigen Rottönen ganz offensichtlich bevorzugten.

Dorothea konnte sich nicht sattsehen an der Pflanzen- und Farbenpracht und an den Tieren, die ebenfalls zu den

Bewohnern der Hacienda zählten. Sie hatte das Gefühl, in einem Garten Eden zu leben. Ihr Skizzenbuch trug sie immer mit sich. Sie konnte gut verstehen, warum Antonio dieses Fleckchen Erde so liebte. Gern ging sie am Bach entlang, dessen Quelle irgendwo in den Bergen unterhalb des Vulkans Barva liegen musste. Sein gleichförmiges Rauschen hörte sie sogar nachts im Schlafzimmer. Und nie musste sie eine wärmende Jacke oder einen Mantel tragen, wie sie es von Deutschland her gewohnt war. Allenfalls ein Schultertuch, und das auch nur als modisches Zubehör.

Der alte Gärtner Fernando, den ihr Schwiegervater an jenem Tag eingestellt hatte, als er Besitzer der Plantage geworden war, strahlte jedes Mal über das ganze Gesicht, wenn er Dorothea erblickte. »Sie sind eine Augenweide, Señora Ramirez. Schöner als alle Blüten, die auf der Hacienda wachsen.«

Dorothea musste lachen, wie ernsthaft der hagere kleine Mann ihr beim Reden mit einem Auge zuzwinkerte und dann mit überschwänglicher Geste den Hut zog. Sie ließ sich von Fernando erklären, welche Arten von Bäumen im Park wuchsen, erfuhr, dass der schwere Boden für die Rosen mit Sand versetzt werden musste, damit die Wurzeln ausreichend belüftet wurden, und welche Orchideen die meisten Insekten anzogen. Gelegentlich wurde der Gärtner von Amerigo Vespucci begleitet, einem zahmen roten Ara, der auf seiner Schulter saß. Dorothea beobachtete den Vogel zunächst aus respektvollem Abstand. Dann aber fasste sie Vertrauen zu dem Tier. Strich ihm mit den Fingerspitzen sanft über die Flügel, deren Federn in den Farben Rot, Gelb und Blau leuchteten. Der Papagei kommentierte die Liebkosung mit heiserem Krächzen.

Antonio zeigte alle Anzeichen eines verliebten, frisch verheirateten Ehemannes. Einmal fand sie einen Ring in ihrer

Teetasse, dann eine Brosche in der Seifenschale. Es machte ihm sichtlich Freude, ihren überraschten Gesichtsausdruck zu beobachten. Doch viel lieber hätte sie sich Aufmerksamkeiten anderer Art gewünscht. Ihre sporadischen nächtlichen Zusammenkünfte blieben seltsam kühl und freudlos. Und jedes Mal meinte Dorothea, Alkohol zu riechen. Sie fragte sich, wie viel Zeit und Geduld sie noch aufbringen musste, um bei ihrem Mann Begehren und Leidenschaft zu wecken. Oder zumindest innigere Zärtlichkeiten.

Aber womöglich verlangte sie zu viel vom Leben. Sollte genügsamer und bescheidener werden. Mehr Dank zeigen für das glückliche Schicksal, das ihr beschieden worden war und um das andere sie beneideten. Ein Leben ohne Geldsorgen in einem prachtvollen Haus, Dienstboten, ein großzügiger Ehemann. Dennoch fehlte ihr etwas. Sie sehnte sich nach der Zeit zurück, als sie die Siedlerkinder unterrichtet hatte. Aber besonders sehnte sie sich nach Alexanders Liebesbezeugungen.

Ablenkung von ihren trübsinnigen Gedanken erhielt sie durch Elisabeths Briefe, die inzwischen wieder genesen war und mit ihrem befreundeten Arzt die Halbinsel Guanacaste bereiste. Elisabeth berichtete von einem Kloster, in dem Nonnen alte und kranke Indiofrauen pflegten. Die Schwester, die die Krankenstation geleitet hatte, war gestorben, und es hatte sich noch keine Nachfolgerin gefunden. Aus diesem Grund hatte der Freund dort für einige Wochen als Arzt ausgeholfen, und Elisabeth hatte ihm assistiert. Die bescheidene Art und die Dankbarkeit der Frauen hatten sie zutiefst beeindruckt. Die Freundin überlegte, was sie mit ihrem Leben in Zukunft Sinnvolles anfangen sollte. Elisabeth hatte ihren Besuch auf der Hacienda für den Beginn des neuen Jahres angekündigt. Und Dorothea freute sich schon, mit der

Freundin über deren Zukunftspläne zu sprechen und mit ihr über die Plantage zu streifen.

Während der Monate, in denen der Kaffee geerntet wurde, reiste Antonio mehrmals nach Puntarenas, um den Transport und die Verladung der Bohnen zu beaufsichtigen. Früher hatte dies zu Pedros Aufgaben gehört, doch mittlerweile waren ihm mehrtägige Reisen auf dem Rücken eines Mulis zu anstrengend geworden. Er beschränkte sich auf Tagesausflüge zur Jagd oder um sich mit Freunden zu treffen, dies aber regelmäßig und in kurzen Abständen. Ansonsten hielt er die Zügel des Unternehmens weiterhin fest in der Hand. Antonio war, wie alle anderen Angestellten auch, sein Befehlsempfänger. Das jedenfalls hatte Dorothea bald herausgefunden. Doch Antonio beklagte sich nie über seine abhängige Stellung, und sie zweifelte nicht daran, dass die Unterordnung unter den Vater unerlässlicher Teil seiner Ausbildung war. Schließlich sollte er die Plantage später einmal in eigener Verantwortung leiten.

Die Tage auf der Hacienda verliefen gleichförmig und ereignislos. Dorothea fühlte sich überflüssig und unausgefüllt und überlegte, wie sie sich nützlich machen konnte. »Ich brauche endlich wieder eine Aufgabe, Antonio. Im Haushalt gibt es nichts für mich tun, das erledigen alles die Bediensteten. Kann ich dir nicht bei deinen Geschäften zur Hand gehen? Die Bücher führen vielleicht. Das gehörte auch zu meinen Tätigkeiten bei Jensen.«

Antonio starrte sie entgeistert an. »Was stellst du dir vor? Das ist unmöglich. Vater würde so etwas nie dulden.«

»Und ... wenn ich wieder bei den Siedlerkindern Unterricht gebe? Sie fehlen mir ... Vielleicht nur einen Tag in der Woche oder zwei«, fügte sie rasch hinzu, als sie sah, wie Antonios Gesicht erstarrte.

»Meine Liebe, glaubst du wirklich, ich erlaube dir, fremde Kinder zu unterrichten? Fürs Geldverdienen bin schließlich ich zuständig. Stell dir den Skandal vor, wenn die Gattin eines künftigen Kaffeebarons arbeiten geht! So etwas schickt sich nicht in unseren Kreisen. Man würde uns für verrückt erklären.«

Kurz vor Weihnachten befiel Dorothea ein unerwartetes Magendrücken. So als hätte sie zu schwer und zu fett gegessen. Dabei hatte sie sich schon längst an die costaricanische Küche gewöhnt, mochte die Gewürze und besonders die schmackhaften Früchte. Und Manuela war eine hervorragende Köchin. Als sie sich eines Morgens nach dem Frühstück für den täglichen Spaziergang umkleiden wollte, konnte sie gerade noch rechtzeitig zur Waschschüssel laufen, bevor sie sich übergab. Danach fühlte sie sich keineswegs besser und sank matt auf ihr Bett. Was war nur mit ihr? Sie neigte doch sonst nicht zur Schwäche. Erst allmählich ahnte sie den Grund ihrer Übelkeit. Sie rechnete nach. Rechnete noch einmal. Das konnte eigentlich nur eins bedeuten. Sie war schwanger!

Sie stieß einen Freudenschrei aus, wäre am liebsten umgehend zu Antonio gelaufen, um ihm die Neuigkeit mitzuteilen. Doch ihr Mann war irgendwo auf einem unwegsamen Dschungelpfad zwischen der Pazifikküste und dem Valle Central unterwegs und kehrte vermutlich erst in einigen Tagen zurück. Sie schickte ein Dankgebet zur Gottesmutter und bat sie gleichzeitig um Fürsorge für das unbekannte Wesen, das in ihr heranwuchs. Aber – wie würde Antonio reagieren? Würde er sich auf seine Rolle als Vater freuen? Bisher hatten sie nur ein einziges Mal über Kinder gesprochen, nach der missglückten Hochzeitsnacht. Antonio war ihr ausgewichen, und danach hatte sich das Thema einfach nicht mehr ergeben. Auf die bohrenden Fragen seiner Mutter, wann denn wohl auf der Hacienda Margarita mit Nachwuchs zu rechnen sei, hatte er stets geheimnisvoll gelächelt.

Aber das waren doch unsinnige Überlegungen ... Antonio wäre selig! Dessen war sich Dorothea plötzlich ganz sicher. Ihre Ehe würde inniger und glücklicher werden. Wenn er erst einmal seinen Sohn auf dem Arm hielt, wäre er stolz auf die Leistung seiner Frau und verlöre die Scheu vor ihrem Körper. Sie würden im siebten Himmel schweben, und Dorothea fände zu ihrer eigentlichen Bestimmung. Als Ehefrau und Mutter.

Und wenn sie sich nun doch geirrt hatte? Ihre ehelichen Begegnungen hatten nur wenige Male und äußerst hastig stattgefunden. Unter einem Vorwand ließ sie sich in die Stadt bringen und suchte eine Hebamme auf. Die Frau stammte aus England, hatte bärenstarke Arme und lachte laut und dröhnend. Und sie gab Dorothea die Antwort, die sie erhofft hatte. Es stimmte tatsächlich. Sie war guter Hoffnung!

Doch noch durfte niemand von ihrem Zustand wissen. Schließlich sollte Antonio als Erster davon erfahren. Zum Glück waren die Schwiegereltern mit sich selbst beschäftigt und merkten auch bei den gemeinsamen Mahlzeiten nicht, dass Dorothea nur wenig aß. Dieses Unwohlsein würde sicher bald vergehen. Sie musste nur die ersten vier Monate irgendwie überstehen. Das hatte sie aus den Gesprächen zwischen ihrer Mutter und deren Freundinnen in Erinnerung, und sie wünschte sich, diese Zeit möge rasch vorübergehen.

Dorothea saß an ihrem Lieblingsplatz auf der kleinen Anhöhe und blickte über die Felder, auf denen Pflücker und

Pflückerinnen ihre geflochtenen Körbe, die sie mit Tüchern in Hüfthöhe befestigt hatten, mit roten Kaffeekirschen füllten. Sie sangen, wirkten trotz der mühsamen Arbeit heiter und unbeschwert. Eine Wesensart, um die Dorothea die Indios beneidete. Alle zehn bis vierzehn Tage zogen sie aufs Neue zwischen den schnurgeraden Reihen der Sträucher hindurch, um die nachgereiften Kirschen einzeln von Hand zu pflücken. Während der Ernte wurde jeder Kaffeebaum mehrere Male abgeerntet.

Plötzlich wurde es vor dem Eingang zur Hacienda laut. Sie hörte das Brüllen von Ochsen und das polternde Herannahen schwerer Karren. Das konnte nur eins bedeuten: Antonio war zurück! Sie sprang auf und lief zur Wassermühle hinunter, vorbei an den Hütten der Pflücker bis zum Pferdestall, wo Antonio gerade von seinem Rappen abstieg. Er sah müde aus.

»Dorothea, mein Liebes, wie geht es dir? Du hast mir gefehlt.« Er klopfte sich den Staub aus der Kleidung und hauchte ihr einen Kuss auf die Wange. Dorothea wollte sich an ihn klammern und ihn innig umarmen, hielt sich jedoch im letzten Moment zurück, denn seine starre, abweisende Haltung verunsicherte sie. Doch dann wurde ihr klar, warum ihr Mann sich mit weiteren Zärtlichkeiten zurückhielt. Einige Stallburschen standen herum und beäugten das Paar neugierig aus der Entfernung. Und diese jungen Männer mussten nicht notwendigerweise Zeugen ehelicher Liebesbezeugungen werden.

»Ich bin froh, dass du wieder da bist, Antonio.« Sie hakte sich bei ihm unter und schritt mit ihm zum Herrenhaus hinüber. Als sie außer Hörweite der Stallburschen waren, zupfte sie ihn am Ärmel. »Komm mit mir zu der Bank unter dem Kalebassenbaum! Ich muss dir etwas mitteilen.«

»Aber wozu die Eile? Ich wollte mich zuerst frisch machen und dann meine Eltern begrüßen.«

»Bitte, Antonio – es ist wichtig. Außerdem sind wir dort oben ungestört.«

Unwillig runzelte Antonio die Stirn, doch Dorothea sah ihn so flehentlich an, bis er schließlich zustimmte. Mit großen und eiligen Schritten stapfte er voraus, sodass sie ihm kaum folgen konnte. Außer Atem ließ sie sich auf der Bank nieder, und Antonio klappte demonstrativ den Deckel seiner Taschenuhr auf, prüfte die Uhrzeit und klappte ihn wieder zu. Dorotheas Vorfreude geriet ins Wanken. Antonios Ungeduld war allzu offensichtlich. Vielleicht war jetzt doch nicht der rechte Zeitpunkt, ihm die Neuigkeit mitzuteilen. Er streckte die Beine aus, kreuzte die Arme vor der Brust, unterdrückte ein Gähnen.

»Ich bin ziemlich müde von der Reise. Was hast du mir zu sagen?«

»Weißt du, es ist nämlich so… ich bin… ich bin schwanger.«

Er brauchte einen Augenblick, um ihre Worte zu begreifen. Wie vom Donner gerührt starrte er sie an, dann ergriff er ihre Hände, küsste sie heiß und innig. »Du bist tatsächlich… Aber das ist ja wunderbar! Bist du dir auch ganz sicher?«

Dorothea nickte und nahm seinen Kopf in die Hände, drückte die Lippen auf seinen Mund, erst zart, dann heftiger, wollte gar nicht aufhören, seine weichen, warmen Lippen zu küssen. Er seufzte leise auf, erwiderte jeden ihrer Küsse, leidenschaftlich und dankbar, bis Dorothea kaum noch Luft bekam. Sie glaubte vor Glück zu schweben, fühlte sich in seinen Armen sicher und geborgen, empfand tief, wie sehr Antonio sie liebte.

»Wissen Vater und Mutter schon davon?«, fragte er in einer kurzen Atempause.

»Aber nein«, murmelte sie zwischen zwei Küssen. »Ich musste es doch erst dir sagen.«

Er streichelte ihren Hals, ihre Schultern, ließ seine Hände ihren Rücken abwärts wandern bis zu den Hüften und an den Seiten wieder hinauf, bis sie auf Dorotheas Brust verharrten. »Du bist eine wundervolle Frau, Dorothea. Ich liebe dich.«

Pedro und Isabel waren außer sich vor Freunde, als Antonio ihnen die freudige Nachricht überbrachte. »Habt ihr schon einen Namen für unseren künftigen Erben der Hacienda Margarita?«, fragte Isabel ungewöhnlich lebhaft, und ein rosiger Schimmer überzog ihre Wangen.

»Als Erstes braucht der Junge ein Pferd, und wenn er größer ist, bekommt er auch ein Gewehr. Ich werde ihn auf die Jagd mitnehmen. Du konntest dich ja leider nie dafür begeistern, Antonio«, fügte Pedro hinzu, und in seiner Stimme schwang herbe Enttäuschung mit.

Am nächsten Morgen fand Dorothea nach dem Aufwachen ein Smaragdarmband neben sich auf dem Kopfkissen. Jeder der kreisrunden grünen Edelsteine war von mehreren Brillanten umgeben. Sie legte das Geschmeide an, das sich kühl und nachgiebig um ihr Handgelenk schmiegte. Was Schmuck betraf, so hatte Antonio einen exquisiten Geschmack. Sie wollte sich lieber nicht ausmalen, was er für diese Kostbarkeit bezahlt hatte. Sicher ein Vielfaches dessen, was sie als Lehrerin im ganzen Jahr verdient hätte.

»Du verwöhnst mich viel zu sehr«, sagte sie nach dem Frühstück zu ihm und schmiegte sich zärtlich an ihn. »Wann soll ich denn den vielen Schmuck tragen, den du mir schon geschenkt hast?«

»Wann immer du möchtest. Ich liebe es, wenn meine Frau

kostbare Dinge trägt. Und sie weiß hoffentlich, wie sehr diese von Herzen kommen.«

»Aber natürlich weiß ich das...« Dorothea lehnte den Kopf gegen seine Schulter und kämpfte gegen die aufsteigende Übelkeit an, doch es half nichts. Blitzschnell leerte sie die silberne Obstschale auf der Esszimmerkommode und übergab sich. Mit weichen Knien schaffte sie es mit Antonios Hilfe in ihr Schlafzimmer, ließ sich aufs Bett fallen und presste die Hände auf den Leib, in dem alles durcheinandergeraten zu sein schien. Antonio zog die Vorhänge zu und strich ihr über die schweißnasse Stirn, ließ sie schlafen und neue Kräfte schöpfen.

Doch ihr Zustand besserte sich keineswegs. Sie fühlte sich so elend und kraftlos wie während des schrecklichen Sturms auf der *Kaiser Ferdinand*, als sie tagelang in ihrer Koje vor sich hingedämmert hatte. Sie musste sich überwinden, überhaupt etwas zu essen, mochte keine Spaziergänge unternehmen, hatte keine Lust, zu zeichnen, zu lesen oder einen Brief zu schreiben. Doktor Juan Medina Cardenas, langjähriger Hausarzt der Familie, kam täglich zur Visite. Verbot jede Anstrengung und verordnete Tees, die die Blutbildung anregen sollten.

»Essen Sie nichts Grünes und nichts Scharfes, Señora Ramirez. Am besten nur Bananenbrei, gekochtes Hühnchen und süßen Reis. Und trinken Sie jeden Tag ein wenig Rum, so viel, wie in einen Fingerhut passt.«

Ihr Missempfinden blieb, selbst als die ersten vier Monate vorüber waren. Dorothea hatte sich schon darauf gefreut, nach dem Osterfest durch die Plantage zu streifen und sich an dem weißen Blütenmeer und dem Duft der Kaffeesträucher zu erfreuen, der an Jasmin erinnerte. Doch nichts konnte sie ins Freie locken. Bei jedem Bissen, den sie zu sich nahm, wurde ihr übel, und während Arme und Beine immer magerer wurden, rundete sich ihr Bauch. Manchmal spürte sie ein schmerzhaftes Ziehen im Unterleib, als ob sich dort etwas zusammenkrampfte. Worauf der Arzt strikte Bettruhe anordnete und jeglichen Besuch verbot.

Dorothea beklagte sich nicht, dachte immer nur an das Kind, das sie auf keinen Fall verlieren wollte. Erduldete Schwindel, Übelkeit, Schmerzen und Einsamkeit. Doch was sie zurzeit an Entbehrungen auf sich nahm, würde ihr das Schicksal um ein Vielfaches vergelten. In Form von Hingabe und innigen Zärtlichkeiten, die sie von ihrem Mann erfahren würde, wenn das Kind erst einmal in seiner Wiege läge und sie zusammen eine richtige Familie wären. Verbunden durch das starke Band der Liebe.

Antonio zeigte sich mitfühlend und besorgt und versuchte auf seine Weise, Dorothea aufzuheitern. Einmal schenkte er ihr ein Schultertuch mit einem lebensgroß aufgestickten Tukan, dann einen mit Perlmutt verzierten Fächer oder eine Spieluhr, aus der eine Melodie erklang, die Dorothea an früher erinnerte, als sie das Klavierspielen erlernt hatte. Es war Beethovens a-Moll-Komposition *Für Elise*.

Eines Abends, als Antonio wie üblich nach ihr zu Bett ging, wurde Dorothea wach. Sie fröstelte, und der Körper neben ihr war warm. Eine plötzliche Sehnsucht, die sich in heftiges Verlangen wandelte, stieg in ihr auf. Sie drehte sich auf die Seite, streckte die Hand aus und fuhr mit den Fingerspitzen über Antonios dichtes, kräftiges Haar. Berührte seine Augenbrauen und küsste die winzigen Leberflecke über seinem linken Mundwinkel, unter dem linken Auge, neben dem rechten Nasenflügel. Selbst in der Dunkelheit fand sie mit sicherem Instinkt die Stellen, die seinem schönen, ebenmäßigen Gesicht einen zusätzlichen Reiz gaben und die sich ganz fest in ihr Gedächtnis eingeprägt hatten.

Antonio ergriff ihre Hand, legte sie auf seine Brust, in der das Herz kraftvoll und gleichmäßig schlug. Dann beugte er sich zu ihr herüber und küsste ihre Schläfen, streichelte ihr Haar. »Jetzt nicht, meine Liebe. Denk an das Kind.«

»Hier, fühl nur!« Dorothea führte seine Hand zu ihrem Leib, der prall und rund war und in dem die Bewegungen des Kindes in der Nacht oft besonders deutlich zu spüren waren. Das erfüllte sie mit Stolz, denn dieses unbekannte Wesen lebte und entwickelte bereits vor seiner Geburt eine ganz eigene Energie. Und dann trat das Kind gegen die Bauchdecke, mehrmals und kräftig. Dorothea lachte leise und antwortete mit einem zärtlichen Streicheln, doch Antonio zog erschrocken die Hand zurück.

»Ich ... ich kann jetzt nicht so bei dir sein, wie du es gern hättest. Wir dürfen nichts riskieren. Schließlich hast du schon einmal ein Kind verloren.«

Dorothea versuchte, sich ihre Enttäuschung nicht anmerken zu lassen. »Unserem Kind geht es gut, das spüre ich. Es ist groß und kräftig. Und damals war ich ganz am Beginn meiner Schwangerschaft.«

»Trotzdem, wir müssen vorsichtig sein. Du bist eine wunderbare Frau, Dorothea, und ich weiß, du wirst auch eine wunderbare Mutter sein. Ich kann es kaum erwarten, meinen Sohn endlich in den Armen zu halten.«

»Und wenn es ein Mädchen wird?«

»Dann wird es hoffentlich genau so hübsch und klug wie seine Mutter. Allerdings sind meine Eltern felsenfest davon überzeugt, einen Enkel zu bekommen.«

Mit einer sanften Bewegung zog Antonio Dorothea zu sich herüber. Leise seufzend legte sie den Kopf auf seine Brust, ihr

Ohr über seinem Herzen, das für sie und ihr Kind schlug. Von diesem Gedanken getröstet, schlief sie in seiner Umarmung ein.

Erst hatte Dorothea gar nicht bemerkt, dass sie sich gar nicht mehr schwindelig fühlte, wenn sie sich wusch oder wenn sie für einen Moment auf dem Balkon stand. Und mit einem Mal verspürte sie Lust, etwas Herzhaftes zu essen. Sie ließ sich mit Käse und Fleisch gefüllte Empanadas bringen und verspeiste sie heißhungrig. Und dann fühlte sie auch wieder Lust, sich im Freien aufzuhalten. Sie unternahm einen Spaziergang durch den Park bis zum Wasserturm, wandte ihr Gesicht der Sonne zu und fühlte neue Energie.

»Dorothea, Liebes, wie kommst du denn hierher? Du musst dich hinlegen. Ich begleite dich sofort zurück zum Haus.«

Es war Antonio, der ihr besorgt entgegeneilte und einen Arm reichte, um sie zu stützen. Dorothea hakte sich bei ihm unter und wirkte höchst vergnügt.

»Nein, mir geht es gut. Ich habe das Gefühl, ich könnte Bäume ausreißen.«

Antonio schien nicht überzeugt. »Meinst du nicht, du solltest zuerst mit dem Doktor sprechen?«

Dorothea lachte, stieß ihm mit dem Zeigefinger gegen die Nasenspitze und drückte ihm einen raschen Kuss aufs Kinn. »Ich bin nicht krank, mein Lieber, ich bin schwanger.«

Die Schwiegereltern waren überrascht, Dorothea wieder bei den Mahlzeiten anzutreffen.

»Übernimmst du dich auch nicht?«, fragte Isabel mit sorgenvoller Miene. »Ich habe mich vom ersten bis zum letzten Tag geschont, und glaub mir, du wirst nach der Geburt alle deine Kräfte brauchen.«

»Dem Kind geht es gut, sagt der Doktor, und mir auch. Ich bin so froh, wieder unter Menschen zu sein. Es gibt noch vieles vorzubereiten, bis das Kind kommt.«

»Mach dir deswegen keine Gedanken, Dorothea. Ich kümmere mich darum. Ihr könnt die Wiege nehmen, in der Antonio als Säugling gelegen hat. Ich habe auch schon eine Amme gefunden. Es ist die jüngere Schwester unserer Köchin. Sie hat vor zwei Wochen ihr drittes Kind bekommen. Und irgendwann später werden wir ein Kinderzimmer auf eurer Etage herrichten.«

Dorothea war überrascht. Niemand hatte sich nach ihren Wünschen erkundigt, alles war schon vorbereitet. Aber vermutlich war dies so Sitte in diesem Land. »Danke, Schwiegermutter. Antonios Wiege ... diese Vorstellung gefällt mir sehr gut.«

Dorothea genoss die wiedergewonnene Freiheit und spazierte täglich mehrere Stunden lang durch die Kaffeefelder, plauderte mit dem Gärtner, machte Skizzen von der Mühle und dem Wasserturm und schrieb lange Briefe an Elisabeth und ihre Patentante in Köln, die mittlerweile ein zweites Mal geheiratet hatte. Einen ehemaligen Schulfreund, der ebenfalls verwitwet war und eine Schneiderwerkstatt besaß. Nun musste Katharina nicht mehr so hart arbeiten wie früher, um ihren Unterhalt zu verdienen. Dorothea freute sich über das neue Glück und beschloss, einen Wandteppich mit den farbenprächtigsten Vögeln des costaricanischen Dschungels als Hochzeitsgeschenk nach Köln zu schicken.

In ihrem letzten Brief berichtete Katharina unter anderem, Sibylla Fassbender habe einer Bekannten erzählt, ihre Tochter Dorothea sei verheiratet und mit ihrem Ehemann nach Süddeutschland gezogen. Erst war Dorothea überrascht, dann wütend und traurig zugleich. Doch sie beschloss, sich keine weiteren Gedanken darüber zu machen, warum die Mutter solche Märchen erzählte. Sie konnte ohnehin nichts mehr ändern. Vielmehr wollte sie sich auf ein baldiges Wiedersehen mit Elisabeth freuen. Die Freundin würde zur Tauffeier auf die Hacienda Margarita kommen und die Patenschaft für das Neugeborene übernehmen.

Johanna Miller hatte Dorothea schon Monate zuvor eine Einladung zum Tee geschickt, die sie aber wegen ihrer geschwächten Gesundheit nicht hatte annehmen können. Nach den Wochen der Untätigkeit und Isolation im ehelichen Schlafzimmer hatte Dorothea das Bedürfnis nach Zerstreuung und einer unbeschwerten Plauderei mit einer alten Bekannten. Antonio ließ sie mit dem Kutscher davonfahren. Allerdings erst nachdem sie ihn davon überzeugt hatte, dass sie sich so stark fühlte wie zu keinem anderen Zeitpunkt ihrer Schwangerschaft und der Arzt keinerlei Bedenken gegen einen kleinen Ausflug geäußert hatte.

»Sie sehen blendend aus, Kindchen. Der Bauch steht Ihnen. Und wie Ihre Augen glänzen ... Kein Wunder bei einem so unverschämt gut aussehenden und charismatischen Mann. Ich habe während Ihrer wunderbaren Hochzeitsfeier aus vielen Gesprächen herausgehört, wie sehr die Damenwelt Sie beneidet. Sie müssen sehr glücklich sein.«

»Ja, das bin ich, Señora Miller. Ich könnte mir keinen aufmerksameren Ehemann vorstellen. Hm, wie lange habe ich keinen Earl Grey mehr getrunken ... köstlich.«

Johanna Miller reichte ihr den Teller mit dem Früchtebrot, und Dorothea ließ sich die süße Köstlichkeit schmecken.

»Wissen Sie schon das Neuste? Ihr ehemaliger Dienstherr, dieser Halunke von Jensen, hat sein Geschäft verkauft. Man munkelt, er habe in betrunkenem Zustand einen Kneipengast niedergestochen und sei nach Deutschland zurückgekehrt. Nun ja, sympathisch war er mir nie. Aber woher bekomme ich jetzt mein Kölnisch Wasser? Ich habe die letzten Vorräte bei ihm aufgekauft.«

Unwillkürlich musste Dorothea lachen. Johanna Miller und ihr Faible für dieses Parfum…Gleichzeitig fiel eine Bürde von ihr ab, die wohl immer noch auf ihr gelastet hatte, ohne dass sie sich dessen bewusst gewesen war. Jensen war außer Landes, und er stellte keine Gefahr mehr für sie dar. Dieses zwar lehrreiche, aber wenig erfreuliche Kapitel ihrer ersten Zeit in Costa Rica war damit vollständig abgeschlossen.

»Ich soll Sie übrigens von einem Uhrmacher grüßen. Urs Keller heißt er, glaube ich. Mir scheint, der junge Mann hatte sich insgeheim Hoffnungen gemacht. Jedenfalls beobachte ich einen wehmütigen Zug um seinen Mund, sobald er von Ihnen spricht.«

Dorothea musste schmunzeln, als sie an die Besuche des jungen Schweizers in Jensens Laden dachte und an seine liebenswerte, ein wenig unbeholfene Art. Aber jetzt wollte sie mit Johanna Miller noch ein Weilchen klatschen und tratschen und es sich bei Tee und Gebäck gut gehen lassen.

Beim Abendessen herrschte eine seltsam frostige Atmosphäre. Niemand sprach ein Wort. Dorothea blickte fragend zu Antonio hinüber, doch der hob nur stumm die Schultern. Schließlich konnte Pedro sich nicht länger zurückhalten.

»Wie konntest du nur so etwas tun?«, brach die Frage aus ihm heraus.

»Ich weiß nicht, was du meinst, Schwiegervater«, entgegnete Dorothea arglos und knabberte an einem gerösteten Maiskolben.

Pedro rang nach Luft und nahm einen tiefen Schluck Wein. Seine Miene verfinsterte sich. Zornig funkelte er Dorothea an, seine Stimme wurde laut und schneidend. »Unsere Schwiegertochter hat wohl nichts anderes im Sinn, als sich in der Gegend herumkutschieren zu lassen und sich außer Haus zu amüsieren. Mit ihrer Vergnügungssucht riskiert sie das Leben unseres Enkels. Aber das ist ihr offensichtlich gleichgültig.«

Dorothea war sprachlos. Mit allem hatte sie gerechnet, nur nicht mit dem Vorwurf, dem werdenden Kind gegenüber verantwortungslos zu sein. Sie suchte noch nach einer passenden Antwort, als Antonio das Wort ergriff und seinem Vater nicht minder scharf antwortete.

»Es ist allein Dorotheas Sache, wo und wie lange sie mit wem ihre Zeit verbringt. Doch davon ganz abgesehen – ich habe sie sogar ermutigt, unserer Trauzeugin einen Besuch abzustatten. Nach den langen Wochen erzwungener Bettruhe braucht sie dringend ein wenig Abwechslung. Dorothea fühlt sich gesund und stark, und der Arzt hatte ebenfalls keine Bedenken. Vergiss nicht, Vater – Dorothea ist meine Frau, und es ist unser Kind.«

JULI 1851 BIS MAI 1852

Je deutlicher Dorotheas Bauch sich rundete, desto wohler fühlte sie sich. Die Vorfreude auf das Kind, das sie schon bald in den Armen wiegen würde, hatte ganz und gar von ihr Besitz ergriffen. Wie ausgelöscht war die Erinnerung an die Monate, in denen sie zur Bettruhe verurteilt gewesen war und wie eine Einsiedlerin hatte leben müssen. Nun hätte ihr Leben nicht schöner sein können. Nach Antonios klaren und entschiedenen Worten übte Pedro sich in Zurückhaltung. Kein einziges vorwurfsvolles Wort kam mehr über seine Lippen.

Isabel hatte eine Hebamme einbestellt, die im Gesindehaus untergebracht war. Damit nicht erst eine Geburtshilfe aus San José geholt werden musste, wenn das Kind sich ankündigte, womöglich mitten in der Nacht. Fidelina war etwa fünfzig Jahre alt, immer gut gelaunt und hatte drei Kinder und zwei Enkelkinder, die an der Karibikküste lebten und ihr ganzer Stolz waren. Jeden Tag kam sie, befühlte Dorotheas Brüste und ihren Leib, nickte und versprühte Zuversicht.

Eines Morgens überraschte Antonio seine Ehefrau mit einem Skizzenblock aus bestem Chinapapier sowie einer Schachtel englischer Aquarellkreide. Zu beiderseitigem Vergnügen saß er ihr auf der Bank unter dem Kalebassenbaum Modell. In immer neuen Varianten bannte Dorothea sein ebenmäßiges Profil auf das Papier, ließ sich von ihm necken, wenn sie beim Zeichnen unbewusst die Zungenspitze vorstreckte. Manchmal hörten sie hoch über ihren Köpfen die Rufe der sich jagenden Kapuzineraffen, die sich auf der Plantage ebenso wohl fühlten wie im angrenzenden Regenwald. Hin und wieder zeigte sich auch ein neugieriges Gürteltier oder ein Waschbär. Tiere, die Dorothea jedes Mal aufs Neue faszinierten. In solchen Momenten vergaß sie sogar das Weiterzeichnen. Seit sie in Costa Rica angekommen war, hatte sie das Leben noch nie als so lebenswert empfunden.

Sie fürchtete, ihr Inneres würde in Stücke gerissen. Schweißgebadet erwachte Dorothea, ihr Herz raste. Sie ballte eine Hand zur Faust und presste sie gegen die Lippen, um nicht laut aufzuschreien. Mit der anderen Hand tastete sie nach ihrem Ehemann, rüttelte ihn an der Schulter. Doch Antonio schlief tief und fest. Erst als sie sich nach Luft ringend aufrichtete und die dünne Zudecke herunterriss, wurde er wach.

»Schnell! Die Hebamme…«, keuchte sie. In Windeseile sprang Antonio auf und zog sich an. Dann entzündete er eine Kerze, trat zu Dorothea ans Bett und strich ihr mit einer Hand über die heiße Stirn.

»Ich beeile mich… bin sofort wieder bei dir«, versprach er stotternd.

»Durst… zu trinken…«, murmelte Dorothea kaum hörbar und presste die Hände auf den Leib, in dem ein Orkan zu toben schien. Antonio füllte ein Glas mit Wasser und hielt es ihr an die Lippen, stützte sie unter den Achseln. Sie nahm einige Schlucke, fuhr sich mit der Zunge über die spröden Lippen und ließ sich aufs Kissen zurücksinken.

Und dann lag sie allein im schwachen Schein der Kerze. Wie lange würde sie aushalten müssen? Stunden? Oder sogar Tage? Es war ihr erstes Kind, und beim ersten Kind dauerte die Geburt immer am längsten, hatte sie sich erzählen lassen. Angst kroch in ihr hoch. Angst, etwas Schreckliches könne geschehen. Oder dass sie es nicht schaffen würde, dieses Kind zu gebären, das so machtvoll nach draußen ins Leben drängte. Was, wenn es krank oder verkrüppelt wäre? Oder schon bald nach der Geburt sterben würde? Sie schrie auf, wollte aufstehen, zur Kommode gehen und die heißen Hände in der Waschschüssel kühlen, doch die Beine versagten ihr den Dienst. Es schien, als wäre sie von der Körpermitte abwärts gelähmt. Sie fühlte glühende Messerspitzen im Rücken, konnte kaum noch atmen. Warum half ihr denn niemand? Die Hebamme sollte doch längst schon da sein.

Plötzlich ebbte der Schmerz ab. Verflüchtigte sich zu einem Ziehen im Unterleib, kaum stärker als beim Beginn einer Monatsblutung. Wie spät mochte es sein? Von draußen drang nur das Rauschen des Baches an ihr Ohr, die Tiere des Dschungels schliefen. Es musste später Abend sein. Oder früher Morgen. Jemand fuhr ihr mit einem feuchten, kühlen Lappen über das Gesicht. Sie fühlte sanfte Hände, die ihr die schweißnassen Haarsträhnen aus der Stirn strichen. Eine andere Hand fuhr kreisend über ihren prallen Leib, wanderte weiter nach unten. Das ganze Laken fühlte sich um die Körpermitte mit einem Mal feucht an.

»Aber Señora Ramirez, warum haben Sie nicht schon früher nach mir gerufen? Es kann nicht mehr lange dauern«, hörte sie die Stimme der Hebamme. Sie blickte in dunkle Augen, die sie aufmunternd ansahen.

»Ich habe ... ich bin ...« In diesem Moment brauste der Orkan von Neuem auf. Dorotheas Finger krallten sich an Fidelinas Arm. Sie drückte die Fersen in die Matratze, ihr Körper bäumte sich auf. Die Knie zitterten und gaben nach. Der Rücken sank zurück auf das Bett, schien zu zerbersten.

»Das sieht gut aus«, erklang die sanfte Stimme. »Versuchen Sie, ganz ruhig zu atmen.«

Dorothea warf den Kopf zur linken, dann zur rechten Seite. Ihr Hals war wie zugeschnürt. Sie hieb die Zähne ins Kopfkissen, spuckte und röchelte.

»Ruhig, ganz ruhig. Atmen Sie ein... und aus... und ein... und aus... Gut so, nicht nachlassen...«

Fidelina hockte sich aufs Bett zwischen ihre Beine, strich mit beiden Händen kräftig vom Zwerchfell über die Bauchdecke bis hinunter zu den Oberschenkeln. »Weiteratmen, ganz gleichmäßig weiteratmen...«

Der Schmerz flaute ab. Die Hebamme befeuchtete Dorotheas Lippen, gab ihr zu trinken, half ihr, Kraft zu schöpfen. Helles Sonnenlicht schimmerte durch die Vorhänge. Wie viele Stunden waren vergangen? Doch da nahte schon der nächste Zyklon, noch gewaltiger und noch anhaltender. Weitere Pausen folgten, aber sie wurden kürzer, ließen ihr kaum Zeit, den gekrümmten Körper auszustrecken und sich auf den nächsten Angriff vorzubereiten. Irgendwann hatte sie keine Kraft mehr und fürchtete, es nicht zu schaffen. Sie hörte nichts mehr, sah nichts mehr, war nur noch Schmerz. Ununterbrochener, grenzenloser Schmerz. Ihr Rückrat war zerborsten, ihr Leib gespalten. Sie schrie und wimmerte und wimmerte und schrie und sehnte sich danach, nicht mehr zu sein.

Ein Schleier legte sich über sie, hüllte sie schützend ein und hob sie hoch. Alles war ausgelöscht, Erinnerung und Schmerz, Hoffnung und Sorge. Es gab weder Raum noch Zeit, weder Wärme noch Kälte. Ihr Körper hatte sich aufgelöst, war zu einer Nebelschwade geworden, die in kreiselnden Spiralen zum Himmel aufstieg und sich irgendwo, weit, weit oben, mit dem Universum vereinte.

Irgendetwas rauschte. Brauste wie ein Wasserfall. Es war das Blut in ihren Ohren. Und langsam, ganz langsam kehrte ihr Bewusstsein aus den Tiefen des Alls in die Wirklichkeit zurück. Es kostete sie große Anstrengung, die Augen zu öffnen. Fidelinas lächelndes Gesicht schwebte über ihr. Dann legte ihr die Hebamme ein weiß umhülltes Bündel in die Arme.

»Meinen Glückwunsch, Señora Ramirez. Das haben Sie großartig gemacht.«

Langsam wandte Dorothea den Kopf zur Seite, sah ein winziges rosiges Gesicht mit runzeliger Haut, zusammengekniffenen Augen und Lippen. Das Mündchen verzog sich und öffnete sich leicht. Ein durchdringender Schrei drang an ihr Ohr. In einer Lautstärke, die sie dem kleinen Wesen nicht zugetraut hätte. Zitternd berührte sie mit den Fingerspitzen die zarten, wunderhübsch geformten Brauenbogen, strich über das Näschen. Eine winzig kleine Hand mit winzig kleinen Fingern tastete nach ihrem Daumen. Tränen schossen Dorothea aus den Augen, rannen ihr über die Wangen, und sie ließ sie ungehindert fließen. Es waren Tränen des Glücks und der Dankbarkeit. Ein Wunder war geschehen. Dieses Kind lebte. Es schrie. Und es war ihr Kind.

»Was ... was ist es?«, fragte sie mit belegter Stimme.

»Ein Mädchen, Señora Ramirez. Ein kräftiges, gesundes und bildschönes Mädchen. Es hat die schwarzen Haare seines Vaters.«

Dorothea tauchte ab in ein tiefes Dämmern. Als sie erwachte, war es draußen dunkel. Wie lange hatte sie geschlafen? Einen Tag, zwei oder länger? Ihr ganzer Körper fühlte sich bleiern an, doch ihr Herz war leicht.

Jemand stand an ihrem Bett. Mit geschlossenen Augen streckte sie die Hand aus, tastete. Endlich! Antonio! Ihr geliebter Mann war zu ihr gekommen. Sie fühlte etwas Kühles, Metallenes in ihrer Hand und blinzelte. Entdeckte ein Collier mit Smaragden und Diamanten, passend zu dem Armband, das Antonio ihr geschenkt hatte, als sie ihm von ihrer Schwangerschaft erzählt hatte.

Kerzengerade stand Antonio da, knetete die Finger, wirkte verlegen. Bestimmt musste er sich erst an den Gedanken gewöhnen, stolzer Vater zu sein. Doch bald schon würde er seine Tochter auf die Schultern nehmen und mit ihr über die Hacienda toben. Ihr alles über den Kaffeeanbau erklären, sie den süßlichen Geschmack der reifen roten Kirschen mit der Zunge kosten lassen, Schmetterlinge beobachten, die Füße im Bach kühlen. Und sie, Dorothea, würde die beiden zeichnen.

»Hast du die Kleine schon gesehen?«

Antonio nickte wortlos. Streichelte ihren Arm und schluckte. »Wie geht es dir? War ... war es sehr schwer?«

»Ich ... ich kann mich gar nicht mehr an alles erinnern ... Welchen Tag haben wir heute? Und wie spät ist es?«

»Der vierzehnte August. Es ist acht Uhr abends. Das Kind kam heute Morgen kurz nach zehn Uhr.«

Dorothea hob die Hand, betrachtete die wunderschön gefassten, funkelnden Steine und sandte Antonio mit den Augen einen stummen, innigen Dank. »Die Hebamme sagt, die Kleine hat deine Haare.«

»Das habe ich noch gar nicht bemerkt. Sie trug ein Mützchen, als man sie mir zeigte.«

Dorothea lächelte, zog Antonios Hand an die Lippen und rieb sie an ihrer Wange. »Ich bin so glücklich ... Und, wie gefällt dir unsere Tochter?«

»Ich habe sie mir nicht so runzelig vorgestellt ... Aber sie ist bildhübsch, natürlich. Möchtest du etwas trinken?«

»Nein, ich bin zu müde. Haben deine Eltern das Kind schon gesehen?«

»Ich habe ihnen erzählt, dass wir eine Tochter haben. Sie lassen dich übrigens herzlich grüßen.«

Antonios Gesicht verschwamm vor ihren Augen. Bevor sie sich in den Schlaf zurückgleiten ließ, stieg eine Ahnung in ihr auf, warum Pedro und Isabel sie noch nicht aufgesucht hatten. Sie hatten auf einen Jungen gehofft.

Das Kind schlief viel und weinte nur, wenn es Hunger hatte. Dorothea sah dann zu, wie die Kleine an der Brust der Amme lag und irgendwann, wenn sie sich satt getrunken hatte, die Ärmchen sinken ließ. Marta, die Schwester der Köchin, war eine rundliche kleine Frau von Mitte dreißig. Sie hatte eine breite Zahnlücke, vier Kinder und einen Mann, der, wie sie freimütig erzählte, die Arbeit nicht erfunden hatte. Weswegen sie die Familie allein durchbringen musste.

Dorothea fühlte einen Stich im Herzen, wenn sie sah, wie Marta das Kind stillte. Es war ein Bild voller Innigkeit und Vertrauen, und sie selbst blieb von diesem Geschehen ausgeschlossen. Wie gern hätte sie das kleine Bündel selbst an die Brust gelegt, die voller Milch war und schmerzhaft spannte. Doch so etwas gehörte sich nicht für eine Dame der Gesellschaft, Stillen war etwas für Dienstboten oder Frauen von Bauern und Fischern. Irgendwann würde ihre Milch ungenutzt versiegen, während die Amme noch für viele Monate ein Lebensquell wäre. Dann weinte Dorothea heimliche Tränen der Traurigkeit und der Eifersucht.

Nachts blieb das Kind bei Marta, damit die jungen Eltern ungestört waren. Tagsüber holte Dorothea die Kleine in ihr Schlafzimmer. Dann saß sie an der Wiege und betrachtete das hübsche Gesicht, das schon nach wenigen Tagen glatt und rosig geworden war. Konnte sich nicht sattsehen an den feinen gebogenen Wimpern, dem Leberfleckpünktchen auf der linken Wange, den Händchen mit den vollkommenen Fingernägeln. So musste früher auch einmal ihre Mutter an der Wiege gesessen haben. Wie war es nur möglich, dass sie dann niemals zärtliche Gefühle für ihre Tochter aufbringen konnte? Und sie hatte sogar zugelassen, dass diese Tochter, ihr eigen Fleisch und Blut, aus dem Elternhaus fliehen musste.

Dorothea hauchte unzählige Küsse auf Kinn, Wangen und Stirn des Kindes, sog seinen Geruch ein, eine Mischung aus Milch und Kernseife. Und sie fertigte zahlreiche Zeichnungen an, füllte Seite um Seite in ihrem Skizzenbuch. Manchmal konnte sie kaum glauben, dass dieses Kind ihre Tochter war. Dieses kleine Wesen war so vollkommen, so überwältigend und rein, dass es fast schmerzte. Niemals, schwor sich Dorothea, wollte sie zulassen, dass das Band zwischen ihr und ihrer Tochter zerriss.

Sie nahm wieder an den gemeinsamen Mahlzeiten der Familie teil. Neben dem Kauf neuer Ochsenkarren und der Renovierung von Pedros Kontor war auch die bevorstehende Taufe ein Gesprächsthema. Bei einem Jungen und künftigen Erben hätten die Schwiegereltern eine größere Feier geplant. So aber wollten sie die Taufe im engsten Familienkreis begehen. Und zwar auf der Hacienda, damit Pedro seinen Fuß in keine Kirche setzen musste. Neben Elisabeth würde Antonios Schulfreund José Maria, der schon Trauzeuge gewesen war, die Aufgaben eines Paten übernehmen.

Das Kind sollte den Namen Olivia erhalten. Nach der Zwillingsschwester Isabels, die fünf Tage nach der Geburt gestorben war. Dorothea hatte noch keinen Mädchennamen gefunden, der sowohl im Deutschen als auch im Spanischen gut auszusprechen war und ihr überdies gefallen hätte. So war sie über den Vorschlag erleichtert und zeigte sich sofort einverstanden. Auch weil sie hoffte, durch diese Geste die Schwiegereltern nachsichtig zu stimmen, denen die Enttäuschung, keinen Enkel bekommen zu haben, ins Gesicht geschrieben stand.

»Wir als Großeltern hatten uns sehr auf einen Stammhalter gefreut. Schließlich geht es um die Zukunft unserer Plantage«, gab Pedro unumwunden zu. »Aber Olivia wird ganz gewiss nicht unser einziges Enkelkind bleiben«, fügte er bedeutungsvoll hinzu.

Als Termin für die Tauffeier wurde der 22. November festgelegt, wenn es auf der Hacienda noch ruhig zuging, bevor wenige Tage später Heerscharen von Kaffeepflückern anrücken würden, um mit der Ernte zu beginnen.

Eines Morgens stellte Dorothea erschrocken fest, dass sich Olivias Köpfchen heiß anfühlte. Die Kleine schlief unruhig und wimmerte leise vor sich hin. Sofort rief die besorgte Mutter nach der Amme.

»Nur ein leichtes Fieber, Señora Ramirez. Das kann morgen oder übermorgen schon wieder vorbei sein«, versuchte Marta, sie zu beruhigen.

Doch Dorothea ließ sich nicht beruhigen. Sie schickte nach Doktor Medina Cardenas, der das Kind untersuchte. »Kein Grund zur Beunruhigung. Nur ein leichter Fieberschub. Legen Sie der Kleinen kalte Waden- und Armwickel an. In spätestens zwei Tagen ist sie über den Berg.«

Aufgeregt berichtete Dorothea ihrem Ehemann vom Besuch des Doktors. »Ich kann kein Auge zutun, wenn Olivia bei der Amme schläft. Solange die Kleine krank ist, möchte ich die Wiege in unserem Schlafzimmer haben, direkt neben dem Bett. Ich werde ihr selbst die feuchten Umschläge anlegen und sie Marta nur dann überlassen, wenn sie gestillt werden muss.«

Antonio schüttelte den Kopf, rieb sich mit der Hand über das Kinn. »Hm, ich weiß nicht ...« Doch dann blitzte etwas in seinen Augen auf. Er lächelte ein wenig unsicher. »Ich glaube, du hast recht. Sicher ist es das Beste für unser Kind.«

Dorothea war dankbar, dass Antonio so schnell zustimmte. Allerdings wollte sie ihm nicht zumuten, ihretwegen seine Nachtruhe zu opfern. »Würde es dich stören, für kurze Zeit im Gästezimmer zu schlafen? Damit wir dich nicht stören«, schlug sie vor.

Antonios Unterlippe zitterte. Er senkte den Blick, schien ihr ausweichen zu wollen. Dann ergriff er ihre Hände und drückte sie sanft. »Du denkst wirklich an alles. Wenn ich nämlich nicht genügend Schlaf bekomme, werde ich unleidlich und kann nicht konzentriert arbeiten. Ich lasse mir das Zimmer nebenan herrichten. Dann bin ich trotzdem immer noch ganz nahe bei dir. Du bist eine wundervolle Frau, Dorothea. Ich liebe dich.« Er umarmte sie, küsste sie auf Stirn und Haar. Als ihm Dorothea die Arme um den Hals schlang und sich sehnsuchtsvoll an ihn presste, küsste er ihren Mund, dankbar und innig.

Nach zwei Tagen war Olivia genesen, ganz so, wie der Arzt und die Amme es vorhergesagt hatten. Obwohl Dorothea zutiefst erleichtert war, wachte sie drei weitere Nächte über den Schlaf der kleinen Tochter. Dann überließ sie sie wieder Martas Obhut. Antonio logierte weiterhin im Gästezimmer. Eine Woche, zwei Wochen ... Noch immer kehrte er nicht ins eheliche Schlafzimmer zurück. Argwöhnisch beobachtete

Dorothea ihren Ehemann, versuchte, den Grund für sein Verhalten herauszufinden. Doch sie wagte nicht, ihn auf das Thema anzusprechen. Wollte ihm den Vortritt lassen.

Eines Morgens nahm Antonio sie überraschend in die Arme, küsste sie zärtlich und strich ihr über das Haar. »Seitdem du Mutter bist, siehst du noch schöner aus, Dorothea. Ich bin stolz auf dich – und auf unsere Tochter.«

Ein Kloß steckte ihr im Hals, sie schluckte und räusperte sich, doch er löste sich nicht und machte ihr das Atmen schwer. »Olivia schläft nachts wieder bei der Amme. Du musst nicht länger im Gästezimmer bleiben…«, begann sie vorsichtig.

Antonio verschloss ihr den Mund mit einem innigen Kuss. »Ich weiß … aber Vater zu sein ist gar nicht so einfach. Man hat plötzlich eine große Verantwortung. Seit Olivia auf der Welt ist, schlafe ich nicht mehr so tief wie früher. Oft werde ich nachts wach. Dann stehe ich auf, trinke etwas und lese in einem Buch. Irgendwann werde ich müde und schlafe wieder ein. Wenn ich aber in unser Zimmer zurückkäme, hätte ich Sorge, dass ich dich durch den Lichtschein wecke und wir beide die ganze Nacht wach bleiben.«

»Das heißt … du wirst nicht…« Seine Worte waren wie Stiche in ihre Seele. Sie fühlte sich plötzlich machtlos und klein.

»Ich halte es für besser, wenn ich noch eine Weile im Gästezimmer logiere. Nur so lange, bis ich meine innere Ruhe wiedergefunden habe.«

»Jesusmariaundjosef… welch grandiose Aussicht! Dieses prachtvolle Herrenhaus, die vielen Bediensteten … und dann die riesengroße Plantage. Man erkennt ja gar nicht, wo euer Land aufhört.«

Elisabeth war auf der Anhöhe unter dem Kalebassenbaum stehen geblieben und blickte mit ausgebreiteten Armen über die weiten Felder mit den Kaffeesträuchern. An den sattgrünen Zweigen saßen dicke Kirschen, deren Rot weithin leuchtete. »Du bist wirklich im Paradies gelandet, Dorothea. Wie freue ich mich für dich!«

Die beiden Freundinnen hakten sich unter und setzten ihren Rundgang über die Hacienda fort. Elisabeth trug ein Kleid aus dünnem schwarzem Musselin mit einer breiten Schärpe. Dazu den unerlässlichen roten Hut, der aus feinstem rotem Panamastroh geflochten war. Ein schwarzseidener Falter zierte die Krempe. Elisabeth sah hinreißend aus, fröhlich und unternehmungslustig. Die Sonne Costa Ricas hatte ihren Teint zart gebräunt, wodurch sie in Dorotheas Augen noch bezaubernder wirkte. Vermutlich waren auch die Männer, die ihr begegneten, hingerissen von ihrer Ausstrahlung. Elisabeth liebte es, sich im Freien aufzuhalten, und pflegte keineswegs mit einem Sonnenschirm herumzuspazieren wie die Engländerinnen, die in Costa Rica lebten. Schon von Weitem waren diese blassen Damen an ihrer Gesichtsfarbe zu erkennen, die sie mit weißem Puder noch zusätzlich betonten.

»Ach, ich freu mich so! Endlich sehen wir uns wieder und können miteinander ratschen. Wie gern wäre ich schon zu deiner Hochzeit gekommen, aber dann kam dieses blöde Fieber dazwischen... Ich muss dich zu deiner Wahl ausdrücklich beglückwünschen, Dorothea. Dein Mann sieht umwerfend aus. Und charmant ist er außerdem. Erfrischend anders als diese Chauvinisten, von denen ich in Costa Rica schon eine ganze Reihe kennengelernt habe. Sie halten sich für die Größten, und ihre Frauen müssen tun, was sie ihnen sagen. Ihr beide seid gewiss sehr glücklich.«

Dorothea nickte, aber in ihrem Innern verspürte sie einen schmerzhaften Krampf. Sie lud die Freundin ein, sich auf einem Felsen am Wasserlauf niederzulassen. »Hier sitzen wir gemütlich. Aber jetzt musst du mir von dir erzählen.«

Elisabeth zog die Schuhe aus, rollte die Seidenstrümpfe hinunter und steckte die Füße ins kühle Wasser. »Ah, das tut gut... Nun, was soll ich dir erzählen? Zurzeit genieße ich einfach nur mein Leben. Ich begleite Diego auf seinen Reisen und lasse mir von ihm den Hof machen, treffe bemerkenswerte Leute, habe bereits Begegnungen mit Panthern, Krokodilen, Affen und Tapiren gemacht. Dieses Land ist unglaublich aufregend, und ich möchte noch so viel entdecken. In Österreich musste ich immer die anständige, fügsame Tochter sein und fühlte mich eingeengt wie in einem zu engen Korsett. Hier bin ich frei und kann ich selbst sein. Ich habe noch keine konkreten Pläne für die Zukunft. Vielleicht eröffne ich irgendwann doch noch ein kleines Hotel oder eine Pension. Ich lasse alles auf mich zukommen.«

Spielerisch stieß sie Dorothea in die Seite, erinnerte kichernd an den Obersteuermann der *Kaiser Ferdinand* und wie er sich ins Zeug gelegt hatte, sie beide mit seinen Schauergeschichten zu beeindrucken. Elisabeth war bald in ihre Erinnerungen vertieft und plauderte scherzend weiter. Dorothea überlegte, ob sie die Freundin fragen sollte, wie sie Antonios Benehmen einschätzte. Sie hätte so gern ihr Herz ausgeschüttet, gestanden, dass sie einen Mann geheiratet hatte, der zwar durchaus fürsorglich und liebevoll war, von dem sie sich aber mehr Leidenschaft und Glut gewünscht hätte. Aber dann wagte sie das Thema doch nicht anzuschneiden, nachdem Elisabeth so ausgelassener Stimmung war und ringsum alles großartig fand.

Nie würde sie die Zeremonie vergessen, als Antonio seine Tochter über das Taufbecken hielt. In diesem Augenblick fiel das Sonnenlicht durch die Fenster des Salons auf sein Gesicht. Es leuchtete wie von einem Heiligenschein umgeben. Sie las darin tief empfundenes Glück und grenzenlose Liebe. Dieser Anblick berührte ihre Seele, und alle Zweifel waren zerstreut. Ganz fest prägte sie sich diese Szene ein, um sie niemals im Leben zu vergessen. Olivia trug ein Taufkleid mit Seidenbändern und Stickerei, das schon Isabel bei ihrer Taufe getragen hatte. Die Kleine hatte während der ganzen Zeremonie geschlafen. Erst als der Pfarrer ihr Wasser über das Köpfchen goss, wachte sie auf und begann lautstark zu schreien.

Die kleine Taufgesellschaft verlor sich geradezu in dem großen Salon, in dem anderthalb Jahre zuvor mit einer Vielzahl von Gästen die Hochzeit stattgefunden hatte. Der Pfarrer war jener, der auch die Trauung vorgenommen hatte.

»Und so taufe ich dich auf den Namen Olivia. Im Namen des Vaters, des Sohnes und des Heiligen Geistes. Herr, gütiger Gott, begleite dieses Kind auf allen seinen Wegen, bewahre es vor Schaden und Gefahr und schenke ihm Freude am Leben und Ehrfurcht vor deiner Schöpfung.«

Nach der Taufzeremonie zog die Gesellschaft in den Garten um, wo der Tisch bereits festlich gedeckt war. Es gab Olla de Carne, eine kräftige Fleischbrühe, Salat und Huhn mit gebratenen Kochbananen, Maniok sowie mit Koriander und Limonen gewürzte Mohrrüben. Und zum Nachtisch Törtchen mit kandierter Ananas. Man stieß mit hochprozentigen Getränken auf die Hauptperson Olivia an, die mittlerweile von ihrer Amme abgeholt worden war und vermutlich bereits satt und in süßem Schlummer in ihrer Wiege lag.

Nach dem Kaffee verabschiedete Isabel sich von den Gästen, weil sie plötzlich Kopfweh überkam. Pedro versuchte, Elisabeth von der Überlegenheit der europäischen Völker gegenüber den costaricanischen Ureinwohnern zu überzeugen.

»Verzeihen Sie, lieber Don Pedro, aber ist das nicht ein Thema, über das am besten Männer miteinander streiten?«

An Elisabeths Augenaufschlag erkannte Dorothea, dass die Freundin Pedros Ansichten keineswegs teilte, jedoch im Augenblick wenig Lust verspürte, sich auf eine Diskussion mit ihm einzulassen. Weitaus mehr nämlich erregte Juan Maria ihre Aufmerksamkeit, Antonios hoch gewachsener, schlaksiger Schulfreund und Olivias zweiter Taufpate. Bald waren beide in ein angeregtes Gespräch vertieft, über dessen Inhalt Dorothea nur rätseln konnte. Die beiden scherzten und lachten miteinander und wirkten sehr vertraut, obwohl sie sich erst kurz zuvor kennengelernt hatten. Wieder einmal beneidete Dorothea die Freundin um ihre ungezwungene Leichtigkeit und um die Fähigkeit, ihre Gesprächspartner um den Finger zu wickeln und für sich einzunehmen. Während sie selbst alles oft so schwernahm.

Ein heftiger Regenguss ging nieder, begleitet von einem Gewitter, wie es in dieser Jahreszeit selten war. Die Gesellschaft flüchtete sich auf die Veranda. Dorothea suchte nach Antonios Hand, und gemeinsam beobachteten sie das Naturschauspiel von ihrem sicheren und trockenen Platz aus. In diesem Augenblick hätte Dorothea etwas darum gegeben, hinter die Stirn ihres Ehemannes schauen und seine Gedanken lesen zu können.

Schon am Tag nach der Tauffeier reiste Elisabeth wieder ab. Sie wollten ihren Freund, den reisefreudigen Arzt Diego, auf einer Erkundungstour durch den Nebelwald von Monteverde begleiten, der nördlich von Puntarenas lag, und musste für die Expedition noch ihre Koffer packen. Es fiel Dorothea nicht leicht, die Freundin nach so kurzer Zeit wieder ziehen zu lassen.

»Ach, Elisabeth, wie schade, dass du schon wieder fährst. Wir hätten noch so viel zu erzählen gehabt...«

»Beim nächsten Besuch bringe ich mehr Zeit mit. Versprochen.« Elisabeth küsste Dorothea auf beide Wangen. Dann hielt sie unvermittelt inne, schob die Freundin ein Stück von sich fort und blinzelte sie aus schmalen Augen an. »Sag einmal, meine Liebe, bist du eigentlich wirklich glücklich?«

»Aber natürlich! Wie kommst du darauf?«

»Ich frage nur, weil... manchmal habe ich das Gefühl, deine Augen sprechen eine andere Sprache als dein Mund.«

Dorothea schluckte alles hinunter, was sie insgeheim bedrückte, und schüttelte heftig den Kopf. Elisabeth war bereits im Aufbruch, und mit wenigen Worten hätte sie ihre Situation nicht erklären können. Und warum sollte sie die Freundin mit Gefühlen belasten, über die sie sich selbst noch nicht im Klaren war? »Aber nein. Ich bin sogar sehr glücklich.«

Doch Elisabeth schien dieses Bekenntnis nicht so recht zu überzeugen, ihr Blick blieb zweifelnd. Dorothea suchte nach Worten der Beschwichtigung. Wählte schließlich eine Formulierung, die sie so ähnlich selbst schon einmal gehört hatte.

»Weißt du, ich muss mich an meine Rolle als Mutter erst gewöhnen. Das ganze bisherige Leben wird von einer Sekunde auf die andere völlig auf den Kopf gestellt. Man spürt eine riesige Verantwortung.«

Elisabeth drückte Dorothea einen Kuss auf die Wange. »Entschuldige, du hast natürlich recht. Du bist Mutter, und als solche wird man schließlich nicht geboren. Aber du wirst deine Aufgabe großartig meistern. Irgendwann möchte ich auch ein Kind haben. Wenn der richtige Zeitpunkt gekommen ist. Doch wer weiß, was das Schicksal noch mit mir vorhat? Ich muss los. Der Führer wartet schon mit den Mulis. Servus, meine Liebe, und halt dich wacker.«

Die beiden Frauen umarmten sich. Jede zog ein Tüchlein aus der Rocktasche und tupfte sich über die Augen. Und dann stieg Elisabeth auf ihr Maultier, das gemächlich lostrottete. Sie wandte sich noch einmal um und winkte.

»Gib meinem Patenkind ein dickes Busserl von mir. Und schreib mir, wie die Kleine sich entwickelt.«

Dorothea blieb so lange am schmiedeeisernen Eingangstor zur Hacienda stehen, bis Elisabeth aus ihrem Blickfeld entschwunden war. Dann trocknete sie die letzten Abschiedstränen und kehrte über den gewundenen Kiesweg, der von Hibiskussträuchern gesäumt war, ins Haus zurück. Auf Zehenspitzen schlich sie in ihr Schlafzimmer, wo Olivia friedlich schlafend in ihrer Wiege lag. Ganz vorsichtig beugte sie sich über das Kind und hauchte zahllose Küsse auf das winzige, warme Gesicht. Musste plötzlich daran denken, wie es sich wohl angefühlt hätte, wenn der Vater des Kindes ein anderer gewesen wäre – Alexander.

Sie fühlte einen Stich in der Herzgegend und drängte den Gedanken rasch beiseite. Um sich abzulenken, holte sie ihr Skizzenbuch hervor und zeichnete die süß schlummernde Tochter, die sie so sehr liebte, dass sie innerlich manchmal zu zerreißen glaubte. Olivia wollte sie die beste Mutter der Welt sein. Und ihrem Mann die beste aller Ehefrauen.

Jeder Tag versetzte Dorothea in neuerliches Erstaunen und Entzücken. Sie konnte dem Schicksal gar nicht oft genug danken, ein gesundes und fröhliches Kind bekommen zu haben. Olivia entwickelte sich prächtig, bekam die ersten Zähne, brabbelte und lernte zu krabbeln. Antonio tat seine Arbeit und fand nur wenig Zeit für seine kleine Familie, weswegen er Dorothea in der Erziehung freie Hand ließ. »Ich bin so stolz auf meine beiden Mädchen«, sagte er häufig und überraschte sie mit kleinen oder großen Geschenken. Er wirkte zufrieden und wunschlos glücklich mit seiner Rolle als Ehemann und Vater.

Noch immer schlief er im Gästezimmer. Wenn Dorothea ihn fragte, wann er wieder in das eheliche Schlafzimmer einziehen werde, fand er stets Gründe, weswegen er an der bestehenden Situation festhielt. Ja, es schien Dorothea, als vermeide Antonio bewusst jede innige Nähe zu seiner Gattin. Offensichtlich war er der Ansicht, mit der Zeugung eines Kindes seine Pflicht erfüllt zu haben. Einmal hörte Dorothea, wie zwei Dienstmädchen, die die Zimmer im Westflügel säuberten, miteinander tuschelten.

»Aber sicher, er schläft schon seit Monaten im Gästezimmer. Jeden Morgen mache ich sein Bett.«

»Merkwürdig«, war eine andere Flüsterstimme zu hören, »immer wenn ich die beiden sehe, kommen sie mir vor wie Turteltauben.«

Irgendwann beschlich Dorothea der bange Gedanke, Antonio könne eine andere lieben. Allerdings – hatte er nicht über viele Jahre genügend Gelegenheiten gehabt, eine andere Frau zu heiraten? Warum also hatte er sich im Alter von fünfunddreißig Jahren ausgerechnet für sie entschieden, eine mittellose Ausländerin – wenn nicht aus wahrer Liebe? Der anonyme Brief fiel ihr ein, der ihr aus dem Hochzeitskleid gefallen war und den Antonio so selbstsicher und mit einem Lächeln zerrissen hatte.

Sie wurde immer misstrauischer, schnupperte, wenn sie ihn umarmte, ob ein fremdes Parfum an seiner Kleidung haftete. Eines Morgens, als sie es nicht mehr aushielt, wollte sie sich Gewissheit verschaffen. Nachdem Antonio in sein Kontor gegangen war, schlich sie sich in sein Schlafzimmer. Durchsuchte die Taschen seiner Jacken, sogar seine Schreibtischschublade. Doch sie fand keinen einzigen Hinweis, dass er sie womöglich betrog. Sie schämte sich zutiefst, denn sie hatte ihren Mann zu Unrecht verdächtigt.

Als sie gerade wieder aus dem Zimmer schlüpfen wollte, hörte sie draußen auf dem Flur Schritte. Das Herz schlug ihr bis zum Hals. Das konnte nur eins der Mädchen sein, die die Zimmer sauber machten. Und das sie im nächsten Augenblick als Schnüfflerin entlarven würde. Fliehen war unmöglich, denn es gab keine zweite Tür und auch keinen Balkon. Mit einem raschen Sprung war Dorothea am Fenster und verkroch sich hinter dem schweren, bodenlangen Samtvorhang, machte sich so klein und schmal wie möglich. Sie hörte, wie die Tür geöffnet wurde, wie jemand leise vor sich hinsummte und dabei geschäftig hin und her lief, das Kopfkissen ausschüttelte und den Boden wischte. Dann wurde die Tür wieder geschlossen, und Dorothea konnte endlich tief durchatmen. Sie wartete noch eine Weile, dann schlich sie unbemerkt in ihr Zimmer zurück.

Sie trat vor den hohen Ankleidespiegel und sah eine magere Frau, hohlwangig und mit blasser Haut, der selbst der häufige Aufenthalt im Freien kaum Farbe ins Gesicht gezaubert hatte. Sie war anders als die costaricanischen Frauen. Sie war hässlich, langweilig und reizlos. Und obendrein eine schlechte Ehefrau. Das Gewissen plagte sie, weil es ihr nicht gelang,

Antonio mit Leib und Seele für sich zu gewinnen. Seit der Heirat zog er sich immer mehr zurück. Wie sollte sie je seine Seele berühren? War sie ihm überhaupt jemals nahe gewesen, oder hatte sie sich alles nur eingebildet? Weil sie sich danach sehnte. Weil sie vergessen wollte und nichts so sehr begehrte, als in diesem Land anzukommen und glücklich zu sein.

Doch wem sollte sie ihr Herz ausschütten? Wem gestehen, dass ihr Mann sie nicht begehrte, sondern in ihr ein geschlechtsloses Wesen sah? Pfarrer Lamprecht ganz sicher nicht, und mit der so viel älteren Johanna Miller mochte sie derartig delikate Themen nicht besprechen. Blieb nur Elisabeth, der sie sich schon anlässlich Olivias Taufe hatte offenbaren wollen. Allerdings war es die Freundin gewesen, die ihr zur Hochzeit mit Antonio geraten hatte. Elisabeth hatte einen scharfen Verstand, war unsentimental und pragmatisch. Folglich konnte es auch nicht Antonios Schuld sein, wenn sie sich nicht glücklich fühlte, es musste ausschließlich an ihr liegen.

Aber war nicht Olivia das größte und beste Geschenk, das ihr je gemacht worden war? Womöglich war dies die Herausforderung ihres Lebens. Ihrer wunderbaren Tochter alles zu geben, sie zu behüten und zu lieben, so wie sie es sich selbst als Kind immer gewünscht hatte. Dieser Aufgabe wollte sie sich ab sofort widmen. Mit ihrer ganzen Kraft.

BUCH IV

# Widerstreit

## FEBRUAR 1855

»Bleib bei Livi, Mama!«

»Olivia, meine Süße, es ist schon spät. Und ich muss hinunter zum Essen. Alle warten auf mich.« Dorothea kniete vor dem Kinderbett nieder, strich der Tochter eine Strähne aus dem Gesicht und küsste sie auf den Scheitel. In letzter Zeit versuchte die Kleine, das Zubettgehen immer weiter hinauszuzögern.

»Livi will nicht, dass Mama geht.«

»Olivia will nicht... Erstens heißt es: Olivia möchte nicht. Und außerdem weißt du, dass Großvater böse wird, wenn Mama unpünktlich ist.«

»Livi hat Angst.« Die Kleine richtete sich an den Gitterstäben auf und klammerte sich an Dorotheas Kleid fest.

»Wovor hat meine süße Tochter denn Angst?«

»Weiß nicht.« Olivia zog einen Flunsch, und dann rollten ihr dicke Tränen über die Wangen.

Dorothea seufzte. Sie zog ein Taschentuch aus dem Täschchen im Kleid, trocknete der Kleinen die Tränen und putzte ihr das Näschen. In Gedanken sah sie schon die hochgezogenen buschigen Brauen ihres Schwiegervaters und seinen vorwurfsvollen Blick, wenn sie sich wieder einmal verspätete.

»Meine Liebe«, hatte er ihr letztens vorgehalten, »in diesem Haus gibt es Regeln, an die sich jeder zu halten hat. Eine dieser Regeln lautet, dass wir alle gemeinsam mit dem Essen beginnen, und zwar pünktlich.«

Sie fürchtete sich vor Pedros schnarrender, überheblicher Stimme, die so verletzend klingen konnte. Anderseits mochte sie ihre verzweifelte Tochter nicht allein im Zimmer zurücklassen.

»Weißt du was? Ich lese dir noch etwas vor, und dann schläfst du bestimmt ganz schnell ein«, schlug sie vor und hoffte inständig, dass Olivia sich rasch wieder beruhigte.

»Die Geschichte mit den kleinen Zwergen.« Erwartungsvoll ließ sich Olivia aufs Kissen zurücksinken. Dorothea sah auf die Uhr. Schon fünf Minuten Verspätung – sicher war die Suppe bereits aufgetragen worden. Sie holte ein zerfleddertes Buch in deutscher Sprache aus der Spieltruhe neben dem Bett und begann zu lesen.

»Wie war zu Köln es doch vordem / mit Heinzelmännchen so bequem ...«

»Nicht so schnell, Mama ... Denn war man faul ...«

»... man legte sich / hin auf die Bank und pflegte sich«, ergänzte Dorothea in gemächlicherem Rhythmus die Verse. Insgeheim freute sie sich, dass Olivia ein Gedicht aus ihrer früheren Heimat hören wollte. In Gegenwart der Schwiegereltern hätte sie es nie gewagt, Deutsch mit ihrer Tochter zu sprechen. Das tat sie nur, wenn keiner zuhörte. Sie senkte die Stimme und verfiel in einen singenden, einförmigen Tonfall. Über den Rand des Buches hinweg beobachtete sie, wie Olivia schläfrig wurde und wenig später gleichmäßig und tief atmete. Vorsichtig deckte sie sie zu und schlich sich davon. So leise wie möglich schloss sie die Tür hinter sich und hastete die Treppe hinunter.

Vor der Tür zum Speisezimmer strich sie sich Kleid und Haar glatt, schob das Kinn nach vorn und drückte die Klinke hinunter. »Ich bin zu spät, es tut mir leid. Aber Olivia konnte nicht einschlafen.«

Dorothea nahm ihren Platz neben Antonio ein. Auf ihre Entschuldigung hin herrschte eisiges Schweigen. Die Schwiegereltern würdigten sie keines Blickes. Antonio sah zu ihr herüber und hob unmerklich die Schultern. Manuela trug den Hauptgang auf, und jeder aß schweigend. Mit jeder Faser ihres Körpers spürte Dorothea die Spannung, die in der Luft lag.

Oftmals hatte sie sich gewünscht, die Mahlzeiten nur mit ihrem Mann und ihrer Tochter einzunehmen. Ohne sich vorher umziehen und frisieren zu müssen, als bereite sie sich auf einen Empfang vor. Ungezwungen miteinander reden und vielleicht auch einmal lachen zu können. Doch einen solchen Vorschlag hätte sie niemals aussprechen dürfen. Pedro Ramirez Garrido war der Herr im Haus, und solange er lebte, hatte jeder sich seinen Anweisungen zu fügen. Dazu gehörte auch, dass die Erwachsenen sich morgens und abends bei Tisch versammelten.

Als das Mädchen geräuschlos den Nachtisch abgeräumt hatte, rollte Pedro seine Serviette betont sorgfältig zusammen und schob sie in den mit seinem Monogramm versehenen silbernen Serviettenring. Seine Stimme nahm den für ihn typischen schneidenden Tonfall an. »Antonio, würdest du wohl dafür sorgen, dass deine Frau sich unsere Tischzeiten merkt? Mir scheint, du kommst deinen Pflichten als Ehemann nur unzureichend nach.«

Mit diesen Worten stand er auf und entschwand in die Bibliothek, wo er sich, wie immer nach dem Abendessen, eine Zigarre anzünden und einen Cognac trinken würde. Auch Isabel erhob sich mit Leidensmiene und verließ wortlos das Esszimmer. Dorothea blickte ihrer Schwiegermutter hinterher. Seit dem Tag ihrer ersten Begegnung empfand sie Mitleid mit dieser schmalen, blassen, verhärmten Gestalt. Ein Schatten jener strahlenden jungen Frau, die auf dem Gemälde im großen Salon zu bewundern war.

»Ich muss noch einmal ins Kontor und die Abrechnungen der letzten Schiffsladung kontrollieren.« Antonio beugte sich zu seiner Frau hinunter und drückte ihr einen Kuss auf die Stirn. Dorothea nahm seine Hand und hielt sie spielerisch fest, doch er entzog sich ihr mit sanftem Druck. Enttäuscht ließ sie los.

»Dann also bis morgen früh. Schlaf gut, meine Liebe.«

»Du auch, Antonio, und arbeite nicht mehr so lange.«

Olivia lag in tiefem Schlummer in ihrem Bettchen. Dorothea lauschte eine Weile den gleichmäßigen Atemzügen. Noch immer kam ihr dieses dreieinhalbjährige Wesen wie ein Wunder vor. Ein Wunder, das sie selbst zur Welt gebracht hatte und das sie, als es noch winzig klein war, am liebsten immer nur in den Armen gewiegt hätte.

Sie kehrte in ihr Schlafzimmer zurück, das dem von Olivia unmittelbar gegenüber lag, und öffnete die beiden hohen Fensterflügel. Die Dunkelheit hatte bereits die Kronen der hohen Schattenbäume inmitten der Kaffeefelder verschluckt. Milde Abendluft strich ihr über das Gesicht. Von den Hütten der Plantagenarbeiter drangen Stimmen zu ihr herüber. Gesang zu den Klängen einer Gitarre. Sie trat auf den Balkon hinaus und hörte eine Weile zu. Es waren rhythmische, sentimentale, berührende Lieder.

Da fielen ihr unvermittelt Pedros Worte ein. Als er seinen Sohn gerügt hatte, nachdem sich Dorothea beim Essen verspätet hatte. Warum hatte er ausgerechnet die Worte »eheliche Pflichten« gewählt? Sollte das eine Anspielung sein?

Was ahnte er? Was wusste er über die Beziehung zwischen Antonio und seiner Schwiegertochter? Von ihrem Zusammenleben, das diese Bezeichnung nicht verdiente?

Seitdem sie ihrem Mann von ihrer Schwangerschaft erzählt hatte, hatte er nichts mehr von ihr begehrt, als in Ruhe gelassen zu werden. Und bis zu dieser Mitteilung hatte es lediglich einige wenige und sehr beiläufige eheliche Begegnungen gegeben. Die auch nur dann stattfanden, wenn Antonio etwas getrunken hatte.

Nach Olivias Geburt hatte er sich eins der Gästezimmer eingerichtet. In den ersten Monaten, als die Kleine fieberte, hatte Dorothea darauf bestanden, dass das Kind neben ihrem Bett in der Wiege schlief und nicht bei der Amme. Antonio hingegen brauchte seinen ungestörten Schlaf. Doch auch nachdem Olivia ihr eigenes Reich mit einem Schaukelpferd und einer großen Truhe voller Spielzeug bekommen hatte, wohnte und schlief Antonio weiterhin im Nachbarzimmer. Weil er Dorotheas Schlaf nicht stören wollte, wenn er bis tief in die Nacht hinein im Schein seiner Petroleumleuchte las.

Wie oft hatte sie sich schon gefragt, warum Antonio niemals innige Zärtlichkeiten mit ihr austauschte, sondern sie nur sittsam auf Stirn, Wange oder Hand küsste, und dies meist in Gegenwart seiner Eltern. Alle ihre Versuche, mehr Hingabe einzufordern, waren gescheitert. Als sei ihm jede Berührung unangenehm, die länger als einige Augenblicke dauerte. Zwar hatte er sie schon vor der Ehe äußerst behutsam und sittsam umworben. Doch seit der Hochzeit hielt er sich noch auffälliger zurück. Dabei konnte er durchaus galant, liebenswert und aufmerksam sein. Er scherzte mit Olivia und tobte gern mit ihr herum. Aber er scheute die körperliche Nähe zu seiner Frau.

Ob sie diesen Preis für das Glück zahlen musste? Für das

Glück, eine Familie zu haben, gesund zu sein, in sicheren finanziellen Verhältnissen auf einem der schönsten Flecken der Erde zu leben? Das Schicksal meinte es gut mit ihr. Sie hatte ihre Vergangenheit hinter sich gelassen, eine gefährliche Schiffsreise unbeschadet überstanden und ihr Leben neu ausgerichtet. Von den meisten Frauen wurde sie um ihren blendend aussehenden Ehemann beneidet. Was also hatte sie zu beklagen?

Und doch fühlte Dorothea einen tiefen Schmerz in ihrem Innern, wenn sie daran dachte, Antonios Körper auf die gleiche Art zu berühren, wie sie einst einen anderen berührt hatte. In ihrem früheren Leben. Sie wollte Antonios Atem spüren, seine Arme, die sie umfingen, und ihm den Kopf an die Brust legen. Sie wusste nicht einmal, ob der Oberkörper ihres Mannes behaart war. Nie hatte sie ihn völlig unbekleidet gesehen. Er wiederum schien sich nicht danach zu sehnen, sie nackt zu betrachten.

Kurz vor ihrem dritten Hochzeitstag hatte sie ihn gefragt, warum er so unnahbar sei. Ob er sie mittlerweile reizlos finde und die Heirat bedaure. Er hatte ihr heftig widersprochen, ihr mit Tränen in den Augen versichert, wie sehr er sie und Olivia liebe. Am nächsten Tag hatte er ihr ein Schmuckstück geschenkt. Einen Ring mit Diamanten und einem tiefvioletten Amethyst.

Dorothea schenkte sich ein Glas frischen Ananassaft ein, den Manuela ihr in einer ziselierten Glaskaraffe gebracht hatte. Sie trank in winzigen Schlucken, schmeckte der fruchtigen Süße auf der Zunge nach und versuchte, sich zu beruhigen. Vermutlich wusste Pedro gar nichts Genaues über den Zustand ihrer Ehe, und sie hatte seiner Äußerung eine übertriebene Bedeutung zugemessen.

Von unten stieg aus dem offenen Fenster des Bibliothekszimmers der würzige Geruch von Pedros Zigarre zu ihr herauf. Sie beugte sich über die schmiedeeiserne Balkonbrüstung und lauschte mit geschlossenen Augen in die Dunkelheit hinein. Ein plötzliches Verlangen stieg in ihr auf. Mit einem Mal sehnte sie sich nach Antonios schmalen, feingliedrigen Händen, nach dem Duft seines Rasierwassers, dem Kratzen seiner Bartstoppeln.

Mit klopfendem Herzen kehrte sie ins Zimmer zurück und suchte nach einem frischen Taschentuch. Sie träufelte einige Tropfen ihres Lieblingsparfums darauf und schob es in den Ausschnitt ihres Kleides. Dann nahm sie ein Schultertuch aus dem Wäscheschrank und lief die Treppe hinunter. Unten an der Haustür begegnete sie Pedro. Er stierte sie mit glasigen, geröteten Augen an. Offensichtlich hatte er mehr als nur ein Glas Cognac getrunken.

»Antonio arbeitet immer so viel, und dieser Abend ist so schön. Ich will ihn zu einem kleinen Spaziergang überreden«, kam Dorothea jeder Frage ihres Schwiegervaters zuvor. Ohne eine Antwort abzuwarten, griff sie nach einer der Laternen, die neben dem Eingang standen, und entfloh ins Freie. Brennende Fackeln beleuchteten die Hauptwege rings um das Herrenhaus, bildeten Lichterketten im leicht hügeligen Gelände.

Amerigo Vespucci, der Papagei des Gärtners, hockte auf seiner Stange vor dem Geräteschuppen. Als sich Schritte näherten, erwachte er und streckte nacheinander Beine und Flügel. Dann legte er den Kopf schief und beäugte Dorothea, die stehen geblieben war. Sie reckte sich zu ihm hoch und kraulte die weichen roten Federn an seiner Brust.

»Demnächst musst du mir einmal Modell sitzen, alter Junge. Ich wette, du bist der schönste Ara in ganz Costa Rica. Aber dass du mir schön still hältst, hörst du?«

Als hätte der Vogel ihre Worte verstanden, krächzte er leise und knabberte vorsichtig an ihrem Finger. Dann steckte er den Kopf unter die Flügel und schlief weiter.

»Wer ist da?«

Dorothea erschrak, als sie hinter sich eine tiefe Stimme vernahm. Sie wandte sich um und sah im Schein der Fackeln einen mittelgroßen, stämmigen Mann auf sich zukommen. Er ruderte mit den Armen und rang nach Luft.

»Ach, Sie sind es, Señora Ramirez! Bitte verzeihen Sie, ich dachte, es ist einer der Arbeiter, der etwas im Schilde führt.« Sebastiano Sanchez Alonso, der Plantagenverwalter, blieb unvermittelt stehen und hob entschuldigend die Hand. »Man muss bei diesen Burschen wachsam sein, glauben Sie's mir, Señora. Es sind Indios, und solche Leute haben das Böse im Blut. Letztens gab es auf der Plantage von Gustavo Tabanero eine Messerstecherei. Zwei tote und drei verletzte Indios. Natürlich war eine Frau im Spiel, und wo unsereins sich von Mann zu Mann ausgesprochen hätte, gingen diese Wilden aufeinander los und …«

»Danke, es ist alles in Ordnung, Señor Sanchez Alonso. Ich bin auf dem Weg in das Kontor meines Mannes. Wir wollen noch einen Spaziergang unternehmen. Gute Nacht.«

Dorothea missfiel die abfällige Art, in der der Verwalter über die Ureinwohner sprach. Ausschließlich Indios verrichteten die schwere körperliche Arbeit auf den Plantagen, deren Besitzer mit steigender Nachfrage nach Kaffee reicher und reicher wurden. Jemand wie Sanchez Alonso, dessen Großvater aus Argentinien stammte und der sich rühmte, ein Weißer zu sein, war ebenfalls ein Nutznießer dieses Systems.

Verärgert ließ sie den Verwalter stehen und stapfte weiter den schmalen Fußweg am Rand der Plantage entlang, bis sie die kleine Anhöhe erreichte, auf der inmitten von Sträuchern eine Blockhütte stand. Antonios neues Kontor, das er nach langem und zähem Kampf seinem Vater abgetrotzt hatte. Das Häuschen lag ein wenig abseits, etwa dreihundert Fuß von einer Bank entfernt, die zu Dorotheas Lieblingsplatz auf der Hacienda geworden war. Dort hatte sie schon manche Stunde verbracht und den Blick über die weiten Kaffeefelder schweifen lassen.

Sie erinnerte sich noch genau an die heftigen Diskussionen zwischen Vater und Sohn, als es darum ging, ob Antonio ein geräumigeres Dienstzimmer im Verwaltungsbau bekäme oder ob er weiterhin an seinem Schreibtisch in der viel zu engen Stube, einer umgebauten Putzkammer, säße. Irgendwann hatte Antonio Zimmerleute kommen lassen und eine Woche später sein eigenes Reich bezogen, fernab von der übermächtigen Gegenwart des Vaters. Er hatte es nach eigenen Vorstellungen eingerichtet, mit Masken und Gemälden einheimischer Künstler an den Wänden und einem bequemen Sofa, in dem er gelegentlich seinen Mittagsschlaf hielt. Auch eine Schreibmaschine zählte zum Inventar. Ein neuartiges technisches Gerät, wie es noch keiner der Kaufleute weit und breit besaß, und das sein Vater als Spielerei abtat. Noch nie hatte Pedro einen Fuß in das Kontor seines Sohnes gesetzt, und Dorothea konnte sich nicht vorstellen, dass er sich je dazu durchringen würde.

Mit der Laterne leuchtete Dorothea den Boden des schmalen Pfades vor sich aus, um über keine Baumwurzel zu stolpern. Die Fensterläden in der Hütte waren geschlossen, doch durch die Ritzen und unter dem Türspalt schimmerte Licht. Sie zog ihr Taschentuch aus dem Ausschnitt, hielt es sich unter die Nase und sog den frischen zitronigen Duft in sich ein, als ob sie erst noch Mut einatmen wolle.

Sacht drückte sie die Klinke herunter und schob die Tür

auf, blinzelte durch den Spalt, der nach und nach breiter wurde. Wie vom Blitz getroffen kniff sie die Augen zu. Öffnete sie ganz langsam und hielt die Luft an. Sie hatte sich in der Tür geirrt. Vielleicht träumte sie auch. Nein, sie hatte den Verstand verloren. Ganz plötzlich war er ihr abhanden gekommen. In diesem Augenblick. Ohne Vorankündigung.

Als sie wieder zu atmen wagte, spürte sie ihren rasenden Herzschlag von der Brust zum Hals und zu den Schläfen herauf. Wie durch einen Schleier erblickte sie zwei Menschen. Der eine saß auf dem Schreibtisch, die Beine um die Hüften eines anderen geschlungen. Beide waren in inniger Umarmung versunken, die Umrisse ihrer Körper verschmolzen zu einer einzigen Silhouette. Die Hände tasteten über Schultern, Arme und Rücken. Begierig suchten sich die Münder, wanderten weiter zu den Wangen, den Ohrläppchen, zur Halsbeuge und zurück. Diese Bewegungen zeugten von einer Kraft, aber auch von einer Zartheit, bei deren Anblick Dorothea erschauerte.

Beide nestelten an ihrer Kleidung, ließen die Jacken zu Boden fallen, zerrten sich gegenseitig die Hemden über den Kopf und pressten Lippen und Leiber mit leisem Stöhnen aneinander. Als sie sich irgendwann voneinander lösten und ihre Hände forschend und fordernd den Köper des anderen erkundeten, erkannte Dorothea den glatten, schmalen und dennoch muskulösen Oberkörper eines etwa achtzehn Jahre alten Jungen. Die Brust des älteren Mannes war kräftiger und breiter. Dunkles Kräuselhaar wuchs wie ein schmaler werdender Pfad bis zum Bauchnabel hinab.

Dorothea stieß einen stummen Schrei aus und taumelte gegen den Türrahmen. Die Laterne entglitt ihrer willenlos gewordenen Hand und polterte zu Boden. Die beiden Männer erstarrten, und sie blickte in die entsetzten Augen ihres Ehemannes.

Sie wusste nicht, welchen Weg sie genommen hatte und wie sie in ihr Zimmer zurückgekommen war. Sie warf sich bäuchlings aufs Bett, zitterte am ganzen Körper. Ihr Magen krampfte sich zusammen, und sie krümmte sich vor Schmerzen. Das Hämmern im Kopf wollte nicht aufhören. Ihre Finger klammerten sich an den Bettpfosten. Bittere Tränen durchnässten das Kissen. Sie wünschte sich inständig, nicht mehr zu sein.

»Dorothea, bitte, hör mir zu!«

Antonios verzweifelte Stimme drang an ihr Ohr. Er musste ihr gefolgt sein, und sie hatte es versäumt, die Zimmertür abzuschließen.

»Geh!«, schluchzte sie, während ihr Körper von Weinkrämpfen geschüttelt wurde.

»Ich möchte dir etwas sagen... etwas erklären. Bitte, Dorothea, nur für einen Augenblick.«

Sie schüttelte den Kopf, biss in den feinen Damaststoff des Kissens. Eine Hand legte sich zaghaft auf ihre Schulter. Sie wehrte sie heftig ab. Dann drehte sie sich langsam auf die Seite und richtete sich auf, zog ihr Taschentuch aus dem Ausschnitt. Der starke Zitronenduft reizte ihre Nase, und sie musste niesen.

»Dorothea, bitte...« Antonios Stimme war nur noch ein heiseres Flüstern. »...es ist anders, als du denkst.«

»Woher weißt du, was ich denke?« Mit der bloßen Hand wischte sie sich die Tränen aus dem verquollenen Gesicht.

»Ich meine... es ist eben anders.«

»Anders als was?«

»Du bist meine Frau...«

»Gut, dass du mich daran erinnerst. Das hätte ich beinahe

vergessen.« Dorothea erschrak über ihre eigenen Worte. So zynisch hatte sie noch nie gesprochen.

»Ich liebe dich, Dorothea. Das musst du mir glauben.«

Sie schwiegen eine Weile. Dorothea knetete ihr Taschentuch zwischen den zitternden Fingern. Antonio kniete neben ihrem Bett, streckte die Hand nach ihr aus, doch sie übersah sie absichtlich. Sie biss sich auf die Lippen, bis sie Blut schmeckte.

»Sag mir, was ich falsch gemacht habe, Antonio. All die Jahre. Seit dem Tag, als du erfahren hast, dass ich schwanger war, hast du mich nie mehr…« Ein erneutes Schluchzen schüttelte ihren Körper. Antonio reichte ihr sein Taschentuch. Sie schluckte schwer und schnäuzte sich. »Warum bin ich dir so zuwider?«

»Sag so etwas nicht, Liebes! Du bist die wunderbarste Frau, die ich kenne. Du hast gar nichts falsch gemacht. Und es hat auch nichts mit dir zu tun… Deswegen schäme ich mich so. Einen Menschen wie dich habe ich nicht verdient… Ich dachte… und hoffte… wenn ich erst einmal verheiratet wäre, dann würde dieser verdammte Drang in mir endlich aufhören…«

»Ich wollte dir eine gute Ehefrau sein.«

»Aber das bist du, glaub mir. Und ich habe dich immer nur glücklich machen wollen.«

Antonio setzte sich zu ihr aufs Bett und presste die gefalteten Hände zwischen die Knie. Seinem Gesicht war die gleiche Verzweiflung anzusehen, die Dorothea in ihrem Innern verspürte.

»Du warst vor unserer Hochzeit so… unbeschwert und doch entschlossen.«

»Es war mein Fehler. Wahrscheinlich hätte ich überhaupt nicht heiraten sollen. Aber meine Eltern bedrängten mich seit Jahren. Immer wieder machten sie mich mit unzähligen Mädchen bekannt. Ich konnte ihnen doch nicht gestehen, dass ich mich nur nach Männern sehnte. Dann lernte ich dich kennen, und irgendetwas veränderte sich. Du hast mir das Leben gerettet – und dann habe ich Hoffnung geschöpft und mir gesagt: Eine solche Frau kann auch meine Seele retten.«

Fassungslos saß Dorothea auf dem Bett und schüttelte den Kopf. »Ich verstehe das nicht, ich kann mir so etwas einfach nicht vorstellen ...«

»Ich ... ich habe es mir weiß Gott nicht ausgesucht, glaub mir. Aber dieses Gefühl ist so stark ... Manchmal weiß ich nicht, wie ich es ertragen soll. Es ist wie ein Geschwür, das mich von innen immer weiter auffrisst.« Antonio schlug die Hände vors Gesicht und schluchzte laut auf. »Es tut mir so leid. Ich wollte dich nicht verletzen. Bitte verzeih mir.«

Voller Mitgefühl blickte Dorothea zu ihrem Mann hinüber, wie er zusammengesunken dasaß. Trotz ihres eigenen Kummers tat es ihr weh, ihn derart hilflos zu erleben. »Sag mir, was ich tun soll. Kann ich ... kann ich dir irgendwie helfen?«

Antonio hob die Schultern. »Ich weiß nicht, aber ich will nicht so sein, wie ich bin.«

Dorothea spürte, wie ihr Herz immer stärker klopfte. Und mit einem Mal stieg eine leise Hoffnung in ihr auf. »Antonio, das ist eine wunderbare Voraussetzung. Wenn du dich wirklich ändern willst, dann kannst du es auch schaffen. Du musst nur an dich glauben.«

»Ich weiß nicht, ob ich überhaupt noch an mich glauben kann.« Jäh wandte er den Kopf zur Seite, seine Unterlippe zitterte.

Dorothea rückte näher an ihn heran, schmiegte ihre Wange gegen die seine. Es kostete sie einige Überwindung, doch es tat gleichzeitig gut, seine Haut zu spüren. Sie legte alle Festigkeit und Überzeugungskraft in ihre Worte, die sie aufbringen konnte. Weil es wichtig und richtig war, was sie jetzt sagte. »Ich jedenfalls glaube an dich. Du bist stark. Gemeinsam schaffen wir es.«

Antonio warf sich vor ihr auf die Knie, riss ihre Hände an seine Lippen und bedeckte sie mit unzähligen Küssen. Sie ließ ihn gewähren.

»Dorothea, ich verspreche dir hoch und heilig...« Er wimmerte, brachte kein Wort mehr heraus.

Zart und beruhigend strich sie ihm über den Kopf. »Scht, ganz ruhig, mein Lieber! Du wirst sehen, alles wird gut.«

MÄRZ 1855 BIS AUGUST 1855

»Maaamaaa! Livi kann fliegen!«

Jauchzend saß Olivia auf der Schaukel im Park und ließ sich von dem Kindermädchen immer wieder in Schwung versetzen. Dorothea winkte ihr von der Veranda aus zu.

»Ja, mein Engel. Flieg ganz hoch! Bis in den Himmel hinauf. Aber halt dich gut fest, hörst du?« Auf der einen Seite war sie stolz auf die Unerschrockenheit ihrer Tochter. Nicht so zögernd, wie sie selbst als Kind gewesen war. Auf der anderen Seite musste sie die Kleine hin und wieder in ihrem Bewegungsdrang bremsen, aus Sorge, Olivia könne sich verletzen. Dorothea schenkte sich eine weitere Tasse Tee ein, schlürfte ihn genüsslich in kleinen Schlucken. Sie war zwar die Ehefrau eines künftigen und die Schwiegertochter des mächtigsten Kaffeebarons im Land, aber sie hatte sich immer noch nicht an dieses starke, bittere Getränk gewöhnt. Die Einheimischen filterten die scharf gerösteten und fein gemahlenen Bohnen durch ein Baumwollsäckchen direkt in die Tasse. Doch selbst nach dem Zusatz von reichlich Zucker und Milch wurde der Kaffee für Dorothea nicht schmackhafter.

Antonio teilte ihre Vorliebe. Jeden Nachmittag gegen halb vier Uhr trafen sie sich auf der überdachten Veranda zum Tee. Sprachen über die Fortschritte, die Olivia machte, dass sie neue Schuhe brauchte, weil sie aus den alten nach nur wenigen Wochen bereits herausgewachsen war, oder über die Einladung zu einem Empfang, die einer von Pedros zahlreichen Geschäftspartnern ausgesprochen hatte. Doch in letzter Zeit hatten sie sich wenig zu erzählen, wenn sie miteinander allein waren. Seitdem Dorothea sein Geheimnis gelüftet hatte, fühlte sie sich ihrem Mann in unheilvoller Weise verbunden. Weil er ihr ausgeliefert war. Und weil sie sich scheute, darüber zu sprechen. An manchen Tagen glaubte Dorothea, Antonio halte nur deswegen an dem nachmittäglichen Ritual fest, um keinerlei Verdacht aufkommen zu lassen. Den Verdacht etwa, mit ihrer Ehe könne etwas nicht stimmen.

Dorothea wollte gerade aufstehen, als unerwartet Isabel auf der Veranda erschien.

»Störe ich etwa?«, fragte sie mit ihrer leisen Stimme, in der immer ein Hauch von Leid mitschwang.

»Aber nein, Schwiegermutter. Magst du einen Tee?«

»Ich weiß nicht … ja, einen kleinen Schluck. Aber nur ausnahmsweise. Pedro wäre wenig begeistert, wenn er davon erführe. Er lebt ausschließlich für den Kaffee und nähme nie ein anderes Getränk zu sich.«

Außer Whisky, Rum, Zuckerrohrschnaps und Cognac, dachte Dorothea und überlegte, warum Isabel ganz gegen ihre sonstigen Gepflogenheiten um diese Zeit auf die Veranda kam. Sonst nämlich verbrachte sie die Nachmittage in ihrem Damenzimmer im Ostflügel, wo ganz selten eine alte Freundin zu Besuch kam, sie ansonsten aber englische Liebesromane las, vorzugsweise solche von Jane Austen oder den Schwestern Brontë, mitunter auch Erzählungen von Charles Dickens. Dorothea wusste dies von Mariana. Die junge Indiofrau war mittlerweile zu einer Zofe und persönlichen Vertrauten der Hausherrin geworden.

Dorothea schenkte Isabel eine Tasse Tee ein und beobachtete aus den Augenwinkeln das stille Lächeln, das über Isabels Gesicht huschte. Kein Wunder, war ihr, der Tochter einer englischen Mutter, die Vorliebe für Tee vermutlich schon in die Wiege gelegt worden.

»Schön, dass du mir Gesellschaft leistest«, versuchte Dorothea ein Gespräch in Gang zu bringen. Mit wachsender Ungeduld fragte sie sich, was ihre Schwiegermutter wohl auf dem Herzen hatte.

»Olivia hat sich recht gut entwickelt«, begann Isabel zögernd und zupfte sich eine der feinen Kräusellocken in die Stirn, die wie die Zacken einer Spitzenborte ihren Haaransatz zierten. »Nur schade, dass die Kleine immer allein ist.«

»Aber nein, Schwiegermutter. Ich bin doch fast den ganzen Tag mit ihr zusammen. Olivia spielt auch oft mit den Kindern unseres Verwalters. Und dann ist da noch ihr Kindermädchen…«

Dorothea wunderte sich, dass Isabel sich um das Befinden ihrer Enkelin solche Gedanken machte. Schließlich war Olivia nur ein Mädchen und nicht der ersehnte Erbe der Hacienda Margarita. Die Enttäuschung der Schwiegereltern bekam Dorothea häufig genug mehr oder weniger deutlich zu spüren.

Isabel gab sich mit dieser Antwort nicht zufrieden. Sie schob ihr dünnes, spitzes Kinn vor. »Sicher, aber es wäre doch schön, wenn Olivia ein Geschwisterchen hätte.«

Daher also wehte der Wind… »Dann muss ich dich wohl daran erinnern, dass du ebenfalls nur ein Kind bekommen hast«, entschlüpfte es Dorothea bissiger und unbeherrschter als beabsichtigt.

»Großmutter, Abuela, guck mal, Livi ist ein Vogel!«, schallte Olivias vergnügte Stimme durch den Park. Isabel hob eine Hand und winkte der Enkelin zu. Doch ihre Bewegung wirkte hölzern und teilnahmslos. Der rot geschminkte Mund verzog sich zu einem schmalen Strich.

»Ihr seid beide gesund und kräftig, du und Antonio. Und ihr seid seit fünf Jahren verheiratet. Ihr wisst, wie sehr Pedro auf einen Enkel wartet. Wenn zwei Menschen sich lieben, dann gehören Kinder doch einfach dazu, nicht wahr?«

Dorothea rang nach Luft. Mit welchem Recht mischte ihre Schwiegermutter sich plötzlich in ihre privatesten und intimsten Angelegenheiten ein? Sollte sie ihren Sohn doch fragen, warum er ihnen noch nicht mehr Enkel beschert hatte! Und es vermutlich auch in Zukunft nicht tun würde. Wie sollte sie in dieser Situation Haltung bewahren und dabei gleichzeitig Antonio schützen? Denn niemand durfte vom Zustand ihrer Ehe erfahren. Niemand brauchte zu wissen, dass Antonio sie hintergangen hatte. Warum er sie hintergangen hatte. Und wie. Das ging nur sie beide etwas an. Sie kämpfte gegen ihre widerstrebenden Gefühle an, versuchte, einen gemäßigteren Ton anzuschlagen. Denn schließlich wollte sie sich Isabel nicht zur Feindin machen.

»Du weißt, Schwiegermutter, wir Menschen haben nicht die Macht, das Schicksal zu beeinflussen. Ich selbst bin ohne Geschwister aufgewachsen. Wie auch Antonio. Trotzdem ist er ein beneidenswert glücklicher Mensch, der seine Eltern hoch achtet.«

Diese Worte zeigten Wirkung. Isabel verstummte augenblicklich, kauerte in sich zusammengesunken wie ein Häuflein Elend auf ihrem Stuhl. Irgendwann reckte sie den Hals, redete leise weiter, flüsterte fast.

»Du hast recht, Dorothea, der Mensch muss sich dem Willen des Allmächtigen fügen. Und trotzdem …« Ihre Unterlippe zitterte. »Unsere Situation ist nicht vergleichbar. Ich jedenfalls hätte mir mehrere Kinder gewünscht. Bei Antonios Geburt wäre ich beinahe gestorben. Es dauerte zwei Jahre, bis ich mich wieder erholt hatte. Damals sagte uns der Arzt, ich dürfe keine Kinder mehr bekommen, wenn mir mein Leben lieb sei...«

Isabel sah auf einmal sehr alt und sehr müde aus. Ihre Lider mit der bläulich dünnen Haut und den feinen Falten zuckten, eine Träne rann ihr über die Wange. Dorothea ergriff ihre Hand und drückte sie sanft.

»Das wusste ich nicht. Es tut mir leid für dich – und für deinen Mann.« Mit einem Mal begriff sie, warum Isabel so zerbrechlich und verzagt wirkte. Was der Grund für die ewig traurigen Augen und die herabgezogenen Mundwinkel war. Ahnte, was ihr Schwiegervater Pedro trieb, wenn er für Stunden oder Tage aus dem Haus war, ohne anzukündigen, wohin er ritt. Wusste plötzlich, weshalb die Schwiegermutter sich dann mit Kopfschmerzen in ihr Zimmer zurückzog. Und wie Isabel gelitten haben musste, seitdem Antonio auf der Welt war. Weil sie nur noch Mutter sein konnte – aber nicht mehr Ehefrau.

So wie sie selbst. Wenn auch aus einem anderen Grund... Dorothea schwankte zwischen Mitleid und Mutlosigkeit. Gern hätte sie Isabel getröstet, obwohl auch sie des Zuspruchs bedurfte. Doch das brauchte die Schwiegermutter nicht zu wissen.

Ein klägliches Weinen tönte durch den Park. Olivia war von der Schaukel gefallen und hielt sich das linke Knie. Das arme Kind! Hoffentlich ist nichts gebrochen, war Dorotheas erster Gedanke. Sie sprang auf, um zu ihrer Tochter zu eilen, doch Isabel hielt sie am Ärmel fest. Ihr Blick war ein einziges Flehen.

»Bitte, sag es mir ganz ehrlich, Dorothea! Liebst du Antonio noch?«

»Nicht weniger, als er mich liebt«, stieß sie schroff hervor und riss sich los, rannte über den weichen, kurz geschorenen Rasen zu Olivia und ging vor ihr in die Hocke. Rieb das Kinderknie zwischen den Händen, pustete kräftig und küsste die Stelle, an der die zarte Haut leicht abgeschürft war. Sang betont klar und fröhlich: »Heile, heile Segen, drei Tage Regen, drei Tage Sonnenschein, bald wird's wieder besser sein.« Sie nahm die schluchzende Tochter in die Arme und vergrub ihr Gesicht in dem rosafarbenen Kleidchen, damit das Kind nicht sah, dass die Mutter Tränen in den Augen hatte.

»Du isst überhaupt nichts, Dorothea. Offenbar schmeckt dir nicht, was bei uns auf den Tisch kommt.« Pedros Brauen hoben sich missbilligend. Er leerte seinen Teller bis zum letzten Bissen und wischte sich mit der blütenweißen Damastserviette den Mund ab.

»Aber nein, Schwiegervater, ich esse sehr wohl, und es schmeckt mir ausgezeichnet. Manuela ist eine hervorragende Köchin. Allein für ihre fleischgefüllten Empanadas hätte sie einen Orden verdient.«

Pedro spülte mit mehreren Schlucken Rotwein nach. Es war bereits sein drittes Glas an diesem Abend. Auf seiner Stirn hatte sich eine unheilvolle Falte gebildet, ungeduldig trommelte er mit den Fingern auf die Tischdecke. »Und warum siehst du dann aus wie ein stoffbezogenes Gerippe? Sieh dir einmal unsere costaricanischen Frauen an. Die haben runde Hüften, volle Brüste und auch eine Taille. Da hat man als Mann wenigstens etwas zum Anfassen.« Er füllte sein Glas nach, trank es in einem Zug leer und nutzte die Sprachlosigkeit der Tischgesellschaft, um mit schwerer Zunge fortzufahren. »Wahrscheinlich bekommst du deswegen keine Kinder mehr. Weil du zu dürr bist. Ein halb verhungertes Huhn legt schließlich auch keine Eier. Wenn du deinen Mann wirklich liebst, musst du dir ein bisschen mehr Mühe geben, um ihm zu gefallen.«

Dorothea zuckte zusammen und stieß dabei aus Versehen ihr Wasserglas um. Beschwichtigend strich Isabel mit einer Hand über Pedros Arm, er aber schüttelte sie unwirsch ab. Ganz ruhig legte Antonio sein Besteck beiseite und musterte seinen Vater mit kaltem Blick.

»Ich muss dich bitten, Vater, nicht in diesem Ton über meine Frau zu sprechen. Ich liebe Dorothea so, wie sie ist. Wäre sie anders, hätte ich sie nicht geheiratet. Wenn ich dich daran erinnern darf... ich bin ebenfalls ohne Geschwister aufgewachsen. Habe ich euch deswegen jemals Vorhaltungen gemacht? Euch weniger Achtung entgegengebracht?«

Pedro machte eine abwehrende Handbewegung. Seine Augen waren glasig. »Du bist ein männlicher Nachkomme, Antonio, dir wird diese Plantage einmal gehören. Aber wer, bitte schön, wird nach dir der Herr auf der Hacienda Margarita sein? Ist euch denn nicht klar, was auf dem Spiel steht?« Er füllte sein Glas erneut, seine Aussprache wurde immer verwaschener. »Ich habe nicht mein ganzes Leben lang geschuftet, damit der Besitz der Familie Ramirez irgendwann in die Hände von Fremden fällt. Die sich ins gemachte Nest setzen und sich auf unsere Kosten bereichern wollen. Wir brauchen einen männlichen Erben, Herrgott noch mal, Dorothea! Es kann doch nicht so schwer sein, einen Sohn zur Welt zu bringen. Andere Frauen schaffen es schließlich auch. Nimm dir ein Beispiel an Rosa, Isabels Nichte. Die hat sechs Kinder, davon vier Jungen. Und ist bereits wieder schwanger.«

Dorothea sprang so hastig von ihrem Stuhl auf, dass er beinahe umgekippt wäre. Nein, derartige Verleumdungen wollte sie sich nicht länger anhören. Sollte Antonio zusehen, wie er seinen Eltern ihren Abgang erklärte. Wortlos kehrte sie den Schwiegereltern den Rücken zu und hastete in ihr Schlafzimmer hinauf. Verriegelte die Tür hinter sich und ließ sich auf der Bettkante nieder. Sie schlug die Hände vors Gesicht und fühlte sich wütend, enttäuscht und hoffnungslos zugleich. Erst Isabel und dann auch noch Pedro. Ihr versuchte man die Schuld in die Schuhe zu schieben. Dafür, dass sie innerhalb von fünf Ehejahren nicht mehr als ein Kind geboren hatte. Das zudem nur eine Tochter war. Eine wertlose Tochter, weil sie aufgrund der herrschenden Gesetze nicht das Erbe ihres Vaters antreten konnte. Und an deren Entwicklung die Großeltern herzlich wenig Anteil nahmen.

Wie sehr hatte sie sich gewünscht, Olivia mit Geschwistern aufwachsen zu sehen. Eine Schar von Kindern durch den Park toben zu sehen, ihr vielstimmiges Lachen zu hören. Auch weil sie sich selbst früher immer schrecklich einsam vorgekommen war und sich sehnlichst einen Verbündeten oder eine Verbündete gewünscht hatte. Nie hatte sie sich in ihrem Elternhaus angenommen gefühlt, nie geborgen.

Und nun war es ihr Ehemann, der sie nicht annehmen konnte. Er mied sie wie eine Aussätzige. Und seinen Eltern gegenüber erzählte er etwas von Liebe! Bitter lachte sie auf. Heuchelei, alles nur Heuchelei. Denn den verliebten Ehemann gab er nur nach außen, nicht aber, wenn sie miteinander allein waren. Wie war sie nur in eine solche Lage geraten?

Der anonyme Brief, der ihr aus der Tasche des Brautkleides gerutscht war, fiel ihr wieder ein. Die rätselhaften Worte hatten sich tatsächlich erfüllt. Sie war nicht glücklich mit Antonio. Aber wer hätte das voraussehen können? Wusste irgendwer, wie es um ihren Mann bestellt war?

Jemand klopfte an der Tür. Als sie öffnete, drängte sich Antonio durch den Türspalt.

»Ich muss mit dir reden.«

»Tatsächlich? Willst du mich mit leeren Phrasen abfertigen, oder hast du wieder ein Schmuckstück gekauft, dessen Anblick mein Gemüt kühlen und mein Herz erwärmen soll?«

Sie biss sich auf die Lippen und hasste sich für die Worte, die ihr so heftig und schroff über die Lippen gekommen waren. »Verzeih, ich habe es nicht so gemeint ... ich ... ich weiß einfach nicht, wie es mit uns weitergehen soll.«

Antonio setzte sich neben sie, nahm ihre Hand. »Was ich vorhin am Tisch gesagt habe, ist die pure Wahrheit. Ich liebe dich so, wie du bist.«

»Was du nicht sagst. Wieso spüre ich nichts davon?«

Antonio stand auf, lief vor dem Balkonfenster auf und ab, verschränkte die Hände hinter dem Rücken. »In mir ist etwas, das ich nicht beherrschen kann ... Ich weiß nicht, wie ich es erklären soll ... Du musst mir Zeit geben.«

»Fünf Jahre Ehe reichen noch nicht?«, entfuhr es Dorothea, und ganz gegen ihren Willen klang es höhnisch.

»Hör zu, wir können heute nicht darüber reden. Ich habe etwas ... etwas Geschäftliches zu erledigen und werde für einige Tage verreisen. Eine Woche oder auch zwei ...«

Brüsk wandte er sich zur Tür, wollte hinausgehen, doch Dorothea stellte sich ihm in den Weg. Enttäuscht und mit Tränen der Wut in den Augen.

»Übermorgen kommt das Pony, das Olivia sich gewünscht hat. Und du hast versprochen, dabei zu sein, wenn sie zum ersten Mal darauf reitet.«

Antonio zuckte zusammen und hob entschuldigend die Hände.

»Wen wirst du treffen? Wirklich nur Geschäftsfreunde? Sag es mir! Ich bin deine Frau.«

Er schob sie zur Seite und verließ das Zimmer ohne ein Wort.

»Du darfst nicht einfach so davonlaufen, Antonio!«

Felipe, der erste Stallbursche, hob Olivia in den Sattel. »Nun, kleine Señorita, dann wollen wir mal sehen, ob du genauso mutig bist, wie es dein Vater als Junge war.« Er drückte Olivia die Zügel in die Hand und führte das Pony langsam über den Pfad von den Stallungen zum Wasserturm. Felipe war fast sechzig Jahre alt, hatte ein wettergegerbtes Gesicht und trug stets eine braune Baskenmütze aus grobem Leinenstoff. Er wusste alles über Pferde, und hätte er kein Zuhause mit einer Frau, vier Kindern und zwölf Enkeln gehabt, hätte er vermutlich sogar bei seinen Schützlingen im Stall übernachtet. Einige indianische Dienstmädchen, die auf dem Weg von ihrer Unterkunft zum Herrenhaus waren, blieben stehen und spornten Olivia mit lauten Rufen an.

Felipe ließ das Pony anhalten und stellte sich in Positur, weil Dorothea mit dem Kreidestift festhalten wollte, wie ihre Tochter das erste Mal einen Ausritt unternahm. Aufgeregt und mit glühenden Wangen reckte Olivia sich im Sattel. Sie neigte sich vor und tätschelte den Hals des Tieres.

»Beeil dich, Mama! Livi will weiter.«

»Einen Augenblick noch!«, rief Dorothea und suchte nach einem frischen Stift. »Ich bin gleich fertig. Hast du denn schon einen Namen für dein Pony?«

»Negro, weil … er ist ganz schwarz. Wo ist Papa? Papa hat gesagt, er kommt und guckt, wenn Livi reitet.«

Dorothea kniff die Augen zusammen und hastete mit dem Zeichenstift über das Papier. »Papa schickt dir einen dicken Kuss. Er musste verreisen. Deshalb fertige ich diese Zeichnung an. Und wenn er wieder zurück ist, zeige ich sie ihm.

Dann ist es fast so, als wäre er in diesem Moment selbst dabei gewesen.«

Sie wunderte sich über sich selbst, wie leicht und selbstverständlich ihr diese Erklärung über die Lippen kam. Doch tief im Innern empfand sie bittere Enttäuschung, weil Antonio nicht nur sie als Ehefrau vernachlässigte, sondern sogar die kleine Tochter im Stich ließ. Olivia wurde unruhig, rutschte im Sattel hin und her und hieb die Fersen in die Flanken des Ponys. »Hü, hü, schneller!«

Felipe griff in die Zügel, lief neben dem trabenden Pony her. Olivia juchzte laut auf. »Hü! Hü!« In gespieltem Erschrecken sprang Dorothea zur Seite, um Platz zu machen. »Halt dich gut fest!«, rief sie hinterher und schloss gleich darauf angstvoll die Augen, als sie sah, wie Olivia vom Sattel zu rutschen drohte. Doch Felipe hatte blitzschnell zugepackt und richtete das Kind wieder auf.

»Livi hat keine Angst, Mama! Livi ist mutig.«

Dorothea bemerkte es sofort. Es war nicht Antonios Rasierwasser, das seinem Hemdkragen entströmte, als sie ihn auf die Wange küsste. Es war ein fremder Geruch. Weicher, mit ein wenig Holz und Rosmarin. Ein Damenparfum war es jedenfalls nicht. Vielmehr ein Duft, wie ihn nur ein Mann verwendete. Etwa ein Mann, der Antonio so nahe gekommen war, dass er diese Spur hinterlassen konnte? Aber vielleicht hatte Antonio auch nur sein Rasierwasser gewechselt, und sie verdächtigte ihn zu Unrecht.

Also mimte sie die glückliche Ehefrau, die ihren Gatten bei seiner Heimkehr freudig begrüßte. Ein Wiedersehen, das in Anwesenheit der Schwiegereltern und Hausbediensteten stattfand, die sich in Reih und Glied aufgestellt hatten, um den jungen Herrn willkommen zu heißen. Wie immer nach einer Reise. Antonio scherzte mit seiner Frau, herzte seine Tochter, erzählte von einer Begegnung mit einem Alligator, der plötzlich aus dem Wasser herausgeschnellt war, während er auf einem Bootssteg gestanden hatte, und der ihn um Haaresbreite verfehlt hatte. Olivia schrie auf, hielt sich die Ohren zu und ließ sich nur mit vielen Streicheleinheiten und gutem Zureden von ihrem Vater beruhigen. Dorothea ging das Herz auf, als sie diese zärtliche Szene zwischen Vater und Tochter beobachtete. Doch der Zweifel nagte weiter an ihr.

Am nächsten Morgen, nachdem die Dienstmädchen bereits sauber gemacht hatten und sie sicher sein konnte, dass niemand sie ertappte, schlich sie sich in Antonios Zimmer. Entdeckte die Flasche mit dem Rasierwasser auf der Kommode neben der Waschschüssel, zog den Stöpsel heraus und schnupperte. Es war der Duft, den sie seit jeher an ihrem Mann kannte. Eine Mischung aus Tabak und Sandelholz, angenehm würzig, nicht zu schwer.

Dann hatte sie also richtig vermutet. Es war ein fremdes Parfum gewesen, das sie an Antonios Kleidung gerochen hatte. Sie wankte zurück in ihr Zimmer, ließ sich in den Schaukelstuhl auf dem Balkon fallen, dessen Überdachung aus Palmstroh Schutz vor der Witterung bot. Voller Verzweiflung starrte sie in den fahlen Himmel, aus dem der nachmittägliche Regen fiel und dem Land üppiges Leben spendete. Ein gräulicher Schleier schien die weiten grünen Felder vor ihren Augen zu überziehen. Es roch nach warmer, feuchter Erde. Kein einziger Laut war zu hören, nur das kräftige Rauschen des Baches drang an ihr Ohr.

Gott hatte Mann und Frau erschaffen, damit sie zueinander fanden und Nachkommen zeugten. Warum aber war ihr Mann so anders, als es in der Heiligen Schrift stand, in der doch der Wille des Allmächtigen verkündet wurde? Hatte womöglich der Teufel seine Finger im Spiel? Konnten Gebete, Buße, Ablass helfen?

Und wenn es gar nicht an Antonio lag, sondern ganz allein ihre Schuld war? Weil sie in manchen Nächten immer noch von Alexander träumte, dem Mann, der als Einziger ihr Herz entflammt hatte? Mit dem sie eine gemeinsame Zukunft in Costa Rica geplant hatte. Gott strafte sie für ihre sündhaften Gedanken. Und deswegen durfte sie auch nicht zu hart über Antonio urteilen. Sie musste ihm verzeihen. *Wer ohne Sünde ist, der werfe den ersten Stein*, hieß es in der Bibel. Und sie hatte bei der Eheschließung das Gelöbnis abgegeben, ihrem Mann in guten wie in schlechten Tagen beizustehen.

Ihr Blick fiel auf eine Bromelie, die sie eigenhändig eingetopft hatte und die die Balkonbrüstung zierte. Die sternförmigen Blüten leuchteten strahlend rot. Das Rot erinnerte sie an Elisabeth, die Hüte ausschließlich in dieser Farbe zu tragen pflegte. Ein Erkennungszeichen, das der Freundin das gewisse Extra verlieh. Viel zu lange schon hatten sie sich nicht mehr gesehen. Fast zwei Jahre waren seit dem letzten Besuch vergangen. Noch am Abend wollte sie Elisabeth schreiben und anfragen, wann sie und Olivia zu Besuch kommen könnten. Dann würde sie sich eine frische Meeresbrise um die Nase wehen lassen, Abstand gewinnen und wieder zu sich selbst kommen. Und vielleicht endlich den Mut finden, den sie bei ihren früheren Besuchen nicht aufgebracht hatte, weil die Scham zu tief saß: ihren Kummer beim Namen zu nennen und sich zu offenbaren. Bestimmt wusste die Freundin Rat.

Sie wartete auf der Bank unter dem Kalebassenbaum. Seit jenem Abend, als sie ohne Absicht zur Mitwisserin geworden war, hatte sie nie wieder die Tür zu Antonios Blockhütte geöffnet, geschweige denn ihren Fuß in diesen Raum gesetzt.

Da sie nicht wusste, wie lange sie auf Antonio warten musste, hatte sie ihr Skizzenbuch mitgenommen, um sich die Zeit zu vertreiben. Sie lauschte dem Sirren der Insekten, in das sich vielstimmige Vogelrufe mischten.

Etwas bewegte sich zwischen den Blättern eines wild wachsenden Bananenbaumes. Dorothea rührte sich nicht, war gespannt, welches Tier sich dort oben versteckte. Ein Affe, ein Papagei, eine Schlange oder ein ihr noch unbekanntes Geschöpf? Und dann sah sie, wie ein braunsilberner Leguan langsam den Stamm herunterkroch. Auf halber Höhe hielt er inne und beäugte Dorothea mit halb geschlossenen Lidern. Sie nahm ihr Buch zur Hand und begann zu zeichnen. Von der Größe her war es offenbar ein Jungtier. Fasziniert beobachtete sie die behäbigen Bewegungen, den Stachelrücken und den Schwanz, der länger war als der ganze Körper. Mit einer blitzschnellen Kopfbewegung fing das Reptil ein Insekt und verschwand in einem Erdloch.

»Dorothea, Liebes, wartest du etwa auf mich?«

Sie war so sehr in ihre Zeichnung vertieft gewesen, dass sie Antonio nicht hatte kommen hören.

»Ja. Setz dich kurz zu mir! Ich möchte mit dir reden.«

Jetzt erst fiel ihr auf, was sie beim Frühstück gar nicht bemerkt hatte. Ihr Mann wirkte fahrig und erschöpft. Unter den Augen lagen tiefe Ringe. Er hatte die oberen Knöpfe seines Hemdes nicht geschlossen, und sie sah seine Schlüsselbeine, die knochig hervorstachen. Hatte er etwa stark an Gewicht verloren?

»Elisabeth lädt mich ein, sie für einige Tage mit Olivia zu besuchen. Ich glaube, eine Luftveränderung täte uns beiden gut. Und Olivia hat noch nie das Meer gesehen.«

Antonio schüttelte den Kopf, seine Augen flehten, die Lippen bebten. »Nein, du kannst jetzt nicht fahren.«

Mit allem hatte Dorothea gerechnet, nur nicht mit einer solchen Antwort. Widerstand regte sich in ihr. »Und warum nicht? Willst du mir als mein Ehemann diese Reise verbieten?«

»Das nicht. Aber ich muss dich trotzdem bitten, hierzubleiben.«

»Gibt es einen Grund, und wenn ja, darf ich ihn erfahren?«

»Ich muss etwas regeln ... Es hat nichts mit dir zu tun.«

»Nun, wenn das so ist, bin ich beruhigt. Dann packe ich noch heute Abend die Koffer.« Dorothea ärgerte sich, weil sie so gereizt reagierte und weil es ihr immer schwerer fiel, Antonio gegenüber einen moderaten Ton anzuschlagen.

»Nein ... nicht ... ich ...« Er schluckte und verschränkte die Hände so fest ineinander, dass die Knöchel weiß hervortraten. Er hielt den Kopf gesenkt, rang um Worte. »Ich wollte es dir eigentlich nicht sagen. Aber ... ich werde erpresst.«

Dorothea nahm die Worte ohne äußere Regung zur Kenntnis. Verspürte in ihrem Innern sogar eine gewisse Genugtuung. Ihr Mann betrog sie. Seit Jahren und trotz aller Schwüre ... Nun gut, dann bekam er eben jetzt die Folgen seiner hohlen Versprechungen zu spüren. Doch im gleichen Moment erschrak sie über ihre Verbitterung. Denn eine Erpressung betraf nicht nur Antonio, sondern auch sie selbst und ebenso Olivia. Jemand versuchte, von außen in das Leben ihrer Familie einzudringen, ihren Frieden und ihre Sicherheit zu zerstören. Sie musste plötzlich wieder an den anonymen Brief denken.

»Wer könnte dahinterstecken? Bestimmt dieselbe Person, die mir anlässlich unserer Hochzeit geschrieben hat. Erinnerst du dich? Du meintest damals, es handle sich um die harmlose Eifersüchtelei einer Frau, die du nicht erhört hattest.« Und auf die nunmehr Dorothea beinahe eifersüchtig war, weil der Unbekannten ein solch trostloses Eheleben erspart geblieben war.

Antonio senkte den Kopf. Sprach leise und stockend. »Nein... ich weiß, wer dahintersteckt. Ein Bursche, der mir... mit dem ich... Jedenfalls ist es zu Ende zwischen uns, und... das ist seine Revanche. Dorothea, ich habe große Angst.«

Sie richtete die Augen zum Himmel, als könne sie zwischen den vorüberziehenden Wolken eine Antwort auf ihre quälenden Fragen finden. Ein tiefer und ungewollter Seufzer entrang sich ihrer Kehle. »Also doch... und dabei hattest du immer wieder versprochen, dich zu ändern. Neulich, als du von der Reise zurückgekommen bist... was ich da an deinem Kragen gerochen habe, das war nicht dein Rasierwasser. Habe ich recht?«

Antonio saß ganz in sich zusammengesunken da, mit verzweifelter, schuldbewusster Miene. »Bitte, Liebes, verzeih mir. Ich wollte es nicht. Du musst mir glauben. Ich hatte mir ganz fest vorgenommen, es nie wieder zu tun.«

»Und wem soll es nutzen, wenn ich hierbleibe? Hast du irgendeine plausible Erklärung?«

»Nur du kannst mir helfen. Wenn wir beide zusammen auf der Hacienda sind, gerade jetzt, dann schöpft niemand einen Verdacht. Ich weiß nicht, welch üble Gerüchte bereits im Umlauf sind. Du bist mein Alibi. Mein Schutzengel.«

»Großartig. Und wie lange darf ich diese noble Aufgabe erfüllen?«

»Ich werde das Geld zahlen, und dann warten wir ab, bis Gras über die Sache gewachsen ist. Danach kannst du reisen, wohin du willst und solange du willst. Versprochen.«

Dorothea hatte Mühe, ihre Gedanken und Gefühle zu ordnen. Sie hatte sich so sehr darauf gefreut, Elisabeth wiederzusehen, von zu Hause fort zu sein, wo sie sich nicht willkommen fühlte. Weil ihr jede Begegnung mit Antonio vor Augen führte, dass er sie nicht aus Liebe geheiratet hatte, sondern weil er sich selbst retten wollte. Und weil sie in den Augen der Schwiegereltern versagt hatte. Warum also sollte sie auf andere Rücksicht nehmen?

»Es steht so viel auf dem Spiel, Liebes. Die Zukunft unserer ganzen Familie. Wenn du bei mir bleibst, dann schaffe ich es bestimmt, mich zu ändern. Ich schwöre dir, ich werde dir immer treu sein und nie wieder in meinem Leben...«

Dorothea lächelte bitter und gequält. Von ihrem Verhalten hing also die Zukunft der Familie ab. Solche Worte hatte sie schon einmal gehört, als es darum ging, entweder einen widerwärtigen Apotheker zu ehelichen oder ihr Kind abtreiben zu lassen. Und nun lag es abermals an ihr, was aus ihren nächsten Angehörigen wurde. Es war die gleiche Situation wie damals, nur unter anderen Vorzeichen. Und wieder trug sie die Verantwortung für das Glück anderer. Warum immer nur sie?

»Dorothea, was ist mit dir?«

»Still, ich will nichts mehr hören! Ich muss nachdenken.« Mit geschlossen Augen saß sie auf der Bank, legte eine Hand an die Brust, wo sie das herzförmige Medaillon unter dem Stoff spürte. Sie hatte es am Tag ihrer unheilvollen Entdeckung wieder umgelegt. Dieser Talisman würde ihr die Kraft verleihen, das Richtige zu tun. Unvermittelt sprang sie auf und lief den Abhang hinunter.

»Was ist denn, Dorothea? So bleib doch! Wohin willst du?«

Die Worte, die sie in seine Richtung rief, klangen hämisch, und es störte sie nicht im Geringsten. »Ich muss noch etwas regeln. Es hat nichts mit dir zu tun!«

## SEPTEMBER 1855 BIS SEPTEMBER 1856

*Meine allerliebste Dorothea! Ich weiß gar nicht, wo ich anfangen soll. So aufregend ist alles zurzeit. Ach, viel lieber wäre mir, wir könnten zusammen auf meiner Veranda sitzen, zuschauen, wie die Sonne im Meer versinkt, und miteinander ratschen. Wie schade, dass Du auf der Hacienda unabkömmlich bist. Du musst Deinen Besuch aber so schnell wie möglich nachholen. Trotzdem – ich kann nicht so lange mit der Neuigkeit warten. Du musst es sofort erfahren. Ich bin schwanger! Mir geht es blendend, und ich fühle mich so stark, als könnte ich Bäume ausreißen.*
*Nein, es ist nicht so, wie Du denkst. Du wirst keine Einladung zu einer Hochzeitsfeier bekommen. Ich werde Diego nämlich nicht heiraten. Er ist nach Chile gereist, weil sein jüngerer Bruder nach einem Jagdunfall gestorben ist und dessen Frau mit drei kleinen Kindern völlig verzweifelt. Der Bruder war ebenfalls Arzt, und nun will Diego sich um die Praxis kümmern und seiner Schwägerin zur Seite stehen. Er bat mich, mit ihm fortzuziehen. Doch mein Platz ist hier in Jaco.*
*Wo der Blick bis zum Horizont reicht und nicht durch Berge verstellt wird, wie ich es von früher kenne. Wo ich das Meeresrauschen höre und das Salz auf den Lippen schmecke. Hier spüre ich die Freiheit, die ich brauche. Zum Dank für die Zeit, die wir miteinander verbracht haben, hat Diego mir sein Haus*

überlassen. Ich werde es zu einer Fremdenpension mit vier oder fünf Zimmern umbauen lassen und die Holzfassade in Meerblau streichen. Außerdem erhalte ich eine monatliche Apanage. Du weißt, Diego ist der großzügigste Mensch, dem ich je begegnet bin. Zusammen mit dem Geld, das von meiner kleinen Erbschaft noch übrig ist, muss ich mir keine Sorgen um mich und das Kind machen. Mein Leben wird sich grundlegend ändern, und ich freue mich auf die Herausforderung. Ich weiß nicht, wie lange Diego in Chile bleibt, ob er überhaupt zurückkommt. Sicher werde ich ihn manchmal vermissen. Vielleicht werde ich aber auch einen anderen Mann kennenlernen und mich so heftig verlieben, dass ich mich nie mehr von ihm trennen möchte. Wer weiß?
Ich hoffe, Ihr seid alle wohlauf dort oben auf Eurer Hacienda. Grüß Antonio von mir. Servus und ein dickes Busserl an meine süße kleine Patentochter, mit der ich beim nächsten Wiedersehen Palatschinken backen werde. Ich umarme Dich. Deine Elisabeth.

Dorothea ließ den Brief sinken. Konnte nur staunen, wie beherzt Elisabeth ihr Schicksal in die eigenen Hände nahm. Wie sie immer nur nach vorn blickte. Sich nicht um die Meinung anderer oder um Etikette scherte, sondern ihr Leben lebte. Dazu hätte ihr, Dorothea, der Mut gefehlt. Und nun würde die Freundin sogar allein ein Kind großziehen, ohne die schützende Hand eines Mannes... Doch war ihre eigene Situation wirklich so anders? Zwar hatte sie keine Geldsorgen, doch welche moralische Unterstützung erfuhr sie bei der Erziehung ihrer Tochter – und welche als Ehefrau? Aber dann ermahnte sie sich, den Kopf nicht hängen zu lassen. Mit welchem Recht haderte sie immerzu mit ihrem Schicksal? Sollte sie sich nicht viel eher an dem erfreuen, was sie hatte, als dem nachzutrauern, was sie nicht hatte? Elisabeth war so geradlinig und selbstgewiss. Daran wollte Dorothea sich ein Beispiel nehmen.

Ein Monat waren vergangen, und noch immer wirkte Antonio seltsam gehetzt. Der Hemdkragen saß ihm locker, die Hose rutschte. Er hatte weiter an Gewicht verloren. Mittlerweile war dies sogar seinen Eltern aufgefallen. Die besorgte Frage seiner Mutter wehrte er mit einer beschwichtigenden Erklärung ab.

»Mir geht es gut, Mutter. Aber manchmal arbeite ich bis in den späten Abend. Nachts wache ich dann auf und denke darüber nach, wie wir unsere Erträge steigern können. Vor der letzten Ernte mussten wir einen Teil der Pflanzen vernichten, weil die Blätter von Raupen befallen waren. Ich habe gelesen, die Schädlinge seien erstmals vor fünf Jahren in unserem Land gesichtet worden. Sie wurden wahrscheinlich mit einem Schiff von der Karibik eingeschleppt. Ich will es mit einem anderen Dünger versuchen und die Pflanzen vor der Blüte stärker zurückschneiden lassen. Gleichzeitig müssen wir widerstandsfähigere neue Sorten züchten. Ein Erfolg wird sich allerdings erst nach Jahren abzeichnen.«

Isabel schien diese Antwort zu beruhigen. Und auch Pedro nickte beifällig. »An der Universität soll es einen Engländer geben, der Forschungen mit Kaffeepflanzen betreibt. Wir sollten Kontakt mit ihm aufnehmen. Vielleicht lassen sich die Ergebnisse für unsere Plantage nutzen. Dann machen wir ihm ein Angebot und setzen einen Vertrag auf, damit er seine Kenntnisse nicht an andere weitergibt. Im Übrigen habe ich heute ein Stückchen Land dazugekauft. Für einen Spottpreis. Es liegt im Nordosten und grenzt unmittelbar an unsere Hacienda. Du solltest es dir morgen einmal anschauen, Antonio. Die Sträucher sind in tadellosem Zustand. Damit können wir erst einmal eventuelle Ernteausfälle ausgleichen.«

Bei der nachmittäglichen Teestunde auf der Veranda stellte Dorothea ihren Ehemann zur Rede.

»Du findest also nachts keinen Schlaf, weil du über die Zukunft der Plantage nachdenkst? Das ist doch sicher nicht der einzige Grund, warum du dich bewegst wie ein gehetztes Tier. Aber eigentlich kümmert es mich auch nicht. Ich will endlich ans Meer reisen und Elisabeth wiedersehen. Sie ist meine Freundin, und sie fehlt mir. Seit Wochen warte ich auf ein Zeichen von dir, damit ich endlich aufbrechen kann.«

Antonios Hand zitterte so stark, dass er seinen Tee verschüttete. Auf seiner sandfarbenen Hose breitete sich am Oberschenkel ein bräunlicher Fleck aus. »Nein, Liebes, das ist zurzeit nicht möglich. Du musst noch etwas Geduld haben.«

»Und wie lange, wenn ich fragen darf?«

Hilflos hob er die Schultern. »Das kann ich dir nicht sagen. Es ist alles noch viel schlimmer geworden. Ich habe diesem Kerl die fünfhundert Piaster gegeben. Aber dann wollte er plötzlich weiteres Geld.«

»Du hast ihn natürlich fortgeschickt und gesagt, er solle sich zum Teufel scheren«, hoffte Dorothea und erkannte im gleichen Moment an seinem verlegenen Blick und den zuckenden Mundwinkeln, dass sie sich getäuscht hatte.

»Ich habe gezahlt. Was hätte ich sonst tun sollen? Aber nicht nur einmal. Und jedes Mal forderte er mehr... Wenn etwas herauskommt, bin ich erledigt. Meine Eltern würden diese Schmach nicht überleben.«

Dorothea seufzte tief auf. »Und wie lange soll das so weitergehen?«

Antonio schüttelte den Kopf, schlug die Hände vors Gesicht. »Ich ... ich weiß es nicht«, stieß er gequält hervor.

»Eine ähnliche Antwort habe ich heute schon einmal gehört.« Wut und Enttäuschung stiegen in ihr auf. Dann atmete sie tief durch und zwang sich, in Ruhe und konzentriert nachzudenken. Mit welchen Argumenten konnte sie Antonio dazu bewegen, sie doch noch ziehen zu lassen? Vielleicht, wenn er sie begleiten würde? Das Haus der Freundin war groß genug. Womöglich hätten das Meeresklima und Elisabeths Warmherzigkeit einen günstigen Einfluss auf ihn. Er könnte für einige Wochen seine Arbeit und die Sorgen vergessen und neue Kräfte schöpfen. Sich einmal nur Frau und Tochter widmen. Erkennen, was er an ihnen hatte. »Lass uns zusammen mit Olivia nach Jaco fahren, Antonio. Bitte, tu mir den Gefallen!«

»Nicht doch, das ist völlig ausgeschlossen! Am Gesindehaus müssen das Dach und die Fenster erneuert werden. Vater ist nicht in der Lage, die Arbeiter zu beaufsichtigen. Laufen und längeres Stehen machen ihm in letzter Zeit schwer zu schaffen. Und außerdem ist das meine Aufgabe. Die Reparaturen lassen sich auf keinen Fall aufschieben. Schließlich beginnt im Dezember die Ernte. Dann bin ich wieder für mehrere Wochen auf Reisen.«

Dorothea verschränkte die Arme vor der Brust und starrte Antonio verdrossen an. »Willst du diesem Menschen so viel Geld geben, bis er uns alle ausgeblutet hat und wir mittellos auf der Straße sitzen?«

Antonios Blick wechselte von einer Sekunde auf die andere, wurde sanft und innig. Seine Fingerspitzen berührten zart ihre Wange, und Dorothea erinnerte sich widerstrebend und doch lebhaft an ihre erste Begegnung. Damals hatte sie den Wunsch verspürt, sein ebenmäßiges Profil zu zeichnen. Weil dieser Mann ihr gefallen hatte und weil er etwas Besonderes ausstrahlte. Dann senkte er verlegen die Lider.

»Ich habe lange darüber nachgedacht, Liebes. Es gibt nur eine Möglichkeit, den Kerl zum Schweigen zu bringen. Wir ... wir müssen ein zweites Kind bekommen. Selbst wenn er irgendwelche Andeutungen machen würde ... niemand würde ihm Glauben schenken. Denn eine Familie, die Nachwuchs erwartet, straft solche Worte Lügen.«

Seine Stimme hatte jenen schmeichlerischen Klang angenommen, der Dorothea weich und nachgiebig machte. Sie fühlte ein Kribbeln im Bauch, ihr Herz tat einen Sprung. Sollte ihr lang gehegter Wunsch doch noch in Erfüllung gehen? Olivia würde einen Spielkameraden bekommen, die Schwiegereltern den lang ersehnten Enkel, und Antonio würde ihr nach der Geburt eines Stammhalters die zärtlichsten Gefühle entgegenbringen und stolz auf seine Familie sein. Endlich würde doch noch alles gut werden. Antonio würde von seinem unseligen Tun ablassen und geheilt werden. Durch die Kraft ihrer Liebe.

Doch dann wurde ihr bewusst, dass ihre Fantasie mit ihr durchging und sein Vorschlag keineswegs eine Liebeserklärung war, sondern nur der verzweifelte Versuch, sein Ansehen zu retten. Wie sie ihn schon zuvor durch ihre Heirat von seinem Dämon hatte retten sollen. Warum nur war ihre Ehe so kompliziert? Niemand konnte ihr in dieser schwierigen Lage Trost spenden. Sie musste alles mit sich allein ausmachen.

Mit den gleichaltrigen costaricanischen Frauen pflegte sie nur unverbindliche Kontakte. Sie waren die Ehefrauen reicher Kaufleute, Apotheker, Ärzte, Ingenieure oder anderer Kaffeebarone, die nur Sinn für Mode, Frisuren und Liebesromane hatten. Man sah sich auf Empfängen, im Theater oder bei Taufen, plauderte belanglos miteinander, und Dorothea spürte deutlich die Vorurteile, die ihr entgegengebracht wurden. Weil sie eine Einwanderin war und vor allem deshalb, weil sie vor ihrer Ehe selbst für ihren Unterhalt aufgekommen war. Das hätte keine Dame der Gesellschaft als schicklich bezeichnet oder sich gar zu einer entsprechenden Tätigkeit herabgelassen. Denn wenn eine Frau Geld verdiente, war sie entweder Schauspielerin oder Prostituierte. Was nahezu dasselbe war. Außerdem wollte Dorothea ihrerseits keine allzu engen Freundschaften eingehen. Denn irgendwo dort draußen gab es eine Intrigantin, eine Frau, die ihr den Mann neidete.

Die Einzige, der sie ihren Kummer hätte anvertrauen können, war Elisabeth, und die saß weit weg in ihrem Haus am Atlantik und war für Dorothea unerreichbar.

*Ihr sollt euch lieben, achten und ehren alle Tage eures Lebens, in guten und schlechten Zeiten, in Gesundheit und Krankheit, bis dass der Tod euch scheidet.* Dorothea kamen die Worte des Pfarrers bei der Trauung wieder in den Sinn. Und plötzlich wusste sie, was sie zu tun hatte.

Antonios allabendliche Aufwartungen waren ebenso kraftlos und ungeschickt wie schon vor mehr als fünf Jahren. Einmal saß er zitternd auf Dorotheas Bettkante und klammerte sich an ihre Hand. »Es tut mir so leid, mein Liebes. Aber ich weiß nicht … ich kann nicht. Dabei wäre ich so gern der Ehemann, den du verdienst.«

Und dann war es Dorothea, die ihren Mann tröstete, ihm Mut zusprach, obwohl ihr selbst schrecklich elend zumute war. Sie hoffte, so schnell wie möglich schwanger zu werden, damit sie dieses unwürdige Treiben beenden konnten. Drei Wochen später stellte sie fest, dass ihre Monatsblutung überfällig war. Doch sie wollte sich keine falschen Hoffnungen machen und wartete weitere zwei Wochen ab. Sie teilte Antonio mit, sie wolle in die Stadt fahren und eine Puppe für Olivia kaufen. Dies war nur ein Vorwand, um die Hebamme aufzusuchen. Es war dieselbe Frau wie seinerzeit bei ihrer ersten Schwangerschaft. Die kräftige, hochgewachsene Frau erteilte ihr die Auskunft, die ihr Freudentränen in die Augen trieb. Es war geglückt. Sie war tatsächlich schwanger.

Dorothea schwebte auf Wolken. Sie empfand nicht die geringste Übelkeit, fühlte sich energiegeladen und unternehmungslustig. Antonio zeigte sich verliebt wie in den Wochen vor ihrer Ehe. Die Schwiegereltern gaben sich freundlicher und zugewandter als sonst, erkundigten sich wiederholt nach Dorotheas Befinden, diskutierten bei Tisch eifrig den Vornamen ihres künftigen Enkels. Antonio ließ keine Gelegenheit aus, Dorothea ins Theater auszuführen. Dort plauderte er in den Pausen im Foyer mit Freunden und alten Bekannten, sprühte vor Charme. Und doch wurde Dorothea den Verdacht nicht los, ihr Mann wolle sie mit ihrem immer runder werdenden Bauch ganz bewusst der Öffentlichkeit präsentieren.

Ein weiterer Wermutstropfen war die Tatsache, dass sie die geplante Reise an den Atlantik in absehbarer Zeit nicht unternehmen konnte. Sie wäre für jede Strecke mehr als zehn Tage auf einem Muli im Urwald unterwegs gewesen. Und sie wollte kein Risiko eingehen, weder für sich noch für das Kind. Ihrer ebenfalls schwangeren Freundin aber konnte sie eine Reise ebenso wenig zumuten. Also schrieben die beiden sich Briefe, manchmal sogar mehrere in der Woche. Auf diese Weise waren sie einander fast so nahe, wie wenn sie sich gesehen hätten.

Der Alltag auf der Hacienda Margarita verlief außer zu

Erntezeiten ruhig und eintönig. Dorothea hätte sich manches Mal Gäste gewünscht, die für einige Tage verweilt und für Abwechslung gesorgt hätten. Aber Isabel strengte es zu sehr an, fremde Gesichter um sich zu haben. Sogar ihre Nichte Rosa, die in früheren Zeiten mit ihrer Kinderschar hin und wieder auf der Hacienda eingefallen war und für Schwung gesorgt hatte, kam nicht mehr. Sie spürte, dass ihre Tante eine derartige Aufregung nicht mehr verkraftet hätte.

Um der Monotonie zu entfliehen, unternahm Dorothea Ausflüge in die nähere Umgebung. Einmal besuchte sie die deutschen Siedlerfamilien, die mittlerweile Costa Rica als ihre Heimat betrachteten. Helene Kampmann hatte ein zweites Mal geheiratet, einen verwitweten Bäcker, der zwei kleine Kinder in die Ehe mitgebracht hatte. Ihre Tochter Lotte war zu einer jungen Frau herangereift, und Max Meier, ein inzwischen zweiundzwanzigjähriger Hüne, hatte sich mit einem bildhübschen Indiomädchen verlobt.

Ein weiterer Besuch galt Johanna Miller. Diese konnte Dorothea gar nicht genug für ihr Aussehen loben. »Sie sollten immer schwanger sein, Kindchen. Das steht Ihnen am besten.« Und dann tischte die Schweizerin Tee und Butterkekse auf und erzählte von einer Messerstecherei in einer Schenke in San José, bei der der Uhrmacher Urs Keller eingeschritten und selbst am Hals verletzt worden war. Außerdem von Mercedes Castro Ibarra, Dorotheas ehemaliger Vermieterin, die in eine Nervenheilanstalt eingeliefert worden war, nachdem man sie zufällig dabei beobachtet hatte, wie sie auf ihrem Grundstück herumgrub. Die Polizei wurde gerufen, und die Beamten fanden das Skelett eines Kleinkindes, das bestimmt schon länger als zwanzig Jahre in der Erde gelegen hatte. Plötzlich blitzten Funken in Johanna Millers Augen auf. »Stellen Sie sich vor, Alfonso, mein alter Nachbar, hat mir einen Heiratsantrag gemacht. Ich überlege sogar, ihn anzunehmen. Aber nur unter der Bedingung, dass ich in meinem Haus wohnen bleibe.«

Dorothea hörte gebannt zu und erinnerte sich an ihre Anfangszeit in diesem Land, an ihre Hoffnungen und Träume, aber auch an ihre Ängste. Hätte jemand ihre Geschichte als ein Märchen erzählt, dann wäre sie darin als Glücksprinzessin vorgekommen, die in einem Schloss lebte und ein Leben in Saus und Braus führte. Und alle anderen Frauen im Land wären vor Neid erblasst. Dorothea nahm sich vor, künftig die glücklichen Augenblicke besonders intensiv zu genießen und die glücklosen so schnell wie möglich zu vergessen.

Als im Februar die Kaffeesträucher erste Knospen bildeten, rief Dorothea nach dem Nachmittagstee ihre Tochter zu sich auf die Veranda. »Olivia, meine Süße, ich habe eine Überraschung für dich. Wir werden bald zu viert sein. Du wirst ein Geschwisterchen bekommen.«

Olivia hüpfte zu ihrer Mutter auf den Schoß, kuschelte sich an sie. »Aber ich will ein Schwesterchen haben. Jungen sind blöd. Sie ziehen Mädchen immer an den Zöpfen. Wenn ich ein Brüderchen bekomme, lasse ich es auf den Boden fallen.«

Die Wehen begannen mitten in der Nacht. Mit solcher Wucht, dass Dorothea sich schreiend im Bett aufbäumte. Fidelina, die schon seit Tagen im Gesindehaus einquartiert war, eilte umgehend zu ihr. Sie befühlte ihren Leib, was nur neue Schmerzensschreie auslöste.

»Ist ja gut, Señora Ramirez, ich bin bei Ihnen. Sie schaffen es. Versuchen Sie, ruhig und tief zu atmen. Ich bringe Ihnen ein Glas Wasser.«

Dorothea wollte den Kopf anheben, doch dazu fehlte ihr

die Kraft. Alle Energie konzentrierte sich auf ihren Unterleib, der wie mit unzähligen Messerhieben malträtiert wurde. Sie röchelte, bekam kaum Luft. Fidelina fuhr ihr mit einem kalten Lappen über das Gesicht, befeuchtete die ausgetrockneten Lippen. Dorothea strich mit den Fingern über die prall gespannte Bauchdecke, versuchte das in ihr tosende Ungeheuer zu beschwichtigen, flehte um Gnade, denn sie wusste nicht, wie sie diesen Zyklon überstehen sollte. Durch die halb geschlossenen Lider gewahrte sie das angstvolle Gesicht der Hebamme, dann raubte ihr der Schmerz die Sinne.

Sie träumte. Träumte, der Arzt stehe an ihrem Bett und daneben ein weiterer, ihr unbekannter Mann. Die beiden diskutierten miteinander, hantierten mit irgendwelchen Instrumenten an ihrem geschundenen Körper herum, legten ihr Ohr an den sich aufbäumenden Leib, horchten hinein. Fidelina schleppte Schüsseln voller Wasser und frische Tücher herbei, schaffte rot getränkte Stoffbündel fort. Warum auf einmal diese Aufregung und diese lauten Stimmen? Sie war doch schon tot. Blickte aus einer anderen Welt auf die bizarre Szenerie hinab, sah, wie sie auf dem Bett lag, in Stücke zerfetzt. Woher kam auf einmal das viele Blut? Und was war mit dem Kind? Hatte man es rechtzeitig aus ihrem berstenden Leib retten können? Jetzt flüsterten die Männer nur noch miteinander.

Ihr Rückgrat zersplitterte unter einem entsetzlichen Hieb. Konnten Tote Schmerz empfinden? Oder nahmen sie die Qualen, die sie im Augenblick ihres Fortgehens litten, für immer mit ins Jenseits? Mussten ihre Seelen dort weiterleiden bis zum Jüngsten Gericht? Jemand schrie erbärmlich. Andere Stimmen vermischten sich mit den Schmerzensschreien. Sagten Worte wie »verkehrt herum«, »Blutung stillen« und »zu spät«. Seltsame Worte. Was mochten sie bedeuten? Das Schreien schwoll an, es schien ganz nahe. Kam es aus den Tiefen der Hölle, vor der die Nonnen in der Schule ihre Schützlinge immer gewarnt hatten? War sie mittlerweile selbst dort angekommen? Sie nahm einen merkwürdigen Geruch wahr, als würde etwas verbrannt. Ihr war heiß. Entsetzlich heiß. Das musste das Höllenfeuer sein, in dem sie fortan für alle Ewigkeiten schmoren würde. Aber dann überfiel sie auf einmal Kälte. Eisige Kälte, in der alles erstarrte. Ein riesiges schwarzes Loch tat sich auf, wurde zu einem Tunnel, in den sie hineingezogen wurde. Unendlich weit und immer noch weiter. Und dann war da nichts mehr. Gar nichts mehr.

Unwirkliches Licht schimmerte durch den halb geöffneten Vorhang, zeigte einen Raum mit einem Schrank, einer Kommode, einem Ankleidespiegel und einem Bett. Am Fußende saß eine Person. Eine Frau vermutlich, und sie war eingenickt. Sie wollte nach ihr rufen, doch ihre Kehle war wie ausgedörrt. Etwas kribbelte in der Nase, erst schwach, dann immer stärker, und dann musste sie niesen.

Bei diesem Geräusch erwachte die Frau. Sofort sprang sie auf, nahm ihre Hand, hielt sie bebend fest.

»Señora Ramirez ... endlich! Unsere Gebete wurden erhört.« Fidelina bekreuzigte sich, lief zur Tür, öffnete sie und rief etwas durch den Spalt. Dann kehrte sie zum Bett zurück und brachte Wasser. Frisches, kühles Wasser. »Ich bin so froh, Señora Ramirez. Hier, trinken Sie!«

Sie stopfte Dorothea zwei dicke Kissen in den Rücken, doch die Hände, die das Glas greifen wollten, sanken kraftlos zurück auf die Bettdecke. Die Tür öffnete sich. Es war Antonio, der zu ihr eilte und neben dem Bett niederkniete. Behutsam nahm er ihr Gesicht zwischen die Hände, küsste sie voller Hingabe und Zärtlichkeit und scherte sich nicht darum, dass Fidelina zusah.

»Dorothea, mein Liebes, ich habe solche Angst ausgestanden.«

»Aber wieso denn? Was ist geschehen?«, hörte sie eine brüchige Stimme fragen und stellte im gleichen Augenblick fest, dass es ihre eigene war.

»Wir befürchteten schon, du würdest es nicht schaffen. Du hattest bei der Geburt so entsetzlich viel Blut verloren. Und dann kam das Fieber.«

»Welche Geburt?« Dorothea versuchte zu begreifen, und ganz allmählich kehrten die Erinnerungen zurück. Unruhe befiel sie.

»Das Kind... was ist mit dem Kind? Ist es gesund? Ein Junge oder ein Mädchen?«

Etwas Feuchtes benetzte ihren Handrücken, und dann sah sie Antonios Tränen. Immer wieder umarmte und küsste er sie. »Ein Prachtkerl. Er hat dein Haar. Du bist die wundervollste Frau der Welt, Dorothea. Wie soll ich dir nur danken?«

Antonio sprach von »er« ... Dann hatte sie also einen Jungen geboren. Sie zitterte vor Erleichterung und Erschöpfung. Antonio zog ein Armband und einen Ring aus der Tasche, zwei filigrane Meisterwerke aus Türkisen und Diamanten. Ihr wurde schwindelig. Schweiß stand ihr auf der Stirn. Dann sank sie zurück in die Kissen, und es wurde wiederum dunkel.

Als sie aufwachte, rieb Fidelina ihr mit einem feuchten Lappen über Hals und Arme. »Nein, nicht... ich will mich selbst frisch machen.« Entschlossen setzte Dorothea sich im Bett auf, wollte die Beine über die Bettkante schwingen, doch sofort fiel sie wieder zurück. Zorn über ihre Schwäche stieg in ihr auf.

»Señora Ramirez, Sie müssen sich noch schonen.«

»Aber warum denn? Mir geht es gut. Wie spät ist es?«

Fidelina half ihr, sich aufzurichten. »Es ist elf Uhr morgens. Möchten Sie Ihren Sohn sehen?«

»Meinen Sohn? Ja, natürlich. Hat die Amme ihn denn schon angelegt?«

Fidelina setzte sich zu ihr auf die Bettkante und streichelte ihr über den Handrücken. »Señora Ramirez, wir haben heute den siebenundzwanzigsten Juni. Am sechsten Juni haben Sie Ihr Kind bekommen. Es war eine schwere Geburt. Doktor Medina Cardenas musste noch einen befreundeten Spezialisten zu Hilfe holen. Das Kind lag verkehrt herum, und wir alle befürchteten schon das Schlimmste. Aber inzwischen ist alles gut. Ich hole Ihren süßen Wonneproppen. Die Amme sagt, er hat einen kräftigen Zug.«

Dorothea lehnte sich matt zurück. Sie konnte sich nicht vorstellen, dass seit der Geburt drei Wochen vergangen sein sollten. Hatte sie etwa die ganze Zeit im Bett verbracht? Sie blickte auf ihre Hände, die ihr eigenartig fremd und hager vorkamen. Als sie ihren Körper abtastete, erschrak sie. Sie war nur noch Haut und Knochen. Und dann kehrte Fidelina zurück und legte ihr ein schreiendes Bündel in die Arme, das so ganz anders aussah als Olivia nach der Geburt. Dieses Kind war viel größer und kräftiger, es hatte eine durchdringende Stimme. Und es war ihr Sohn! Der Stammhalter und künftige Erbe der Hacienda Margarita. Tränen schossen ihr in die Augen, denn auch übergroßes Glück konnte schmerzen.

Ein Dienstmädchen hatte den Brief auf das Tischchen in ihrem Zimmer gelegt. Elisabeth!, war ihr erster Gedanke, doch dann erkannte Dorothea, dass es nicht die vertraute Handschrift mit der für die Freundin typischen dunkelroten Tinte war. Sie öffnete den Brief und las ungläubig und mit rasendem Herzen.

*Bilden Sie sich nicht ein, Sie hätten durch die Geburt eines Stammhalters Ihre Stellung gefestigt. Antonio hat Besseres verdient als eine dahergelaufene Ausländerin.*

Ihr Erschrecken schlug in Wut um. Wer meinte das Recht zu haben, sie beleidigen zu dürfen? Anonym, feige, hinterhältig. War es dieselbe Person, die ihr auch bei der Hochzeit einen Brief zugesteckt hatte? Diesmal würde sie ihrem Mann das Schreiben nicht zeigen. Bevor der es wieder in Stücke riss. Sie wollte es aufheben. Wer auch immer diese Zeilen verfasst hatte – irgendwann würde sie die Handschrift identifizieren und ihre Widersacherin zur Rede stellen. Doch nun wollte sie die hässlichen Worte sofort wieder vergessen und sich Wichtigerem zuwenden: der Taufe ihres Sohnes.

Zur Feier waren nahezu ebenso viele Gäste geladen wie zur Hochzeit. Pedro und Isabel wurden nicht müde, von ihrer tapferen Schwiegertochter und dem wunderbaren Enkel zu schwärmen. Er wurde nach Pedros verstorbenem Vater Federico benannt. Antonio ließ sich von seinen Freunden auf die Schulter klopfen und beglückwünschen. Olivia beachtete ihren kleinen Bruder überhaupt nicht und ließ sich lieber in ihrem neuen hellblauen Kleidchen mit Spitzenkragen bewundern. Dorothea fühlte sich noch immer schwach, doch sie hatte bereits wieder einige Pfunde zugelegt. Ihre Augen glänzten, die Wangen schimmerten rosig, und Antonio zeigte deutlich, wie verliebt er in seine hübsche junge Frau war.

Auch der Arzt befand sich unter den Gästen. Nach dem Kaffee lud Dorothea den zierlichen kleinen Mann mit dem grau melierten Kinnbart zu einem Spaziergang durch den Park ein. »Ich muss mich bei Ihnen bedanken, Doktor Medina Cardenas. Ich kann mich zwar kaum an die Geburt und an die Wochen danach erinnern. Aber nach allem, was mir erzählt wurde, weiß ich, dass ich Ihnen wohl mein Leben verdanke.«

»Nicht doch, werte Señora Ramirez. Unser Schicksal liegt allein in Gottes Hand, nicht in den Händen von uns Ärzten. Sie haben bewundernswert gekämpft. Sie sind eine starke Frau. Und Sie sehen heute fantastisch aus, wenn ich mir die Bemerkung erlauben darf.«

»Maamaaa, Livi kann klettern!«

Dorothea wandte sich um und sah Olivia, die einen der jungen Stallburschen dazu überredet hatte, eine ellenlange Leiter gegen den Stamm eines Korallenbaumes zu lehnen. Blitzschnell war sie die Sprossen hinaufgeklettert, streckte zuerst den rechten Arm und das rechte Bein in die Luft, dann den linken Arm und das linke Bein, schwankte dabei gefährlich hin und her.

Am liebsten wäre Dorothea ihrem Impuls gefolgt und wäre zu ihrer Tochter gelaufen, hätte sie womöglich eigenhändig von der Leiter geholt. Doch das hätte die eigensinnige Olivia erst recht gereizt, sich weitere tollkühne Streiche auszudenken. Dorothea zitterte vor Angst. »Olivia, komm herunter, das ist viel zu gefährlich! Und halt die Leiter gut fest, Vicente, damit das Kind nicht fällt!«

Als Olivia wieder festen Boden unter den Füßen hatte, atmete Dorothea erleichtert auf. »Meine Tochter ist ein richtiger Wildfang. Immerzu will sie zeigen, wie mutig sie ist. Und ich stehe derweil Todesängste aus.«

Der Doktor musste schmunzeln und zwirbelte an seinem Bart. »Ich glaube, an der Kleinen ist ein Junge verloren gegangen... Übrigens, Señora Ramirez, ich muss Ihnen noch etwas sagen. Die Geburt Ihres Sohnes war sehr kompliziert. Sie haben schwere innere Verletzungen erlitten. Und dann das Fieber im Wochenbett... Sie können wahrscheinlich keine Kinder mehr bekommen.«

Dorothea erstarrte, brauchte eine Weile, bis sie begriffen hatte. Dann war also alles vorbei. Sie würde nie wieder schwanger werden, nie wieder ein Neugeborenes in den Armen halten und seinen Geruch einatmen können. Aber auch nie wieder die schrecklichen Qualen einer Geburt erleben müssen. Welchen Grund also hatte sie, ihr Schicksal zu beklagen?

»Glücklicherweise haben Sie ja bereits zwei prachtvolle Kinder«, hörte sie den Arzt sagen.

Sie nickte und drückte seine Hand. »Danke, Doktor Medina Cardenas, danke für alles.«

Sie saß allein auf der Veranda und trank ihren Tee. Seltsam, Antonio war doch immer so pünktlich. Aber dann eilte er herbei, ergriff ihre Hände und presste sie an die Brust.

»Dorothea, Liebes, es gibt leider unerfreuliche Neuigkeiten. In Cartago sind mehrere Menschen an Cholera erkrankt. Deswegen kann in nächster Zeit niemand von uns die Hacienda verlassen. Sämtliche Bedienstete haben striktes Ausgehverbot. Und es darf auch kein Besuch von draußen kommen.«

Dorothea erschrak. Cholera und Pest – die beiden großen Seuchen, die Geißeln der Menschheit, gegen die kein Medikament half. Sie erinnerte sich, was sie in ihrer Schulzeit über die Cholera gehört und gelesen hatte, sah in Gedanken ausgezehrte Leiber und wirre Gesichter, roch Fäulnis und Verwesung, hörte Schmerzensschreie und Wehklagen, das

Rumpeln der Karren, die mit unzähligen Toten beladen von klapperdürren Pferden durch die Straßen gezogen wurden. Sie zitterte am ganzen Leib, denn wenn dieses Übel Cartago heimsuchte, dann konnte es sich innerhalb weniger Tage bis nach San José ausbreiten. Und sie bedrohen, ihre Familie, den erst wenige Monate alten Sohn. »Das ist ja furchtbar. Wir schweben in höchster Gefahr.«

Antonio strich ihr beruhigend übers Haar. »Nicht, wenn sich alle an die Regeln halten und jeder an seinem Platz bleibt. Wir haben genug zu essen und zu trinken, die Vorräte reichen für mehrere Wochen. Ein englischer Arzt glaubt herausgefunden zu haben, dass die Seuche durch verunreinigtes Trinkwasser entsteht. Aber das ist keineswegs bewiesen. Übrigens habe ich erfahren, dass auch der Mann erkrankt ist, der mich erpresst.«

Dorothea schwieg, bestürzt und verwirrt. Schickte lange Gebete zum Himmel, dass niemand in ihrer Umgebung erkrankte und die Gefahr vorüberging.

Die Arbeit auf der Kaffeeplantage ging weiter wie gewohnt, dennoch herrschte eine gedrückte Stimmung. Niemand wusste, wie er sich selbst schützen sollte, jeder fürchtete sich vor der Cholera, und alle sorgten sich um ihre Familien und Freunde außerhalb der Hacienda. Vicente, der junge Stallbursche, wurde damit beauftragt, sich jeden Tag zu einer bestimmten Uhrzeit an der nordöstlichen Grenze des Besitzes einzufinden. Über einen Sicherheitsabstand von einer Baumlänge erfuhr er von seinem Bruder außerhalb des Geländes die wichtigsten Neuigkeiten. Von ersten Todesfällen war die Rede, auch davon, dass die Epidemie von Soldaten eines amerikanischen Freibeuters namens William Walker eingeschleppt worden war, der sich zum Präsidenten Nicaraguas ausgerufen hatte und die Herrschaft über ganz Zentralamerika anstrebte, mittlerweile aber mit seinem Heer geschlagen worden war und die Flucht in seine Heimat angetreten hatte. Doch die Cholera war ohne die Soldaten weitergewandert, hatte mittlerweile die Städte San José, Heredia und Alajuela befallen.

Dorothea fühlte sich wie gelähmt, lebte wie unter einer Dunstglocke. In ihre Gebete schloss sie auch die Siedlerfamilien nahe Alajuela ein, Johanna Miller und ganz besonders Elisabeth, die mittlerweile eine Tochter zur Welt gebracht hatte. Doch nunmehr hatte sie seit drei Wochen nichts mehr von der Freundin gehört, die ihrerseits nichts von Dorotheas Situation wissen konnte, weil auf der Hacienda Post weder ein- noch ausging. Voller Sorge beobachtete sie ihren Mann, der zunehmend unruhig und angespannt wirkte – offenbar wartete er auf eine Nachricht, wie es dem Erpresser erging. Einerseits hoffte sie inständig, Antonio möge keine Gefahr mehr drohen, andererseits wusste sie, dass dies nur möglich war, wenn der Betreffende starb. Tage der Ungewissheit und der Angst vergingen. Glücklicherweise war bisher niemand auf der Hacienda erkrankt. Doch keiner wusste, wann die Gefahr vorüber wäre.

Eines Nachmittags kam Antonio zu Dorothea auf die Veranda, umarmte sie wortlos und stürmisch und küsste sie zuerst auf die Wange, dann auf den Mund.

»Antonio, was ist geschehen? Du bist doch sonst nicht so ... so ...«

»Alles wird gut, mein Liebes. Alles wird gut. Er ... er ist gestorben. Es gab seit Tagen keine neuen Erkrankungen mehr. Offenbar ist die Seuche auf dem Rückzug. Wir sind gerettet.«

Nachdenklich und mit widerstreitenden Gefühlen ging Dorothea an diesem Abend zu Bett. Sie war schon am Einschlafen, da hörte sie ein Klopfen an der Zimmertür. Sie öffnete und erschrak beinahe, so ungestüm nahm Antonio sie in die Arme und küsste sie. Küsste sie immer wieder. Zuerst war sie überrascht und schließlich überwältigt von den Momenten seltener und umso kostbarerer Zärtlichkeit. Diese leidenschaftliche Begegnung nach überstandener Gefahr war der Anfang eines neuen, glücklichen Zusammenlebens. Dessen war sie sich sicher.

FEBRUAR BIS SEPTEMBER 1860

Mehr als drei Stunden hatte es gedauert, bis sämtliche Papiere für die Schiffsladung ausgefertigt und unterschrieben waren. Antonio verließ das muffig riechende Kontorhaus und schlenderte zum Hafen hinunter. Er liebte es, in diese laute, quirlige Atmosphäre einzutauchen. Eins zu werden mit der ungewohnten Umgebung und den fremden Menschen. Er beobachtete, wie Kaffeesäcke auf die großen Segelschiffe geschleppt und im Gegenzug Güter aus Europa ausgeladen wurden. Kisten mit Tee, Wein, Möbeln, Stoffen, Büchern – Waren, auf die zahlungskräftige Costaricaner monatelang geduldig warteten. Einige Frauen verkauften an behelfsmäßigen Ständen Fisch, Früchte und gebrauchte Kleider. Kinder tollten mit einem Hund umher, bewarfen sich mit Steinchen oder narrten Passanten, indem sie deren Gesten nachäfften.

Die Zahl der aus Europa stammenden Passagiere, die in Costa Rica einwanderten, hatte in den letzten Jahren zugenommen. Und da standen sie nun mit ihren Koffern und Tragekörben, hofften auf eine bessere Zukunft. Ihren Gesichtern waren die Strapazen der langen Überfahrt anzusehen. Einige von ihnen würden in diesem Land eine neue Zukunft finden. Andere irgendwann die Rückreise antreten, wenn sie in der Fremde gescheitert, von Heimweh oder Krankheit aufgezehrt waren.

Antonio blickte aufs Meer hinaus, sah den zarten weißen Wolken hinterher, wie sie gemächlich am Küstensaum entlangzogen. Ein Großsegler hatte die Mitte des Golfes von Nicoya erreicht und nahm mit geblähten Segeln Kurs auf Panama. Eine Schar Pelikane umkreiste ein Fischerboot, das soeben an der Kaimauer festgemacht hatte, und erwartete wohl leichte Beute. Dorothea hätte bei dieser Gelegenheit gewiss ihr Skizzenbuch hervorgeholt und die majestätischen Vögel gezeichnet.

Dass ihm ausgerechnet in diesem Augenblick seine Frau einfallen musste... Dabei wollte er gar nicht an sie denken, weder an seine Versprechen noch an seinen festen Vorsatz. Den er schon unzählige Male gefasst hatte. Immer vergeblich... Plötzlich spürte er wieder diese eigenartige innere Unruhe, die ihn in die Altstadt trieb, wo er jene Befriedigung zu finden hoffte, nach der sein Körper schmerzlich verlangte. Doch davon durfte Dorothea nichts erfahren. Weil sie nie verstehen würde, dass er diesen Kitzel so dringend brauchte. Wie die Luft zum Atmen. Antonio ließ den Hafen hinter sich und schlug den Weg durch die Gassen in Richtung des Marktplatzes ein. Dabei bewegte er sich mit dem wachsamen Blick eines Spähers, der seine wahren Absichten durch lässiges Dahinschlendern und einen gelangweilten Gesichtsausdruck verschleiert.

Der Junge mochte kaum achtzehn Jahre alt sein. Er war klein, mager und lehnte an einer gelblichen Hausfassade, von der der Putz abbröckelte. Schon von Weitem war er anhand seiner Kleidung als Nordamerikaner zu erkennen. Vermutlich einer von denen, die ihre harte Arbeit in den weiten, rauen Prärien des Wilden Westens aufgegeben hatten, um in der bunten, tropischen Hafenstadt einen leichteren, schnelleren Verdienst zu finden. Ein speckiger schwarzer Cowboyhut, den er tief in die Stirn gezogen hatte, verdeckte ein blasses Gesicht voller Pickel. Die Füße steckten in lehmverkrusteten braunen Stiefeln.

Der Junge stellte sich Antonio in den Weg, wiegte sich in den Hüften und streckte ihm herausfordernd eine Hand entgegen. »Zigarette, Mister?«

Antonio wollte schon achtlos vorübergehen, zögerte aber einen Moment lang. Dann zog er sein silbernes Etui aus der Weste, öffnete es und hielt es dem Jungen hin. Mit raschem und sicherem Griff entnahm dieser sämtliche Zigaretten auf einmal. Der Junge grinste, und Antonio sah, dass ihm ein Schneidezahn fehlte. Dann fasste der Bursche nochmals zu, schloss das Etui und betrachtete das fein ziselierte Monogramm.

»AR ... Alberto Rodriguez? Arturo Regàs?«, murmelte er.

Antonios Hand schnellte nach vorn und riss die silberne Hülle mit einer solchen Heftigkeit an sich, dass der Junge stolperte und rücklings zu Boden fiel. Die Zigaretten rollten über die staubige Straße.

»Fucking asshole, bloody bugger«, zischelte der Junge und spuckte voller Verachtung auf den Boden, unmittelbar vor Antonios hochglänzend polierte Schuhe.

Mit weiten Schritten eilte Antonio davon, bog an der nächsten Straßenecke in eine schmale Seitengasse ein und drückte sich in einen Hauseingang. Furchtsam sah er sich um, ob ihm jemand gefolgt war. Wie hatte er nur so leichtsinnig sein können? Er musste doch vorsichtig sein, durfte nicht auffallen, keine Spuren hinterlassen. Was, wenn der Junge mit dem Etui davongelaufen wäre? Ein derartiges Beutestück mit Monogramm wäre einer offen liegenden Visitenkarte gleichgekommen.

Niemand folgte ihm. Erleichtert atmete er auf. Seine Kehle

fühlte sich seltsam trocken an. Auf der gegenüberliegenden Straßenseite entdeckte er eine Taverne. Sie musste erst vor Kurzem eröffnet haben, und das war gut so. Denn hier kannte ihn noch niemand. Er hatte es sich zur Regel gemacht, dieselbe Kneipe nie häufiger als alle zwei Jahre zu besuchen. Während dieser Zeit hatten meist sowohl die Besitzer als auch die Gäste gewechselt. Musik drang durch ein offen stehendes Fenster. Eine Gitarre, eine Mandoline und zwei Männerstimmen. Sie klangen tief und rau, erzählten vom Meer, von Matrosen und ihren Liebsten, die zu Hause zurückgeblieben waren.

Es war eine jener typischen Hafenschenken mit rauchgeschwärzten Wänden, an denen halb blinde Spiegel und bunt bemalte Tonmasken hingen. Kultische Zeugnisse der indianischen Ureinwohner. Die Luft war geschwängert von den Gerüchen nach Tabak, Schweiß und Rum. Seeleute, Hafenarbeiter und Einheimische saßen auf langen Bänken an blank gescheuerten Tischen, aßen Tortillas oder Gallo Pinto, tranken, diskutierten oder spielten Karten. Antonio lehnte sich an den Tresen, bestellte einen Zuckerrohrschnaps und leerte das Glas in einem Zug. Er orderte ein zweites Glas. Und dann spürte er ein leises Kribbeln auf dem Unterarm, an der Stelle, wo auf einmal eine sehnige fremde Hand lag. Jemand griff nach seinem Glas und schnupperte daran.

»Riecht verdammt gut, das Zeug. Zu dumm, aber mir hat vorhin jemand meine Börse gestohlen. Ob Sie mir wohl einen ausgeben, Señor?«

Antonios Arm fühlte sich plötzlich heiß an. Er wandte sich langsam um. Sein Nachbar war ein etwa gleichaltriger Mann mit dem samtig dunklen Teint der indianischen Ureinwohner. Er war einen halben Kopf kleiner und trug ein Hemd, das eine Handbreit offen stand und ein Stück nackter, glatter Haut zeigte. Eine goldene Kette mit einem schillernden Anhänger, einem emaillierten Tukan, hing ihm um den Hals. Antonio hob sein Glas und gab dem Wirt ein Zeichen.

Die beiden Männer stießen miteinander an und tranken in kleinen Schlucken, blieben wachsam und ließen einander keine Sekunde lang aus dem Augen.

»Sind Sie öfter in der Stadt, Señor?«

Die wie beiläufig vorgebrachte Frage des Fremden beschleunigte Antonios Herzschlag. »Nein, ich bin nur heute hier, weil ich meinen Onkel aus Santiago erwarte. Aber das Schiff hat Verspätung.« Er hatte sich vorher schon eine Begründung für seinen Besuch in Puntarenas zurechtgelegt. So wie jedes Mal, und noch nie hatte er zweimal die gleiche Geschichte erzählt.

»Eine glückliche Fügung, möchte man meinen.« Der Fremde erhob sein Glas und kräuselte die Lippen zu einem spöttischen Lächeln. Antonio spürte, wie die Wärme aus seinem Arm weiterwanderte, sich im ganzen Körper ausbreitete und zu einem heftigen Glühen wurde.

»Miguel«, stellte der Mann sich vor und löste nur widerstrebend die Hand von Antonios Arm.

»Ricardo.« Auch beim Namen achtete Antonio darauf, ihn möglichst nur ein einziges Mal zu verwenden. Aber wen kümmerte es, wie er hieß? Auch Miguel war nicht Miguel, sondern nur in diesem Moment, und Miguel gefiel ihm gut. Sehr gut sogar. Er wirkte stark, aber nicht zu kräftig, die Stimme hatte ein verführerisches Timbre, und in den fast schwarzen Augen las Antonio, dass sein Gegenüber Bescheid wusste und jedes weitere Wortgeplänkel Zeitverschwendung gewesen wäre.

Miguel trank den letzten Rest Guaro, verzog den Mund und fuhr sich mit der Zungenspitze über die Lippen. Die Luft vor Antonios Augen flirrte, er sah nur noch das verlockende Lächeln, alles andere ringsum, die Schenke und die Menschen, verschwamm in silbrigem Dunst.

Miguel löste sich vom Tresen und schlenderte zum Hinterausgang. Antonio wartete eine Viertelstunde, warf dem Wirt dann zwei Münzen zu und folgte. Er trat durch eine windschiefe Holztür und befand sich plötzlich in einem Innenhof, der zu allen Seiten von Häusern begrenzt wurde. Zwischen den Gebäuden waren Leinen mit Wäschestücken gespannt, aus einem Fenster drang Kindergeschrei, aus einem anderen waren die Stimmen eines Paares zu hören, das in einer fremden Sprache heftig miteinander stritt.

Im Dämmerlicht erkannte Antonio einen Schuppen, neben dem sich Bierfässer, Tische und Stühle stapelten. Vor dem Verschlag glimmte in Augenhöhe ein winziger Lichtpunkt. Er näherte sich zögernd, Zigarettengeruch zog zu ihm herüber.

»Du hast mich warten lassen, Ricardo«, war Miguels vorwurfsvolle Stimme zu vernehmen. Plötzlich sah Antonio Dorotheas Gesicht vor sich. Ihr helles Haar, ihre feine Nase, ihr Lächeln, in das sich viel zu oft Wehmut mischte, Unverständnis und Traurigkeit. Seinetwegen! Er hätte dieses Bild gern verscheucht. Wenigstens jetzt, in diesem Augenblick voller Erwartung und Erregung. Doch dann wurde er auch schon gegen die Wand des Schuppens gepresst und spürte die Wucht und die Kraft eines fremden Körpers, der den seinen bereits genau zu kennen schien. Spürte Hände, die ihr Ziel fanden, auf schamlose, animalische Weise. So, wie er es sich manchmal erträumte. Wenn er nachts in seinem Zimmer schlief. Allein.

»Du sollst sofort das Pony satteln. Sonst sage ich es Großvater.«

»Aber Federico, wie sprichst du mit dem Stallburschen? Es

heißt: Würdest du bitte das Pony satteln? Und was hat Großvater damit zu tun?« Mit einigem Entsetzen vernahm Dorothea die Worte ihres Sohnes, der sich mit seinen vier Jahren manchmal aufführte wie ein schlecht erzogener Halbwüchsiger. Und dabei gern Mimik und Gestik seines Großvaters nachahmte.

»Abuelo sagt, Federico muss nicht bitte sagen. Federico muss befehlen.«

Dorothea seufzte. »Bitte entschuldige, Vicente. Der Junge meint es nicht so.«

Der Stallbursche legte dem Pony den Sattel über und zurrte den Gurt fest. Ohne Hilfestellung schwang Federico sich in den Sattel und verlangte nach einer Peitsche.

»Abuelo sagt, Federico ist sein Stolz. Alle müssen auf ihn hören. Hü, hü!« Er schlug mit der Peitsche gegen die Flanke des Ponys, das erschrocken einen Satz nach vorn tat und davongaloppierte. »Hü, hü!«, hörte Dorothea noch, dann war Federico an einer Weggabelung hinter einer hohen Kakteenhecke verschwunden.

Obwohl er ihr Sohn war, war Federico ihr innerlich fremd geblieben. Es stand etwas zwischen ihnen, und das war Pedro, der großen Einfluss auf seinen Enkel ausübte. Er sah es als seine Aufgabe an, einen »ganzen Kerl« aus dem Jungen zu machen und ihn frühzeitig auf seine Rolle als künftiger Erbe der Hacienda Margarita vorzubereiten. Wenn Federico mit anderen Kindern aus der Nachbarschaft zusammen war, wollte er immer der Schnellste und Stärkste sein. Er bestimmte, was gespielt wurde oder wer von den Dienstboten geärgert werden sollte, und die anderen machten mit, folgten ihm blindlings aufs Wort.

Nie ließ Federico sich von seiner Mutter in die Arme nehmen, streicheln, trösten oder küssen. Wenn Dorothea ihn zu sich heranziehen wollte, machte der Junge sich steif wie ein Stock und starrte mit zusammengekniffenen Lippen in eine andere Richtung. Wollte sie mit ihm Nachlaufen spielen oder einen Baum zeichnen, fand Federico immer einen Grund, weswegen er dringend seinen Großvater in dessen Kontor besuchen musste. Obwohl Pedro nichts so sehr hasste, wie bei der Arbeit unterbrochen zu werden, erlaubte er seinem Enkel, jederzeit zu ihm zu kommen. Ja, er hatte Federico sogar ein eigenes kleines Schreibpult schreinern und gegenüber dem seinen aufstellen lassen.

Manchmal fuhren die beiden mit dem Einspänner über die Hacienda oder ließen sich nach San José kutschieren, wo sie durch den Parque Central flanierten oder sich auf eine Bank setzten und die Leute beobachteten. Einmal nahm Pedro den Kleinen sogar mit auf die Jagd. Erst kurz vor Einbruch der Dämmerung kehrten die beiden zurück und ließen sich vor dem Herrenhaus absetzen. Erleichtert lief Dorothea ihnen entgegen.

»Federico, mein Lieber, ist alles in Ordnung? Ihr wart so lange unterwegs. Ich habe mir schon Sorgen gemacht.« Sie beugte sich zu dem Jungen hinunter und wollte ihn an sich ziehen, doch Federico stieß seine Mutter brüsk zurück. Mit gewichtiger Miene steckte er die Hand in die Jagdtasche des Großvaters und zog sie langsam wieder heraus.

»Sieh mal. Das war Federico. Ganz allein.«

Seine Augen strahlten vor Stolz. Dorothea erkannte den blutenden Kadaver eines Eichhörnchens. Sie zuckte zurück, stellte sich vor, wie der Junge selbstständig mit einem Gewehr hantiert hatte. Pedros Schmunzeln entnahm sie allerdings, dass dieser wohl ein wenig nachgeholfen hatte. Trotzdem fürchtete sie, aus ihrem Sohn könne einmal ein gefühlskalter Draufgänger werden.

Federico hatte darauf bestanden, die Abendmahlzeiten gemeinsam mit den Großen einzunehmen und erst danach ins Bett zu gehen. Pedro ließ ihn gewähren, was er bei Olivia, als sie im gleichen Alter gewesen war, niemals geduldet hätte. Als Dorothea ihren Mann darauf ansprach, dass Pedro dem Jungen viel zu viel erlaube und ihn fast wie einen Erwachsenen behandle, hob dieser nur die Schultern und meinte, es sei allemal besser, der Junge komme nach dem Großvater als nach dem Vater.

Olivia wollte ihren neunten Geburtstag mit ihren drei besten Schulfreundinnen bei einem Picknick feiern. Und so saßen die vier Mädchen auf einer Decke mitten im schattigen Park und ließen sich von der Dienerschaft marzipangefüllte Teigtaschen, Bananenkekse, Kakao und Früchtesalat servieren. In ihren hellen Musselinkleidern mit den bauschigen Röcken erinnerten sie an Seerosen auf einem Teich.

Dorothea hatte sich den Tisch im Pavillon decken lassen und saß dort mit den Müttern der Mädchen bei Kaffee, Tee und englischem Rosinenkuchen. Man sprach über den neuen Klavierlehrer, den alle Schülerinnen anhimmelten. Über den neuen, gut aussehenden Präsidenten der Republik, José María Montealegre Fernández, der mit seiner ersten Frau dreizehn Kinder gezeugt hatte, von denen drei kurz nach der Geburt gestorben waren, und mit seiner zweiten Gattin, die er vor zwei Jahren geheiratet hatte, bereits zwei weitere Kinder bekommen hatte. Am ausgiebigsten war allerdings die Rede von dem bevorstehenden Ball im Präsidentenpalast, zu dem nur ausgewählte Gäste Einladungen erhalten hatten. So auch die Ehemänner der vier anwesenden Damen.

Dorothea hörte nur mit halbem Ohr zu, ließ die Frauen reden, nickte hier und da zerstreut, während sich mit Macht ein Erlebnis in ihre Erinnerung drängte, das ihr noch immer Schauer über den Rücken jagte. Es war am Vortag gewesen. Sie hatte sich mit der Kutsche nach San José bringen lassen, um einen neuen Vorhangstoff für Olivias Zimmer auszusuchen, und danach noch eine Weile in der Kirche gesessen. Ihr Schwiegervater hätte niemals seinen Fuß in ein Gotteshaus gesetzt, also tat auch Isabel es nicht. Antonio hielt die Teilnahme an Sonntagsmessen für Zeitverschwendung, und so passte Dorothea sich den Familiengepflogenheiten an und besuchte nur dann das Gotteshaus, wenn sie allein unterwegs war.

Sie liebte diesen Ort der Stille und Kühle mitten in der Stadt, wo es immer nur laut und unruhig zuging, wo Fuhrwerke über schlechte Straßen holperten, die Menschen miteinander diskutierten, feilschten und handelten. Es war eine besondere Art der Stille, denn selbst in den entlegensten Ecken der Hacienda war immer das Rauschen des Baches zu hören. Ein ruhiges und gleichförmiges Plätschern an trockenen Tagen, ein Brausen bei Gewittern und Regengüssen.

Vor nunmehr zwölf Jahren war sie nach Costa Rica gekommen, hatte gute und schlechte Zeiten erlebt und doch nie bereut, hierher ausgewandert zu sein. Hatte nie gezweifelt, dass es richtig gewesen war, ihre Heimat zu verlassen, einen Schlussstrich zu ziehen unter die Vergangenheit mit all den schmerzlichen Erinnerungen. Manchmal stellte sie sich vor, wie es gewesen wäre, wenn sie dieses Land an Alexanders Seite betreten hätte. Doch wäre sie dann immer noch hier? Womöglich wären sie irgendwann nach Deutschland zurückgekehrt, höchstwahrscheinlich nach Bonn, in Alexanders Heimatstadt, denn in Köln hätte Dorothea nicht mehr leben können und wollen. Müßige Gedanken. Außerdem führte sie in Costa Rica ein Leben, um das die meisten Menschen sie beneideten.

Als sie wieder nach draußen ins Freie trat, wäre sie beinahe mit einem Burschen zusammengestoßen, der mit seinem Handkarren voller Palmfrüchte im Laufschritt neben dem Kirchenportal um die Ecke bog. Sie hielt eine Hand an die Hutkrempe, weil die gleißende Sonne sie blendete. Plötzlich sah sie eine Gestalt die Straße entlanggehen, bei deren Anblick ihr das Herz bis zum Hals schlug. Sie kniff die Augen zusammen und glaubte zu träumen. Denn dieser Mann hatte die gleiche Figur, das gleiche lockige lange Haar und die gleiche Art, beim Gehen den Oberkörper leicht vorzuneigen, wie – Alexander.

Ganz von selbst setzten ihre Beine sich in Bewegung. Sie lief um die Häuserecke, hinter der der Mann verschwunden war, eilte die Straße entlang bis ganz zum Ende und wieder zurück, geriet völlig außer Atem. Aber der Mann war und blieb verschwunden. Sie hatte geträumt, hatte sich von ihrer eigenen Fantasie narren lassen. Erschöpft lehnte sie sich gegen eine Hauswand, während ihre Hand Halt an dem Medaillon unter ihrem Kleid suchte. Mit einem Mal ahnte sie, was eine Fata Morgana war. Wenn ein Verdurstender in der Wüste das zu sehen glaubt, wonach er sich am meisten sehnt.

»Welches Kleid werden Sie denn beim Ball tragen, Señora Ramirez?« Die Frage von Francesca Picado Dobles, der geschwätzigen Frau des Verkehrsministers, riss Dorothea in die Gegenwart zurück.

»Ich weiß noch nicht ... Ich glaube, die Entscheidung überlasse ich meinem Gatten. Er hat ein untrügliches Gespür dafür, was mir am besten steht.« Und sie kostete die Blicke der drei Frauen aus, in denen sie Respekt, aber auch Neid las.

Als die Geburtstagsgäste gegangen waren, nahm Dorothea

Olivia bei der Hand, wirbelte sie einmal herum und ging mit ihr zur Veranda. »Mein süßer Schatz! Wenn ich daran denke, wie ich dich vor Kurzem noch in den Armen gehalten habe ... Und jetzt bist du schon neun Jahre alt! Ach, komm noch einmal auf meinen Schoß! So wie früher.«

Sie setzte sich in einen Korbsessel, wollte die Tochter zu sich heranziehen und auf die Wange küssen, doch Olivia entzog sich ihr und verschanzte sich hinter einem Rosenkübel, verschränkte die Arme vor der Brust. Stand da wie die schlechte Laune in Person.

»Ich hasse es, wenn du mich immer abküssen willst. Das ist ekelhaft. Ich bin kein Kleinkind mehr.«

»Aber Olivia, ich will doch nur ...«

»Mein Geburtstag war ganz blöde. Lorenza und Inés haben sich gestritten, und dann wollte ich als Erste auf dem Wasserturm sein, und dann sagte Amelia, ich hätte schiefe Zähne und sei dumm, und dann haben sie sich zusammengetan, und auf einmal waren alle gegen mich. Ich werde nie mehr Geburtstag feiern. Nie mehr!«

»Aber Olivia, du bist das hübscheste und klügste Mädchen weit und breit. Du darfst nicht glauben, was die Freundinnen sagen. Das war bestimmt nicht so gemeint ... Ich hatte den Eindruck, ihr habt euch sogar recht gut verstanden und auch schön miteinander gespielt.«

»Nein, haben wir nicht! Außerdem weiß ich selbst, was gemeint war, das musst du mir nicht sagen. Und den neuen Vorhangstoff, den du gekauft hast, finde ich furchtbar hässlich. Ich will mir selbst ein Muster aussuchen.«

Sie rannte davon, und Dorothea sah dem kleinen Wirbelwind mit den fliegenden Zöpfen hinterher, fühlte sich hilflos und enttäuscht. In letzter Zeit wurde der Umgang mit Olivia zunehmend schwierig. Sie rebellierte gegen nahezu alles, was die Mutter sagte oder tat, wollte alles selbst bestimmen, fühlte sich ständig bevormundet. Dabei meinte Dorothea es doch nur gut, wollte der Tochter alle Liebe und Wärme geben, zu der sie fähig war.

Mit einem Gefühl der Bitternis zog sie Bilanz. Antonio mied ihre Nähe, Federico war lieber mit dem Großvater als mit seiner Mutter zusammen, und Olivia verabscheute Zärtlichkeiten und gute Ratschläge. Die Schwiegereltern hatten nach außen hin zwar ihren Frieden mit Dorothea geschlossen, aber richtig angenommen fühlte sie sich immer noch nicht. Sie war eine Außenseiterin in der eigenen Familie. Wie sie es als Kind schon einmal erlebt hatte. Was, um alles in der Welt, machte sie falsch?

Ihre Familie brauchte sie nicht. Womöglich kamen alle sogar besser ohne sie zurecht. Und mit einem Mal sehnte sie sich nach der Zeit zurück, als sie die Siedlerkinder unterrichtet hatte. Als sie ungebunden war. Frei war.

»Welch ein herrlicher Ball! Hat sich Ihre Gattin denn schon ein wenig bei uns eingelebt?«

Dorothea ahnte bereits, wer hinter ihrem Rücken so spitzzüngig daherredete. Sie wandte sich um und stand einer fülligen silberhaarigen Matrone gegenüber. Die Frau trug das Haar streng nach hinten gekämmt und hatte einen auffälligen Oberlippenbart. Es war Señora Torres Picado, eine Jugendfreundin ihrer Schwiegermutter. Wann immer sie sich begegneten – bei Festen, Empfängen oder hier auf dem Ball im Präsidentenpalast –, diese Frau verstand es stets, sich durch taktlose Fragen hervorzutun. Fragen, in denen immer ein unausgesprochener Vorwurf und eine gewisse Missgunst mitschwangen.

Wie immer trat sie mit ihrer Tochter Ericka auf, die wortkarg und schmallippig neben ihrer Mutter stand. Beide Frauen trugen Kleider vom gleichen Schnitt, die sich nur in den Farben unterschieden. Dorothea überkam ein Gefühl des Unbehagens. Was sollte sie dieser Unhöflichkeit entgegensetzen? Doch da nicht sie, sondern ihr Ehemann angesprochen worden war, entschied sie sich für ein besonders herzliches Lächeln. Und da kam ihr Antonio auch schon zu Hilfe.

»Meine Frau hat mehr als ein Drittel ihres Lebens in unserem Land zugebracht, werte Señora Torres Picado. Sie ist costaricanischer, als ich es bin. Was wohl auf einer starken britischen Prägung seitens meiner mütterlichen Verwandtschaft beruht.«

Señora Torres Picado verzog den Mund zu einem säuerlichen Lächeln. »Übrigens, beim nächsten Tanz ist Damenwahl. Ich habe soeben mit dem Kapellmeister gesprochen.«

Dorothea entging nicht, wie sie ihrer Tochter bedeutungsvoll zuzwinkerte und mit dem Fächer in Antonios Richtung wies. Die Musiker hörten auf zu spielen, und die Herren verbeugten sich vor ihren Tanzpartnerinnen. Dorothea griff rasch nach Antonios Hand.

»Großartig. Für diesen Fall habe ich meinem Mann versprochen, den Rest des Abends nur mit ihm zu tanzen.« Sie zog Antonio zur Tanzfläche, während ihr Señora Torres Picado mit offenem Mund hinterherstarrte. Die Kapelle spielte einen Walzer, und Antonio bewies wieder einmal, welch hervorragender Tänzer er war. Dorothea genoss es in vollen Zügen, sich von ihm über das Parkett führen zu lassen, und wünschte sich, der Tanz möge kein Ende nehmen.

»Ich habe dieser Frau doch nichts getan. Was hat sie bloß gegen mich?«, fragte sie zwischen zwei Drehungen. Antonio lächelte, zeigte seine Augenfältchen. Dorothea musste sich eingestehen, dass ihr Mann mit jedem Jahr, das er älter wurde, immer noch attraktiver wurde.

»Ach, lass sie doch, die alte Lanzenotter! Sie ist eine Jugendfreundin meiner Mutter. Vermutlich hatte sie die Hoffnung, ihre Tochter würde einmal Herrin auf der Hacienda Margarita, und sie selbst könne dort ebenfalls einziehen. Nun muss sie bei jeder sich bietenden Gelegenheit ihre Enttäuschung zum Ausdruck bringen.«

Nach dem Walzer führte Antonio seine Gattin zum Tisch zurück, vorbei an Männern im Frack und Frauen, die nach Jasmin- und Rosenparfum dufteten und über einer Unzahl raschelnder Unterröcke farbenfrohe, weite Ballkleider trugen. Dorothea hatte sich für eine Kreation aus graublauer Rohseide in der Farbe ihrer Augen entschieden. Einziger Zierrat war ein weißer Spitzenbesatz an den Ärmeln. Ihre Robe war schlichter und schmaler geschnitten als die der übrigen Damen, und doch war es Dorothea, die die Aufmerksamkeit der Männer auf sich zog. Und sie genoss die eindeutigen Blicke, sagte sich, sie habe diese Art von Huldigung zu Recht verdient.

Die Musik setzte erneut mit einer Mazurka von Chopin ein. Derselben, die sie Jahre zuvor auf dem Klavier in ihrem Elternhaus gespielt hatte, während ein selbstgefälliger Apotheker den Klängen gelauscht und sich dabei einen Rosinenkrapfen nach dem anderen in den Mund geschoben hatte.

»Lass uns tanzen, Antonio! Ich liebe Chopin!«, rief sie und sprang vom Stuhl auf. Dabei stieß sie mit der Hand ein halb volles Glas um, und ein wenig Wasser rann auf ihren Rock. Antonio zückte sein Taschentuch, und Dorothea tupfte den Fleck rasch trocken. »Schon erledigt. Es waren nur ein paar Tropfen.«

Als sie das Tuch zurückgeben wollte, stutzte sie. Das waren

nicht Antonios Initialen. Die dunkelblaue Stickerei zeigte die ineinander verschlungenen Buchstaben H und L. Antonio nahm ihr das Taschentuch aus der zitternden Hand, führte sie mit unbewegter Miene zurück auf die Tanzfläche und drehte sich mit ihr im neuen, schnelleren Rhythmus. Dorothea sah plötzlich alles wie durch einen Schleier. Die tanzenden Menschen, die funkelnden Lüster, die Blumenbuketts auf den Tischen. Wie von fern hörte sie die Kapelle spielen. Ließ sich zum Tisch zurückgeleiten, lächelte betont herzlich, begrüßte Bekannte, deren Weg sie kreuzten, trank Champagner, lächelte weiter, als Antonio immer wieder ihre Hand an sein Herz drückte oder zärtlich ihre Finger küsste, nickte ergeben, erzählte ihren Tischnachbarn von Olivias Fortschritten im Klavierspiel, von Federicos Reitkünsten und spürte, wie das Lächeln allmählich in ihrem Gesicht festfror.

Während der Rückfahrt sprach sie kein einziges Wort. Wartete, bis sie zu Hause angekommen waren, und stellte Antonio zwischen Herrenhaus und Stallungen, wo niemand sie belauschen konnte, endlich zur Rede. Weil sie befürchtete, sonst ersticken zu müssen.

»Ich halte das nicht länger aus. Und ich will es auch nicht. Wie oft hast du versprochen, dich zu ändern? Und was ist daraus geworden? Immer wieder brichst du dein Versprechen. Mimst den liebevollen Ehemann, wenn wir in Gesellschaft sind. Und ich soll brav mitspielen. Damit nach außen hin der Anschein eines harmonischen Familienlebens gewahrt bleibt, wie du einmal so treffend gesagt hast. So kann ich nicht weiterleben.« Ihre Stimme klang bitter, aber sie konnte nicht weinen. Zu viele Tränen hatte sie schon in endlosen, einsamen Nächten vergossen.

»Wie redest du mit mir? Du tust gerade so, als sei ich ein Unmensch. Als ob du durch die Ehe mit mir nicht auch Annehmlichkeiten hättest. Du lebst in einem Haus mit Dienstboten, hast zwei Kinder, dir steht die Hälfte meines Vermögens zu... Du musst dir mehr Mühe geben, mich zu verstehen«, forderte Antonio gereizt.

Dorotheas Ton wurde lauter und schärfer. »Tatsächlich, muss ich das? Warum kannst du nicht ausnahmsweise einmal versuchen, mich zu verstehen? Und dir überlegen, wie ich mich fühle, wenn ich immer wieder hintergangen werde. Wem gehört das Taschentuch, das du mir vorhin auf dem Ball gereicht hast? Sag es mir – wer ist dieser Mann?«

Antonio machte eine abwehrende Handbewegung. »Das spielt doch überhaupt keine Rolle. Außerdem kann und will ich nicht darüber reden. Warum quälst du mich so? Es ist alles schon schlimm genug.«

»Ach, ich quäle dich... Nun, wenn das so ist, dann sollten wir gemeinsam nach einer Lösung suchen, wie wir diese Qual beenden.«

Antonio zuckte zurück. Im Schein der Fackeln, die den Weg erhellten, entdeckte Dorothea plötzlich Unsicherheit in den Augen ihres Mannes.

»Wie... wie meinst du das?«

»Ich brauche kein Haus mit Dienstboten, und ich erhebe auch keinen Anspruch auf das Vermögen meines Ehemannes. Ich gehe von hier fort. Ich suche mir eine Stelle als Lehrerin und will ein selbstbestimmtes Leben führen.«

»Du darfst mich nicht verlassen, Dorothea! Niemals, hörst du? Das wäre mein Untergang.« Antonio klammerte sich an ihr fest. »Ich brauche dich doch... und die Kinder auch.«

Dorothea schwankte zwischen Wut und Verständnis, bereute fast ihre harten Worte. Sie war Ehefrau und Mutter, folglich hatte sie Pflichten. Und die musste sie erfüllen. Aber warum hatte sie so oft das Gefühl, der Boden unter ihren

Füßen bräche ein? Sie seufzte, schüttelte müde den Kopf. »So kann ich nicht länger weiterleben.«

»Bleib bei mir! Ich … ich werde jeder Versuchung aus dem Weg gehen, gewisse Lokale meiden, jeden Abend darum beten, meinen Dämon endlich zu besiegen. Es wird alles gut zwischen uns. Ich verspreche es dir.«

Dorothea schob Antonio zur Seite, ging mit schweren Schritten auf das Herrenhaus zu.

»Was hast du vor?«, rief Antonio angstvoll hinter ihr her.

»Ich brauche dringend eine Luftveränderung. Morgen reise ich zu Elisabeth an die Küste. Und Olivia nehme ich mit. Ich werde länger bleiben. Wie lange, weiß ich noch nicht.«

OKTOBER BIS NOVEMBER 1860

»Nimm noch einen Esslöffel Zucker und eine Prise Salz dazu. Und jetzt alles gut mit dem Schneebesen verrühren ... Bravo, Spatzi, ich glaube, du bist die geborene Köchin.« Elisabeth von Wilbrandt zerließ einen großen Klecks Butter in einer Kupferpfanne und füllte portionsweise den Teig hinein, den ihre Patentochter Olivia mit viel Eifer zubereitet hatte.

»Bestimmt nicht, Tante Elisabeth. Ich werde nämlich Tänzerin. Oder Schauspielerin. Auf jeden Fall will ich reisen und in der Welt herumkommen. Nicht immer nur zu Hause sitzen und mich langweilen.«

»So, das ist ja lustig. Als junges Mädchen habe ich auch davon geträumt, ans Theater zu gehen. Wer weiß, wie mein Leben als Schauspielerin wohl ausgesehen hätte? Aber es ist anders gekommen, und heute freue ich mich, dass ich mein blaues Haus am Meer habe. Was sagen denn deine Eltern zu deinen Plänen?«

Olivia steckte einen Finger in die Schüssel mit dem Rosinenquark. »Hm, lecker ... Ich habe ihnen noch nichts davon erzählt. Papa wäre es vermutlich einerlei, aber Mama hätte Angst, ich könnte mir auf der Bühne den Fuß brechen oder der Zug würde entgleisen, in dem ich reise, und jemand überfällt mich ... Immerzu erzählt sie, wie gefährlich etwas ist und dass ich gut aufpassen soll, weil ich ihr allerliebster Schatz bin. Wie ich solche Sprüche hasse.«

»Nicht doch, Spatzi! Deine Mama ist eben stolz, eine so hübsche Tochter zu haben. Vielleicht wird es dir später einmal ähnlich ergehen, wenn du Kinder hast.« Elisabeth verteilte den Quark auf den fertig gebackenen dünnen Pfannkuchen und rollte sie auf. Ihr waren die Spannungen zwischen der ruhigen und vorsichtigen Dorothea und ihrer impulsiven, oft kratzbürstigen Tochter nicht entgangen. Jede Ermahnung, die Dorothea aussprach, reizte Olivia zum Widerspruch. Mutter und Tochter waren nicht nur vom Aussehen, sondern auch vom Wesen her völlig unterschiedlich. Doch Elisabeth hatte beide ins Herz geschlossen.

»Magst du mir beim Servieren helfen, Livi?« Elisabeth war die einzige Erwachsene, die Olivia bei ihrem Kosenamen nennen durfte, bei jedem anderen hätte die Patentochter Zeter und Mordio geschrien.

Für die Gäste der Pension war der Tisch auf der Veranda gedeckt worden. Die beiden jungen Engländer liebten den Blick auf das blaugrün schimmernde Meer und den weiten Horizont, an dem fast täglich Großsegler mit Kurs auf Puntarenas oder in umgekehrter, südlicher Richtung nach Ecuador, Peru und Chile zu sehen waren. Stundenlang saßen sie bei einem Sherry in den gemütlichen Korbsesseln, schrieben Tagebuch oder Briefe an die Familien und Freunde zu Hause. Sie logierten bereits zum dritten Mal in der Pension, und Elisabeth betrachtete sie mittlerweile als Freunde.

Graham Archer und Spencer Branagh hätte man für Brüder halten können, so ähnlich sahen sie sich mit dem hellbraunen Haar, der mittelgroßen schlanken Figur und der maßgeschneiderten Kleidung, der allerdings etwas Altmodisches anhaftete. Wie so häufig bei kultivierten Briten ihres

Standes. Sie hatten sich während des Studiums in Cambridge kennengelernt. Beide waren Ende zwanzig, stammten aus reichen Elternhäusern und konnten es sich leisten, durch die Welt zu reisen, ohne dafür arbeiten zu müssen.

Nach zahlreichen abendlichen Gesprächen bei Wein und Tortillas wusste Elisabeth, dass die Exkursionen der jungen Männer eine Flucht vor der Enge zu Hause und vor den Erwartungen waren, die man gemeinhin in Söhne ihres Alters setzte – nicht nur in England. Dass sie ein braves Mädchen aus gutem Hause heirateten und für den Fortbestand der Dynastie sorgten. Das Bedürfnis, auszubrechen, etwas zu erleben und sich den Konventionen zu widersetzen, verband Elisabeth mit den beiden Gästen.

»Guten Morgen, Gentlemen, wir möchten Ihnen heute eine Spezialität aus meiner österreichischen Heimat servieren. Topfenpalatschinken, wie man sie bei uns nennt, das sind mit Quark gefüllte Pfannküchlein.«

Die beiden probierten einige Bissen und rollten verzückt mit den Augen. »Hm, damit versüßen Sie uns den Abschied, Miss Elisabeth. Nun müssen Sie allerdings damit rechnen, dass wir schon bald wieder hier auftauchen«, drohte Spencer scherzhaft und hob lachend den Zeigefinger.

»Den Teig hat übrigens meine Assistentin ganz allein zubereitet«, beeilte sich Elisabeth zu erklären und legte einen Arm um Olivias Schultern.

»Ganz deliziös, Miss Olivia«, lobte Graham und zwinkerte der Kleinen anerkennend zu. Elisabeth sah, wie die Augen der Patentochter vor Stolz aufleuchteten. Sie kam gut mit Olivia zurecht. Ihr gegenüber verhielt sich die Neunjährige keineswegs widerborstig, sondern war anschmiegsam und sanft wie ein Lämmchen. Was sie nicht sonderlich verwunderte, denn Mütter hatten es bei der Erziehung ihrer Töchter ohnehin schwerer als Patentanten. Das wusste sie aus eigener Erfahrung.

»Komm, wir wollen schauen, wo deine Mama und Marie geblieben sind.« Sie nahm Olivia an die Hand, und gemeinsam stiegen sie die Holzstufen neben der Veranda bis zum Meer hinunter. Seit sich die Flut ihrem Höhepunkt näherte, war der Strand hinter dem Haus nur noch ein schmaler weißer Streifen, der sich bei Ebbe zu einem breiten Küstensaum ausdehnte.

Elisabeth fühlte den feinen warmen Sand unter den nackten Fußsohlen. Sie liebte es, ohne Schuhe am Strand entlangzugehen. Im Haus, auf den kühlen Steinfliesen, trug sie aus Palmstroh geflochtene Sandalen. Und in ihre Lederstiefeletten schlüpfte sie nur noch, wenn sie auf Reisen war oder zu einer offiziellen Einladung ging. Als Farbe für ihre Kleidung bevorzugte sie nach wie vor Schwarz, allerdings hatte sie die weitaus bequemere Tracht der Indianerinnen übernommen – knöchellange Wickelröcke und weite Blusen. Das dazugehörige Kopftuch war selbstverständlich in Rot gehalten, so wie früher ihre Hüte.

Elisabeth hatte auch das Mieder abgelegt, denn keine Indigena, die an der Töpferscheibe oder in den Zuckerrohr- und Kaffeeplantagen arbeitete, wäre auf den Gedanken gekommen, ihren Körper einzuschnüren. Das war etwas für die vornehmen Ticas oder die europäischen Einwanderinnen, die lediglich als dekoratives Anhängsel ihrer erfolgreichen Ehemänner dienten. Die die meiste Zeit in ihren eigenen vier Wänden verbrachten und sich folgsam dem Modediktat des französischen Hofes unterwarfen. Doch Elisabeth fühlte sich ohne die beengenden Fischbein- und Stahlstäbe wie befreit. Sie mochte ihre Figur, die seit der Geburt ihrer Tochter ein wenig weicher und fülliger geworden war.

»Ich bin die Erste!«, rief Olivia, und Elisabeth ließ sie schwer keuchend das Wettrennen gewinnen. Dann knotete sie ihren Rock an den Seiten hoch und stieg bis zu den Waden in das klare, kühle Meerwasser. Olivia hüpfte und jauchzte, wenn eine Welle kam, und störte sich nicht daran, dass ihr Kleid bis zu den Hüften nass wurde.

»Ist das nicht herrlich erfrischend, Spatzi? Schau, da vorn sind die beiden!« Sie winkte Dorothea zu, die ihr Hand in Hand mit Marie am Rand eines Mangrovenwäldchens entgegenkam. Noch immer war die Freundin so gertenschlank wie damals, als sie sich zum ersten Mal an Bord der *Kaiser Ferdinand* begegnet waren. Dorothea hatte sich in den zurückliegenden Jahren kaum verändert. Allerdings zeigte sich neben dem ernsten Zug um die Lippen inzwischen auch eine unbestimmte Traurigkeit in den Augen. Oft schon hatte Elisabeth sich gefragt, welchen Grund es hierfür geben mochte, doch sie scheute sich, Dorothea mit einer unziemlichen Frage zu brüskieren. Sie spürte, ganz tief im Innern gab es eine Hürde, die die Freundin nicht zu überwinden vermochte.

Elisabeth schmunzelte, als Marie, der lustige vierjährige Wirbelwind, eine Baumwurzel über dem Kopf schwenkte. Die Kleine tat nichts lieber, als am Meer Holz zu sammeln und zu raten, welches Tier sich darin verbergen könne. Gerade jetzt, am Ende der Regenzeit, waren die Strände mit Ästen und Baumstämmen übersät, die die Flüsse aus den hochgelegenen Nebelwäldern ins Meer spülten. Ihr wurde warm ums Herz, als sie Marie so fröhlich daherkommen sah. Die Kleine hatte ihr dunkles Haar und die Stupsnase geerbt, die dem Gesicht etwas Vorwitziges verlieh. Marie war das größte Geschenk, das ihr das Leben bisher gemacht hatte. Sie lief ihrer Tochter mit ausgebreiteten Armen entgegen, nahm sie hoch und drehte sich einige Male im Kreis. Dann rieb sie mit dem Handrücken notdürftig das dreckverschmierte Gesicht sauber und drückte dem Kind einen herzhaften Kuss auf die Wange. »Da bist du ja, mein Schatzerl. Was hat meine kleine Entdeckerin denn heute gefunden?«

»Ein Krokodil, Mamilein, schau mal!« Marie streckte ein Ärmchen vor und zeigte eine lange dünne Baumwurzel, die allerdings eher an eine Schlange erinnerte.

»Ui, da bekomme ich ja richtig Angst! Hoffentlich will das wilde Tier mich nicht fressen. Sag, meine Süße, magst du mit Olivia eine Sandburg bauen? Dorothea und ich setzen uns hier vorn in den Schatten und schauen euch dabei zu.«

Marie lief zu einem Schuppen unterhalb der Veranda und holte einen Eimer und zwei Suppenkellen heraus. Wie selbstverständlich nahm sie die viel größere und ältere Olivia an die Hand und lief mit ihr bis zum Wasser. Die Mädchen hockten sich in den Sand und waren schon bald ganz in ihr Spiel vertieft.

Elisabeth führte die Freundin zu einer Bank unter einem Pochotebaum, dessen Stamm und Äste über und über mit Stacheln versehen waren. Ihr Herannahen weckte einen Nasenbären, der im Schatten eingedöst war. Neugierig beäugte er die beiden Frauen und schlich dann gemächlich und mit hoch erhobenem Schwanz davon. Elisabeth hatte es bisher vermieden, diese zutraulichen Tiere zu füttern, weil sie keine ungebetenen vierbeinigen Gäste im Haus haben wollte. Doch sie wusste nicht, wie lange sie Maries Bitten noch widerstehen konnte, die Nasenbären zu ihren Lieblingstieren erklärt hatte. Sie blickte zu den Kindern am Wasser hinüber und warf ihnen eine Kusshand zu.

»Sind die Mädchen nicht süß? Ich find's schön, wie die beiden sich verstehen.«

Dorothea nickte. »Olivia ist hier ganz anders als zu Hause.

Dort will sie immer nur zeigen, wie furchtlos sie ist, und lässt sich zu den waghalsigsten Mutproben hinreißen. Kürzlich ist sie mit ihrem Pony über unseren Bach gesprungen und ins Wasser gefallen. Ganz grün und blau ist sie an der Hüfte gewesen, und das Handgelenk hat sie sich auch verstaucht. Du kannst dir nicht vorstellen, welche Ängste ich immer ausstehe. Ich glaube, das Seeklima tut ihr gut. Und mir auch. Es ist wirklich schön bei dir.«

Elisabeth umarmte die Freundin. »Ich freue mich, dass ihr gekommen seid. Olivia ist eben ein Wildfang und hat ihren eigenen Kopf. Ich war in dem Alter übrigens genauso.«

Dorothea wollte schon aufspringen, als sie sah, wie ihre Tochter plötzlich bis zu den Knien im Wasser stand, doch Elisabeth hielt sie mit sanftem Druck zurück. Weil sie ahnte, dass Olivia ohnehin jegliche mütterliche Ermahnung in den Wind schlagen würde.

»Sei vorsichtig, mein Schatz, geh nicht weiter hinaus!«, rief Dorothea der Kleinen zu.

Olivia verschränkte die Arme vor der Brust, ging noch einen Schritt weiter ins Wasser und sah trotzig zu ihrer Mutter herüber. Dorothea seufzte resigniert.

»Immer wieder dieselben Spielchen... Um Federico mache ich mir keine solchen Sorgen. Vielleicht weil er ein Junge ist. Aber Olivia ist mein Ein und Alles. Am liebsten trüge ich sie noch mit mir herum wie damals, als sie ein Säugling war. Sie soll immer nur glücklich sein.«

»Weil du ihr das geben willst, was du selbst vermisst hast?« Es war nur eine Vermutung, aber Elisabeth hatte den Erzählungen der Freundin entnommen, dass diese sich als Kind einsam und verloren gefühlt hatte. Ein Schicksal, das ihr glücklicherweise erspart geblieben war. Sie selbst hatte eine behütete Kindheit erlebt, hätte sich dennoch nie vorstellen können, für immer in ihrem Heimatdorf zu leben, wo die einzige Veränderung der Wechsel der Jahreszeiten war.

Dorothea nickte, ließ Olivia aber nicht aus den Augen. »Ja, das ist der Grund. Ich habe mich von meinen Eltern immer abgelehnt gefühlt und sehr darunter gelitten. Eigentlich macht mir das heute noch zu schaffen. Olivia soll spüren, wie sehr ich sie liebe und dass ich alles für sie täte.«

»Das weiß sie doch ... Allerdings meine ich, du solltest dir nicht immer ausmalen, was deiner Tochter Schlimmes zustoßen könnte, sondern ihr vertrauen. Du kannst sie nicht ihr Leben lang beschützen. Sie muss auch schmerzhafte Erfahrungen machen und irgendwann ihren eigenen Weg gehen. Je mehr du sie mit deiner Fürsorge erdrückst, desto eher wird sie sich eines Tages davon befreien wollen«, gab Elisabeth unumwunden zu bedenken. Und hatte vermutlich gerade damit den Finger in eine Wunde gelegt. Denn plötzlich entdeckte sie Betroffenheit und einen feuchten Schimmer in Dorotheas Augen. Rasch lenkte sie ein, um an diesem herrlichen Morgen keine Missstimmung aufkommen zu lassen. »Ich weiß, ich hab leicht reden. Hier am Meer kann ein Kind viel unbeschwerter aufwachsen als auf einer großen Hacienda, noch dazu unter den gestrengen Augen der Großeltern. So, und jetzt will ich nachsehen, ob mein Liebespaar noch irgendwelche Wünsche hat.«

»Wen meinst du? Außer uns sind doch nur die beiden Engländer zu Gast.«

Elisabeth war erleichtert, denn die Freundin hatte ihr offenbar die kritischen Worte nicht übel genommen. Schnell leitete sie zu einem anderen Thema über. »Sag einmal, wie gefallen dir die Gentlemen mit ihren altmodischen Anzügen?«

»Es sollte mehr solcher höflicher und liebenswerter Männer geben. Letzte Woche haben sie Olivia das Kartenspielen beigebracht, und vorgestern haben sie sie zu einem Ausflug in das Wäldchen mit den Indischen Mandelbäumen mitgenommen und rote Aras beobachtet. Das Kind schwärmt immer noch von dem lustigen Nachmittag.«

»Das kann ich mir gut vorstellen. Die beiden sind witzig, unkompliziert und obendrein noch Kindernarren ... und sie sind ineinander verliebt.«

Die Art, wie sich Dorotheas Hände hilfesuchend an der Bank festklammerten, machte Elisabeth stutzig. So bleich und fassungslos hatte sie die Freundin noch nie erlebt. Nicht einmal auf dem Schiff, als Dorothea gestürzt war und sich den Knöchel verstaucht hatte, nachdem Jensen sich ihr zu nähern versucht hatte. Doch im Augenblick stand ihr pures Entsetzen ins Gesicht geschrieben. Sie schüttelte so heftig den Kopf, dass sich einer ihrer aufgesteckten Zöpfe löste, und lief wortlos davon, so schnell, als würde sie verfolgt. Elisabeth blickte ihr ratlos hinterher, war sich keiner Taktlosigkeit bewusst.

»Dorothea, was ist mit dir?«

Mit zusammengekniffenen Lippen zerrte Dorothea die beiden Koffer unter dem Bett hervor und warf ihre und Olivias Kleider hinein. Sie wollte fort von hier, so schnell wie möglich. Elisabeth sollte ihr umgehend Mulis und einen Führer besorgen. Wie hatte sie nur so arglos sein können? So dumm und so blind.

»Herein!« Dorothea wandte sich nicht einmal um, sondern packte wahllos weiter. Elisabeth trat ins Zimmer und stellte sich neben sie, sah ihr schweigend zu, wie sie noch ein Nachthemd in den prall gefüllten Koffer stopfte. Mit aller Kraft warf Dorothea den Deckel zu, etwas zu hastig, denn plötzlich klemmte sie sich den Finger ein. Mit leisem Stöhnen zog sie ihn heraus und steckte ihn in den Mund, schmeckte Blut. Langsam kam sie wieder zur Besinnung, versuchte sich vorzustellen, wie absurd ihr Benehmen auf Elisabeth wirken musste. Sie ließ sich auf die Bettkante sinken und brachte es nicht über sich, der Freundin in die Augen zu sehen.

Elisabeth setzte sich neben sie, legte ihr den Arm um die Schultern. »Magst du mir erzählen, was passiert ist? Habe ich irgendetwas Verletzendes gesagt?«

»Nein, es hat nichts mit dir zu tun.« Dorothea kräuselte spöttisch die Lippen, als sie daran dachte, wie oft sie diese Worte schon gehört hatte. Von ihren Mann. Wenn er ihr sein Handeln erklären wollte – und es doch nicht konnte. Sie zögerte und brachte ihre Erklärung nur stockend hervor. »Es ist... wegen der beiden Engländer. Ich kann nicht länger mit ihnen unter einem Dach wohnen.«

Elisabeth rückte ein Stück zur Seite, schlug die Beine übereinander und wippte mit dem Fuß, betrachtete ihre wohlgeformten Zehen. »Nun, ich weiß zwar nicht, was die beiden dir getan haben, aber ich kann dich beruhigen. Sie brechen heute noch nach Puntarenas auf. Von dort wollen sie mit dem Schiff nach Guatemala weiterreisen.«

Dorothea, die wie ein Häufchen Elend dagesessen hatte, richtete sich langsam wieder auf. In ihren Augen lag Erleichterung. Große Erleichterung. Sie holte tief Luft und presste eine Hand auf das Herz, das noch immer unruhig pochte. »Bitte verzeih mir, Elisabeth. Was musst du nur von mir denken... Es kam so plötzlich, und ich dachte... es gibt da nämlich etwas... Ich habe noch nie mit jemanden darüber gesprochen...«

»Was war mit den beiden Engländern?«, fragte Elisabeth behutsam nach. »Bisher fandest du sie sympathisch. Oder irre ich mich?«

Dorothea stockte. Warum nur konnte sie nicht aussprechen, was sie bedrückte? Nicht einmal ihrer langjährigen Freundin gegenüber? Sie räusperte sich mehrmals, senkte den Blick. »Ich ... ich hätte nie gedacht, dass die beiden ... also dass sie ... so sind.«

»Ach, das meinst du ... Es hat dich hoffentlich nicht schockiert. Graham und Spencer sind höfliche und kultivierte Gäste, die pünktlich ihr Zimmer bezahlen ... Sie behandeln mich überaus respektvoll. Warum hätte ich ihnen den Zutritt zu meinem Haus verwehren sollen? Nur weil sich möglicherweise irgendwelche Moralapostel daran stören könnten? Es gibt schließlich mehr Männer, die sich zu ihresgleichen hingezogen fühlen, als man vermutet. Frauen übrigens auch. Sieh dich nur aufmerksam um.«

Dorothea starrte die Freundin ungläubig und entsetzt zugleich an, schüttelte heftig den Kopf. »Nein, Elisabeth ... das kann ich nicht glauben. In der Bibel steht doch ... Gott hat Mann und Frau erschaffen, damit sie ...«

»Weißt du, meine Liebe, es gibt auch eine Zeit vor der Bibel. Und seit jeher haben Menschen so gelebt und geliebt, wie es ihnen gefiel. Manchmal passen Mann und Frau einfach nicht zusammen, sonst gäbe es nur glückliche Ehen.«

Dorothea schwieg und versuchte, Klarheit in das Wirrwarr ihrer Gefühle zu bringen. Was war nur mit ihr? Sie hatte sich mit der Freundin doch immer gut verstanden. War ihr, selbst bei unterschiedlicher Meinung, immer zugetan gewesen.

»Sag einmal, ist dir noch nie ein Mann begegnet, der andere Männer anziehend findet?«

Elisabeths Frage traf Dorothea wie ein Blitz. Sie zuckte zusammen und hielt sich nur mit Mühe aufrecht. »Doch, Antonio«, schleuderte sie der Freundin trotzig entgegen.

»Jesusmariaundjosef!«

Dorothea nickte, war erleichtert, dass sie die Wahrheit über die Lippen gebracht hatte. Endlich wusste jemand, wie sie sich fühlte und was sie mitgemacht hatte. Sie war in ihrem Kummer nicht mehr allein.

Elisabeth schlug sich mit der Hand gegen die Stirn und stieß einen leisen Pfiff aus. »Na servus, jetzt wird mir einiges klar!«

Dorothea rutschte ein Stück zur Seite und musterte die Freundin mit fragendem Blick.

»Aber geh, wenn ein Mann so gut ausschaut und so charmant ist wie dein Antonio, den andere Männer beneiden und von dem alle Frauen schwärmen – dann ist das ein recht sicherer Hinweis auf sein wahres Wesen. Ich hätte schon früher drauf kommen können.«

Dorothea rang nach Luft, fassungslos und zutiefst erschüttert. Nach jahrelangem Ringen hatte sie den Mut gefunden und Elisabeth ihr Geheimnis anvertraut. Und nun verhielt sich die Freundin so, als sei dieses Geständnis überhaupt nichts Besonderes. »Es ist ein Gefühl, als hätte man keinen Boden mehr unter den Füßen. Man stürzt und findet nirgendwo einen Halt. Immer wieder hat Antonio versprochen, er werde sich ändern…«, versuchte sie zu erklären und wartete auf ein Zeichen von Verständnis und Mitleid.

»Und, hat er sich geändert?«

Seufzend schüttelte Dorothea den Kopf, zwinkerte die aufkommenden Tränen weg.

»Nun lass den Kopf nicht hängen, mein Hascherl! Du darfst nicht erwarten, dass dein Mann sich selbst verleugnet. Das kann ein Mensch nur bis zu einem gewissen Grad. Euer Liebesleben mag zwar wenig aufregend sein, aber ansonsten befindest du dich doch in einer äußerst kommoden Lage.«

Elisabeth sprang auf und legte der Freundin die Hände auf die Schultern, versprühte Heiterkeit und Zuversicht.

Dorothea verschlug es die Sprache. »Du machst dich über mich lustig, Elisabeth«, schnaubte sie tief empört.

»Aber nein, wie kommst du darauf? Sehen wir die Dinge einmal nüchtern. Erstens: Dein Mann ist ein reicher Erbe. Zweitens: Er trifft sich mit anderen Männern. Und drittens hat er eine Familie, die ihm den Anschein eines liebevollen Ehemannes und Vaters verleiht und ihn vor übler Nachrede schützt. Wenn du ihn gewähren lässt, wird auch dein Mann bereit sein, dir Freiheiten einzuräumen, von denen viele Ehefrauen nur träumen können. Allein schon, um dich bei Laune zu halten. Du bist innerlich und moralisch frei, und das ist ein unschätzbarer Vorteil. Mit Antonios Geld kannst du dein Leben gestalten, ganz und gar nach deinem Gusto – und dir nebenbei noch einen Mann fürs Herz zulegen.«

»Das ... das ist nicht dein Ernst.«

»Doch, jedenfalls sähe ich es so.« Elisabeth beugte sich vor und drückte Dorothea einen Kuss auf die Wange. »Danke, dass du mich eingeweiht hast, meine Liebe. Aber jetzt muss ich meine Gäste verabschieden. Und danach gehen wir alle zusammen auf den Markt, was meinst du?«

Dorothea nickte matt und rieb sich die brennenden Schläfen. Ihr Verstand weigerte sich, den unmoralischen Standpunkt der Freundin zu teilen. Wie konnte Elisabeth angesichts eines Verhaltens, das nicht nur gegen den gesunden Menschenverstand, sondern auch gegen die Regeln der Heiligen Schrift verstieß, so gleichmütig bleiben? Lag es daran, dass sie Österreicherin war? Oder weil sie als Adlige eine andere Erziehung genossen hatte, eine Erziehung, die sie zur Freidenkerin gemacht hatte?

Durch das offene Fenster drang das Lachen der beiden

Mädchen zu ihr ins Zimmer. Sie blickte hinaus und sah, wie Olivia und Marie sich an den Händen hielten und um die Sandburg herumhüpften. Um sich von ihren zwiespältigen Gefühlen abzulenken, nahm sie ihr Skizzenbuch aus dem Koffer und hielt diese Szene voller Anmut und Fröhlichkeit fest. Während der Stift mit einem leisen Kratzgeräusch über das Papier glitt, wurde sie allmählich ruhiger. Sie beschloss, zumindest an diesem Tag nicht mehr über Elisabeths fragwürdige Ansichten nachzudenken. Auch wenn die Freundin noch so lebensklug war, so konnte sie sich doch irren. Von nun an wollte Dorothea jede Sekunde ihres Aufenthaltes am Meer, fern von den Zwängen auf der Hacienda, aus tiefstem Herzen genießen.

Die beiden Mädchen hatten keine Lust, ihre Mütter auf den Markt zu begleiten. Viel lieber wollten sie mit Lorenza, der alten Nachbarin mit dem zahmen Kapuzineräffchen, Bananenkuchen backen. Und so machten die beiden Frauen sich allein auf den Weg in den Ort. Auf dem Platz vor der Kirche hatten die Händler ihre Verkaufsstände aufgebaut und priesen unter hellgrauen Zeltplanen lautstark ihre Waren an. Dorothea fiel auf, dass vor allem Kleidung, Hausrat und Kleinmöbel angeboten wurden. Sie entdeckte ein Schultertuch aus blassrosa Spitze, so filigran gearbeitet wie ein Spinnennetz. Das wollte sie ihrer Schwiegermutter mitbringen, weil es so gut zu der hellen Kleidung passte, die Isabel ausschließlich trug.

Elisabeth war bereits weitergegangen und kaufte Fisch und Gemüse ein, tauschte mit den Händlerinnen wort- und gestenreich den neusten Klatsch und Tratsch aus. Hier musste sie eine Dattel, dort ein Stückchen Käse kosten. Die selbstverständliche Art, wie die Freundin sich unter den Einheimischen bewegte, machte deutlich, dass diese sie als eine der Ihren ansahen. Dorothea selbst konnte leider keine derartigen Einkäufe zu Hause tätigen. Dafür war die Köchin zuständig. Der Geruch von Gewürzen schwebte über dem Platz – Chili, Ingwer, Muskat und Piment. Ein zahnloser alter Mann breitete Tabakblätter auf einem Holzbrett aus und rollte Zigarren. Nichts konnte seine Konzentration stören, er war ganz in seine Arbeit vertieft.

Kurz vor Ende ihres Rundganges fesselte ein kleiner Stand Dorotheas Aufmerksamkeit. Dort bot eine junge Indianerin Töpferwaren an. Schalen, Krüge und Masken aus ockerfarbenem Ton mit schwarzen und roten Motiven oder aus dunkelgrauem Material, in das Muster eingeritzt waren, durch die der weiße Untergrund hindurchschimmerte. Elisabeth hatte solche Tongefäße im Frühstücksraum ihrer Pension dekoriert, doch hier, im gleißenden Sonnenlicht, übten sie einen besonderen Zauber aus.

»Kann ich Ihnen helfen, Señora?« Die junge Frau war kaum älter als zwanzig, hatte ein ebenmäßiges Gesicht mit mandelförmigen dunklen Augen und einen vollen, lächelnden Mund. Das tiefschwarze Haar war im Nacken zu einem dicken Zopf geflochten und reichte bis zu den Hüften. Dorothea hätte die Indianerin gern gezeichnet, mochte aber nicht fragen, weil sie ein solches Ansinnen womöglich als unangemessen empfunden hätte.

»Ich weiß noch nicht... Die Stücke sind alle wunderschön und so geheimnisvoll.«

»Die haben die Frauen in unserer Familie getöpfert. Wir sind Chorotega-Indianer und leben in Guaitil. Einmal im Monat kommen wir hierher auf den Markt. Diese Muster und Farben haben unsere Vorfahren schon vor vielen tausend Jahren verwendet.«

Dorothea nahm einige Stücke in die Hand, bewunderte die kunstfertige Ausführung, den warmen perlmuttfarbenen Glanz und die Zeichnungen, die Tiere, Pflanzen und fremdartige Gesichter darstellten oder Linien und Muster zeigten. Seit zwölf Jahren lebte sie in diesem Land und wusste trotzdem fast nichts von dessen Traditionen. Sie hatte zwar die Schönheit der Landschaft kennen und lieben gelernt, aber ausschließlich Kontakte zu Menschen geknüpft, die als Nachfahren europäischer Einwanderer auch europäische Traditionen pflegten. Wie anders wäre ihr Blick auf dieses Land gewesen, wäre sie seinerzeit mit Alexander hierhergekommen und hätte mit ihm abenteuerliche Reisen in unentdeckte Gegenden unternommen...

Um sich von ihren Erinnerungen und der Trauer um ihre verlorenen Hoffnungen abzulenken, ließ Dorothea sich einen besonders schön gestalteten Krug reichen, den ein springender Affe zierte. Dabei fielen ihr an den Unterarmen der Indigena mehrere Blutergüsse auf. Und dann bemerkte sie auch noch einen blauschwarzen Fleck an deren Hals. »Sind Sie irgendwo gestürzt?«, fragte sie mitfühlend.

Verschämt zog die junge Frau die Ärmel ihrer Bluse herunter. »Ich... ich bin über eine Baumwurzel gestolpert.« Doch ihre stockend vorgebrachte Begründung klang nur wenig glaubhaft. Dorothea kaufte zwei Schalen und eine Vase für ihr Zimmer auf der Hacienda und zahlte den geforderten Preis, ohne zu handeln. Als Erinnerung an die Begegnung mit der schönen Indianerin und an die Wochen bei Elisabeth.

»Das war sicher der Vater«, vermutete die Freundin, der Dorothea auf dem Nachhauseweg von ihrer Beobachtung erzählt hatte, und ihre Stimme klang bitter. »Immer wenn er getrunken hat, schlägt er seine Tochter und behauptet, sie hätte nicht genug Waren verkauft und sich stattdessen mit

Männern herumgetrieben. Diese Indianerinnen sind viel zu duldsam. Sie sollten ihren prügelnden Vätern und Männern einfach davonlaufen und sich zusammentun, um stolz und in Würde ihr eigenes Leben zu führen.«

Mit Entsetzen und Abscheu vernahm Dorothea die Erklärung Elisabeths und fühlte, wie ohnmächtige Wut in ihr aufstieg. Doch wie hätte sie helfen können? Das schöne Gesicht und die geschundenen Arme der jungen Indiofrau verfolgten sie bis in den Schlaf.

Auch wenn Dorothea mit aller Macht versuchte, nicht mehr an das heikle Gespräch zu denken, in dem sie die Wahrheit über ihre Ehe ausgesprochen hatte, so gingen ihr Elisabeths Worte nicht aus dem Sinn. Fast schien es, als zeige diese eher Verständnis für die Situation des Ehemannes als für die seiner Frau. War Elisabeth überhaupt eine echte Freundin, auf deren Urteil Verlass war? Plötzlich sehnte sich Dorothea nach der Hacienda Margarita zurück, nach den Kaffeefeldern, der Bank auf der Anhöhe, dem Rauschen des Baches, das sie noch des Nachts in ihrem Zimmer hörte. Elisabeth nickte nur, als Dorothea ihr erklärte, sie wolle rechtzeitig zum Weihnachtsfest wieder zu Hause sein, und schlug vor, am Abend vor der Abreise einige Nachbarinnen einzuladen.

Die meisten Frauen waren Indigenas, junge und alte. Sie saßen im Sand rings um das Feuer, das die Gesichter in ein sanftes orangerotes Licht tauchte. Auf dem Rost garten Maiskolben und Fleischspieße, dazu tranken alle Wein und Rum, erzählten und lachten viel. Wieder einmal bewunderte Dorothea die Art, wie diese Frauen, schlanke wie füllige, anmutig und stolz einherschritten, mit einer Grazie und Leichtigkeit, die ihnen angeboren sein musste.

Ein junges Mädchen hatte eine Gitarre mitgebracht, ein anderes eine Flöte. Sie spielten und sangen fremde Rhythmen in einer unbekannten Sprache, und es klang wundervoll in Dorotheas Ohren. Bald klatschten die Frauen im Takt mit. Dann plötzlich sprangen alle auf und tanzten um das Feuer herum. Zuerst jede für sich, doch schließlich fassten sie sich an den Händen und bildeten einen Kreis. In der Mitte die züngelnden Flammen, über ihnen der endlos weite und klare tropische Sternenhimmel. Ein eigenartiger Zauber lag über diesem Beisammensein. Dorothea spürte, wie Wärme sie durchströmte, und wünschte sich, diese Nacht möge nie enden.

»Servus und Busserl, meine süße Livi. Und schreib mir gleich, wenn ihr zu Hause angekommen seid!«

Elisabeth umarmte zuerst die Patentochter und dann Dorothea. Ihr Blick war ungewöhnlich ernst. »Ich wünsche mir von Herzen, dass unsere Freundschaft so bestehen bleibt, wie sie bisher war, und uns nichts auseinanderbringt.«

Dorothea schluckte einige Male »Danke für die schöne Zeit bei dir, Elisabeth. Ich muss über mich nachdenken... herausfinden, wo ich stehe und wohin ich gehen will.«

Gerührt beobachtete sie, wie Olivia und Marie sich herzten und voneinander Abschied nahmen. Dennoch fühlte sich irgendetwas in ihrem Innern dumpf und betäubt an. Sie strich Marie über das Haar und stieg auf ihr Muli, wandte sich nicht mehr um, als der Führer die kleine Karawane aus dem Ort hinaus nach Norden lenkte, während die Sonne sich im Osten über den Wipfeln des Regenwaldes erhob.

DEZEMBER 1860 BIS MAI 1861

Wenige Tage vor Weihnachten ritten Dorothea und Olivia auf ihren Mulis durch das Eingangstor der Hacienda Margarita. Antonio kam ihnen schon entgegen, umarmte Dorothea stürmisch und ausdauernd, schien sie gar nicht mehr loslassen zu wollen.

»Ich bin so froh, dass ihr wieder zu Hause seid! Ich hatte schon befürchtet, du kämst nie wieder zurück«, flüsterte er ihr erleichtert ins Ohr und küsste sie ungeniert vor aller Augen.

Ihr Herz klopfte. Für einen winzigen Moment war sie voller Zuversicht. Denn diese zärtliche Geste konnte nur eins bedeuten: Ihr Mann hatte sein Versprechen wahr gemacht. Er hatte sich tatsächlich geändert. Nun würde alles gut werden. Doch als sie glückselig eine Wange an seine Brust schmiegte, bemerkte sie auf seinem Revers ein kurzes hellbraunes Haar, das weder von ihm noch von seinem kleinen Sohn stammen konnte. Von einer Sekunde auf die andere war ihre Wiedersehensfreude verflogen.

Ein neues Jahr brach an, und Dorothea fragte sich, was es wohl an Freude, Leid und Überraschungen für sie bereithielt. Ein eigenartiges Gefühl der Leere hatte sich seit ihrem letzten Besuch bei Elisabeth in ihr ausgebreitet. Die Erinnerung an die zunächst unbeschwerten Tage am Meer hatte einen bitteren Beigeschmack bekommen. Mit einem Mal war ihr die Freundin, die so freizügig dachte und handelte, fremd geworden. Sie hatte sich wohl in ihr getäuscht, ihren Scharfsinn falsch eingeschätzt.

Johanna Miller, die lebensfrohe Vertraute aus ihren Anfangstagen in Costa Rica, war kurz vor Silvester im Alter von neunundsiebzig Jahren friedlich entschlafen. Dorothea hatte sich bei der Beerdigung, zu der etliche schweizerische Landsleute gekommen waren, einige Tränen aus den Augenwinkeln gewischt. Sie wusste, dass sie eine mütterliche Freundin verloren hatte.

Nun war sie ganz auf sich allein gestellt. Fragte sich immer öfter, was sie aus ihrem Leben gemacht hatte. Und ob einmal am Tag des Jüngsten Gerichtes, wenn sie Rechenschaft ablegen musste vor dem Herrn, die guten Taten die schlechten überwiegen würden. Das Schicksal hatte ihr ein komfortables Leben beschert, zumindest in diesem Punkt musste sie Elisabeth recht geben. Wurde es da nicht Zeit, etwas zurückzugeben? Anstatt immer nur über sich selbst nachzusinnen und in Lethargie zu versinken? Ein Brief der Patentante, der sie ihren Alltag immer nur in rosigsten Farben geschildert hatte, damit diese sich nicht sorgte, vertiefte ihre Niedergeschlagenheit nur noch.

*Meine liebe Dorothea! Ich bin immer froh, wenn ich einen Brief von Dir erhalte und dann lese, wie gut es Dir geht auf Deiner Hacienda. Mit Deinem wunderbaren Mann und den beiden süßen Kindern. Vielen Dank für die Zeichnungen, die Du beim letzten Mal dazugelegt hast. Ich spüre richtig, wie glücklich Ihr miteinander seid. Wenn Du doch nur nicht am anderen Ende der Welt leben würdest! Wie gern würde ich*

*Dich wiedersehen und Deine Familie kennenlernen. Schreib nur recht oft, meine Liebe, und schick mir Skizzen, so kann ich auch aus der Ferne mit meinen Gedanken und meinem Herzen bei Euch sein. Heinrich ist mir ein braver Ehemann. Wir verstehen uns gut und lachen viel. Allerdings fühle ich mich in letzter Zeit manchmal schwach. Wenn ich morgens aufwache, sind die Glieder ganz steif und schwer. Meine Fingerknöchel sind geschwollen. Die Knoten werden immer dicker und wollen einfach nicht weggehen. Nun, ich will nicht wehklagen. In diesem Jahr werde ich fünfundsechzig. Da muss man schon mal daran denken, dass man nicht ewig lebt. Aber vor allem sollst Du wissen, wie stolz ich bin, eine so tüchtige und mutige Patentochter zu haben. Jetzt muss ich mich aber beeilen und zum Markt gehen und für das Mittagessen einkaufen. Seitdem ich mit Heinrich verheiratet bin, können wir uns sogar einmal in der Woche Fleisch leisten, und ich danke unserem Herrgott jeden Abend, weil er mir einen so guten Mann an die Seite gegeben hat. Ich umarme Dich und erflehe Gottes Segen für Dich und Deine Familie. Deine Tante Katharina.*

Mit großer Zärtlichkeit dachte Dorothea an die Patentante, sorgte sich um deren Gesundheitszustand. Noch am gleichen Tag wollte sie ihr einen langen Brief schreiben und außerdem Geld anweisen, damit sie sich von dem besten Arzt in Deutz behandeln lassen konnte. Nur zu gern hätte sie die Tante wiedergesehen und mit ihr in der gemütlichen kleinen Küche Pfannkuchen gebacken. Und vielleicht hätte sie bei der Gelegenheit sogar herausgefunden, was Katharina ihr beim letzten Mal verheimlicht hatte. Als ihr das Wort »Lebenslüge« herausgerutscht war und sie dann hastig und verlegen das Thema gewechselt hatte. Es musste etwas mit

Hermann und Sibylla Fassbender zu tun haben, und offenbar wusste die Tante von einem Geheimnis, das sie nicht preisgeben wollte.

Lange, viel zu lange schon hatte Dorothea sich wegen ihrer zwiespältigen Gefühle den Eltern gegenüber den Kopf zerbrochen, sich Vorwürfe gemacht und war in Selbstzweifel versunken. Hatte sich gefragt, ob es an ihr gelegen hatte, dass die Eltern seit jeher so kühl und gefühllos gewesen waren. Denn noch immer hatte sie die Vergangenheit nicht vollständig hinter sich gelassen. Aber war das überhaupt möglich? Die seelischen Verletzungen der Kindheit zu vergessen? Gleichzeitig war ihr der Gedanke schier unerträglich, sich bei einer Reise nach Deutschland für fast ein Jahr von ihrer Tochter trennen zu müssen. Die sie so liebte, wie sie selbst gern geliebt worden wäre.

Sie zog das Herzmedaillon aus dem Mieder und presste es an die Lippen. Fühlte, wie das Metall ihre Körperwärme gespeichert hatte. Wurde ganz ruhig und empfand mit einem Mal ungeahnte Energie. Nein, sie wollte nicht sentimental werden und vor Selbstmitleid zerfließen. Es war an der Zeit, aufzuwachen, nicht länger zurückzuschauen, sondern ihr Schicksal selbst in die Hand zu nehmen und ihrem Leben eine neue Richtung zu geben. Was von nun an zählte, waren allein Gegenwart und Zukunft!

Dorothea beugte sich über das hölzerne Brückengeländer und blickte auf den gewundenen blaugrünen Wasserlauf, der unter ihr entlangfloss. Sah einzelnen Blütenblättern hinterher, die sich kreiselnd auf der Wasseroberfläche in Richtung des Herrenhauses bewegten. Auf der Hacienda war es wieder still geworden, nachdem die Ernte beendet war und die Pflücker in ihre Heimatdörfer zurückgekehrt waren. Es war die beste Kaffeeernte gewesen, die die Plantage jemals erlebt hatte, wie sie den Tischgesprächen zwischen Vater und Sohn entnehmen konnte. Die Europäer waren mittlerweile verrückt nach Kaffee und auch bereit, immer höhere Preise für die Bohnen zu zahlen. Die Kaffeebarone konnten mit dieser Entwicklung mehr als zufrieden sein.

Erst dachte Dorothea an eine Katze, die verletzt war und sich irgendwo versteckt hatte. Als die Jammerlaute nicht verstummten, ging sie weiter in die Richtung, aus der das Weinen kam. Eine junge Frau hockte vor einem Akanthusstrauch, dessen große gezackte Blätter in der Sonne silbrig grün schimmerten. Sie hielt die Beine umklammert und hatte den Kopf auf die Knie gesenkt, sodass nicht zu erkennen war, wer hier so wehklagte. Lediglich an der Kleidung mit der blauweiß gestreiften Schürze war zu erkennen, dass es eins der Dienstmädchen sein musste.

Dorothea berührte die Schulter der jungen Frau. »Was ist denn geschehen, kann ich dir helfen?«

Das Mädchen hob den Kopf, und Dorothea blickte in ein bildschönes, tränenüberströmtes Gesicht, auf dem sich Leid und Verzweiflung abzeichneten. Dorothea meinte sich zu erinnern, dass die Indigena kurz vor ihrer Reise ans Meer eingestellt worden war. Sie hieß Teresa und war eine weitläufige Verwandte von Mariana, Isabels Zofe. Das Mädchen schüttelte den Kopf.

»Nein, niemand kann mir helfen.«

»Das glaube ich nicht.« Dorothea breitete ihr Schultertuch auf dem Boden aus und ließ sich darauf nieder, wartete ab.

»Doch, und jemand wie Sie kann das sowieso nicht verstehen«, presste Teresa hervor und wandte den Kopf zur Seite, schluchzte und schluckte.

Dorothea sprach ruhig und besänftigend. »So erklär mir doch, was ich nicht verstehen kann. Und warum das so ist.«

Und dann begann die junge Frau plötzlich zu erzählen, schnell und wirr durcheinander, als müsse sie ihr ganzes Leid auf einmal ausschütten. Nach und nach wurde Dorothea klar, was geschehen war. Ihr Schwiegervater war im vergangenen September mit einem Freund von einem mehrtägigen Jagdausflug nach Hause gekommen. Die Männer hatten sich nach dem Abendessen ins Bibliothekszimmer zurückgezogen und reichlich getrunken. Dann hatte dieser Freund sich die Füße vertreten wollen und war dabei auf Teresa gestoßen, die gerade mit dem Abwasch fertig geworden und auf dem Weg ins Gesindehaus gewesen war. Der Mann hatte sie verfolgt, ins Gebüsch gezerrt und sich an ihr vergangen. Teresa hatte nicht um Hilfe rufen können, weil der korpulente Mann ihr den Mund zugehalten hatte. Dabei hatte sie Todesangst ausgestanden.

Einige Wochen später stellte sie fest, dass sie schwanger war. Ihr Zustand ließ sich nicht länger verbergen, und nun hatte Pedro ihr gekündigt. Mit der Begründung, eine unverheiratete Angestellte, die in anderen Umständen war, untergrabe die Moral der anderen und werfe überdies ein schlechtes Licht auf den Dienstherrn.

»Aber hast du meinem Schwiegervater denn nicht erzählt, was vorgefallen ist?«, fragte Dorothea und wusste nicht, ob sie mehr Mitleid mit Teresa oder Wut auf den Vergewaltiger empfinden sollte. Denn sie erinnerte sich plötzlich genau an den Mann, der es gewesen musste. Javier Cubillo Gomez hatte früher einmal eine Apotheke in Cartago besessen, war siebzig Jahre alt, mehrfacher Vater und Großvater, ein großspuriger, zynisch daherredender Mensch, der Dorothea zutiefst unsympathisch gewesen war. Die beiden Männer hatten beim Abendessen mit ihrer erfolgreichen Jagd geprahlt und stolz die Zahl der erlegten Tapire, Affen und Papageien genannt.

»Er hat mich erst gar nicht zu Wort kommen lassen. Außerdem hätte er mir ohnehin nicht geglaubt. Es gibt keine Zeugen, und auch dann würde niemand zugunsten einer Ureinwohnerin aussagen«, erklärte Teresa leise und wischte sich mit dem Schürzenzipfel über die Augen.

Jetzt überwog bei Dorothea die Wut. »Ich rede mit meinem Schwiegervater. Sein Freund muss zur Rechenschaft gezogen werden.«

Teresa hob die Schultern, lächelte schief und traurig. »Sie sind sehr freundlich, Señora Ramirez. Aber dieser Mann wird doch alles leugnen. Und wem wird man eher glauben? Einem reichen, edlen Herrn oder einer armen kleinen Indianerin?«

Dorotheas konnte ihren Zorn kaum noch unterdrücken. Welch erniedrigende, unmenschliche Situation für diese junge Frau! »Was ist mit deiner Familie?«, fragte sie vorsichtig und hegte die schwache Hoffnung, in Costa Rica bringe man unverheirateten Müttern mehr Verständnis entgegen als in Europa.

»Meine Familie wird mich nicht mehr aufnehmen, denn ich habe mich mit einem Weißen eingelassen. Einen Ehemann werde ich auch nicht finden. Wer will schon das Kind eines anderen großziehen?« Ein heftiges Schluchzen erschütterte Teresas zarten, feingliedrigen Körper. »Don Pedro sagt, ich muss die Hacienda heute noch verlassen. Jetzt kann ich nur noch betteln gehen … oder mich in Puntarenas den Matrosen hingeben.«

Eine Erinnerung überkam Dorothea, machtvoll und schmerzhaft. Sie sah sich an Teresas Stelle. Und dann fühlte sie, wie etwas in ihrem Innern aufbrach. Eine Kraft, die schon lange auf ihre Befreiung gewartet hatte. Sie wusste noch nicht, was sie tun würde, nur dass sie handeln musste. Tröstend legte sie den Arm um die zuckenden Schultern der jungen Indianerin. »Niemand wird dich davonjagen. Dafür werde ich sorgen. Kehr in deine Unterkunft zurück, Teresa! Wir finden eine Lösung. Ach, sag mir noch, zu welchem Indianerstamm du gehörst.«

»Meine Familie und ich sind Chorotegas.«

Diese Antwort gefiel Dorothea, auch wenn sie den Grund dafür nicht hätte nennen können.

Auf seinen Stock gestützt, verließ Pedro in diesem Augenblick das Verwaltungsgebäude. Offenbar wollte er zum Herrenhaus hinübergehen. Sie stellte sich ihm in den Weg. »Ich muss mit dir reden, Schwiegervater.«

Er wirkte überrascht, denn nie zuvor hatte Dorothea ihn außerhalb des Hauses angesprochen. Er humpelte zurück in sein Kontor, das von ähnlich schwerfälliger Eleganz und genau wie das Bibliothekszimmer im Herrenhaus mit Mahagonimöbeln ausgestattet war. Dort wies er auf einen der Besucherstühle und ließ sich in einen breiten ledernen Ohrensessel sinken. »Was verschafft mir die Ehre deines Besuches?«

»Ist es wahr, dass du heute eins der Dienstmädchen entlassen hast?«

»Sehr wohl, und weißt du auch womit? Mit Recht! Dieses Ding ist nicht verheiratet und bekommt einen Balg. Sind wir hier etwa in einem Freudenhaus?«

»Hast du eigentlich nachgefragt, wie sie in diesen Zustand geraten ist? Dein Freund Javier hat sie nach einem eurer Jagdausflüge, als ihr mächtig getrunken hattet, auf dem Weg ins Gesindehaus vergewaltigt.«

Pedro lachte höhnisch auf. »Pah, und solchen Unsinn

glaubst du? Vermutlich hat sie ihm schöne Augen gemacht und den armen Kerl dann zu einer Handlung gezwungen, die er in nüchternem Zustand nie begangen hätte. Weil sie endlich auch mal was mit einem Weißen haben wollte. Schau dir doch an, wie geziert diese Mädchen dahergehen und dabei unaufhörlich mit den Hüften schwingen! Das sind alles kleine Huren.«

Dorothea zwang sich, nach außen hin ruhig zu bleiben, auch wenn in ihrem Innern ein Sturm der Empörung tobte. Woher nahm Pedro das Recht, so überheblich über diese Mädchen zu sprechen? »Ich möchte dich bitten, Schwiegervater, Teresa zu erlauben, noch für eine Weile auf der Hacienda wohnen zu bleiben.«

Pedro hielt den Kopf schief und legte eine Hand hinter das Ohr. »Wie? Ich glaube, ich habe mich wohl verhört.«

»Kann Teresa im Gesindehaus wohnen bleiben, bis sie eine andere Unterkunft gefunden hat? Ja oder nein?«

»Nein, verdammt noch mal! Diese Hure ist eine Schande für uns alle. Sie soll bleiben, wo der Pfeffer wächst. Der Herr auf der Hacienda bin immer noch ich.«

Dorothea ließ sich nicht aus der Ruhe bringen. Sie erinnerte sich an eine ähnliche Situation, viele Jahre zuvor, als sie ihren Eltern von ihrer Schwangerschaft erzählt hatte. Damals war es um sie persönlich gegangen, und sie hatte nicht die Kraft gehabt, für sich selbst zu kämpfen, war schließlich davongelaufen. Doch hier ging es um eine andere Frau, und diesmal würde sie sich nicht zurückziehen.

Ja, sie fand sogar Gefallen daran, sich mit Pedro in einem Wortgefecht zu messen. »Das hat niemand bezweifelt, Schwiegervater. Aber ich bin die Ehefrau des künftigen Herrn dieser Plantage und werde Teresa als meinen Gast einladen. Ich werde ihr mein Schlafzimmer im Westflügel zur Verfügung stellen und selbst im Gesindehaus schlafen, mir den Raum mit ihren Zimmergenossinnen teilen. Wie viele Mädchen sind dort untergebracht? Sind es vier oder sechs?«

Pedro rang nach Luft. Eine Ader an seiner Schläfe schwoll bedenklich an, die Augen traten ihm aus den Höhlen. »Ich lasse mir nicht von meiner Schwiegertochter auf der Nase herumtanzen! Es wird offenbar Zeit, dass Antonio in seiner Ehe andere Saiten aufzieht!«, brüllte er so laut, dass seine Worte vermutlich noch im entlegensten Winkel der Hacienda zu hören waren.

»Gut, dann werde ich Teresa darüber in Kenntnis setzen, dass sie weiterhin im Gesindehaus wohnen kann.« Hoch erhobenen Hauptes verließ Dorothea das Kontor. Draußen vor der Tür blinzelte sie in die gleißende Mittagssonne. Sie fühlte sich plötzlich unbeugsam und stark.

Nachdem sie Teresa die gute Nachricht übermittelt hatte, zog sie sich in ihr Zimmer zurück. Dabei fiel ihr Blick auf eins der Gefäße, die sie auf dem Markt in Jaco gekauft hatte und die seither ihre Frisierkommode schmückten. Von einer Schale blickte ihr ein kletternder Affe entgegen. Ihre Fingerspitzen fuhren sacht über den geglätteten Ton, hielten plötzlich inne… Dann legte sie sich in die Hängematte, die sie vor Kurzem auf ihrem Balkon hatte anbringen lassen und in der es sich wunderbar entspannen ließ. Schon bald reifte in ihr ein Plan heran, wie sie ihr Leben mit Sinn erfüllen und sich neuen Herausforderungen stellen konnte.

Antonio zeigte sich betroffen, als Dorothea ihm beim Tee von der Unterredung mit seinem Vater erzählte, hob aber nur hilflos die Schultern. »Natürlich ist es schlimm für dieses Mädchen, aber es gibt viele solcher Fälle. Da kann man nicht helfen.«

»Du hältst es für normal, wenn indianische Mädchen der Willkür lüsterner alter Männer ausgeliefert sind, von ihren Familien fallen gelassen werden und sich dann nur entscheiden können, ob sie lieber als Bettlerin oder als Dirne leben wollen? Empört sich da gar nichts in dir? So etwas ist himmelschreiende Ungerechtigkeit! Da muss doch etwas geschehen.«

»Und was sollte das deiner Meinung nach sein?«

Dorothea versuchte, in Worte zu fassen, worüber sie lange nachgedacht hatte. »Es müsste einen Ort geben, an dem Mädchen wie Teresa Zuflucht finden. Ein Haus, in dem sie zu essen und zu trinken bekommen, wo sie wohnen und arbeiten können.«

»Du meinst ein Heim für notleidende Indigenas? So etwas gibt es nicht in Costa Rica, wird es auch nie geben. Die Ticos halten die Indios für ungebildet und dumm. Für die meisten sind sie nur billige Arbeitskräfte auf der Stufe von Tieren.«

Dorothea lächelte so bezaubernd und verführerisch, wie es ihr nur möglich war, als gelte es, einen Mann zu erobern. Und eigentlich hatte sie genau das vor. Sie wollte ihren Mann für einen Plan gewinnen, der ihr Leben verändern sollte. »Du hast einmal gesagt, ich könne über die Hälfte deines Vermögens verfügen. Ich will aber nur einen kleinen Teil davon, Antonio. Nur so viel, dass ich ein Haus für junge Frauen einrichten kann, die sich in einer Notlage befinden, die kein Zuhause mehr haben und nicht wissen, wo sie leben sollen.«

Antonios verdutzter Gesichtsausdruck verriet, dass er ihren Ausführungen nur mit Mühe folgen konnte. Auch war ihm offenbar unbehaglich zumute.

»Kein vernünftiger Tico käme jemals auf einen solch absonderlichen Gedanken. Was würden meine Eltern zu deinem Vorhaben sagen? Sie würden denken, du hättest den

Verstand verloren. Und alle Freunde und Bekannten übrigens auch. Nein, das schlag dir aus dem Kopf. Und jetzt entschuldige mich, mein Liebes, ich muss zurück an die Arbeit.«

Er wollte sich schon erheben, doch Dorothea ergriff seine Hand und hielt sie fest. Ganz ruhig blieb sie sitzen, sah ihn unverwandt an, während Kraft und Zuversicht ihr Inneres erfüllten. »Bitte hör mir noch einen Augenblick lang zu! Ich will das Geld nur geliehen haben, Antonio. Eines Tages sollst du alles zurückbekommen. Ich will nicht auf ewig in deiner Schuld stehen.«

»Was redest du da, Dorothea? Seit wann ist ein Ehemann ein Bankier, der seiner Frau für irgendwelche Luftschlösser und Hirngespinste Geld hinterherwirft?«

»Und seit wann ist eine Ehefrau eine Salzsäule, die die Liebhaber ihres Mannes reglos hinnehmen muss?«

Antonio biss sich auf die Unterlippe und senkte den Blick. »Verzeih mir. Ich... ich habe es nicht so gemeint. Aber du musst das verstehen, Dorothea. Sich mit ungebildeten Indianern anbiedern und ihnen auch noch eine Zuflucht anbieten... Das... das gäbe einen Riesenskandal«, stotterte er vor sich hin.

Dorothea wunderte sich selbst, wie gelassen sie trotz Antonios Ausflüchten blieb. Aber sie wollte die Vergangenheit abschütteln und endlich wieder zu sich selbst kommen. Und sie wusste, sie würde es schaffen, wenn sie die richtigen Argumente fand. »Gäbe es nicht einen viel größeren Skandal, wenn die Frau eines zukünftigen Kaffeebarons ihren Ehemann verließe und einem eigenen Beruf nachginge? Was würden deine Eltern wohl dazu sagen? Oder deren honorige Geschäftsfreunde?«

Antonio riss ihre Hände an die Brust, sah sie flehentlich und mit Tränen in den Augen an. »Nicht, Dorothea, das kannst du nicht tun! Ich erfülle dir deine Wünsche, aber du darfst mich nicht verlassen.«

»Gut, ich schlage dir einen Pakt vor. Seit wir verheiratet sind, ist es dir nicht gelungen, dich von deinen Bekanntschaften loszusagen. Obwohl du es immer wieder versprochen hast. Ich habe mittlerweile die Hoffnung aufgegeben, dass du dich jemals ernsthaft ändern wirst. Weil du es vielleicht auch gar nicht kannst. Darüber will ich nicht urteilen. Jedenfalls brauchst du mich als Alibi, damit du weiterhin mit deinen Freunden verkehren kannst. Und ich brauche jemanden, der mein Projekt finanziert. Wenn ich das Geld von dir bekomme, dann bleibe ich bei dir. So schützen wir uns gegenseitig. Und der Rest der Welt soll glauben, wir seien eine glückliche und unbeschwerte Familie.«

Antonio blinzelte sie ungläubig an, brauchte eine Weile, bis er den Vorschlag wirklich begriffen hatte. »Das ... das ist dein Ernst? Obwohl ich dich so oft verletzt habe und dich nie so glücklich machen kann, wie du es verdient hättest?«

Sie nickte ruhig und selbstgewiss und sah an der Art, wie er den Kopf hob und die Schultern straffte, wie erleichtert er war. Er umarmte sie, küsste sie lange und zärtlich.

»Danke, Dorothea, meine Liebe. Du bist eine wunderbare Frau ... Ich denke darüber nach, mit welchen Argumenten ich Vater überzeugen kann. Gleich nach dem Abendessen will ich mit ihm reden und ihm sagen, dass du meine volle Unterstützung hast und ich dir bei allen Planungen freie Hand lasse.«

Dorothea sah ihm hinterher, wie er durch den Park schritt und eine Abkürzung zu seiner Blockhütte nahm. Ein schöner, eleganter – und innerlich zerrissener Mann. Erst jetzt spürte sie, wie ihr Herz raste. Ihre Ruhe war nur gespielt gewesen. Aber sie hatte eine erste Hürde genommen. Und das war Elisabeths Verdienst, der sie ihre offenen Worte zunächst verübelt hatte. Irgendwann sollte sie darüber nachdenken, ob die Freundin vielleicht auch in einem anderen Punkt recht hatte. Dass sie sich nämlich einen Mann fürs Herz suchen sollte. Doch zunächst galt es, die neuen Aufgaben in Angriff zu nehmen. So voller Kraft und Elan hatte Dorothea sich schon lange nicht mehr gefühlt.

JUNI 1861 BIS MAI 1862

Das gelb gestrichene Haus mit der dunkelbraunen Eingangstür war ihr schon vor einiger Zeit aufgefallen. Es lag auf dem Weg von der Hacienda Margarita nach San José, etwa fünfzehn Minuten Kutschfahrt von ihrem Zuhause entfernt. Das Gebäude war bereits in die Jahre gekommen, wirkte aber liebevoll gepflegt. Mit einer dunkelvioletten Bougainvillea am Eingang, die sich bis unter das Dach rankte, und zwei Kräuterbeeten neben der Veranda. Bis vor geraumer Zeit hatten Kinder im Garten gespielt, dann war es eines Tages still geworden. Offenbar waren die Bewohner ausgezogen. Und plötzlich hing ein Schild an der Haustür: *Zu verkaufen.*

Sie erzählte Antonio davon und bat ihn, sich nach den Bedingungen zu erkundigen. Er brachte in Erfahrung, dass die Besitzer, eine Familie mit fünf Kindern, aus Argentinien stammten und dorthin zurückgekehrt waren. Das fünfzig Jahre alte Haus befand sich in gutem Zustand, nur an dem mit Palmstroh gedeckten Dach mussten einige undichte Stellen ausgebessert werden. Antonio schlug vor, das Haus gemeinsam zu besichtigen.

Dorotheas Herz schlug höher, als sie das helle und freundliche Innere sah. Mit einer Diele, einer Küche und fünf Zimmern. Somit genau das, was sie sich vorgestellt hatte. Sie trat in den Garten hinaus und schritt den Weg bis zum Nachbargrundstück ab. Ja, hier gab es genug Platz, um den ehrgeizigen Plan in die Tat umzusetzen, der mittlerweile in ihr gereift war. In einem Anbau wollte sie eine kleine Werkstatt einrichten und daneben einen Brennofen aufstellen. Die jungen Indigenas sollten Krüge, Vasen und Schalen in der Tradition ihrer Vorfahren herstellen und auf dem Markt in San José verkaufen. Wobei sie darauf spekulierte, dass besonders die europäischen Einwanderer Gefallen an solch exotischen Gegenständen fänden. Anders als die Ticos, die aus Europa importierte Waren bevorzugten. Doch zunächst wollte sie abwarten, ob das Haus tatsächlich zu erwerben war.

»Mir sind seltsame Gerüchte zu Ohren gekommen«, bemerkte Pedro und warf Dorothea einen strafenden Blick zu. Die Familie hatte gerade das Abendessen beendet, die Kinder lagen bereits im Bett.

»Tatsächlich, was erzählt man sich denn so?«, fragte Dorothea in heiterem Plauderton.

»Ich will diese Ungeheuerlichkeiten gar nicht alle wiederholen. Sag mir nur eins: Stimmt es, dass du straffällige Indianerfrauen vor der Justiz verstecken willst?«

Dorothea strich mit den Fingerspitzen über ihre sorgsam zusammengefaltete Serviette und lächelte betont freundlich. »Da kann ich dich beruhigen, Schwiegervater – es stimmt nicht.«

Pedro rollte mit den Augen, die Ader auf seiner Stirn schwoll bedrohlich an. Ungeduldig trommelte er mit den Fingerspitzen auf der Tischplatte. »Also, was hast du dann vor, heraus mit der Sprache! Ich will hier nicht ewig herumsitzen.«

Angstvoll und mit eingezogenen Schultern blickte Isabel

zwischen Mann und Schwiegertochter hin und her, hätte sich offenbar am liebsten unter dem Tisch verkrochen.

Doch Dorothea ließ sich nicht aus der Ruhe bringen. »Das will ich gern erklären. Ich werde ein Haus zu einer Zufluchtsstätte für junge Indigenas machen, die unschuldig in Not geraten sind. Die niemanden haben, der sich für sie einsetzt. Deren Stimme man nicht hört, weil sie vor dem Gesetz wie Menschen zweiter Klasse behandelt werden.«

»Unschuldig ... dass ich nicht lache. Diese Indianer sind unzivilisierte Wilde, die haben doch alle etwas auf dem Kerbholz.«

»Bisher habe ich einen anderen Eindruck gewonnen, Schwiegervater.«

Pedro schlug mit der Faust auf den Tisch. »So etwas höre ich mir in meinem eigenen Haus nicht an! Antonio, kannst du deiner störrischen Frau nicht einmal die Leviten lesen? Oder willst du dich als Pantoffelheld lächerlich machen?«

Bisher hatte Antonio das Wortgefecht zwischen seinem Vater und seiner Frau ohne Regung verfolgt. Doch nun kräuselte er die Lippen und warf Dorothea einen beruhigenden Blick zu. Seine Antwort kam scharf und bestimmt. »Den letzten Satz habe ich überhört, Vater. Meine keineswegs störrische, sondern höchst einfühlsame Frau hat mir ihren Plan erläutert. Ich gebe zu, ich hatte zunächst Bedenken. Aber dann musste ich ihr recht geben. Deswegen kann Dorothea mit meiner vollen Unterstützung rechnen. Der Kaufvertrag für ein Haus wurde übrigens heute unterzeichnet.«

»Wenn dir die Meinung deines Vaters schon gleichgültig ist, solltest du darüber nachdenken, wie so etwas in unseren Kreisen ankommt. Die Ehefrau des größten Kaffee-Erben des Landes stellt sich auf eine Stufe mit primitivem Pack.«

»Wir als Kaffeepflanzer sind privilegierte Menschen, und

es stünde uns gut an, wenn wir etwas von unserem Reichtum und Glück an jene abgäben, mit denen es das Schicksal nicht so gut gemeint hat. Die von Anfang an in Costa Rica gelebt und das Land bewirtschaftet haben – bevor unsere Vorfahren es erobert und die Mehrzahl der Ureinwohner ausgerottet haben.«

Dorothea suchte unter dem Tisch nach Antonios Hand und drückte sie zärtlich.

Pedro griff sich röchelnd an den Hals, lockerte den Hemdkragen und erhob sich schwerfällig. »Ich bin hier wohl in einem Irrenhaus.« Er griff nach seinem Stock und wankte zur Tür. Warf sie so heftig hinter sich zu, dass die Gläser in den Vitrinen klirrten.

Isabel hatte die ganze Zeit über geschwiegen. Doch nun zupfte sie erregt an ihrer Perlenkette, konnte sich schließlich nicht länger zurückhalten. »Was ist nur in euch gefahren? Die Leute werden hinter unserem Rücken tuscheln und uns meiden. Das ist das gesellschaftliche Aus für unsere Familie. So etwas könnt ihr Vater doch nicht antun.«

Antonio beugte sich vor und streichelte Isabel beruhigend über den zitternden Arm. »Aber Mutter, was schert dich die feine Gesellschaft? Du empfängst keinen Besuch mehr, gehst nur noch selten zu einer Feier oder ins Theater, weil es dich zu sehr anstrengt. Was kümmert dich also das Gerede irgendwelcher Leute? Und Vater hat nichts und niemanden zu fürchten. Er hat sich in vielen Jahren eine Stellung aufgebaut, die ihm niemand streitig machen kann. Und wer weiß, ob Dorotheas Beispiel nicht irgendwann Schule macht? Wenn sich auch andere ihrer Pflicht als Christenmenschen bewusst werden. Oder weil sie einfach nur der Familie Ramirez nacheifern wollen.«

Dorothea sah zu ihrem Mann hinüber, dankbar und gerührt, dass er sie so leidenschaftlich und klug verteidigte. Sie fühlte ein Kribbeln und einen leisen Schauer, weil etwas von der Verliebtheit früherer Tage in ihr aufflackerte, als sie und Antonio sich gerade kennengelernt hatten. Doch nunmehr war es eine Verliebtheit, die weniger dem Mann als vielmehr dem Menschen galt. Als sie Antonio vor dem Zubettgehen vor ihrer Zimmertür verabschiedete, umarmte sie ihn und schmiegte ihre Wange gegen die seine. »Danke, mein Lieber.«

Er erwiderte die Umarmung, küsste sie. »Du kannst dich auf mich verlassen.«

Teresa konnte ihr Glück kaum fassen, als sie erfuhr, dass sie demnächst mit anderen jungen Frauen in einem eigenen Haus wohnen sollte. Sie war Feuer und Flamme, als Dorothea ihr von dem Plan erzählte, Vasen, Schalen und Krüge in alter indianischer Tradition herzustellen. Ihre Großmutter hatte sie als Kind in die Kunst des Töpferns eingewiesen. Teresa wollte alles tun, um zu dem Lebensunterhalt für sich und das Kind beizutragen, das sie in wenigen Wochen erwartete.

»Nie hätte ich geglaubt, dass mein Schicksal sich doch zum Guten wenden würde, Señora Ramirez. Allerdings ist mir ganz bang zumute, wenn ich an meine Freundin denke.«

»Was ist denn mit ihr?«

»Sie heißt Silma und ist siebzehn Jahre alt. Sie hat noch acht jüngere Geschwister. Ihre Eltern haben sie mit einem viel älteren Mann aus Alajuela verheiratet, der eine Schreinerei betreibt. Aber er ist kein guter Mann. Silma darf das Haus nicht allein verlassen, auch keine Freundinnen empfangen. Und immer wenn er getrunken hat, schlägt er sie. Silma hat Angst, dass er sie eines Tages totprügelt. Zu ihren Eltern kann sie nicht zurück, weil sie ja nun verheiratet ist und ihr Mann über sie bestimmt.«

Dorothea lockerte die Hände, die sich bei Teresas Schilderung zu Fäusten geballt hatten. Sie wurde wieder an die junge Indianerin auf dem Markt von Jaco erinnert, die die Spuren häuslicher Gewalt nicht hatte verbergen können. »Aber das ist doch wunderbar – dann seid ihr schon zu zweit«, meinte sie stattdessen und versuchte, Zuversicht auszustrahlen.

Jeden Morgen fuhr Dorothea in Teresas Begleitung zu deren neuer Bleibe, überprüfte den Fortgang der Arbeiten am Dach, während die Maler sämtliche Wände frisch tünchten. Dorothea maß die Fenster aus, damit die Schneiderin Vorhänge nähen konnte. Unterdessen überwachte Teresa den Aufbau des Brennofens. Er bestand aus Pferdemist, Erde und Ziegeln, seine Form erinnerte an einen riesigen Bienenkorb. Tische, Bänke und Töpferscheiben mussten für die Werkstatt besorgt werden, außerdem Lehm und Farben, Pinsel und Polierwerkzeuge.

Dorotheas Schwiegervater hatte schon seit Tagen nicht mehr mit ihr gesprochen. Isabel blieb einsilbig, konnte sich jedoch nicht länger zurückhalten, als sie eine Einladung zur Taufe des jüngsten Enkels des Innenministers in Händen hielt.

»Dorothea, dein Verhalten ist ganz und gar unschicklich für eine Frau unseres Standes. Wir möchten uns Getuschel und unangenehme Blicke ersparen. Deswegen werden wir die Festlichkeit ohne dich besuchen. Währenddessen kannst du zu Hause in Ruhe darüber nachdenken, welcher gesellschaftliche Höhepunkt dir entgeht.«

»Wie du meinst, Schwiegermutter.« Dorothea senkte den Blick und heuchelte Enttäuschung. Doch innerlich jubelte sie, weil ihr ein todlangweiliger Abend erspart blieb. »Sag den Gastgebern bitte, ich sei – unpässlich.«

Die Renovierung des Heimes erforderte ihre ganze Zeit und Aufmerksamkeit. Weil an diesem Nachmittag die Vorhänge für die Zimmer angepasst werden sollten, konnte sie Olivia nicht zur Geburtstagsfeier ihrer Schulfreundin Inés begleiten. Olivia war geradezu begeistert, ohne lästige Begleitung der Mutter feiern zu dürfen, und ließ sich stolz und hoch erhobenen Hauptes vom Kutscher chauffieren.

Nahezu täglich wurden Einrichtungsgegenstände geliefert: Betten, Stühle und Kleidertruhen, weiterhin Töpfe, Pfannen und Geschirr. Am Abend fiel Dorothea müde und glücklich ins Bett, konnte den nächsten Morgen kaum erwarten, um sofort nach dem Frühstück nach San José zu fahren und dort Bettwäsche und Küchentücher auszusuchen oder Spiegel und Waschschüsseln zu kaufen.

Nachdem feststand, dass das Haus Anfang August bezogen werden konnte, suchte Dorothea Pfarrer Jakob Lamprecht auf und bat ihn, das Domizil einzuweihen.

»Ich fühle mich geehrt, Señora Ramirez. Es wird meine letzte Amtshandlung sein, bevor ich mich aus Altersgründen in ein Kloster an der Grenze zu Nicaragua zurückziehe«, erklärte der Geistliche und zündete sich eine Pfeife an, die er mit dem gleichen Genuss schmauchte wie einst sein älterer Bruder in Köln.

»Sie sind nicht nur eine schöne Frau – wenn ich mir als Geistlicher diese Bemerkung erlauben darf –, sondern auch eine gütige. Haben Sie sich schon einen Namen für Ihr Heim überlegt?«

»Nein, daran habe ich überhaupt noch nicht gedacht.«

»Hm, was halten Sie von Casa Santa Maria? Zu Ehren der seligen Mutter unseres Herrn.«

»Ja, dieser Name gefällt mir gut.«

Pfarrer Lamprecht lächelte zufrieden. Dann griff er zu einem Umschlag auf seinem Schreibtisch und entfaltete einen Brief. »Ich würde Ihnen gern ein junges Mädchen aus meiner Gemeinde ans Herz legen, liebe Señora. Es wäre wunderbar, wenn Sie Raura bei sich aufnehmen könnten. Ihre Siedlung wurde vor drei Monaten von einem todbringenden Fieber befallen. Unzählige Tote waren zu beklagen. Dieses Mädchen hat als Einzige ihrer Familie überlebt.«

Und so kam es, dass am Tag der Einweihung drei junge Bewohnerinnen in die Casa Santa Maria einzogen, deren Gesichter vor Freude und Aufregung glühten.

»Allmächtiger Gott, segne dieses Haus und alle, die hier ein- und ausgehen. Halte deine Hand schützend über sie und lasse sie ihr Werk in Frieden verrichten und dich in deiner ewigen Güte preisen.« Pfarrer Lamprecht schritt von Raum zu Raum, machte das Kreuzeszeichen und versprühte mit einer kleinen Kelle Weihwasser.

Antonio hatte es sich nicht nehmen lassen, Dorothea zu begleiten. Sie hatten die Nachbarn in der Straße eingeladen, und so saß eine kleine Gesellschaft in der Werkstatt, aß gefüllte Empanadas und frische Früchte, lachte und sang. Teresa trug stolz ihren kugelrunden Bauch vor sich her, sah strahlend und wunderschön aus.

»Ich bin stolz auf dich, Dorothea. Man spürt schon heute, dass in diesem Haus ein guter Geist herrscht.« Antonio saß neben seiner Frau auf der Bank und wirkte so gelöst und unbeschwert wie schon lange nicht mehr. Alle Frauen erlagen seinem Charme, und Dorothea nahm die schwärmerischen Blicke als Kompliment für ihren guten Geschmack.

»Der gute Geist sitzt sogar leibhaftig neben uns.« Sie drückte einer grauhaarigen Frau mit funkelnden kohlschwarzen

Augen und immenser Körperfülle die Hand. Yahaira hatte eine Mutter, deren Vorfahren aus Spanien stammten, und einen Indiovater. Sie war mittlerweile sechzig Jahre alt und hatte bis vor Kurzem auf der Hacienda Margarita in der Küche gearbeitet. Doch sie wollte ihren Ruhestand nicht bei einem ihrer Söhne und dessen Familie verbringen, sondern in der Nähe der Plantage bleiben, die sie als ihr eigentliches Zuhause betrachtete. Yahaira würde ebenfalls in der Casa Santa Maria wohnen und sich als Köchin und Mutterersatz betätigen. Für Dorothea ein Glücksfall, denn so hatte sie das beruhigende Gefühl, dass die jungen Frauen nicht auf sich allein gestellt waren, sondern eine Beschützerin in ihrer Nähe hatten.

»Sie können sich nicht vorstellen, wie viel mir diese neue Aufgabe bedeutet, Señora Ramirez. Ich fühle mich nämlich zu lebendig, um meinen Enkeln Gutenachtgeschichten vorzulesen.« Dabei lachte sie und zeigte ihre strahlend weißen Zähne.

Teresas Kind kam während der Nacht zur Welt. Yahaira half bei der Geburt eines Jungen, der die schwarzen Augen und die dunkel getönte Hautfarbe der Indios hatte. Vielleicht machte es dies für die ledige Mutter einfacher, irgendwann doch noch einen Ehemann zu finden, so hoffte Dorothea. Gerührt sah sie zu, wie zärtlich und behutsam Teresa ihren kleinen Sohn an die Brust legte. Obwohl er keineswegs ein Kind der Liebe zu nennen war. Um wie vieles besser erging es ihr selbst als Ehefrau und Mutter, die sich ihre Kinder sehnlichst gewünscht hatte. Noch dazu bei einem Leben ohne finanzielle Nöte.

Mehrmals in der Woche besuchte Dorothea die Casa Santa Maria, um nach dem Rechten zu sehen. Die Mädchen hatten sich die Arbeit aufgeteilt. Teresa zerkleinerte den getrockneten Ton zuerst mit dem Hammer, dann im Mörser. Danach wurde die Erde gesiebt, um störende Steine zu entfernen. Anschließend vermischte sie das feine Tonpulver mit Sand und Wasser und stampfte das Gemisch mit den Füßen zu einer geschmeidigen Masse. Ihr Kind hatte sie sich mit einem Tragetuch vor den Leib gebunden, und der Kleine machte dabei einen überaus zufriedenen Eindruck.

Raura saß an der Töpferscheibe und formte mit geschickten Händen Krüge, ebenso Vasen, Schalen und Tassen. Das junge Mädchen stammte von den Coclé-Indianern ab, die seit Jahrhunderten Töpferwaren herstellten. Und Silma, Teresas Freundin, die nach anfänglichem Zögern ihrem gewalttätigen Ehemann davongelaufen war, erklärte sich für das Dekor zuständig.

Fasziniert beobachtete Dorothea, wie sie weiße Farbe auf die Gefäße auftrug, die zuerst getrocknet und danach mit Maiskolbenblättern und Lederstücken poliert wurden. Dann malte Silma mit einem dünnen Pinsel in roter und schwarzer Farbe Motive, wie sie schon Jahrhunderte zuvor ihre Vorfahren gestaltet hatten. Jaguare, Krokodile, Affen, Tukane sowie Ornamente, deren Bedeutung sie zwar nicht genau kannte, die ihr aber von den Tellern und Tassen vertraut waren, die ihre Großmutter nach überlieferten Vorlagen angefertigt hatte. Danach mussten die Tongefäße wieder mehrere Tage lang trocknen, bevor sie im Ofen etwa eine Dreiviertelstunde lang gebrannt wurden.

»Der Geist meiner Vorfahren soll in diesen Stücken weiterleben«, erklärte Raura und schenkte Dorothea eine winzig kleine Schildkröte, deren Panzer sie mit geheimnisvollen Mustern verziert hatte. »Die Schildkröte steht bei uns für Unsterblichkeit. Sie sollen ewig leben, Doña Dorothea, und ganz vielen Menschen helfen.«

Gerührt nahm Dorothea das kleine Kunstwerk entgegen. Von den drei Schützlingen war ihr Raura die liebste, vermutlich weil sie die Jüngste und Schutzbedürftigste war und die traurigsten Augen hatte.

Nachdem Silma und Raura an einem Samstag kurz nach Sonnenaufgang mit einem Handkarren zum Markt nach San José aufgebrochen waren, um in Erfahrung zu bringen, ob ihre Waren wohl Käufer fänden, kehrten sie um die Mittagszeit aufgeregt und mit erhitzten Wangen zur Casa Santa Maria zurück. Bis auf eine kleine Schale hatten sie sämtliche Stücke verkauft. Das Gleiche geschah in den darauffolgenden Wochen. Die Kunden, hauptsächlich europäische Einwanderer, waren fasziniert von den exotischen Motiven und deren sorgfältiger Ausführung. Einige bestellten sogar Vasen oder Krüge im Voraus, manche äußerten auch Wünsche bei der Auswahl der Farben.

Der Erfolg spornte die Mädchen an. Und immer wenn Dorothea überraschend bei ihnen erschien, hörte sie, wie in der Werkstatt gelacht und gesungen wurde. Unterbrochen nur von der Stimme von Teresas Söhnchen Seferino, das lautstark seinen Hunger kundtat.

»Wir müssen ein Rechnungsbuch anlegen, in dem wir alle Einnahmen und Ausgaben eintragen«, erklärte Dorothea, als die Mädchen mit ihrem leeren Handkarren vom Markt zurückgekommen waren. »Wer von euch übernimmt diese Aufgabe?«

Die drei jungen Frauen sahen betreten zu Boden. »Wir können weder lesen noch schreiben, Doña Dorothea.«

»Aber ... es gibt in Costa Rica doch Schulpflicht.«

»Das stimmt zwar, doch niemand prüft, ob Indianerkinder tatsächlich zur Schule gehen. Wir müssen zu Hause unseren Eltern zur Hand gehen und unsere jüngeren Geschwister versorgen, wenn die Erwachsenen während der Erntezeit auf den Kaffeeplantagen oder Zuckerrohrfeldern arbeiten. Da bleibt keine Zeit fürs Lernen.«

Jetzt war es Dorothea, die beschämt den Kopf senkte. »Dann übernehme ich die Buchführung. Das war ein ganzes Jahr lang meine Aufgabe. Unmittelbar nach meiner Ankunft in Costa Rica.« Somit wäre ihre Zeit in Jensens Gemischtwarenladen doch zu etwas nutze gewesen, kam ihr mit einem Mal in den Sinn.

Sie nahm sich vor, Elisabeth am Abend einen langen Brief zu schreiben und ausführlich über die neuen Entwicklungen zu berichten. Schließlich hatte die Freundin sie auf den Gedanken mit dem Heim gebracht. Durch ihre Äußerung, die Indianerinnen sollten ihren prügelnden Vätern und Ehemännern davonlaufen und ihr Leben gemeinsam in die Hand nehmen. Endlich konnte Dorothea dem Müßiggang und der Monotonie auf der Hacienda entfliehen und etwas Nützliches tun. Sie war so glücklich wie schon lange nicht mehr.

»Mama, gehst du heute wieder zu diesen dreckigen Indianerfrauen?«

Dorothea musste nicht lange überlegen, wo ihr Sohn derartige Worte aufgeschnappt hatte, machte ihr Schwiegervater doch weiterhin keinen Hehl aus seiner Geringschätzung den Ureinwohnern des Landes gegenüber. Folglich nahm Pedro auch jede Gelegenheit wahr, sich abfällig über das Heimprojekt seiner Schwiegertochter zu äußern. Ihr selbst verweigerte er nach wie vor jedes Wort, tat, als wäre sie Luft. In Anwesenheit seines Sohnes riss er sich allerdings zusammen, weil Antonio keinerlei Kritik an seiner Frau duldete und Dorothea stets in Schutz nahm.

»Ja, mein Junge, ich fahre heute zur Casa Santa Maria.

Aber die Frauen, die dort leben, sind nicht dreckig. Sie haben von Natur aus eine dunklere Haut als wir. Weil Gott sie so gemacht hat. Und sie sind sehr sauber. Sogar viel sauberer als du.« Dabei wies sie lachend auf seine Knie, die eindeutig bewiesen, dass er erst kürzlich auf der Erde herumgekrochen war.

»Abuelo sagt, alle Indianer sind dreckig«, gab Federico trotzig zur Antwort und bedeckte seine Knie hastig mit den Händen.

»Weißt du, Federico, Großvaters Augen sind nicht mehr so gut wir früher, als er in deinem Alter war. Deswegen glaubt er wohl, Indianer seien ungewaschen«, versuchte sie eine Erklärung, die sowohl kindgerecht war, als auch ihren Schwiegervater nicht bloßstellte. Denn sie wusste, wie sehr Federico an dem alten Mann hing und dass er ihn bedingungslos verteidigt hätte. »Denk doch nur an Pablo, den Enkel des Kutschers, mit dem du so oft am Bach spielst. Der ist auch ein Indio. Aber ist der etwa schmutzig?«

»Pablo ist mein Freund. Wir wollen einen Staudamm bauen!«, rief Federico und lief auf den Wasserturm zu, wo Pablo seinen Spielkameraden schon ungeduldig erwartete.

Dorothea atmete auf. Ihr Sohn ließ sich also doch von ihr lenken. Sie sollte sich in Zukunft mehr Zeit für ihn nehmen und ihn nicht so sehr dem Einfluss des Großvaters überlassen, nahm sie sich vor.

Sie war kaum an der Casa Santa Maria angelangt, als ihr die Bewohnerinnen schon aufgeregt entgegenliefen.

»Doña Dorothea, es ist etwas Schreckliches geschehen! Jemand hat unseren Brennofen zerstört. Und die Gefäße, die wir für den nächsten Brand vorbereitet hatten, sind alle verschwunden.«

Dorothea folgte den drei jungen Frauen und mochte nicht glauben, was sie sah. Der Brennofen war nur noch ein trauriger Haufen aus Steinen und Lehmziegeln.

»Es muss in der Nacht passiert sein, als wir alle tief geschlafen haben«, erklärte Yahaira, die mit entschlossener Miene aus dem Haus trat. Sie reckte die geballte Faust. »Der soll mir zwischen die Finger kommen, der so etwas tut!«

Die anonymen Briefe!, schoss es Dorothea durch den Kopf. Jemand war ihr persönlich nicht wohlgesinnt und fügte daher ihren Schützlingen Schaden zu. Aber vielleicht war es auch ein anderer gewesen, jemand, der wie ihr Schwiegervater die Ansicht vertrat, jeder Einsatz für diese Mädchen sei sinnlos und somit überflüssig.

»Das wirft uns um mehrere Wochen zurück. Wir können nichts mehr auf dem Markt verkaufen. Neues zum Brennen haben wir auch nicht. Ach was, wir können gar nicht mehr brennen!«, klagte Raura und brach in Tränen aus. Silma und Teresa waren vor Wut und Enttäuschung gänzlich verstummt.

»Ich verspreche euch, der Ofen wird so schnell wie möglich wieder aufgebaut, und ihr bekommt auch neuen Ton und neue Farben.« Dorothea nahm Raura in die Arme und tupfte ihr mit dem Taschentuch die Tränen trocken, wie sie es immer bei Olivia tat.

Zwei Wochen später waren die Schäden behoben, der Betrieb in der Casa Santa Maria wurde wieder aufgenommen. Und sehr zur Freude der Mädchen zog ein neuer Hausgenosse ein. Don Quichote, ein großer schwarzer Hund mit Zottelfell, der darüber wachte, dass niemand sich unbefugt dem Anwesen näherte. Den Einfall hatte Antonio gehabt, und Dorothea dankte es ihm auf ihre Weise. Sie runzelte die Stirn, als sie ein unbekanntes Rasierwasser an seiner Halsbeuge roch – und schwieg.

Der unerwartete Erfolg beim Verkauf der Töpfereien verleitete Dorothea zu weiteren kühnen Plänen. Vielleicht fand sie einen Partner in Deutschland, der die indianischen Keramiken zum Verkauf anbot. Von Else Reimann aus der Siedlung San Martino wusste sie, dass deren Neffe in Düsseldorf ein Porzellangeschäft besaß. Dorothea ließ sich die Adresse geben, schrieb ihm einen Brief, in dem sie ihr Anliegen schilderte, und legte einige Skizzen mit den schönsten Arbeiten ihrer Schützlinge bei. Bis sie eine Antwort bekäme, würde allerdings fast ein Jahr vergehen.

In der Zwischenzeit hatte Dorothea eine Frau eingestellt, die Witwe eines Arztes, die den Heimbewohnerinnen an drei Vormittagen in der Woche Unterricht erteilte. Zwar hätte sie sie am liebsten selbst unterwiesen, aber sie nahm Rücksicht auf Antonio und ihre Familie, die gewiss Anstoß daran genommen hätten. Und dann saßen die jungen Frauen auf ihren Stühlen und hörten aufmerksam zu, spornten sich gegenseitig an, weil jede die beste Schülerin sein wollte. Dorothea wollte ihre Schützlinge darauf vorbereiten, ihr Leben eines Tages selbstständig zu meistern, wobei Lesen, Schreiben und Rechnen zu den wichtigsten Voraussetzungen gehörten.

Fast ein Dreivierteljahr nach der Einweihung sorgte das Heim immer noch für Gesprächsstoff unter der Bevölkerung. Dorothea spürte deutliche Ablehnung, wenn sie in der Stadt unterwegs war und die Leute plötzlich grußlos an ihr vorübergingen oder wenn Gespräche unvermittelt verstummten. War sie mit Antonio im Theater oder auf Empfängen, hörte sie, wie hinter ihrem Rücken geflüstert wurde. »... stellt sich auf eine Stufe mit den unzivilisierten Wilden ...«, »... die sollte sich lieber um ihre eigenen Angelegenheiten kümmern ...«, »... dass ihr Mann so etwas zulässt. Mir tun ja vor allem die Kinder leid ...« Aber sie bekümmerte solches Gerede nicht. Antonio hielt zu ihr, und dank seiner Stellung und der ihres Schwiegervaters musste sie niemandem schmeicheln oder hinterherlaufen. Ihr Herz und ihr Verstand sagten ihr, dass ihr Handeln richtig und wichtig war.

Sie hatte bei der Köchin Karamelpudding und Bananenkuchen bestellt und wollte ihre Schützlinge damit überraschen. Als die Kutsche sich nach der letzten Wegbiegung der Casa Santa Maria näherte, wunderte Dorothea sich, dass Yahaira zusammen mit den Mädchen auf der Straße vor dem Haus stand. Und dann ahnte sie schon, dass etwas Schlimmes vorgefallen sein musste, denn alle hatten verweinte Augen.

Dorothea stieg aus, und Yahaira deutete wortlos mit dem Kinn auf die Haustür. An zwei Stellen klebte ein Siegel, und auf einem angehefteten Zettel las Dorothea die Worte: *Von Amts wegen gesperrt. Der Polizeipräsident.*

»Was soll das heißen?«, fragte sie erschrocken, und dann begannen alle auf einmal zu reden. Zwei Männer waren gekommen und hatten gesagt, die Frauen müssten umgehend das Haus verlassen. Es liege eine Anzeige wegen Prostitution vor, und bis zur Klärung des Sachverhalts dürfe niemand ins Haus zurück, um keine verräterischen Spuren zu beseitigen.

Für einen Moment verschlug es Dorothea die Sprache. Als sie sich wieder gefangen hatte, machte sie ihrem Zorn Luft. »Das ist wirklich eine bodenlose Gemeinheit! Habt ihr eine Vorstellung, wer dahinterstecken könnte?« Doch sie blickte in ratlose Gesichter.

Teresa streichelte ihrem kleinen Sohn über den Kopf, den sie sich in einem Tuch vor den Leib gebunden hatte. Ihre sonstige Fröhlichkeit und Zuversicht waren wie weggeblasen. Sie schluchzte. »Jetzt wissen wir wieder nicht, wohin wir sollen.«

»Ihr kommt mit zur Hacienda Margarita«, entschied Dorothea ohne Zögern. »Zurzeit ist keine Ernte, die Arbeiterhütten stehen leer. Gleich morgen früh gehe ich zum Polizeipräsidenten und rede mit ihm. Das Missverständnis klärt sich sicherlich rasch auf.«

Die Frauen atmeten auf und drückten ihr nacheinander die Hand. »Danke, Doña Dorothea. Was würde nur ohne Sie aus uns?«

Da Dorothea wusste, dass ihr Schwiegervater die Anwesenheit der Heimbewohnerinnen auf seinem Grund und Boden nicht widerspruchslos hinnehmen würde, schilderte sie ihrem Mann in knappen Worten, dass die Mädchen in einer Notlage seien, weswegen sie für einige Tage auf der Hacienda Margarita Unterschlupf finden müssten.

»Es tut mir leid, Liebes, ich bin gerade dabei, eine wichtige Depesche an einen Geschäftspartner zu verfassen. Danach will ich mich bei Vater für deine Schützlinge verwenden. Lass uns am Nachmittag über alles Weitere sprechen.«

Nachdem unter ihrer Aufsicht die Bewohnerinnen der Casa Santa Maria ihr provisorisches Domizil bezogen hatten, schlenderte Dorothea ganz in Gedanken vertieft über die Hacienda. Wer war ihr Widersacher? Und wo verbarg er sich? Erst der zerstörte Brennofen und nun die Schließung … Vor dem Verwaltungsgebäude sah sie ihren Schwiegervater vor der Tür stehen. Ob er mit der Sache zu tun hatte? Ihm war das Heim schon lange ein Dorn im Auge. Außerdem besaß er beste Kontakte in die höchsten Regierungs- und Verwaltungskreise.

Zwar hatte er schon seit Wochen das Wort nicht mehr an Dorothea gerichtet, doch davon wollte sie sich nicht länger beeindrucken lassen. Sie trat ihm entgegen und erzählte ihm spontan, was geschehen war. Ungerührt reckte Pedro das Kinn vor und wollte schon weitergehen, tat dabei so, als wäre Dorothea Luft. Erst als sie sich ihm in den Weg stellte, ließ er sich zu einer Antwort herab.

»Ich hatte soeben in dieser Angelegenheit eine höchst unerfreuliche Auseinandersetzung mit meinem Sohn. Und ob das Gesindel tatsächlich in den von mir errichteten Arbeiterhütten bleiben kann, darüber ist noch nicht das letzte Wort gesprochen... Im Übrigen wird schon etwas dran sein. Solche Vorwürfe fallen schließlich nicht vom Himmel. Den Eingeborenen ist eben nicht zu trauen«, knurrte er und zog sich in sein Kontor zurück.

Harsche Worte, die Dorothea aufs Neue betroffen und wütend machten. Hörte sie irgendwelche Anfeindungen, die gegen sie persönlich gerichtet waren, so konnte sie gut damit umgehen. Weil sie für ihr Handeln und ihr Leben weder die Zustimmung noch den Beifall anderer Menschen brauchte. Doch in diesem Fall hatten ihre Schützlinge die Folgen zu tragen, und das schmerzte sie tief. Diese Mädchen, die das Schicksal benachteiligt hatte, konnten seit wenigen Monaten erstmals sorgenfrei leben und arbeiten. Dank ihrer unerwarteten Verkaufserfolge hatten sie neuen Mut gefasst, entwickelten ein erstes, zart keimendes Selbstbewusstsein. Und das alles wurde nun zunichte gemacht durch perfide Vorwürfe und Unterstellungen.

Dorothea hatte ihrem Leben eine neue Richtung und einen tieferen Sinn geben wollen. Sollte sie schon nach so kurzer Zeit an ihren selbst gesteckten Zielen scheitern? Beim Nachmittagstee erzählte sie Antonio ausführlich von den neuen Schwierigkeiten mit dem Heim.

»Ich nehme mir den Polizeipräsidenten zur Brust. Er soll mir den Namen des Lügners nennen und ihn zur Rechenschaft ziehen«, drohte er, und Dorothea freute sich insgeheim, dass ihr Mann sich so entschieden auf ihre Seite stellte.

»Nein, Antonio, am liebsten würde ich selbst mit ihm reden. Er soll wissen, dass sich meine Schützlinge von niemandem einschüchtern lassen. Und ich erst recht nicht.«

Sie setzte sich in ihren Schaukelstuhl auf dem Balkon und gab sich der sanft schwingenden Bewegung hin. Milde Luft umfing sie. Von Osten, von den Bergen her, zogen dunkle Wolken auf, ein fernes Donnern kündigte das nahende Gewitter an.

Neben ihr auf dem Tischchen lagen zwölf Skizzenbücher, alle der Reihe nach nummeriert. Das erste hatte sie begonnen, als sie fünfzehn Jahre alt gewesen war, das letzte war erst zu drei Vierteln voll. Sie nahm die Bücher zur Hand und blätterte durch die Seiten. Tauchte ein in die eigene Vergangenheit, ließ die letzten einundzwanzig Jahre ihres Lebens an sich vorüberziehen. Staunte, schmunzelte und erinnerte sich.

Schwester Hildegardis, die Naturkundelehrerin, wie sie den Schülerinnen eine Kamillenblüte erklärte. Die Eltern bei einem Spaziergang am Flussufer. Beide im Sonntagsstaat, standesgemäß und steif gekleidet. Die Mienen ausdruckslos, ohne Anzeichen dafür, was hinter ihrer Stirn und in ihrem Herzen vor sich ging. Eine Amsel im Garten des elterlichen Hauses, wie sie ihr Junges fütterte. Und dann ein Selbstporträt, ein Mädchen mit scheuen, fragenden Augen.

Drei Bücher später ein weiteres Selbstporträt. Das einer jungen Frau mit unbeschwertem, strahlendem Lächeln, die großen, klaren Augen in eine Zukunft gerichtet, die weit außerhalb jenes Umfeldes lag, das sie bisher mit dem Zeichenstift festgehalten hatte. Und dann ein Szenenwechsel.

Ein Schiff mit geblähten Segeln, das weite Meer, ärmlich gekleidete Menschen an Deck, Delfine, Pelikane, Felseninseln. Im nächsten Buch eine Landschaft mit atemberaubenden Ausblicken, mit Vulkanen, in die Tiefe rauschenden Wasserfällen und Hängebrücken. Mit Bäumen, die dicht an dicht weit in den Himmel emporragten, mit Farngewächsen und bizarr geformten Orchideenblüten, mit Affen, Echsen und Schmetterlingen.

Porträts im nächsten Buch. Ein Mann, dessen makelloses Profil an das antiker Statuen erinnerte. Zwei Kinder, ein Junge und ein Mädchen, winzig klein in der Wiege, etwas grösser beim Versteckspiel im Park, später auf einem Pony reitend. Mit dem Kreidestift liebevoll und nuanciert festgehalten. Männer und Frauen mit breitkrempigen Strohhüten, die Früchte von mannshohen Sträuchern sammeln und in Körbe füllen, die sie mit einem Tuch um die Hüften gebunden haben. Ein hochherrschaftliches Haus, gross und prächtig wie ein Kirchengebäude. Daneben ein sich schlängelnder Bach mit einer kleinen Holzbrücke, am Ufer Schilfgräser.

Zwischen diesen Buchdeckeln hatte sie ihr Leben festgehalten. Ein Leben, das von Drang, Hoffnung, Erwartung und Widerstreit geprägt war. Das Herz schlug ihr bis zum Hals, als sie das Skizzenbuch Nummer fünf zur Hand nahm. Denn nunmehr wollte sie etwas betrachten, das sie sich über viele Jahre versagt hatte. Weil der Schmerz zu übermächtig gewesen war. Sie wusste genau, an welcher Stelle sie suchen musste, hatte es die ganze Zeit über gewusst und schlug die vorletzte Seite auf. Ihre Hände gerieten ins Zittern. Ein junger Mann schaute sie unverwandt an. Mit einem Lächeln, in dem so etwas wie Spott mitschwang, mit Grübchen neben den Mundwinkeln. Mit einem offenen Blick aus dunklen Augen und zerzaustem, welligem Haar, das bis in den Nacken reichte.

Sie stöhnte leise auf und konnte die Tränen nicht mehr zurückhalten, die auf das Papier fielen. Ein zuckender Blitz fuhr unmittelbar vor dem Balkon nieder, und im selben Augenblick ertönte über ihr der Donner. Heftiger Regen prasselte herab, fiel schnurgerade auf die Erde.

MAI 1862

In aller Eile nahm Dorothea im Kreis ihrer Familie das Frühstück ein. Um Punkt acht Uhr hielt ihre Kutsche vor dem Polizeipräsidium nahe dem Parque Central an. Als ihre Hand sich auf den dargebotenen Arm des Kutschers legte und ihr Fuß die oberste Stufe der heruntergeklappten Trittleiter berührte, hielt sie kurz inne. Der Schemen eines Mannes verschwand am anderen Ende des Parks in einem Buchladen. Ihr Herz begann zu rasen, denn diese flüchtige Erscheinung erinnerte sie allzu schmerzlich an ihre verlorene Liebe. Doch war es nicht an der Zeit, die Vergangenheit für immer ruhen zu lassen? Nein, an diesem Morgen, an dem sie für die Zukunft ihrer Schützlinge streiten und um den Ruf des Heimes kämpfen wollte, ließ sie sich nicht noch einmal von ihrer Fantasie narren! So wie vor über einem Jahr, als sie nur einen Straßenzug weiter einem Trugbild hinterhergelaufen war.

Sie wusste nicht, wie lange ihre Verhandlungen dauern würden, und schickte den Kutscher zur Hacienda Margarita zurück. Mit festen Schritten betrat sie die stuckverzierte hohe Eingangshalle, in der zahlreiche Amtsdiener mit wichtigtuerischer Miene und dicken Aktenbündeln unter dem Arm geschäftig hin und her liefen. Einige Campesinos standen dicht beisammen und diskutierten lebhaft. Zwei alte Männer in zerschlissener Kleidung saßen auf einer Holzbank und stierten Löcher in die Luft. Eine schwangere Frau hockte breitbeinig auf einer Kiste und fächelte sich schwer atmend Luft zu. Dorothea ging geradewegs auf die Empfangsloge zu, in der sich ein Amtsdiener mit einem Brieföffner seelenruhig die Fingernägel säuberte.

»Ich bin Señora Ramirez. Bitte führen Sie mich zum Polizeipräsidenten! Ich muss ihn in einer dringenden Angelegenheit sprechen.«

Der Mann schüttelte bedauernd den Kopf, wobei ihm seine viel zu große Mütze in die Stirn rutschte. »Das tut mir leid, Señora, aber unser Herr Polizeipräsident ist in einer dringenden dienstlichen Angelegenheit nach Cartago gereist. Er kehrt erst morgen wieder zurück.«

Dorothea konnte ihre Enttäuschung nicht verbergen. Mit einer solchen Auskunft hatte sie überhaupt nicht gerechnet. Das würde die Rückkehr der Mädchen um einen weiteren Tag verzögern. Den Gedanken, mit dem Stellvertreter zu verhandeln, verwarf sie nach kurzem Nachdenken wieder. Ein Gespräch mit ihm würde zu keinem Erfolg führen, denn er würde ganz sicher behaupten, von einer Schließung der Casa Santa Maria nichts zu wissen, und sie an seinen Vorgesetzten verweisen. Sie versuchte, sich zu beruhigen. Ihre Schützlinge befanden sich auf der Hacienda in Sicherheit und hatten nichts zu befürchten. Die absurden Vorwürfe würden sich rasch entkräften lassen. Sie hatte an diesem Vormittag also noch Zeit, die sie für sich nutzen konnte, und beschloss, in der Kirche für einen guten Ausgang ihrer heiklen Mission zu beten.

Der große schlanke Mann schlenderte ziellos durch die Gassen, die ihm wie mit einem Lineal gezogen vorkamen. San José war ihm nicht sonderlich vertraut. Er war erst zum zweiten Mal in der Landeshauptstadt, in der es an diesem Samstag im Mai, beim allwöchentlichen Markt, quirlig und laut zuging. In den regenarmen Monaten, wenn die Zufahrtswege trocken und gut passierbar waren, kamen an einem solchen Tag bis zu achttausend Besucher in die Stadt.

An den Buden, die mit gräulichem Segeltuch überspannt waren, bot man die essbaren Erträge des Landes feil. Palmfrüchte, Pomeranzen, Orangen, Mais, Bohnen, Grenadillos und sogar die recht seltenen und daher kostspieligen, Kartoffeln. Daneben auch nützliche Waren aus fernen Ländern wie Geschirr aus Frankreich, Messer und Scheren aus Deutschland, Sättel und Pferdegeschirre aus England. Der Mann probierte einen Hut mit breiter Krempe aus feinstem Stroh an, der von geschickten Frauenhänden von der Kopfmitte beginnend geflochten und danach in Form gebügelt worden war. Ganz vorsichtig, damit die einzelnen Halme ihre runde Form behielten und nicht wie geplättetes Schilfgras aussahen. Er entschied sich für ein Modell mit schwarzem Hutband, lehnte dankend ab, als der Händler vom Nachbarstand ihm einen Rosenkranz aufnötigen wollte, und setzte den Hut gleich auf.

Das Stimmengewirr und das dichte Gedränge zwischen den Ständen kamen ihm fremd vor. Fast sehnte er sich nach der Stille menschenleerer Strände, der Lautlosigkeit des nächtlichen Dschungels und der Einsamkeit abgelegener Bergdörfer. Wenn er sich in die Natur zurückziehen konnte, fühlte er sich stark. Doch nun war es an der Zeit, in die Zivilisation zurückzukehren. Jedenfalls für eine Weile.

Er wandte dem Markttreiben den Rücken und schritt hinüber zur Kirche. Eine Frau stand vor dem Portal, blinzelte in die Sonne und suchte in ihrer Rocktasche nach einer Münze. Das Geld drückte sie einer Bettlerin in die Hand, die sich an Krücken schwerfällig über den Platz schleppte. Er näherte sich der Frau, die mittelgroß war und somit größer als die meisten der Ticas. Eine zugewanderte Europäerin, vermutete er. In der Art, wie sie die Füße voreinandersetzte und den Kirchplatz überquerte, lag etwas Anmutiges, Scheues und dennoch Selbstverständliches. Sie trug ein hellblaues Kleid, dessen Schnitt die schmale Taille auf reizvolle Weise betonte. Eine unerklärliche Anziehungskraft ging von dieser Unbekannten aus, die von einer lichtflirrenden Aura umgeben schien. Er beschleunigte seinen Schritt, befürchtete er doch, die Frau könne in eine Droschke steigen und davonfahren, ohne dass er ihr in die Augen geblickt hatte. Als er nur noch wenige Schritte von ihr entfernt war, blieb sie plötzlich stehen und wandte ihm das Gesicht zu.

»Alexander?« Sie brachte den Namen kaum über die Lippen, so sehr fürchtete sie, ihn vergebens ausgesprochen zu haben. Dabei wollte sie sich doch nicht länger von ihrer Fantasie irreleiten lassen. Welcher Täuschung war sie diesmal erlegen? Das Herz schlug ihr bis zum Hals, die Knie gaben nach, und die Gestalt vor ihr löste sich in einer Nebelwolke auf. Dorothea streckte die zitternden Hände aus und fühlte, wie kräftige Arme sie auffingen. Sie roch ein Rasierwasser, das nach Leder, Seife und Thymian duftete.

»Dorothea ... bitte sag mir, dass es kein Traum ist!«

Die Stimme klang tief und rau und hatte sich ihr unauslöschlich eingeprägt. Es war die Stimme, die sie seit Jahren in den Stunden unsäglicher Einsamkeit und Traurigkeit vernommen hatte. Die ihr Trost gespendet und gleichzeitig Schmerz zugefügt hatte. Gestützt auf einen starken Arm, wankte sie bis zu einer der Droschken und ließ sich auf den Sitz helfen.

»Fahren Sie uns aus der Stadt hinaus! Ganz gleich, in welche Himmelsrichtung«, sagte die Stimme, und dann setzte sich das Gefährt langsam in Bewegung.

Dorothea war unfähig, irgendetwas zu sagen. Ganz fest hielt sie die sehnige Hand umklammert, betrachtete das Gesicht mit den Grübchen neben dem Kinn und den zerzausten Locken, durch die sich vereinzelte Silberfäden zogen. Kniff die Augen zu und riss sie wieder auf, starrte und staunte und schüttelte den Kopf, da ihr Verstand noch immer nicht anerkennen wollte, was ihre Augen sahen.

»Wieso bist du in Costa Rica?«, hörte sie die atemlos geflüsterte Frage dicht an ihrem Ohr.

Erneut überfiel sie ein Zittern, sie bebte am ganzen Körper. »Weil ich hier lebe. Aber wieso bist du hier? Ich dachte, du seist…« Sie schluchzte auf, weil die Erinnerung an den Schmerz und die Verzweiflung von damals sie mit aller Macht überfiel.

Eine zärtliche Hand bettete ihren Kopf an der vertrauten Schulter. Sie schloss die Augen und seufzte leise auf.

»Nie hätte ich mir vorstellen können, dir noch einmal zu begegnen … Erzähl mir alles, was geschehen ist, nachdem wir uns zum letzten Mal gesehen haben!«, bat Alexander und schlang ihr einen Arm um die Schulter, zog sie fest an sich.

Und mit einem Mal, als die Droschke über einen schmalen Weg inmitten von Zuckerrohrfeldern holperte, kehrten die alte Vertrautheit und Sicherheit zurück. Dorothea holte tief Luft und schilderte stockend, wie sie im April achtundvierzig sehnsüchtig auf einen Brief des Verlobten gewartet hatte. Sie erzählte von dem Zeitungsartikel über Ausschreitungen in Berlin und von ihrem Besuch beim Chefredakteur der Kölnischen Zeitung, von dem sie erfahren hatte, dass Alexander bei dem Aufstand ums Leben gekommen war. Von der unnachgiebigen Haltung ihrer Eltern, von der Schwangerschaft und der tragischen Fehlgeburt. »Damals glaubte ich, ich hätte dich ein zweites Mal verloren. Ich wollte nicht mehr leben, wäre am liebsten auch gestorben«, bekannte sie zitternd und vergrub das Gesicht in dem groben, grauleinenen Anzugstoff.

Alexander trocknete zuerst ihre, dann seine Tränen. Er küsste sie hingebungsvoll, streichelte ihr über das Haar und flüsterte Worte voller Zärtlichkeit. Endlich konnte sie ein Kapitel ihres Lebens abschließen, jetzt, da sie ihre Trauer mit dem Geliebten geteilt hatte. Eine tiefe Ruhe überkam sie. Und dann berichtete sie von ihrer Überfahrt und der ersten Zeit in Costa Rica, von Jensen, ihrer Heirat, ihrer Ehe mit Antonio und von den Kindern.

Während sie sprach, hatte Alexander mehrfach leise aufgestöhnt und sie noch enger an sich gezogen. Als sie geendet hatte, erzählte er seine Geschichte. Wie bei dem Aufstand zwei Kugeln seine Schulter durchschlagen hatten und er bewusstlos in ein Hospital eingeliefert worden war, wo die Ärzte um sein Leben kämpften, weil er viel Blut verloren hatte.

»Erst später erfuhr ich, dass in einer ersten Eilmeldung unter den Toten auch mein Name genannt worden war. Man hatte mich mit einem August Weinsberg verwechselt. Nach zwei Monaten wurde ich aus dem Krankenhaus entlassen und fuhr noch am gleichen Tag zu deinen Eltern nach Köln. Deine Mutter verhielt sich recht abweisend. Sie sagte, du seist inzwischen verheiratet und nach Süddeutschland gezogen. Die Briefe, die ich dir vom Krankenbett aus geschrieben hatte, gab sie mir ungeöffnet zurück.«

»Wie konnte sie nur so etwas behaupten und sich als Schicksalsgöttin aufspielen? Dazu hatte sie kein Recht!«, entfuhr es Dorothea voller Bitternis. »Zu diesem Zeitpunkt befand ich mich schon auf dem Schiff nach Costa Rica. Doch außer meiner Patentante wusste niemand davon ... Und du musstest annehmen, ich hätte dich hintergangen«, fuhr sie leise und traurig fort.

»Zuerst sträubte ich mich dagegen. Aber weil ich keine einzige Nachricht von dir bekommen hatte, glaubte ich schließlich, ich hätte dich unwiederbringlich verloren. Darunter litt ich sehr. Vermutlich ein Grund, warum ich nie geheiratet habe. Weil ich dich nicht vergessen konnte. Ach, Dorothea, Liebste, hätte ich geahnt, was wirklich geschehen war ...« Alexanders Unterlippe zitterte, und er sah aus wie ein Kind, das sich verlaufen hat und den Weg nach Hause nicht mehr weiß.

Dorothea zog seinen Kopf zu sich herunter und küsste ihn lange und innig. Und es kümmerte sie nicht im Geringsten, was der Kutscher von ihr denken mochte. »Erzähl weiter, Liebster, ich muss alles wissen.«

»Ich wollte vergessen und meinen Schmerz betäuben. Deswegen stürzte ich mich in die Arbeit und bereitete meine Reise nach Costa Rica vor. Im Juli neunundvierzig bin ich hier an Land gegangen und habe ein Jahr lang das Grenzgebiet zwischen Nicaragua und Costa Rica bereist. Mein Buch wurde ein großer Erfolg, in fast allen großen Städten in Deutschland hielt ich Vorträge. Irgendwann bat mich mein Verleger, eine Fortsetzung zu schreiben. Vor wenigen Tagen habe ich meine zweite Expedition ins Landesinnere beendet. Jetzt kehre ich mit meinen Aufzeichnungen nach Deutschland zurück und werde dort über einen weiteren Band verhandeln.«

Dann verstummten beide für eine Weile, tief erschüttert über das soeben Erfahrene. Empfanden Ohnmacht und Trauer, weil sie einem Irrtum aufgesessen waren, der ihre

Lebenswege getrennt und ihnen die erträumte gemeinsame Zukunft genommen hatte. Sie klammerten sich aneinander wie Ertrinkende, noch immer tief bewegt von dem Wunder des unerwarteten Wiedersehens.

Alexander ließ seine Lippen über ihre Wange gleiten und raunte ihr etwas ins Ohr, zärtlich und hoffend. »Mein Schiff nach Deutschland legt in zwei Wochen ab. Willst du nicht bei mir bleiben, Dorothea, wenigstens bis morgen früh, bis ich nach Puntarenas reite?«

»Ja, die nächsten Stunden sollen uns gehören, uns ganz allein.« Ihre Antwort kam ohne Zögern, während ein tiefes Glücksgefühl sie durchströmte.

Alexander wies den Kutscher an, in die Stadt zurückzufahren. Als er vor dem Hotel Arenal in einer Seitenstraße westlich des Parque Central anhielt, zog Dorothea ihr Skizzenbuch aus der Rocktasche, trennte ein Blatt heraus und schrieb hastig eine kurze Nachricht.

*Lieber Antonio! Der Polizeipräsident ist verreist, ich kann erst morgen mit ihm sprechen. Ich habe noch etwas Wichtiges zu erledigen und bleibe über Nacht in der Stadt. Gib den Kindern einen Kuss von mir. Dorothea*

Sie bat den Kutscher, den Brief zur Hacienda Margarita zu bringen und ihn Señor Antonio Ramirez Duarte persönlich auszuhändigen.

Mit einer Entschlossenheit, die sie selbst in Erstaunen setzte, betrat sie das Zimmer, in dem ein fast mannshoher Reisekoffer den Zugang zur Tür halb versperrte. Als wären die Jahre, die sie bisher in diesem Land verbracht hatte, nur auf diesen Moment ausgerichtet gewesen.

Alexander löste ihre Hutbänder und presste sie an seine Brust, in der sie sein Herz kraftvoll und ungestüm schlagen fühlte. »Wir gehören zusammen, Dorothea, haben immer zusammengehört«, flüsterte er mit seiner tiefen, rauen und warmen Stimme, bei deren Klang sie ein Schauer überlief. Diese Stimme hatte sie immer in sich getragen, dieses Timbre hatte sie so schmerzlich vermisst.

»Sag meinen Namen noch einmal so, als sei ich die einzige Dorothea auf der Welt!«, bat sie zwischen seinen glutvollen Küssen, bei denen ihr schwindelig wurde und die doch nie, nie aufhören sollten.

»Dorothea …«

Sehnsüchtig schlang sie ihm die Arme um den Hals und seufzte leise auf, als er sie mit kräftigen Armen hochhob. Sie sacht auf dem Bett absetzte, ohne dabei die Lippen von ihrem Mund zu lösen. All die Jahre der Trauer und der unerfüllten Sehnsucht waren vergessen, ebenso Antonio, die Kinder, die Hacienda, die Casa Santa Maria. Mit einem Mal war sie wieder die zweiundzwanzig Jahre junge Frau, die zum ersten Mal liebte und geliebt wurde. Sie verspürte Leidenschaft, Hingabe und vollkommenes Glück. Wusste, dass sie nur sich selbst Rechenschaft über ihr Handeln ablegen musste. Alles, was innerhalb dieser vier Wände geschah, war gut und richtig. Und es war genau so, wie es immer hätte sein können.

Alexander hatte bei der Wirtin, einer verwitweten Engländerin mit ausgeprägter Vorliebe für geblümte Vorhangstoffe und Tapeten, gefüllte Empanadas, frisches Obst und Wein bestellt und aufs Zimmer bringen lassen. Dicht aneinandergeschmiegt lehnten sie am Kopfende des Bettes. Durch das geöffnete Balkonfenster drang milde Abendluft herein. Aus einer benachbarten Bodega erklangen Lachen und Musik.

»Ich möcht zum Augenblicke sagen, verweile doch, du bist so schön...«, murmelte Alexander und schnupperte an ihrer Schläfe, sog mit geschlossenen Augen den Duft von Lavendelseife in sich ein.

»Goethes Faust, dein Lieblingstheaterstück. Ja, ich erinnere mich genau.« Zärtlich ließ sie die Hände durch sein zerzaustes langes Haar gleiten, wickelte sich eine Locke um den Finger und zog sacht daran. Dann strich sie behutsam über die lange wulstige Narbe, die sich vom Schlüsselbein bis unter die Achsel zog, hauchte unzählige Küsse darauf und dankte im Stillen den Ärzten, die die Kugeln aus der Schulter des Geliebten entfernt und ihm das Leben gerettet hatten.

Alexanders Finger spielten mit dem Herzmedaillon an ihrem Hals. »Du trägst es immer noch?«

»Ja, jeden Tag. Es schenkte mir Kraft, wenn ich mich schwach fühlte, tröstete mich, wenn ich weinte. Und es hielt die Erinnerung an sechs wundervolle Monate in einem früheren Leben wach. Ach, wenn du wüsstest, wie oft ich von dir geträumt habe, Liebster...«

»Nenn bitte keine genauen Zahlen, es könnte sein, dass ich mir etwas darauf einbilde«, mahnte Alexander mit leiser Selbstironie. Er schob ihr eine Haarsträhne aus der Stirn, küsste den Ansatz und wanderte weiter zum Ohrläppchen. Dann ließ er seine Hand unter das Laken gleiten, fuhr über die weiche Haut an den Innenseiten ihrer Oberschenkel, bewegte sie langsam weiter nach oben. »Ganz ungewohnt, dass ich für mein frivoles Tun überhaupt nicht gescholten werde.«

Dorothea gab ihm lachend einen Klaps auf die Finger. »Schäm dich!«

»Hm, und wenn nicht?«

»Das wirst du gleich sehen«, drohte sie scherzhaft und

schob das Laken zur Seite. Im Schein der Kerzen sah sie die Erwartung in seinen flackernden Augen. Er beugte sich über sie, sein heißer Atem streifte ihre Wange.

»Dorothea, meine Liebste, komm mit mir! Lass uns zusammen nach Deutschland fahren! Jetzt, da ich dich wiedergefunden habe, will ich dich nie, nie mehr gehen lassen. Wir kommen hierher zurück. Und dann werden wir gemeinsam das Land erkunden. So wie wir es vor langer Zeit geplant hatten.«

Sie dachte nach. Für den Bruchteil einer Sekunde schwankte sie. Dann aber presste sie sich an ihn, kraftvoll und leidenschaftlich, und ihr Herz hämmerte laut. Plötzlich waren sämtliche Zweifel zerstreut, alles war so einfach und so folgerichtig. Raum und Zeit hatten sich verflüchtigt, es gab nur noch sie beide, ihr Flüstern, ihre Küsse, ihr Verlangen. »Ja, Liebster, ja. Ich werde mit dir gehen.«

Schweigend blickte sie durch das Fenster in den Morgenhimmel hinaus. Er war von dem klaren, irisierenden Blau, das sie so liebte und das so unübertrefflich zu der Farbenvielfalt dieses Landes passte. Ein Blau, bei dessen Anblick ihr Herz seit dem Tag ihrer Ankunft immer wieder aufs Neue höher schlug. Sie schloss den obersten Knopf ihres Kleides. Alexander trat hinter sie und legte ihr eine Hand auf die Schulter, küsste ihre Halsbeuge.

»Warum bist du plötzlich so ernst, Dorothea?«

Sie wandte sich um und schmiegte ihren Kopf an seine Brust, seufzte leise. »Bitte, verzeih mir, Liebster, aber ich habe mich gestern geirrt. Ich kann nicht mit dir kommen.«

Seine Brust hob und senkte sich in schnellem Rhythmus, sein ganzer Körper bebte. »Aber wieso denn? Ich dachte, ich hoffte …«, stammelte er hilflos.

Sie zupfte ihm eine Haarsträhne aus der Stirn, versuchte ein klägliches Lächeln. »Mir ist klar geworden, dass ich mich nicht für ein Jahr von meinen Kindern trennen kann. Ich habe Antonio versprochen, bei ihm zu bleiben und ihn zu schützen. Wie auch er mich schützt – auf seine Weise. Außerdem trage ich Verantwortung für die jungen Frauen. Sie brauchen mich zurzeit mehr denn je. Ich muss dafür sorgen, dass sie so schnell wie möglich in ihr Haus zurückkehren und dort weiterarbeiten können.«

»Dann war die vergangene Nacht vielleicht auch ein Irrtum? Und ich hatte mir tatsächlich eingebildet, du empfändest noch etwas für mich. Was bin ich doch für ein Esel.« Seine Stimme bebte vor Verletztheit und Enttäuschung.

»Bitte, sag so etwas nicht! Mein sehnlichster Traum ist gestern in Erfüllung gegangen. Denn ich habe den Mann wiedergefunden, den ich immer geliebt habe.«

»Ach, und was habe ich nun davon? Außer der Erinnerung an einige wunderbare Stunden in einem Hotelzimmer? Gar nichts, denn es gibt keine Zukunft für uns beide. Du wirst dein Leben führen und ich das meine.«

Ihre Hände suchten nach seinen Händen. »Doch, Alexander, wir werden eine gemeinsame Zukunft haben, wenn auch nicht jene, die wir uns einmal erträumt haben. Sie hat gestern bereits begonnen und wird ihre Fortsetzung finden, wenn du hierher zurückgekommen bist. Antonio wird mir keine Steine in den Weg legen, solange ich diskret vorgehe. Unsere Liebe wird im Verborgenen blühen müssen. Aber wir können uns trotzdem sehen, miteinander reisen und glücklich sein.«

Alexander senkte den Blick, ein wehmütiger Zug umspielte seinen Mund. Er seufzte tief und blinzelte eine Träne weg. Dorothea streichelte ihm über Schläfen und Wangen, presste seine Hände fest an ihr Herz.

»Mehr kann ich nicht versprechen. Aber auch nicht weniger. Glaubst du, du hältst das aus?«

»Wenn ich etwas nicht ändern kann, muss ich es eben aushalten«, flüsterte er heiser und traurig.

Reglos standen sie voreinander, sahen sich tief in die Augen, immer tiefer, bis jeder auf den Grund der Seele des anderen blickte. In diesem schmerzlichen Moment des Abschieds waren sie einander näher als je zuvor.

»Pass gut auf dich auf, mein Liebster, ich will dich so zurückhaben, wie ich dich fortgehen lasse. Jeden Tag werde ich dir schreiben und alle Briefe bis zu deiner Rückkehr aufbewahren.«

»Pass du auch auf dich auf. Ich lasse dir eine Nachricht zukommen, sobald ich zurück bin. In elf oder zwölf Monaten.« Alexander beugte sich vor und suchte begierig ihre Lippen. »Dorothea…«

Noch einmal hielten sie einander umfasst, küssten sich voller Sehnsucht und Schmerz, der ein wenig gelindert wurde durch die Gewissheit, dass sie nicht für immer voneinander Abschied nehmen mussten. Irgendwann löste Dorothea sich aus der Umarmung, nahm ihren Hut und ging. Ohne sich noch einmal umzuwenden, schritt sie durch die schmale Gasse in Richtung Parque Central. Versuchte, die aufkommenden Tränen zurückzuhalten, einen klaren Gedanken zu fassen. Doch plötzlich hielt sie unvermittelt inne. Von einer Sekunde auf die nächste schien der Aufruhr in ihrem Innern verstummt zu sein. Dann schritt sie ohne Zögern auf das Polizeipräsidium zu.

Der Amtsdiener vom Vortag erkannte Dorothea sofort wieder. »Ach, da ist ja die Señora, die unseren werten Herrn Polizeipräsidenten sprechen wollte. Da haben Sie aber Glück, er ist vor wenigen Minuten eingetroffen. Wenn Sie mir folgen wollen.« Er hängte ein Schild mit der Aufschrift *Bitte warten! Schalter derzeit nicht besetzt* an die Glasscheibe der Empfangsloge und schloss umständlich hinter sich ab. Dann humpelte er voraus, wobei er das lahmende linke Bein hinter sich herzog. Am Ende eines langen Korridors, dessen weißgetünchte Wände die Porträts sämtlicher Präsidenten der letzten hundertzwanzig Jahre zierten, verschwand der Mann hinter einer schweren Mahagonitür. Dann winkte er Dorothea zu sich heran. »Der Präsident bittet Sie einzutreten.«

Cesar Morales y Sola thronte hinter einem mächtigen Schreibtisch, den eine bronzene Skulptur der Justitia zierte, einer jungen Frau, die die Gerechtigkeit symbolisierte: mit Augenbinde, in der einen Hand eine Waage, in der anderen ein Richtschwert. Der Polizeipräsident rückte seinen Kneifer gerade und richtete ein wässrig blaues Auge auf Dorothea. Das andere wurde von einem schlaff herabhängenden Lid halb verdeckt. Dorothea erinnerte sich vage, in der Zeitung gelesen zu haben, dass der neue Polizeipräsident erst seit Kurzem im Amt war und als äußerst ehrgeizig und unerbittlich galt. Mit einer flüchtigen Handbewegung gebot er seiner Besucherin, Platz zu nehmen.

»Mein Vorsteher berichtete mir von einer Señora, die mich gestern zu sprechen wünschte. Waren Sie das?«

»Ganz recht, Señor, mein Name ist Dorothea Ramirez...«

»Unwichtig, nennen Sie nur den Grund Ihres Besuches. Eigentlich habe ich gar keine Zeit. Muss dringend zu einer wichtigen Sitzung.«

»Es geht um die Schließung der Casa Santa Maria.«

Er machte eine abwertende Handbewegung. »Erregung öffentlichen Ärgernisses, Beherbergung straffälliger Indianerinnen, Prostitution Minderjähriger... Habe bereits die

Inhaftierung der Schuldigen veranlasst. Ab sofort werden in diesem Amt ganz andere Saiten aufgezogen. Ich werde dafür sorgen, dass San José zur sichersten und saubersten Stadt Lateinamerikas wird. Wenn Sie mich jetzt entschuldigen, Señora.«

Dorothea richtete ihre ganze Aufmerksamkeit auf ihren Gesprächspartner, ließ sich nicht im Geringsten von den vernichtenden Worten dieses dicklichen und schwitzenden Mannes mit dem schlecht sitzenden Hemdkragen beeindrucken. Sie wusste, dass es allein von ihrem Geschick abhing, ob ihre Schützlinge ihr Zuhause und eine vielversprechende Zukunft zurückerhielten. Ein Sonnenstrahl fiel durch das vergitterte Fenster, traf ihre Wange. Voller Zuversicht lächelte sie ihrem Gegenüber zu.

»Ich bin die Schirmherrin der Casa Santa Maria, und die jungen Frauen stehen unter meinem persönlichen Schutz. Die Vorwürfe, die Sie soeben anführten, werter Señor Presidente Policía, entbehren jeglicher Grundlage. Dafür bürge ich mit meinem Namen.«

Cesar Morales y Sola starrte Dorothea mit offenem Mund an. Er zog ein fleckiges Taschentuch aus der Weste und wischte sich über den kahlen Schädel, blätterte demonstrativ durch die Seiten eines dicken Heftes.

»Sie irren, Señora, hier sind die Beweise. Die mir vorliegende Anzeige ist absolut hieb- und stichfest. Ähm ... wie war gleich Ihr Name?

»Dorothea Ramirez.«

Der Polizeipräsident kratzte sich hinter dem Ohr und dachte laut nach. »Ramirez ... Ramirez ... Ich hatte vor geraumer Zeit mit einem Pedro Ramirez Garrido zu tun, es ging um den Verkauf eines Stückchen Landes, das ein Freund von mir geerbt hatte.«

Dorothea nickte unverändert freundlich. »Mein Schwiegervater.«

Cesar Morales y Sola schluckte schwer, rückte mit flatternden Händen seinen Kneifer gerade. »Werte Señora, ich konnte ja nicht wissen, nicht ahnen… Dann sind Sie also die Schwiegertochter des Besitzers… vielmehr, die Gattin des künftigen Eigners der Hacienda Margarita?«

»So ist es.«

Auf der Stirn des Polizeipräsidenten hatten sich Schweißtropfen gebildet, die er sich mit hastigen Bewegungen abtupfte. »Aber gnädigste Señora, Sie haben vollkommen recht. Natürlich handelt es sich um eine Verleumdung. Und zwar um eine übelster Art. Tja, wenn man sich nicht um alles selbst kümmert… Ein übereifriger Beamter, Sie verstehen? Will sich bei mir als seinem neuen Chef profilieren und schießt weit übers Ziel hinaus. Aber ich versichere Ihnen, das wird Konsequenzen für den Mann haben.«

Dorothea nickte mit stillem Lächeln und ließ sich ihre Genugtuung nicht anmerken.

Der Polizeipräsident fuchtelte mit dem Taschentuch in der Luft herum. »Selbstverständlich ist die Casa Santa Maria mit sofortiger Wirkung freigegeben. Ich mache den Schutz dieses Hauses und die Sicherheit seiner Bewohnerinnen zu meiner persönlichen Angelegenheit. Sie können sich auf mich verlassen, werteste Señora Ramirez! So wahr ich Cesar Morales y Sola heiße.«

Dorothea erhob sich mit einem maliziösen Lächeln. »Ich danke Ihnen für Ihre Unterstützung, Señor Presidente Policía.«

Der Polizeipräsident erhob sich aus seinem Ledersessel und reichte Dorothea die Hand, vollführte dabei eine tiefe Verbeugung. »Leben Sie wohl, Señora Ramirez. Es hat mich außerordentlich gefreut, Ihre Bekanntschaft gemacht zu haben. Und richten Sie bitte Ihrem Herrn Schwiegervater, dem ehrenwerten Don Pedro, meine besten Empfehlungen aus.«

Am Parque Central mietete Dorothea eine Droschke und kostete für einen winzigen Augenblick ihren soeben erzielten Erfolg aus. Sie lehnte sich auf dem bequemen Sitz zurück, atmete tief durch und schloss die Augen. Und während der Kutscher sein Pferd über die holprigen Wege lenkte, setzte sie ihre Gedanken an das Wunder des Wiedersehens fort, die sie durch den Besuch im Polizeipräsidium hatte unterbrechen müssen.

Schauer liefen ihr über den Rücken bei der Erinnerung an die vergangenen Stunden, die sie immer noch ganz erfüllten und deren Feuer sie in ihrem Innern bewahren wollte wie einen kostbaren Schatz. Sie musste plötzlich an Elisabeth denken, die kluge, vorausschauende Elisabeth. Noch am gleichen Tag wollte sie ihr einen langen Brief schreiben und Abbitte tun. Denn unverhofft war genau das eingetreten, was die Freundin bei der letzten Begegnung vorgeschlagen hatte. Dass sie mit Antonios Geld ihr eigenes Leben gestalten und sich nebenbei noch einen Mann fürs Herz zulegen solle. Elisabeth hatte recht gehabt, und sie, Dorothea, hatte es seinerzeit nur nicht erkannt.

Vor dem Eingangstor zur Hacienda Margarita ließ sie sich absetzen und eilte über den gewundenen Weg zwischen Hibiskussträuchern hindurch zu dem weißen Prachtbau mit den grünen Fensterläden, der seit zwölf Jahren ihr Zuhause war. In diesem Augenblick trat Antonio vor die Tür. Sein Gesicht hellte sich auf, als er sie erblickte.

»Ich weiß, dass ich eine wunderschöne Frau habe, Dorothea, aber heute siehst du besonders schön aus.«

Sie umarmte ihn und küsste ihn auf beide Wangen. »Ich bin froh, dich zu sehen, Antonio.«

»Was ist mit dem Heim? Konntest du etwas erreichen?«

»Ja, es war alles nur ein Irrtum. Der Polizeipräsident will die Casa Santa Maria sogar unter seinen persönlichen Schutz stellen.« Dorothea wurde warm ums Herz, weil Antonio sich so offensichtlich um das Wohlergehen ihrer Schützlinge kümmerte. Da hörten sie einen spitzen Freudenschrei und wandten sich um. Federico rannte ihnen auf dem Weg von der Mühle entgegen. Die kurzen Beine wirbelten durch die Luft, berührten kaum den Boden. Seine Wangen glühten vor Aufregung.

»Mama, Papa, kommt schnell!«

»Was ist denn?«, wollte Antonio wissen und strich seinem Sohn schmunzelnd über das helle Haar, das er, ebenso wie die feine, schmale Nase, von seiner Mutter geerbt hatte. Federicos Stimme überschlug sich vor Aufregung.

»Ich ... ich habe am Wasserturm einen Staudamm gebaut ... mit Pablo ... Pablo ist mein Freund.«

»Nun, dieses architektonische Wunderwerk müssen wir uns unbedingt anschauen«, befand Antonio. »Wer von uns ist schneller?«

Und schon stoben sie in Richtung der Mühle davon. Dorothea folgte ihnen, prägte sich das Bild von Vater und Sohn, wie sie fröhlich nebeneinander um die Wette liefen, tief ins Gedächtnis ein. War stolz auf den technisch begabten Federico, der demnächst seinen sechsten Geburtstag feiern würde. Aus den weiten, weiß blühenden Kaffeefeldern stieg der Duft von Jasmin auf und verbreitete sich über die gesamte Hacienda. Ein Leben voller Harmonie und Glück lag vor ihr. Von nun an würde alles gut werden. Dessen war sie ganz sicher.

# Personen

*Köln und Deutz*

| | |
|---|---|
| Dorothea Fassbender | Haus- und Zeichenlehrerin |
| Sibylla Fassbender | Dorotheas Mutter |
| Hermann Fassbender | Arzt, Dorotheas Vater |
| Alexander Weinsberg | Journalist |
| Mattes Krautmacher | Wirt |
| Agnes Rodenkirchen | Dorotheas Dienstherrin |
| Maria und Moritz Rodenkirchen | deren Kinder |
| Peter Lommertzheim | Apotheker |
| Graf und Gräfin Schenck zu Nideggen | Gastgeber |
| Jenny Lind | schwedische Sängerin |
| Konrad Lamprecht | Pfarrer in Köln |
| Greta | Dienstmädchen im Hause Fassbender |
| Paul Lindlar | Schulfreund von Hermann Fassbender |
| Katharina Lützeler | Dorotheas Patentante |

*Hamburg*
| | |
|---|---|
| Wilhelmina Hansen | Pensionswirtin |
| Erik Jensen | Kaufmann |

*An Bord der* Kaiser Ferdinand
| | |
|---|---|
| Elisabeth von Wilbrandt | Abenteurerin aus Österreich |
| Erwin und Helene Kampmann | Auswanderer aus Koblenz |
| Lotte, Peter, Paul Kampmann | deren Kinder |
| Hans und Anna Meier | Auswanderer aus Koblenz |
| Klara, Max Meier | deren Kinder |
| Karl und Else Reimann | Auswanderer aus Boppard |
| Richard, Roswitha, Rufus, Robert Reimann | deren Kinder |
| Piet und Elfriede Behrens | Auswanderer aus Lüneburg |

Schiffsmannschaft der *Kaiser Ferdinand*

*Costa Rica*
| | |
|---|---|
| Mercedes Castro Ibarra | Dorotheas Wirtin |
| Johanna Miller | Schweizer Auswanderin |
| Alfonso | Nachbar von Johanna Miller |
| Urs Keller | Uhrmacher, Schweizer Auswanderer |
| Jakob Lamprecht | deutscher Pfarrer in Alajuela |

| | |
|---|---|
| Antonio Ramirez Duarte | Sohn eines Kaffeebarons |
| Pedro Ramirez Garrido | Kaffeebaron, Antonios Vater |
| Isabel Duarte y Alvardo | Antonios Mutter |
| Señora Torres Picado | Schulfreundin von Isabel |
| Ericka Torres Picado | deren Tochter |
| Juan Medina Cardenas | Arzt |
| Fidelina | Hebamme |
| Olivia | Dorotheas und Antonios Tochter |
| Marta | Olivias Amme |
| Federico | Dorotheas und Antonios Sohn |
| Graham Archer | englischer Abenteurer |
| Spencer Branagh | englischer Abenteurer |
| Teresa | ehemaliges Dienstmädchen |
| Silma | Chorotega-Indianerin |
| Raura | Coclé-Indianerin |
| Yahaira | ehemalige Dienstmagd |
| Cesar Morales y Sola | Polizeipräsident von San José |

Bedienstete der Hacienda Margarita